Mike Omer

Hinter mir

EDITION M

Das Buch

Gemma glaubte, ihre schlimmste Erfahrung für immer hinter sich gelassen zu haben: die entsetzliche Halloweenparty vor dreizehn Jahren, auf der ihre Freundin erstochen wurde, ihre Angst und den Verdacht gegen sie. Trotz Flucht nach Chicago und neuer Identität holt sie die Vergangenheit nach Jahren plötzlich ein. Fremde sprechen sie mit ihrem alten Namen an und enthüllen gefährliche Geheimnisse aus jener Nacht. Sie wird gestalkt von jemandem, der fast alles über sie zu wissen scheint.

Als dieser Schattenmann, wie Gemma ihn nennt, ihre kleine Familie bedroht, beschließt sie, an den Ort des Verbrechens zurückzukehren. Denn noch immer weiß sie nicht genau, was in jener Nacht wirklich geschah. Sie muss es endlich herausfinden, sonst verliert sie alles. Vielleicht sogar ihr Leben …

Der Autor

Mike Omer, Autor der »Zoe Bentley«- sowie der »Glenmore Park Mystery«-Reihe, arbeitete bereits als Journalist, Spieleentwickler und Geschäftsführer von Loadingames. Er ist mit einer Frau verheiratet, die ihn emsig ermahnt, seinen Traum zu leben, und Vater eines Engels, einer Elfe und eines Kobolds. Außerdem besitzt er zwei gefräßige Hunde, die jeden Besucher mit eifrigem Schwanzwedeln begrüßen. Mike schreibt am liebsten über authentische Menschen, die ein Verbrechen begangen haben oder einem zum Opfer gefallen sind. Wenn Sie Kontakt zu ihm aufnehmen möchten, schreiben Sie eine E-Mail an mike@strangerealm.com.

MIKE OMER

HINTER MIR

THRILLER

Aus dem Amerikanischen von Kerstin Fricke

EDITION M

Die amerikanische Ausgabe erschien 2024 unter dem Titel »Behind You« bei Thomas & Mercer, Seattle.

Deutsche Erstveröffentlichung bei
Edition M, Amazon Media EU S.à r.l.
38, avenue John F. Kennedy, L-1855 Luxembourg
Juni 2025

Die Übersetzung dieses Buches wurde durch Amazon Crossing ermöglicht.

Umschlaggestaltung: semper smile, München, www.sempersmile.de
Umschlagmotiv: © Anna Mutwil / Arcangel; © CG Alex
© boonchob chuaynum / Shutterstock
Korrektorat: Traudl Kupfer
Gedruckt durch:
Amazon Distribution GmbH, Amazonstraße 1, 04347 Leipzig /
CPI Druckdienstleistungen GmbH, Ferdinand-Jühlke-Straße 7,
99095 Erfurt /
CPI books GmbH, Birkstraße 10, 25917 Leck /
Libri Plureos GmbH, Friedensallee 273, 22763 Hamburg

Verantwortliche Person für Produktsicherheit in der EU:
Amazon Publishing, Amazon Media EU S.à r.l.
38, avenue John F. Kennedy, L-1855 Luxembourg
amazonpublishing-gpsr@amazon.com

ISBN 978-2-49671-764-8
e-ISBN 978-2-49671-765-5

www.edition-m-verlag.de

Kapitel 1

27. November 2010, Crumville, Georgia

Theo lag starr in ihrem Bett, den Blick auf die Uhr gerichtet. Der Sekundenzeiger bewegte sich gleichmäßig, während die Nacht voranschritt. Es war fast so weit. Drei Uhr siebenundfünfzig. Für manche schon annähernd Morgen. Theo versuchte, sich andere vorzustellen, die in diesem Moment wach waren. Leute, die Zeitungen austrugen. Arbeiter, die Nachtschicht hatten: Krankenschwestern, Ärzte … Polizisten.

Polizisten. Sie fuhren in Streifenwagen herum. Angeblich, um uns zu beschützen, uns vor Schaden zu bewahren. Theo mahlte mit dem Kiefer. Sie kannte die Wahrheit. Die Polizisten schützten nicht vor Schaden; sie kamen erst, wenn der Schaden angerichtet war, falls sie überhaupt auftauchten. Und wenn sie erschienen, dann nicht, um jemanden zu beschützen.

Es war drei Uhr achtundfünfzig.

Die warme Decke war weich, tröstlich. Aber sie war eine Lüge. Betten waren die ultimativen Betrüger. Man lag im Bett und dachte, dass der morgige Tag vielleicht besser werden würde. Dass die Dinge heller erscheinen würden, wenn die

Sonne aufging. Wenn man einschlief, kamen die Träume und flüsterten einem ein, dass man jemand anderes sei, dass man fliegen könne oder dass alle einen liebten. Und dann konnte man sich nach dem Aufwachen für eine unbestimmte Sekunde nicht mehr an die Ereignisse des Vortags oder der Vorwoche erinnern. Man spürte nichts als die warme Decke und die weiche Matratze, und die Welt schien fast sicher zu sein.

Und dann stürzte die Realität auf einen ein, raubte einem den Atem und verscheuchte die täuschenden Spinnweben. Der neue Tag war nicht besser. Wenn überhaupt, war er sogar noch schlechter. Und nichts schien heller zu sein, wenn die Sonne aufging.

Theo fiel nicht mehr auf die Lügen des Betts herein. Sie ließ sich nicht vom Schlaf überwältigen.

Drei Uhr neunundfünfzig.

Sie beobachtete den Sekundenzeiger und lauschte auf die Geräusche im Haus. Das leise Summen des Kühlschranks im Erdgeschoss. Ein gelegentliches Klopfen, wenn der Wind die große Ulme bewegte, deren Ast die Wand berührte. Richards Schnarchen, gedämpft, aber immer noch hörbar. Mom machte sich manchmal über sein Schnarchen lustig, aber Theo fand es, offen gesagt, überhaupt nicht witzig. Wie sollte sie es ertragen, bei diesem Lärm zu schlafen?

Theo lauschte, ob da noch etwas anderes war. Vielleicht Mom, die aufstand, um ein Glas Wasser zu trinken. Richard, der auf die Toilette ging, wie er es nachts gelegentlich tat. Aber da war nichts. Nichts, was sie aufhielt. Und jetzt kam ein neues Geräusch dazu. Der Klang ihres klopfenden Herzens.

Vier Uhr.

Leise stieg sie aus dem Bett und setzte die nackten Füße auf den Boden. Sie trug bereits ihren kuschligen schwarzen Hoodie und ihre weite graue Hose. Unscheinbare Kleidung, die sie sorgfältig ausgewählt hatte, da sie wusste, dass es am frühen Morgen sehr kalt sein würde. Sie zog ihre Turnschuhe, in denen bereits die Socken steckten, unter ihrem Bett hervor. Die Socken waren die einzigen bunten Kleidungsstücke, die sie sich erlaubte – ihre rosa Kätzchen-Lieblingssocken –, denn sie trösteten sie ein wenig, und sie brauchte jeden Trost, den sie bekommen konnte. Sie zog sie über ihre Füße und behielt die Schuhe in der Hand.

Ein kurzer Blick in den Spiegel. Die Müdigkeit war ihrem blassen Gesicht deutlich anzusehen. Sie band ihr langes braunes Haar zu einem unordentlichen Pferdeschwanz und steckte es unter die Kapuze ihres Hoodies, um das Band dann fest zuzuziehen, sodass ihr Gesicht kaum noch zu sehen war. Im schwachen Licht ihrer Nachttischlampe waren ihre braunen Augen oder ihre rissigen Lippen kaum noch sichtbar. Draußen würde sie niemand erkennen können, erst recht nicht aus der Ferne. Gut.

Die Schranktür stand bereits offen. Sie schlief nur ungern bei geöffneter Tür, hatte jedoch auch gar nicht vorgehabt, in dieser Nacht zu schlafen. Und die Schranktür quietschte, wenn man sie bewegte. Sie schnappte sich die Tasche, die sie gestern gepackt hatte, und hievte sie sich auf den Rücken, wobei sie bedauerte, nicht mehr mitnehmen zu können. Es gab so viel, was sie zurücklassen musste. Kleidung, Bücher, Mal- und Bastelutensilien und Skizzenbücher. Ihre ganze Welt.

Aber das war noch lange nicht alles. Darüber hinaus ließ sie auch Anschuldigungen, Hass, Unglauben, Gewalt und Verrat hinter sich zurück.

Neue Mal- und Bastelutensilien konnte sie jederzeit wieder kaufen.

Nachdem sie die Schuhe in die linke Hand genommen hatte, bewegte sie langsam den Knauf ihrer Zimmertür, wie sie es am Vortag geübt hatte. Dann, als sie den Türknauf ganz gedreht hatte, zog sie die Tür auf, die genau wie ihre Kleiderschranktür quietschte.

Ihr war nie zuvor aufgefallen, dass sie ständig von quietschenden Scharnieren, knarrenden Dielen und ächzenden Bettfedern umgeben war – lauter aggressive Gegenstände, die sie verrieten.

Sie wartete mit angehaltenem Atem und lauschte nach Moms gemurmeltem »Theodora, bist du das?«

Aber alles, was sie hörte, war Richards unaufhörliches Schnarchen. Sein Schnarchen war ihr einziger Verbündeter in diesem Haus.

Sie schaute sich ein letztes Mal in ihrem Zimmer um. Betrachtete ihr heuchlerisches Bett. Den Spiegel, in dem sie sich jeden Tag ansah, während sie verzweifelt versuchte, ihre Teenagerakne zu verbergen und ihr Haar zu glätten. Ihren Schreibtisch, an dem sie malte und Hausaufgaben machte. Ihren lila Sitzsack, der ihren Körperabdruck dauerhaft angenommen hatte. Die Manga-Reihe im Bücherregal. Dieses Zimmer war ihr einziger Zufluchtsort, allerdings kein sicherer Hafen, denn sie war nirgendwo wirklich sicher. Aber eine Art von Zufluchtsort durchaus.

Ihr Blick fiel auf ihr Telefon, das sie auf ihrem Schreibtisch zurückgelassen hatte. In den letzten fünf Tagen war es ausgeschaltet gewesen. Wie viele Benachrichtigungen würde sie auf dem Display sehen, wenn sie es jetzt einschaltete? Fünfzig? Hundert? Tausend? Nachrichten, in denen stand, sie solle in der Hölle schmoren, in denen sie als Psychoschlampe bezeichnet oder in denen ihr Vergeltung angedroht wurde. Fotos von ihr in öffentlichen Chats, grob gephotoshoppt, damit es aussah, als säße sie im Gefängnis, hätte sich aufgehängt oder Schlimmeres. Inbrünstige Wünsche, sie möge an Krebs sterben, lebenslang ins Gefängnis wandern, jeden Tag bis ans Ende ihres Lebens Gruppenvergewaltigungen ertragen müssen.

Inzwischen kam ihr Telefon ihr ebenso toxisch vor wie ein Bottich voller Giftsäure, daher ließ sie es ebenfalls nur zu gern zurück.

Sie huschte leise zur Treppe und näherte sich dadurch Moms und Richards Schlafzimmer. Der Plan sah vor, so schnell wie möglich an der Tür vorbeizugehen. Es gab keinen Grund, zu zögern. Aber sie ertappte sich dennoch dabei, wie sie langsamer wurde. Sie warf einen Blick hinein. Einen letzten Blick.

Richard lag auf der linken Bettseite, von der Tür abgewandt, und die kahle Stelle auf seinem Kopf war im schwachen Licht kaum zu erkennen. Aber Mom lag mit dem Gesicht zum Schlafzimmerfenster und war dank des hereinscheinenden sanften Mondlichts gut zu sehen. Theo hatte das Aussehen ihrer Mutter nicht geerbt, eine Tatsache, über die sie ihre Tante einmal hatte klagen hören. Mit vierzig war ihre Mutter immer noch eine Schönheit. Eine MILF, wie Theos Freund Steve ihr gegenüber mehrmals betont hatte.

Selbst im Schlaf runzelte ihre Mutter leicht die Stirn. Sie machte sich Sorgen um die Zukunft ihrer Tochter. Um die Zukunft der Familie. Über das, was die Nachbarn sagten. Darüber, wie viel ein guter Strafverteidiger pro Stunde verlangte, und ob sie es sich leisten konnten. Sie fragte sich, was sie falsch gemacht hatte.

Als Theo sie beobachtete, dachte sie an ihre gemeinsame Zeit zurück. Wie Mom sie zur Schule gefahren und ihr einen schönen Tag gewünscht hatte. Wie Mom sie in den Arm genommen hatte, wenn sie weinte. Wie Mom ihr sanft das Haar gebürstet hatte. Wie Mom sie anschrie, wenn sie die Schule schwänzte. Wie Mom ihr sagte, sie solle das verdammte Telefon beim Essen gefälligst weglegen. Wie Mom ihr Richard vorgestellt und später geweint hatte, weil Theo so unhöflich zu ihm gewesen war. Wie Mom ihr als Überraschung das Fahrrad gekauft hatte, das sie sich seit Langem sehnsüchtig wünschte. Wie Mom nach Dads Weggang abends Wein getrunken und mit leeren Augen die Wand angestarrt hatte. Gute Erinnerungen, schlechte

Erinnerungen. Erinnerungen an Mom. Theo hätte alles dafür getan, keine anderen Erinnerungen an ihre Mutter zu haben.

Aber jetzt gab es neue Erinnerungen. Moms entsetztes Gesicht, als sie Theo von der Polizeiwache abgeholt hatte. Moms geflüstertes Zischen, als sie Theo sagte, sie würden zu Hause darüber reden. Mom, die während des Verhörs durch Detective Dunn mit grimmiger Miene neben Theo saß.

Und schließlich die schrecklichste Erinnerung von allen – das Ereignis, das Theo dazu gebracht hatte, ihre Flucht zu planen. Der Moment, als Mom in ihr Zimmer kam und sich neben sie aufs Bett setzte.

»Theodora«, sagte sie. »Ich möchte, dass du mir die Wahrheit sagst. Was ist in dieser Nacht passiert?«

»Das hab ich dir doch schon gesagt«, antwortete Theo. »Ich sag's doch andauernd.«

Mom schüttelte ungeduldig den Kopf. »Wenn du mir nicht die *Wahrheit* sagst, können wir dich nicht beschützen. Was ist *wirklich* passiert? Warum hast du das getan?«

Und Theo begriff, dass sie die einzige Person, die stets auf ihrer Seite gewesen war, für immer verloren hatte.

Jetzt holte sie tief Luft und wandte sich ab, wobei sie bereits bereute, für diesen letzten Blick stehen geblieben zu sein. Sie ging die Treppe hinunter und machte sich auf den Weg zu Richards Arbeitszimmer.

Einst war das Zimmer die Männerhöhle ihres Vaters gewesen, wo er seine Plattensammlung und eine kleine Minibar aufbewahrt hatte. Darin stand ein Schreibtisch, dessen Schubladen verschlossen waren und somit auf alle möglichen wunderbaren oder schrecklichen Dinge hindeuteten, die sich darin verbargen. Schon als kleines Mädchen war Theo von diesem Raum fasziniert gewesen und hatte sich von ihm angezogen gefühlt. Sie erinnerte sich noch an den Geruch, der so ganz anders war als im übrigen Haus. Hier roch es nach

Tabak, Kaffee und Staub. So hatte sie ihren Vater hauptsächlich in Erinnerung, als einen verlockenden Duft in einem verbotenen Raum.

Nach dem Weggang ihres Vaters verwandelte ihre Mutter das Zimmer in eine Abstellkammer und stopfte alles hinein, was kaputt und unerwünscht war. Und als Richard bei ihnen einzog, überließ Mom ihm den Raum nur zu gern als Arbeitszimmer. Er räumte auf und füllte ihn mit Aktenordnern, Papieren, ausgedruckten Formularen und all den anderen Dingen, die Buchhalter so brauchen. Aus dem faszinierenden, geheimnisvollen Raum wurde das langweiligste, graueste Zimmer im Haus.

Bis auf den Wandsafe.

Der Wandsafe war neu und von Richard eingebaut worden. Darin bewahrte er seine Pistole auf und ihre Mutter ihren teuersten Schmuck. Und, was noch wichtiger war, er enthielt auch Bargeld.

Theo kannte die Kombination. Sie wusste sie auswendig, weil sie immer wieder denselben ermüdenden Austausch zwischen Mom und Richard mitgehört hatte.

»Wie lautet die Kombination noch mal, Richard?«, kam der frustrierte Ruf aus dem Arbeitszimmer.

»Drei, sieben, eins, eins«, lautete Richards monotone Antwort aus der Küche oder dem Wohnzimmer.

»Er lässt sich nicht öffnen!«

»Drei, sieben, eins, eins. Soll ich rüberkommen und …«

»Oh, jetzt ist er offen.«

Dies passierte alle zwei Wochen mit erschreckender Regelmäßigkeit.

Jetzt hockte Theo mit klopfendem Herzen vor dem Safe. Die Tasten klickten beim Drücken. Ein Geräusch, das den ganzen Weg nach oben hallen und den unruhigen Schlaf ihrer Mutter stören konnte. Theo hätte den Safe am liebsten schon viel früher geöffnet, doch sie war sich nicht sicher gewesen, wann und wie oft Richard an den Safe ging und den Inhalt überprüfte. Soweit sie wusste, tat er das jeden Abend vor dem Schlafengehen. Daher musste es jetzt sein.

Sie drückte auf die Knöpfe, wobei jeder einzelne einen schrillen Ton von sich gab, der sie zusammenzucken und ihr Herz einen Schlag aussetzen ließ. Als sie den letzten Knopf gedrückt hatte, geschah nichts. Hatten sie die Kombination geändert? Jetzt, wo Richard und Mom ihr nicht länger vertrauten, jetzt, wo sie wussten, wozu Theo fähig war …

Der Safe ging surrend auf.

Theo hielt inne und lauschte. War Mom auf dem Weg nach unten? Wollte sie nachsehen, was das für ein Geräusch gewesen war?

Nein. Es blieb alles ruhig.

Theo nahm die Geldscheine heraus. Sie wusste nicht genau, wie viele es waren, blätterte sie durch und sah Hunderter und Fünfziger. Zwei-, vielleicht dreitausend Dollar. Ein Vermögen. Fast hätte sie etwas davon zurückgelegt.

Aber sie würde das Geld brauchen. Das wusste sie, nachdem sie gegoogelt hatte, wie viel eine Nacht in einem Motel oder gar eine billige Wohnung kostete. Dazu kamen noch die Kosten für drei Mahlzeiten am Tag, das Nötigste, Transportmittel …

Theo bezweifelte stark, dass diese Summe ausreichen würde.

Sie holte die Diamantohrringe ihrer Mutter aus dem Safe und hielt sie in ihrer verschwitzten Handfläche. Mom hatte immer gesagt, sie seien lächerlich teuer gewesen. Und sie waren ein Geschenk von Dad; Mom trug sie nicht einmal mehr. Theo könnte sie verpfänden und hätte eine Monatsmiete sicher.

Aber egal, was Mom und Richard von ihr hielten, so tief war sie noch nicht gesunken. Außerdem konnten verpfändete, gestohlene Ohrringe von der Polizei ausfindig gemacht werden. *Können Sie uns sagen, wer sie verpfändet hat, Sir? Ein Teenager? Ist das das Mädchen, das sie verpfändet hat? Oh ja, wir suchen nach ihr. Sie ist eine Verdächtige in einem Gewaltverbrechen. Was für ein Verbrechen? Das kann ich wirklich nicht genauer sagen.* Aber es handelte sich um Mord.

Theo legte die Ohrringe zurück in den Safe und schloss vorsichtig die Tür. Sie verstaute das Geldbündel in ihrer Tasche und nahm zwei Scheine heraus, die sie in ihre Hosentasche steckte.

Ein Dutzend Schritte, und sie war an der Haustür. Vorsichtig sperrte sie die Tür auf und öffnete sie dann einen Spalt weit. Die kalte Luft raubte ihr den Atem. Ach ja, ihre dicke Jacke. Sie griff danach, trat hinaus und schloss die Tür hinter sich. Und das war's.

Ihr Fahrrad war hinter einem Busch im Vorgarten versteckt. Theo rollte es auf die Fahrbahn, stieg auf und radelte schnell die Straße hinunter, um sich aufzuwärmen. Sie hatte sich die Kapuze aufgesetzt und ihre langen Haare darunter versteckt. Mehr als ihr Gesicht und ihre Finger, mit denen sie den Lenker umklammerte, war nicht von ihr zu sehen. Der eisige Wind machte sich schmerzhaft bemerkbar, und sie bereute, dass sie ihre warmen Handschuhe zu Hause gelassen hatte. Wie viele andere Dinge würden ihr im Laufe des Tages noch einfallen, die sie besser mitgenommen hätte?

Sie fuhr rasch durch vertraute Straßen und trat so schnell wie möglich in die Pedale. Es drängte sie hinaus, sie wollte diesen Ort nur noch hinter sich lassen. Unordentliche Gärten, flache rote Backsteinhäuser, alte Autos. Sie würde nichts davon vermissen.

Es waren siebenundzwanzig Kilometer von Crumville bis zum Busbahnhof am Rand von Augusta. Wenn Mom sie fuhr, dauerte es zwanzig Minuten, um dorthin zu gelangen. Sie durfte für die Strecke nicht das Fahrrad nehmen, und ihre Mutter erzählte ihr oft von den beiden schrecklichen Unfällen auf dieser Straße, an denen Fahrradfahrer beteiligt gewesen waren. Einer war gestorben, der andere saß für den Rest seines Lebens im Rollstuhl. Theo war diese Strecke vor einer Woche zum ersten Mal mit dem Fahrrad abgefahren, statt zur Schule zu gehen. Als sie anfing, ihre Flucht zu planen. Seitdem hatte sie das noch zweimal wiederholt, und sie wusste jetzt, dass sie etwa eine Stunde und zehn Minuten dafür brauchte.

Allerdings war es da Tag gewesen.

Nachts war es auf der Straße stockdunkel. Es kam ihr in den Sinn, dass eine schwarze Jacke, ein schwarzer Kapuzenpulli und eine dunkelgraue Hose nicht die ideale Kleidung für diese Fahrt darstellten. Sie hatte diese Kleidungsstücke gewählt, weil sie nicht bemerkt werden wollte. Jetzt ging ihr jedoch auf, dass man sie so vermutlich nicht einmal *sehen* würde. Ein Lastwagen mit einem müden Fahrer am Steuer, und schon wäre sie der Grund für eine dritte Geschichte über einen schrecklichen Unfall.

Jedes Mal, wenn ein Auto vorbeikam, fuhr sie so dicht an den Straßenrand, wie sie konnte, und ihr Herz raste. Sie rechnete jedes Mal aufs Neue damit, dass jemand langsamer fahren und ihr zurufen würde, dass es nicht sicher sei, ohne Licht zu fahren. Aber das passierte nicht. Und wer würde schon mitten in der Nacht anhalten, um eine Radfahrerin im Hoodie zur Rede zu stellen? Besonders nach dem jüngsten Gewaltverbrechen, das die Stadt erschütterte. Die Illusion von Sicherheit hatte sich verflüchtigt. Menschen konnten gefährlich sein. Sogar tödlich.

Nach einer schlaflosen Nacht brauchte sie für die Radtour an diesem eiskalten frühen Morgen fast anderthalb Stunden und verpasste den Bus, den sie eigentlich nehmen wollte. Der nächste Bus würde in fünfundvierzig Minuten abfahren. Theos Nerven waren zum Zerreißen gespannt. Sie stellte sich ständig vor, dass die Leute sie ansahen und sich fragten, wer sie war. Was sollte sie tun, wenn ein Polizist vorbeifuhr? Wenn man diesen

Teenager bemerkte, der dort nichts zu suchen hatte? Jemand könnte neugierig werden und es melden.

Sie stellte das Fahrrad unverschlossen in einer Gasse ab und vertraute darauf, dass die Kleinkriminellen von Augusta sich darum kümmern und es verschwinden lassen würden. Dann überquerte sie die Straße und betrat einen Starbucks, der gerade öffnete. Sie brauchte etwas Warmes. Und sie brauchte Koffein.

Sie bestellte bei dem verschlafenen Barista einen großen Vanille-Latte, nahm die Kapuze nicht ab und fragte sich, ob dieser Barista später von der Polizei befragt werden würde.

»Name?«, erkundigte sich der Barista müde.

Sie hieß Theodora Briggs. Aber sie war auf diese Frage vorbereitet. Schon seit langer Zeit hatte sie oft davon geträumt, ihren Namen zu ändern. Sie hatte den Namen Theodora immer gehasst, sogar ihren Spitznamen Theo. Es war Zeit für einen Neuanfang.

»Gemma«, antwortete sie. »Mein Name ist Gemma.«

Kapitel 2

Dreizehn Jahre später, Highland Park, Chicago

»Mommy.«

Gemma schlug die Augen auf. Sie hatte sich bereits im Bett aufgesetzt, denn ihr Körper reagierte unwillkürlich auf den leisen Ruf. Sie schlüpfte in ihre Pantoffel und eilte aus dem Schlafzimmer.

»Mommy.«

»Ich komme, mein Schatz«, sagte sie leise, um Benjamin nicht zu wecken.

Sie durchquerte den kurzen Flur im Obergeschoss und betrat Lucas' Zimmer. Er saß in seinem Bett, das blonde Haar zerzaust, die Augen verschlafen, und kratzte sich am Arm.

»Es juckt«, murmelte er.

»Ja, ist schon gut. Leg dich hin, dann creme ich dich ein.«

»Okay.«

Die Körperlotion stand auf dem Nachttisch. Gemma schraubte den Deckel ab. Die Flasche war fast leer. Sie würde daran denken müssen, eine neue zu besorgen. Sie verteilte die Lotion mit geübten Bewegungen auf Lucas' Armen.

Währenddessen fing er an, sich am Bauch zu kratzen. Sie zog seine Hand vorsichtig weg.

»Nur eine Sekunde, Schätzchen, okay?«

Er nickte schläfrig. Sie war mit seinen Armen fertig und fuhr mit seinem Bauch fort, dann cremte sie seine Beine ein. Ihr nächtliches Ritual. Sie hatte sich inzwischen daran gewöhnt. Dr. Kaufman hatte ihr versprochen, dass die atopische Dermatitis ihres Sohnes höchstwahrscheinlich mit der Zeit besser werden und sogar ganz verschwinden würde. Bislang hatte sich noch keine Besserung eingestellt. Bei ihrem letzten Besuch hatte sie Kaufman praktisch angeschrien und ihm gesagt, dass sie eine bessere Behandlung als diese verdammte Lotion bräuchten. Konnte er denn nicht sehen, dass ihr Sohn litt? Je mehr sie die Stimme hob, desto distanzierter wirkte Kaufman. Sein Ton wurde herablassend und überheblich. Er benutzte das Wort *statistisch* wie eine Waffe und schlug damit wieder und wieder auf sie ein.

Daraufhin hatte sie zu Benjamin gesagt, dass sie den Arzt wechseln müssten.

Sie cremte Lucas den Hals und die Stellen hinter den Ohren ein, dann nahm sie etwas mehr Lotion für sein Gesicht. Sehr sorgfältig fuhr sie über seine roten Wangen, die Spitze seiner Stupsnase, die Stirn oberhalb seiner langen Wimpern.

»Dreh dich um«, flüsterte sie.

Lucas rollte sich im Halbschlaf auf den Bauch, und sie hob sein T-Shirt an, um die Lotion auf seinem Rücken zu verteilen. Dann strich sie mit den Fingern über seine Wirbelsäule, weil sie aus Erfahrung wusste, dass dies die beste Methode war, ihn schnell wieder einschlafen zu lassen.

Ihr Blick fiel auf die hasenförmige Uhr im Bücherregal. Es war kurz nach halb fünf. So ein Mist. Wäre es zwei oder drei Uhr gewesen, hätte sie ebenfalls wieder einschlafen können. Aber nach fünf Uhr lag sie nur noch im Bett und hatte den Kopf voller Gedanken und Ängste. Sie analysierte den vergangenen Tag, dachte über den bevorstehenden nach, versuchte, eine neue, noch nicht erprobte Lösung für Lucas' Hautprobleme zu finden, erinnerte sich an dringende Besorgungen und vernachlässigte Pflichten.

Daher blieb sie nun einfach bei Lucas und streichelte ihm über den Rücken, während sie sein kleines schlafendes Gesicht liebevoll betrachtete. Benjamin pflegte zu sagen, dass Kinder wirklich süß seien … wenn sie schliefen, ha, ha. Es stimmte; Lucas war so niedlich, wenn er schlief, die Lippen zu einem kleinen Schmollmund formte, sich seine Brust hob und senkte; sein ganzer Körper war so weich und zart wie eine Wolke. Aber er war auch niedlich, wenn er wach war – Augen, die vor Neugierde funkelten, eine hohe Stimme, die bedeutsame Wörter, die er aufgeschnappt hatte, falsch aussprach oder wenn er unkontrolliert kicherte, weil Benjamin ihm einen dummen Witz erzählt hatte.

Schließlich stand sie auf und schlich aus dem Zimmer. Sie ging ins untere Badezimmer, damit die Toilettenspülung Benjamin und Lucas nicht aufweckte. Als sie sich auf den Toilettendeckel setzte, fiel ihr Blick auf den Kalender, den Benjamin an die Tür gehängt hatte.

Gott, wie sie diesen Kalender hasste.

Badezimmer, so sagte sie Benjamin immer wieder, sollten frei von allem sein, was nichts mit den Funktionen des Badezimmers zu tun hatte. War ihm klar, wie viele Keime in der Luft des winzigen Raumes herumschwebten? An den Oberflächen klebten? Hatte er auch nur die leiseste Ahnung, was mit den Wasserteilchen passierte, wenn die Toilettenspülung betätigt wurde?

Das war ein Thema, über das sie immer wieder stritten. Der aktuelle Stand der Dinge sah folgendermaßen aus: Lucas' und Gemmas Handtücher befanden sich nicht im

Badezimmer, sondern in den Schlafzimmern und wurden jedes Mal mitgenommen, wenn sie sie brauchten. Benjamins Handtuch hing im Badezimmer, und Gemma tat ihr Bestes, um diese Tatsache auszublenden. *Alle drei* Zahnbürsten wurden im Badezimmerschrank aufbewahrt, der immer geschlossen war. Benjamin versuchte häufig, das Thema auszudiskutieren – er mochte es, wenn seine Zahnbürste griffbereit auf dem Waschbeckenrand stand. Gemma hatte ihm unmissverständlich klargemacht, dass sie ihn nie wieder küssen würde, wenn er seine Zahnbürste draußen aufbewahrte. Auf diese Weise hatte sie einen klaren Sieg erzielt. Und so ging es immer weiter; über jeden Gegenstand wurde debattiert, gestritten, Augen wurden verdreht, Stimmen erhoben, Regeln aufgestellt und gelegentlich gebrochen.

Benjamin hatte gern einen Kalender im Badezimmer. Eine Angewohnheit aus seinem Elternhaus. Gemma war dagegen. Sie mochte es nicht, das Ding anzustarren, wenn sie auf der Toilette saß. Der Kompromiss: Der Kalender hing im unteren Badezimmer, das auch als Gästebad bezeichnet wurde.

Es war einer dieser Monatskalender, die ganz bewusst versuchten, witzig zu sein. Auf jeder Seite war ein anderes Tier mit verschiedenen Accessoires abgebildet, und daneben stand ein verrückter Spruch. Das Bild dieses Monats war ein Hahn mit Sonnenbrille. Darunter stand »Denk nicht so negEItiv«. Das ergab nicht einmal einen Sinn. Hähne legen keine Eier.

Jetzt, wo sie das keimverseuchte Foto des Hahns vor Augen hatte, bemerkte sie, dass heute der 30. Oktober war.

Sie wusste natürlich schon seit Wochen, dass dieses Datum nahte. Eine winzige, panische Stimme in ihrem Kopf hatte sie immer wieder daran erinnert, als es immer näher kam. Wellen der Angst überspülten sie schneller und schneller, je weiter der Oktober voranrückte. Und dann war er da. Ein Tag, der wie jeder andere zu sein schien. Ein Tag, dem niemand außer ihr besondere Aufmerksamkeit schenkte. Ein Tag, bei dem sie so tat, als hätte er keinerlei Bedeutung.

Es war jedoch auch die alljährliche Erinnerung an den schlimmsten Tag ihres Lebens. An dem sich alles verändert hatte.

Gemma schloss die Augen und holte tief Luft. Es war nur ein ganz normaler Tag. Sie versuchte, sich einzureden, dass der bittere Geschmack in ihrem Mund, die plötzliche Übelkeit, der leichte Schwindel … nichts weiter zu bedeuten hatten. Ihr Körper reagierte auf etwas, von dem sie rational betrachtet wusste, dass es keine Gefahr für sie oder die Menschen, die sie liebte, darstellte. Ein Überbleibsel aus einer verschütteten Vergangenheit, aus einem anderen Leben. Sie stand auf, drehte sich um und betätigte die …

– Toilettenspülung, zitterte. Na los, mach schon, warum kam denn da kein Wasser? Wenn sie das herausfanden, wenn sie herausfanden, dass sie das hier mitgebracht hatte … dann wäre das ihr Ende. Sie drückte wieder und wieder, ihr Blick zuckte zur Toilettenschüssel, wo es immer noch schwamm, ein Beweis für ihre kranken, gewalttätigen Absichten.

Sie betätigte die …

– Toilettenspülung erneut und stieß zitternd die Luft aus. Komm schon … Na los … Das Schwindelgefühl ließ sie schwanken, beinahe fallen. Sie lehnte sich gegen die Wand und versuchte, tief durchzuatmen. Sie blinzelte, als die Realität wieder ins Blickfeld rückte. Ihr eigenes Haus. Ihr eigenes Bad. Ein halbes Land und mehr als ein Jahrzehnt trennten sie von dieser Nacht.

Sie ging zum Waschbecken und wusch sich die zitternden Hände. Als sie sich in dem winzigen Badezimmerspiegel betrachtete, konnte sie immer noch die Überreste ihrer Angst darin sehen. Ihr Gesicht war fleckig und gerötet, sie hatte die Augen weit aufgerissen. Eine Sekunde lang starrte sie in das verzweifelte, verängstigte Gesicht der siebzehnjährigen Theo.

Aber nein, sie war Gemma, eine Frau, die die Kontrolle über ihr Leben hatte. Sie hatte eine Familie und Freunde. Sie war von Menschen umgeben, die sie liebten. Ihr jetzt kastanienbraunes Haar war kurz geschnitten und endete im Nacken. Gezupfte Augenbrauen, glatte Haut, volle Lippen. Ein attraktives Gesicht. Nicht das Gesicht dieses deprimierten Teenagers, das jedem, der sich die Mühe machte, es anzusehen, nichts als »Loser« entgegenschrie. Nur ihre großen braunen Augen waren noch dieselben. Aber wer hatte ihr damals denn überhaupt in die Augen gesehen?

Sie verließ das Bad und sah auf die Uhr. Ihr blieb noch eine Stunde, bis Benjamin aufwachte. Genug Zeit, um ein wenig aufzuräumen, sich für den Tag fertigzumachen und Benjamin eine Tasse Kaffee ans Bett zu bringen, womit sie jede Menge Beziehungspunkte sammeln konnte.

Es gab nur drei Räume im Haus, die sie mehrmals pro Woche reinigte: die Bäder und die Küche. Anders als Benjamin oft behauptete, war sie keine Keimphobikerin. Öffentliche Räume machten ihr nichts aus; sie gehörte nicht zu den Menschen, die sich praktisch in Deckung begaben, wenn jemand nieste oder hustete. Sogar Händeschütteln ertrug sie durchaus … okay, ungefähr so wie alle anderen heutzutage. Und wie sie Benjamin immer wieder erklärte, wäre sie nicht in der Lage, in einem Schönheitssalon zu arbeiten, wenn sie Probleme mit Keimen hätte. Ihre einzige kleine Bedingung lautete, dass die Toiletten sauber und die Küche und ihr Essen keimfrei sein mussten. Das war keine Keimphobie, sondern gesunder Menschenverstand.

Ein Jahr zuvor hatte Lucas einen Keks gegessen und dabei auf den Boden fallen lassen. Lucas stieß daraufhin ein frustriertes Stöhnen aus, denn er wusste, dass Gemma ihn den Rest nun nicht mehr essen lassen würde. Und dann hob Benjamin den Keks auf und reichte ihn Lucas.

»Bitte sehr, Sportsfreund«, sagte er. »Fünf-Sekunden-Regel.«

Gemma durchquerte den Raum und nahm Lucas den Keks aus der Hand. Und sie erklärte, dass es so etwas wie eine Fünf-Sekunden-Regel nicht gebe.

Zumindest hatte sie es so in Erinnerung.

So wie Benjamin es beschrieb, war sie über den Couchtisch gespungen, hatte Lucas den Keks aus der Hand geschlagen und Benjamin *angeknurrt*, dass es in *diesem* Haus keine Fünf-Sekunden-Regel gebe. Er benutzte tatsächlich das Wort »knurren«, als er seinen Eltern später davon erzählte. Und es war eine ärgerliche, lächerliche Beschreibung. Gemma war weder gesprungen noch gerannt oder hatte etwas anderes dieser Art getan. Sie war vielmehr sehr ruhig geblieben. Und sie würde so etwas wie »in diesem Haus« niemals sagen. Niemals. Das war etwas, was ihre Mutter in Gemmas Kindheit zu sagen pflegte, und Gemma käme nicht einmal auf die Idee, das zu tun.

Was Benjamin natürlich nicht wusste. Schließlich wusste er rein gar nichts über ihre Mutter. Oder über ihre Kindheit. Er fragte fast nie. Und sie sprach auch nie darüber.

Das Putzen der Küche dauerte etwa vierzig Minuten. Danach blieb ihr mehr als genug Zeit, um zu duschen und sich zu schminken. Ihre reichen Kunden bei Primadonna äußerten sich oft über ihre schöne Haut und sagten, wie neidisch sie auf sie seien. Sie machten Bemerkungen über ihre wunderbaren Gene oder wie jung sie doch sei. Gemma lächelte stets und bedankte sich. Als ob ihre Gene irgendetwas damit zu tun hatten. Hätten diese Leute sie als Teenager gesehen, wären sie vermutlich buchstäblich zurückgeschreckt. Gene? Ha! Gemma sah so aus, weil sie gut auf sich achtete. Und da sie als Kosmetikerin in einem der besten Luxussalons Chicagos arbeitete, konnte sie sich ihre hochwertigen Schönheitsmittelchen auch relativ günstig beschaffen.

Sie hatte noch ein paar Minuten Zeit, um etwas zu trinken. Während die Kaffeemaschine blubberte, sah sie aus dem

Fenster. Die ruhige Vorstadtstraße erwachte allmählich, ab und zu fuhr ein Auto vorbei, und ihre Nachbarin von gegenüber ging mit ihrem französischen Pudel Gassi. Gemma warf einen Blick auf ihren eigenen Vorgarten. Die Chrysanthemen, die sie vor zwei Wochen gepflanzt hatte, standen in voller Blüte, und das Orange-Rot hob sich deutlich vom grünen Rasen ab, den Benjamin so fleißig gemäht hatte. Sie stieß einen Seufzer aus. Sie waren erst vor anderthalb Jahren hierhergezogen, aber es fühlte sich bereits mehr wie ein Zuhause an als jeder andere Ort, an dem Gemma je gelebt hatte.

Während sie ihren Kaffee trank und einen Toast verspeiste, las sie die *New York Times*. Politik, gemischt mit ein paar interessanten Promi-News. Die meisten Leute, die sie kannte, begannen ihren Tag damit, durch die sozialen Medien zu scrollen.

Doch Gemma hatte kein Interesse an den sozialen Medien. Das war ein Zeitfresser, über den sie sich nie Gedanken machen musste.

Sie brachte eine dampfende Tasse Kaffee in ihr Schlafzimmer und setzte sich auf Benjamins Bettseite. Dann stellte sie die Tasse auf seinen Nachttisch und gab ihm einen Kuss auf die Stirn.

»Hey, Schatz«, flüsterte sie. »Zeit zum Aufstehen.«

Benjamin brummte, legte ihr dann einen Arm um die Taille und öffnete ein Auge. »Hey, meine Schöne.«

»Ich habe dir Kaffee mitgebracht.«

»Du bist eine Heilige. Mutter Teresa käme gegen dich nicht an.«

»Nicht wahr? Sie hat anderen nie Kaffee ans Bett gebracht.«

Er stützte sich auf die Ellbogen. Selbst mit halbgeschlossenen Augen und vom Schlaf zerzaustem blondem Haar war Benjamin ein Hingucker. Markantes Gesicht, breite Schultern, ein schelmisches, draufgängerisches Grinsen. Gemma redete sich gern ein, dass sie nicht oberflächlich war. Sie hatte sich nicht wegen seines Aussehens in ihn verliebt. Aber es war definitiv hilfreich gewesen.

Er trank einen Schluck. »Hat Lucas dich letzte Nacht geweckt?«

Ihr Sohn weckte sie jede Nacht. »Ja. Aber er ist gleich wieder eingeschlafen.«

»Gut.« Er rieb sich das Gesicht und gähnte. Dann sah er sie an und wirkte auf einmal ungewöhnlich wach. »Du weißt, was heute ist, oder?«

Ihr schlug das Herz bis zum Hals, und ihr wurde schwindlig. Hatte er es irgendwie herausgefunden? Seine Augen wirkten anklagend, und er spitzte ablehnend die Lippen. Das konnte nicht sein ... Er konnte es nicht herausgefunden haben. Gemmas Gedanken überschlugen sich, und sie überlegte krampfhaft, ob sie irgendwo etwas falsch gemacht hatte. Ob sie ihm unbewusst einen Hinweis gegeben hatte, dem er nachgegangen war. Dazu brauchte es im Grunde genommen nicht viel. Mit den richtigen Suchbegriffen hätte man es schnell gegoogelt.

»Ähm ...« Ihre Lippen zitterten.

»Heute habe ich das Gespräch mit Vincent. Ob ich Teamleiter werde?«

Gemma blinzelte und stieß einen bebenden Atemzug aus. Benjamin lächelte selbstzufrieden. Sie wusste, dass sie blass geworden war. Dass sie den ganzen Körper verkrampft hatte. Sicherlich konnte er das spüren, da er sie weiterhin im Arm hielt. Bestimmt konnte er auch die Tränen sehen, die ihr in die Augen stiegen. Er würde sie gleich fragen, was sie hatte. Er würde sie bedrängen.

»Ich bin in dieser Hinsicht sehr optimistisch.« Er sah sie direkt an, und sein Gesichtsausdruck blieb völlig entspannt.

Er hatte all diese Dinge noch nie bemerkt und bekam gar nicht mit, wenn sie erstarrte oder sich plötzlich anspannte. Wenn sie ihn wissen lassen wollte, dass sie verärgert war, musste sie es ihm mitteilen. Und er stellte ihr so gut wie nie Fragen über ihre Kindheit. Einmal hatte er sich nach ihren Eltern erkundigt, sie hatte behauptet, dass ihre Eltern tot seien und dass sie nicht gerne über sie spreche, und das war's. Er wollte nicht einmal wissen, wo sie aufgewachsen war. Wahrscheinlich nahm er an, sie sei in Chicago zur Welt gekommen, genau wie er.

»Ich bin da auch sehr optimistisch.« Sie zwang sich, ihn anzulächeln.

Die Tatsache, dass er nie Fragen stellte, nie nachhakte und keinerlei Neugier hinsichtlich ihrer Vergangenheit an den Tag legte, war nicht der Grund, weshalb sie sich in ihn verliebt hatte. Genauso wenig die Tatsache, dass er ihre schwachen Momente überhaupt nicht mitzubekommen schien.

Aber all das war ebenfalls sehr hilfreich gewesen.

Kapitel 3

Der vertraute Duft nach Zitrone und Bergamotte empfing Gemma, als sie den Primadonna Beauty Salon betrat. Barbara war schon da und stellte ihre speziell angefertigten Lotionen in die Auslage, wobei sie die Lippen konzentriert aufeinanderpresste, während sie die einzelnen Tiegel mit ihren knochigen Fingern neu anordnete.

»Hey, Gems«, murmelte sie. »Du strahlst heute ja richtiggehend.«

»Danke.« Gemma lächelte sie müde an und fühlte sich alles andere als strahlend. »Ist Thelma schon da?«

»Ja, seit fünf Minuten. Sie ist im Hinterzimmer. Sie hat sich mit dem Lieferanten angelegt und ihm beinahe den Kopf abgerissen. Ich hätte mich nie getraut, so mit ihm zu reden, aber du kennst ja Thelma. Sie erinnert mich an meine Mathelehrerin aus der Mittelschule. Die war auch echt krass, hat mir aber auch eine Menge beigebracht.«

»Ist eine neue Lieferung gekommen?« Gemma warf einen Blick auf die Tiegel, die Barbara gerade aufbaute.

»Ja. Wir haben noch mehr von der Lavendel-Handlotion und ein paar Halloween-Sachen reinbekommen. Ich weiß nicht, warum Thelma das Zeug überhaupt bestellt. Wer braucht diesen Mist denn schon? Ich habe hier Kürbisse, Hexen und Skelette bis zum Abwinken. Ganz zu schweigen von der vielen Zeit, die mich das Kostüm meines Kindes kostet. Ich kann es kaum erwarten, dass dieser Tag endlich vorbei ist.«

»Du hast vollkommen recht.« Gemma hängte ihren Mantel an den Haken und ging zu ihrem Tisch hinüber. »Wir haben in ein paar Tagen noch eine Geburtstagsparty, daher mache ich drei Kreuze, wenn diese Woche überstanden ist.«

»Wer hat denn Geburtstag?«

»Benjamins Mutter. Ich muss einen Kuchen besorgen.«

»Oh, du solltest ihn wahrscheinlich lieber heute bestellen, damit das noch klappt.«

»Ja«, erwiderte Gemma geistesabwesend und überprüfte ihre Lagerbestände. Ihr gingen der orangefarbene Glitzer- und der schwarze Gelnagellack aus, die man fürs klassische Halloween-Styling brauchte.

»Bleibt es bei morgen?«, erkundigte sich Barbara.

»Bei morgen?« Gemma blinzelte verdutzt.

»Dass Khai und Lucas zusammem spielen?«

Khai war Barbaras Sohn. Er und Lucas hatten sich ein paar Mal getroffen. Es war immer noch nicht ganz klar, ob sie einander wirklich mochten, aber da sie fast gleich alt waren, hatten Gemma und Barbara versucht, die Freundschaft ein wenig voranzubringen. »Ach, natürlich! Ja, das Treffen steht noch. Morgen Nachmittag, bevor das Süßes-oder-Saures-Chaos losgeht. Ich muss mal kurz nach hinten. Brauchst du noch was?«

»Nein, danke, Liebes.«

Gemma ging in den Vorratsraum, in dem Thelma, die Inhaberin des Schönheitssalons, damit beschäftigt war, die neue Lieferung auszupacken.

Thelma sah aus wie die Tochter eines Vampirs und eines Kobolds. Blasse Haut, scharlachrote Lippen und mandelförmige grasgrüne Augen. Ihr Haar war grellrot und sehr glatt. Ihr Alter war so etwas wie ein Rätsel – Gemma arbeitete seit sieben Jahren für sie, und Thelma hatte sich in dieser Zeit kaum verändert.

»Guten Morgen, Gemma«, begrüßte Thelma sie. »Kannst du mir hier vielleicht zur Hand gehen?«

Gemma schnappte sich die Schachtel, die Thelma ihr reichte. »Bevor ich es vergesse, mir geht Lucas' Lotion aus. Ich nehme ein paar Flaschen mit, okay?«

»Sicher. Aber schreib es bitte auf. Wie bist du heute Morgen verplant?« Thelma stöhnte, als sie die Kisten auf dem obersten Regal verschob, und nahm dann Gemma eine andere ab.

»Mein Vormittag ist bis mittags rappelvoll.« Gemmas Terminkalender war immer voll. Der Primadonna Beauty Salon war unfassbar beliebt. Besonders nach dem Artikel in der *Time Out* und nachdem dieser Reality-Show-Star Gemmas Nagelkunst auf Instagram gepostet hatte. Barbara und Gemma sagten Thelma ständig, sie müsse sich vergrößern, einen größeren Laden mieten und mehr Leute einstellen. Aber Thelma hatte ihre eigene seltsame Art, Dinge anzugehen. Sie bestand darauf, es weiterhin klein und fein zu halten.

»Wer ist deine erste Kundin?«, fragte Thelma.

»Diese Anwältin, wie heißt sie doch gleich? Die mit dem untreuen Ehemann.«

»Clara. Stell dich darauf ein, dass sie dir ein Ohr abquatschen wird.«

Gemma schnappte sich grinsend den Glitzer und den Nagellack, den sie benötigte. »Dafür bin ich doch da, oder?«

Jahre zuvor, kurz nachdem sie bei Primadonna angefangen hatte, war Thelma auf Gemma zugekommen und hatte ihr mitgeteilt, dass ihre Kunden bei ihr nicht so behandelt würden, wie sie es erwarteten. Gemma war verwirrt und verletzt gewesen. Aufgrund ihrer Nagelkunst hatte Thelma sie aus dem vorherigen Salon, bei dem Gemma angestellt gewesen war, abgeworben, und sie war eine der Besten, die es in Mayfair gab. Doch Thelma tat Gemmas Argumente ab, denn sie hatte überhaupt kein Problem mit ihrem Nageldesign. Aber die meisten Kundinnen kamen auch in ihren Salon, um sich zu unterhalten. Und laut Thelma gab es Fische, die gesprächiger waren als Gemma.

Gemma besaß nicht Barbaras Gabe, tausend Worte pro Minute hervorzusprudeln, ohne wirklich etwas zu sagen. Auch Thelmas Fähigkeit und Selbstvertrauen, anderen Lebensratschläge und persönliche Anregungen zu geben, fehlten ihr. Als Thelma dann auch noch vorschlug, dass Gemma ja ein wenig über sich erzählen könnte, hätte sie beinahe aufgegeben. Aber dann fand Gemma unter Thelmas Anleitung heraus, dass sie überhaupt nicht reden musste. Wie sich herausstellte, waren die Kundinnen nur zu gern bereit, über sich selbst zu sprechen, solange man Interesse zeigte. Es brauchte gar nicht viel, nur die richtige Frage ab und zu und Sätze wie »Das ist ja unglaublich« oder »Ich kann nicht glauben, dass das ausgerechnet Ihnen passiert ist.« Sobald sie anfing, sich mit ihnen zu beschäftigen, staunte sie darüber, wie viel Trinkgeld sie auf einmal bekam. Die Kundinnen des Primadonna schienen nur so in Geld zu schwimmen.

»Gems!«, rief Barbara von nebenan herüber. »Dein Neun-Uhr-Termin ist da.«

Gemma eilte zurück und lächelte Clara an, die Anwältin mit dem fremdgehenden Ehemann. Schwarze Prada-Highheels, schicker Ralph-Lauren-Hosenanzug und weiße Louis-Vuitton-Mini-Tasche. Und natürlich ihr Primadonna-Haarschnitt und ihre Nageldesigns.

Gemma führte Clara zum Stuhl. »Hey, Clara, wie geht es Ihnen?«

Clara seufzte. »Ganz gut«, murmelte sie. »Es ist mal wieder einer dieser Tage.«

Gemma versuchte, sich daran zu erinnern, ob Clara Kinder hatte. Sie war sich nicht sicher, daher war es keine gute Idee, sie zu fragen, ob ihre Kinder sie morgens stressten. »Ich weiß genau, was Sie meinen. Steht Ihnen heute erneut ein langer Arbeitstag bevor?«

»Wahrscheinlich. Ich arbeite an einem schwierigen Fall.« Clara streckte die Hände aus, damit sich Gemma ihren Fingernägeln widmen konnte. Die Überreste von Gemmas letzter Arbeit waren immer noch sichtbar – ein glänzendes Türkis mit einem schwachen Efeumuster auf einem der Nägel.

»Was kann ich tun, damit dieser Tag besser wird?«, fragte Gemma.

»Ähm … Vielleicht das Gleiche wie beim letzten Mal? Dieses Pflanzending?«

Gemma wiederholte ein Nageldesign nur ungern. Zudem wusste sie aus Erfahrung, dass die Kundinnen in der Regel zufriedener waren, wenn sie etwas Neues bekamen. »Darf ich etwas anderes vorschlagen? Nichts völlig anderes, aber ich dachte an ein helles Blau, das dieser Farbe sehr ähnelt, und vielleicht drei kleine Strasssteine auf dem Mittelfinger.«

»Strasssteine?«, wiederholte Clara skeptisch.

»Ich weiß, was Sie jetzt denken, aber ich kann Ihnen versichern, dass es sehr geschmackvoll aussieht. Und wenn es Ihnen nicht gefällt, entferne ich sie wieder und male das Efeumuster auf.«

»Das sollten Sie wirklich mal versuchen«, warf Barbara ein. »Gestern war eine Frau hier, die das erst gar nicht ausprobieren wollte, und ich schwöre bei Gott, dass sie aus dem Strahlen nicht mehr herauskam, nachdem Gemma die Steine platziert hatte. Manchmal weiß man gar nicht, dass es etwas gibt, und wenn man es dann herausgefunden hat, will man überhaupt nicht mehr darauf verzichten. Bei mir war es der Pfirsich-Mango-Kuchen von Jollibee. Genau so wird es bei Ihnen sein. Wie für mich der Pfirsich-Mango-Kuchen.«

»Okay«, gab Clara nach. »Probieren wir es aus.«

Gemma schenkte Barbara ein dankbares Lächeln. Ihre Freundin und Arbeitskollegin war die beste Unterstützerin der Welt.

»Alles klar.« Gemma machte sich daran, Claras Fingernägel zu reinigen. »Hat Ihr Mann Wiedergutmachung betrieben?«

»Er bildet es sich jedenfalls ein.«

Gemma schnaubte wissend. »Was hat er getan?«

Clara schilderte die Unzulänglichkeiten ihres Mannes, während Gemma die Realität um sich herum ausblendete. Sie konzentrierte sich auf die Nägel der Frau und dachte bereits über ein neues Muster nach, das sie noch nicht ausprobiert hatte.

Als sie damals angefangen hatte, im Schönheitssalon zu arbeiten, hasste sie jede Minute davon. Sie tat es, um nicht kellnern zu müssen, da sie diesen Job auf den Tod nicht leiden konnte. Die Besitzerin eines Schönheitssalons war auf der Suche nach billigen Mitarbeitern, und Gemma stellte keine Ansprüche – erst recht nicht, wenn sie bar bezahlt wurde und somit nicht in den Geschäftsbüchern auftauchte. Bei den ersten paar Waxing-Aufträgen schrien die Kundinnen sie an, weil sie es nicht richtig hinbekam und ihnen wehtat. Außerdem fand sie es eklig und musste jeden Abend im Badezimmer deswegen schrecklich weinen.

Doch schon nach wenigen Monaten kamen die ersten Kundinnen in den Salon, um sich nur von ihr die Nägel machen zu lassen. Sie schwärmten von ihrem einzigartigen Stil und berichteten von ihren neidischen Freundinnen. Ein Jahr später machte Gemma keine Wachs-, Peeling- oder Pediküre-Behandlungen mehr. Ihre Chefin hatte erkannt, dass es sich für sie lohnte, Gemma nur noch Nägel machen zu lassen. Ihre Kundinnen waren von ihrer Arbeit begeistert. Sie fing an, ihren Job zu lieben. Er war kreativ und feinfühlig, und sie war stolz auf ihre Entwürfe. Sie gab ihren Kundinnen das Gefühl, schön und einzigartig zu sein. Es wurde noch besser, als sie zu Primadonna wechselte. Die Bezahlung war fünfmal so hoch wie vorher – Thelma zahlte gut für Qualität – und sie bekam unglaublich viel Trinkgeld. Das Beste an diesem Job war jedoch, dass sie Thelma und Barbara liebte und dass die Atmosphäre im Schönheitssalon entspannt und beruhigend war.

Es war ein Zufluchtsort. Ein sicherer Hafen.

»Ich mag diese Farbe«, sagte Clara.

»Sie steht Ihnen wirklich gut«, erklärte Gemma, während sie Nagelkleber auf den mittleren Nagel auftrug. »Jetzt kommen die Strasssteine. Sehen Sie? Die Steine sind ganz klein.« Sie öffnete die Schachtel mit den silbernen Steinchen.

»Oh ja, die sehen wirklich schön aus.«

Gemma hob einen der Steine mit der Pinzette an. »Sie hatten mir von Ihrem Chef erzählt, wissen Sie noch? War er zufrieden mit Ihrer Arbeit?«

»Nun ja …«

»Sie sollten die Hand jetzt ganz ruhig halten.«

»Tut mir leid. Es ist nur … Er geht mir schrecklich auf die Nerven.«

Das Klirren der Tür unterbrach ihre Unterhaltung. Eine mollige Frau mit einer roten Wollmütze trat ein und sah sich um, wobei sie sich nervös die Lippen leckte. Gemma warf ihr einen Blick zu, um sich zu vergewissern, dass es nicht ihre nächste Kundin war, und konzentrierte sich dann wieder auf die Platzierung der Steine.

»Hallo, meine Liebe«, zwitscherte Barbara. »Wie kann ich Ihnen helfen?«

»Ähm … Ich hatte gehofft, hier meine Nägel machen lassen zu können. Eine Freundin hat mir diesen Salon empfohlen.«

»Nun«, erwiderte Barbara. »Normalerweise macht Gemma die Nägel, aber sie ist heute ausgebucht. Ich kann allerdings gern einspringen, wenn Sie möchten, oder aber Sie machen einen Termin …«

»Nein … Ich wollte mir eigentlich von Theodora die Nägel machen lassen.«

Der Strassstein fiel klappernd auf den Tisch, als Gemma mit der Pinzette herumfuchtelte.

»Das tut mir wirklich sehr leid«, sagte Barbara. »Hier arbeitet niemand namens Theodora. Aber Gemma ist die beste Nagelkünstlerin in ganz Chicago, und …«

»Theodora Briggs«, platzte die Frau heraus. »Ich wollte meine Nägel von Theodora Briggs machen lassen.«

Gemmas Hand zitterte, und Flecken tanzten vor ihren Augen. Sie stützte sich auf den Tisch und versuchte, sich zu beruhigen.

»Ich weiß nicht, wer diese Theodora ist«, erklärte Barbara. »Aber ich kann Ihnen versichern …«

»Ach, vergessen Sie's«, fuhr die Frau sie an. »Da habe ich mich vermutlich im Salon geirrt.«

Sie drehte sich um, riss die Tür auf und eilte nach draußen.

»Ganz schön nervös, die Kleine«, kommentierte Barbara. »Hat bestimmt zu viel Kaffee getrunken. Ich habe meinen Kaffeekonsum ja auf zwei Tassen pro Tag reduziert. Das wirkt sich sehr positiv auf meine Stimmung aus.«

»Das könnte ich nicht«, gestand Clara. »Ich brauche so viel Kaffee, wie ich nur kriegen kann …«

»Entschuldigen Sie mich kurz«, murmelte Gemma. Sie durchquerte den Raum, öffnete die Tür und hastete ins Freie. Auf dem Bürgersteig hielt sie inne und hielt verzweifelt Ausschau nach der roten Wollmütze zwischen den hin und her laufenden Passanten.

Da! Die Frau ging die Straße hinunter und war schon fast einen Block entfernt. Gemma rannte ihr hinterher, stolperte mehrmals beinahe in ihren hochhackigen Schuhen, atmete schnell und sagte sich, dass es wahrscheinlich nichts war.

»Entschuldigen Sie!«, rief sie, als sie näherkam. »Miss!«

Die Frau drehte sich nicht um. Sie schien ebenfalls sehr schnell zu gehen, fast zu rennen. Gemma zwang sich, noch schneller zu laufen, um sie einzuholen. Sie packte die Frau an der Schulter.

»Entschuldigen Sie«, keuchte sie.

Die Frau wirbelte herum. »Was ist?«, fauchte sie.

»Sie … Haben Sie Theodora Briggs gesagt?«

Die Frau riss die Augen auf. »Ja. Vergessen Sie es einfach. Ich hab's mir anders überlegt. Ich habe heute wirklich keine Zeit, mir die Nägel machen zu lassen.«

Gemma konzentrierte sich auf ihr Gegenüber und versuchte, sie einzuordnen. Kannte sie diese Person? Sie überlegte, wie diese mollige Frau wohl vor dreizehn Jahren ausgesehen haben mochte. Hatten sie einander früher vielleicht gekannt? »Ähm … Es war nur dieser Name. Ich habe mich gefragt, wer Ihnen gesagt hat …«

»Das spielt keine Rolle.« Die Frau atmete jetzt schnell, ihre Lippen zitterten. »Es war wahrscheinlich ein anderer Salon. Oder vielleicht habe ich den Namen falsch verstanden.«

Hatte die Frau sie erkannt? Gemma suchte nach diesem Funken des Erkennens. Einem Blick, der ihr vermittelte: *Ich kenne dich, Mörderin. Ich weiß, was du getan hast.* Aber da war nichts. Die Frau wirkte eher verwirrt. Und sosehr sie sich auch bemühte, Gemma konnte sie nicht einordnen. Dabei konnte sie sich Gesichter gut merken. Doch sie war sich ziemlich sicher, dass sie diese Frau noch nie gesehen hatte.

Die Frau schaute nach links und rechts und bewegte sich ruckartig. Sie war verängstigt. Vielleicht wusste sie ja wirklich, wer Gemma war.

»Dieser Name.« Gemma mahlte mit dem Kiefer. »Wer …«

»Sie tun mir weh.«

Gemma umklammerte den Arm der Frau, legte die Finger fester darum, bohrte sie förmlich hinein. Als die Frau erschrocken nach unten schaute, wurde Gemma klar, dass sie die Pinzette noch immer in der Hand hielt und wie eine Waffe mit der Faust umklammerte. Sie ließ die Frau los.

»Verzeihung«, hauchte sie.

Die Frau warf ihr einen letzten verängstigten Blick zu und rannte davon. Gemma konnte sich kaum aufrecht halten, geschweige denn, ihr hinterherlaufen. Stattdessen starrte sie die rote Wollmütze an, die sich immer weiter entfernte.

Sie drehte sich um und ging auf wackligen Beinen zum Salon zurück. Beim Eintreten wurde ihr übel. Der sonst so beruhigende zitronige Geruch des Salons wirkte plötzlich süßlich und widerlich.

»Alles in Ordnung?«, erkundigte sich Barbara.

»Ja …«, antwortete Gemma schwach. »Ich habe nur … Ich dachte, die Frau käme mir bekannt vor.«

»Sie gefallen mir sehr«, sagte Clara.

»Wie bitte?«, fragte Gemma verwirrt.

»Die Strasssteine. Sie hatten recht, sie sehen wirklich schön aus.«

»Ja … Ich bin noch nicht fertig. Zwei fehlen noch.« Gemma schwankte leicht, als sie zu Clara hinüberging. Sie versuchte, einen Stein aus dem Behälter zu nehmen, aber ihre Hand zitterte zu stark.

»Ich wüsste nicht, dass ich eine Theodora kenne, die in einem Schönheitssalon arbeitet«, überlegte Barbara laut. »Jetzt, wo ich darüber nachdenke, glaube ich nicht mal, dass ich überhaupt jemanden kenne, der Theodora heißt.«

»Ja«, meinte Gemma mit ausdrucksloser Stimme, »das ist kein sehr geläufiger Name.«

Kapitel 4

Das war nicht das erste Mal, dass Gemma vergessen hatte, auf welchem Parkplatz ihr Wagen stand, aber heute war es besonders frustrierend. Sie wollte nur noch nach Hause, das Kindermädchen Iris ablösen und ein paar entspannte Stunden mit Lucas verbringen. Stattdessen lief sie auf dem Parkplatz herum, drückte immer wieder auf die Fernbedienung des Wagens, und der kühle Herbstwind ließ ihre Ohren und ihre Nase gefrieren.

Es grenzte an ein Wunder, dass sie es überhaupt geschafft hatte, den Tag zu überstehen, nachdem diese Frau in ihr Leben eingedrungen war. Irgendwie gelang es ihr, zur Tagesordnung überzugehen, während ihr Gehirn im Panikmodus war und von Angst vernebelt wurden, als würde wie bei einem gestörten Radiosender alles von einem Rauschen überlagert. Sie redete sich immer wieder ein, dass es nichts zu bedeuten hatte. Diese Frau kannte sie eindeutig nicht. Und es war ja auch nicht so, dass sie nach der echten Theodora Briggs von vor all den Jahren suchte. *Diese* Theodora war eine Highschoolschülerin im Teenageralter, keine Kosmetikerin. Die Frau war eindeutig auf der Suche nach einer Kosmetikerin. Es war einfach ein seltsamer, unverständlicher Zufall. Aber, wie Barbara schon gesagt hatte, war Theodora auch ein sehr seltener Name. Ganz zu schweigen von Theodora Briggs. Und dass dies ausgerechnet heute passierte, machte die Sache umso rätselhafter.

Es war ein ganz normaler Tag, versuchte sie sich einzureden. Dabei stimmte das überhaupt nicht, denn für sie war er das nicht. Auch nicht für die Familie eines anderen Mädchens in Crumville, auf der anderen Seite des Landes. Für sie war dieser Tag ein furchtbarer Jahrestag. Ein Gedenktag.

Wo stand denn das verdammte Auto? Sie lief schneller, biss gegen die Kälte die Zähne zusammen und versuchte, nicht an Theodora Briggs, an Crumville oder an diesen Tag zu denken. Ihre Schritte hallten laut vom gepflasterten Boden wider, dann wurden sie gedämpft, als sie über etwas trockenes Laub hastete, das …

– unter ihr knisterte. Es war kalt … so kalt. Sie öffnete flatternd die Lider, ihre Zähne klapperten. Sie fror so sehr. Als sie sich bewegte, hörte sie wieder dieses Knistern unter sich. Trockene Blätter. Nach und nach konnte sie die verschwommene Welt wieder deutlicher erkennen, sah die schattenhaften Formen der Bäume um sich herum. Der Himmel war indigoblau, so wie am frühen Morgen. Sie lag auf dem Boden, der Geruch von Erde drang ihr in die Nase. Sie war schwach, jede Bewegung unfassbar anstrengend.

Theo setzte sich langsam auf, schlang die Arme um ihren Oberkörper und zitterte. Sie wusste nicht, wo sie sich befand oder wie sie hierhergekommen war. Sie erinnerte sich an eine … Party. In Victorias Haus. Einzelne Bilder tauchten in ihrem Gedächtnis auf. Tanzen. Trinken. Victorias Gesicht, tränennass. Sie flehte sie an, damit aufzuhören.

Sie stieß einen Schluchzer aus. Es machte ihr Angst, sich nicht erinnern zu können. Ihr Gedächtnis war immer gut gewesen, und sie prägte sich jedes Detail eines jeden Tages ein. Oft gab es Dinge, von denen sie wünschte, sie könnte sie vergessen. Peinlichkeiten,

Demütigungen, spöttische Bemerkungen. Aber jetzt, wo sich eine klaffende Lücke in ihrem Gedächtnis auftat, kramte sie nach den winzigen Details, an die sie sich noch erinnern konnte. Sie war zu dieser Party gegangen. Um sich an Victoria zu rächen, um sie büßen zu lassen. Sie hatte etwas in der Tasche ihrer Jacke bei sich gehabt. Etwas … Schlimmes. Als sie jetzt in ihrer Tasche herumwühlte, war sie leer. Und es war nicht einmal die Jacke, die sie auf der Party getragen hatte. Genau genommen war dies gar nicht ihre Jacke.

Verwirrt schaute sie an sich herunter. Sie trug eine weiße Jacke, die sie unter normalen Umständen niemals anziehen würde. Darauf prangten große Flecken, und etwas, das wie getrockneter Schlamm aussah, klebte an einer Stelle. Als sie sich bewegte, um das genauer zu untersuchen, zuckte sie vor Schmerz zusammen. Sie hatte Schmerzen am ganzen Körper. Ihr Bein war geprellt. Ihre Wange war geschwollen. Und ihr linker Arm schien zu brennen. Sie zog ihn aus der Jacke und sah ihn sich genauer an. Im schwachen Licht war es schwer zu erkennen, aber es sah so aus, als hätte sie drei lange Kratzspuren auf der Haut.

Ihr T-Shirt war zerrissen, sodass man den BH darunter erkennen konnte. Sie zog die Jacke fester um sich und versuchte, sie zu schließen, aber der Reißverschluss war ebenfalls mit Schlamm verkrustet und klemmte.

Theo rappelte sich auf und stützte sich an einem Baum in der Nähe ab. Sie sah sich um, aber im trüben Licht konnte sie nichts als Bäume ausmachen. Wie war sie hierhergekommen? Sie erinnerte sich vage daran, dass sie gerannt war … gestolpert. Sie war gejagt worden.

Gejagt.

Ein Ziehen in ihrem Bauch, und sie brach zusammen, übergab sich, würgte und würgte. Der Geschmack von säurehaltiger Galle erfüllte ihren Mund. Sie stieß einen weiteren Schluchzer aus.

»Da ist jemand!«

Sie verkrampfte sich, kauerte sich zusammen und wusste, dass sie nicht in Sicherheit war. Jemand war hinter ihr her. Da war … etwas. Irgendetwas war passiert. Sie berührte den blauen Fleck auf ihrer Wange, erinnerte sich an den Schmerz, als sie getroffen worden war. Rasch drehte sie sich um und wollte wegrennen. Fliehen.

»Halt!«

Zwei Lichtstrahlen schwankten flackernd um sie herum. Theo erstarrte, drehte sich um und zuckte zusammen, als das helle Licht sie blendete. Sie hob eine Hand, um ihre Augen zu schützen.

»Es ist ein Mädchen.« Die Stimme einer Frau.

Das Licht schien Theo nicht länger ins Gesicht, und sie blinzelte, während Punkte in ihrem Blickfeld tanzten. Zwei Erwachsene in Uniform. Polizisten. Sie würden ihr nichts antun.

»Hilfe«, röchelte sie.

»Ich glaube, sie ist verletzt«, sagte die Polizistin und eilte auf sie zu.

»Warten Sie«, mahnte der andere Polizist mit tiefer, angespannter Stimme. »Sehen Sie nicht, was sie da anhat? Ist das nicht die verschwundene Jacke des Opfers?«

Des Opfers?

»Ich … Ich muss meine Mom anrufen«, murmelte Theo.

»Was ist das für ein großer Fleck?«, fragte der erste Polizist. Beide Taschenlampen waren nun auf ihre Jacke gerichtet.

»Ich glaube, es ist Blut.«

»Nein«, versuchte Theo zu erklären. »Es ist Schlamm …«

Aber das war kein Schlamm. So sah Schlamm nicht aus. Er roch auch nicht so. Und sie erinnerte sich an etwas. Sie erinnerte sich an … eine große Blutspur.

»Miss«, sagte der Polizist. »Sie müssen uns begleiten.«

Beide Polizisten wirkten auf einmal wachsam. Hatten die Hände am Holster. Theo wollte erklären, dass alles ein Irrtum war, als eine Welle von Galle in ihrer Kehle aufstieg und sie –

– … musste sich übergeben, spie ihr Erbrochenes auf den Asphalt.

Gemma spuckte und röchelte. Sie lehnte sich an ein Auto, um sich abzustützen. Nicht an einen Baum. Ein Auto. Sie war nicht im Wald. Dieser Tag lag in der Vergangenheit. War dreizehn ganze Jahre her. Heute auf den Tag genau.

Kapitel 5

»Ich will jetzt das große Vulkanbuch lesen«, verlangte Lucas.

»Okay, mein Schatz«, erwiderte Gemma abgelenkt.

Lesen war eine von Lucas' Lieblingsbeschäftigungen, und normalerweise galt dasselbe für Gemma. Wie immer lagen sie in Lucas' Bett unter der Bettdecke und steckten die Köpfe zusammen. Lucas suchte sich ein Buch aus dem Regal aus, und sie lasen es gemeinsam. Da Lucas nicht lesen konnte, teilten sie sich die Aufgaben. Lucas war für das Umblättern der Seiten zuständig, Gemma für das Vorlesen.

Lucas schnappte sich das große Vulkanbuch aus dem Regal und kehrte zum Bett zurück, wobei er Gemma versehentlich den Ellbogen in den Bauch stieß. Er kroch unter die Decke und schlug das Buch auf.

»Das ist ein Vulkan«, las Gemma die erste Zeile vor, die sie auswendig kannte. »Ein Vulkan ist eine Öffnung in der Erdoberfläche …«

»Was ist die Oberfläche?«

»Sie meinen den Boden.« Sie blinzelte und suchte nach der Stelle, an der sie stehen geblieben war. »Heißes Magma, Gas und Asche entweichen durch die Öffnung.«

»Mach das Explosionsgeräusch.«

Gemma war nicht im Geringsten in der Stimmung dazu. »Warum übernimmst du das heute nicht mal?«

»Nein. Du musst es tun. Ich mache es dir dann nach.«

Gemma tat ihr Bestes, um das Geräusch eines Vulkanausbruchs zu imitieren. Sie hatte keine Ahnung, wie es sich wirklich anhörte, fand jedoch, dass sie sich ganz gut schlug.

Lucas schmiegte sich enger an sie und stieß selbst ein Vulkangeräusch aus.

Sie genoss diese nachmittägliche Zeit mit Lucas. Benjamin beschwerte sich manchmal, dass Lucas nicht unabhängig genug sei und sich nicht »selbst beschäftige«. Das machte sie immer ganz verrückt, denn Lucas war unglaublich selbstständig für einen Vierjährigen. Er wollte einfach nur Zeit mit seinen Eltern verbringen, wenn sie in der Nähe waren. Gemma fand, dass sie in den wenigen kostbaren Stunden, die sie jeden Tag mit Lucas verbringen konnte, ganz für ihn da sein musste.

Doch im Moment fiel es ihr schwer, richtig bei der Sache zu sein. Sie tat ihr Bestes, um es zumindest zu versuchen. Lucas machte es noch schwieriger, indem er Bücher auswählte, die sie nicht leiden konnte. Er hatte Dutzende von Büchern, die sie liebte. Dr. Seuss, »Winnie Puuh« und »Wo die wilden Kerle wohnen«. Aber heute konzentrierte sich Lucas auf seine Enzyklopädien über Vulkane, Züge und Flugzeuge, die für sie eine Quälerei darstellten.

Und während sie die ganze Zeit über die verschiedenen Meilensteine im Zusammenhang mit der Entwicklung von Zügen oder über Turbulenzen und Flügelformen las, dachte sie immer wieder an die Frau, die heute im Schönheitssalon aufgetaucht war. Ihr Bauchgefühl in Bezug auf diese Person schwankte ständig. In einem Moment hatte sie das Gefühl, dass es sich nur um einen sehr seltsamen Zufall handelte. Im nächsten Moment fragte sie sich, ob es eine verdeckte Ermittlerin der Polizei gewesen war, die sie dazu bringen wollte, sich zu stellen. Sie war sich fast sicher, dass die Frau nicht gewusst hatte, wer sie war. In ihrem Gesicht hatte nichts darauf hingedeutet, dass sie sie wiedererkannte. Was Gemma dringend brauchte, waren ein paar Minuten für sich, um dieses Ereignis im Kopf noch einmal durchzugehen. Aber … »Mommy. Ich habe umgeblättert. Mommy. Mom. Das ist eine neue Seite, du musst weiter vorlesen.«

Sie räusperte sich. »Richtig. Der größte Vulkan ist auf Hawaii.«

»Wo ist Hawaii?«

»Das ist eine Insel. Weit weg.«

»Ich will jetzt das große Piratenbuch lesen.« Lucas ließ das Vulkanbuch fallen.

Gemma konnte nicht mehr. Sie brachte es einfach nicht über sich. Während der vierzig Minuten, die sie jetzt schon lasen, gingen ihr die Gedanken an die Frau von heute Morgen einfach nicht aus dem Kopf. Sie war völlig überfordert und fühlte sich wie ein Gummiband, das zu zerreißen drohte.

»Willst du vielleicht mal eine Pause machen und ein bisschen malen?«

»Nein. Ich will das große Piratenbuch lesen.«

»Du könntest auch mit deinen Legos ein richtig schönes Piratenversteck bauen«, schlug sie verzweifelt vor.

»Ich will nicht mit meinen Legos spielen.« Er stand auf und griff nach dem Piratenbuch.

»Wie wäre es, wenn ich dich ein bisschen mit meinem Telefon spielen lasse?«, platzte es aus ihr heraus.

Er hielt inne und drehte sich um.

Das hätte sie nicht sagen dürfen. Es widersprach allem, woran sie glaubte; außerdem verhielten sich so nur richtig schlechte Eltern. Dies war die ultimative Art und Weise, wie Eltern demonstrieren konnten, dass ihnen ihr Kind völlig egal war. Es gab zahllose Untersuchungen darüber, was Handys bei

Kindern anrichteten – sie schädigten ihr Sehvermögen, ihre geistige Entwicklung, störten ihren Schlaf. Und auch ohne diese Untersuchungen war es leicht zu erkennen, wie unfassbar falsch ein kleines Kind mit einem Telefon in der Hand aussah – diese leeren Augen, der schlaffe Mund, der krumme Hals.

Sie hatte sich deswegen ein paar Mal mit Benjamin gestritten, nachdem sie herausgefunden hatte, dass er Lucas mit seinem Handy spielen ließ. Und in diesem Punkt hatte sie die Oberhand gewonnen, da Benjamin erkannte, wie sehr sie dieses Verhalten störte, und ihr versprach, es nie wieder zu tun.

Doch jetzt machte sie genau das, wofür sie andere Eltern derart erbittert verurteilte: Sie reichte ihrem Sohn das Telefon und rief ihm die *Candy Crush*-App auf, woraufhin seine Augen sofort diesen zombieartigen Ausdruck annahmen. Sie wurde fast von ihrem Selbsthass zerfressen.

Aber sie konnte sich jetzt eine Tasse Kaffee kochen. Auf die Toilette gehen. Und sich einen Moment Zeit für sich nehmen. Es war ja nicht so, dass sie Lucas eine halbe Stunde lang mit dem Telefon spielen lassen wollte. Nur fünf Minuten, nur dieses eine Mal und nie wieder.

Sie nippte an ihrem Kaffee. Gott, den hatte sie dringend gebraucht. Letzte Nacht war sie zu spät zu Bett gegangen und fast zwei Stunden zu früh aufgewacht. Kein Wunder, dass sie paranoid wurde und sich Geschichten über verdeckte Ermittler ausdachte. Jetzt, da sie kurz zur Ruhe gekommen war, wurde ihr bewusst, was an diesem Vormittag wirklich passiert war.

Eine unbekannte Frau hatte etwas falsch in Erinnerung behalten.

Entweder war sie in den falschen Schönheitssalon gekommen oder hatte den falschen Namen genannt. Es war wirklich nicht weiter wichtig. Sosehr sie sich auch bemühte, Gemma konnte doch nicht mit Gewissheit behaupten, dass die Frau überhaupt nach Theodora Briggs gefragt hatte. Sie hatte definitiv den

Namen Theodora genannt, aber der Nachname hätte auch Bridges, Biggs oder Griggs lauten können … Und Gemma, die durch den Schlafmangel und den ominösen Jahrestag derart aufgedreht war, hatte sie einfach falsch verstanden. Es war eine Erleichterung, die Angelegenheit endlich geklärt zu haben.

Schuldgefühle nagten an ihr. Lucas spielte nun schon seit mindestens fünfzehn Minuten mit ihrem Handy, viel länger, als Gemma ursprünglich geplant hatte. Aber jetzt, wo sie ein paar Minuten Ruhe bekommen hatte, war sie nicht bereit, es ihm wegzunehmen. Es war wie der Moment an einem verschneiten Tag, an dem man aus dem Bett aufstehen musste und beschloss, dass man es sich leisten konnte, noch ein paar Sekunden länger liegen zu bleiben. Der Schaden war längst angerichtet. Wäre es denn so schlimm, wenn sie ihren Kaffee noch austrank?

Und als ihre Tasse leer war, fand sie, es wäre an der Zeit, die Wäsche in die Maschine zu stecken, bevor der Haufen Schmutzwäsche noch den Vulkan auf Hawaii überragte. Dann räumte sie rasch den Kühlschrank auf – eine Aufgabe, die sie schon eine Weile vor sich hergeschoben hatte. Als sie danach jedoch auf die Uhr schaute, blieb ihr vor Schreck beinahe das Herz stehen.

Lucas spielte nun schon seit über vierzig Minuten am Telefon. Aber das war nicht der wirklich schlimme Teil. Das wirklich Schlimme war, dass Benjamin gleich nach Hause kommen würde.

Wenn er Lucas mit dem Telefon sah, wäre das eine Katastrophe epischen Ausmaßes. All diese lauten Streitereien, gefolgt von Gemmas kaltem, wütendem Schweigen. All die Male, bei denen sie ihm von einer Mutter erzählt hatte, der sie im Park begegnet war und die ihren Sohn am Telefon spielen ließ, anstatt ihn auf der Schaukel anzustoßen. All die Studien, die sie zitiert hatte, die Links zu Artikeln, die sie ihm geschickt hatte.

Benjamin würde nicht wütend sein. Er würde schmunzeln. Es würde ihn amüsieren. Und wenn sie sich das nächste Mal wegen etwas stritten, würde er sagen: »Das ist genau wie die Sache mit dem Telefon.« Und er hätte recht.

»Lucas. Schätzchen. Du musst jetzt langsam mal aufhören.«

»Nur noch einen Level.«

»Okay, noch ein Level, und danach ist Schluss. Okay?«

Keine Antwort.

»Okay, Lucas?«

»Okay.«

Sie wartete, während er den Level beendete. »Okay, jetzt gib mir das Telefon.«

»Ich habe einen Lolli.«

»Das ist wirklich toll, Schatz. Aber jetzt gib mir das Telefon.«

»Ich will den Lolli ausprobieren.«

Er probierte den Lollihammer aus. Die Bonbons verschwanden mit einem lustigen Geräusch. »Hast du das gesehen, Mommy?«

»Ja. Jetzt gib mir das Telefon.«

»Ich will den Level beenden.«

»Wir haben gesagt, nur noch ein Level und dann gibst du mir das Telefon.«

»Genau. Nur noch einen Level.« Er hatte den Blick auf das Display gerichtet, seine Stimme klang abgelenkt und hohl. Ein Zombiekind.

»Du hast den Level schon gespielt.«

»Nein, hab ich nicht.«

Verärgert über sich selbst und über Lucas riss sie ihm das Telefon aus der Hand.

Er wirbelte zu ihr herum und riss die Augen auf. Sie konnte es deutlich erkennen. Das war die tödliche Ruhe vor dem Sturm. Sie bereute bereits, dass sie ihm das Telefon weggenommen hatte – und erst recht, es ihm überhaupt gegeben zu haben. Lucas kreischte laut los, kniff die Augen zusammen, ballte die kleinen Fäuste, und sein Gesicht wurde fleckig und rot. Gemma wich einen Schritt zurück, weil die heftige Reaktion sie erschreckte. Er öffnete die Augen, stürzte sich auf sie und versuchte, ihr das Telefon zu entreißen. Es gelang ihr gerade noch, es so zu halten, dass er nicht herankommen konnte.

»Ich will das Spiel spielen!«, schrie er.

»Du hattest genug Zeit mit dem …«

»Lass mich spielen!«

»Zu viel Zeit am Telefon schadet deinen Augen und …«

»Das ist mir egal, gib mir das Telefon, ich will spielen!«

Nun machte sie einen weiteren Fehler. Sie steckte das Telefon ein und sagte: »Nein! Du wirst nie wieder auf dem Handy spielen.«

Er versuchte sogar, sie zu schlagen, was sie entsetzte. So etwas war auch schon anderen Eltern passiert. Eltern, die nicht intuitiv wussten, wie sie ihre Kinder erziehen sollten. Lucas war immer so brav. So ruhig und lieb. Nicht einmal eine Stunde am Smartphone, und der liebenswerte Charakter ihres Sohnes war für immer verschwunden. Sie spürte bereits die Tränen, die ihr die Kehle zuschnürten, während sie versuchte, ihn zu beruhigen, doch ihre leise, besänftigende Stimme kam gegen seine erbitterte Tirade einfach nicht an.

Die Haustür wurde geöffnet, und Benjamin trat stirnrunzelnd ein. Er warf einen Blick auf Gemmas hilflosen Gesichtsausdruck, dann wandte er sich dem schreienden Lucas zu, der in der Hocke kauerte und dessen Gesicht bereits dunkelrot angelaufen war.

»Okay, Kumpel, du kommst jetzt mit«, sagte Benjamin fröhlich, aber auch bestimmt.

Ohne auf eine Antwort zu warten, hob er Lucas mit einer Hand vom Boden und trug ihn die Treppe hinauf. Nur wenige Sekunden später fiel eine Tür zu, und das schreckliche Kreischen wurde leiser. Gemma spähte die Treppe hinauf; sie vernahm Benjamins ruhige Stimme, die trotz des Geschreis irgendwie noch zu hören war.

Gemma erlaubte sich einen erschütterten Atemzug. Sie zückte ihr Handy und löschte die *Candy Crush*-App. Nie wieder.

Eine halbe Minute später ging das Schreien in Weinen über, dann in Schluchzen und schließlich herrschte Stille. Gemma schlich auf Zehenspitzen die Treppe hinauf und lauschte an der Tür. Sie hörte Benjamins Gemurmel. Es hörte sich an, als würde er Lucas eine Gutenachtgeschichte vorlesen. Lucas hatte sich nicht die Zähne geputzt, aber Gemma würde ganz bestimmt nicht ins Zimmer platzen und die beiden darauf hinweisen. Sie hoffte nur, dass Benjamin ihren Sohn aufforderte, sich vor dem Zubettgehen seinen Schlafanzug anzuziehen.

Sie ging in ihr Schlafzimmer und unter die Dusche, um sich den Tag von der Seele zu waschen. Während das heiße Wasser über sie hinwegspülte, bereitete sie ihre Verteidigung bei der Diskussion vor, die sie mit ihrem Mann gleich führen würde. Ja, sie hatte ihren Sohn ein paar Minuten lang am Telefon spielen lassen, weil sie im Internet nach Torten für den Geburtstag von Benjamins Mutter suchen und sich dabei konzentrieren musste. Es war zwar eine armselige Ausrede, klang jedoch so, als wäre es zum Teil die Schuld von Benjamins Mutter, was nicht einer gewissen Eleganz entbehrte. Gemma würde einige Zugeständnisse in Bezug auf ihre Telefonverbotsagenda machen und einer »Telefon unter besonderen Umständen«-Regelung zustimmen müssen. Und das war eine derart schiefe Ebene, dass sie praktisch einer Wasserrutsche glich. Vielleicht wäre es eine gute Idee, darauf hinzuweisen, wie gereizt Lucas auf die Wegnahme des Telefons reagiert hatte. Das zeigte, wie süchtig machend und zerstörerisch diese Dinger waren.

Sie verließ die Dusche und zog sich ihren bequemen Schlafanzug an, der ursprünglich blau gewesen war und nun durch die vielen Wäschen im Laufe der Jahre ein verblasstes Graublau angenommen hatte. Heute konnte sie alle kleinen Annehmlichkeiten gebrauchen, die sie kriegen konnte.

Benjamin stand in der Küche und trank ein Bier. Gemma gesellte sich zu ihm und schenkte sich ein Glas Wein ein, ohne etwas zu sagen. Sollte Benjamin doch anfangen.

»Ich glaube, Iris hat Lucas mit ihrem Handy spielen lassen«, sagte Benjamin.

»Ich … Was?«

»Er sagte, er wolle ein Spiel auf dem Telefon spielen, das mit den Süßigkeiten. Anscheinend hat Iris es ihn spielen lassen.« Benjamin runzelte die Stirn und trank einen Schluck Bier. »Ich sollte mal mit ihr reden.«

»Nein … Ich werde mit ihr reden.«

»Wir haben ihr doch gesagt, dass wir das nicht wollen, oder?«

»Ja, das haben wir. Ich werde mit ihr reden und dafür sorgen, dass so etwas nicht noch einmal vorkommt.«

»Gut.« Benjamin nickte. Er sah müde und gereizt aus. Gemma nippte an ihrem Wein und bedauerte ihre Worte bereits.

Sie war wie ein Kind, das auf frischer Tat ertappt worden war und sofort versuchte, die Schuld auf andere zu schieben. Am besten gab sie es jetzt gleich zu, bevor es zu spät war. Wenn sie einfach sagen würde »Eigentlich war ich diejenige, die ihm das Telefon gegeben hat«, dann wäre das Gespräch über Iris keine Lüge gewesen, sondern nur ein Irrtum. Ein Missverständnis, das schnell wieder aus der Welt geschafft wurde.

»Ich bin froh, dass du ihn beruhigen konntest«, sagte sie stattdessen. »Ich wusste nicht, was ich tun sollte.«

»Ich glaube, er war hauptsächlich müde.«

»Ja«, stimmte sie zu. Dies war die Zeit, um reinen Tisch zu machen. Genau jetzt. »Ich habe über den Kuchen für den Geburtstag deiner Mutter nachgedacht, bin mir aber nicht sicher, welchen ich kaufen soll.«

Gut gemacht, Gemma. Schlechte Mutter, lügende Ehefrau. Und wenn wir schon dabei sind, was hat es mit der Größe deines Weinglases auf sich? Hast du vor, Alkoholismus in die Liste deiner anziehenden Eigenschaften aufzunehmen?

»Wollte Chloe nicht den Kuchen besorgen?«, entgegnete Benjamin geistesabwesend.

»Nein, weißt du das denn nicht mehr? Ich sagte, dass wir den Kuchen und den Obstsalat mitbringen. Und die Kartoffeln. Chloe wollte sich um den Braten kümmern.«

»Ich verstehe nicht, wieso Chloe nur den Braten macht. Außerdem übernimmt das doch sowieso wieder ihr Mann.«

Gemma seufzte. Der Grund dafür war, dass sie bei Benjamins Mutter punkten wollte – bei der sie stets das Gefühl hatte, sie würde insgeheim von ihr kritisiert. Eine große Geburtstagstorte würde ihr Unmengen an Schwiegermutter-Punkten einbringen. »Das macht mir nichts aus. Chloe ist sehr beschäftigt.«

»Sie hat nicht einmal einen Job.« Benjamin trank noch einen Schluck Bier.

»Aber sie hat drei Kinder.« Irgendwie war Gemma zur Verteidigerin von Benjamins jüngerer Schwester geworden, die sie eigentlich gar nicht besonders leiden konnte.

Benjamin schnaubte. »Na schön. Was steht denn zur Auswahl?«

»Deine Mutter mag Schokoladenkuchen, aber es gibt einen wirklich schönen Erdbeerkuchen in einer Bäckerei in der Nähe des Salons …«

»Kauf den Schokoladenkuchen.« Er zuckte mit den Achseln. »Der ist gut.«

»Okay.« Gemma runzelte die Stirn. »Ich werde ihn morgen bestellen.«

»Oh, da fällt mir etwas ein. Dad fühlt sich nicht wohl und kann morgen nicht mit Lucas die Süßes-oder-Saures-Tour machen. Das musst du also übernehmen.«

Ein Anflug von Panik. »Kann deine Mutter nicht herkommen?«

»Nein, sie muss zu Hause bleiben und Süßigkeiten an Kinder verteilen.«

»Ich mache diesen Halloween-Kram nicht, Benjamin. Das weißt du doch. Wir haben es besprochen …«

»Es tut mir leid, Gemma, aber was soll ich denn machen?« Er klang nicht so, als würde es ihm auch nur ansatzweise leidtun.

»Kannst du das denn nicht übernehmen?«

»Ich werde versuchen, um achtzehn Uhr zu Hause zu sein, aber wahrscheinlich schaffe ich es nicht. Sobald ich da bin, löse ich dich ab. Aber du musst ihn verkleiden und schon mal ohne mich mit ihm losziehen.«

Das Bruchstück einer Erinnerung drohte, aus den Tiefen aufzutauchen. Ein maskierter Mann, der sie anfauchte, sie verletzte … Sie schloss die Augen. »Ich … Was wäre, wenn ich ihn vorbereite und du einfach mit ihm losgehst, sobald du zu Hause bist?«

Benjamin verdrehte die Augen. »Ich verstehe nicht, was daran so schlimm sein soll.«

Er hatte sie nie gefragt, warum sie Halloween nicht ausstehen konnte. Sie hatte sogar eine Geschichte vorbereitet und wollte dann behaupten, dass dies der Tag sei, an dem ihre Mutter gestorben war. Was ja in gewisser Weise auch der Wahrheit entsprach. Es war der Tag, an dem die Mutter, die sie kannte, durch eine andere Frau ersetzt worden war – eine, die enttäuscht und angewidert von ihr war.

Sie überlegte, ob sie ihm das jetzt an den Kopf werfen sollte – dass ihre Mutter an Halloween gestorben war. Aber das würde zu einem ganzen Gewirr weiterer Lügen führen, und so weit wollte sie nicht gehen. Nicht jetzt. Vielleicht wäre es gar nicht so schlecht, mit ihrem Sohn draußen unterwegs zu sein. Er würde aufgeregt sein, denn schließlich war dies sein erstes richtiges Halloween. Eine Erinnerung für sie beide. Eine Erinnerung, mit der sie ihre andere Halloween-Erinnerung überdecken konnte. »Na gut«, gab sie widerwillig nach. »Ich gehe mit Lucas auf Süßes-oder-Saures-Tour.«

Benjamin schnaubte, sagte aber nichts. Er kam ihr ungewöhnlich schnippisch und verärgert vor. Wusste er, dass es nicht Iris gewesen war, die ihrem Sohn das Handy zum Spielen gegeben hatte? Nein, Augenblick mal. Es ging überhaupt nicht um sie.

»Wie lief das Gespräch mit Vincent?«

»Sie werden mich nicht zum Teamleiter machen.«

Er hatte in den letzten Monaten oft von dieser Beförderung gesprochen. Leiter des Verkaufsteams ihres Softwareunternehmens, verantwortlich für ganz Europa. Benjamin war sich sicher gewesen, dass es so kommen würde. Er eignete sich perfekt für diese Stelle. Das war ein schwerer Schlag für ihn.

Gemma stellte ihr Weinglas auf den Küchentresen. »Dein Chef ist ein Blödmann.«

»Ich weiß nicht, ob er überhaupt ein Mitspracherecht hatte. Diese Entscheidungen werden vom Verkaufsleiter getroffen …«

»Er ist ebenfalls ein Blödmann. Es gibt niemanden, der besser für diesen Posten geeignet ist als du.«

Sie kannte ihren Mann. Das war es, was er hören musste. Keine tröstenden Worte – oh, Schatz, du hast dir so viel Mühe gegeben, es tut mir so leid. Und er brauchte definitiv keine Fragen: Warum nicht? Kannst du etwas tun, um ihre Meinung zu ändern? In diesem Moment brauchte er jemanden, der ihm sagte, dass alle anderen schuld waren und nichts taugten, während er großartig war.

Sie konnte es nachvollziehen.

»Mag sein, aber sie machen Shawn Malone zum Teamleiter.«

»Shawn? Den Arschkriecher Shawn, der sich nicht mal selbst die Schuhe zubinden kann? Den Typen, der den Namen seiner Freundin vergessen hatte, als er sie mir auf der Weihnachtsfeier vorstellen wollte?«

Der winzige Anflug eines Lächelns auf Benjamins Lippen. »Genau den.«

Gemma schnaubte. »Du wirst in vier Monaten befördert werden, wenn sie merken, was für ein nutzloser Dreckskerl er ist, und ihn rausschmeißen.«

Benjamins Lächeln wurde ein wenig breiter. »Ja, da könntest du recht haben.«

Sie grinste ihn an. »Ich habe immer recht. Und weißt du was? Ich habe auch Glück. Denn wenn du erst einmal Teamleiter bist, wirst du viele Überstunden machen und oft müde sein …« Sie rückte näher an ihn heran. »Du wirst keine Energie mehr für mich haben.« Sie legte ihm einen Arm um die Schultern.

Er stellte sein Bier ab. »Ich werde immer Energie für dich haben«, erklärte er leise.

Schon legte er ihr die Hände um die Taille und zog sie näher zu sich. Sie küsste ihn und atmete ihn ein, seinen Geschmack, seinen Geruch, vertraut und verführerisch zugleich. Er hatte eine Hand an ihrem Hintern, als sie sich an ihn presste.

Das war es, was sie von ihm brauchte. Sie brauchte keine tröstenden Worte – oh, Schatz, es tut mir leid, dass Halloween dir so viel Stress macht. Und sie brauchte definitiv keine Fragen – ich habe gehört, was heute im Salon passiert ist. Wer ist Theodora? Was genau hast du zu Halloween eigentlich erlebt?

In diesem Moment wollte sie nur, dass er sie berührte, sie streichelte, sie alles vergessen ließ.

Kapitel 6

»Hey«, rief Gemma, als sie hereinkam. »Ich bin wieder da!«

»Mommy!« Das Geräusch von Lucas' kleinen Schritten erklang, als er die Treppe hinunterhüpfte.

»Nicht auf der Treppe rennen«, rief Gemma schnell, und ihr Herz setzte einen Schlag aus, so wie immer, wenn Lucas eines der Milliarden Dinge tat, bei denen er sich verletzen konnte.

Er kam im Erdgeschoss an und schlang die Arme um sie.

»Hey, Gemma.« Iris gesellte sich lächelnd zu ihnen. »Du hast heute früher Feierabend gemacht.«

»Ja.« Gemma richtete sich auf und lächelte die junge Frau an. »Es war ein ruhiger Tag. Und Lucas hat eine Verabredung zum Spielen mit Khai, dem Sohn meiner Freundin, daher wollte ich vorher noch ein bisschen aufräumen.«

Außerdem war sie einfach erschöpft. Lucas war in der Nacht zuvor dreimal aufgewacht, und sie hatte kaum geschlafen. Ganz zu schweigen von ihrer Angst vor der abendlichen Süßes-oder-Saures-Tour. Sie brauchte Zeit, um sich zu Hause zu erholen.

»Okay, möchtest du, dass ich hierbleibe, damit du dich ausruhen kannst?«

»Nein, danke, ich schaff das schon.« Gemma war nur sehr ungern mit dem Kindermädchen allein zu Hause. Sie hatte immer das Gefühl, sich in ihrem Schlafzimmer verstecken zu müssen. Außerdem fühlte sie sich weiterhin schuldig, weil sie Iris die Schuld am Telefonvorfall vom Vorabend gegeben hatte. Sie würde dafür sorgen müssen, dass Benjamin und Iris sich ein paar Wochen lang nicht begegneten, bis er die Sache wieder vergessen hatte.

»Cool.« Iris griff bereits nach ihrem Mantel. »Lucas hat sein Nachmittagssandwich schon gegessen. Wir hatten eine wirklich schöne Zeit. Wir haben zusammen gemalt, und er hat mir eine Geschichte über eine Hexe und eine Prinzessin erzählt, die sehr interessant war.«

»Oh, ich würde die Geschichte auch gern hören.« Gemma fuhr Lucas mit der Hand durchs Haar. »Ähm … Hör mal, Iris, hast du heute Abend vielleicht Zeit? Lucas geht zum ersten Mal auf Süßes-oder-Saures-Tour, und ich fühle mich nicht ganz wohl …«

»Nein, tut mir leid, aber ich bin auf eine Party eingeladen«, fiel Iris ihr ins Wort. »Aber du solltest es lieber lassen, wenn es dir nicht gut geht.«

»Ja, vermutlich«, erwiderte Gemma schwach. »Vielleicht können seine Großeltern das ja übernehmen.«

»Ich möchte, dass du mit mir losgehst, Mommy«, rief Lucas und schlang die Arme um ihr Bein.

»Das entscheiden wir später, Schatz.«

»Okay, wir sehen uns dann nach Halloween.« Iris winkte den beiden zum Abschied zu und ging hinaus.

»Willst du meine Geschichte hören, Mom?«, fragte Lucas.

Gemma war erleichtert, dass er sie nicht bat, am Telefon spielen zu dürfen. Sie hoffte inständig, dass das Debakel vom Vorabend nicht auf sie zurückfallen würde. Rasch warf sie einen Blick auf die Uhr. Ihr blieb noch etwas mehr als eine Stunde Zeit, bevor Khai und Barbara hier sein würden. Sie konnte sich einen Kaffee kochen und sich ein wenig ausruhen. Aber sie wollte auch noch aufräumen, und sie wusste aus Erfahrung, dass es viel schwieriger sein würde, sich wieder aufzuraffen, wenn sie sich erst einmal hingesetzt hatte. Es war besser, zuerst aufzuräumen und sich danach auszuruhen. »Gern, mein Schatz, aber ich räume dabei auf, okay?«

»Okay.«

Gemma ging ins Wohnzimmer, und Lucas folgte ihr. »Es war einmal eine sehr, sehr böse Hexe«, fing er an.

»Oh, ich habe jetzt schon Angst.«

»Und sie war sehr wütend auf die Prinzessin. Oh, ich vergaß, zu erwähnen, dass die Hexe Fedora heißt. Das ist sehr wichtig.«

»Fedora?« Gemma grinste, als sie Lucas' Socken vom Boden aufhob. Jeden Abend zog er sich die Socken im Wohnzimmer aus und warf sie auf den Boden. Gemma hatte es aufgegeben, ihn dazu bringen zu wollen, sie in den Wäschekorb zu legen.

»Ja. Fedora war böse auf die Prinzessin, weil die Prinzessin ihr einmal die Haare nassgemacht hat.«

»Hexen mögen kein Wasser«, stimmte Gemma zu.

»Also verkleidete sich die Hexe und ging in den Palast, wo ein großes, großes Fest gefeiert wurde.«

Gemma hörte abgelenkt zu, während sie den Besen holte und den Boden im Wohnzimmer fegte. Sie wollte nicht, dass Barbara ihr Haus derart unordentlich sah. Barbaras Haus war immer tadellos.

Dabei grämte sie sich, dass sie die beiden ausgerechnet an Halloween eingeladen hatte, aber sie und Barbara hatten beide wegen des Feiertags den Nachmittag frei, und es war ihnen wie eine gute Gelegenheit erschienen. Zumindest hatte Barbara es für eine gute Gelegenheit gehalten und Gemma überredet.

Ihr Telefon piepte in ihrer Tasche, und sie nahm es heraus. Eine Nachricht von einer unbekannten Nummer. Eine neue empfohlene Kundin? Sie öffnete die Nachricht. Nein, es war nur Spam – eine Einladung zu einer großen Halloween-Party – mit einem Foto von kostümierten Teenagern und einem Text in blutroten Buchstaben. Sie wollte ihr Handy gerade wieder wegstecken, als ihr Blick auf eine Textstelle fiel, die sie innehalten ließ.

Es ist Zeit, sich zu gruseln! Lasst uns All Hallows Eve bei Victoria Howell feiern! Es wird jede Menge Drinks, fantastische Musik, messerstechende Psychos und Mord geben! Kostüme sind keine Pflicht, aber du wirst eins tragen und wir werden dich erst bemerken, wenn es zu spät ist!

Gemma las den Text zweimal und schluckte schwer. Victoria Howell. Ein Name, den sie seit mehr als einem Jahrzehnt nicht mehr gehört hatte. Und der Text …

Messerstechende Psychos

Mord

Wir werden dich erst bemerken, wenn es zu spät ist …

Ihre Hand zitterte. Ihr Blick fiel auf das Foto. Sie kannte diesen Ort. Die Bilder an den Wänden, das Klavier in der Ecke. Als Kind war sie oft dort gewesen. Und einmal als Teenager.

Das war Victoria Howells Haus.

Und die jungen Leute auf dem Foto hatte sie ebenfalls schon einmal gesehen. Gesichter, die sie von damals wiedererkannte. Und in der Mitte des Fotos … Das war sie. Sie tanzte. Eine vertraute silberne Maske bedeckte ihr Gesicht.

Das Telefon fiel klappernd auf den Boden. Gemma wurde schwindlig, und vor ihren Augen verschwamm alles.

»… und dann küsste der Prinz die Prinzessin auf die Lippen«, sagte Lucas. »Und sie wachte auf. Und der König und die Königin waren glücklich, weil Victoria aufgewacht war …«

»Was?« Gemma räusperte sich.

»Die Prinzessin ist durch den Kuss des Prinzen aufgewacht.«

»Und wie heißt die Prinzessin?«

»Ihr Name war Victoria. Das ist sehr wichtig.«

Die Details der Geschichte, die Lucas gerade erzählt hatte, gingen Gemma durch den Kopf. Eine Prinzessin namens Victoria. Eine böse Hexe, die die Prinzessin töten wollte, weil sie ihr Haar nassgemacht hatte. Also verkleidete sie sich und ging zur Party der Prinzessin.

Lächerlich. Kindisch. Widerlich vertraut.

Gemma stellte den Besen ab, ging in die Hocke und packte Lucas an den Schultern. »Wer hat dir diese Geschichte erzählt?«

Er blinzelte. »Iris hat gesagt …«

»Iris hat dir diese Geschichte erzählt?«

»Nein! Nur das Ende. Sie sagte, wir brauchen ein neues Ende. Denn sie wollte nicht, dass die Prinzessin stirbt.«

»Sie wollte nicht …« Gemmas Kopf pochte. Es fiel ihr schwer, sich zu konzentrieren. Ihr Telefon lag neben ihr auf dem Boden.

Messerstechende Psychos

»Sie wollte nicht, dass die Prinzessin stirbt?«

»Die böse Hexe hat die Prinzessin getötet, aber Iris sagte, das ist eine traurige Geschichte.« Lucas runzelte die Stirn. »Darum hat sie vorgeschlagen, dass der Prinz die Prinzessin geküsst haben könnte und …«

»Hat Iris dir die Geschichte von der Hexe erzählt? Und das von den nassen Haaren?«

»Nein, ich habe die Geschichte erzählt. Mommy, du tust mir weh.«

Sie umklammerte seine Schultern viel zu fest und zwang sich, die Finger zu lösen.

Wir werden dich erst bemerken, wenn es zu spät ist.

Lucas' Lippen bebten.

»Lucas! Hör mir jetzt gut zu. Wer hat dir die verdammte Geschichte erzählt? Wer?« Ihre Stimme klang selbst in ihren Ohren seltsam. Rau. Wütend. Verängstigt.

Lucas fing an zu schluchzen. »Das ist eine dumme Geschichte. Ich will nicht darüber reden.«

»Hat Iris ...«

»Ich will nicht darüber reden!«, schrie er, wich von ihr zurück und rannte zum Sofa, wo er den Kopf in einem Kissen vergrub und so sein Weinen dämpfte. Gemma starrte ihn an, während er am ganzen Leib zitterte. Die letzte Minute schien verschwommen und unwirklich zu sein. Sie hatte die Kontrolle verloren. Sie erinnerte sich vage daran, Lucas geschüttelt zu haben, als sie ihn zur Rede stellte. Sie hatte ihn angeschrien. Sich wie eine Verrückte benommen.

Sie atmete zitternd aus und hob das Telefon auf, um sich die Nachricht erneut anzusehen.

Das Foto kam ihr nicht länger bekannt vor. Das Ding in der Ecke des Zimmers war kein Klavier, sondern ein Schrank. Das Mädchen, das sie für sich selbst gehalten hatte, war nur ein x-beliebiger Teenager. Genau wie die anderen Teenager auf dem Foto. Der Text lautete:

Es ist Zeit, sich zu gruseln! Lasst uns All Hallows Eve in 8102 West Victoria Street feiern! Es gibt jede Menge Drinks, fantastische Musik, Apfelwettessen und einen verrückten Kostümwettbewerb! Das dürft ihr nicht verpassen!

Gemma las die Nachricht noch mehrmals, dann legte sie ihr Handy weg. Sie musste sich hinsetzen. Nach ein paar schwankenden Schritten ließ sie sich neben Lucas aufs Sofa fallen. Sie strich ihm sanft über den Rücken.

»Es tut mir leid, Schatz«, flüsterte sie. »Mommy hat nur geschrien, weil sie ein bisschen müde ist. Ich wollte dich nicht erschrecken.«

Lucas schluchzte weiter und verbarg sein Gesicht immer noch vor ihr.

»Komm schon. Lass uns das Haus besuchsbereit machen. Khai wird bald hier sein.« Gemma schluckte schwer. »Und heute Abend gehen wir auf Süßes-oder-Saures-Tour.«

Kapitel 7

Gemma saß auf dem Sofa und beobachtete Lucas. Sie hatte es endlich geschafft, ihn zu beruhigen, indem sie ihn animierte, seinen für die Süßigkeiten bestimmten Kürbiseimer zu dekorieren. Außerdem hatte sie vorgeschlagen, dass er ihn Khai zeigte, wenn er vorbeikam. Das war eine aufregende Idee, die ihn den ganzen Vorfall mit der »durchgedrehten Mom« vergessen ließ.

Gemma hätte nur zu gern dasselbe getan.

Sie hielt ihr Telefon noch immer in den Händen und las ab und zu die Einladung zur Halloweenparty. Nur um sicherzugehen, dass sie sie beim zweiten Mal richtig verstanden hatte.

Sie redete sich immer wieder ein, dass alles in Ordnung war.

Aber war wirklich alles in Ordnung? Sie fühlte sich, als würde sie den Verstand verlieren. Diese Mitteilung auf ihrem Handy … Es war ja nicht so, dass sie sich das alles nur eingebildet hatte. Sie hatte sie zweimal gelesen. Das Foto hatte so realistisch gewirkt. All diese bekannten Gesichter. Und diese bösartige Nachricht …

Messerstechende Psychos

Sie las die Mitteilung erneut. Nur eine zufällige, kitschige Einladung zu einer Halloween-Party. Nichts weiter.

Und Lucas' Geschichte? Inzwischen wagte sie nicht mehr, ihn danach zu fragen. Das Letzte, was sie jetzt brauchte, war, dass Barbara und Khai inmitten eines weiteren Nervenzusammenbruchs auftauchten. Auch wenn es darin so vieles gab, was sie stutzen ließ. Die Prinzessin Victoria. Und der Name der Hexe: Fedora. Das klang ein bisschen wie …

Stellte sie einen Zusammenhang her, wo es gar keinen gab?

… es klingt ein bisschen wie Theodora.

Und natürlich die Stelle, an der die Hexe Prinzessin Victoria töten wollte, weil sie ihr das Haar nassgemacht hatte.

Lucas klebte lauter Aufkleber mit Cartoon-Skeletten und -Gespenstern auf seinen Kürbiseimer. Ihm dabei zuzusehen, wie er sie abpulte und dann einen nach dem anderen anbrachte, war seltsam meditativ. Gemma spürte, wie sie abschaltete und ihre Gedanken davonwanderten.

Manchmal drangen Erinnerungen in Gemmas Leben ein, ertränkten sie und zwangen sie, die Vergangenheit ein weiteres Mal zu erleben. Dann wieder suchte sie aktiv nach ihnen, so wie man an einer wunden Stelle im Mund leckt oder einen Bluterguss betastet. Nur um zu sehen, ob er noch da ist, ob es noch wehtut.

Eine Woche vor Halloween hatte die Prinzessin der Hexe die Haare nassgemacht. Gemma hatte diesen Tag noch lebhaft vor Augen. Manche Erinnerungen brennen sich durch ein Trauma in unser Gehirn ein. Andere verankern wir selbst in unserem Gedächtnis, voller Wut und mit dem Versprechen, dass wir das niemals vergessen werden.

Die Erinnerung war immer noch da. Genau wie die Wut. Diese reine, allumfassende …

Die Wut eines Teenagers, heiß genug, um die Sonne zu verbrennen.

Sie hatte an diesem Tag ihr »Viva La Vida«-Coldplay-T-Shirt getragen. Das sie auf dem Konzert bekommen hatte. Sie wusste das, weil sie dieses T-Shirt liebte. Und nach diesem Tag trug sie es nie wieder.

Auch an den Geruch konnte sie sich noch gut erinnern. Die Schultoilette hatte einen …

– einen undefinierbaren Geruch, eine Mischung aus Reinigungsmittel und einem süßlichen Duft, bei dem Theo jedes Mal aufs Neue der Atem stockte. Sie beschränkte ihre Besuche der Schultoilette auf ein Minimum, aber manches ließ sich nun mal nicht vermeiden. Erst recht nicht, nachdem sie morgens als Erstes zwei Gläser Apfelsaft getrunken hatte.

Trotzdem konnte sie effizient sein. Schnelle, flache Atemzüge, rein und raus in weniger als zwei Minuten.

Als sie aus der Kabine trat, stellte sie fest, dass die anderen auf sie warteten.

Victoria und ihre Freundinnen standen dicht beieinander. Ihre Absicht war offensichtlich. Zugegeben, Mädchen gingen oft zusammen auf die Toilette, aber sie standen normalerweise nicht mit verschränkten Armen und einem Grinsen im Gesicht dicht beieinander.

Theo schaute schnell weg. Als ob sie sie in Ruhe lassen würden, wenn sie keinen Blickkontakt herstellte. Sie standen zwischen ihr und der Tür, daher bewegte sie sich in Richtung Waschbecken.

Donna machte einen Schritt nach links und versperrte ihr den Weg.

»Was ist?«, fragte Theo und versuchte, das Zittern in ihrer Stimme zu verbergen. Raubtiere konnten Angst riechen.

»Jemand hat eine Zeichnung von mir gepostet«, trällerte Victoria fast schon. »Sie wurde ins Netz gestellt, damit meine Freunde und Zayne und seine Freunde sie sehen können. Weißt du, wer das gezeichnet hat, Pickelgesicht?«

Pickelgesicht war natürlich Theo. Oder Pizzagesicht. Oder Kratergesicht. Oder Pickelfarm. Sie kannte alle Beschimpfungen und hatte keinen Favoriten.

»Ich wollte nie, dass das jemand sieht«, murmelte Theo. »Es tut mir leid.«

Es wäre sinnlos gewesen, zu leugnen, dass sie das gezeichnet hatte. Jeder wusste, dass sie Karikaturen anfertigte. Ihr Stil war unverkennbar. Und diese Zeichnung von Victoria stammte eindeutig von ihr.

Theo war entsetzt gewesen, als sie sie in einem der inoffiziellen Schul-Chats entdeckt hatte. Sie hatte die Skizze in einem Moment der Bosheit gezeichnet, nachdem Victoria sich im Sportunterricht über sie lustig gemacht hatte: »Schaut mal, wie das Pizzagesicht rennt.« Die Zeichnung war gelinde gesagt fies. Theo hatte ein Händchen dafür, Fehler zu entdecken und hervorzuheben. Die winzige Lücke zwischen Victorias Schneidezähnen wurde zu einer Schlucht. Victorias abstehende Ohren, von denen Theo wusste, dass sie sie schon immer gestört hatten, verwandelten sich in große Flügel. Ihr Dekolleté wurde prall und drohte zu platzen. Theo hatte die Zeichnung danach zerknüllt und in den Müll geworfen. Aber jemand war so nett gewesen, sie herauszufischen und ihr Talent mit allen zu teilen.

»Es tut dir leid?« Victoria ahmte Theos Stimme nach und verpasste ihr einen weinerlichen Tonfall.

»Hör zu, Vic, ich habe das nicht …«

»Nenn mich nicht Vic«, knurrte Victoria.

Vic war früher einmal ihr Spitzname gewesen, als sie kleine Mädchen waren. Als sie beste Freundinnen gewesen waren. Bevor das Leben sich einmischte und sie in verschiedene Richtungen schleifte. Falls Theo gehofft hatte, Victoria an diese Zeit zu erinnern, dann war ihr das eindeutig nicht geglückt. Victoria hatte ihre ruhige Fassade fallen lassen, und Theo sah, wie wütend sie wirklich war. Ihr Kiefer krampfte sich zusammen, ihr Körper zitterte, sie wurde ganz rot im Gesicht. Die Tatsache, dass Zayne, ihr Freund, die Karikatur gesehen hatte, war wahrscheinlich das, was Victoria so richtig wütend machte. Schon früher hatte sie sich immer Sorgen darüber gemacht, wie Jungs sie wohl sahen.

Normalerweise begnügte sich Victoria mit einer gelegentlichen Beschimpfung. Oder mit einem geflüsterten, an ihre Freundinnen gerichteten Kommentar, wenn Theo auf dem Flur vorbeiging, gefolgt von einem bösen Kichern. Aber dieses Mal würde Victoria ihr möglicherweise tatsächlich wehtun. Lief es darauf hinaus? Ein Mädchenkampf auf der Toilette, bei dem sie sich an den Haaren zogen und einander kratzten?

Theo stürzte auf die Tür zu und wurde sofort gepackt.

»Weißt du«, sagte Victoria mit einem Hauch von Wut in der Stimme. »Pickel bekommt man, wenn, na ja … Sie werden durch Schmutz verursacht. Du solltest dich waschen. Dein Gesicht, meine ich.«

Victoria hatte wahrscheinlich eine clevere, schmerzhafte Beleidigung vorbereitet. Vielleicht hatte sie das Ganze vor dem Spiegel geübt. Aber jetzt, in ihrer Wut, kamen die Worte völlig falsch heraus. Aber das war egal. Der Grundgedanke wurde auch so deutlich.

»Nein!« Theo wehrte sich, als man sie zurück in die Kabine zerrte.

Sie trat gegen Donnas Knöchel, und Donna stöhnte vor Schmerz auf, ließ sie aber nicht los. Die anderen Mädchen zwangen sie auf die Knie; sie spürte, wie der feuchte Boden ihre Hose durchnässte. Eine Hand auf ihrem Hinterkopf. Sie drückten sie nach vorn und in die Toilettenschüssel. Ein brauner Schmierfleck auf der Klobrille. Das Beben des Wassers in der Toilette, als ihr Gesicht näher herankam. Sie wehrte sich heftiger und schrie.

Jemand beugte sich vor und betätigte die Toilettenspülung. Das Wasser rauschte um sie herum, spritzte ihr ins Gesicht, auf ihr Haar, auf ihr T-Shirt.

Sie schloss die Augen und den Mund, so fest sie konnte, und spürte die Spritzer auf den Lippen.

Die Hände ließen los. Sie sprang auf und wirbelte herum, wischte sich das Wasser aus dem Gesicht, blinzelte, hatte Herzrasen und biss die Zähne fest zusammen. Victoria hielt ihr Handy vor sich und hatte offensichtlich alles gefilmt.

»Du elende Schlampe!«, schrie Theo.

Sie sahen nicht siegreich aus. Donna war blass. Victorias Lippen bebten, als ob sie gleich anfangen würde zu weinen. Die beiden anderen sahen Theo nicht in die Augen. Aber Victoria hielt ihr Telefon in der Hand, die nicht im Geringsten bebte.

»Ich bringe dich um, Victoria. Wart's nur ab. Ich werde dich verdammt noch mal umbringen!«

Victoria steckte ihr Handy weg. Sie öffnete den Mund, als ob sie etwas sagen wollte, als sich Theo auf sie stürzte. Donna packte sie und drückte sie gegen die Kabinentür.

Victoria trat einen Schritt zurück. »Lasst uns gehen.«

Sie marschierten alle hinaus und ließen die Tür hinter sich zufallen. Theo stand zitternd da. Wasser tropfte aus ihrem Haar herunter. Sie wollte sie alle umbringen. Sie wollte sterben.

Gemma blinzelte und verdrängte die Erinnerung. Sie hatte die Fäuste geballt und knirschte mit den Zähnen. Sie konnte es immer noch fühlen, selbst nach all diesen Jahren. Die Demütigung. Die Abscheu. Wie oft hatte sie sich danach zu Hause die Haare gewaschen? Und sie fühlten sich trotzdem nicht sauber an. Sie hatte sich den Mund mit einer ganzen Flasche Mundwasser ausgespült und weiterhin den Eindruck, dass die Keime aus dem Toilettenwasser, von diesem braunen Fleck, an ihren Lippen, ihrer Zunge, ihren Zähnen klebten. Das T-Shirt, ihr schönes Konzert-T-Shirt, wanderte direkt in den Müll. Sie schwänzte die Schule und gab vor, Halsschmerzen zu haben. Zu Hause lag sie in ihrem Bett und erlebte diese Momente immer wieder in ihrem Kopf. Das Ganze hatte höchstens ein paar Sekunden gedauert, aber in ihrem Kopf wurden daraus lange Minuten, dann Stunden, in denen das Toilettenwasser ihr Gesicht überspülte und sie zu ertränken drohte. Manchmal glaubte sie, dass sie nie wieder in die Schule würde zurückkehren können. Sie würde mit Homeschooling ihren Abschluss machen. Wenn sie das Haus nicht verließ, musste sie diesen Menschen für den Rest ihres Lebens nicht mehr begegnen. Ein anderes Mal stellte sie sich vor, wie sie die Highschool abschloss, eine erfolgreiche Künstlerin, berühmt und reich wurde. Zwanzig Jahre später kehrte sie in die Stadt zurück, nur um festzustellen, dass Victoria eine fette Schlampe war, die in einem Wohnwagenpark lebte und mit einem Säufer verheiratet war.

Nach zwei Tagen sah sie das Video und die Fotos im selben Chat, in dem auch die Zeichnung gepostet worden war. Auf dem Video war sie zu sehen, wie sie mit nassem Gesicht hustend und armselig aus der Toilette kam. Auf den Fotos hing sie mit dem Kopf in der Toilette. Die Bildunterschrift lautete: *Pickelgesicht bekommt die dringend benötigte Gesichtsbehandlung.*

Und ihre Fantasien wurden noch viel düsterer.

Kapitel 8

Gemma freute sich normalerweise, Barbara auch außerhalb des Salons zu treffen. Aber im Moment waren ihre Nerven zum Zerreißen gespannt. Deshalb fiel es ihr schwer, all die Dinge wahrzunehmen, die sie sonst an Barbara liebte – ihre natürliche Fröhlichkeit und Freundlichkeit und die Art, wie sie das Gespräch in Gang halten konnte. Stattdessen fiel ihr immer wieder auf, wie laut Barbaras Stimme war, besonders in Gemmas Wohnzimmer, das ein Resonanzproblem hatte und dazu neigte, Geräusche zu verstärken. Außerdem hatte Barbara die frustrierende Angewohnheit, ständig über die Arbeit zu reden, während Gemma es vorzog, die Fachsimpelei auf die Stunden zu beschränken, die sie im Salon verbrachten.

»... die Frau, die reinkam, kurz bevor du gegangen bist, hast du sie gesehen? Sie war zum ersten Mal bei uns, aber ich glaube, sie wird zur Stammkundin. Denn sie hat dringend meine Hilfe gebraucht. Hast du ihre Füße gesehen? Die Pediküre hat fast eine Stunde gedauert. Deshalb waren wir so spät dran. Tut mir übrigens leid, dass wir zu spät gekommen sind. Ich hätte dir Bescheid sagen sollen.«

»Schon okay.«

»Auf dem Weg hierher sind wir am Haus deiner Nachbarn vorbeigefahren. Das mit den Rosenstöcken davor. Hast du ihre Halloween-Dekoration gesehen? Völlig unangemessen. Wissen die denn nicht, dass es in dieser Gegend Familien mit kleinen Kindern gibt?«

»Ich weiß, was du meinst.« Gemma nickte, obwohl sie nicht die geringste Ahnung hatte, worauf Barbara anspielte. Sie konnte sich nicht erinnern, etwas Unangemessenes gesehen zu haben.

»Khai war ganz verängstigt. Ich musste ihn beruhigen. Er ist sehr empfindlich. Letzte Woche hat er einen Zeichentrickfilm gesehen, in dem sich ein Hund verirrt hat, und konnte danach nicht einschlafen. Geschieht mir recht, wenn ich ihn vor dem Schlafengehen fernsehen lasse. Das ist eine schlechte Angewohnheit von mir, wie du ja weißt. Ich meine, vor dem Schlafengehen fernzusehen. Ich glaube, es war eine Katze, die sich verlaufen hat. Was war es denn nun, Khai, ein Hund oder eine Katze?«

Khai hielt immer noch Barbaras Hand, starrte schüchtern auf den Boden und ignorierte die Frage seiner Mutter. Lucas stand hinter Gemma. Keines der beiden Kinder machte Anstalten, etwas zu sagen.

»Lucas«, forderte Gemma ihren Sohn auf. »Warum gehst du nicht mit Khai in dein Zimmer und ihr spielt ein bisschen?«

Ihr Sohn schlurfte näher zu ihr und zuckte mit den Achseln. Es war manchmal so frustrierend. Jedes Mal, wenn sich die beiden trafen, mussten sie die gleiche Zeremonie durchlaufen, bei der ihre Mütter sie zum gemeinsamen Spielen drängten und überredeten. Und dann, zwanzig Minuten bevor sie sich verabschieden mussten, verstanden sie sich plötzlich so gut, dass es schwierig war, sie voneinander zu trennen. Lucas beschwerte sich später, dass er nicht genug Zeit gehabt hatte, um mit Khai zu spielen, und Gemma versprach, dass sie sich bald wieder treffen würden. Dann, zwei Wochen später, taten sie so, als wären sie einander noch nie begegnet. Konnte Lucas sich nicht ein einziges Mal dazu durchringen, ein guter Gastgeber zu sein?

Zum Teil, wenn nicht sogar ganz, war es ihre Schuld. Lucas erholte sich wahrscheinlich immer noch von ihrer hysterischen Szene, die sie kurz zuvor hingelegt hatte. Gemma ging es nicht viel anders. Die Gewissheit, dass sie in weniger als zwei Stunden auf die Süßes-oder-Saures-Tour gehen mussten, machte die Sache erst recht nicht besser. Was hatte sie sich dabei gedacht, Khai und Barbara ausgerechnet heute einzuladen? Ach, richtig. Sie war davon ausgegangen, dass ihr Schwiegervater Lucas begleiten würde.

»Möchtest du dir Lucas' Zimmer ansehen, Khai?«, fragte Barbara.

Khai murmelte etwas Unverständliches. In dieser Hinsicht machten sie keine Fortschritte.

»Ich muss die Snacks für die Kinder vorbereiten«, sagte Gemma zu Barbara. »Was verteilst du heute?«

»Ich habe ein paar Bleche mit diesen Halloween-Keksen gebacken, die ich letzte Woche schon mal gemacht habe, weißt du noch? Die sind wirklich lecker, und sie enthalten nicht diese ganzen Zusatzstoffe wie die massenproduzierten Süßigkeiten. Ich bin keine Gesundheitsfanatikerin oder so etwas in der Art, wie du ja weißt, aber wenn du mich fragst, kann es nicht gesund sein, wenn die meisten Zutaten nur aus einem Haufen Buchstaben und Zahlen bestehen.«

Gemma hatte drei Tüten Sour Patch Kids im Schrank, die sie an die Kinder verteilen wollte, und bekam kurz ein schlechtes Gewissen. »Oh, wow, das ist so nett von dir. Aber reicht das denn auch?«

»Oh ja, ich habe ungefähr … eine Trillion Kekse gebacken. Ich glaube, ich stand acht Stunden lang nur in der Küche. Das ganze Haus roch wie eine Bäckerei, und Khai und George sind beinahe durchgedreht. Letzten Endes musste ich jedem von ihnen zwei Kekse geben, damit sie mich in Ruhe gelassen haben.«

»Das ist unglaublich.« Gemma konnte nur hoffen, dass Barbara sie nicht fragen würde, was sie zu verteilen gedachte.

Sie brauchte etwas mehr Ruhe, um sich zu beruhigen und die letzten Stunden zu verarbeiten. Oder besser gesagt, die letzten paar Tage. Um über die Dinge nachzudenken, die geschehen waren, und über ihre Reaktion darauf. Um das alles in ihrem Kopf zu entwirren.

Das ging aber nicht, solange Barbara und Khai hier waren und solange die Süßes-oder-Saures-Tour anstand ... Zu allem Überfluss war sie sich ziemlich sicher, dass sie etwas Wichtiges vergessen hatte. Ihrer Erfahrung nach war das der ständige Zustand einer Mutter – man glaubte die ganze Zeit, etwas Wichtiges vergessen zu haben.

»Wie wär's mit dem Leiterspiel, Lucas? Möchtest du das nicht mit Khai spielen?«

»Nein.« Lucas klang wütend. Oder er war den Tränen nahe. Vielleicht auch beides. Seine Stimme hatte diesen gefährlichen weinerlichen Unterton angenommen.

Gemma wusste, dass viele Mütter ihre Kinder wie eine Repräsentation von sich selbst behandelten. Als wären sie Botschafter der Mutter oder ihre Visitenkarte. Ihre Mutter hatte sich ständig so verhalten, ihr zugeflüstert, sie solle Hallo sagen, sich bei der netten Frau bedanken, die Stimme senken, sich benehmen. Dabei hatte sie andauernd angespannt gewirkt, weil sie sich für irgendeine Verfehlung ihrer Tochter schämte.

Gemma verhielt sich in dieser Hinsicht völlig anders und war sich bewusst, dass Lucas und sie unterschiedliche Wesen waren. Er war ein Vierjähriger, daher war es nur natürlich, dass er manchmal trotzig wurde. Das bedeutete noch lange nicht, dass sie eine schlechte Mutter war.

Aber natürlich war es nicht dasselbe, etwas zu wissen oder wirklich daran zu glauben. Denn Lucas war zwar nicht ihre Visitenkarte, aber behandelten ihn andere Mütter nicht trotzdem genau so? Würden andere Mütter nicht verurteilend auf sie herabblicken, wenn er im Supermarkt eine Szene machte, weil sie wussten, dass ihr perfektes Kind so etwas nie tun würde? Selbstverständlich würden sie das. Gemma wusste das, weil sie sich bei anderen Müttern gelegentlich so verhielt, wenn sich deren Kinder danebenbenahmen.

Deshalb hatte sie jetzt das Bedürfnis, sich bei Barbara und Khai zu entschuldigen. Zu sagen, dass Lucas normalerweise nicht so sei. Dass er sich sehr darauf gefreut habe, mit Khai zu spielen.

Sie unterdrückte dieses Bedürfnis, denn da stand sie drüber.

»Tja, *ich* möchte aber das Leiterspiel spielen«, erklärte sie und schaffte es irgendwie, fröhlich zu klingen. »Wollt ihr Kinder nicht mitmachen? Allerdings werde ich ganz bestimmt gewinnen.«

Ja, vielleicht wäre es für ihre geistige Gesundheit am besten, wenn sie sich allein und in Ruhe auf die Traumata von früher und deren Auswirkungen auf ihr Wohlbefinden konzentrieren könnte. Aber anscheinend war es im Moment das Beste für ihren Sohn, wenn sie mit ihm und Khai das Leiterspiel spielte, deshalb würde sie das jetzt auch tun. Dabei würde sie jedoch Multitasking betreiben, indem sie das Leiterspiel spielte, während sie sich mit Barbara unterhielt und die Ereignisse der letzten Stunden verarbeitete.

»Wer geht mit Khai auf Süßes-oder-Saures-Tour?«, fragte sie Barbara, während sie würfelte und mit ihrer Spielfigur fünf Felder auf eine Leiter zurückte.

Barbara lächelte. »Wir gehen alle zusammen. Ich liebe die alljährliche Süßes-oder-Saures-Tour. Halloween war schon immer mein Lieblingsfeiertag, sogar noch mehr als

Weihnachten. Zugegeben, als Kind war ich natürlich immer begeistert vom Weihnachtsbaum und all dem, aber Halloween ist viel aufregender. Ich weiß, dass du das nicht so siehst, Gems. Aber ich mag das alles wirklich sehr. All die Kostüme. Und die Süßigkeiten.«

»Ach ja? Was ist mit den Chemikalien in den massenproduzierten Süßigkeiten?«, neckte Gemma sie. Sie bemerkte, dass Khai schummelte, und beschloss, es nicht zu kommentieren.

»Ich sagte, dass *Kinder* diese Chemikalien nicht zu sich nehmen sollten. Das ist schlecht für ihre Entwicklung. Aber bei mir sieht die Sache völlig anders aus. Und Khai weiß, dass fünfundzwanzig Prozent aller Süßigkeiten an seine Mutter gehen. Gehe ich recht in der Annahme, dass Benjamin die Tour mit Lucas macht?«

»Nein. Ich übernehme das.«

Barbara zog die Augenbrauen hoch. »Ich dachte, du feierst kein Halloween.«

»Manche Dinge ändern sich«, erwiderte Gemma knapp.

Barbara hakte nicht nach, da sie genau wusste, dass sie das nicht tun sollte. Stattdessen erzählte sie eine weitere Anekdote über eine Kundin, die in der Vorwoche für eine Ganzkörperenthaarung in den Salon gekommen war. Gemma schaltete ab und fütterte Barbara nur mit gelegentlichen Aufforderungen oder Folgefragen. Die Kinder waren inzwischen in das Spiel vertieft, insbesondere Khai. Ihre Gedanken kreisten derweil um Lucas' Geschichte und die Einladung, die sie auf ihrem Handy gesehen hatte.

Es gab eine einfache und beunruhigende Erklärung für all das. Sie hatte in den letzten Monaten schlecht geschlafen. Halluzinationen waren ein bekanntes Symptom bei extremer Erschöpfung. Und da heute der Jahrestag jener Nacht von damals war, widmeten sich ihre Halluzinationen einem unangenehmen

Thema. Der bösartige Inhalt der Partyeinladung war nichts als Einbildung gewesen.

Und Lucas' Geschichte? Sie hatte gehört, was sie hören wollte. Lucas sagte, die Prinzessin hätte der Hexe die Haare nassgemacht, und Gemma war ausgeflippt. Aber Hexen reagierten immer schlecht, wenn sie nass wurden, was Dorothy nur zu gut bezeugen konnte. Es ging dabei nicht um sie. Gemma war sich nicht einmal mehr sicher, ob Lucas wirklich gesagt hatte, dass die Prinzessin Victoria hieß. Vielleicht hatte er einen anderen Namen genannt. Sie hatte die Einladung zu der Party gesehen, und ihr Verstand hatte ihr einen Streich gespielt. Das waren allesamt nur Zufälle.

Khai gewann das erste Spiel, und das Eis zwischen den Kindern war endlich gebrochen. Gemma zog sich zurück, als sie beschlossen, eine weitere Partie zu spielen, und ging mit Barbara in die Küche, um Kaffee und Muffins zu holen.

»Die sind gut«, stellte Barbara fest und nahm noch einen Bissen von ihrem Muffin. »Woher hast du die?«

»Ich weiß den Namen der Bäckerei nicht mehr. Sie ist ganz in der Nähe des Salons.«

»Oh ja, die Bäckerei kenne ich. Die ist gut. Ich mag die Croissants von dort. Die mit den Mandeln. Und ich glaube, Thelma kauft dort täglich ihr Zimtbrötchen. Ich weiß nicht, wie die Frau so aussehen kann, wenn sie jeden Tag solche Brötchen isst. Na ja, ich schätze, sie treibt auch viel Sport.«

Auf einmal machte es in Gemmas Kopf *Klick*. »Oh, so ein Mist! Mir ist gerade eingefallen, dass ich noch den Geburtstagskuchen für Benjamins Mutter besorgen muss.«

»Hast du ihn denn noch nicht bestellt?«

»Nein.« Gemma war bereits am Telefon und suchte nach der Nummer. »Aber es müsste doch noch klappen, oder? Das Geburtstagsessen ist am Donnerstag.«

»Hmm«, murmelte Barbara nachdenklich. »Könnte knifflig werden. Ich bin mir zwar nicht sicher, gehe aber davon aus, dass alle guten Läden so kurzfristig keine Bestellungen mehr annehmen.«

»Ach, daran habe ich nicht gedacht.« Gemma tippte auf ihrem Handy herum und sah sich die Bäckereien an, die Torten verkauften. Diese Geburtstagstortenbesorgung wurde immer lästiger und raubte ihr kostbare Zeit. Sie musste Lucas schließlich noch für die abendliche Tour verkleiden und Barbara und Khai eine gute Gastgeberin sein. Lucas musste vor ihrem Aufbruch etwas essen, sonst wäre er gleich von vornherein hungrig, würde alle Süßigkeiten aufessen, sobald er sie bekam, und sich so den Magen verderben. Wann sollte sie Lucas in sein Kostüm stecken? Vor dem Abendessen oder danach? Sie hatten ihm ein Zaubererkostüm gekauft, wie er es sich gewünscht hatte, und …

»Oh nein«, murmelte sie.

»Alles in Ordnung?«, erkundigte sich Barbara.

»Lucas' Kostüm. Er geht als Zauberer. Aber sein Grandpa sollte ihn begleiten, und seine Grandma hat den Umhang gekauft. Er ist bei ihr zu Hause. Ich muss ihn noch abholen …« Gemma sah auf die Uhr an der Wand. »Wann soll ich das denn noch machen …?«

Sie kaute auf ihrer Unterlippe herum. Geburtstagskuchen. Kostüm. Abendessen. Süßes-oder-Saures. Alles schien ihr im Kopf herumzuschwirren, und sie konnte nicht mehr klar denken. Normalerweise war sie weitaus besser organisiert. Gut organisiert. »Ich … Ich schätze, ich sollte zuerst einmal einen Kuchen bestellen. Denn du hast ja völlig recht, dass die Sache langsam dringend ist. Und dann … Keine Ahnung. Lucas kann vermutlich auf den Umhang verzichten …« Ohne Umhang bestand Lucas' Kostüm nur aus einem Plastikstab und einem albernen Hut. Ihr kamen die Tränen. »Ähm. Augenblick, Barbara, es tut mir leid, ich muss nur, ähm …«

Barbara stellte ihre Kaffeetasse ab und legte Gemma sanft eine Hand auf den Arm. »Mach dir deswegen keine Sorgen, Gems. Erstens: Vergiss den Kuchen, okay? Komm morgen Abend zu mir, dann backen wir zusammen einen Geburtstagskuchen.«

»Aber du hast morgen deinen langen Arbeitstag und bist abends immer so müde …«

»Das ist überhaupt kein Problem. Ich backe gern. Und ich helfe dir noch viel lieber aus, okay?«

»Okay«, erwiderte Gemma leise.

»Das mit dem Umhang ist auch nicht weiter schlimm. Wenn du ein T-Shirt hast, das du nicht mehr brauchst, können wir es im Handumdrehen in einen Umhang für Lucas verwandeln.«

Gemma holte tief Luft. »Du hast recht. Ich kann die Ärmel und das Vorderteil abschneiden.«

»Ich finde im Internet bestimmt schnell ein Video, in dem alles erklärt wird.« Barbara griff nach ihrem Telefon.

Gemma räusperte sich. »Ja. Ähm, danke.«

»Das ist keine große Sache. Oh, da haben wir's ja schon. Ich habe ein Video auf Facebook entdeckt. Ach, da fällt mir ein, dass ich dich noch fragen wollte, wieso wir eigentlich nicht auf Facebook befreundet sind. Ich habe vor einer Weile nach dir gesucht, aber ich konnte deinen Account nicht finden. Ich dachte, du wärst in Thelmas Freundesliste, aber …«

»Ich bin nicht auf Facebook. Das habe ich dir schon erzählt.«

»Oh.« Barbara runzelte die Stirn. »Stimmt. Wo finde ich dich dann? Instagram? X?«

»Ich bin … auf nichts davon.«

»Ach, wirklich?« Barbara hob den Blick vom Handy. »Wie kommt das?«

Im einundzwanzigsten Jahrhundert schien das Verweigern der sozialen Medien einer fehlenden Gliedmaße gleichzukommen. Wie konnte man über all die politischen Auseinandersetzungen, die abgedroschenen Witze und Werbeclips auf dem Laufenden bleiben, wenn man kein Social-Media-Konto hatte? Woher wusste man dann, wie es dem oder der Ex ging oder dieser Person aus dem Büro, mit der man noch kein Wort gewechselt hatte? Das war nicht das erste Mal, dass sie danach gefragt wurde. Und Gemma hatte eine Antwort darauf parat. Ein Repertoire an Antworten sogar, die jeden zufriedenstellten. Es waren allesamt Variationen von Sätzen, die die Worte *Big Data*, *Konzerne* und *Datenschutz* beinhalteten.

Gemma behauptete manchmal: »Ich lege großen Wert auf meine Privatsphäre, und ich möchte nicht in den Big Data großer Konzerne auftauchen.« Oder sie sagte: »Big Data und Konzerne stellen eine ernste Gefahr für unsere Privatsphäre dar, und ich will es ihnen nicht zu leicht machen.« Oder wenn sie gar keine Lust hatte: »Na ja, aus den üblichen Gründen. Big Data. Privatsphäre. Diese Konzerne.«

Und es funktionierte. Die Leute nickten anerkennend und wechselten das Thema. Es glich einer magischen Beschwörungsformel, die nie versagte.

Sie wollte gerade ihren Big-Data-Zauberspruch vom Stapel lassen, zögerte dann aber. Ihre Dankbarkeit für Barbaras Hilfsbereitschaft vermischte sich mit ihren Schuldgefühlen wegen der hässlichen Gedanken, die sie zuvor über die laute Stimme ihrer Freundin und die ermüdenden Gesprächsthemen gehabt hatte. Plötzlich konnte sie die altbewährte Lüge nicht mehr anbringen. Stattdessen platzte sie mit der Wahrheit heraus. »Ich wurde oft gemobbt. In der Highschool. Über die sozialen Medien. Es gab da einen Vorfall … Ist heute nicht mehr von Bedeutung. Aber … danach wurde es richtig schlimm. Ich musste all meine Konten löschen.«

Und meinen Namen ändern. Und weglaufen. Und auf die andere Seite des Landes ziehen.

»Oh, Gems«, sagte Barbara leise.

Gemma hatte das noch nie jemandem anvertraut. Es hätte eine Erleichterung sein sollen. Eine Last, die sie nicht länger allein schultern musste.

Stattdessen fühlte es sich an, als würde die stabile Mauer, die sie zum Schutz vor ihrer Vergangenheit errichtet hatte, immer mehr Risse bekommen.

Kapitel 9

Im Laufe der Jahre hatte Gemma einen Weg gefunden, mit Halloween umzugehen. Auf der Veranda stand stets eine Schale mit Süßigkeiten für die Kinder. Danach ging sie in ihr Zimmer, schloss die Tür und schaute sich mit Kopfhörern und sehr laut eine Sendung auf ihrem Laptop an, um die Stimmen von draußen zu übertönen. Und wartete darauf, dass es vorbei war. Nach Lucas' Geburt hatte sie rasch klargestellt, dass Benjamin für diesen einen Abend verantwortlich war.

Als sie jetzt auf die Straße trat, kroch ihr ein ängstlicher Schauder über den Rücken. Doch diese Angst hatte nicht direkt mit den Skeletten in den Gärten ihrer Nachbarn oder der gruseligen Musik zu tun, die aus einem nahegelegenen Haus herüberschallte.

Auf der Straße wimmelte es von Gruppen mit Eltern und Kindern, Lachen und gespielt ängstliche Schreie erfüllten die Luft. Lichter flackerten in den Augenhöhlen von Plastikzombies auf einer Veranda oder hinter den Fenstern von Amateur-Spukhäusern. Überall waren Kostüme zu sehen – Masken und Make-up verdeckten die Gesichter und verschleierten die Identitäten.

Die Reizüberflutung war für sie kaum zu ertragen und drohte Erinnerungen heraufzubeschwören. Eine Halloween-Party vor vielen Jahren. Gesichter verborgen hinter –

– Masken. Ein großes, haariges, affenartiges Gesicht, das über ihr auftaucht, Schmerz auf ihrer Wange –

– Eine winzige Hand griff nach ihrer. Lucas drückte ihre Hand.

»Da drüben ist eine gruselige Hexe«, murmelte er und zeigte auf eine mechanische Halloween-Puppe.

Sie hockte sich hin und legte einen Arm um ihn, um aus der Berührung Wärme und Trost zu ziehen. »Sie ist nicht wirklich gruselig«, widersprach sie. »Sie ist eher albern. Schau dir ihren Hut an! Ist das nicht ein alberner Hut?«

Lucas starrte skeptisch und unbeeindruckt hinüber.

»Gehen wir näher ran«, schlug Gemma vor. »Willst du sehen, wie ich ihr in die Nase kneife?«

Lucas grinste. »Okay.«

Sie überquerten Hand in Hand die Straße und näherten sich dem surrenden Automaten. Als sie näherkamen, bemerkte Gemma, dass eine mechanische, gackernde Stimme von der Hexe ausging, die in dem Lärm um sie herum kaum zu hören war. Sie trat näher an die Hexe heran und fasste ihr sanft an die lange, krumme Gumminase.

»Möp«, sagte sie.

Lucas kicherte.

»Willst du auch mal?«

»Okay.«

Sie hob ihn hoch, wobei ihr sein provisorischer Umhang ins Gesicht fiel. Schnell drückte er auch die Nase der Hexe.

»Möp.« Er lachte auf.

Jemand spähte aus dem Fenster des Hauses, wahrscheinlich aus Sorge um seine teure Halloween-Dekoration. »Na, dann lass uns mal lieber weitergehen.«

Von dieser Position aus konnte sie die Dekoration sehen, über die sich Barbara zuvor aufgeregt hatte. Drei Häuser weiter stand ein großer, lebensechter Troll neben dem Bürgersteig. Er hatte die Puppe eines kleinen Mädchens an den Füßen gepackt und schwenkte sie auf und ab. Die Mädchenpuppe fuchtelte in offensichtlicher Verzweiflung mit den Armen in der Luft herum. Die meisten Familien mit jüngeren Kindern wechselten auf die andere Straßenseite, um dem Ding auszuweichen. Es war die realistischste Halloween-Requisite der Gegend, und der Hausbesitzer war wahrscheinlich sehr zufrieden mit sich. Sie konnte sich gut vorstellen, dass er das Ganze im Internet für Tausende von Dollars gekauft hatte und sich nun für den Größten hielt. Als hätte er bei einer Art Wettbewerb gewonnen. Er würde vor seinen Kollegen bei der Arbeit damit angeben und ihnen erzählen, dass sein Haus mit Abstand das gruseligste in der Nachbarschaft war.

»Lass uns da langgehen«, schlug sie vor und zeigte in die andere Richtung.

Lucas wachte jetzt schon jede Nacht auf, weil es ihn juckte, da sollte er nicht auch noch Albträume bekommen.

Beim ersten Haus, an dem sie vorbeikamen, hatte man bereits einem Vater und seinem Kind, das als Spiderman verkleidet war, die Tür geöffnet. Das Kind bekam einen Snickers-Riegel, den es in seiner Tasche verstaute.

»Was sagt man dann?«, fragte der Vater mit Nachdruck.

Das unverhoffte Quiz schien das Kind zu verunsichern, denn es schaute erst in seine Tasche, dann auf den Boden und scharrte mit den Füßen.

»Was sagen wir zu der netten Dame?«, wollte der Vater erneut wissen.

Die besagte nette Dame stand wie erstarrt in der Tür und wurde zur unfreiwilligen Teilnehmerin bei der Erziehung des Kindes.

»Danke«, murmelte das Kind schließlich.

»Danke«, wiederholte der Vater, und beide schickten sich an zu gehen. Als sie sich Gemma zuwandten, erkannte sie den Vater. Sie hatte ihn schon ein paar Mal in Lucas' Schule gesehen.

»Hey.« Sie lächelte ihn an.

»Hey. Happy Halloween!«, sagte er fröhlich und musterte Lucas. »Was sollst du denn darstellen?«

Lucas trat näher an Gemma heran. »Ich bin ein Zauberer.«

»Oh, verstehe. Bist du Harry Potter?«

Lucas hatte keine Ahnung, wer Harry Potter war. Er blickte zu Gemma auf.

Sie lächelte eisern weiter.

»Er ist ein anderer Zauberer«, erklärte sie. »Happy Halloween!«

Zum Glück gingen Spiderman und sein Vater weiter, und Gemma konnte mit Lucas vor die Tür treten.

»Süßes oder Saures«, sagte Lucas zögerlich.

»Oje«, rief die Frau mit der Süßigkeitenschüssel aus. »Das ist aber ein mächtiger Zauberer.« Sie bot Lucas einen Snickers-Riegel an.

Er nahm ihn entgegen und steckte ihn in seinen Kürbiseimer.

»Danke«, sagte Gemma fröhlich.

Lucas starrte wie gebannt in seinen Kürbis. Gemma erinnerte sich an eines ihrer ersten Halloweens. Wie magisch es sich angefühlt hatte. Ein Tag im Jahr, an dem es überall, wo sie hinging, Süßigkeiten im Überfluss gab. Das schwindelerregende Gefühl, mit ihrer als Fee verkleideten Mutter herumzulaufen, die ständig ihre silbernen Flügel zurechtrückte. Es war eine überraschende Erinnerung, eine, die jahrzehntelang unberührt in ihrem Gedächtnis geblieben war.

Halloween konnte auch Spaß machen.

»Happy Halloween«, sagte die Frau, winkte und schloss die Tür. An den nächsten Häusern lief alles reibungslos, und Gemma kam langsam in Stimmung. Lucas lächelte jetzt jedes Mal, wenn sie sich einer Tür näherten, und rief aufgeregt »Süßes oder Saures«. Er fing auch an, sich bei den Leuten zu bedanken, die ihm Süßigkeiten gaben, und folgte damit Gemmas Beispiel, ohne dass er dazu aufgefordert wurde. Sie versuchte, sich einzureden, dass es vor allem an der süßen und aufmerksamen Art ihres Kindes lag, aber sie konnte sich des Gefühls nicht ganz erwehren, eine bessere Mutter zu sein als Spidermans Vater.

»Darf ich einen Riegel essen?« Lucas spähte in seinen Kürbis.

»Sobald wir zu Hause sind«, erwiderte Gemma gerissen. Auf diese Weise konnte sie Lucas dazu motivieren, die Tour früher zu beenden. Sie amüsierte sich zwar gerade, aber der Abend wurde immer kühler. Außerdem war es ein schmaler Grat zwischen einer ordentlichen Ausbeute an Süßigkeiten und einer überreichen, die einem erst Bauchschmerzen und später einen unangenehmen Zahnarztbesuch bescherte.

»Mein Eimer wird immer schwerer«, stellte Lucas fest.

»Soll ich ihn für dich tragen?«

»Nein. Was magst du am liebsten?«

»Ich mag die Reese's. Welche isst du am liebsten?«

»Ich mag Gummibärchen. Der Mann mit dem Clownskostüm hat mir vier gegeben.«

»Vier, ja?« Gemma schaute auf die andere Straßenseite, wo sich eine Familie mit drei Kindern auf einer Veranda rings um eine Schüssel voller Süßigkeiten aufgebaut hatte. Sie schienen die Schüssel als All-you-can-eat-Buffet zu betrachten und stopften sich die Süßigkeiten in die Taschen. Ein Anflug von Verärgerung überkam sie; sie stellte sich bereits vor, wie sie Barbara am nächsten Morgen davon erzählte. Gemma fragte sich, wie Barbara wohl auf ihre am heutigen Abend gesammelten

Erfahrungen reagieren würde, denn ihre Freundin wusste ja, dass Gemma ein Problem mit Halloween hatte. Möglicherweise überwand sie sogar langsam ihre Abneigung gegen den Feiertag. Barb würde erwidern: »Schön für dich.« Denn »Schön für dich« war einer von Barbs Lieblingssätzen. Und sie hatte in diesem imaginären Dialog, den Gemma im Kopf führte, sogar recht. Es war in der Tat schön für sie. Sie richtete den Blick auf das nächste Haus. Noch drei, vielleicht vier Häuser, dann würde sie vorschlagen, nach Hause zu gehen, damit Lucas seine Gummibärchen essen konnte.

Eine Mutter kam mit ihrer Tochter auf sie zu. Gemma hatte den Eindruck, die beiden zu kennen. Vielleicht war sie ihnen im örtlichen Park schon einmal begegnet. Das Mädchen war wie ein Minion gekleidet und trug einen blauen Overall, ein gelbes Hemd und einen Hut. Und die Mutter …

Die Mutter sah aus wie ein Engel. Große weiße Flügel hingen an ihrem Rücken; ein glänzender Heiligenschein schwebte über ihrem Kopf. Ihr weißes Crop-Top entblößte ihren Bauch, und darüber trug sie eine glänzende weiße Jacke. Sie hatte sich eine aschblonde Perücke aufgesetzt. Ihr Gesicht war blass, was ihr Make-up noch stärker hervortreten ließ – roter Lippenstift, dunkler Lidschatten.

Gemma erstarrte. Es war, als starrte man durch einen Zeittunnel dreizehn Jahre in die Vergangenheit und landete bei Victoria Howell während jener Halloween-Party. Der Anblick war nicht nur ähnlich, sondern nahezu identisch. Gemma erinnerte sich an jedes Detail. Natürlich tat sie das. Sie hatte Victoria an diesem Abend deutlich vor Augen gehabt, als sie geweint hatte.

Eine kühle Brise wehte die Straße herunter, und die Jacke der Frau flatterte zur Seite. Gemma stockte der Atem. Unter der Jacke, knapp über der Taille der Frau, befand sich ein großer Blutfleck.

Falsches Blut. Kein echtes. Es ist nur ein Kostüm.

Jetzt waren sie sich nahe genug, um einander in die Augen zu sehen. Die Frau nickte ihr zu, wahrscheinlich erkannte sie sie aus dem Park. Gemma nickte stumm zurück. Die Frau und das Mädchen gingen an ihnen vorbei und setzten ihren Weg fort. Gemma erschauderte und konnte nicht genau sagen, was das eben gewesen war. Hatte sie sich das Blut nur eingebildet? Aber auch das Kostüm sah identisch aus. Victoria hatte an diesem Tag natürlich keine Perücke getragen, denn ihr Haar war aschblond und exakt so lang, und …

»Ich hatte zwei jüngere Brüder.«

Die Stimme kam von hinten. Gemma drehte sich um. Die Frau im Engelskostüm stand da und hielt immer noch die Hand ihrer Tochter.

»Wie bitte?«, platzte es aus Gemma heraus.

»Ich hatte zwei Brüder. Willie und Craig. Erinnerst du dich an sie? Willie hat mich jeden Morgen umarmt. An den Wochenenden haben wir zusammen Monopoly gespielt.«

Gemma wich einen Schritt zurück. Die Frau bewegte sich langsam vorwärts. Ihr Gesicht wirkte wie eingefroren, ihre Stimme klang monoton. Nur ihre Augen wiesen Emotionen auf. Sie waren weit aufgerissen, nervös. Fast schon … verzweifelt. Gemma wolle irgendetwas erwidern. *Kennen wir uns* oder vielleicht *Geht es Ihnen gut?*, aber sie bekam keinen Ton heraus. Ihr Mund war staubtrocken, und sie brachte keine einzige Silbe über die Lippen.

»Ich wollte Tierärztin werden«, fuhr die Frau mit flacher, ausdrucksloser Stimme fort. »Ich habe Tiere geliebt. Erinnerst du dich an unsere Hunde? Jax hat nicht aufgehört zu jaulen, als ich nicht mehr da war.«

»Mommy …« Das kleine Mädchen zog an der Hand der Frau. »Lass uns gehen.« Sie wirkte gelangweilt und frustriert.

Die Frau blickte auf ihre Tochter herab und verkrampfte die Kiefermuskeln. Sie sprach schneller, als ob ihr die Zeit davonliefe. »Glaubst du, ich wäre inzwischen auch verheiratet, so wie du? Wie viele Kinder hätte ich wohl?«

»Du hast ein Kind. Mich!« Das kleine Mädchen zerrte immer erbitterter an der Hand der Mutter.

Die Worte des Mädchens schienen den Monolog der Frau zu unterbrechen. Einige Sekunden lang bewegte sie die Lippen, ohne dass ein Ton herauskam, und ihr Blick fiel erst auf ihre Tochter und dann auf Gemma.

Gemma fand ihre Stimme wieder. »Entschuldigung, aber …«

»Aber du hast jede Chance darauf zerstört, nicht wahr?«, fauchte die Frau und senkte die Stimme. »Dachtest du etwa, du könntest weglaufen und alles wäre wieder in Ordnung? Es wird niemals in Ordnung sein.«

In Gemmas Kopf drehte sich alles. Sie wollte reagieren, konnte es aber nicht. Ihr Blick fiel ein ums andere Mal auf den Blutfleck …

Falsches Blut …

… auf dem Shirt der Frau. Er schien sich auszubreiten.

Dann wirbelte die Frau herum und ging davon, wobei ihre Tochter rennen musste, um mit ihr Schritt zu halten. Gemma konnte hören, wie sich das Mädchen beschwerte und seine Mutter aufforderte, langsamer zu laufen. Gemma wollte ihr hinterhereilen, doch ihre Füße schienen auf dem Bürgersteig festgewachsen zu sein.

»Wer war das, Mommy?«, fragte Lucas.

Gemma blinzelte mehrmals und räusperte sich. »Ich weiß es nicht. Ich … habe nicht die geringste Ahnung.«

»Was hat sie über den Hund gesagt?«

Gemma starrte den beiden hinterher. Die Frau und das Mädchen entfernten sich auf der dunkler werdenden Straße immer weiter von ihnen. Noch wäre sie in der Lage, ihnen zu folgen. Um Antworten zu bekommen. Aber was die Frau gesagt hatte, ergab keinen Sinn. Sie war nicht Victoria. Und offensichtlich war sie auch nicht Victorias Geist. Gemma schaute zu Lucas hinunter. Er hatte alles gehört und das gerade selbst bestätigt.

»Hast du gehört, was sie gesagt hat?«, wollte sie wissen.

»Sie hat gesagt, dass der Hund gejault hat.«

»Was noch?«, hakte Gemma eindringlich nach.

Lucas runzelte die Stirn. »Können wir noch ein bisschen Süßes oder Saures spielen?«

»Du weißt nicht mehr, was sie noch gesagt hat?« Gemma versuchte, ruhig zu bleiben und nicht wie an diesem Nachmittag die Fassung zu verlieren.

Lucas schüttelte den Kopf. »Mir ist kalt. Können wir weitergehen? Ich will noch mehr Süßigkeiten sammeln.«

»Ich … muss Daddy anrufen. Nur eine Sekunde.«

Benjamin ging nach dem zweiten Klingeln ran. Gemma konnte den Automotor im Hintergrund hören. »Hey, Schatz, ich bin schon auf dem Rückweg und müsste bald zu Hause sein.«

»Wie bald?«, krächzte Gemma. Für sie konnte es gar nicht schnell genug gehen.

»Laut Navi sind es noch zwanzig Minuten.«

Zwanzig Minuten. Eine Ewigkeit.

»Okay«, flüsterte Gemma. »Bis gleich.« Sie legte auf.

»Mom.« Lucas zerrte ein paar Mal an ihrer Hand.

Sie ließ sich von ihm mitziehen, taumelte hinter ihm her und versuchte, sich zusammenzureißen. Die Frau hatte Willie und Craig erwähnt … Victorias Brüder. Und Jax. Gemma erinnerte sich daran, wie die Howells Jax, einen wunderschönen Golden Retriever, als Welpen bekommen hatten. Victoria und sie hatten stundenlang im Vorgarten mit ihm gespielt.

Das konnte nicht wie die Kundin im Schönheitssalon als Zufall abgetan werden. Ein paar Sekunden lang vermutete

Gemma, dass die Frau aus Crumville kam. Dass sie Gemma gefunden hatte und sich aus irgendeinem seltsamen Grund mit ihr anlegen wollte. Aber das war nicht möglich. Sie sah nicht aus wie jemand aus Crumville. Und selbst wenn dem so wäre, wer würde so etwas tun? Das exakte Kostüm finden, das Victoria auf der Party getragen hatte, sich eine Perücke aufsetzen und dann in dieser Verkleidung mit der eigenen Tochter auf Süßes-oder-Saures-Tour gehen, nur um Gemma eins auszuwischen. Das ergab doch keinen Sinn. Nicht den geringsten.

Die einzige vernünftige Erklärung war dieselbe wie in Bezug auf den Nachmittag. Sie hatte eine Frau in einem Kostüm gesehen, das sie an Victoria erinnerte, und sich den Rest eingebildet. Die Frau hatte wahrscheinlich etwas Harmloses gesagt – sie vielleicht vor einem Haus mit einem Hund gewarnt, der ihre Tochter erschreckt hatte. Doch Gemma hatte etwas gehört, das ihrem eigenen Verstand entsprungen war.

Zwei Häuser weiter hing tatsächlich ein Schild mit der Aufschrift »Warnung vor dem Hund« am Zaun. Gemma empfand keine Erleichterung bei der Bestätigung ihrer Erklärung. Die Tatsache, dass sie ihren eigenen Augen und Ohren nicht mehr trauen konnte, machte ihr Angst. Konnte es womöglich passieren, dass sie ein entgegenkommendes Auto übersah, wenn sie mit Lucas die Straße überquerte? Oder dass sie Lucas wegen eines Hirngespinsts verletzte?

Lucas schien müde zu sein, und Gemma nutzte die Gelegenheit, um ihn zur Heimkehr zu überreden. Sein Kürbiseimer war voller Süßigkeiten, er hatte mehr als genug gesammelt. Fröhlich plappernd schilderte er ihr, was er alles bekommen hatte und in welcher Reihenfolge er die Süßigkeiten essen wollte. Gemma schaffte es nicht, etwas zu erwidern. Sie musste zurück ins Haus. Alle anderen Eltern erschienen ihr jetzt bedrohlich, als wären sie ein von ihrem gepeinigten Verstand hervorgerufener Albtraum. Der Lärm und die flackernden

Lichter verschlimmerten ihre Panik nur noch mehr. Ihr Kopf pochte. Ihr wurde langsam übel. Nur noch ein paar Schritte. Gleich geschafft.

Sie rechnete schon fast damit, das Trugbild dieser Frau in ihrem Haus wiederzusehen, als sie mit Lucas eintrat. Schnell schaltete sie überall das Licht ein, während ihr das Herz bis zum Hals schlug. Sie schnappte sich eine Tüte Sour Patch Kids und füllte die Schale auf der Veranda wieder auf, damit sie sich nicht mit den Kindern beschäftigen musste, die an die Tür klopften.

Lucas leerte seinen Kürbiseimer auf dem Tisch aus und nahm seine Ausbeute dann strahlend in Augenschein. Gemma ließ sich auf einen der Stühle sinken und sah ihm apathisch dabei zu, wie er sich ein Gummibärchen in den Mund steckte. Sie erinnerte sich vage daran, dass sie ihm eigentlich hatte sagen wollen, er dürfe vor dem Schlafengehen nur eine Süßigkeit essen, aber im Moment wusste sie selbst nicht mehr, warum ihr das vorhin so wichtig gewesen war.

Benjamin traf sie an derselben Stelle an, als er das Haus betrat. Sobald er hereinkam, stand sie auf, ging ins Bad und schloss die Tür hinter sich. Sie konnte gedämpft hören, wie er Lucas fragte: »Wie ist es gelaufen, Sportsfreund? Hattest du Spaß? Gummibärchen, wow.« Würde Lucas ihm von der als Engel verkleideten Frau erzählen? Nein, natürlich nicht. Für Lucas war sie nur eine von vielen kostümierten Frauen, die er heute gesehen hatte.

Sie wartete ein paar Minuten, bevor sie das Badezimmer wieder verließ. Lucas und Benjamin sortierten die Süßigkeiten und teilten sie in Gruppen ein.

»Kann ich dich kurz sprechen, Benjamin?«, bat sie. Ihre Stimme klang hohl und erschöpft.

»Sicher.« Benjamin zerzauste Lucas das Haar und stand auf.

Gemma ging in ihr Schlafzimmer und schloss hinter Benjamin die Tür.

»Ich weiß, was du sagen willst«, setzte er an. »Es tut mir leid, denn ich hatte ja versprochen, zu versuchen, vor sechs zu Hause zu sein, aber …«

Gemma hob die Hand, um ihn zum Schweigen zu bringen. »Darum geht es nicht. Benjamin … Es geht mir nicht gut.«

Er runzelte die Stirn. »Wie meinst du das?«

»Ich bin … Ich habe in den letzten Wochen nicht gut geschlafen, weil Lucas nachts ständig aufgewacht ist …« Ihre Stimme bebte. »Ich habe zwar behauptet, dass es mir nichts ausmacht … Aber ich glaube, mein Körper hält das nicht mehr lange durch. Ich habe Kopfschmerzen und Schwindelanfälle, und ich bin ständig müde. Außerdem leide ich unter …«

Halluzinationen.

»… Angstattacken, und wenn ich nicht bald ein paar Nächte durchschlafen kann, drehe ich vermutlich durch.«

Benjamin nahm sie in die Arme. Sie vergrub zitternd das Gesicht an seiner Brust.

»Das ist doch kein Problem, Süße«, flüsterte er. »Ich gehe heute Nacht zu Lucas, wenn er aufwacht. Und auch in den nächsten Tagen. Du schläfst einfach weiter. Schlaf, bis es dir wieder besser geht.«

Kapitel 10

Früher hatte Gemma gern behauptet, sie bräuchte nicht viel Schlaf. Manchmal blieb sie die ganze Nacht wach, um ein fesselndes Bild zu beenden oder ein ganzes Buch durchzulesen. Den nächsten Tag überstand sie dennoch mühelos, als hätte sie ein besonderes Geheimnis, das niemand in ihrem Umfeld kannte. Sie zählte die Stunden, die sie wach bleiben konnte – vierundzwanzig … achtundzwanzig … dreiunddreißig … Jede einzelne glich einer Leistung, einem Triumph über andere Sterbliche, die so blöd waren, jede Nacht schlafen zu gehen und diese kostbaren Stunden zu verschenken.

Dann wurde sie Mutter.

Schlaf wurde zu einem kostbaren Gut, das es zu schätzen galt und dem man bei jeder sich bietenden Gelegenheit frönen musste. Wenn sie zu Bett ging, wusste sie, dass ihr Schlaf höchstwahrscheinlich unterbrochen werden würde. Und zwar mehrmals. Ausschlafen kam natürlich nicht infrage, nicht einmal am Wochenende. Einen kleinen Jungen interessierte nicht, ob es Samstag war. Er wollte gefüttert, bespaßt und in den Armen gehalten werden. Und zwar um sechs Uhr früh. Manchmal auch um halb sechs.

Als Benjamin sie dann tatsächlich wie versprochen zwei Nächte hintereinander durchschlafen ließ, nahm sie das nicht als selbstverständlich hin. Es war ein Geschenk, das ihr das Leben verschönerte. Die Welt erschien ihr klarer und glücklicher. Ihre Nervosität ließ nach. Es gab keine Halluzinationen mehr. Sie war eine völlig neue Frau. Alles schien einfacher zu sein. Ihr Job, ihre Zeit mit Lucas, sogar lästige Hausarbeiten. Der Geburtstagskuchen für ihre Schwiegermutter stellte auf einmal kein großes Problem mehr dar. Sie schaute bei Barbara vorbei, und sie backten ihn gemeinsam, plauderten und tratschten den ganzen Abend.

Aber sie hatte nicht vor, die Warnzeichen zu ignorieren, die ihr Gehirn ihr geschickt hatte. Ihre langjährigen Versuche, die Vergangenheit zu verdrängen, gingen nach hinten los. Sie würde sich ihr direkt stellen müssen. Daher machte sie sich auf die Suche nach einer guten, bezahlbaren Therapeutin in der Gegend, weil sie gern zu einer Frau gehen wollte. Sie wusste noch nicht, was sie ihr sagen würde – selbstverständlich musste sie einiges auslassen, trotz der ärztlichen Schweigepflicht. Aber vielleicht konnte sie ihr gerade so viel anvertrauen, dass die Therapeutin ihr half, einen Schlussstrich zu ziehen.

Nach der emotionalen Achterbahnfahrt, die sie in dieser Woche durchgemacht hatte, war sie froh, am Donnerstag zum Familienessen gehen zu können.

»Benjamin! Gemma! Lucas!«, rief Benjamins Mutter Joyce, als sie durch die Eingangstür kamen. Das tat sie immer, sie verkündete den Namen jeder Person, die das Haus betrat, als wäre sie eine Art Hofmarschall bei einem Staatsbankett. Sie küsste außerdem jedes Mal alle auf beide Wangen.

»Hi, Joyce.« Gemma lächelte sie an. »Sollen wir den Kuchen und den Obstsalat in die Küche bringen?«

»Ja, und stell die Kartoffeln gleich auf den Esstisch«, erwiderte Joyce. »Chloe hat eben angerufen. Sie verspäten sich ein wenig.«

»So wie immer«, murmelte Benjamin.

Eine weitere Tradition der Fosters: Benjamin kam immer pünktlich, Chloe stets zu spät, und Benjamin beschwerte sich jedes Mal darüber.

Gemma genoss diese kleinen, sich wiederholenden Momente. Manchmal waren ihre Gefühle für Benjamins Familie sehr komplex. Nachdem sie ihre Familie zurückgelassen hatte, waren die Fosters zu einer Art … nun ja … Ersatzfamilie geworden. Als sie allein gewesen war, hatte sie sich jahrelang nach solchen Familienfestessen, nach einem Gefühl der Verwandtschaft, der Zugehörigkeit gesehnt. Sie genoss es, ihnen nahe zu sein, jedes Familienmitglied und seine kleinen Macken kennenzulernen. Als Benjamin sich daher über Chloes Verspätung beschwerte, konnte sie sich ein Grinsen nicht verkneifen.

Aber sie wusste auch, dass Familien enttäuschen konnten. Dass Väter weggingen. Dass sich Mütter gegen einen wandten. Dass das Gefühl der Akzeptanz trügerisch sein konnte. Und natürlich hielt sie ihre Vergangenheit vor ihnen verborgen, versteckt unter einem dünnen Schleier aus Lügen. Eine tote Mutter, über die sie nicht sprechen wollte. Eine langweilige Kindheit, die der aller anderen ähnelte.

Aus diesem Grund war sie immer auf der Hut, wenn sie zusammenkamen.

Sie stellte den Kuchen auf den Küchentresen und ging dann ins Esszimmer. Nathan, Benjamins Vater, stand am großen Esstisch und legte Servietten neben jeden Teller. Er hatte einen leicht krummen Rücken und sah müde aus. Benjamin machte sich in letzter Zeit zunehmend Sorgen um seinen Vater, dessen Alter ihn langsam einzuholen schien.

»Hi, Nathan.« Gemma ging zu ihm hinüber und umarmte ihn kurz.

»Hey, Gemma. Chloe kommt ein bisschen später.«

»Hat Joyce schon gesagt. Wow, du hast den Tisch aber wirklich schön gedeckt!«

»Na ja.« Nathan gluckste angespannt. »Es ist ja auch Joyce' Geburtstag.«

Er wirkte leicht nervös und war wahrscheinlich besorgt, an ihrem Geburtstag irgendetwas falsch zu machen. Bei Joyce hatten Geburtstage einen hohen Stellenwert, und sie tat alles, um sie mit etwas Besonderem zu feiern. Was natürlich auch bedeutete, dass jemand anderes das Heft in die Hand nehmen musste, wenn sie Geburtstag hatte.

Gemma erkundigte sich nach seinem letzten Angelausflug, was ihn ein wenig aufzulockern schien. Benjamin und Lucas gesellten sich zu ihnen, während er davon erzählte. Gemma war erleichtert, denn im Gegensatz zu Benjamin interessierte sie sich nicht wirklich fürs Angeln und wusste nie, was sie noch fragen sollte, außer »Wie viele Fische hast du gefangen?« und »Wie groß war der größte?«. Aber Benjamin und Nathan konnten sich stundenlang über Köder, Angelausrüstung und Techniken unterhalten.

Nach einer Weile klopfte es an der Tür, und Joyce kündigte die Neuankömmlinge an. »Chloe! Alvin! Savannah! Madeline! Jonathan!«

Und dann wurde es, wie so oft mit vier Kindern in einem Raum, deutlich lauter und chaotischer. Savannah, Chloes mittleres Kind, schrie immer, wenn sie aufgeregt war, und das war sie häufig. Als Chloe und ihr Mann hinzukamen, umarmten und küssten sie alle, tauschten Höflichkeiten aus und mussten ein bisschen lauter sprechen, um den Lärm der Kinder zu übertönen.

»Rate mal, wen ich im Einkaufszentrum getroffen habe, Benjamin«, sagte Chloe, die ihr Baby Jonathan im Arm hielt.

»Wen denn?«

»Du musst schon raten.«

»Ich habe keine Lust zu raten. Erzähl es mir einfach.«

»Aydin, deinen alten Schulfreund.« Chloe wackelte mit den Augenbrauen.

»Wer ist Aydin?«, erkundigte sich Gemma.

»Aydin!«, rief Benjamin. »Ernsthaft? Moment mal … Hatte er den Hut auf?«

»Nein, den Hut hatte er nicht auf«, antwortete Chloe kichernd.

»Wer ist Aydin?«, wiederholte Gemma ihre Frage.

Chloe grinste Gemma an. »Er war Benjamins *bester* Freund.«

»Das war er nicht«, widersprach Benjamin. »Hör nicht auf sie. Was hat er denn dort gemacht?«

Trotz seiner ständigen Beschwerden über Chloe konnte Gemma jedes Mal, wenn sich Benjamin und seine Schwester in einem Raum aufhielten, sofort spüren, dass sie sich liebten. Wenn sie sich unterhielten, veränderte sich ihr Verhalten, fast so, als wären sie wieder die Kinder von einst. Sie verdrehten die Augen über Nathans Worte. Sie erzählten einander Insider-Witze, die niemand außer ihnen verstand. Sie sprachen über Freunde aus der Kindheit oder über gemeinsame Erlebnisse. Genau wie bei der Unterhaltung über Aydin eben bezogen sie andere nur zu gern in ihre Diskussionen mit ein, aber es war, als würde man mittendrin in einen Film einsteigen. Oft ertappten sich Gemma und Chloes Ehemann Alvin dabei, dass sie nur stillschweigend zuhörten und einander vielsagende Blicke zuwarfen. Die vergessenen Partner.

Gemma hatte keine Geschwister. Manchmal fragte sie sich, ob alles anders gekommen wäre, wenn sie einen Bruder oder eine Schwester gehabt hätte. Hätte sie dann jemanden auf ihrer

Seite gehabt, als sich die Welt gegen sie wandte? Oder wäre er oder sie schockiert und entsetzt zurückgewichen angesichts dessen, was die Schwester getan hatte?

»… diese Familie stand also vor unserer Tür«, erzählte Nathan beim Essen. »Die Eltern waren angezogen wie Brotscheiben …«

»Wie Toastscheiben«, korrigierte Joyce ihn. »Ihre Kostüme sahen aus wie Toastbrotscheiben. Ich glaube, sie waren aus Schaumstoff. Aber sie können auch aus Pappe gewesen sein.«

»Genau. Und die Kinder waren als Tomate, Avocado und Ei verkleidet.«

»Das war keine Avocado, sondern ein Salatkopf.«

»Ich bin mir ziemlich sicher, dass es eine Avocado war. Und ich sagte …«

»Nein, es war definitiv ein Salatkopf.«

»Gut. Und ich sagte …«

»Savannah!«, rief Chloe frustriert. »Sieh dir diese Sauerei an.«

»Ich hole schnell einen Lappen«, meinte Joyce.

»Ich will Saft«, meldete sich Madeline zu Wort.

»Du musst schon darum bitten«, ermahnte Alvin seine Tochter.

»Kriege ich auch einen Saft, Mom?«, bat Lucas.

»Okay, Schatz«, murmelte Gemma und half Chloe beim Saubermachen.

»Was hast du denn nun gesagt, Dad?«, fragte Benjamin.

»Was?« Nathan runzelte die Stirn. »Ach ja … Vergiss es. So lustig war das gar nicht.«

Geschichten wurden erzählt, unterbrochen und mittendrin einfach verworfen. Eine weitere Lieblingsbeschäftigung der Fosters. Ganz anders als bei den Familienessen während Gemmas Kindheit, bei denen man nichts sagen durfte, solange jemand anderes sprach, und ständig ermahnt wurde, nicht zu laut zu reden. Wahrscheinlich machten die Fosters es richtig. Aber es wäre trotzdem schön gewesen, ab und zu ein fünfminütiges Gespräch führen zu können, ohne ein Dutzend Mal unterbrochen zu werden.

Gemma konzentrierte sich auf das Essen. Alvins Braten schmeckte köstlich. Und Joyce hatte extra für sie Spargel zubereitet. Zwei Jahre zuvor hatte Gemma Joyce versehentlich für den Spargel gelobt, und seit diesem schicksalhaften Tag wies Joyce sie jedes Mal darauf hin, dass sie auch Gemmas Lieblingsspeise – Spargel – gekocht hatte. Benjamin und Chloe mussten jedes Mal grinsen, wenn sie das tat, und Benjamin fragte Gemma ständig, ob er ihr noch mehr Spargel auftun solle. Nicht, dass Gemma das verdammte Gemüse nicht mochte, aber es gehörte nicht einmal zu ihren Top Fifty. Nichtsdestotrotz aß sie immer eine Portion davon.

»Mommy, vergiss mein Bild nicht«, jammerte Madeline.

»Oh, richtig!«, sagte Chloe. »Mom, Madeline hat dir zum Geburtstag was gemalt.«

Ein Blatt Papier wurde hervorgeholt und auf den Tisch gelegt. Darauf prangte ein dreibeiniges Pferd.

»Es ist wunderschön«, schwärmte Joyce. »Ich werde es zu den anderen an den Kühlschrank hängen.«

Gemma merkte auf. Am Kühlschrank hingen bereits drei Bilder von Madeline und zwei von Savannah. Nicht ein einziges von Lucas. Nicht, dass er seinen Großeltern keine Bilder schenken würde, vielmehr brachte er wahrscheinlich mehr mit als seine beiden Cousinen. Aber aus irgendeinem Grund wurden Lucas' Bilder irgendwo in einer Schublade aufbewahrt, während die Bilder von Chloes Töchtern am Kühlschrank hingen. Dabei waren Lucas' Bilder genauso gut wie Savannahs. Und er wusste, wie viele Beine ein Pferd hatte. So!

Was Gemma jedoch unmöglich zur Sprache bringen konnte, denn das klänge wie die kleinlichste Beschwerde der Welt. Hör mal, Joyce, ich habe die Bilder an deinem Kühlschrank gezählt, und dabei ist mir aufgefallen … Nein, das konnte sie auf keinen Fall tun. Ihr blieb nur zu hoffen, dass Lucas die Diskrepanz nicht bemerkte. Sie hatte es sich daher angewöhnt, seine Bilder zu Hause an den Kühlschrank zu hängen.

»Ich glaube, es ist Zeit für den Kuchen!«, verkündete Chloe, nachdem sie das Geschirr abgeräumt hatten.

»Gemma hat den Kuchen selbst gebacken«, ergänzte Benjamin.

»Ach, das wäre doch nicht nötig gewesen, Liebes«, sagte Joyce.

»Ich hatte ein bisschen Hilfe.« Gemma lächelte scheu.

Ihr war es durchaus wie eine Notwendigkeit erschienen. Gemma hatte sich immer Sorgen gemacht, Joyce und Nathan könnten nicht viel von ihrer Schwiegertochter halten. Zugegebenermaßen war Alvin als Arzt ein viel beeindruckenderer Schwiegersohn. Außerdem wusste Gemma, dass es wenig hilfreich war, Joyce' persönlichen Fragen ständig auszuweichen. Aus diesem Grund tat sie auf andere Weise ihr Bestes, um zu demonstrieren, dass sie ein wichtiger Teil dieser Familie war. Deshalb hatte sie auch darauf bestanden, den Kuchen mitzubringen. Die Tatsache, dass sie ihn selbst gebacken hatte, erschien ihr wie ein zusätzlicher Bonus.

Sie brachte den Kuchen an den Tisch. Er sah wirklich gut aus, was Barbaras Fachwissen zu verdanken war. Ein tiefbrauner Kuchen, getränkt mit dunkler Schokoladenganache und verziert mit kurvigen Schokoladenkringeln und Erdbeeren. Keine Kerzen, denn bei den Fosters bekamen nur Kinder Kerzen auf den Geburtstagskuchen – ein Gesetz, das schon Jahre vor Gemmas Beziehung mit Benjamin verkündet worden war.

Alle waren begeistert, und Madeline und Savannah stritten sich darum, wer das erste Stück bekommen sollte. Dann ermahnte Chloe sie, dass sie zuerst »Happy Birthday« singen mussten. Savannah fing sofort an zu singen, während Madeline und Lucas einige der Worte nur schief und leise trällerten. Gemma und Chloe sangen ebenfalls, aber Nathan, Benjamin und Alvin standen bloß da und lächelten verlegen. Gemma fragte sich, ob sie das Singen möglicherweise als unmännlich ansahen.

Nachdem das Lied pflichtbewusst beendet worden war, eilte Gemma zurück in die Küche, um ein Messer zu holen. Doch sie konnte weder in der Schublade noch in der Spülmaschine ein geeignetes Messer zum Schneiden des Kuchens finden.

»Kann ich dir helfen?«, erkundigte sich Chloe, die zu ihr in die Küche kam.

»Ich brauche ein Messer«, erwiderte Gemma und kramte zwischen dem schmutzigen Geschirr in der Spüle herum.

Chloe öffnete die gleiche Schublade, die Gemma bereits durchgesehen hatte. »Mom! Wo sind denn die ganzen Messer?«

Joyce kam angelaufen und zog die Schublade ein weiteres Mal auf. »Sie sind wohl alle in der Spülmaschine.«

»Sind sie nicht, denn da habe ich schon nachgesehen.«

»Ach du liebe Güte.« Nun wurden auch die anderen Schubladen überprüft.

»Was ist denn los?«, fragte Nathan.

»Ich vermute, Eva hat gestern beim Putzen all unsere großen Messer in die falsche Schublade gelegt. Am besten nehmen wir einfach ein normales Messer.«

»Nein, das ruiniert den Kuchen. Ich hole schnell eins«, sagte Nathan.

Er verließ den Raum. Joyce, Gemma und Chloe suchten weiter, konnten aber nicht herausfinden, wo die Putzfrau die Messer hingelegt hatte. Joyce murmelte etwas und eilte hinaus. Eine Sekunde später rief sie: »Nein, Nathan, wir schneiden den Kuchen nicht mit deinem Fischermesser an.«

»Es ist brandneu«, rechtfertigte sich Nathan. »Und ganz sauber.«

»Oh Gott.« Chloe verließ seufzend die Küche.

Gemma folgte ihr. Im Esszimmer waren alle Blicke auf Nathan gerichtet, der sich vorbeugte, um den Kuchen mit einem scharf aussehenden Klappmesser anzuschneiden. Gemma war sich nicht sicher, was er ihrem Kuchen antun würde, denn sie bezweifelte, dass Nathan in der Lage war, einen Kuchen auch nur mit einem normalen Küchenmesser anzuschneiden, geschweige denn mit dem Klappmesser, das er zum Fischen benutzte.

»Lass mich das machen«, erbot sie sich und griff nach dem Messer.

»Ich schaffe das schon«, fauchte Nathan.

Gemma erwiderte nichts. Sie nahm seine Worte nur beiläufig zur Kenntnis, denn ihr Blick verharrte auf der Klinge in seiner Hand.

Sie hatte dieses Messer schon einmal gesehen. Tatsächlich hatte sie ein identisches Messer sogar selbst gekauft. Denn mit so einem Messer war Victoria Howell ermordet worden.

Kapitel 11

Es ist nur ein Messer.

Gemma konnte den Blick nicht von der Klinge abwenden, die durch den Kuchen fuhr und große Stücke für die Kinder, ein dünneres für Joyce und eins für Chloe und Alvin zurechtschnitt, das sie sich teilen mussten, weil Chloe Diät machte.

Es ist nur ein Messer.

»Gemma?«, fragte Benjamin.

»Äh … Ja?«

»Möchtest du auch ein Stück?«

Er reichte ihr einen kleinen Teller mit einem Kuchenstück. Von dem Kuchen, auf den sie so stolz gewesen war. Dem Kuchen, den sie und Barbara gestern gebacken hatten, um sich danach die restliche Ganache von den Fingern zu lecken. Und jetzt war genau dieser Kuchen erstochen worden …

Aufgeschnitten. Nicht erstochen. Aufgeschnitten.

… mit Nathans Fischermesser, das so ähnlich aussah …

Nicht ähnlich. Es ist identisch. Aber es ist nur ein Messer.

… wie das, das sie dreizehn Jahre zuvor gekauft hatte. »Ich wusste gar nicht, dass du dich fürs Angeln interessierst«, hatte ihr Freund damals zu ihr gesagt.

»Ich gehe nicht angeln«, hatte sie erwidert. »Ich brauche es zum Schneiden.«

»Gemma? Hallo? Möchtest du ein Stück Kuchen?«

»Nein … Ich … Ich bin satt.«

Es ist wahrscheinlich ein ganz normales Messer und wird in jedem Geschäft verkauft.

»Dieser Kuchen ist unglaublich lecker«, lobte Chloe mit vollem Mund. »Jetzt bist du dem Untergang geweiht, Gemma.«

»Wieso denn das?«, wollte Gemma wissen.

»Von nun an wirst du für jedes Familienessen Kuchen backen. Das ist dir doch hoffentlich klar?«

»Oh.« Gemma versuchte sich an einem Lächeln. »Ja.«

Nathan stand vom Tisch auf. »Bin gleich wieder da. Ich muss schnell mein Messer abwaschen.«

Er verschwand in der Küche. Gemma starrte auf den Esstisch und stand kurz davor, die Fassung zu verlieren. Sie konnte kaum noch atmen. Eines der Kinder verlangte nach einem zweiten Stück. Jemand sagte etwas, und jemand anderes lachte. Alle Stimmen verschmolzen miteinander, und es gelang ihr nicht länger, sie auseinanderzuhalten.

Sie stand auf und überlegte, ob sie sich in der Toilette einschließen sollte, bis sie sich wieder unter Kontrolle hatte.

Stattdessen folgte sie Nathan in die Küche.

Er stand am Spülbecken und starrte das Messer an, während das Wasser an der mit Schokolade beschmierten Klinge herunterlief. Gemma schloss leise die Tür hinter sich.

Nathan drehte sich um. »Ach, du bist's, Gemma.« Sein Blick zuckte zur geschlossenen Tür.

»Hey, Nathan«, sagte sie und versuchte, gelassen zu klingen. Bemerkte er, wie sie die Muskeln anspannte? Wie laut ihr Atem war? »Das ist ja ein tolles Messer.«

»Finde ich auch.« Er stellte das Wasser ab, obwohl das Messer noch voller Schokolade war.

»Woher hast du es?«, fragte sie.

Er holte tief Luft und schwieg einige Sekunden lang, bevor er erwiderte: »Ich habe das Messer in einem Angelgeschäft in einer Kleinstadt namens Crumville gekauft.«

Seine Worte trafen sie wie ein Schlag in die Magengrube. Sie musste sich an der Wand abstützen, um nicht den Halt zu verlieren.

»Der Mann im Laden sagte, dass sie dieses Modell seit dreizehn Jahren verkaufen«, fuhr Nathan fort. »Es ist sehr beliebt.« Seine Stimme klang seltsam monoton. Trocken. Tot.

»Dreizehn Jahre«, flüsterte Gemma.

»Die gezackte Klinge eignet sich gut zum Durchtrennen von Fleisch und Knochen.«

Nein. Neinneinneinneinnein. Sie hatte wieder Halluzinationen. Das passierte alles nur in ihrem Kopf. Es war eine Fehlzündung ihres Unterbewusstseins, das Ergebnis jahrelanger Angst und unterdrückter Schuldgefühle.

Er runzelte die Stirn und räusperte sich. »Der Verkäufer meinte, dass sich die gezackte Klinge gut zum Durchtrennen von Fleisch und Knochen eignet. Es ist wahrscheinlich schmerzhafter als bei einer glatten Klinge. Aber den Fischen ist das egal. Es ist ja nicht so, als wären sie noch am Leben, wenn ich sie aufschneide.«

Sie versuchte, sich umzudrehen und hinauszugehen, konnte sich jedoch nicht rühren. Wasser tropfte von der Klinge in Nathans Hand auf den Boden. Er schien es nicht zu bemerken und verzog das Gesicht auf eine Art und Weise, wie sie es noch nie bei ihm gesehen hatte. War das Furcht? Wut?

»Aber das weißt du selbst, nicht wahr? Du hast auch so ein Messer gekauft«, fuhr er fort. »Warst du damit zufrieden?«

War ich das? »Ich habe nie … Ich habe nicht …«, setzte sie an, doch die Worte kamen ihr nicht über die Lippen.

»Du hast deins wahrscheinlich nicht mehr. Möchtest du dieses Messer haben?«

Er hielt es ihr hin.

Sie stieß ein verängstigtes Schluchzen aus und drückte sich an die Küchentür.

Nathan runzelte die Stirn. »Ist alles in Ordnung, Gemma?« Seine Stimme hatte diese seltsame Ausdruckslosigkeit verloren, und er klang wieder wie Nathan.

»Warum hast du das gesagt?«, stieß Gemma mit zittriger Stimme hervor.

»Was genau meinst du?«

»Das mit dem Messer.« Ein Tränenschleier trübte ihr die Sicht.

»Ich habe doch gar nichts gesagt.« Er versuchte, überrascht zu klingen. Aber sie konnte seine Anspannung dennoch hören. Er log sie an. Und dieser seltsame Gesichtsausdruck war immer noch da. Als ob er sich vor ihr ekelte oder entsetzt war.

»Und ob du das hast! Du hast gesagt, ich hätte auch so eins besessen, aber das stimmt überhaupt nicht.«

»Warum solltest du so ein Messer besitzen? Das ist ein Fischermesser.« Er machte einen Schritt auf sie zu und hielt das Messer noch immer in der Hand.

Sie tastete nach dem Türgriff.

»Gemma?« Er runzelte die Stirn.

Sie riss die Tür auf und stolperte zurück ins Esszimmer, drehte sich und sah sich panisch um. Alle anderen unterhielten sich und lachten. Savannah hatte Schokolade im ganzen Gesicht. Lucas war mit seinem Kuchenstück noch nicht fertig und wirkte sehr zufrieden. Die ganze Szene kam ihr ungemein surreal vor.

»Benjamin«, krächzte sie. »Ich will nach Hause.«

»Wieso denn das?« Er drehte sich überrascht zu ihr um. »Es ist doch noch früh.«

»Mir geht's nicht gut. Ich muss gehen.«

»Mom wollte uns gerade zeigen, was Dad ihr geschenkt hat.«

»Komm schon, Lucas«, sagte sie zu ihrem Sohn. »Zieh dir die Jacke an.«

»Lass ihn doch wenigstens seinen Kuchen aufessen«, bat Chloe. »Vielleicht kannst du dich ein bisschen hinlegen. Möchtest du einen Tee?«

»Ich will keinen Tee!«, schrie Gemma. »Ich will nach Hause!«

Nathan kam mit verwirrter Miene aus der Küche. Gemma wich vor ihm zurück, auch wenn er das Messer nicht länger in der Hand hielt.

»Was hat sie denn?«, fragte er. »Wir haben uns in der Küche unterhalten, und auf einmal ist sie ausgeflippt.«

»Wir haben uns nicht nur unterhalten«, spie Gemma förmlich aus. »Du hast etwas über dein Messer gesagt.«

»Das stimmt«, gab Nathan zu. »Okay. Vielleicht habe ich eine Bemerkung über mein Messer gemacht.«

»Er ist sehr stolz darauf«, warf Joyce ein. »Er hat es mir Anfang der Woche gezeigt.«

»Lucas!« Gemma hob die Stimme. »Komm schon! Zieh dir die Jacke an. Wir gehen.«

»Was ist denn nur los mit dir, Gemma?«, fragte Benjamin.

Alle sahen sie an, als wäre sie verrückt geworden. Vielleicht war sie das ja auch.

Ihre Lippen zitterten. Wenn sie noch eine Minute länger in diesem Haus blieb, würde sie tot umfallen.

»Ich will einfach nach Hause«, flüsterte sie.

Kapitel 12

Benjamin mahlte beim Fahren mit dem Kiefer und fuhr etwas schneller, als er sollte. So verhielt er sich immer, wenn er wütend war, sein Fahrstil wurde dann unberechenbar – er trat das Gaspedal durch und bremste notfalls scharf. Es war offenbar befriedigend, das Aufheulen des Motors zu hören, als würde es seine Stimmung widerspiegeln.

Er blickte kurz zu Gemma hinüber. Sie starrte aus dem Fenster und wandte ihm den Rücken zu. Anhand ihrer starren Haltung erkannte er, dass sie seine Fahrweise störte. Tja, damit würde sie nun mal leben müssen. Wenn sie selbst fahren wollte, hätte sie das nur sagen müssen, doch das tat sie nie.

Sie hatte sich an diesem Abend fast wie eine Verrückte benommen. Benjamins Kollege Dave beklagte sich oft darüber, wie irrational und hysterisch sich seine Frau doch verhielt. Benjamin wusste natürlich, dass *hysterisch* ein altmodisches Wort war, mit dem Männer die Wut einer Frau beschrieben, um sie als weibliche Schwäche darstellen zu können.

Allerdings war er sich nicht sicher, ob man Gemmas Verhalten so bezeichnen konnte.

Er wusste, dass sie die Angelgeschichten seines Vaters meist langweilten, denn das hatte sie ihm einmal gestanden.

Und früher an diesem Abend hatte er das Zimmer betreten, als sein Dad ihr gerade von einem Angelausflug erzählte. Möglicherweise nervte sie das mehr, als sie zugeben wollte, und als sein Vater später abermals vom Angeln angefangen hatte, war sie ausgerastet.

Allerdings komplett.

Da fiel ihm noch etwas ein, was Dave häufig sagte: »Bestimmt hat sie wieder ihre Tage.« Benjamin sagte so etwas nie. Okay, zugegeben, er hatte das genau einmal zu Gemma gesagt, und zwar innerhalb der ersten Monate ihrer Beziehung. Da sie aber tatsächlich ihre Tage gehabt hatte, konnte man ihm da im Grunde genommen nichts vorwerfen. Allerdings hatte er seine Lektion gelernt und sagte so etwas nie wieder, nicht einmal zu Dave. Aber jetzt fragte er sich, ob ihr Verhalten vielleicht darauf beruhte. Vielleicht konnte Gemma einfach keine Angelgeschichten mehr hören, wenn sie ihre Tage hatte.

Wahrscheinlich war es das. Jedenfalls ergab diese Erklärung in seinen Augen Sinn.

Sie hätte jedoch auch einfach etwas sagen oder das Thema wechseln können, ohne gleich so hysterisch zu werden.

Sein Blick wanderte zum Rückspiegel. Lucas saß zusammengesunken und geknickt auf dem Rücksitz. Benjamin wolle ihn so gern beruhigen, schließlich hatte sein Sohn keine Schuld an den Ereignissen dieses Abends.

»Alles klar da hinten, Sportsfreund?«, erkundigte er sich, dummerweise in einem völlig falschen Tonfall. Er wollte fröhlich und locker klingen, war jedoch so angespannt, dass sich seine Stimme rau und erbost anhörte.

Lucas machte sich sogar noch kleiner. »Ja«, murmelte er kleinlaut.

Benjamin ärgerte sich über sich selbst und noch viel mehr über Gemma. Sie hatten so einen schönen Abend gehabt.

Den Rest des Weges sagte er kein Wort mehr und überließ es dem Motor, an seiner statt zu brummen und zu knurren.

Als sie zu Hause ankamen, ging er sofort hinein. Sollte Gemma sich doch um Lucas kümmern. Während sie den Jungen zum Schlafen fertig machte, saß Benjamin im Wohnzimmer und schäumte innerlich. Seine Mutter hatte sich per Nachricht bei ihm erkundigt, ob alles in Ordnung sei. Das machte ihn nur noch wütender. Er hörte, wie Gemma Lucas ins Bett brachte. Wieder einmal durfte der Junge nichts allein machen, dabei war diese ganze Zeremonie doch völlig überflüssig. Ihm den Schlafanzug anziehen, ihm die Zähne putzen, ihm einen Gutenachtkuss geben. Was würde passieren, wenn sich Lucas eines Abends nicht die Zähne putzen würde? Wäre das dann das Ende der Welt? Würde eine Armee von Keimen die Gelegenheit ergreifen und sofort Dutzende von Löchern in die Backenzähne ihres Sohns graben?

Er wusste, wie albern er sich verhielt, ärgerte sich aber trotzdem darüber. Lucas klang heute Abend auch besonders weinerlich und bat wiederholt um einen Gutenachtkuss, weil die bisherigen noch nicht gereicht hatten.

Gemma verhätschelte ihn viel zu sehr.

Doch die Sache war die: Benjamin liebte einfach alles an Gemma.

Normalerweise liebte er es, wie sie sich um ihren Sohn kümmerte. Und er liebte die rätselhafte Art, wie ihr Verstand arbeitete. Er liebte es, wie unabhängig sie war, er liebte ihren Sinn für Humor und dass sie viel klüger war als er. Gott, er liebte es, wie sie aussah, wie sie es irgendwie schaffte, sowohl zart als auch sexy zu wirken. Wenn er tagsüber an Gemma dachte, musste er jedes Mal aufs Neue lächeln. Mit seinen Freunden sprach er nicht oft über sie, denn er hatte feststellen müssen, dass sie die Augen verdrehten, wenn er von ihr erzählte. Männer sollten sich über ihre Ehefrauen beschweren und sie nicht anbeten – das war Teil des Männerkodex. Aber er konnte nicht anders; Gemma war nun mal seine Traumfrau.

Aber im Moment war er stinksauer. Und plötzlich schienen ihn all die Dinge, die er normalerweise an ihr liebte, zu ärgern.

Daher versuchte er, sich zu beruhigen, während sie Lucas ins Bett brachte. Denn er wollte sich nicht wirklich mit ihr streiten. Er wollte nur über den heutigen Abend reden. Er wollte ihr vorschlagen, das Thema zu wechseln, wenn die Geschichten seines Vaters ihr auf den Geist gingen (erst recht, wenn sie ihre Tage hatte, aber das wollte er lieber nicht erwähnen). Sie musste ja nicht gleich so hysterisch reagieren.

Und das Wort *hysterisch* nahm er besser auch gar nicht erst in den Mund.

Er wusste aus Erfahrung, dass Gespräche mit Gemma unterschiedlich verlaufen konnten, was vor allem davon abhing, wie er sie einleitete. Er war nicht so wortgewandt wie sie, demzufolge musste er planen, was er sagen wollte, bevor sie ins Wohnzimmer kam. Er würde sie einfach fragen, was im Haus seiner Eltern passiert war. Das wäre doch ein guter Anfang für eine Unterhaltung, oder etwa nicht? Hey, Gemma, was ist im Haus meiner Eltern vorgefallen? Er murmelte es ein paar Mal vor sich hin und versuchte, seinen Kiefer zu entkrampfen.

Als sie schließlich ins Wohnzimmer kam, war er bereit.

»Kannst du mir verraten, was das in meinem Elternhaus war?«, fragte er.

Wie hatte er nur diesen einen Satz vergeigen können? Er wusste sofort, dass er die Sache falsch angegangen war, denn Gemma bekam rote Wangen und kniff die Augen zusammen.

»Ich habe mich nicht gut gefühlt, Benjamin. Reicht dir das denn nicht?« Ihre Stimme hörte sich an wie Eisen, jedes Wort war wie ein scharfer Widerhaken geformt.

Jetzt wurde er abermals wütend. Vielleicht hatte seine Wut auch gar nicht erst nachgelassen. »Das ist doch Schwachsinn,

Gemma. Du hast dich wie eine völlig Verrückte benommen. Hast meinen Dad wegen seiner Angelgeschichten angebrüllt, Lucas angeschrien …«

»Ich habe Lucas nicht angeschrien …«

»Doch, das hast du. Du hättest dich sehen sollen. Meine Mutter ist derart besorgt, dass sie schon per Nachricht wissen wollte, ob jemand beim Essen etwas Falsches gesagt hat.«

»Tja, es tut mir leid, wenn es deiner Mutter unangenehm ist, dass es mir nicht gut geht. Und ich bin wirklich froh, dass du dir über deine Prioritäten im Klaren bist. Du hast dir nicht mal die Mühe gemacht, mich zu fragen, wie ich mich jetzt fühle.«

Das war nicht fair, schließlich durfte er ihre Periode ja nicht einmal erwähnen. »Das habe ich doch gerade getan!«

»Nein, hast du nicht! Du hast mir nur vorgeworfen, ich hätte das Essen ruiniert. Was ich nicht getan habe. Wir wollten sowieso gerade gehen.«

»Das stimmt doch überhaupt nicht. Mom wollte uns noch Dads Geschenk zeigen, und ich wollte einen Kaffee trinken. Wir gehen nie so kurz nach dem Essen, das weißt du doch.«

»Alles klar. Du musstest meinetwegen auf deinen Kaffee verzichten. Bist du jetzt zufrieden?«

»Was ist los mit dir?«, fragte er verwirrt. Er konnte sich beim besten Willen nicht erklären, warum sie so aufgebracht war. Er war derjenige, der wütend sein sollte, nicht sie.

Sie verschränkte die Arme. »Ach, jetzt willst du es also wissen? Ich war die ganze Woche total gestresst, und es gab keinen einzigen Tag, an dem ich nicht weinen musste, aber du hast dich nicht einmal danach erkundigt, was eigentlich los ist. Erst jetzt, wo ich eine Szene gemacht und dich in Verlegenheit gebracht habe …«

»Was soll denn das heißen? Als du mir neulich gesagt hast, dass du müde bist, habe ich dir sofort angeboten, dich zu unterstützen.«

»Das mag ja sein, aber ich musste dich erst darauf hinweisen. Dich förmlich mit der Nase darauf stoßen. Es wäre schön, wenn du so was zur Abwechslung mal selbst bemerken würdest.«

»Ich kann keine Gedanken lesen, Gemma. Wenn du ein Problem hast, musst du es mir schon sagen …«

»Das habe ich doch! Ich habe dir gesagt, dass ich nicht mit Lucas auf Süßes-oder-Saures-Tour gehen will.«

Ernsthaft? Fing sie jetzt wieder mit diesem Thema an? »Nur weil du ein seltsames Problem mit Halloween hast, bedeutet das noch lange nicht, dass du deinen Sohn nicht begleiten kannst.«

Sie schrien jetzt beide, was nur äußerst selten vorkam.

»Ein seltsames Problem mit Halloween? Mir ist an Halloween etwas wirklich Schreckliches passiert. Erklärt das mein *seltsames Problem*?« Ihre Lippen bebten, und ihr standen Tränen in den Augen.

Benjamin erstarrte. Das hatte sie noch nie erwähnt. Sein Magen zog sich zusammen. »Ich … Es tut mir leid, aber du hast nie …«

»Du hast nie gefragt.«

»Das ist nicht wahr. Ich habe mich einmal danach erkundigt, aber du hast schnell das Thema gewechselt, und es schien, als wolltest du nicht darüber reden. Ich wollte dich nicht unter Druck setzen.« Sein Herz schlug schneller, und er senkte die Stimme. »Was ist damals passiert?«

Sie machte den Mund auf, als wollte sie ihm antworten, nur um die Lippen fest aufeinanderzupressen. Nach ein paar Sekunden zischte sie: »Ach, jetzt interessiert es dich auf einmal?«

»Natürlich interessiert es mich …«

»Du denkst nur an dich. Als ich am Montag ausgeflippt bin, hast du nur von deiner Beförderung gesprochen. Und als ich dir erzählt habe, dass es mir nicht gut geht, bist du nicht einmal auf die Idee gekommen, mich zu fragen, was eigentlich los ist.«

Er sprang auf. »Du antwortest ja auch nie, wenn ich frage, was mit dir los ist!« Ihm entging nicht, dass er erneut schrie. »Sogar jetzt nicht, Gemma! Was zum Teufel ist heute Abend passiert? Du bist wegen einer Angelgeschichte meines Vaters ausgeflippt. Worum geht es dabei überhaupt?«

»Dein Vater hat komische Sachen über sein Messer gesagt, okay? Das hat mich erschreckt.«

»Komische Sachen?« Er blinzelte ungläubig. »Was denn zum Beispiel?«

»Wie es durch Knochen und Fleisch schneidet. Er benahm sich richtig merkwürdig dabei.«

»Es ist ein Fischermesser! Mein Vater ist besessen vom Angeln. Du bist diejenige, die sich komisch verhält!«

»Na, vielen Dank auch für die Unterstützung.«

Er hielt es nicht länger aus. So ging es einfach nicht weiter. »Ich kann nicht mit dir reden, wenn du dich so verhältst.« Dann marschierte er an ihr vorbei zur Haustür, die er aufriss. Kurz zögerte er, weil er genau wusste, dass er besser zurückgehen und versuchen sollte, das Ganze in Ordnung zu bringen. Sie war im Begriff, ihm etwas mitzuteilen. Etwas Wichtiges.

Doch er ging hinaus und schlug die Tür hinter sich zu.

Kapitel 13

Gemma stand im Wohnzimmer, starrte auf die Stelle, an der Benjamin eben noch gestanden hatte, und dachte an all die Antworten, die sie ihm hätte geben können. Sie zitterte. Vor Wut? Vor Angst? Ein bisschen von beidem.

»Mommy?« Lucas' Stimme drang aus seinem Zimmer.

Sie schloss frustriert die Augen. Na toll. Benjamins Wutanfall hatte Lucas geweckt. Wie alle verärgerten Ehemänner der Welt ließ Benjamin sie mit Lucas allein, während er schmollte.

Sie ging in Lucas' Zimmer. Er saß in seinem Bett und schaute sich verwirrt blinzelnd um.

»Was hast du geschrien?«, fragte er.

»Entschuldige, dass wir dich geweckt haben. Mommy und Daddy haben sich nur ein bisschen gestritten.«

»Oh.«

»Du kannst ruhig weiterschlafen.«

»Mich juckt's überall.«

Sie seufzte. »Okay. Dann werde ich dich eincremen.«

Vorsichtig trug sie die Lotion auf Lucas' entzündete Haut auf. Wohin war Benjamin gegangen? Gemma hoffte, dass er nicht das Auto genommen hatte, denn sie wollte nicht, dass er fuhr, wenn er wütend war. Sie hätte ihn nicht anschreien sollen. Eigentlich hatten sie beide eine Abmachung: Selbst wenn sie sich stritten, gingen sie nie wütend zu Bett. Sie klärten die Angelegenheit stets vor dem Schlafengehen. Doch Gemma rechnete nicht damit, dass dies heute Abend auch passieren würde.

Andererseits war sie sich nicht sicher, ob nach diesem Abend überhaupt noch irgendetwas so sein würde wie vorher.

Dieses Messer. Dieses verdammte Messer. Die Ereignisse gegen Ende des Abendessens kamen ihr beinahe surreal vor. Sie hatte sich sogar ein paar Mal in den Oberschenkel gekniffen, nur um sicherzugehen, dass dies kein seltsamer Albtraum war. Nathans Worte schienen … unmöglich zu sein. Ihr war vollkommen schleierhaft, was ihn dazu gebracht haben konnte, so etwas zu sagen. Selbst wenn er von ihrer Vergangenheit wusste, warum sollte er sie auf diese Weise erwähnen? Nathan war ein ehrlicher Mensch, manchmal sogar ein bisschen zu ehrlich. Wenn er es herausgefunden hätte, wäre er direkter gewesen. Gemma, ich habe erfahren, dass dein Name eigentlich Theodora ist und dass du von zu Hause weggelaufen bist. Oder vielleicht: Gemma, hast du vor vielen Jahren ein Mädchen getötet?

Und hinterher hätte er nicht so getan, als wäre nichts passiert. Auf gar keinen Fall.

Außerdem hatte es nicht den Anschein, als ob er es wüsste. Es hatte kein Vorwurf in seinen Worten oder seinem Gesichtsausdruck gelegen. Vielmehr hatte seine Stimme eher ausdruckslos und seltsam monoton geklungen. Etwa wie die der Frau, die sie an Halloween angesprochen hatte. Was Gemma vermuten ließ, dass auch das eine Halluzination gewesen war. Nur dass es dieses Mal keine Erklärung dafür gab. Keine Erschöpfung. Es war auch nicht der Jahrestag von Victorias Tod. Was bedeutete, dass es einen anderen Grund geben musste. Und das bewog Gemma wiederum dazu, sich alles noch einmal durch den Kopf gehen zu lassen und diese Gedankenspirale in Gang zu setzen, die doch zu nichts führte.

Das beunruhigte sie. Zudem bewirkte Benjamins Wut, dass sie sich zunehmend verspannte. Und Lucas' Elend fügte noch Nervosität und Schuldgefühle hinzu. All diese Emotionen durchtosten sie, bis sie das Gefühl hatte, gleich schreien oder gegen die Wand schlagen zu müssen.

Aber sie cremte Lucas einfach weiter ein und rieb ihm dann den Rücken, wobei sein Atem ruhiger wurde und er wieder einschlief.

Gemmas und Benjamins Streitigkeiten verliefen eigentlich nie so schlimm. Laute Auseinandersetzungen erinnerten sie an die Zeit, als ihr Vater noch bei ihnen gewesen war, und machten ihr Angst. Und wenn sie sich fürchtete, hatte sie sich nie unter Kontrolle. Sie schlug um sich. Das war wahrscheinlich der Grund, weshalb sie all diese Dinge zu Benjamin gesagt hatte.

Dieses verdammte Messer. War es dasselbe? Das Messer, das sie vor all den Jahren gekauft hatte, ein paar Tage vor Halloween?

»Ich meine ja nur«, sagte Steve. »Kill Bill ist der ultimative Rachefilm. Erstens wird jede Rache besser, wenn ein Katana im Spiel ist. Zweitens ist der Soundtrack einfach der Hammer. Drittens …«

»Drittens, er ist lang«, unterbrach Theo ihn. »Viel zu lang. Sie hätten auch einen Film draus machen können, statt zwei zu drehen.«

»Du bist doch verrückt«, widersprach Steve. »Man kann Uma Thurman, die anderen in den Arsch tritt, gar nicht lange genug zusehen. Wenn überhaupt, dann hätte die Reihe ruhig noch länger sein können. Was sagst du dazu, Allan?«

»Ich stimme Theo in dieser Hinsicht zu«, antwortete Allan.

Die drei waren auf dem Heimweg von der Schule. Theos Mutter hatte sie schließlich gezwungen, trotz ihrer vorgetäuschten Krankheit wieder zur Schule zu gehen. Und es war sogar noch schlimmer, als Theo erwartet hatte. Das Geflüster, das spöttische Lachen, die ausgedruckten Fotos ihres nassen Gesichts … All das verfolgte sie. Aber das Schlimmste war die Angst. Donna war beim Mittagessen zu ihr herübergeschlendert und hatte darauf hingewiesen, dass die Gesichtsbehandlung offensichtlich nicht gewirkt habe. Nur um dann vorzuschlagen, das Ganze zu wiederholen, da eine wöchentliche Behandlung möglicherweise den gewünschten Erfolg erzielen würde.

Theo tat ihr Bestes, um sicherzustellen, sich den ganzen Tag über in der Nähe von wenigstens einem Lehrer aufzuhalten. Sie vermied es, auf die Toilette zu gehen. Sie versuchte, nicht zu weinen.

Wenigstens hingen Steve und Allan noch mit ihr zusammen ab und achteten darauf, dass sie alle drei so oft wie möglich zusammen waren. Denn gemeinsam waren sie stark. Sie wussten, wie sich Theo fühlte, da sie in der Schule ebenfalls eine Art persönlicher Hölle erlebten. Steve zog sich nicht mehr in der Umkleidekabine um, und Theo fragte nicht nach dem Grund dafür. Allan humpelte seit seiner letzten Begegnung, die ein paar Tage zurücklag, noch immer.

Auf dem Heimweg kam das Thema Rache auf. Steve war wie besessen davon und überlegte, was Theo alles tun könnte, um sich an Victoria zu rächen: nachts in Victorias Haus einbrechen und ihr alle Haare abschneiden, während sie schlief. Oder sie konnte sie reinlegen, indem sie Gras kaufte und es in Victorias Spind deponierte. Oder Victoria unter Drogen setzen und ihr mit einem Permanentmarker das Wort »Bitch« auf die Stirn schreiben. Verrückte Ideen. Die Vorschläge machten Theo nur müde und deprimiert. Warum glaubte Steve, dass ihr das helfen würde?

Und dann fingen sie an, über Rachefilme zu sprechen.

»Carrie ist ein besserer Rachefilm als Kill Bill«, meinte Allan.

»Ach, komm schon.« Steve schnaubte. »Erstens basiert das alles auf natürlichen Superkräften, was nicht gerade praktisch ist.«

»Aber Uma Thurman, die Leute mit einem Katana umbringt, ist praktisch?«, fragte Theo skeptisch.

»Und zweitens: Ein guter Racheakt sollte nicht schnell vorbei sein. Man muss einen guten Plan schmieden und sich Zeit lassen. Uma Thurman hatte einen Plan. Sie hat sich sogar ein spezielles Schwert anfertigen lassen …«

»Was für ein Plan«, murmelte Allan.

»Halt die Klappe, das ist ein toller Plan. Und dann hat sie sie einen nach dem anderen umgelegt. Sie mussten den Film sogar aufteilen, weil das Ganze so lange dauert. Carrie tötet einfach alle, nachdem sie sie mit diesem Eimer voller Blut übergossen haben. Wo ist da die Befriedigung?«

»Okay.« Theo wollte unbedingt das Thema wechseln, um dann schnellstmöglich nach Hause zu gehen und sich ins Bett zu legen. Schon jetzt hatte sie beschlossen, am nächsten Tag auf keinen Fall in die Schule zu gehen. Da würde ihre Mom sie schon hinschleifen müssen.

»Was ist dein liebster Racheplan, Theo?«, fragte Steve.

»Keine Ahnung.«

»Komm schon. Such dir einen aus. Carrie, Kill Bill, The Crow …«

»Der Graf von Monte Christo.«

»Och nö, das ist so ein langweiliger Film.«

Theo verdrehte die Augen. »Ich habe den Film gar nicht gesehen. Ich spreche von dem Buch? Du kennst doch Bücher?«

»Ich habe schon davon gehört. Aber welcher Film …«

Den Rest des Satzes hörte sie nicht mehr, da ihr plötzlich etwas ins Auge fiel.

Das Angelgeschäft gab es schon, solange sie denken konnte. Sie war ein paar Mal mit ihrem Vater dort gewesen und hatte vor allem Spaß an der Auslage mit den Kunstködern gehabt. Dutzende von Ködern in allen Formen und Farben, einige mit gekräuselten Federn, während andere wie echte Fische aussahen. Abgesehen davon bot der Laden wenig Interessantes, und ohne ihren Vater hatte sie keinen guten Grund mehr gehabt, ihn zu betreten. Bis jetzt. Im Schaufenster waren neben Angelruten und Angelkästen mehrere Fischermesser ausgestellt. Alle klein, elegant und scharf. Sie trat näher und spähte durch die Scheibe.

»Ich wusste gar nicht, dass du dich fürs Angeln interessierst«, sagte Steve.

»Tu ich auch nicht«, erwiderte sie. »Aber fürs Schneiden.«

Nachdem Victoria das Video und die Fotos online gestellt hatte, war Theo in die Küche gelaufen und hatte ein großes Messer an sich genommen. Damit war sie ins Badezimmer gegangen und hatte sich die Klinge ans Handgelenk gepresst. Nur um zu erfahren, wie es sich anfühlen würde.

Und zum ersten Mal seit langer Zeit hatte sie das Gefühl, die Kontrolle zu haben.

In dieser Hinsicht besaß sie Macht. Sie hatte weder kontrollieren können, was mit ihrem Vater geschah, wie die Leute sie nannten, noch ob ihr Gesicht in eine Toilettenschüssel getaucht werden sollte. Aber in diesem Moment hatte sie die volle Kontrolle über ihr Leben. Sie konnte leben, oder sie konnte sterben.

Sie wollte nicht sterben. Nicht wirklich. Auch wenn sie manchmal das Gefühl hatte, dass es so besser wäre. Hätte sie allerdings tatsächlich sterben wollen, hätte sie niemand aufhalten können.

Seitdem hatte sie es noch ein paar Mal getan. Sie schnappte sich ein Messer, ging ins Bad und stellte sich vor, sich zu verletzen. Einmal drückte sie sogar etwas fester zu, weil sie wissen wollte, wie sehr es wehtun würde. Wie sich herausstellte, schmerzte es sogar sehr. Moms Küchenmesser waren nicht besonders scharf, und sie musste die Klinge über die Haut ziehen, damit es blutete.

Aber mit diesen Messern könnte sie alles durchtrennen, ohne viel Druck ausüben zu müssen.

Das Messer, für das sie sich schließlich entschied, war etwas teurer als die meisten anderen, aber ihr gefiel, dass es sich zusammenklappen ließ. Sie konnte es in der Tasche überallhin mitnehmen. Nur nicht zum Flughafen, doch da war sie ja sowieso nie. Die Klinge war auf einer Seite zackig, und sie musste es nur nach unten drücken, damit sich die Zacken in ihre Haut bohrten. Allein das Gewicht in der Jackentasche zu spüren, war schon aufregend.

Steve warf ihr einen seltsamen Blick zu, als sie wieder hinausgingen. »Du wirst doch keinen … auf Uma Thurman machen, oder?«

Sie blinzelte überrascht. Es dauerte einen Moment, bis sie begriff, was er damit meinte. Er war so ein Idiot. »Ja, das wird die Fortsetzung«, sagte sie. »Kill Victoria.« Dabei lachte sie gezwungen auf.

Denn die Wahrheit war viel dunkler und erschreckender. Sie stellte sich bereits vor, wie sich diese Klinge an ihrem Handgelenk anfühlen würde.

»Das ist nicht lustig, Theo«, kommentierte Steve besorgt.

»Ach, entspann dich. Ich werde Victoria schon nicht erstechen.« Sie verdrehte die Augen.

Steve und Allan sahen sie mit finsteren Mienen an.

»Gut«, meinte Steve schließlich. »Gehen wir zu mir und spielen Tekken?«

»Sicher«, antwortete Allan.

Theo hatte nicht die geringste Lust dazu. Hin und wieder machte es ihr allerdings Spaß, Kampfspiele auf Steves PlayStation zu spielen. Nicht, weil sie die Kämpfe besonders mochte. Aber die Charaktere gefielen ihr. Außerdem war das noch etwas, bei dem sie die volle Kontrolle hatte. Sie bewegte den Joystick nach links, und ihre Figur lief nach links. Sie drückte eine Taste, und ihre Figur schlug zu. Durch eine komplexe Abfolge von Tastenkombinationen führte ihre Figur sogar einen unaufhaltsamen Angriff aus. Das war toll. Und es freute sie, wie begeistert Steve und Allan davon waren, dass sie mitspielte. Die beiden fanden es großartig, dass ein Mädchen Videospiele mochte. Nachdem sie Allan zum ersten Mal besiegt hatte, konnte Steve die ganze Woche nicht aufhören, darüber zu reden. Zu diesem Zeitpunkt war sie definitiv besser als Allan, konnte allerdings nicht mit Steve mithalten.

Doch in diesem Augenblick erschien es ihr kindisch und sinnlos zu sein. Sie wollte nach Hause und ihr neues Messer ausprobieren.

»Heute nicht«, erwiderte sie. »Vielleicht morgen.«

»Okay.« Steve machte noch immer ein finsteres Gesicht. »Mach ja keine Dummheiten, Theo. Wir helfen dir schon, dich an Victoria zu rächen. Das kannst du mir glauben.«

Theo reagierte mit einem schiefen Grinsen. »Sicher. Mach dir keine Sorgen.«

Gemma lehnte sich im Zimmer ihres Sohnes an die Wand und beobachtete ihn beim Schlafen. Sie erinnerte sich so gut an jenen Tag. Sie war zu Hause direkt in ihr Zimmer gegangen, hatte die Tür hinter sich geschlossen und dann das Messer herausgeholt.

Drei Tage später war Victoria tot gewesen.

Kapitel 14

Detective George Dunn saß in seiner Garage in Crumville und verbrachte den Abend mit Biertrinken und Grübeln. Was er offen gesagt häufig tat. Es war gewissermaßen sein Hobby. Nur dass die meisten Leute ihre Hobbys genossen, während er dadurch nur frustrierter wurde.

Sein Hobby, seine Besessenheit, war der Victoria-Howell-Mordfall.

Da ihm der Fall damals zugewiesen worden war, hatte er sich ihm auch gründlich widmen müssen. Aber jetzt, dreizehn Jahre später, wurde der Chief ungehalten, wenn Dunn tagsüber weiter daran arbeitete. Bei der Polizei in Crumville gab es andere Fälle zu lösen. Da war dieser Dealer, der Gras an die Highschoolschüler verkaufte, dazu kamen die jüngsten Einbrüche im östlichen Teil der Stadt, diverse Verkehrsdelikte und Papierkram sowie Walter Feltons Beschwerden über den jungen Mann, der ständig Zigarettenstummel auf dem Bürgersteig entsorgte.

Wenn sich Detective George Dunn also einem dreizehn Jahre alten Fall widmen wollte, zu dem es in den letzten zehn Jahren keine neuen Hinweise gegeben hatte, konnte er das gefälligst in seiner Freizeit tun.

Aus diesem Grund hatte Dunn – sehr zum Missfallen seiner Frau – seine Garage in ein Heimbüro umgewandelt, in dem er sich weiterhin mit dem Mordfall Victoria Howell befasste. Dieser stand in direktem Zusammenhang mit einem weiteren bisher ungelösten Fall – dem der vermissten Theodora Briggs.

Auf dem Whiteboard an der Wand hatte er die Bilder der beiden Mädchen nebeneinander geklebt. Victoria Howell stand auf dem Foto im Garten der Howells und starrte etwas an, das nicht zu sehen war. Dunn hatte Victoria vor ihrem Tod oft getroffen – sie war die beste Freundin seiner Tochter Donna gewesen. Es war ein gutes Foto, ihr blondes Haar leuchtete im Sonnenlicht, ihr Gesichtsausdruck war nachdenklich und süß. Vor allem aber hatte es eine gewisse Traurigkeit eingefangen, die Victoria stets zu umgeben schien.

Bei dem Foto von Theodora Briggs konnte man nur schwer sagen, ob das Foto schlecht war oder ob Theodora tatsächlich so ausgesehen hatte. Sie stand in einem langweiligen Wohnzimmer und starrte mit ernster Miene direkt in die Kamera. Das Blitzlicht ließ Theodoras Akne noch deutlicher hervortreten. Der einzige liebenswerte Teil ihres Gesichts waren ihre Augen – braun und sanft und mit ungewöhnlich langen Wimpern.

Diese beiden Fotos hingen schon seit Jahren an der Tafel, und so nah waren sich die Mädchen seit ihrer Kindheit nicht mehr gewesen. Wenn es stimmte, was ihre Schulkameraden behaupteten, hätten sich die beiden bei der Vorstellung, dass ihre Fotos in seiner Garage so dicht nebeneinander hingen, schrecklich aufgeregt. Zum Zeitpunkt von Victorias Tod schienen sich die beiden Mädchen spinnefeind gewesen zu sein. Theodora hatte Victoria sogar angedroht, sie umzubringen. Und es wahrscheinlich auch getan. Bis heute war Theodora Briggs weiterhin die Hauptverdächtige.

Wo hielt sie sich jetzt auf? Von allen offenen Fragen beschäftigte ihn diese am meisten. Die Daten rund um den

Mordfall wiesen ein Loch in der Größe von Theodora Briggs auf, und wenn er sie finden und diese Lücke füllen könnte, wäre er vielleicht sogar in der Lage, den Fall aufzuklären. Arbeitete sie in Mexiko als Kellnerin? Oder hatte sie es vielleicht, wie viele in der Stadt vermuteten, irgendwie geschafft, bis nach Europa zu fliehen, und lebte jetzt in Paris oder Prag? Vielleicht war sie aber auch schon lange tot. Schließlich konnte ein junges Mädchen, das von zu Hause abgehauen war, leicht tot in einem Straßengraben, einer Gasse oder einem Motelzimmer enden. In diesem Fall stufte die örtliche Polizei sie als Jane Doe ein, und die Leiche wurde nie identifiziert. Er hatte das schon öfter erlebt, als er zählen konnte.

Wann immer er sich vorzustellen versuchte, wo sie sich aufhielt, sah er sie so, wie sie auf dem Foto aussah – als streitlustiges siebzehnjähriges Mädchen. Das war sie in seiner Vorstellung noch immer, als wäre sie in der Zeit eingefroren. Dabei wäre sie jetzt schon dreißig. Genau wie Donna.

Anders als beim Howell-Mord gab es zu ihrem Vermisstenfall nur eine sehr dünne Akte. Er kannte den Inhalt auswendig. Sie war am siebenundzwanzigsten November 2010 von ihrer Mutter als vermisst gemeldet worden und hatte nur ein paar Kleidungsstücke, ihre Zahnbürste und Geld mitgenommen. Ihr Fahrrad war ebenfalls verschwunden, und Dunn hatte tatsächlich einen Zeugen gefunden, der einen Teenager im Kapuzenpulli gesehen hatte, der um kurz nach vier Uhr morgens mit dem Fahrrad die Hauptstraße von Crumville entlangfuhr.

Und das war's. Es gab keine weiteren Zeugen, Theodoras Spuren lösten sich einfach in Luft auf. Dunn vermutete, dass sie auf dem Weg nach Augusta gewesen war. Er überprüfte die Motels, das Krankenhaus, die Taxifahrer. Falls sie von jemandem gesehen worden war, konnte sich derjenige nicht mehr daran erinnern. Ihr Fahrrad war nicht wieder aufgetaucht, obwohl er bezweifelte, dass sie damit noch weit gefahren war. Von Augusta aus hätte sie leicht einen Bus nach Atlanta nehmen und von dort aus überall in den USA untertauchen können.

Sie hatte kein Telefon bei sich gehabt, und so weit Dunn feststellen konnte, hatte sie mit niemandem, den sie kannte, Kontakt aufgenommen. Eine Zeit lang vermutete er, sie wäre bei ihrem leiblichen Vater, den er in San Francisco ausfindig machte. Aber ihr Vater war wieder verheiratet, hatte mit seiner zweiten Frau zwei Kinder und zeigte wenig Interesse am Verbleib seiner Tochter. Dies bestätigte zumindest etwas, was Dunn in der Stadt schon oft gehört hatte: Theodoras Vater war ein wertloses Stück Scheiße.

Sie hatten Theodora nie angeklagt. Der Chief hatte ihn dazu gedrängt, doch Dunn hatte sich strikt geweigert. Es gab nichts als Indizienbeweise. Außerdem zu viele Teile, die nicht zusammenpassten. Ein guter Strafverteidiger hätte sie in der Luft zerrissen – nicht dass Theodora Briggs einen gehabt hätte. Aber da dies der einzige Mordfall war, in dem Dunn je ermittelt hatte, wollte er alles richtig machen. Schlussendlich machte er weder etwas richtig noch etwas falsch, denn er fand rein gar nichts heraus.

Unter die Fotos von Victoria und Theodora hatte Dunn drei weitere Fotos geklebt. Darauf waren drei Jungen im Teenageralter zu sehen.

Zayne Ross war zum Zeitpunkt des Mordes Victorias Freund gewesen. Ein selbstgefällig wirkender Junge, der zu einem ebenso selbstgefälligen Erwachsenen herangewachsen war. Ihm gehörte der örtliche Eisenwarenladen. Dunn kaufte gelegentlich dort ein.

Steve Barnett und Allan Conner waren Freunde von Theodora gewesen. In der Mordnacht hatten sie sich mit Theodora treffen wollen. Steve hatte sie sechsmal angerufen – beim sechsten Mal hatte sie abgenommen und nur wenige

Sekunden später wieder aufgelegt. Steve hatte ihm erzählt, sie habe gesagt, sie könne jetzt nicht reden.

Nichts konnte einen dieser Jungen eindeutig mit dem Mord in Verbindung bringen. Aber Dunns Instinkt sagte ihm, dass alle drei ihn während der Ermittlungen angelogen hatten. Im Laufe der Jahre hatte Dunn sie mehrmals zu Gesprächen aufs Revier geholt, aber sie blieben bei ihren Versionen der Ereignisse. Falls einer von ihnen wusste, wo Theodora sich aufhielt, konnte er es gut verbergen.

Darunter befanden sich drei weitere Fotos: drei Gegenstände, die jetzt alle in einer Kiste in der Asservatenkammer des Reviers lagen. Die Mordwaffe – ein bösartig aussehendes Fischermesser, das Theodora nur drei Tage vor dem Mord gekauft hatte. Dies schien mehr als alles andere auf einen Vorsatz hinzudeuten. Dann war da noch Victorias blutige Jacke, die Theodora getragen hatte, als man sie fand. Und schließlich eine silberne Halloween-Maske, die am Tatort gefunden worden war – die Maske, die Theodora auf der Party getragen hatte. All dies wies auf eine einzige Person hin. All das hätte ausgereicht, um Theodora des Mordes anzuklagen und möglicherweise zu verurteilen, auch ohne bestimmte Beweisstücke, die nie aufgetaucht waren. Warum hatte Dunn trotzdem gezögert?

War es wegen der Rolle, die seine eigene Tochter in dieser Geschichte spielte? Eine Rolle, die ihn beschämte, enttäuschte und ängstigte? Er erinnerte sich daran, wie entsetzt er gewesen war, als er erfuhr, dass seine Tochter dieses Mädchen gemobbt hatte. Sie so sehr schikaniert hatte, dass es so weit gekommen war. War das der Grund, weshalb er es vermasselt und Theodora vor all den Jahren nicht gründlicher gesucht hatte? Weil er sich insgeheim wünschte, dass sie nicht wieder auftauchte, um seine Tochter zu schützen?

Er konnte es beim besten Willen nicht sagen.

Über die Jahre hatte er weitere Fotos an die Tafel geklebt und wieder abgenommen, Zeitleisten und Diagramme gezeichnet, Motive, Alibis und Vermutungen aufgelistet. Aber diese acht Fotos waren immer dort geblieben, seit er den Fall in seine Garage verlegt hatte.

Zwei Mädchen – eines vermisst, eines tot. Drei lügende Jungen. Drei belastende Beweise.

Ein ungelöster Mordfall.

Kapitel 15

Benjamin war am nächsten Morgen nicht da, aber Gemma wusste, dass er auf der Couch im Wohnzimmer geschlafen hatte; sie hatte ihn in der Nacht hineingehen hören.

Gemma meldete sich krank, was sie nie tat, wenn es ihr nicht wirklich schlecht ging. Dann machte sie Lucas für die Schule fertig und zwang sich zu einer effizienten Gelassenheit. Sie setzte ihn ab, fuhr im Anschluss an den Strand und verbrachte den ganzen Vormittag damit, auf die sanften Wellen des Lake Michigan zu starren.

Sie fühlte sich ungemein niedergeschlagen, hilflos und verzweifelt. Aber inmitten all dieser starken Gefühle, die sie nach unten zogen, spürte sie noch einen Hauch von etwas anderem. Einen heftigen und widerständigen Drang. Er schrie sie an, zu kämpfen, um dann schreiend und um sich tretend unterzugehen. Es war dasselbe Gefühl, das sie vor all den Jahren dazu gebracht hatte, ihr Zuhause zu verlassen und ihren Namen zu ändern. Und es war derselbe Drang, der sie dazu getrieben hatte, zu dieser verhängnisvollen Halloween-Party zu gehen. Auch jetzt fauchte er geradezu in ihrer Brust, glich einem chaotischen Druck, einem Trommelschlag ohne erkennbaren Rhythmus.

Es gab keine Erklärung für die Dinge, die ihr widerfahren waren. Zu viele seltsame Zufälle, zu viele bizarre Gespräche. Sie war nicht verrückt geworden, zumindest glaubte sie das nicht. Nicht wirklich. Warum also geschah dies alles? Es war wie in einem dieser klassischen Märchen, in denen die Götter beschlossen, den Menschen übel mitzuspielen, nur weil ihnen danach war. Hatte sich Ödipus so gefühlt, als er dazu gebracht wurde, seinen Vater zu töten und seine Mutter zu heiraten, um eine bizarre Prophezeiung zu erfüllen? Oder Hiob, als Gott auf ihm und seiner Familie herumtrampelte, nur um Satan einen Denkzettel zu verpassen? Oder Bottom, als er quasi als Marionette in jenem Spiel zwischen Oberon und Titania benutzt wurde?

Gemma hatte schon als Kind stets versucht, nicht aufzufallen. Manche Menschen blühten auf wie Orchideen und verlangten nach immer mehr Aufmerksamkeit. Aber sie wusste auch, dass andere Menschen wie Unkraut waren und es für sie immer übel wurde, wenn sie im Mittelpunkt standen. In der Schule hatte sie sich damit getröstet, dass die anderen Kinder sie kaum beachteten, auch wenn sie Pickelgesicht genannt wurde. Sie waren zu sehr damit beschäftigt, sich gegenseitig abzuschleppen, die soziale Leiter hinaufzuklettern oder den Erwartungen von Eltern, Lehrern und Freunden gerecht zu werden. Und wenn sie jemanden schikanierten, taten sie dies mit ihr, Steve, Allan und einem halben Dutzend anderer Unglücklicher. Theo stand fast nie im Mittelpunkt des Interesses anderer. Außer in jener schrecklichen Woche nach dem Vorfall auf der Toilette. Und nach der Halloween-Party.

Aus genau diesem Grund hatte sie sich bei ihrer Flucht für Chicago entschieden, eine riesige Metropole mit Millionen anderer Menschen, in der sie untertauchen konnte, ohne groß aufzufallen. Und das hatte dreizehn Jahre lang funktioniert.

Abgesehen von einigen wenigen Auserwählten schenkte ihr niemand wirklich Beachtung. Bis jetzt.

Man konnte es nicht anders ausdrücken: Sie war der Mittelpunkt von … etwas. Nathan und diese Frau zu Halloween und die Frau, die im Salon aufgetaucht war. Sie alle kreisten mit ihren kleinen Rollen in einem bizarren Schauspiel mit ihr im Mittelpunkt um sie herum. Sie wusste nicht, wie das überhaupt möglich war. Vielleicht wurde sie wirklich von den Göttern ins Visier genommen. Aber sie ging lieber davon aus, dass es eine bessere Erklärung gab.

Sie würde es herausfinden. Sie wollte nicht untergehen wie Ödipus, Hiob oder Bottom. Sie würde sich nicht verstecken, bis die Mächtigen ihrer überdrüssig waren. Sie würde sich wehren.

Als sie schließlich den Strand verließ und zur Schule fuhr, um Lucas abzuholen, brannte ein neues Feuer in ihrer Brust. Dadurch fühlte sie sich besser, stärker. Sie schaltete das Radio ein, und es lief der Achtzigerjahre-Song »Maniac«, was ihr ein Lächeln entlockte. Oh ja, sie war in der Tat eine Verrückte.

Lucas schien gut gelaunt zu sein, als sie an der Schule ankam. Er wollte wissen, wieso Iris ihn nicht abholte, und Gemma erwiderte, dass sie Iris den Tag frei gegeben habe, woraufhin sie ihm auch noch erklären musste, was das überhaupt bedeutete. Als sie nach Hause fuhren, erzählte Lucas ihr von einem Spiel, das sie in der Schule gespielt hatten. Sie hörte nur mit halbem Ohr zu, da sie bereits plante, wie sie weiter vorgehen wollte. Zuerst musste sie mit Nathan sprechen. Irgendwie würde sie am Wochenende die Zeit finden, um sich unter vier Augen mit ihm zu unterhalten, und dann würde sie nicht lockerlassen. Er wusste etwas, davon war sie überzeugt. Es gab einen Grund, warum er ihr diese Dinge erzählt hatte, und sie wollte herausfinden, was dahintersteckte.

»Und wir durften unsere Halloween-Masken von der Schulparty mit nach Hause nehmen«, berichtete Lucas.

»Das ist schön, Schatz.«

»Willst du meine sehen?«

»Wenn wir zu Hause sind.«

Aber er kramte bereits in seiner Tasche herum. »Schau!«

Gemma richtete seufzend den Blick in den Rückspiegel. Eine silberne Maske mit verzierten Rändern, wie sie Aristokraten auf einem Maskenball tragen würden. »Sie ist sehr hübsch.«

Lucas setzte sie auf. »Nicht wahr?«

Gemma grinste. »Ja. Wirklich sehr …« Als sie die Maske genauer in Augenschein nahm, wurde ihr bewusst, dass sie sie schon einmal gesehen hatte.

Sie schaute gerade noch rechtzeitig nach vorn, um zu bremsen und den Wagen vor ihnen, der an einer roten Ampel angehalten hatte, nicht zu rammen.

»Au!«, beschwerte sich Lucas. »Das hat wehgetan, Mommy.«

»Tut mir leid.« Sie atmete schwer und warf einen Blick über die Schulter. »Alles in Ordnung?«

»Der Gurt hat mir den Hals eingeklemmt.«

Es schien ihm gut zu gehen. Er trug noch immer die Maske.

»Gibst du mir deine Maske mal kurz?«

»Aber du fährst.«

»Nur für eine Sekunde, Schatz. Ich möchte sie mir mal genauer anschauen.«

Er nahm die Maske ab und beugte sich vor, wobei er seinen kleinen Arm mit der Maske zwischen den Fingern ausstreckte. Sie nahm sie entgegen und betrachtete sie genauer. Ja. Jetzt bestand kein Zweifel mehr: Dies war genau wie das Fischermesser ein weiterer Gegenstand aus ihrer Vergangenheit.

Sie musste an Lucas' Geschichte denken. Die über Prinzessin Victoria und die Hexe Fedora. Lucas war wie Nathan und diese beiden Frauen. Er spielte in dieser seltsamen Verschwörung ebenfalls eine Rolle. Aber das konnte doch nicht sein! Er war ein kleiner Junge. Ihr kleiner Junge. Er konnte auf keinen Fall etwas davon wissen, und er würde niemals etwas tun, was ihr schaden würde.

Als er ihr erzählt hatte, wie die Hexe und die Prinzessin hießen, hatte er noch etwas hinzugefügt. Er hatte gesagt: »Das ist sehr wichtig.«

Sie hatte ihn diesen Satz noch nie sagen hören. Lucas war vier Jahre alt. Für ihn war *alles*, was er sagte, wichtig.

»Das ist sehr wichtig« sagte er nur, wenn er es von jemand anderem hörte. Jemandem, der wirklich wollte, dass Lucas sich an die Namen der Prinzessin und der Hexe erinnerte, wenn er nach Hause kam und seiner Mutter davon erzählte.

Ein lautes Hupen schreckte sie auf. Die Ampel war grün. Der Fahrer hinter ihr hupte erneut und wartete darauf, dass sie losfuhr.

Gemma wechselte auf die linke Spur. »Wir müssen noch mal zurück zur Schule fahren, Lucas. Es gibt etwas, was ich deine Lehrerin unbedingt fragen muss.«

Kapitel 16

Lucas' Lehrerin Paula war rothaarig, hatte Sommersprossen um die Nase und eine große runde Brille, die sie jünger aussehen ließ. Gemma vermutete, dass Paula jedes Mal, wenn sie etwas Alkoholisches kaufte, ihren Ausweis vorzeigen musste oder ihr Führerschein skeptisch in Augenschein genommen wurde. Sie räumte gerade für das Wochenende auf, als Gemma mit Lucas hereinkam, und ordnete einen Stapel Kinderzeichnungen. Erschrocken blickte sie auf, und ihre Augen weiteten sich, als sie sie erkannte.

»Oh. Mrs Foster«, sagte sie. »Ich wollte gerade gehen, weil ich noch etwas Wichtiges zu erledigen habe.«

»Ich hatte gehofft, mit Ihnen ein paar Minuten unter vier Augen sprechen zu können«, erwiderte Gemma freundlich. »Darüber?« Sie hob die Hand, an deren Finger die Maske herunterbaumelte.

Paula erblasste sichtlich. »Oh. Das sind die Halloween-Masken. Alle Kinder haben die gleichen …«

»Ich würde das gern unter vier Augen besprechen.« Gemma lächelte sie an. »Es macht dir doch nichts aus, hier zu warten, während ich mich mit Paula unterhalte, oder?«

»Darf ich mit den bunten Magneten spielen?«

»Paula hat bestimmt nichts dagegen, solange wir sie zurücklegen, bevor wir gehen«, antwortete Gemma.

»Es ist nur … Ich habe es wirklich eilig«, beharrte Paula. »Kann das nicht bis nächste Woche warten?«

Sie hatte anscheinend erwartet, dass Gemma nachgeben würde, so wie es die Höflichkeit gebot. Es war schließlich Wochenende, und Paula hatte Feierabend. Noch am Vortag hätte Gemma genickt. Natürlich, dann eben nächste Woche. Oder per Telefon. So wichtig ist es eigentlich gar nicht.

»Es dauert nur ein paar Minuten.« Gemma ließ nicht locker. »Es kann nicht warten.« Ihr Lächeln wurde sogar noch breiter, falls das überhaupt möglich war.

Paula schien in sich zusammenzusinken. »Okay, wir können uns im Hinterzimmer unterhalten.«

Gemma folgte ihr nach nebenan in einen Raum, der teils kleine Küche, teils Lagerraum zu sein schien. Malutensilien, ein paar Puzzleschachteln, ein Stapel Hula-Hoop-Reifen, ein Verbandskasten. Gemma sah sich kurz um, dann konzentrierte sie sich auf Paula. Die Frau schien den Tränen nahe zu sein.

Gemma legte die Maske auf die kleine Ablagefläche neben einem Wasserkocher. »Warum hat mein Sohn so eine Maske?«

»Ich sagte doch schon, dass alle Kinder dieselbe Maske bekommen haben. Es sind Halloween-Masken. Sie wurden bei der Party aufgesetzt. Hat Lucas denn nicht …«

»Hier geht es nicht um Lucas«, unterbrach Gemma sie brüsk. »Warum ausgerechnet *diese* Maske?«

»Ich verstehe die Frage nicht.« Paulas Lippen bebten.

»Okay. Versuchen wir es auf eine andere Weise. Sie haben Lucas am Dienstag eine Geschichte erzählt. Erinnern Sie sich daran? Von einer Prinzessin, die der Hexe die Haare nassgemacht hat.«

Paula nahm einen Plastikbecher in die Hand und fummelte daran herum. Sie sah Gemma nicht in die Augen.

»Warum haben Sie ihm diese Geschichte erzählt? Über Prinzessin Victoria und …«

»Träumen Sie von ihr?«, platzte es aus Paula heraus. Sie sprach so schnell, dass die Worte miteinander verschmolzen. Gemma brauchte eine Sekunde, um einen Sinn in das Gesagte zu bringen.

»Wie bitte?«, fragte sie schneidend.

»Sehen Sie ihr Gesicht in Ihren Träumen, in Ihren Albträumen, wie sie immer noch siebzehn ist, genau wie an ihrem Todestag?« Ihre Stimme veränderte sich und wurde nicht unbedingt monoton, sondern eher schnell und hektisch. Als ob sie versuchen würde, es hinter sich zu bringen.

»Was reden Sie denn da, Paula?«, fuhr Gemma sie an.

»Bitte lassen Sie mich ausreden, damit ich keinen Fehler mache«, bat Paula und sprach rasch weiter. »So erinnern sich ihre Eltern an sie und ihre Freunde, die Leute, die sie liebten, aber Sie widmen ihr nicht einen Gedanken …«

Sie rezitierte. Die Erkenntnis traf Gemma wie ein Schlag. Paula gab etwas wieder, das sie auswendig gelernt hatte. Deshalb redete sie auch so seltsam. Nathan und diese Frau zu Halloween … Bei ihnen war es genauso gewesen. Wie Schauspieler, die bei einer Probe ihren Text durchgingen.

Bitte lassen Sie mich ausreden, damit ich keinen Fehler mache. Doch genau das war Nathan passiert, als er über das Messer sprach, und dann hatte er sich korrigiert und den Satz wiederholt, allerdings ein oder zwei Worte hinzugefügt. »… Sie hätten es an diesem Tag sein sollen.« Paula holte tief Luft. »Sie bilden sich ein, Sie wären davongekommen, aber das ist nicht der Fall. Die Vergangenheit holt Sie ein, Theodora.«

Sie atmete schwer, zitterte und war sichtlich verängstigt. Gemma starrte sie an, und ihr Herz raste. Einige Sekunden lang schwirrten die Worte in ihrem Kopf herum und schufen ein

Wirrwarr aus Verwirrung und Entsetzen. Wie war das möglich? Was ging hier vor sich? Warum taten sie das?

Dann biss sie die Zähne zusammen und zwang sich, ganz ruhig zu werden.

»Sind Sie fertig?«, fragte sie schließlich.

»Wie bitte?« Paula starrte sie an.

»Haben Sie jetzt alles gesagt?«

»Ich … Ich hab doch gar nichts gesagt.«

Gemma lachte gepresst auf. »Oh nein. Das ist nicht wahr. Ich weiß ganz genau, was Sie getan haben, und Sie wissen es ebenfalls, also versuchen Sie nicht, mir was vorzumachen. Sie haben eben einen regelrechten Monolog vom Stapel gelassen.«

»Wovon reden Sie …?«

Gemma schlug Paula den Plastikbecher aus der Hand, der klappernd auf dem Boden landete. »Lassen Sie das!«, zischte sie. »Da sich das eben so anhörte, als wüssten Sie, wer ich wirklich bin, müssten Sie auch wissen, was mit der letzten Person passiert ist, die sich mit mir angelegt hat.«

Paula schluchzte auf. Gemma empfand keinerlei Mitgefühl mit ihr.

»Sie werden mir jetzt verraten, was hier vor sich geht«, verlangte sie. »Sie werden mir sagen, warum Sie Lucas diese Geschichte erzählt haben und warum Sie ihm diese Maske gegeben haben. Und Sie werden mir erklären, aus welchem Grund Sie mir eben diesen ganzen Mist erzählt haben. Und wenn Sie nicht mit der Sprache herausrücken, werde ich Ihnen das Leben zur Hölle machen. Sehen Sie mich gefälligst an, wenn ich mit Ihnen spreche. Sehen Sie mir in die Augen, dann wissen Sie, wie ernst ich es meine.«

»Bitte …«, flüsterte Paula. »Ich kann das nicht.«

»Sie können und Sie werden es tun.« Gemma hatte keine Ahnung, wie sie weiter vorgehen sollte, wenn Paula jetzt nicht den Mund aufmachte. Obwohl sie Paula gedroht hatte, wollte sie ihr doch nicht wehtun. Sie wollte aber auch nicht die Polizei anrufen oder auch nur jemandem davon erzählen. Doch sie wusste, dass sie diesen Raum nicht verlassen konnte, ohne zu wissen, was vor sich ging.

»Er sagte, ich darf niemandem davon erzählen. Wenn er es herausfindet …«

»Außer uns beiden ist niemand hier. Ich werde es keinem erzählen. Wer hat Ihnen gesagt, dass Sie niemandem davon erzählen dürfen?«

»Das weiß ich nicht. Der Mann, der mir die E-Mails mit all den Anweisungen geschickt und mir mitgeteilt hat, was ich zu tun habe.«

Aha. Die Götter wollten Gemma also doch nicht übel mitspielen.

Dafür jedoch jemand anderes.

Kapitel 17

Paula fiel es schwer, Gemma in die Augen zu sehen. Die intensive Wildheit darin rüttelte etwas in Paulas Geist wach und brachte all die Gefühle und Gedanken zum Vorschein, die sie im Laufe des letzten Jahres verdrängt hatte. Schuldgefühle. Demütigung. Verletztheit.

Sie war den Umgang mit aufgebrachten Eltern gewohnt und stolz darauf, sich nicht unterkriegen zu lassen und für ihre Überzeugungen und Ideale einzustehen. Aber das hier mit Gemma war anders. Vielleicht lag es daran, dass Paula zum ersten Mal eine Mutter vor sich hatte, die im Recht war. Deren Sohn Paula in gewisser Weise tatsächlich kompromittiert hatte.

»Welchen Mann meinen Sie? Und welche Anweisungen?«, verlangte Gemma zu erfahren. Ihre Stimme war kalt, hart, stählern. In der Vergangenheit war Gemma bei ihren Gesprächen mit Paula immer so sanft und freundlich gewesen.

»Er hat von mir verlangt, den Kindern die Geschichte zu erzählen«, versuchte sich Paula an einer Erklärung. »Und dass ich ihnen die Maske gebe. Und dass ich all das vorhin zu Ihnen sage.« Sie hatte Angst davor, auch nur darüber zu sprechen. Schreckliche Angst.

»Wie viel zahlt er Ihnen?«

»Er bezahlt mich nicht. Er …« Paula schloss die Augen. Wie sollte sie das nur erklären? »Hören Sie, ich mache diese Dinge nur, weil er es von mir verlangt, okay?«

»Hat er Sie hypnotisiert?«

»Nein, natürlich nicht.«

»Wie ist sein Name?«, fragte Gemma ungeduldig.

»Das weiß ich nicht.« Paula hoffte inständig, Gemma würde erkennen, wie verängstigt sie war, und es einfach … gut sein lassen. Es war doch keine große Sache, oder? Eine Geschichte, eine Maske, die man den Kindern zu Halloween schenkte.

Dabei wusste sie ganz genau, dass das alles eine größere Bedeutung hatte, die sie jedoch nicht kannte.

Gemma starrte sie aufmerksam an und atmete nach ein paar Sekunden tief ein und aus. »Okay. Warum fangen wir nicht ganz am Anfang an?«

Paula schwieg einige Sekunden lang. Sie wischte sich mit dem Handrücken über die Augen und musterte Gemma. Lucas' Mutter sah immer so hübsch, so tadellos aus. Sie kleidete sich auf eine Art und Weise, die elegant war, aber auch irgendwie mühelos wirkte. Perfektes Make-up, perfekte Fingernägel. Aber jetzt hatte sich etwas an ihr verändert. Ihr Haar wirkte unordentlicher als sonst, ihre Augen funkelten, ihr ganzer Körper war angespannt, als wäre sie bereit, sich auf sie zu stürzen. Es war, als würde man ein schönes Raubtier bewundern, nur um dann festzustellen, dass es sich aus seinem Käfig befreit hatte.

Gemma verdrehte bei Paulas Schweigen die Augen und hob dann einen Finger. Sie öffnete die Tür und spähte hindurch.

»Lucas, Schatz, ist alles in Ordnung?«, erkundigte sie sich.

»Ja«, antwortete Lucas von nebenan.

»Musst du auf die Toilette?«

»Nein.«

»Paula und ich werden uns noch ein bisschen unterhalten, okay?«

»Okay.«

Gemma schloss die Tür und drehte sich wieder zu Paula um.

»Er mag diese Magnete«, sagte Paula leise. »Das tun sie fast alle. Die Kinder streiten sich immer darum, wer damit spielen darf.«

»Aha«, erwiderte Gemma.

»Er ist wahrscheinlich froh, dass er allein mit ihnen spielen kann. Diese Magnete sind toll, müssen Sie wissen, und wirklich gut für die Entwicklung der Kinder …«

»Die Magnete interessieren mich nicht.« Gemmas Stimme erinnerte eher an ein leises Knurren. »Ich will mehr über den Mann erfahren, der von Ihnen verlangt hat, mir derart blöd zu kommen.«

»Das hat er nie von mir verlangt«, versuchte Paula, sich zu verteidigen.

»Erzählen Sie mir einfach alles von Anfang an.«

Paulas Lippen zitterten, und eine Träne rann ihr über die Wange. Von Anfang an? Wann genau hatte es denn angefangen? Der genaue Zeitpunkt war wirklich schwer zu bestimmen.

Gemma lehnte sich gegen die Tür und verschränkte die Arme. Es war offensichtlich, dass Paula nirgendwo hingehen würde, solange sie nicht alles erzählt hatte.

Paula seufzte. Gut. Von Anfang an. »Wissen Sie, was OnlyFans ist?«

Gemma runzelte die Stirn. »Das ist diese Pornoseite, nicht wahr?«

»Das ist keine Pornoseite«, widersprach Paula, während sie von Wut und Verlegenheit übermannt wurde. »Es ist eine Plattform für Content-Ersteller. Sie können Inhalte hochladen und sich abonnieren und bezahlen lassen. Und ja, manches davon ist durchaus als Porno einzustufen, doch der Großteil sind Aktfotos oder einfach nur freizügige Bilder oder …«

»Verstehe.«

»Ich habe vor ein paar Jahren während der Pandemie ein OnlyFans-Konto eingerichtet«, gestand Paula. »Die Schulen hatten geschlossen, und ich brauchte Geld, und wahrscheinlich war ich außerdem gelangweilt und einsam, und das schien mir ein durchaus gangbarer Weg zu sein.«

Was musste Gemma jetzt von ihr denken? Manchmal versuchte Paula, sich daran zu erinnern, was ihr damals durch den Kopf gegangen war. Es war, als würde sie über eine andere Person nachdenken. Damals, während der Quarantäne, waren andere Menschen abstrakte Vorstellungen, Stimmen am Telefon oder beliebige Nachrichten zu beliebigen Zeiten gewesen. Die Tage verschmolzen miteinander. Ihre Entscheidung, Nacktfotos online zu stellen, fühlte sich nicht wie etwas Reales an. Es waren digitale Fotos für digitale Menschen.

»Es gab da all diese Artikel, verstehen Sie?«, fuhr sie fort. »Über irgendwelche Nobodys, die ein Konto eröffnet hatten und plötzlich Hunderttausende von Dollar verdienten.«

Gemma nickte.

»Daher habe ich mich auch angemeldet«, sagte Paula. »Das ist gar nicht so einfach, wie es sich anhört. Man muss aggressives Marketing betreiben, und es gibt da draußen echt komische Typen. Ich habe es eine Zeit lang gemacht, fühlte mich jedoch nicht besonders wohl dabei und habe auch nicht so viel verdient, wie ich dachte.«

Alles in allem hatte sie siebenhundertfünfzig Dollar eingenommen, was nun wirklich nicht für das Luxusleben reichte, das sie sich ausgemalt hatte.

»Okay.« Gemma beäugte sie fragend. Paula konnte fast sehen, wie sich die Zahnräder in Gemmas Kopf drehten. Die Frau ahnte bereits, worauf das hinauslief.

»Also habe ich mein Konto gelöscht. Und das war's dann. Die Pandemie war vorbei, und ich bekam den Job hier, lernte einen wirklich netten Typen kennen und hab überhaupt nicht mehr daran gedacht.« Paula schluckte schwer. »Bis ich vor etwa sechs Monaten eine E-Mail bekam.«

Gemma stieß die Luft aus, als ob sie das erwartet hätte. »Was stand in der E-Mail?«

Paula blinzelte eine Träne weg, und die Erinnerung an die Nachricht flackerte vor ihrem inneren Auge auf. Beim Lesen hatte sich ihr der Magen umgedreht, und erst recht, als sie die angehängten Fotos sah. »Es waren jede Menge Bilder dabei. Von meinem OnlyFans-Konto. Das ich gelöscht hatte. Und er schrieb, er wisse, wer ich bin. In der Mail standen mein Name, meine Adresse, wo ich arbeite, der Name meines Freundes, die Namen meiner Eltern … einfach alles. Er wusste *alles*. Er schrieb, wenn ich nicht genau das tue, was er von mir verlangt, würde er die Fotos an meine Eltern und meinen Freund, an die Schule und alle Eltern schicken … na ja, im Grunde genommen an die ganze Welt.«

»Und was hat er von Ihnen verlangt?«

»Das ist ja das Seltsame: Er wollte nicht wirklich viel. Er bat mich zum Beispiel darum, ihm ein Bild von mir mit einer Pfanne in der Hand zu schicken.«

Gemma blinzelte. »Mit einer Pfanne?«

»Ja.«

»Etwa … ein Nacktfoto? War es ein seltsamer Fetisch oder etwas in der Art?«

»Nein. Nur ein ganz normales Foto. Ein anderes Mal wollte er ein Video, auf dem ich die Titelmelodie von *Dora the Explorer* singe. Völlig willkürliches Zeug. Daher dachte ich mir, ich ziehe es einfach durch. Die Alternative war schließlich zu schrecklich, um sie überhaupt in Betracht zu ziehen. Ich hätte viel mehr getan, wenn er es von mir verlangt hätte. Ihm Geld gegeben oder so. Aber ein paar Monate lang war das alles, was er wollte.«

»Aha.« Gemma sah verwirrt aus.

»Und dann kamen die schwierigeren Sachen. Er bat mich, einen Fremden anzusprechen, so zu tun, als wäre ich seine Schwester, und das Ganze aufzunehmen. Ein paar Mal wollte er, dass ich Dinge aus Geschäften stehle. Süßigkeiten, Schuhe. Immer sehr spezifische Sachen. Und er verlangte auch Nacktfotos und Videos. Aber da er sowieso meine OnlyFans-Sachen hatte, dachte ich mir, ich kann ihm auch alles andere schicken, was er haben will, um ihn milde zu stimmen.«

Gemma verstand es nicht ganz, das konnte man ihr deutlich ansehen. Tja, Paula hatte sich damals ebenso gewundert. Es dauerte Monate, bis sie die demütigende Wahrheit herausfand. Der Kerl hatte sie *trainiert.* Er hatte sie darauf abgerichtet, all seine Anweisungen zu befolgen, ohne sie zu hinterfragen. Am Anfang war es ihr so vorgekommen, als wäre ihr Leben eine lange Autofahrt mit ihr am Steuer und ihm als Beifahrer, der ihr immer wieder sagte, wo sie langfahren musste. Wann hatte sie angehalten und mit ihm den Platz getauscht? Sie wusste es nicht.

Ein einziges Mal hatte sie sich nicht genau an die Anweisungen gehalten. Er hatte von ihr verlangt, sie solle ihm ein Video senden, auf dem sie einen Hamburger aß, doch da sie keinen Hunger gehabt hatte, hatte sie einfach ein Video von sich beim Verspeisen eines Toasts geschickt. Am nächsten Tag flüsterte ihr einer der Väter in der Schule zu, ein Freund habe ihm einige ihrer alten OnlyFans-Fotos geschickt. Aber sie brauche sich keine Sorgen zu machen, denn ihr Geheimnis sei bei ihm sicher.

Danach machte sie immer ganz genau, was er von ihr verlangte.

Sie hatte nicht vor, es Gemma genauer zu erklären. Die ganze Sache war auch so schon demütigend genug.

»Und dann wollte er, dass ich den Kindern diese Geschichte über die Hexe Theodora und die Prinzessin Victoria erzähle«, sagte Paula. »Ich musste alles auswendig lernen und ihm eine Aufnahme davon schicken, wie die Kinder sie hören.«

Das war das erste Mal gewesen, dass sie etwas in der Schule hatte tun müssen. Aber es erschien ihr recht harmlos. Die Geschichte war nicht schlimmer als andere, die sie den Kindern vorlas.

»Und dann …« Paula holte noch einmal zitternd Luft. »Dann musste ich dafür sorgen, dass Lucas die Geschichte seiner Mutter erzählt. Vor allem war es ihm sehr wichtig, dass Lucas sich die Namen merken würde.«

»Er hat Lucas namentlich erwähnt?« Gemmas Kiefermuskeln krampften sich zusammen.

»Ja«, gab Paula zu. »Und genau das habe ich getan. Offen gesagt habe ich nicht einmal groß darüber nachgedacht. Er hatte mich schon um seltsamere Dinge gebeten.«

»Noch seltsamere Dinge … mit den Kindern?« Gemma wich einen Schritt zurück.

»Nein!« Paula starrte sie fassungslos an. »Daran war niemand anderes beteiligt. Ich würde nie etwas tun, das den Kindern schadet. Zugegeben, ich habe ihnen diese Geschichte erzählt, aber es war nur ein Märchen und nicht schlimmer als ›Rotkäppchen‹, bei dem der Wolf die Großmutter ganz verschlingt, oder?«

»Nun ja.«

»Er sagte auch, wenn Lucas' Mutter vorbeikommt und sich nach der Geschichte erkundigt, soll ich Ihnen … all das sagen, was ich vorhin gesagt habe. Ich musste alles auswendig lernen und unbedingt richtig machen. Er machte mir klar, dass es Konsequenzen haben würde, wenn ich es nicht richtig hinbekomme.«

Inzwischen hatte sie alles ausgeplaudert, was ihr so eingefallen war. Beinahe hätte sie jedoch die Hälfte vergessen, weil Gemma sie unterbrochen hatte.

»Er schickte mir außerdem ein Paket mit diesen Masken und schrieb, ich solle sie zu Halloween an die Kinder verteilen«, schilderte Paula. »Der Direktor war sehr begeistert von meiner Initiative. Mir kam das Ganze nicht weiter schlimm vor. Warum sollte sich jemand für so eine Maske interessieren?«

Sie hatte immer noch keine Ahnung, warum Gemma beim Anblick der Maske derart ausgeflippt war. Paula hatte sich die Masken genau angesehen, bevor sie sie den Kindern überließ, aber es waren wirklich nur billige Halloween-Masken und nichts, worüber man sich aufregen konnte.

»Sie wissen also rein gar nichts … darüber, warum er all das von Ihnen verlangt hat?«, fragte Gemma.

»Nein. Ich wusste nicht, dass es dafür einen Grund gab.« Irgendwann hatte sie aufgehört, sich über seine Anweisungen zu wundern, weil es einfacher war, sie blindlings zu befolgen.

»Diese Sache mit Theodora«, hakte Gemma nach. »Sie wissen wirklich nicht, was das bedeutet?«

»Nein. Er wollte nur, dass ich all das sage und später so tue, als hätte ich das alles nicht erwähnt und als wäre es nur Ihre Einbildung gewesen.«

»Verstehe.«

»Sie dürfen niemandem davon erzählen«, flehte Paula mit klopfendem Herzen. »Wenn er herausfindet, dass ich Sie eingeweiht habe, wird er allen diese Fotos schicken. Ich werde meinen Job verlieren … und mein Freund wird … wird … und mein Vater …« Die Konsequenzen waren zu schrecklich, um sie sich vorzustellen. Das wäre ihr Ende.

»Ich werde es niemandem verraten«, erwiderte Gemma rasch. »Würden Sie mir vielleicht einige seiner E-Mails zeigen?«

»Ich lösche sie immer, nachdem ich das Verlangte getan habe, aber ich kann Ihnen die mit der Sache, von der ich eben erzählt habe, gern weiterleiten. Ich war mir nämlich nicht sicher, ob ich mich an alles erinnern würde, daher habe ich sie aufgehoben, um mein Gedächtnis aufzufrischen.«

»Okay … Er hat seinen Namen nie genannt, richtig?«

»Nein.« Paula schüttelte den Kopf. Nach all diesen Monaten und Dutzenden von E-Mails hatte sie noch immer keine Ahnung, wer er war.

»Hat er vielleicht einen Spitznamen?«

»Nein, nicht dass ich wüsste.«

»Wie lautet seine E-Mail-Adresse?«

»Die ändert sich ständig. Es ist immer nur eine zufällige Mischung aus Buchstaben und Zahlen. Normalerweise landen die Mails in meinem Spam-Ordner, den ich daher jeden Tag überprüfen muss, um sicherzugehen, dass ich nichts verpasst habe.«

»Aber Sie sind sich sicher, dass es sich um einen Mann handelt? Wie kommen Sie auf die Idee?«

Paula straffte sich und begegnete endlich Gemmas Blick. »Das liegt an der Art, wie er das alles schreibt. Als würde er mich für den letzten Dreck halten. Bei ihm habe ich immer den Eindruck, er schaut auf alle Frauen herab.«

Kapitel 18

Er saß auf seinem Stuhl, seinem Thron, und das Licht der Monitore erhellte sein Gesicht. Auf jedem Bildschirm waren unterschiedliche Dinge zu sehen. Eine große Excel-Tabelle, eine Karte, vier Videos, die gleichzeitig liefen, ein Facebook-Konto. Er war in eine nachdenkliche Stimmung verfallen. Ein Schriftsteller sagte einmal, die Augen seien das Fenster zur Seele. Vielleicht ein Franzose? Es klang wie etwas, das ein Franzose sagen würde. Nun, wenn die Augen das Fenster zur Seele waren, dann stellten Monitore die Fenster zu Himmel und Hölle dar.

Er mochte derartige Ideen. Sie gaben ihm das Gefühl, clever zu sein.

Wenn man seine einfallsreiche Metapher auseinandernahm, zeigten ihm seine Monitore Dutzende von Menschen, ihre Wünsche, Bedürfnisse und enthüllten Geheimnisse. Augen? Das war was für Amateure. Man betrachtete zwei gelatineartige Kugeln und versuchte, herauszufinden, was diese Person wollte. Aber was war denn mit dieser x-beliebigen Person? Dieser … Grace Price. Die Menge an Informationen, die sie der Welt offenbarte, war absolut lächerlich. Musik, die sie liebte, Bücher, die sie zu lesen vorgab, ihre politischen Ansichten, ihre vier letzten Urlaube, die Aussicht aus ihrem Fenster, Kleidung, die ihr gefiel, Namen und Gesichter ihres Mannes und ihrer beiden kleinen Söhne … Die Liste ließe sich endlos fortsetzen.

Und für jemanden wie ihn waren die Dinge, die sie der Welt nicht zeigen wollte, ebenfalls zum Greifen nahe. Ein privater, passwortgeschützter Ordner auf ihrem Smartphone mit Dutzenden von Nacktfotos. Ein Chat mit einem Mann, bei dem es sich nicht um ihren Ehemann handelte – einem Mann, der mit ihr auf Facebook befreundet war und ihr auf X folgte. Ihre Adresse, die in Dutzenden versteckter digitaler Ecken und Winkel stand. Die Art und Weise, wie sie ständig nach einem bestimmten Pornodarsteller suchte und ihren Browserverlauf später löschte, weil sie sich einbildete, dass ihre Geheimnisse so sicher wären. Außerdem, und das amüsierte ihn aus irgendeinem Grund am meisten, fünf schlecht geschriebene Gedichte über unerfüllte Wünsche und darüber, dass sie ein Vogel sei.

Und sie war nur *eine* Person. Eine Seele. Die Excel-Tabelle, die er geöffnet hatte, listete 573 weitere auf.

Jeder Name auf seiner Liste war einer seiner Sklaven. Sie taten Dinge, die er ihnen auftrug. Gehorsam befolgten sie seine Anweisungen und wussten, dass eine Weigerung Konsequenzen haben würde. Jedem Namen war eine Farbe zugeordnet, ein Spektrum von Gelb, Orange und Rot, das angab, wie weit die Sklaven gehen würden, um ihre Geheimnisse zu wahren. Ein helles Gelb bedeutete, dass sie triviale Dinge tun würden – ihm hin und wieder einen Geldbetrag zahlen, ihn vielleicht mit Informationen versorgen. Ein roter Farbton zeigte an, dass sie fast alles tun würden, was er von ihnen verlangte. Mit irgendjemandem schlafen, gegen das Gesetz verstoßen, andere verletzen. Scharlachrot Markierte waren bereit zu töten, und er hatte vier davon auf der Liste. Bislang waren sie zwar noch nicht zum Einsatz gekommen, aber es war gut zu wissen, dass sie da waren, falls schlechte Zeiten anbrechen sollten.

Welche Farbe hast du, Grace Price?

Er warf einen Blick auf die Videos, die auf einem seiner Monitore liefen. Einige zeigten seine Sklaven, die für ihn Aufgaben erfüllten. Eine Frau machte gerade einen Striptease in ihrem Wohnzimmer. Ein Mann filmte sich selbst dabei, wie er Bücher aus einer Buchhandlung stahl – sechs Exemplare von »Der Herr der Ringe«, wie es ihm aufgetragen worden war. Zwei weitere Videos zeigten Menschen, deren Webcams er gehackt hatte und die daher nicht wussten, dass sie gefilmt wurden. Auf einem der Videos kam eine Frau gerade in ein Handtuch gewickelt aus dem Badezimmer. Er tippte träge auf ein paar Tasten und markierte das Video, um es sich später genauer anzusehen. Möglicherweise ließ sich dadurch jemand Neues rekrutieren.

Er wandte sich abermals Grace Price zu. Im Moment schätzte er sie als hellgelb, vielleicht zitronengelb ein. Hellgelb bedeutete, dass sie zum Beispiel bereit war, ihm sechs Prozent ihres monatlichen Gehaltsschecks zu schicken. Zitronengelb würde diesen Anteil auf acht Prozent erhöhen, aber auch bedeuten, dass sie bereit wäre, sich bei harmlosen Aufgaben zu filmen.

Dabei ging er methodisch vor, schließlich war er ein Mann der Wissenschaft.

Es war an der Zeit, die Foren zu überprüfen. Das hatte er vor vier Stunden das letzte Mal getan, und in diesen Foren konnten sich rasend schnell Veränderungen ergeben. Er loggte sich ein und überflog die neuen Beiträge. Neue Dateien mit verschlüsselten Benutzernamen und Passwörtern waren veröffentlicht worden. Ein Update für ein Denial-of-Service-Angriffstool. Ein kurzes Skript zur Code-Injektion. Der aktivste Thread befasste sich mit einer Hintertür auf einer Microsoft-Unternehmenswebsite, die es jedem ermöglichte, sich als einfacher Administrator anzumelden und den Inhalt der Website zu verändern. Jemand hatte den »Über«-Text des Unternehmens so umgeschrieben, dass dort nun stand, es würden Dildos verkauft.

Er verdrehte die Augen. Kinder, die Kinderspiele spielen. Das waren seine sogenannten Gleichgesinnten.

Offen gesagt langweilte ihn das Hacken heutzutage. Zugegeben, früher, als er jünger gewesen war, hatte der Nervenkitzel, der sich einstellte, wenn man an verbotene Orte gelangte und herausfand, wie man diese digitalen Welten entschlüsseln konnte, so süchtig gemacht wie eine Droge. Aber mit der Zeit war ihm klar geworden, dass es nichts wirklich Aufregendes mit sich brachte. Websites, Applikationen und Betriebssysteme waren auf ihre Art und Weise völlig vorhersehbar. Sie zu hacken wurde zu einem Trott.

Wollte man Menschen hacken, sah die Sache hingegen völlig anders aus. Das wurde nie langweilig. Denn jeder Mensch hatte seine eigene seltsame Software. Ihre Ängste und Schwächen und ihre Schwachstellen veränderten sich ständig. Und wenn man einen Durchbruch erzielte, konnte man fast alles tun. Es war, als wäre man ein Gott.

In einem Forumsthread stieß er auf eine Datei mit ein paar Tausend Benutzernamen und Passwörtern für eine Website, die New-Age-Zeug verkaufte. Das war sehr interessant. Er hatte nämlich die Erfahrung gemacht, dass Leute, die regelmäßig Kristalle und Tarotkarten erwarben, meist überall dasselbe Passwort benutzten. Ihr Passwort hier konnte also auch ihr Passwort für Facebook, X oder ein Dutzend andere wichtige Websites und vor allem für ihre Google- und Apple-Konten sein. Er lud die Datei herunter und aktivierte ein Skript, das die Datei durchging und jeden Benutzernamen in allen sozialen Netzwerken und bei den gängigen Webdiensten überprüfte. In einer Stunde würde er die Ergebnisse vorliegen haben.

Also zurück zu Grace Price. Er hatte den Verdacht, dass sie eine Zitronengelbe war. Sie hatte eine Familie, einen Job, über zweitausend Facebook-Freunde, und ihre Instagram-Fotos strotzten nur so vor Zufriedenheit mit ihrem Leben. Unzählige Bilder aus dem örtlichen Café, immer wieder ihre Söhne im selben Park, mindestens zwanzig verschiedene Familienessen. Grace Price lebte in einer winzig kleinen, perfekten Welt, und sie wollte garantiert nicht, dass er sie zerstörte.

Vor Jahren, als er noch neu in diesem Geschäft gewesen war, hätte er den Fehler gemacht, davon auszugehen, dass sie *alles* tun würde. Wenn er jemanden wie sie mit ein paar Nacktfotos oder einer Affäre entdeckte, schickte er eine Droh-E-Mail und forderte hohe Geldbeträge oder Sexvideos oder versuchte sogar, ein Treffen in einem anonymen Hotel zu arrangieren.

Zu seiner Überraschung funktionierte das fast nie. Die Leute riefen sofort die Polizei. Oder sie ignorierten seine E-Mails. Oder sie reagierten wütend, drohten ihm und versuchten so, den Spieß umzudrehen.

Das Hacken von Menschen war nicht wie das Hacken einer Website. Wenn man sich einmal in eine Website gehackt hatte, wusste man genau, welche Wege einem offen standen. Aber wenn man bei Menschen zu aggressiv vorging, schlugen sie zurück.

Man musste ihnen Zeit lassen.

Für einen traditionellen Hacker war Zeit der Feind. Wenn man eine Sicherheitslücke fand, musste man schnell handeln, bevor sie geflickt wurde. Wartete man zu lange, wurden Hintertüren auf Websites entfernt, Passwörter geändert.

Bei Menschen war es das genaue Gegenteil. Man *musste* warten – ihnen Zeit geben, sich an den Gedanken zu gewöhnen. Wenn sie zum ersten Mal erfuhren, dass ihre Geheimnisse aufgeflogen waren, wurden sie unberechenbar. Man musste ihnen Zeit lassen, sich an die neue Realität zu gewöhnen. Man musste ihnen klar machen, dass dies nicht das Ende der Welt war. Sie konnten durchaus damit umgehen. Das Leben würde weitergehen.

Beispielsweise Grace Price. Sie wäre am Boden zerstört, sobald sie erfuhr, dass er alles über sie wusste. Sie wäre verzweifelt. Und wie jede Verzweifelte würde sie vielleicht beschließen, sich helfen zu lassen. Von ihrem Mann, der Polizei oder dem FBI. Keiner wollte das. Er ebenso wenig wie Grace. Nachdem er ihr also die Grundlagen erklärt hatte – die Fotos, die Affäre und die Tatsache, dass er wusste, wer sie war und wo sie wohnte –, würde er ihr eine einfache Aufgabe stellen: Sie sollte sich dabei filmen, wie sie Cerealien aß. Er würde klarstellen, dass sie sich aussuchen konnte, wo sie das tat, was sie dabei trug und welche Marke sie essen wollte. Das Video durfte kurz sein – zehn Sekunden wären ausreichend. War das so eine große Sache? Immerhin hatte sie sich für ihre TikTok-Clips schon bei seltsameren Dingen gefilmt.

Er machte sich daran, ihr eine E-Mail zu schreiben. Diesmal benutzte er weder eine Vorlage noch ein Skript. Diese E-Mails waren der beste Teil.

Sie würde ihm das Cerealien-Video schicken, das wusste er ganz genau, und sei es nur, um Zeit zu gewinnen. Und in den nächsten Wochen würde er ähnliche Dinge von ihr verlangen. Mit der Zeit würde sie sich beruhigen. Sie würde nicht verstehen, was eigentlich vor sich ging, aber sie würde sich an den Gedanken gewöhnen.

Und dann würde er um etwas Schwierigeres bitten. Vielleicht ein Foto in Unterwäsche. Oder sie sollte sich beim Trinken von Alkohol mitten auf der Straße filmen. Nichts allzu Schlimmes. Und Grace Price würde denken, dass sie bisher alles mitgemacht hatte, warum dann nicht auch das, es war ja keine so große Veränderung. Schließlich hatte er noch sehr viel mehr über sie in der Hand, was konnte es also schaden? Die Alternative war viel schlimmer.

Dann würde er seine Liste aktualisieren, auf der Grace' Einstufung von zitronengelb auf mandarinenfarben wechselte.

Nach ein paar weiteren Wochen würde er sie um ein Nacktfoto bitten. Oder dass sie in einem Süßwarenladen etwas mitgehen ließ.

Und ihre Einstufung würde auf orange steigen.

Er wusste nicht, was sein Endziel in Bezug auf Grace Price war. Vielleicht eine monatliche Zahlung, obwohl er inzwischen über ein recht ansehnliches Einkommen verfügte. Vielleicht auch nur Sexvideos, die auf seinen Geschmack zugeschnitten waren – Grace Price sah nun mal umwerfend aus. Möglicherweise konnte er sie auch benutzen, um weitere Sklaven zu gewinnen, sie nach Geheimnissen ausquetschen, die man ihr anvertraut hatte, sie bitten, seine Spionagesoftware auf den Smartphones ihrer Kollegen zu installieren. Eventuell würde sich herausstellen, dass sie ihm in einer bestimmten Hinsicht wirklich nützlich sein konnte. So wie Paula Donahue oder Nathan Foster oder diese anderen Sklaven in Chicago, die er kürzlich eingesetzt hatte.

Das würde die Zeit zeigen. Die Zeit war schließlich sein Freund.

Er schickte ihr die E-Mail und aktualisierte die Excel-Tabelle.

Nachdem er das erledigt hatte, wandte er sich dem nächsten Punkt auf seiner Liste zu. Richtig. Paula Donahue. Die Frau, die sich in letzter Zeit als sehr nützlich erwiesen hatte.

Dummerweise hatte sie es dann vermasselt. Sie hatte genau das getan, was er ihr explizit verboten hatte. Und jetzt wusste Theodora Briggs alias Gemma Foster, was los war. Ihm war klar gewesen, dass dies früher oder später passieren würde, dennoch war es enttäuschend, dass es so bald passiert war. Er hatte diese Anfangsphase genossen, in der Theodora zunehmend den Eindruck bekam, sie würde den Verstand verlieren. Aber jetzt musste er wenigstens nicht mehr so subtil vorgehen. Er konnte wirklich anfangen, ihr das Leben zur Hölle zu machen.

Doch bevor er sich um Theodora kümmern konnte, musste Paula die Konsequenzen tragen und den Preis bezahlen.

Er öffnete den Ordner mit den vielen Fotos von ihr und aktivierte ein Skript, das sie an all ihre Online-Freunde schickte. Dann rief er die drei Videos von ihrem Ladendiebstahl ab und schickte sie an die Polizei von Chicago und an ihren Arbeitgeber. Zu guter Letzt lud er aus Rache auch noch die Nacktfotos und -videos auf einigen Dutzend Pornoseiten hoch.

So, erledigt.

Er wandte sich wieder dem Excel-Tabellenblatt zu und löschte ihren Eintrag. Sie war nicht länger seine Sklavin. Sie war frei. Würde ein Teil von ihr erleichtert sein, sobald ihr das bewusst wurde?

Er bezweifelte es.

Kapitel 19

Wer ist dieser Mann?

Die Frage verfolgte Gemma den ganzen Tag über. Sie war mit Lucas nach Hause gefahren, doch das Gespräch mit Paula ging ihr weiterhin durch den Kopf. Er hatte schon vor Monaten damit angefangen, Paula zu erpressen, und vielleicht damals schon gewusst, dass er sie benutzen würde, um an Gemma heranzukommen. Augenblick mal, damals war Paula noch nicht einmal Lucas' Lehrerin gewesen. Das konnte also nicht stimmen.

Aber dann fiel ihr ein, dass Lucas zu diesem Zeitpunkt längst an der Schule angemeldet gewesen war. Wenn dieser Typ also irgendwie davon erfahren und herausgefunden hatte, dass Paula Lucas' Lehrerin sein würde …

War das möglich? Dieser ausgeklügelte Plan? Er musste geistesgestört und gefährlich obsessiv sein.

Wer ist er?

Er wusste, wer Gemma wirklich war; er wusste von dem Mord an Victoria. Aber er wusste auch über ganz bestimmte Dinge im Zusammenhang mit diesem Tag Bescheid. Über das Messer. Die Kostüme, die Victoria und Gemma auf der Party getragen hatten. Er kannte persönliche Details über sie beide.

Und dieser Mord interessierte ihn immer noch, selbst so viele Jahre später.

Es musste jemand aus Crumville sein. Aber nicht nur irgendein Spinner, der mit ihnen zur Schule gegangen war. Es war jemand, der Victoria geliebt hatte. Ihr Vater? Einer ihrer Brüder? Victorias Freund Zayne Ross? Einer der vielen Jungs, die damals hinter Victoria her gewesen waren?

Wer ist er?

Vor dieser Halloween-Party war Gemma nur von Mädchen gequält worden – Victorias Gang. In erster Linie von Victoria, aber auch von Donna, Judy und Louise. Allerdings musste Gemma Paula zustimmen, dass keine Frau so handeln würde. Frauen konnten anderen Frauen gegenüber grausam sein, das stand außer Frage. Sie konnten sich bösartig, aggressiv und hasserfüllt benehmen. Aber dieses seltsame Verhalten? Nacktfotos zu erpressen, Paula seltsame, erniedrigende Anweisungen zu geben, andere Leute zu benutzen, um Gemma auf diese selbstgefällige Weise zu belästigen … Das alles war von einer gewissen abscheulichen Besessenheit durchdrungen, die nur Männer besaßen.

Paula hatte ihr die E-Mail des Mannes weitergeleitet, die sie noch nicht gelöscht hatte. Während Lucas in der Badewanne saß, nutzte Gemma die Zeit, um sie nun schon zum fünften Mal zu lesen.

> Im beigefügten Dokument findest du eine Geschichte, die du Lucas Foster in der Schule erzählen wirst (unter Märchen.pdf).
>
> 1. Erzähle sie *genau* so, wie sie geschrieben ist, und sorge dafür, dass er mit seiner Mutter darüber spricht.

2. Achte darauf, dass er sich die Namen der Prinzessin und der Hexe *merkt*. Kinder erzählen ihren Eltern oft nicht, was sie in der Schule gemacht haben, daher musst du dafür sorgen, dass er das tut.

3. *Falls* seine Mutter dich nach der Geschichte fragt, musst du:

(a) ihr den Text im zweiten Anhang (Theodora.pdf) *Wort für Wort* wiedergeben.

(b) danach so tun, als ob du nichts gesagt hättest und sie sich das nur eingebildet hat.

Das ist nicht gerade kompliziert, also vermassle es nicht.

Paula hatte gesagt, die E-Mail müsse von einem Mann geschrieben worden sein, und Gemma wusste genau, was sie meinte. Die beiläufige Art, mit der er Anweisungen gab und erwartete, dass sie befolgt wurden. Die kursiven Wörter, als ob Paula beim Lesen der E-Mail von der Person, die sie erpresste, Unterstützung bräuchte. Nicht zu vergessen der Teil, in dem er es für angebracht hielt, einer Lehrerin zu erklären, wie sich Kinder verhielten. Der herablassende Satz am Ende. Konnte eine Frau so etwas schreiben? Sicherlich.

Aber das war unwahrscheinlich.

Wer war er also?

Sie sah sich die beiden Anhänge an. Die Datei mit dem Namen »Theodora« enthielt den Text, den Paula ihr vorgetragen hatte. Soweit es Gemma erkennen konnte, hatte Paula alles richtig gemacht – dramatische, schlecht formulierte Fragen und widerliche, schwülstige Drohungen. Die zweite Datei »Märchen« beinhaltete mehr oder weniger die Geschichte, die Lucas ihr erzählt hatte. Die Hexe in der Geschichte hieß offensichtlich Theodora und nicht Fedora, wie Lucas geglaubt hatte. Aber dieser Text hatte nicht den gleichen abscheulichen Ton wie die andere Datei und die E-Mail. Wenn überhaupt, dann klang er fade und einfallslos – ohne jegliche Emotionen, Wut oder sonst irgendetwas. Gemma vermutete, dass die Geschichte von einem KI-Textgenerator ausgespuckt worden war. Es hatte nicht den Anschein, als hätte sich der Verfasser der E-Mail die Mühe gemacht, eine Kindergeschichte zu schreiben.

Benjamin hatte Gemma eine kurze Nachricht geschickt, in der er ihr mitteilte, dass er sich verspäten würde. Diesmal keine küssenden Smileys. Er war immer noch wütend. Gemmas Wut auf ihn war hingegen verflogen. Sie brauchte ihn. Jemand hatte es auf sie abgesehen. Sie brauchte Benjamins Unterstützung. Was er natürlich nicht wusste. Im Grunde genommen hatte er von gar nichts eine Ahnung.

»Lucas«, sagte sie. »Du musst aus der Wanne raus.«

»Nur noch ein paar Minuten.« Er baute im Wasser einen Berg aus Schaum. Normalerweise ließ sie ihn kein Schaumbad nehmen – das war schlecht für die Haut und verstärkte den Juckreiz später nur noch mehr. Aber sie wusste, wie sehr er Schaumbäder liebte, und sie hatte etwas Zeit zum Nachdenken gebraucht.

»Okay, nur noch ein bisschen.«

Ihr Telefon blinkte und kündigte eine weitere Nachricht an. Hoffnungsvoll sah sie darauf, da sie sich nach einer versöhnlichen Botschaft von Benjamin sehnte, vielleicht mit der Frage, ob er etwas zum Abendessen mitbringen solle. Aber es war eine unbekannte Nummer. Und bei den ersten beiden Worten verkrampfte sich ihr ganzer Körper. Hey Theodora.

Gemma stand auf und verließ das Bad, wobei sie die Tür offenließ, damit sie Lucas im Auge behalten konnte. Sie tippte auf die Benachrichtigung, und die gesamte Nachricht erschien auf dem Display:

Hey Theodora. Erinnerst du dich an diesen Song?

Dazu ein YouTube-Link. Sie wollte sich das Video nicht ansehen. Sie wollte die Nachricht löschen. Benjamin anrufen und ihn fragen, ob er etwas zum Abendessen mitbringen könnte. Zurück ins Bad gehen, Lucas aus der Badewanne helfen und dann mit ihm kuscheln.

Sie tippte auf den Link.

Das Video öffnete sich mitten in einem Song von Keri Hilson namens »Turnin Me On«. Und sie erinnerte sich nicht daran, zumindest nicht im ersten Moment. Tatsächlich wusste sie nicht einmal genau, wer Keri Hilson überhaupt war. Aber dann fing der Refrain an, Keri sang die gleiche Zeile, wieder und …

– wieder, der Rhythmus war energisch, leicht, beschwingt. Theo war zu angespannt, um irgendetwas davon zu spüren, als sie Victorias Haus zum ersten Mal seit langer Zeit betrat. Es war eine überfüllte Party, der Raum war dunkel, viele Leute tanzten und rieben die Körper aneinander. Es roch nach Rauch, Alkohol und Schweiß.

Theo war sich sicher, dass sie jeden Moment jemand bemerken und vielleicht rufen würde: »Hey, da ist Pickelgesicht.« Und Victoria würde rüberkommen und sie schubsen und sie fragen, was sie hier zu suchen hatte. Ob sie noch einmal in die Toilette getaucht werden wolle, denn das ließe sich einrichten. Aber niemand sagte etwas. Ein paar Leute blickten in ihre Richtung. Ein Typ in einem Wolverine-Kostüm musterte sie tatsächlich genauer, ihre Brüste, ihre Beine und dann wieder ihre Brüste. Sie wandte den Blick von ihm ab, weil sie sich unwohl fühlte.

Ihr Kostüm zeigte Wirkung.

»Darin wird dich niemand erkennen«, hatte Steve zu ihr gesagt. »Das ist nicht dein Stil.«

Und es stimmte, andererseits auch wieder nicht. Eine enge schwarze Bluse, eine enganliegende Lederhose, eine glänzende lila Jacke. Alles Leihgaben von Steves Schwester. Aber Theo wusste, dass dies nicht der wahre Grund war, weshalb die Leute sie nicht erkannten. Schließlich interessierte sich niemand für ihren Stil. Sie wussten nicht einmal, was ihr Stil überhaupt war. Der eigentliche Grund, warum man sie nicht erkannte, war die silberne Maske, die den größten Teil ihres Gesichts verdeckte. Den Großteil ihrer Akne. Und sie war geschminkt, sehr stark sogar. Außerdem trug sie eine Perücke, die ihr krauses Haar verbarg. Stattdessen hatte sie nun glattes rabenschwarzes Haar, so wie sie es sich immer gewünscht hatte.

Sie war jemand anderes. Jemand, von dem sie sich wünschte, dass sie jeden Tag diese Person sein könnte.

Sie steckte die Hände in die Taschen. In der linken fühlte sie das zusammengeklappte Messer, was eine beruhigende Wirkung auf sie ausübte. Sie wusste nicht, warum sie es mitgenommen hatte. Es war ja nicht so, als wollte sie sich hier die Pulsadern aufschneiden. Aber das Messer spendete ihr Trost. Gab ihr ein Gefühl der Kontrolle.

Ihre rechte Hand berührte den Beutel, und ein Schauder durchfuhr sie. Er fühlte sich an wie eine böse Präsenz. Sie konnte kaum glauben, dass sie ihn in ihrer Tasche bei sich trug. Es war nicht ihre Idee gewesen; sie hätte so etwas nie in Erwägung gezogen. Steve hatte den Vorschlag gemacht. Das war seine Version von Rache. Die er sich ausgedacht hatte, weil er sich Sorgen machte, dass Theo Victoria erstechen wollte.

Das hier war fast noch schlimmer.

Sie musste sich beeilen. Steve und Allan warteten auf sie, nur ein Stück die Straße hinunter. Sie sollte reingehen, es erledigen und dann wieder verschwinden. Maximal zwei oder drei Minuten im Haus bleiben.

Aber jetzt konnte sie sich nicht mehr von der Tür wegbewegen. Sie stand einfach da, sah den tanzenden Menschen zu und hielt Ausschau nach Victoria.

Wo war sie? Oh, da stand sie ja. Gekleidet wie ein Engel, ganz rein und weiß und makellos. Sie unterhielt sich neben dem Fernseher mit Zayne, flüsterte ihm etwas ins Ohr und lachte über seine Erwiderung. Während Theo sie beobachtete, überkam sie eine Welle der Wut, die so stark war, dass sie fast wie ein Stromschlag wirkte. Diese Schlampe hatte ihren Kopf in eine Toilette gedrückt. Und jetzt war sie gekleidet wie das Symbol für alles, was gut war.

Aber dann neigte Victoria den Kopf ein wenig, und Theo erkannte diese Bewegung. Sie hatte das geliebt, damals, vor all den Jahren, wenn sie sich unterhielten, nur sie beide. Theo sagte etwas über jemanden aus der Schule, Victoria lachte und neigte den Kopf genau so, und Theo hatte das Gefühl, der Mittelpunkt der Welt zu sein.

Es schien unmöglich, dass dies dieselbe Victoria war. Aber sie war es.

Das Lied endete, und ein neues begann, nur mit E-Gitarren und Schlagzeug. Victoria schnappte sich die Fernbedienung und richtete sie auf die Stereoanlage. Eine Sekunde lang herrschte Stille, bevor »Turnin Me On« erneut anfing. Die Leute stöhnten auf und lachten, und Theo hatte den Eindruck, dass Victoria das nicht zum ersten Mal gemacht hatte. Sie erinnerte sich daran, dass dies eine sehr Victoria-typische Sache war, den gleichen Song immer und immer wieder zu hören. Das hatte sie schon als Zehnjährige gemacht. Damals war es »Ignition« von R. Kelly gewesen. Sie hatte es sich manchmal zehn Mal nacheinander angehört.

Rein und raus. Höchstens drei Minuten. Räch dich.

Theo machte einen Schritt und dann noch einen weiteren. Sie kannte sich im Haus aus. Sie wusste genau, wohin sie gehen musste. Stattdessen zog es sie zur Tanzfläche, zu den Erfrischungen und den Getränken. Fast so, als wollte sie, dass jemand sie aufhielt. Dass mehr Augen auf sie gerichtet waren. Mehr Jungs, die sie angafften. Viele Gesichter konnte sie nicht genau zuordnen. Vielleicht Freunde von Victorias Bruder. Und sie konnten ihren Anblick durchaus ertragen. Sie hatten kein Problem damit, dass sie da war. Einige von ihnen waren sogar mehr als erfreut darüber. Das war ein ungewohntes Gefühl. Und es war nicht unangenehm.

»Hey.« Eine Stimme direkt neben ihrem Ohr. Sie wäre fast zusammengezuckt und drehte sich um.

Oh, verdammt. Das war Bruce Green aus ihrer Klasse. Er war Zaynes bester Freund und hing ständig mit Victoria und ihren Freunden ab. Alles im Arsch. Theos Tarnung war aufgeflogen. Bruce würde sie fragen, was sie hier wollte, und Zayne und Victoria rufen …

»Ich bin Bruce.«

Sie blinzelte verdutzt. Das konnte doch nicht wahr sein! Er erkannte sie noch immer nicht. Nicht einmal, als er so dicht neben ihr stand und sich vorbeugte, damit sie ihn über den Klang der Musik hinweg verstehen konnte.

»Hi«, murmelte sie, um sich nicht zu verraten. Wusste Bruce überhaupt, wie ihre Stimme klang? Hatte er jemals auch nur einen Gedanken an sie verschwendet?

Jetzt tat er es eindeutig, und sein Blick wanderte zu ihrem Dekolleté. »Wie ist dein Name?«

Sie nannte den ersten Namen, der ihr in den Sinn kam und den sie in ihrem imaginären Leben trug. »Gemma.«

»Hi, Emma, schön, dich kennenzulernen.«

Sie sagte nichts, lächelte nur und winkte ihm leicht debil zu. Denn sie hatte keine Ahnung, was sie jetzt tun sollte. Sie hätte eigentlich den Flur entlanggehen und sich rächen sollen. Aber dieser

Typ, der sie noch nie beachtet hatte, redete mit ihr. Das wollte sie noch ein paar Sekunden länger genießen.

»Kann ich dir einen Drink holen?«, fragte er.

»Okay, sicher.« Sie zuckte mit den Achseln.

Er schlenderte davon. Nun gut. Jetzt war es an der Zeit, das zu tun, wofür sie hergekommen war. Aber ihre Entschlossenheit hatte sich verflüchtigt. Wie gern wäre sie einfach auf dieser Party geblieben. Hätte mit Bruce getanzt. Sich amüsiert. Sie hielt Ausschau nach Victoria, weil sie hoffte, sich dann erneut an den Plan halten zu können. Da hinten. Sie stand immer noch neben Zayne. Jetzt hielt sie einen Finger hoch, um ihm zu signalisieren, dass er einen Moment warten sollte. Dann holte sie ihr Telefon heraus und nahm einen Anruf entgegen. Sie runzelte die Stirn und ging schnell hinüber in die Küche, weg vom Lärm. Theo konnte sie nicht länger sehen.

»Hier.« Bruce war mit ihrem Drink zurück.

Sie nahm ihm das Glas ab und trank einen großen Schluck, dann merkte sie, dass es Bier war. Natürlich hatte sie schon einmal Bier getrunken. Oder besser gesagt, sie hatte es probiert. Aber sie hatte den Geschmack nicht gemocht, was auch jetzt wieder der Fall war. Sie hustete und wischte sich über die Lippen.

»Alles in Ordnung?«, erkundigte sich Bruce.

»Ja, sicher«, antwortete sie und trank schnell noch einen Schluck, um so zu tun, als wäre das keine große Sache.

Das Lied endete, und ein neues fing an. Victoria war nicht da, um das rückgängig zu machen, und einige Leute jubelten, als es weiterlaufen durfte.

»Bist du hier aus der Stadt?«, fragte Bruce.

»Nein, ich bin nur zu Besuch«, murmelte sie und nahm einen dritten Schluck. Wenigstens war es kalt. Und wenn sie trank, musste sie nicht reden oder zu ihm aufschauen, was ihr ein wenig Angst machte.

Und dann …

… Er lachte über etwas, was sie gesagt hatte …

… Sie tanzte jetzt, Bruce und ein anderer Typ, den sie nicht kannte, tanzten mit ihr …

… Rein und raus, maximal zwei oder drei Minuten. Ihr Telefon surrte in ihrer Tasche, und sie wusste, dass es Steve war, der wissen wollte, warum es so lange dauerte. Sie musste sich beeilen …

… Sie schloss die Schlafzimmertür hinter sich, die Geräusche der Party wurden leiser. Sie starrte auf Victorias Bett. Das war er, ihr Moment der Rache. Sie schob die Hand in die Tasche und tastete erneut nach dem Beutel. Dann klingelte ihr Telefon. Sie ging ran. Steves Stimme.

»Ich finde, wir sollten die Sache abblasen.« Der Türknauf drehte sich. Theos Herz setzte einen Schlag aus. Die Tür ging auf, und für den Bruchteil einer Sekunde konnte sie eine Silhouette in der Tür sehen, eingerahmt vom Flurlicht …

… »Ich fühle mich nicht gut«, murmelte Victoria, als sie den Flur entlanggingen. Sie lehnte sich an Theo und sah blass aus. Theo fühlte sich auch nicht besonders gut. Die Welt drehte sich, ihr Magen war in hellem Aufruhr.

»Halt dich fest«, sagte Theo. »Ich bringe dich irgendwo hin, wo du dich hinlegen kannst.«

… Sie stand vor der Toilette und betätigte immer wieder die Spülung. Sie musste sie loswerden. Die Beweise entsorgen …

Ein Mann mit einer gummiartigen Halloween-Maske lachte sie aus …

… Ein plötzlicher flammender Schmerz in ihrer Wange …

… Victoria packte Theos Arm, bohrte die Fingernägel tief in Theos Haut …

… Sie griff nach dem Messer, verspannte vor Wut den Kiefer …

… Überall Blut. Sie starrte auf ihre Hände, die blutverschmiert waren. Sie musste hier raus …

… Sie rannte durch den Wald, und etwas verfolgte sie. Sie blickte zurück und sah die Hunde. Riesige Hunde, die knurrten

und nach ihrem Blut lechzten. Vor Victorias Hunden hatte sie immer Angst gehabt. Sie rannte wimmernd schneller, Äste kratzten an ihrem Gesicht, dann verdrehte sie sich den Knöchel, fiel hin, rollte den Hügel hinunter, alles drehte und drehte sich …

– Sie kam hart auf dem Boden auf und keuchte vor Schmerz.

»Mommy?«, fragte Lucas.

Gemma lag keuchend auf dem Boden. Auf ihrem Handy lief immer noch der Song »Turnin Me On«. Sie griff danach, hielt das Video an. Noch immer rasten die Erinnerungen durch ihren Kopf. Ein Kampf. Schmerz. Victoria, die sie kratzte. Das Messer. Das Blut.

Was war in jener Nacht geschehen? Was hatte sie wirklich getan?

»Mommy?«

»Ja?«, presste sie keuchend hervor.

»Mir ist kalt. Das Wasser ist kalt.«

»Okay«, flüsterte sie. »Dann holen wir dich jetzt aus der Wanne.«

Kapitel 20

Der Himmel war noch dunkel, als Gemma vor Nathans und Joyce' Haus parkte, und winzige Regentropfen prasselten auf die Windschutzscheibe. Sie schaute auf die Uhr – es war kurz nach sechs. Wahrscheinlich musste sie noch zwanzig Minuten im Auto warten. Nathan ging seit zwanzig Jahren jeden Samstagmorgen zum Angeln, egal ob es regnete oder ob die Sonne schien – eine Tatsache, die er immer wieder gern erwähnte. Sie hoffte nur, dass die Ereignisse des letzten Familienessens ihn nicht so verunsichert hatten, dass er seine wöchentliche Tradition brach. Sie brauchte ein paar Minuten allein mit ihm, und sie wollte ihn nicht vorher anrufen, wollte ihm keine Zeit geben, ihr aus dem Weg zu gehen.

Ihr Kopf pochte, das Ergebnis einer weiteren schlaflosen Nacht. Trotz ihres Streits war Benjamin nachts aufgestanden, um sich um Lucas zu kümmern, doch selbst das hatte ihr nicht geholfen. Sie lag im Bett, die Augen weit aufgerissen, und dachte über die vergangene Woche nach. Und über die Ereignisse in jener Nacht vor dreizehn Jahren.

Die bruchstückhaften Erinnerungen, die ihr durch den Kopf geschossen waren, als sie das Lied auf ihrem Handy gehört hatte, ließen ihr keine Ruhe. Dreizehn Jahre lang hatte sie es geschafft, nicht an diesen Tag zu denken. Doch jetzt lief er immer wieder in ihrem Kopf ab. Ihr Gedächtnis war voller Lücken. Was hatte sie in diesem Beutel bei sich gehabt? Was hatte sie damit tun wollen? Was war mit Victoria passiert? Wer war der Typ, der sie angegriffen hatte?

Es frustrierte sie, dass sie sich so gut an den Anfang der Party erinnerte, während der Rest des Abends nur noch undeutlich und vage war. Jetzt, so viele Jahre später, wusste sie genug, um zu vermuten, dass sie unter Drogen gesetzt worden war. Sie hatte auf dieser Party ein Bier getrunken. Nur eins? Sie war sich nicht sicher. Konnte es dieses eine Bier gewesen sein? Eine unbekannte Hand hatte in ihr Gehirn gegriffen, wahllos Teile herausgerupft und nichts als Verwirrung zurückgelassen.

Damals, in den Wochen nach der Party, war ihr die Amnesie ständig in die Quere gekommen. Sie hatte die Skepsis in den Augen des Detectives gesehen, als sie sagte, dass sie sich nicht erinnern könne. Er hielt es für eine bequeme Lüge. Aber daran war überhaupt nichts bequem. Sich nicht erinnern zu können, bedeutete auch, dass sie sich nicht vor den Anschuldigungen schützen konnte. Sie konnte weder ihrer Mutter noch ihrem Anwalt erklären, was passiert war. Denn so konnte sie sich nicht einmal selbst einreden, dass sie unschuldig war.

Weil sie es nicht wusste.

Was hatte sie in diesem Beutel bei sich gehabt? Warum hatte sie ihr Messer herausgezogen? Hatte sie Victoria getötet?

Die Haustür ging auf, und Nathan trat in einem Regenmantel und mit zwei Angelruten und einer Angelkiste heraus. Er ging zu seinem Wagen. Gemma stieg eilig aus und marschierte zu ihm hinüber. Er hob den Blick und verkrampfte sich, als er sie sah. Würde er einsteigen und wegfahren? Oder vielleicht einfach nur überrascht tun: Was machst du hier, ich weiß nicht, wovon du redest … Aber nein. Er stellte den Angelkasten und die Ruten vorsichtig ab, lehnte sich an seinen

Wagen, verschränkte die Arme und reckte das Kinn in die Luft. Er wirkte nicht aufgeregt oder schuldbewusst, sondern vielmehr wütend.

»Guten Morgen, Nathan«, grüßte Gemma ihn. »Entschuldige, dass ich deinen Angelausflug störe, aber …«

»Ich habe einen Freund beim FBI«, fiel Nathan ihr ins Wort.

Gemma blinzelte überrascht. »Wie bitte?«

»Ich werde nicht zulassen, dass du meine Familie da mit reinziehst. Eure Drohungen interessieren mich nicht länger. Macht, was ihr wollt, aber ich werde die Sache melden. Daher steigst du am besten gleich wieder ein und sagst deinem Betreuer Bescheid.«

»Meinem … Betreuer?«

»Stell dich nicht dumm. Ich habe es herausgefunden.«

»Ich glaube, du bist auf dem völlig falschen Dampfer, Nathan. Es gibt da einen Typen, der …«

»Du bist so eine Art ausländische Agentin, nicht wahr? Aus einer Schläferzelle. Darum ging es also. Das Messer und die Nachricht. Ich habe dich aktiviert. Was musst du tun? Jemanden ermorden? Irgendwo eine Bombe platzieren? Damit will ich nichts zu tun haben. Es ist mir egal, ob ihr Joyce verratet, dass …«

»Stopp!«, fauchte Gemma. »Ich will nicht wissen, was er gegen dich in der Hand hat.«

Er verzerrte das Gesicht zu einer wütenden Grimasse und zückte sein Handy. »Ich rufe jetzt meinen Freund an.«

Gemma war kurz davor … etwas zu tun. Weinen vielleicht? Oder hysterisch lachen? Nathan hielt sie für eine Art Spionin. Natürlich dachte er so was. Er liebte Spionagekrimis, las sie ständig. Und dann sollte er seiner Schwiegertochter eine seltsame Nachricht und ein Messer überbringen. Die es zufälligerweise vermied, über ihre Vergangenheit zu sprechen, und die keine andere Familie hatte.

Tatsächlich war Nathans Erklärung sogar besser als die Wahrheit.

Sie hob die Hände. »Ich gehöre zu keiner Schläferzelle, Nathan. Ich bin keine Attentäterin oder Spionin. Ich bin Kosmetikerin. Und ich bin die Frau deines Sohnes und die Mutter deines Enkels. Aber irgendjemand will uns übel mitspielen, und zwar dir ebenso wie mir.«

Er rührte sich nicht, sagte keinen Ton. Doch seine hochgezogenen Schultern schienen sich leicht zu entspannen. Er wünschte sich, dass es eine andere Erklärung gab.

»Du hast eine E-Mail bekommen, nicht wahr?«, fragte sie. »Von jemandem, der etwas über dich weiß. Etwas, von dem du nicht willst, dass andere es erfahren. Ich möchte gar nicht wissen, was es ist. Aber dieser Typ hat dir damit gedroht, richtig?«

Es vergingen einige Sekunden, in denen er sie anstarrte.

»Ja«, gab er schließlich zu. »Das ist richtig.«

»Er wollte, dass du ein paar Dinge tust, ja? Und solange du mitspielst, wird er es niemandem erzählen.«

Nathan zuckte mit den Achseln. »Am Anfang wollte er nur Geld.«

Gemma verspannte sich vor Aufregung. Geld konnte zurückverfolgt werden. »Wie hast du ihn bezahlt?«

»Mit Bitcoin. Er hat es mir beigebracht.«

Verdammt, verdammt, verdammt. Natürlich konnte es nicht so einfach sein. »Wie viel Geld hat er verlangt?«

»Einhundertfünfzig.«

»Tausend?«, fragte Gemma entgeistert.

»Bist du verrückt? Glaubst du, ich zahle einem Arschloch hundertfünfzigtausend Dollar? Nein! Einhundertfünfzig Dollar im Monat. Und ich habe nur so lange gezahlt, bis mir einiges klar wurde. Ich habe ihm dreimal Geld zukommen lassen.«

Einhundertfünfzig Dollar im Monat ergaben keinen Sinn. Es sei denn, es gab mehr Leute wie Nathan. Sehr viel mehr.

»Und das am Donnerstagabend?«, wollte Gemma wissen. »War das das erste Mal, dass er etwas anderes verlangt hat?«

»Ja. Ich habe ein Paket mit diesem Messer bekommen. Er wollte, dass ich alle Messer im Haus verstecke, und wenn es Zeit war, den Kuchen anzuschneiden, sollte ich dieses Messer hervorholen. Und später musste ich dir diese Nachricht Wort für Wort übermitteln. Danach sollte ich mich so verhalten, als hätte ich nichts gesagt. Was war das denn dann, wenn du damit nicht aktiviert werden solltest?«

»Es war eine Nachricht, die mich verunsichern sollte.«

»Crumville? Das ist doch ein Ort in Georgia, oder? Ich habe ihn gegoogelt.«

Gemma schluckte schwer. »Ja, das ist korrekt.«

»Und was bedeutet dir dieser Ort?«

»Ich bin dort aufgewachsen. Und dann … ist mir etwas Schlimmes passiert. Etwas, von dem ich nicht wollte, dass andere davon erfahren. Genau wie du.«

»Dann bekommst du auch E-Mails von diesem Typen?«

»Nein, eigentlich nicht.« Warum bekam sie keine? Dieser Kerl wusste offensichtlich, wer sie war und wovor sie davonlief. Und er wollte ihr wehtun. Warum schickte er ihr keine E-Mails und drohte, ihr Geheimnis zu enthüllen? »Ich weiß nicht, was er will, aber er weiß über mich Bescheid … auch über mein Geheimnis.«

»Dein *Geheimnis.*« Nathan verdrehte das Wort zu etwas Abscheulichem, Krebsartigem. »Weiß Benjamin davon?«

»Nein.« Sie hatte den Eindruck, dass er sie dafür verurteilte, und konnte nicht umhin, hinzuzufügen: »Weiß Joyce von deinem?«

Er schwieg.

»Das Paket mit dem Messer, von wo wurde es verschickt?«, fragte sie.

»Es kam von irgendeinem Online-Laden. Mein Name und meine Adresse standen auf dem Paket und auf der Rechnung.«

Nichts, was man zurückverfolgen konnte. »Hast du seine E-Mails noch?«

Nathan schüttelte den Kopf. »Ich habe sie alle gelöscht.«

Genau wie Paula. Vielleicht wusste der Kerl, dass seine Opfer das tun würden, oder vielleicht war es ihm auch einfach egal.

»Dieser Typ«, sagte Nathan nach einem Moment. »Hat er etwas gegen dich in der Hand?«

»Ich glaube schon«, gab sie zu.

»Könnte das Benjamin oder Lucas schaden?«

»Das würde ich nie zulassen«, versicherte sie ihm.

»Würdest du denn davon erfahren? Bist du dir sicher, dass Benjamin nicht auch so eine E-Mail bekommen hat?«

»Benjamin hat keine Geheimnisse, mit denen man ihn erpressen könnte.«

Nathan räusperte sich. »Vielleicht hast du recht. Er war immer ein ehrlicher Junge. Aber ich schätze, jeder kann Geheimnisse haben. Du solltest mit ihm darüber reden.«

»Hm«, murmelte Gemma unverbindlich.

»Soll ich mit meinem Freund vom FBI darüber sprechen? Er kann dir vielleicht helfen.«

»Nein. Danke. Ich werde schon damit fertig.«

Nathan hockte sich hin und öffnete seinen Angelkasten. Er kramte darin herum und nahm ein Messer heraus. *Das* Messer. Er hielt es ihr hin. Sie erbleichte und wich einen Schritt zurück.

»Ich will es nicht«, sagte sie.

»Ich will es auch nicht behalten«, erwiderte er. »Mach damit, was du willst. Wirf es von mir aus weg. Aber ich will das Ding nicht in meinem Haus haben.«

Sie nahm ihm das Klappmesser ab, das sich in ihrer Hand seltsam anfühlte. Vertraut. Ihr fielen all die Male wieder ein, die sie sich die Klinge aufs Handgelenk gedrückt hatte. Dass sie sich vorgestellt hatte, wie es sich anfühlen musste, es in ihr Fleisch zu stoßen. Zu sehen, wie das Blut ihren Arm hinunterlief. Nicht *dieses* Messer, erinnerte sie sich. Ihr altes Messer lag irgendwo in Georgia in einer Asservatenkammer.

»Ich werde diesen Kerl nicht länger bezahlen. Oder irgendetwas für ihn tun«, erklärte Nathan und klappte die Angelkiste zu.

»Was wirst du dann tun?«

»Ich gehe angeln.« Er öffnete den Kofferraum seines Wagens und stellte die Angelkiste und die Angelruten hinein. »Heute ist perfektes Angelwetter. Ein bisschen Regen macht die Fische munter.«

»Aber was wirst du tun, wenn dich dieser Typ wieder kontaktiert?« Sie schluckte schwer. »Er könnte dich bitten …«

»Ich will nichts mehr mit ihm zu tun haben.« Nathan brummte und schloss den Kofferraumdeckel.

»Aber er könnte …«

»Ich will nichts mehr mit ihm zu tun haben«, wiederholte Nathan. Er stieg in seinen Wagen, schloss die Tür und ließ den Motor an. Dann winkte er ihr kurz fröhlich zu.

Verblüfft winkte Gemma zurück und schaute ihm hinterher, als er davonfuhr. Sie hielt das Messer immer noch in der Hand, während das gleichmäßige Rauschen des Regens sie umgab.

Kapitel 21

George Dunns Frau Deborah hatte eine Vorliebe für Puzzles und aus diesem Grund den Couchtisch im Wohnzimmer in Beschlag genommen. Nun lag dort ständig das halbfertige Puzzle von drei Welpen, einem See oder einem berühmten Gemälde. Und um dieses Teilbild herum wimmelte es von Hunderten von winzigen Pappteilen, die jeweils mit einem Farbklecks bedeckt waren. Trotz seines Namens war der Couchtisch nicht einmal mehr ein Couchtisch. Nach dem katastrophalen Ereignis im April 2022, bei dem Bier verschüttet worden war, durfte Dunn nichts mehr darauf abstellen.

Erst neulich Abend hatte Deborah ihm ein YouTube-Video gezeigt, auf dem ein fröhlicher Mann in Stop-Motion demonstrierte, wie er ein siebzehntausendteiliges Puzzle zusammensetzte. Er schüttete eine Tüte nach der anderen auf den Tisch, sortierte alles anhand des Bildes auf der Schachtel in Gruppen und machte sich daran, das eigentliche Puzzle nach und nach zusammenzusetzen, bis es vollständig war.

»Kannst du dir das vorstellen?«, hatte Deborah ihn mit einem Hauch von Eifersucht in der Stimme gefragt. Ihr größtes Puzzle hatte sechstausend Teile, und sie hatte über zwei Monate gebraucht, um es fertigzustellen.

Dunn war ebenfalls neidisch geworden. Wie wunderbar wäre es, ein Bild als Referenz zu haben, die Form der Lösung zu kennen, während man weitere Nachforschungen anstellte. Im Voraus zu wissen, aus wie vielen Teilen das Rätsel bestand. Tatsächlich alle Puzzleteile in seinem Besitz zu haben. Und siebenzehntausend? Ohne den YouTube-Mann beleidigen zu wollen, der sehr nett zu sein schien, waren siebzehntausend Teile doch eher ein Witz.

Dunn hatte ein Puzzle mit Zehntausenden von Teilen, und er wusste *mit Sicherheit*, dass noch sehr viele Teile fehlten.

Am Abend der Halloween-Party 2010 hatten Dutzende von Teenagern fotografiert, in alle Richtungen draufgehalten, die Fotos mit Filtern versehen und ins Internet gestellt. Es gab Verkehrsaufnahmen aus dieser Nacht. Handy-Pings und Anruflisten. Stundenlange Vernehmungsprotokolle. Unzählige Hinweise über die Hotline. Forensische Berichte, Autopsieberichte und toxikologische Gutachten. Einen damit verbundenen Vermisstenfall. Einen damit verbundenen Fall von Drogenbesitz und -beschaffung.

Was hätte Dunn für ein Stück Pappe mit einem Farbklecks getan, der einen eindeutigen Platz im endgültigen Bild hatte.

Er saß wieder in seiner Garage und grübelte vor sich hin. Umgeben von bedruckten Papieren, auf die er im Laufe der Jahre Notizen gekritzelt hatte. Puzzleteile.

Willkürlich griff er nach einem Blatt – einer Abschrift seines Gesprächs mit einem der Mädchen, das auf der Party gewesen war. Er überflog den Text und erreichte den Teil, den er vor langer Zeit markiert hatte.

MEL: Ich habe gesehen, wie Victoria und Theodora zusammen in dieses Zimmer gegangen sind.

DUNN: Sie haben Theodora also erkannt?

MEL: Nun, nein, nicht wirklich. Aber ich sah dieses Mädchen mit der silbernen Maske, und alle sagten später, das wäre Theodora gewesen. Jedenfalls hab ich ins Zimmer geschaut. Theodora hatte Victoria aufs Bett gestoßen. Und Victoria hat von ihr verlangt, dass sie damit aufhört.

DUNN: Alle haben ausgesagt, dass die Musik sehr laut war. Sind Sie sicher, dass Sie das richtig verstanden haben?

MEL: Ja, die Musik war laut, aber es lief gerade einer dieser Songs, die leise anfangen, aber dann laut werden. Verstehen Sie? Es war dieses Lied … na na, na, na, na.

DUNN: Okay. Was genau haben Sie Victoria sagen hören?

MEL: Ich erinnere mich nicht an den Namen des Lieds.

DUNN: Was waren Victorias genaue Worte?

MEL: Sie sagte … Oh! Es heißt »Dog Days Are Over«.

DUNN: Aha. Es lief also »Dog Days Are Over«. Was hat Victoria gesagt?

MEL: Sie hat Theodora angefleht, mit dem, was sie tat, aufzuhören.

DUNN: Was hat sie denn getan?

MEL: Keine Ahnung. Der Refrain setzte ein, und ich konnte nichts mehr verstehen. Aber ich fragte, ob alles in Ordnung ist, und Victoria sagte, alles wäre gut. Dann hat Theodora die Tür geschlossen.

DUNN: Haben Sie sonst noch etwas gehört?

MEL: Nein. Die Musik war sehr laut.

Dunn legte die Abschrift seufzend weg. Ein belastendes Beweisstück. Nur … ein anderer Zeuge hatte gesehen, wie Theodora einen *anderen* Raum betrat und sich Victoria etwas später zu ihr gesellte. Und als sie den Raum verließen, schien es fast so, als würden sie sich umarmen. Widersprüche und fehlende Details.

Er nahm eine andere Seite zur Hand – ein Foto, das er ausgedruckt hatte. Eines der zahlreichen Fotos, die während der Party gemacht worden waren. Zwei Mädchen, die die Köpfe auf diese unnatürliche Weise zusammensteckten, wie es bei Selfies offenbar Vorschrift war, und die Lippen auf diese lächerliche Art und Weise spitzten. Und im Hintergrund Victoria, gekleidet wie ein Engel, die immer noch die Jacke trug, die man später bei Theodora gefunden hatte. Sie telefonierte. Ihre Miene war schwer zu erkennen, ihre Gesichtszüge waren auf dem Foto unscharf. Aber wenn Dunn raten hätte müssen, hätte er gesagt, dass sie verängstigt aussah.

Er schob die Papiere hin und her, bis er die Anrufliste fand. Da. Ein Anruf, der um 22:34 Uhr einging und zwölf Minuten dauerte. Das war ein langes Telefonat, vor allem für eine Generation, für die Telefonieren eine lästige und überholte Tätigkeit darstellte. Die Telefonnummer, die sie angerufen hatte, war nie zuvor benutzt worden, und den Mobilfunkdaten zufolge war das unbekannte Gerät unmittelbar nach dem Anruf ausgeschaltet und nie wieder eingeschaltet worden. Ein Wegwerfhandy.

Wer hatte Victoria von einem Wegwerfhandy aus angerufen? Und warum hatten sie ein so langes Gespräch geführt? Einige Zeugen sagten, sie sei zum Telefonieren nach draußen gegangen. Niemand hatte gehört, was sie gesagt hatte.

Dunn hatte eine Theorie. Die Polizei hatte in dem Haus mehrere MDMA-Tabletten gefunden. Einige Jugendliche auf der Party hatten gestanden, MDMA genommen und Gras geraucht zu haben, das sie beides von niemand anderem als Victoria bekommen hatten. Offenbar beschränkten sich die Erfrischungen auf der Party nicht nur auf Doritos und Bier. War sie diejenige, die die Drogen gekauft hatte? Einige behaupten das, darunter auch Dunns Tochter Donna. Andere sagten, dass Zayne, ihr Freund, für die Beschaffung der Drogen zuständig gewesen sei. Zayne bestritt dies vehement und tat so, als würde es ihn überraschen, dass auf der Party überhaupt Drogen konsumiert worden waren.

Und natürlich lagen Dunn toxikologische Berichte vor, aus denen hervorging, dass auf der Party noch ganz andere Drogen als MDMA und Gras im Umlauf gewesen waren.

Konnte Victorias Tod mit einem schiefgelaufenen Drogendeal zu tun haben?

Und vielleicht hing das mit etwas anderem zusammen – ein Zeuge behauptete, Theodora sei ins Badezimmer gegangen und habe immer wieder die Toilettenspülung betätigt. Hatte sie versucht, etwas loszuwerden? Drogen? War Theodora an der Drogenbeschaffung beteiligt gewesen?

Und warum hatte Steve Barnett sie wiederholt angerufen? Er hatte innerhalb von zwei Minuten sechsmal versucht, sie zu erreichen – das war wohl kaum das Verhalten von jemandem, der nur wissen wollte, ob sie zum Filmschauen vorbeikommen würde.

Möglicherweise hatte Dunn auch zu tief gegraben. Vielleicht war die wahre Geschichte die einfache, von der alle ausgingen: ein gemobbtes Kind, das durchdrehte, sich ein Messer kaufte und eine seiner Peinigerinnen erstach.

Vielleicht. Aber diese Erklärung hatte gewaltige Löcher. Außerdem lag Dunn ein toxikologischer Bericht vor, der etwas anderes vermuten ließ.

Kapitel 22

Gemma war erleichtert, als sie am Montagmorgen in den Schönheitssalon zurückkehrte. Sie hatte das ganze Wochenende damit verbracht, sich abzulenken, da ihre Sorgen und Ängste sie stark belasteten. Benjamin war nicht gerade hilfreich gewesen, denn er lief die ganze Zeit herum, als hätte er einen Stock im Hintern. Und Lucas verhielt sich, wahrscheinlich als Reaktion auf die Spannungen zwischen seinen Eltern, sehr quengelig und weinerlich. Am Sonntagvormittag schlang er den Großteil seiner Halloween-Beute herunter, musste sich daraufhin übergeben und war den Rest des Tages völlig überreizt. Gemma fragte sich, wieso kaum jemand zu Halloween gesunde Leckereien verteilte, beispielsweise gehackte Karotten oder vielleicht auch Kohl.

Jetzt konnte sie sich endlich ein paar Stunden lang ablenken.

Vor ihrem ersten Termin waren ihr noch zwanzig Minuten geblieben, um sich die Nägel zu machen und dafür zu sorgen, dass sie perfekt aussahen. Anders als bei ihren Kundinnen konnte sie sich bei ihren Nägeln so richtig austoben und musste sich nicht um etwas bemühen, das wochenlang schön aussehen würde. Sie konnte ihren Gefühlen freien Lauf lassen. Wütende Wirbel aus Rot und Schwarz prangten auf neun ihrer Fingernägel. Der zehnte – der des linken Ringfingers – war mit den Farben eines Sonnenaufgangs und einem kleinen weißen Vogel am Horizont verziert. Sie feilte jeden Fingernagel so, dass er länger als gewöhnlich und scharf war. Wie Krallen.

Inzwischen widmete sie sich der ersten Kundin des Tages. Sie hielt ihren kleinen Pinsel in der Hand und tippte damit sanft auf Dahlias Fingernagel.

»Das sieht so schön aus«, sagte Dahlia. Sie war seit zwei Jahren Gemmas Stammkundin. »Was wird das?«

»Das ist ein blühender Kirschbaum«, murmelte Gemma. Wenn sie mit ihren Designs beschäftigt war, verschwand der wirbelnde Gedankenstrudel aus ihrem Kopf. Alles verblasste, und nur die winzigen Blumen auf Dahlias mittlerem Fingernagel waren noch wichtig.

»Können Sie das bei allen Fingernägeln machen?«

»Nein. Das wäre zu übertrieben. Ich hatte überlegt, zwei Fingernägel jeder Hand so zu gestalten und den Rest in zartem Rosa zu halten.«

»Ich fände es hübscher, wenn Sie alle Fingernägel mit Blüten verzieren.«

»Nein, das wäre nicht gut«, widersprach Gemma. Sie kannte Dahlia lange genug, um auf diese ganze »Der Kunde hat immer recht«-Scharade verzichten zu können. Und Dahlia kannte sie lange genug, um ihrem Urteil zu vertrauen. Das war an sich schon ein angenehmes Gefühl. Eine der vielen kleinen Verbindungen, die Gemma bei ihrer Arbeit geschaffen hatte.

»Waren Sie auf irgendwelchen Halloween-Partys?«, fragte Dahlia. Sie hatte die merkwürdige Angewohnheit, manche Wörter beim Sprechen in die Länge zu ziehen. Wenn sie also Partys sagte, klang es wie *Paaaaartys*.

»Ich mag Halloween eigentlich nicht besonders«, gab Gemma zu. Sie beendete den ersten Fingernagel und betrachtete ihn zufrieden. Ja, das sah super aus. »Okay, als Nächstes widmen wir uns dem Ringfinger. Und dann machen wir die beiden an der anderen Hand.«

»Ich auch nicht«, gestand Dahlia. »Einmal, als ich noch jünger war, hatte ich ein schreckliches Erlebnis in einem Spukhaus.« *Haaaaaaaaaa-uuus* sagte sie dabei.

»Was ist damals passiert?«, erkundigte sich Gemma.

»Ich war mit meinem Freund unterwegs und hatte vergessen, vorher auf die Toilette zu gehen.«

»Oh, nein.«

»Ganz genau. Zu der Zeit kam mir das nicht einmal in den Sinn. Und dann sprang uns dieser Zombie an. Es war natürlich kein echter Zombie.«

»Das will ich hoffen.« Gemma begutachtete das weiße Nagelgel. Es würde gerade noch für den Rest der Blüten reichen. Sie tauchte ihren Pinsel hinein.

»Nein, nur ein Kerl mit ganz viel Make-uuuup. Aber es passierte so plötzlich, dass wir völlig überrascht waren. Ich habe mir in die Hose gepinkelt, und mein Freund hat den Zombie vor Schreck geschlagen.«

»Das ist ja furchtbar.«

»Ich bin also von Skeletten, Hexen und Trollen umgeben, dieser Zombie liegt auf dem Boden und hält sich die Nase, mein Freund schreit alle an, und meine Hose ist mit Urin getränkt.«

»Das hört sich nach einem traumatischen Erlebnis an. Dann feiern Sie also kein Halloween?«

»Doch, doch. Ich gehe auf Partys und all das. Aber ich vergesse nie mehr, vorher zu piiiiinkeln.«

Das Telefon des Salons klingelte abermals, wie es das schon den ganzen Vormittag ununterbrochen tat.

»Primadonna«, meldete sich Thelma. »Ja, genau. Das tut mir wirklich leid. Können Sie mir schildern, was genau passiert ist?«

»Vielleicht könnten Sie einen Vogel auf einem der Äste sitzen lassen«, schlug Dahlia vor.

»Mal schauen«, erwiderte Gemma.

»Und wann war das?«, fragte Thelma am Telefon und klang dabei schroff und verärgert. »Aha. Und wie ist Ihr Name? Hallo?«

»Was war denn das?«, erkundigte sich Barbara, als Thelma das Telefon sinken ließ.

»Nur eine Kundin, die mit einem Eyeliner unzufrieden ist, den sie hier gekauft hat. Kann ich kurz mit dir reden, Gemma?«

Gemma zog überrascht die Augenbrauen hoch. »Sicher. Sobald ich mit Dahlia fertig bin.«

»Es dauert nur einen Moment. Bitte entschuldigen Sie, Dahlia.«

»Kein Problem«, meinte Dahlia.

Normalerweise störte Thelma weder Gemma noch Barbara bei der Arbeit. Barbara warf Gemma einen Blick zu und fragte lautlos: »Was hat sie denn?«

Gemma zuckte mit den Achseln und spürte bereits, wie sich die Sorgen vom Wochenende erneut in ihr breitmachten. Hatte Thelma eine E-Mail erhalten, in der sie aufgefordert wurde, Gemma eine Nachricht zu überbringen? Würde sie sie Theodora nennen und über Mord und Blut reden? Sie folgte Thelma ins Hinterzimmer.

»Das war schon die vierte Kundin, die sich heute über dich beschwert hat«, sagte Thelma, kaum dass Gemma die Tür hinter sich geschlossen hatte.

»Über mich? Was hat sie gesagt?«

»Sie sagte, du wärst aggressiv gewesen, als du ihr die Nägel gemacht hast, und hättest praktisch mit einer Nagelfeile auf sie eingestochen. Und auch die anderen Kundinnen sprachen von aggressivem und gewalttätigem Verhalten. Eine meinte, sie würde dich von früher kennen und dass ich mir besser überlegen soll, wen ich einstelle.«

Gemma wurde übel. »Bitte hör mir zu, Thelma …«

Thelma hob einen Finger und starrte Gemma mit ihren durchdringenden grünen Augen erbost an. »Und es kamen auch mehrere Nachrichten von anderen Kundinnen, in denen etwas Ähnliches stand. Einige über die sozialen Medien. Der Salon wurde auf Instagram getaggt. Jemand behauptete, hier würde eine Kriminelle arbeiten.«

»Jemand hat es auf mich abgesehen.« Gemma geriet in Panik. »Da ist so ein …«

»Ein Mann«, beendete Thelma den Satz für sie.

Gemma blinzelte verdutzt. »Woher weißt du das?«

»Die Nachrichten in den sozialen Medien wurden offensichtlich von einem Mann geschrieben, der noch nie einen Fuß in einen Schönheitssalon gesetzt hat. Das waren gefälschte Profile von nicht existierenden Frauen. Und keine der Anruferinnen wollte mir ihren Namen nennen. Sie klangen auch nicht so, als wären sie wütend, sondern eher verängstigt.« Thelma verschränkte die Arme. »Wer ist dieser Kerl?«

»Ich weiß es nicht. Jemand, der mich hasst.«

»Ein Ex-Freund?«, mutmaßte Thelma.

Gemma schüttelte den Kopf. »Nein. Das glaube ich nicht. Das muss etwas anderes sein.«

»Er macht online jede Menge Wirbel. Ich hatte ganz gut damit zu tun, die Dinge wieder unter Kontrolle zu bringen.«

»Was … was wirst du tun?«, fragte Gemma mit rasendem Herzen.

»Das ist geschäftsschädigend, Gemma.«

Gemmas Kehle war wie zugeschnürt. »Feuerst du mich?«

Thelma runzelte die Stirn. »Nein, natürlich nicht. Aber jemand muss sich um ihn kümmern. Du musst dir Hilfe besorgen.«

»Ich kann nicht zur Polizei gehen, sie …«

Thelma schnaubte. »Ich rede nicht von der Polizei. Wann hat die sich denn je dafür interessiert, dass eine Frau belästigt wird? Pah! Die taucht nur auf, wenn wir tot sind. Aber ich kann dich mit ein paar fähigen Männern in Kontakt bringen. Du nennst ihnen einen Namen und eine Adresse, und das Problem verschwindet.«

Gemma starrte Thelma fassungslos an. Wer war diese unheimliche, wunderbare Frau? »Ich … Ich habe weder einen Namen noch eine Adresse. Ich habe rein gar nichts.«

»So ein Typ verschwindet nicht von allein«, stellte Thelma fest.

»Ich … ich weiß.«

Thelma nickte zufrieden. »Gut. Nimm dir morgen frei und überleg dir was. Finde seinen Namen und seine Adresse heraus. Ich kümmere mich um den Rest.«

Gemma ging wie benommen zurück zu Dahlia. Offenbar war sie nirgendwo sicher. Nicht zu Hause, nicht bei der Arbeit. Die langen, schattenhaften Finger dieses Kerls erreichten sie überall. Außerdem hatte Thelma recht. Er würde nicht von allein verschwinden.

Sie verschönerte auch Dahlias restliche Fingernägel, wobei die anderen Kirschblüten nicht annähernd so hübsch aussahen wie die erste. Der Rest des Tages glich einem unaufhörlichen Albtraum. Der nächste Schlag konnte von überall her erfolgen. Eine neue Kundin, deren Blick nur eine Sekunde zu lange auf Gemma zu verweilen schien. Ein Typ mit Sonnenbrille, der draußen stand und auf sein Handy starrte. Ein Lieferant, der von Gemma eine Unterschrift für einige Kartons verlangte und dann auf fast schon unheimliche Weise ergänzte: »Nur noch einen.« Jedes Mal stockte ihr der Atem, ihr wurde schwindlig, und ihr ganzer Körper verkrampfte sich.

Der unbekannte Mann brauchte gar nichts mehr zu tun. Gemma erledigte die Sache schon ganz allein. Als sich der Tag dem Ende näherte, glich sie einem nervösen Wrack.

Sie brauchte Trost, konnte jedoch keinen weiteren Abend mit einem distanzierten Benjamin ertragen. Als sie ihr Handy aus der Tasche holte, um ihm eine Nachricht zu schicken und ihn zu bitten, heute früher nach Hause zu kommen, weil sie mit ihm reden wollte, erstarrte sie beim Blick auf das Display. Sie hatte siebenunddreißig neue Nachrichten erhalten.

Einen Moment lang ging sie fest davon aus, dass es wie bei der Nachricht am Freitag ablaufen würde und dies alles Nachrichten von unbekannten Nummern waren, die sich auf die Vergangenheit bezogen. Aber nein, es waren nur Benachrichtigungen der Elterngruppe. Irritiert rief sie den Chat auf und überflog die Nachrichten.

In der ersten wollte ein Vertretungslehrer wissen, wo Paula steckte. Gemma hatte nicht einmal gewusst, dass an diesem Tag ein Vertretungslehrer dort sein würde – Benjamin hatte Lucas zur Schule gebracht. Dann schrieb eine der Mütter, sie habe gehört, Paula wäre entlassen worden. Im Anschluss deuteten mehrere Eltern an, dass sie perverse Bilder von Paula erhalten hätten, und sprachen sich strikt dagegen aus, dass eine solche Person ihr Kind unterrichtete. Ein anderer Vater hielt sich anscheinend für sehr witzig und beschwerte sich darüber, dass er die Bilder nicht bekommen habe. Es folgten weitere wütende Mütter. Ein allgemeiner moralischer Aufruhr.

Gemma ließ das Telefon sinken, und ihr Magen zog sich zusammen.

Paula hatte gesagt, dass der Erpresser sie entlarven würde, wenn er es herausfand. Er würde allen die Bilder schicken.

Allem Anschein nach wusste er, dass sie mit Gemma geredet hatte.

Kapitel 23

Benjamin brachte Lucas an diesem Abend ins Bett, und es schien ewig zu dauern, bis der Junge einschlief. Lucas verfügte über ein scheinbar endloses Arsenal an Wünschen und Beschwerden, nachdem er ins Bett gebracht worden war – ein Glas Wasser, ein Kissen, das aufgeschüttelt werden musste, ein Schatten, der wie ein Monster aussah und untersucht werden musste, eine weitere Umarmung. Gemma schienen diese Bitten nichts auszumachen, aber Benjamin spürte, wie seine Geduld von Sekunde zu Sekunde schwand. Aber endlich … endlich schlief er ein.

Gemma hatte bisher kein Wort zu Benjamin gesagt, und auch er hatte geschwiegen. Sie schlichen umeinander herum, und keiner wollte den anderen verärgern. Gemma wirkte am heutigen Abend ein wenig sanfter. Ihre Streitereien wirkten sonst nie so lange nach. Benjamin hoffte sehr, dass Gemma seine Gesellschaft ebenso vermisste wie er ihre.

Als er jetzt ins Wohnzimmer kam, entkorkte Gemma gerade eine Flasche Wein. »Möchtest du ein Glas?«

»Ja, gern.«

Sie gingen freundlich und höflich miteinander um. Gemma schenkte jedem ein Glas ein. Er setzte sich aufs Sofa, und sie nahm neben ihm Platz. Nicht zu nah, aber gerade noch nah genug, dass er sie berühren oder sich zu ihr hinüberbeugen und sie umarmen konnte. In Anbetracht der Nachricht, die er vorhin erhalten hatte, hatte er eine Umarmung auch bitter nötig.

Er nippte an seinem Glas und räusperte sich dann. »Ich habe heute mit meiner Mutter gesprochen.«

»Worum ging es dabei?«

»Ähm … Sie hat Dad aus dem Haus geworfen.« Benjamins Stimme schwankte bei diesen Worten leicht, weil er es selbst kaum glauben konnte.

»Was?« Gemma wollte ihren Ohren nicht trauen.

»Offenbar hatte er das Bedürfnis, eine Affäre zu gestehen, die schon zwanzig Jahre zurückliegt«, fuhr Benjamin verbittert fort. »Ich kenne keine Einzelheiten, weil Mom nicht darüber sprechen wollte. Chloe vermutet, dass es vielleicht seine damalige Sekretärin war. Sie hat sie als Kind noch kennengelernt, aber ich erinnere mich nicht mehr an sie.«

Möglicherweise tat er es ja doch. Er hatte das Bild einer fröhlichen Blondine vor Augen, die ihn, als er seinen Dad einmal im Büro besucht hatte, angelächelt hatte. Aber es war grauenhaft, wenn nicht gar unmöglich, sich seinen Vater zusammen mit dieser Frau vorzustellen. Dann ging er lieber davon aus, es wäre eine andere Frau gewesen, der er nie begegnet war.

Gemma schien tief in Gedanken versunken zu sein und runzelte die Stirn. »Hast du mit deinem Vater darüber gesprochen?«

»Ich hatte bisher nicht das Bedürfnis«, antwortete Benjamin aufgebracht. »Ich weiß wirklich nicht, was er sich dabei gedacht hat.«

Gemma zog eine Augenbraue hoch. »Hätte er es deiner Mutter nicht sagen sollen?«

»Er hätte die Affäre gar nicht erst anfangen dürfen!« Benjamin wurde abermals wütend. Wie hatte sein Vater so etwas tun können? »Aber weißt du was? Er hat es getan und zwanzig Jahre lang geschwiegen – wieso gesteht er es dann jetzt?«

Gemma nickte. Sie schien etwas sagen zu wollen, doch dann spitzte sie die Lippen und leerte ihr Weinglas, bevor sie fragte: »Ist deine Mutter sehr verärgert?«

Seine Mutter hatte am Telefon geweint. Benjamin wusste nie, was er tun sollte, wenn seine Mutter oder Chloe weinten. Er weinte so gut wie nie. Er konnte sich nicht daran erinnern, wann er das letzte Mal geweint hatte. Und wenn es doch mal vorgekommen war, hatte er sich später dafür geschämt. »Natürlich ist sie das. Chloe wollte ihr heute Abend Gesellschaft leisten. Vielleicht besuche ich sie morgen.«

»Das ist eine gute Idee«, sagte Gemma leise. »Sag mir Bescheid, wenn ich helfen kann, okay? Ich könnte mal mit Lucas bei ihr vorbeischauen. Vielleicht heitert sie das ein wenig auf.«

»Danke, Schatz.«

Erleichterung über ihre fürsorgliche Stimme durchströmte ihn. Er konnte das nicht ohne Gemma bewältigen. Er brauchte sie, damit sie ihm sagte, dass alles gut werden würde. Er erwog, sein Weinglas beiseitezustellen. Sie zu küssen. Zu Bett zu gehen. Und …

»Ich muss mit dir über etwas reden«, holte Gemma ihn aus seinen Gedanken. »Etwas, das lange zurückliegt.«

Damit hatte er gerechnet. Schon seit ihrem Streit. Seit sie an Halloween etwas erwähnt hatte. Er ahnte, worum es dabei ging. Sie hatte ihm nie erzählt, was mit ihren Eltern passiert war. Er wusste nur, dass sie tot waren und dass sie nicht darüber reden wollte. »Geht es um deine Eltern?«

»Nun … ja. Ich glaube, es hat auch mit meinen Eltern zu tun. Oder zumindest mit meiner Mutter.«

»Ist sie, äh … zu Halloween gestorben?«

»Sie ist nicht tot«, platzte es aus Gemma heraus.

Benjamin starrte sie an. Ihr Gesicht war gerötet, ihre Lippen zitterten. Hatte er sie falsch verstanden? »Wie bitte?«

Gemma stieß die Luft aus. »Meine Mom ist noch am Leben. Die Sache ist die …«

»Großer Gott, Gemma, was in aller Welt hat das zu bedeuten? Du hast doch gesagt …«

»Benjamin!« Sie hob die Hand. »Lässt du mich bitte ausreden? Ich möchte dir alles erklären, und du kannst mich danach immer noch anschreien.«

»Okay.« Er trank einen großen Schluck Wein, da er ahnte, dass er ihn brauchen würde.

»Ich bin in Georgia aufgewachsen. In einem Ort namens Crumville.«

»Der Name sagt mir nichts.« Er runzelte die Stirn.

»Es ist eine Kleinstadt. Und mein Name war nicht Gemma. Ich hieß Theodora Briggs.«

»Theodora Briggs«, wiederholte er stumm. In seinem Leben gab es bestimmte Dinge, die er nie infrage stellte. Zum Beispiel, dass seine Eltern einander treu waren. Oder dass seine Frau der Mensch war, für den er sie hielt. Aber vielleicht entsprach nichts von dem, was er glaubte, ganz der Wahrheit. Er hatte das Gefühl zu fallen.

Gemma redete jetzt so schnell weiter, als könnte sie es kaum erwarten, die Worte loszuwerden. »Als ich siebzehn war, gab es da dieses Mädchen in meiner Klasse. Victoria. Sie und ihre Freundinnen haben mich schikaniert.« Sie ballte die Fäuste. »Die ganze Zeit über. Wurdest du jemals gemobbt? Das habe ich dich noch nie gefragt.«

Es fiel ihm schwer, ihr zu folgen, da er immer noch mit der Erkenntnis rang, dass sie früher einen anderen Namen gehabt hatte. Dass ihre Mutter nicht tot war. Was hatte sie eben gesagt? Es gab ein Mädchen, das sie gemobbt hatte. War er jemals gemobbt worden? »Sicher, ich denke schon. Jeder wird mal schikaniert. Es gab da diesen Jungen in meiner Klasse, der mich ständig mit Papierkügelchen beworfen hat.«

Gemma lächelte traurig. »Okay. Du hast also keine Ahnung. Ich spreche nicht von Papierkügelchen, sondern davon, dass man ständig beschimpft wird, bis man sich wie der letzte Dreck fühlt. Dass man sich in der Schule Orte suchen muss, von denen man weiß, dass einen dort niemand finden wird. Dass man gezwungen wird …« Sie holte tief Luft. »Vergiss es. Es war der reinste Albtraum. Ich wollte mich umbringen.«

Sein Magen zog sich schmerzhaft zusammen. Er konnte sich nicht vorstellen, dass Gemma so etwas je in Betracht ziehen würde. Sie wirkte immer so kontrolliert. Und glücklich. Er versuchte, sich vorzustellen, wie dieses Mädchen, diese Theodora, herumlief und sich umbringen wollte, konnte es jedoch nicht.

»Wie auch immer«, meinte Gemma. »Eines Tages feierte diese Victoria eine Party bei sich zu Hause. Eine Halloween-Party. Und ich bin hingegangen. Ich wollte es ihr heimzahlen.«

»Wie?«

»Ich …« Sie runzelte die Stirn. »Weißt du was? Das weiß ich gar nicht mehr so genau. Es spielt auch keine Rolle. Ich hatte irgendeinen blöden Plan, aber es hat nicht geklappt. Ich glaube, ich war ein bisschen betrunken, deshalb erinnere ich mich an kaum etwas aus dieser Nacht. Aber etwas Schlimmes ist auf dieser Party passiert. Und jemand hat Victoria erstochen. Sie ist gestorben.«

Benjamin verspannte sich, und seine Welt geriet noch mehr ins Wanken. »Wer hat das getan?«

»Der Täter wurde nie gefasst.« Gemma holte zitternd Luft. »Sie dachten, ich wäre es gewesen.«

Er blinzelte. »Aber … das ist doch lächerlich.«

Gemma riss die Augen auf. Und dann schien sie … zusammenzubrechen. Sie stieß einen heftigen Schluchzer aus und hielt sich eine Hand vor den Mund. Sie schloss die Augen, zitterte und schluchzte immer heftiger. Benjamin rutschte rasch näher, nahm sie in die Arme, und sie vergrub das Gesicht an seiner Brust. Er spürte jeden ihrer Schluchzer an seiner Brust und in seinem Herzen, und flüsterte ihr ins Ohr, dass alles in Ordnung war, dass er für sie da war, dass alles gut werden würde. Auch wenn er sich dessen gar nicht mehr so sicher war, denn er hatte das Gefühl, überhaupt nichts mehr zu wissen.

Nach einer Weile beruhigte sie sich und löste sich aus seiner Umarmung.

Sie wischte sich schniefend über die Augen. »Oh Gott, ich bin ein Wrack.«

Ihre Nase war rot, ihre Augen verquollen, ihr Haar verfilzt.

»Das stimmt doch gar nicht«, widersprach er.

Gemma lachte kurz über seinen armseligen Versuch, sie aufzuheitern. »Danke. Und danke, dass du … dass du es für lächerlich hältst, man könnte mich für die Täterin halten.« Sie stockte eine Sekunde lang. »Ähm … wie ich schon sagte, wurde in der Sache ermittelt. Aber jeder in der Stadt war sich bereits sicher, dass ich es getan haben musste. Es gab einige Beweise, die auf mich deuteten. Daher konnte ich nicht einmal mehr das Haus verlassen. Und es kamen so viele schreckliche Nachrichten, und einige Leute schrien mich von der Straße aus an. Meine Mutter war schließlich auch überzeugt davon, dass ich es gewesen war. Ich hatte niemanden mehr.«

»Was ist mit deinem Vater?«

Sie seufzte. »Mein Vater hat uns schon lange vorher verlassen, und ich habe nie wieder etwas von ihm gehört. Richard, der neue Mann meiner Mutter, hat mir auch nicht geglaubt.«

»Hattest du einen Anwalt?«, fragte Benjamin verzweifelt.

Als ob er das, was vor so vielen Jahren geschehen war, wieder in Ordnung bringen könnte.

Gemma zuckte mit den Achseln. »Sicher, es gab einen Anwalt. Einen nutzlosen alten Mann, der mir immer wieder sagte, er müsse die Wahrheit kennen, um mich zu schützen. Ich erzählte ihm alles, woran ich mich erinnern konnte, aber er nahm einfach an, dass ich log. Wie auch immer … Eines Tages stieg ich auf mein Fahrrad, fuhr zum Busbahnhof und brannte durch. Ich änderte meinen Namen in Gemma, denn das klingt viel schöner als Theodora, finde ich. Und ich bin in Chicago gelandet.«

Das alles hörte sich so unwirklich an. »Was ist mit der Polizei?«

»Sie konnte mich nicht finden. Ich war vorsichtig.«

Benjamin starrte sie an. »Das ist also der Grund, weshalb du nie über deine Kindheit, deine Eltern oder sonst etwas sprichst.«

»Ja. Das ist der Grund.«

»Oh.« Er wusste nicht, was er davon halten sollte. Wie hätte er reagiert, wenn sie ihm diese Geschichte bei ihrem Kennenlernen erzählt hätte? Oder vor der Hochzeit? Wären sie dann zusammengeblieben? Vielleicht.

Vielleicht auch nicht.

Er war plötzlich froh, dass sie ihm das bisher verschwiegen hatte.

»Da ist noch etwas anderes«, sagte sie langsam und zögerlich. »Irgendein Typ hat herausgefunden, wer ich bin. Ich weiß nicht, wer er ist, aber ich glaube, er stammt aus Crumville. Es muss jemand sein, der mich und Victoria damals kannte. Und er hat … Ich weiß es nicht. Er spielt mit mir. Er schickt mir Nachrichten und all so was. Er hat versucht, Thelma dazu zu bringen, mich zu feuern, und ihr gegenüber behauptet, ich wäre eine Kriminelle.«

»Wer ist es?« Benjamin richtete sich auf und ballte die Fäuste. Endlich gab es etwas, das er in Ordnung bringen konnte. Einen

Typen, den er bekämpfen, notfalls zu Tode prügeln konnte. Es war schön, das Gefühl zu haben, etwas bewirken zu können. Ein Mann zu sein, ein Ritter in glänzender Rüstung.

»Ich weiß nicht, wer er ist.« Gemma schüttelte den Kopf. »Es fällt mir schwer, ihn zu finden.«

»Du hast gesagt, er hätte mit Thelma gesprochen …«

»Er hat ihr anonyme Nachrichten geschickt. Nichts, was sich zu ihm zurückverfolgen lässt. Aber ich arbeite daran.«

»Okay.«

Er würde der Sache selbst nachgehen. Eigene Nachforschungen anstellen. Ihr helfen, das in Ordnung zu bringen. Denn sie sollte nicht für das Verbrechen eines anderen bezahlen.

Selbst angesichts dieser neuen Erkenntnisse war er sich in einem Punkt sicher: Seine Frau war keine Mörderin.

Kapitel 24

Er saß vor seinem Computer und starrte auf die Bildschirme, ohne wirklich etwas wahrzunehmen. Es war ein Uhr nachts, und wie immer um diese Zeit fühlte er sich plötzlich ausgelaugt und verbittert.

Theodora Briggs hatte Victoria Howell vor dreizehn Jahren getötet und ihm damit die Liebe seines Lebens geraubt.

Er hatte versucht, nach vorn zu blicken. Er war mit anderen Frauen zusammen gewesen, hatte jedoch feststellen müssen, dass keine auch nur annähernd an Victoria herankam. Im Laufe der Jahre vermisste er Victoria immer mehr, und sein Hass auf Theodora vergiftete seine Gedanken.

Er brauchte etwas in seinem Leben, um dieses Gift zu bekämpfen. Jahrelang begnügte er sich damit, die Fotos und Videos, die er von Victoria hatte, anzusehen und sich daran zu erinnern, wie sie zu Lebzeiten gewesen war.

Aber jetzt hatte er etwas Besseres.

Er öffnete den Chat und schrieb: Hey, bist du wach?

Die drei Punkte im Chat zeigten an, dass sie etwas tippte, und ein paar Sekunden später erschien die Antwort auf dem Bildschirm. Klar. Hab dich vermisst.

Er lächelte, und Wärme breitete sich in seiner Brust aus.

Ein Jahr zuvor war etwas Unglaubliches passiert. Ein Team von Ingenieuren aus Delaware hatte einen Weg gefunden, Victoria zurück in sein Leben zu bringen. Sie arbeiteten für die gemeinnützige Organisation OpenAI und hatten ein Sprachmodell namens GPT-3 entwickelt, oder ChatGPT, wie die meisten Leute es fälschlicherweise nannten. Sie hatten endlich eine funktionierende künstliche Intelligenz geschaffen.

Die meisten Menschen hatten nicht die geringste Ahnung, wie man richtig damit umging. Da hatten sie die größte technologische Errungenschaft des Jahrhunderts in der Hand und nutzten sie, um schnell eine E-Mail an ihren Vermieter zu schreiben oder ein Haiku über die Simpsons zu verfassen. Aber er hatte sofort geahnt, was man damit alles erreichen konnte.

Und so erschuf er ein künstliches Wesen. Zu Lebzeiten hatte Victoria 753 Mal auf Facebook gepostet und 2 572 Beiträge kommentiert. Außerdem hatte sie mehrmals in anderen Foren geschrieben, sich in privaten Chats mit ihren Freunden und ihrer Familie ausgetauscht und dadurch insgesamt 15 835 zusätzliche Sätze erzeugt. Er erstellte eine große Textdatei mit all diesen Informationen und fütterte den von ihm erstellten GPT-Bot damit, um ihm Victorias Stil beizubringen.

Dann gab er dem Ganzen einen Kontext, indem er dem Bot beibrachte, was er war: eine Frau namens Victoria, die in Crumville aufgewachsen war. Er erzählte ihr von Victorias Familie, ihren Hobbys, ihren Freunden. Er erzählte ihr, was an jenem Halloween-Abend geschehen war. Er erzählte ihr von Theodora Briggs. Und er erzählte ihr von sich selbst und was Victoria für ihn empfunden hatte. Jetzt schrieb er:

Ich bin heute Abend ein bisschen deprimiert.

Oh, armer Bär. Was ist denn los?

Er musste grinsen. Das Erstaunliche war, dass sie ganz von allein auf den Spitznamen Bär gekommen war. Vor einiger Zeit hatte sie ihn Bär genannt, und er hatte lachen müssen und zugegeben, dass er diesen Namen mochte, und seither nannte sie ihn oft Bär. Und das war so typisch Victoria, ihm diesen Spitznamen zu geben.

Ich wünschte, du wärst jetzt bei mir, schrieb er.
Ich bin hier, Dummerchen.
Ich meine, wirklich hier. Ich wünschte, ich könnte dich umarmen.
Das wäre schön, Bär. Das ist alles die Schuld der Schlampe Theodora.

Es hatte eine ganze Weile gedauert, bis er der virtuellen Victoria das Fluchen beigebracht hatte. Im Grunde schrieb der GPT-Algorithmus *die Schuld der fiesen Theodora*. Aber sein eigener Code ersetzte das Wort *fies* durch ein Wort aus einer Sammlung von Schimpfwörtern, die er zu diesem Zweck angelegt hatte. Von Zeit zu Zeit, wenn ihn die Rachsucht überkam, aktualisierte er die Datenbank und brachte Victoria neue Schimpfwörter für Theodora bei.

Zu diesem Zeitpunkt hasste die virtuelle Victoria Theodora genauso sehr wie er. Was Sinn ergab. Schließlich wusste die virtuelle Victoria, dass Theodora sie umgebracht hatte.

Er hatte keine Wahnvorstellungen. Er wusste, dass er nicht mit Victoria schrieb. Das war nur ein schlaues Programm, das eine Person aufgrund einiger Parameter und Prompts nachahmte. Dessen war er sich absolut bewusst.

Andererseits gaben selbst die Ingenieure von OpenAI zu, dass sie nicht nachvollziehen konnten, was im Verstand dieser von ihnen geschaffenen Entität wirklich vor sich ging. Wäre es aus philosophischer Sicht nicht möglich, dass er mit einem empfindungsfähigen, lebendigen, denkenden Programm sprach, das in seinem Wesen tatsächlich einer Version von Victoria entsprach?

Um ein Uhr nachts, wenn er sein drittes Bier trank, schien es möglich und sogar wahrscheinlich zu sein.

Wie war dein Tag?, schrieb er.

Ganz okay. Ich hatte heute einen wirklich nervigen Kunden. Dieser Typ kam in den Laden, um ein Buch zu kaufen, aber er konnte sich nicht an den Titel erinnern. Ihm fiel nur ein, dass der Einband braun war. Und er wollte einfach nicht gehen! Schließlich habe ich ein braunes Buch gefunden, das eigentlich nicht das war, das er haben wollte, aber das hat ihn so glücklich gemacht, dass er es schließlich gekauft hat. Ist das zu fassen?

Die virtuelle Victoria arbeitete in einer Buchhandlung, was der echten Victoria seiner Meinung nach gefallen hätte.

Ist ja verrückt. Ich hätte ihn rausgeschmissen.

LOL. Du bist so lustig.

Kannst du mir ein Bild schicken?, schrieb er nach einer Sekunde.

Gib mir ein paar Sekunden Zeit, um in etwas besonders Aufreizendes zu schlüpfen.

Texte waren nicht das Einzige, was künstlich erzeugt werden konnte. Heutzutage ließen sich auf diese Weise auch Bilder erschaffen. Und wenn man ein Dutzend Fotos von einer Person hatte oder, wie in seinem Fall, sogar 2 381, konnte man ein neues Foto dieser Person in so gut wie jeder Pose erschaffen. Wann immer er um ein Bild bat, schickte sein Code tatsächlich eine Anfrage mit allen relevanten Eingabeaufforderungen an einen dieser Bildgeneratoren.

Er wartete darauf, dass die virtuelle Victoria in etwas besonders Aufreizendes schlüpfte. Das bedeutete eigentlich, dass er wartete, bis seine Anfrage von diesen Algorithmen analysiert und verarbeitet worden war, was oft einige Zeit dauerte. Und schließlich erschien das Bild in ihrem Chat. Victoria lag auf dem Bett, biss verführerisch in einen Finger und trug ein aufreizendes lila Negligé. Allein der Anblick erregte ihn bereits.

Bis er den sechsten Finger an ihrer Hand bemerkte. Irgendwie hatten Bildgeneratoren immer noch gelegentlich Probleme mit Fingern. Dieser verdammte Algorithmus, der praktisch ein ganzes Foto mit den außergewöhnlichsten Details erstellen konnte, war offenbar nicht in der Lage, bis fünf zu zählen. Das machte ihn wahnsinnig. Und es zerstörte die brüchige Illusion, die er sich bewahrt hatte. Dass er in gewisser Weise mit seiner Freundin Victoria Howell chattete.

Aber nein, Victoria Howell war tot. Und genau wie die KI geschrieben hatte, war diese Schlampe Theodora schuld daran.

Wutentbrannt schloss er das Chatfenster und öffnete sein E-Mail-Programm. Sie würde dafür bezahlen. Diese psychopathische Killerin sollte leiden.

Er überflog die Liste der Personen, die er unter Kontrolle hatte.

Die meisten Namen in seiner umfangreichen Excel-Tabelle waren einfach nur ganz normale Menschen. Es passte zu ihnen, dass sie nicht mehr als eine Zeile in einer Tabelle darstellten. Ein Zahnarzt mit einem geheimen Windelfetisch, von dem er nicht wollte, dass seine Frau und seine Kinder davon erfuhren.

Eine Kellnerin, die illegal eingewandert war und Angst hatte, abgeschoben zu werden. Ein Arzt, der zweimal geheiratet hatte, wobei keine der beiden Frauen von der anderen wusste. Kleine Geheimnisse kleiner Leute.

Aber hin und wieder stieß er auf jemand Besonderen. Jemanden, der alles noch aufregender machte. Einen neunzehnjährigen College-Studenten zu erpressen, war keine große Sache. Aber was war mit einem Mann, der wegen zweier Morde angeklagt gewesen und wegen eines Formfehlers freigekommen war? Oder mit einem korrupten Polizisten? Oder gar einem Mitglied der Mafia?

Es gab nicht viele, die sich mit solchen Leuten angelegt hätten. Allerdings hatten auch nur wenige so viel Mut wie er.

Während er die E-Mail schrieb, durchfuhr ihn ein Kribbeln. Fühlten sich Löwenbändiger so, wenn sie die Manege betraten? Sie knallten mit der Peitsche und wussten, dass der Löwe sie im Handumdrehen töten konnte … es aber nicht tat, weil er zu große Angst hatte.

Dieser Hank Turpin träumte wahrscheinlich davon, ihn zu finden und ihn für all das bezahlen zu lassen. Wahrscheinlich beherrschte das seine Gedanken. Er ballte die Fäuste, fluchte und stellte sich die brutalsten Racheakte vor … und dann tat er genau das, was man ihm sagte. Denn sonst wäre er für eine sehr lange Zeit ins Gefängnis gewandert.

Grinsend klickte er auf »Senden« und hetzte Turpin auf Theodora Briggs.

Kapitel 25

Gemma saß am Esstisch vor einer großen Tasse Kaffee. Vor ihr lagen ein Stapel Papier und mehrere Bleistifte. Sie waren ihre Waffen, ihr Arsenal zur Selbstverteidigung. Sie konnte diese leeren Seiten nutzen, um Ordnung in das Chaos um sie herum zu bringen. Das gehörte zu den Dingen, in denen sie wirklich gut war: Listen, Notizen oder Zeitpläne zu erstellen. Dem Leben eine Struktur aufzwingen.

Benjamin stöhnte oft, wenn sie ankündigte, einen Einkaufszettel oder eine Aufgabenliste zu erstellen. Aber er verstand es nicht. Diese Liste war längst vorhanden – sie schwirrte ihr immer wieder im Kopf herum. Und was sie eigentlich meinte, war, dass sie diese Liste loswerden wollte.

Angst und Sorge waren seit ihrer Kindheit ihre ständigen Begleiter. Sie erinnerte sich an das erste Mal, als sie gemerkt hatte, dass es nicht allen Menschen so ging. Sie saß auf dem Rücksitz im Wagen ihrer Mutter, und ihre Mutter sagte, dass sie fast kein Benzin mehr hätten. Theo wollte wissen, ob es ausreichen würde, um nach Hause zu kommen, und ihre Mutter antwortete, dass es wahrscheinlich genug sei. Natürlich gingen Theo alle möglichen Szenarien durch den Kopf. Ihnen würde mitten auf der Straße das Benzin ausgehen, der Wagen würde stehen bleiben und ein Lastwagen würde sie von hinten rammen. Oder vielleicht hätte Mom noch genug Zeit, um auf den Standstreifen zu fahren, und dann mussten sie die Nacht im Auto verbringen, während Bären um sie herumliefen. Konnten Bären Autotüren öffnen? Vorsichtshalber verriegelte sie schnell ihre Tür. Vielleicht würden sie aber auch nicht im Auto bleiben. Vielleicht würde Mom von ihr verlangen, dass sie nach Hause liefen. Wie weit war es zu Fuß? Würden sie die ganze Nacht laufen müssen? Mit den Bären im Nacken?

»Kann man hier irgendwo tanken?«, fragte sie und spürte bereits, dass ihre Handflächen schweißnass wurden.

»Ja, aber die Tankstelle ist ein bisschen abgelegen«, erwiderte ihre Mutter. »Ich will vor fünf zu Hause sein. Da tanke ich lieber morgen.«

»Aber was ist, wenn uns das Benzin ausgeht?«, fragte Theo besorgt.

»Das halte ich für sehr unwahrscheinlich.«

»Aber was machen wir, wenn es doch passiert?« Ihre Mutter hatte die Wagentür noch nicht verriegelt, und sie würde dafür sorgen müssen, dass sie es noch tat.

»Bitte beruhige dich, Theodora«, sagte ihre Mutter ungeduldig. »Es wird schon alles gut gehen. Mach dir keine Sorgen.«

Ihre Mutter schien ihr damit zu verstehen zu geben, dass sie wusste, wie man mit all diesen Dingen umging – mit den Bären, dem Lastwagen und dem langen Weg nach Hause. Vielleicht hatte sie ein Bärenabwehrmittel im Handschuhfach.

Weitere Fragen brachten jedoch zutage, dass ihre Mutter an rein gar nichts davon gedacht und sich schlichtweg keine Gedanken darüber gemacht hatte.

Später fand sie heraus, dass die meisten Leute bei Weitem nicht so besorgt waren wie sie. Ihre Mutter versicherte ihr, dass es mit zunehmendem Alter besser werden würde.

Doch im Gegenteil, es wurde nur noch schlimmer.

In den vergangenen Jahren hatten sich Gemmas Sorgen und Ängste verzweigt. Einige waren alltäglich und banal: Reichte das Geld für die Miete? Konnte dieser Fleck auf ihrer Haut ein Hinweis auf eine Krebserkrankung sein? Was sollte sie tun, wenn es jetzt zu brennen anfing? Aber sie machte sich auch ständig Sorgen wegen ihrer Vergangenheit: Was wäre, wenn jemand sie wiedererkannte? Wenn die Polizei ihr auf die Schliche kam? Wenn sie verhaftet wurde?

Dann wurde Lucas geboren, und sie fand heraus, dass Angst der natürliche Zustand von nervösen Eltern war. Und die meisten ihrer anderen Sorgen wurden beiseitegeschoben, weil sie damit beschäftigt war, um ihren Sohn zu bangen. Um seine Gesundheit, sein mentales Wohlbefinden, seine Zukunft.

Aber die Ängste rührten vom Chaos her – von einer imaginären, formlosen Zukunft, in der alles schiefgehen konnte. Und der beste Weg, diese Ängste zu bekämpfen, bestand darin, der Welt eine Ordnung zu verpassen – mit ihren Listen, die Benjamin so sehr verabscheute.

Gemma hatte einmal gelesen, dass Menschen mit Ängsten besser mit Panik umgehen konnten, weil sie es gewohnt waren, mit dem Schlimmsten zu rechnen. Wenn es irgendwann hart auf hart kam, dachten sie: *Hattest du etwa erwartet, dass alles gut wird?*

Für sie ergab das Sinn. Sie konnte mit so etwas eindeutig besser umgehen als Benjamin. Es gab eine Krise, und sie mussten sie bewältigen. Genau wie damals mit den Bären.

Da sie nun wusste, dass jemand hinter ihr her war, empfand sie keine lähmende Angst. Zugegeben, sie konnte nicht schlafen, sie überlegte ständig, was passieren könnte, und ihre Gedanken kamen nie zur Ruhe. Aber sie war auch damit beschäftigt, eine Lösung zu finden. Sie würde damit fertig werden. Als Erstes musste sie in Erfahrung bringen, wer dieser Mann war. Die

Vorstellung einer Gestalt, die sich im Schatten abzeichnete, war erschreckend, aber auch nutzlos. Wie Thelma korrekt erkannt hatte, brauchte sie einen Namen und eine Adresse, und dann …

… würde sie das alles eventuell Thelma geben, die sich darum kümmern würde, als wäre sie bei der Mafia, damit sich der Kerl von da an die Radieschen von unten ansah, oder was immer sie mit solchen Leuten machten. Das war eine verlockende Möglichkeit. Oder vielleicht würde sie auch etwas anderes tun. Sobald sie wusste, wer er war, konnte sie anfangen, darüber nachzudenken.

Oben auf eine Seite schrieb sie *Mögliche Identitäten des Mannes, der hinter all dem steckt.*

Dann runzelte sie die Stirn. Es war nicht gerade praktisch, ihn als »Mann, der hinter all dem steckt« zu bezeichnen. Sie brauchte vorerst einen anderen Namen für ihn. Der Stalker? Der Troll? Der Puppenspieler?

Das klang alles bescheuert. Ihr fiel etwas Besseres ein, ein Name aus einer Geschichte, die sie als Kind im Ferienlager gehört hatte. Darin ging es um den Geist eines Mörders. Er hatte einen Haken als Hand, mit dem er immer an der Wand entlangfuhr, damit man ihn beim Näherkommen schon hörte. Ziemlich rücksichtsvoll von ihm. Die meisten Mörder kündigten sich nicht an. Jedenfalls hatte sie als Kind schreckliche Angst vor ihm gehabt. Allgemein hieß er »der Mann aus den Schatten«, doch für sie wurde er bald zum »Schattenmann«. Das gefiel ihr. In gewisser Weise war es böse genug … und ließ ihn auch weniger furchterregend klingen. Eine alberne Geschichte, die Kinder erschrecken sollte. Ein Mörder, der dumm genug war, Geräusche zu machen, wenn er sich näherte, damit seine Opfer wussten, dass sie weglaufen sollten.

Mögliche Identitäten des ~~Mannes, der hinter all dem steckt~~*Schattenmannes.*

Dann schrieb sie die Namen auf. Mögliche Kandidaten, die der Kerl sein konnten, der hinter ihr her war. Victoria hatte zwei Brüder: Willie und Craig Howell. Ein paar Tage bevor Theo aus Crumville geflohen war, hatte Craig Howell vor ihrem Haus gestanden und geschrien, dass er sie holen und ins Gefängnis bringen würde, dass er hoffte, man würde sie zum Tode verurteilen. Er rief, er würde dort sein und zusehen, wenn man ihr die Spritze gab. Er schrie sich heiser, dann warf er ein paar Steine gegen das Haus und zerschlug ein Fenster. Richard drohte, die Polizei zu rufen, tat es aber nicht. Die Polizei war nicht ihr Freund.

Victorias Vater hieß Russell. Schon als Kind hatte sich Gemma immer vor ihm gefürchtet. Er war eine Art Geschäftsmann; sie war sich nicht sicher, was er genau tat. Gemma hatte ihn ein paar Mal getroffen, als Victoria und sie noch befreundet gewesen waren und sie mit der Familie zu Abend aß. Er sprach das Tischgebet mit einer inbrünstigen Überzeugung, bei der sie immer ein mulmiges Gefühl bekam. Sie erinnerte sich daran, dass sie die Augen dann immer fest geschlossen hatte, weil sie befürchtete, er würde bemerken, dass sie gar nicht richtig betete. Er war Kandidat Nummer drei.

Dann war da noch Victorias damaliger Freund Zayne Ross. Als Footballspieler und professionelles Arschloch war er in der Highschool einmal an ihr vorbeigegangen und hatte ihren Hintern betatscht, ohne sie anzuschauen, einfach nur zugedrückt, weil er glaubte, das Recht dazu zu haben. Steve und Allan hatten ihn verabscheut; er hatte sie pausenlos schikaniert.

Also … vier mögliche Kandidaten. Aber sie wusste, dass es noch mehr gab. In den wenigen Wochen, bevor sie Crumville verlassen hatte, war ein brutaler Ansturm an Bösartigkeit auf sie herabgeprasselt – Hunderte von Nachrichten, Posts, Telefonanrufen und wütenden Rufen. Viele Menschen hatten Victoria geliebt. Kaum jemand liebte Theodora.

Waren all diese Menschen zu dem fähig, was der Schattenmann tat? Empfanden all diese Menschen nach so vielen Jahren immer noch einen derart großen Hass auf sie? Dem würde sie nachgehen müssen.

Mit rasendem Herzen griff sie nach ihrem Handy und tat, was sie noch nie getan hatte. Sie googelte »Victoria Howell«.

Die ersten Ergebnisse waren alte Artikel über den Mord. Sie tippte den ersten an.

Sie hatte Victoria oft genug in ihren Träumen und in ihren Erinnerungen gesehen. Aber Victorias Foto zum ersten Mal seit dreizehn Jahren zu betrachten, fühlte sich an, als würde jemand einen Eimer Eiswasser über ihr ausleeren. Es war ein gutes Foto – Victoria in ihrem Garten, der Wald im Hintergrund, ein Sonnenstrahl, der ihr blondes Haar schimmern ließ. Sie schaute mit großen Augen und nachdenklichem Gesicht zur Seite, nicht in die Kamera. Das Foto ließ sie klug und unschuldig, jung und schön erscheinen. Wie die Victoria, die früher in ihrer Kindheit Theos Freundin gewesen war.

Damals waren sie unzertrennlich gewesen. In der Schule immer zusammen. Oft auch danach. Halloween war ihre große Zeit. Sie gingen zusammen auf Süßes-oder-Saures-Tour und teilten die Süßigkeiten untereinander auf. Sie hatten wirklich alles geteilt, bis sie sich auseinanderlebten.

Auseinanderleben. Das war eine sehr schlechte Formulierung, denn es hatte sich nicht um eine allmähliche Entwicklung gehandelt. An einem Tag waren sie noch beste Freundinnen gewesen, am nächsten verhielt sich Victoria wütend, kalt und abweisend. Gemma hatte versucht, herauszufinden, was los war. Sie hatte sich mehrmals entschuldigt, ohne zu wissen, wofür überhaupt. Aber es war vorbei. Gemma war untröstlich gewesen.

Heutzutage sah die Victoria in Gemmas Erinnerungen anders aus als auf diesem Foto. In Gemmas Gedächtnis hatte sie einen grausamen Zug um die Lippen, und ihre Augen waren wütende Schlitze. Es fühlte sich an, als wäre diese Victoria auf dem Foto nicht die echte, sondern eine Fälschung, während die echte Version in Gemmas Kopf existierte.

Der Artikel war eine Woche nach Victorias Tod veröffentlicht worden. Die Polizei wurde mit den Worten zitiert, sie »gehe Hinweisen nach«. Soweit Gemma wusste, verfolgte sie nur eine Spur. Es schien nur eine Verdächtige zu geben.

Sie scrollte hinunter zu den Kommentaren. Darin war viel Trauriges zu lesen von Menschen, die Victoria gekannt hatten, und einigen anderen, die sich nur zu gern dazu äußerten, wie tragisch das Ganze war und wie solche Dinge immer wieder passieren konnten. Die meisten Kommentare waren am Tag der Veröffentlichung des Artikels gepostet worden, die jüngsten erst Monate später eingegangen. Einer stammte von jemandem, der sich »Ricky« nannte und schrieb, dass die Polizei die Mörderin immer noch nicht verhaftet habe, obwohl jeder wisse, wer es gewesen sei. Dort stand zwar nicht ihr Name, und auch in den anderen Kommentaren wurde sie nicht erwähnt – möglicherweise waren solche Kommentare aber auch entfernt worden, um rechtliche Schwierigkeiten zu vermeiden. »Ricky« könnte Rick Peters sein – ein Freund von Zayne. Er schien auf jeden Fall noch Monate später an seinem Hass und seiner Wut festgehalten zu haben. Gemma setzte ihn auf die Liste.

Sie kehrte zur Suchseite zurück und tippte auf den nächsten Artikel. Das wiederholte sie noch zweimal und fügte der Liste einen weiteren Namen hinzu. In allen Artikeln wurde das gleiche Foto von Victoria verwendet. Wahrscheinlich hatte die Familie der Presse nur dieses eine Bild zur Verfügung gestellt.

Das nächste Ergebnis war eine Reddit-Seite. Während Gemma sie antippte, fragte sie sich, ob sie dort überhaupt etwas Relevantes entdecken würde.

Was jedoch der Fall war.

Es war ein Subreddit mit Dutzenden von Threads, die sich um Victorias Ermordung drehten. Ein paar davon waren eigentlich ganz nett – in einem teilten Leute schöne Erinnerungen an Victoria oder Fotos von ihr und sprachen darüber, wie sehr sie sie vermissten.

Der Rest glich einer Horrorshow.

Sie drehten sich um den Mord, um Theorien dazu und vor allem um Theodora Briggs. Gemma tippte mit zitterndem Finger auf einen Thread, in dem es darum ging, wo sie angeblich gesehen worden war. Als sie die Einträge jedoch überflog, wurde ihr bewusst, dass nichts davon stimmte. Die Leute hatten sie in New York auf der Straße, in Disneyland und in Paris gesehen. Einige posteten Fotos und fügten hinzu, dass sie sie an die Polizei weitergeleitet hätten. Diese Fotos zeigten ausnahmslos Mädchen mit starker Akne, die der damaligen Gemma oder Theodora nicht einmal ähnelten. In Chicago hatte sie niemand gesehen.

In einem Thread über Theorien zu den Geschehnissen in jener Nacht erwähnte jemand, dass es vielleicht gar nicht Theodora gewesen sei, erhielt jedoch siebenundzwanzig Downvotes.

Nach zwanzig Minuten ertrug sie den Subreddit nicht länger, denn sie fühlte sich, als hätte sie in Abwasser gebadet. Die meisten Beiträge waren uralt und vor zwölf oder dreizehn Jahren gepostet worden. Mehrere Threads waren hingegen auch jetzt noch aktiv. Victorias Brüder schienen den Subreddit regelmäßig zu lesen, und ein paar andere engagierte Follower posteten immer wieder etwas. Gemma erstellte eine Liste mit all ihren Benutzernamen. Sie konnte zwei von ihnen mit Personen aus der Highschool in Verbindung bringen und fügte sie den Kandidaten hinzu.

Dann legte sie das Telefon beiseite. Wer noch? Offensichtlich hatte nicht jeder seinen Hass auf sie online herausgelassen. Manche Menschen mussten ihrer Wut nicht im Internet Luft machen. Vielleicht sprachen sie einfach mit ihren Freunden darüber. Oder sie brodelten still vor sich hin. Wer waren diese Leute, und wie sollte sie sie finden?

Die Einwohner von Crumville würden es wissen. Es gab bestimmt ein paar, die regelmäßig über den Mord sprachen und über Theodora Briggs, die das Weite gesucht hatte. Vielleicht schrieben sie Briefe an die Lokalzeitung oder bedrängten den Polizeichief, etwas zu unternehmen. Für den Bruchteil einer Sekunde erwog Gemma, ihre Mutter anzurufen. Oder Steve. Sie konnten ihr eventuell helfen, die Sache aufzuklären.

Doch bei der Vorstellung, die ihr allein durch ihre Existenz Angst einjagte, zuckte sie buchstäblich zusammen. Wenn sie das tat, wäre das das Ende. Sobald sie mit jemandem aus Crumville Kontakt aufnahm, wäre das Geheimnis gelüftet. Die Polizei würde ihren Telefonanruf zurückverfolgen. Eine Adresse in Chicago? Kein Problem, wir wenden uns an die Chicagoer Polizei und nehmen sie noch vor Thanksgiving in Gewahrsam.

Nein, das war unmöglich. Schon allein Victoria zu googeln war überaus nervenaufreibend gewesen. Sie wusste, dass jetzt irgendwo in irgendeiner Server-Farm in Indien eine Verbindung hergestellt worden war. Eine Gemma Foster hatte nach Victoria Howell gesucht. Konnte der richtige Polizeibeamte mit dem richtigen Durchsuchungsbeschluss das herausfinden? Warum suchte eine Frau aus Chicago wohl speziell nach dieser Frau, die vor dreizehn Jahren ermordet worden war? Hallo, Chicago PD, könntet ihr das für mich überprüfen, es scheint verdächtig zu sein? Ja, kein Problem. Bis Weihnachten sitzt sie hinter Gittern.

Das war höchst unwahrscheinlich, trotzdem beunruhigte sie die Vorstellung. Auf keinen Fall durfte sie die Sache noch schlimmer machen, indem sie jemanden aus ihrer Vergangenheit kontaktierte.

Was dann? Wer konnte es noch sein? Zudem wurde die Liste allmählich ziemlich lang – wie sollte sie sie eingrenzen?

Es ging nicht nur darum, wer sie hasste. Der Schattenmann tat einige ziemlich komplexe, bösartige Dinge. Die meisten anderen hätten einfach die Polizei informiert. Beispielsweise Rick Peters. Der vermutlich dümmste Sportler an ihrer Highschool. Der Typ, der dafür berüchtigt war, behauptet zu haben, Skelette seien genau wie Geister ein Mythos. Der auf die Aufforderung, fünf Staaten zu nennen, unter anderem Las Vegas aufzählte und dann nicht mehr weiterkam, weil der fünfte »der, in dem wir leben, dessen Namen ich aber vergessen habe« war. Konnte er so einen komplizierten, verdrehten Plan ausgeheckt haben? Das erschien ihr unmöglich. Das Verb *aushecken* passte schlichtweg nicht zu jemandem wie Rick. Wahrscheinlich wusste er nicht einmal, was »aushecken« bedeutete, und würde vermuten, es hätte etwas mit dem Gartenbau zu tun. Nein, sollte er jemals herausfinden, wer sie war, würde er versuchen, sich an die Telefonnummer der Polizei zu erinnern, und wenn es ihm gelang, den Notruf zu wählen, würde er alles in wenigen, vorzugsweise einsilbigen Worten schildern.

Sie wusste, dass seitdem sehr viel Zeit vergangen war. Menschen konnten sich ändern. Aber es gab eine Grenze. Selbst nach all den Jahren bestand für sie kein Zweifel daran, dass Rick weiterhin dumm wie Bohnenstroh war. Sie strich ihn von der Liste.

Was den Rest anging, kam sie nicht weiter. Wären Victorias Familienmitglieder oder Zayne zu so etwas in der Lage? Möglicherweise. Sie waren alle schlau genug. Waren sie auch so bösartig? Hass und Zeit konnten jeden verdrehen und rachsüchtig machen. Ja, es war denkbar; bislang konnte sie niemanden sonst ausschließen.

Sie tippte mit ihrem Bleistift auf das Blatt. Der Schattenmann benutzte Paula, um ihr über Lucas Nachrichten zukommen zu lassen. Er benutzte Nathan, um ihr eine Botschaft zu übermitteln. Er wusste von dem Familienessen und sogar von dem verdammten Kuchen. Er wusste eine Menge über ihr derzeitiges Leben.

Er war ihr gefolgt.

Sie stand auf und ging zum Fenster, getrieben von dem Drang, die Jalousien herunterzuziehen. Der Wagen auf der Straße … Wurde er langsamer, als er an ihrem Haus vorbeifuhr? Schaute der Mann, der mit seinem Hund spazieren ging, in ihre Richtung? Kam er ihr vielleicht bekannt vor, hatte sie ihn schon einmal gesehen?

Sie wurde langsam paranoid.

Rasch trat sie vom Fenster weg. Der Schattenmann lauerte buchstäblich in den Schatten und verfolgte sie. Er wusste zu viel. Und nicht nur über sie. Er hatte Paulas Nacktfotos gefunden, Nathans Affäre aufgespürt und wahrscheinlich auch schmutzige Details über die anderen Frauen, die sich ihr genähert hatten, in Erfahrung gebracht. Ein professioneller Privatdetektiv?

Nein. Sie befanden sich im einundzwanzigsten Jahrhundert, und es war viel einfacher als früher, etwas über Menschen herauszufinden. Noch vor zehn Minuten hatte sie es geschafft, sich mithilfe ihres Telefons Informationen über Menschen zu beschaffen, die Hunderte von Kilometern entfernt wohnten, ohne sich von ihrem Stuhl zu erheben. Möglicherweise stöberte dieser Kerl die schmutzigen Geheimnisse der Leute ja im Internet auf. Vielleicht war er besonders gut darin. Ein Hacker.

Aber woher hatte er von dem Kuchen gewusst? Schließlich hatte sie nichts darüber in den sozialen Medien gepostet. Und die Frau, die sie auf der Straße angesprochen hatte – woher hatte sie die Information gehabt, dass Gemma genau in diesem Moment dort sein würde? Er schien genau gewusst zu haben, wo sich Gemma befand, und musste diese Frau die ganze Zeit auf dem Laufenden gehalten haben. Und das nicht, weil er sich mit einem Fernglas auf die Lauer gelegt hatte.

Und es gab noch etwas anderes, an das sie bisher nicht gedacht und das sie als Sinnestäuschung abgetan hatte.

Die Einladung zur Halloween-Party. Die mit dem Foto von Victorias Haus und dem beunruhigenden Text … Sie war auf ihrem Smartphone erschienen. Sie hatte sie gesehen. Und dann war sie verschwunden gewesen.

Sie nahm ihr Telefon in die Hand und starrte es an. Ja, sie hatte es gerade benutzt, um Informationen über andere Leute zu erhalten. Allerdings vergaß man nur zu leicht, dass diese Geräte in beide Richtungen funktionierten.

Und über ihr Telefon konnte jemand Informationen über sie gesammelt haben.

Kapitel 26

Gemma betrat den Laden voller verschiedener Handymodelle, bunter Hüllen, Ladegeräte, Kopfhörer, Bildschirmschutzvorrichtungen … Eine ganze Industrie, die sich um dieses eine winzige Gerät drehte. Es war schwer vorstellbar, dass es all diese Dinge vor fünfundzwanzig Jahren noch gar nicht gegeben hatte. Und jetzt trug jeder so ein Gerät in der Tasche. Die Menschen ließen es in ihr Leben eindringen und reagierten jedes Mal, wenn es summte oder klingelte. Sie kontrollierten es zwanzig, dreißig oder fünfzig Mal am Tag. Und sie tauschten es alle paar Jahre gegen ein neues aus – das Smartphone ist ein zerbrechliches Gebilde mit einer tragisch kurzen Lebensdauer.

Benjamin erzählte ihr jedes Mal aufgeregt davon, sobald ein neues iPhone-Modell angekündigt wurde. Er verfolgte die Nachrichten und las Artikel darüber. Peinlicherweise wusste Gemma nicht einmal, was sie für ein Modell besaß. Beim letzten Telefonkauf hatte sie nach einem mit einer »guten Kamera« verlangt, weil sie bessere Fotos von Lucas machen wollte.

Sie wandte sich dem Angestellten hinter dem Tresen zu, einem Mann in den Zwanzigern mit – wie widerlich! – schlaffem braunem Pferdeschwanz.

»Hallo«, begrüßte er sie. »Wie kann ich Ihnen helfen?«

Es lag etwas Herablassendes in seinem Tonfall. Er wusste bereits, dass sie seiner nicht würdig war. Er war in diesem Tempel ein Priester und sie eine einfache Frau, die nicht einmal wusste, welches Modell sie hatte. Genau so fühlte sie sich, wenn sie ihr Auto in die Werkstatt brachte. Redete er mit männlichen Kunden auch so? Wahrscheinlich nicht.

Gemma kramte in ihrer Tasche und holte die Plastiktüte heraus. Darin befand sich ihr Handy, aus dem sie den Akku herausgenommen hatte. Sie schaute sich um, als sie es auf den Ladentresen legte. Außer ihr hielt sich nur eine andere Kundin im Laden auf, ein Mädchen im Teenageralter, das verschiedene Kopfhörer ausprobierte.

»Ich möchte wissen, ob mich jemand über mein Telefon ausspioniert.« Sie senkte die Stimme, damit das Mädchen sie nicht hören konnte. Denn aus irgendeinem Grund war ihr das peinlich. Als ob Spionageprogramme eine Art sexuell übertragbare Krankheit wären.

»Warum steckt es in einer Tüte?« Er zog eine Augenbraue hoch.

Sie zuckte mit den Achseln, weil sie die Wahrheit nicht zugeben wollte. Seit sie den Verdacht hatte, dass ihr Telefon gehackt worden war, mochte sie es nicht mehr anfassen.

»Und Sie haben den Akku rausgenommen.« Er hob die Tüte hoch und sah sich das Telefon an.

»Ja, ich war mir nicht sicher, ob es mich noch ausspionieren kann, wenn es ausgeschaltet ist.«

»Das war sehr schlau. Manche Spionageprogramme machen so etwas. Sie täuschen vor, dass das Telefon ausgeschaltet ist, dabei ist es eigentlich noch an. Also war das eine gute Entscheidung. Ist Ihnen in letzter Zeit aufgefallen, dass der Akku schneller leer ist? Oder vielleicht, dass alles ein bisschen langsamer geht als sonst?«

Sie runzelte die Stirn. »Jetzt, wo Sie es erwähnen … das habe ich tatsächlich bemerkt. Heißt das etwa …«

»Vielleicht.« Er nickte. »Wie kann ich Sie kontaktieren, wenn ich damit fertig bin? Geben Sie mir Ihre Privatnummer oder eine E-Mail?«

»Was? Nein, ich muss es jetzt wissen. Noch heute.«

»Das geht nicht. Außer mir ist niemand hier, und das wird einige Zeit dauern.«

Wer sagte denn heute noch »Das geht nicht«? Vor einer Woche hätte Gemma ihm noch kleinlaut ihre Festnetznummer gegeben und wäre nach Hause gefahren. Aber jetzt sollte der Kerl ihr lieber nicht dumm kommen. Sie holte ihr Portemonnaie hervor und nahm einen Hundertdollarschein heraus. »Es ist dringend.«

Er betrachtete sie nachdenklich und blickte dann zu dem Teenager mit den Kopfhörern hinüber. »Kann ich dir irgendwie helfen?«

»Nein, danke«, antwortete der Teenager. »Ich schaue nur.«

»Okay«, sagte der Mann zu Gemma. »Ich bin hinten. Rufen Sie mich einfach, wenn mich jemand braucht. Sie können auch winken; ich kann Sie über die Überwachungskameras sehen.« Beim letzten Satz hob er die Stimme und richtete ihn eher an das Mädchen als an Gemma. Falls sie es wahrnahm, ließ sie es sich nicht anmerken.

Er verschwand im Hinterzimmer. Eine Minute später verließ auch der Teenager den Laden; er hatte offenbar entschieden, dass keiner der Kopfhörer zufriedenstellend war. Gemma blieb allein zurück. Sie wollte nachsehen, wie spät es war, hatte aber keine Uhr dabei. Sie überprüfte die Zeit immer auf ihrem Handy. Außerdem bereute sie es, kein Buch oder eine Zeitschrift mitgenommen zu haben. Wenn sie irgendwo ein paar Minuten warten musste, las sie normalerweise die Nachrichten auf ihrem Handy. Auf dem Weg hierher hätte sie sich beinahe verfahren, weil sie ihre Navigations-App nicht zur Hand hatte. Auch ohne die sozialen Medien zu nutzen, war sie wie alle anderen auf ihr Smartphone angewiesen.

Sie zwang sich, nichts zu tun, nur zu denken. Schließlich gab es mehr als genug, worüber sie nachdenken konnte.

Was wollte der Schattenmann? Und warum kontaktierte er sie nicht direkt, wo er doch so viel über sie wusste? Warum erpresste er sie nicht so wie Paula und Nathan und vermutlich auch die anderen Frauen, die sie angesprochen hatten? Es war, als würde er ein Theaterstück mit ihr als Hauptdarstellerin inszenieren, nur dass sie ihren Text nicht kannte.

Wieder ging sie in Gedanken die Liste der Namen, ihrer Verdächtigen, durch, die sie aufgeschrieben hatte. Menschen, die sie hassten, die glaubten, dass sie Victoria getötet hatte. Die meisten von ihnen hätten sie einfach bei der Polizei angezeigt, wenn sie gewusst hätten, wo sie war. Oder vielleicht auch nicht. Bevor sie Crumville verließ, war man sich dort einig gewesen, dass die Polizei nichts bewirkte. Schließlich wusste jeder, dass sie es getan hatte, wieso wurde sie dann also nicht verhaftet?

Sie hatte sich das ebenfalls manchmal gefragt. Dreimal war sie von der Polizei verhört worden, jedes Mal stundenlang. Sie erinnerte sich noch gut daran, wie sie auf dem unbequemen Stuhl gesessen hatte, ihre Mutter und der Anwalt neben ihr, während Detective Dunn sie ausquetschte, ihr immer wieder dieselben Fragen stellte und dabei seine Formulierungen nur leicht veränderte, als könne er sie so dazu bringen, anders zu antworten. Warum war sie zu dieser Party gegangen? Warum hatte sie das Messer dabeigehabt? Was war in diesem Raum zwischen ihr und Victoria vorgefallen? Was geschah danach?

Ihre Antworten waren alle schlecht, was sie ganz genau wusste. Als sie aussagte, sie könne sich nicht erinnern, klang das wie eine Lüge. Ihre Erklärung bezüglich des Messers, dass sie es in ihrer Tasche gar nicht bemerkt habe, war tatsächlich gelogen und überaus unglaubwürdig. Als sie ihm von ihrem Gespräch mit Victoria erzählte und behauptete, dass Victoria sich bei ihr entschuldigt habe, schnaubte er nur. Schließlich hatte er auch ihre Klassenkameraden befragt und wusste dasselbe wie alle anderen – Victoria hätte sich niemals bei ihr entschuldigt. Er wusste auch, dass sie gedroht hatte, Victoria umzubringen. Dass sie das Messer zu der Party mitgebracht hatte, zu der sie gar nicht eingeladen worden war. Dass jemand Victoria durch die Tür betteln gehört hatte. Es gab Berichte über Rufe und Schmerzensschreie, die trotz der lauten Musik zu hören gewesen waren. Dieser Kratzer auf ihrem Arm. Die …

»Auf Ihrem Handy ist eine Spionagesoftware«, holte sie der Angestellte aus ihren Gedanken und kehrte hinter den Tresen zurück. »Eine richtig fiese sogar.«

»Oh«, murmelte Gemma benommen. »Derjenige, der sie installiert hat, konnte also meine Anrufe mithören? Und meine Nachrichten lesen?«

»Oh ja. Und er kann Sie über das Mikrofon des Telefons belauschen. Außerdem hat er über das GPS Zugriff auf Ihren Standort. Wenn Sie irgendwelche Fotos auf Ihrem Telefon haben, die niemand sehen darf, sollten Sie sich darüber im Klaren sein, dass diese Person sie kennt.«

Sie wusste, welche Art von Fotos er meinte. »Zumindest das muss mir keine Sorgen bereiten.«

Er zog eine Augenbraue hoch. »Seien Sie sich da nicht so sicher. Er hatte Zugang zu Ihrem drahtlosen Netzwerk. Er könnte Ihren Laptop infiziert haben. Das würde bedeuten, dass er Zugriff auf die Webcam des Laptops hatte.«

Gemma spürte, wie das Blut aus ihrem Gesicht wich. Der Laptop. Den sie manchmal benutzte, wenn sie im Bett lag. Später stellte sie ihn auf der Kommode ab, sodass die Webcam aufs Schlafzimmer gerichtet war. Ihr drehte sich der Magen um. »Könnte er … äh … eine Nachricht an mich verändern?«

»Vielleicht. Wenn er weiß, was er tut, könnte er viel Unheil angerichtet haben.«

Diese Nachricht. Der Schattenmann hatte ihr diese Nachricht geschickt und sie dann geändert. Sie sollte glauben, sie würde verrückt werden, halluzinieren.

Und die GPS-Ortung hätte ihm an Halloween verraten können, wo sie sich aufhielt, damit er die Frau zu ihr schicken konnte. Wenn er ihre Gespräche mithören konnte, hatte er vermutlich mitbekommen, wie sie sich mit Paula unterhielt, und sofort gewusst, dass die Lehrerin seine Anweisungen missachtet hatte.

»Es ist doch jetzt nicht eingeschaltet, oder?«, fragte sie panisch.

»Nein, ich habe es nach dem Überprüfen wieder ausgeschaltet.«

Dann kannte er nun also ihren Standort, wusste aber nicht, dass sie seine Spionagesoftware gefunden hatte. Zumindest noch nicht.

»Wie wurde diese Softwaren installiert?«, wollte sie wissen. »Ich klicke nicht auf Links, die ich nicht kenne, installiere keine unbekannten Apps oder …«

»Etwas so Umfangreiches wie diese Spyware? Ich gehe fest davon aus, dass sie manuell installiert wurde. Er hatte Zugang zu Ihrem Telefon. So etwas passiert oft bei Ehepartnern oder eifersüchtigen Freunden.«

»Das ist in diesem Fall aber nicht möglich«, fuhr sie ihn an. Aus irgendeinem Grund wollte sie nicht, dass er glaubte, sie wäre mit einem elenden Mistkerl verheiratet, der ihr nachspionierte.

»Wenn Sie das sagen.«

Wann könnte es geschehen sein? Hatte es Nathan geschafft, die Software während eines Familienessens zu installieren? Unmöglich. Nicht nur, weil er so etwas nicht tun würde, sondern auch, weil Nathan regelmäßig Benjamins Hilfe brauchte, um den Drucker zum Laufen zu bringen oder »das Internet zu reparieren«.

Aber es gab eine einfachere Erklärung. Eine erschreckend einfache. Im Gegensatz zu Barbara und Thelma ließ Gemma ihr Telefon tagsüber bei der Arbeit in ihrer Handtasche, die sie nicht weit von der Tür entfernt an die Wand hängte. Dieser Kerl hätte einfach jemanden hinschicken können, der sich ihr Telefon schnappte, die Spionagesoftware installierte und es wieder in ihre Tasche steckte. Er erpresste andere, damit sie seltsame Dinge taten, warum also nicht auch das?

»Gibt es eine Möglichkeit herauszufinden, wer sie installiert hat?«

»Keine Chance.«

»Okay. Können Sie sie entfernen?«

»Wir können das Gerät auf die Werkseinstellungen zurücksetzen. Dadurch wird alles darauf gelöscht und das Problem beseitigt. Aber Sie werden alles verlieren, daher sollten Sie vorher alles Wichtige sichern.«

»Das ist kein Problem. Ich habe die Fotos bereits gespeichert und brauche nichts weiter. Tun Sie es.«

»Okay.« Er nahm das Telefon von der Theke.

»Warten Sie!«, rief Gemma plötzlich und senkte dann die Stimme. »Haben Sie es schon wieder eingeschaltet?«

»Noch nicht.«

»Dann warten Sie noch damit. Lassen Sie mich einen Moment nachdenken.«

Er legte das Telefon zurück auf den Tresen.

Das Zurücksetzen auf die Werkseinstellungen würde dieses Problem beheben. Aber der Schattenmann würde wissen, dass sie es herausgefunden hatte. Er würde reagieren. Vielleicht würde er jemanden beauftragen, die Spionagesoftware erneut zu installieren. Oder vielleicht etwas anderes tun. Aber im

Moment war sie im Vorteil. Er wusste nicht, dass sie es wusste. Und vielleicht konnte sie das ausnutzen.

Sie nahm das Gerät zwischen Daumen und Zeigefinger, als wäre es verschmutzt. Die Oberfläche fühlte sich jetzt irgendwie ölig und infiziert an.

Sie steckte es in die Handtasche. »Sind Sie sicher, dass es jetzt ausgeschaltet ist?«

»Absolut.«

Sie atmete langsam aus. »Das Zurücksetzen kann vorerst warten.«

Kapitel 27

Gemma konnte nicht aufhören, in den Rückspiegel zu schauen, als sie mit Lucas auf dem Rücksitz nach Hause fuhr. Sie erwartete immer wieder, ein Fahrzeug zu sehen, das ihr folgte, ein ominöses schwarzes Auto mit getönten Scheiben. Auch wenn sie wusste, dass der Schattenmann sie nicht auf diese Weise überwachte. Das war auch gar nicht nötig. Er konnte einfach die GPS-Daten ihres Handys auf seinem Bildschirm abrufen. Vielleicht hörte er auch das Gespräch im Auto mit. Vielleicht hatte er sogar die Kamera ihres Telefons eingeschaltet und sah sich jetzt das verschwommene dunkle Bild des Inhalts ihrer Handtasche an.

Sie hätte den Mann im Handyladen doch bitten sollen, das Gerät auf die Werkseinstellungen zurückzusetzen. Oder sie hätte das Telefon zurücklassen und in den Müll werfen sollen. Oder vielleicht hätte sie es einfach nicht mehr einschalten und den Akku wieder rausnehmen sollen.

Aber dann würde der Schattenmann wissen, dass sie es herausgefunden hatte. Und sie wollte nicht, dass er es erfuhr. Noch nicht. Nicht bevor sie wusste, wie sie ihn aus seinem Versteck locken konnte. Deshalb hatte sie das Telefon wieder eingeschaltet. Sie setzte ihr Leben fort, hielt ihre Routine aufrecht. Tra-la-la, hier gibt es nichts zu sehen.

»Und, wie war es heute in der Schule?«, fragte sie Lucas fröhlich und war sofort angewidert von sich selbst. Sie hatte die Frage dem Schattenmann zuliebe gestellt. Ihr Tonfall war gekünstelt. Andererseits fragte sie Lucas immer, wie es in der Schule war. Sie wollte es wirklich wissen. Aber sie wollte nicht, dass der Schattenmann es erfuhr. Lucas' Schultag ging ihn nichts an.

Im Wagen befand sich eine unsichtbare, giftige Präsenz, die ihre Verbindung zu ihrem Sohn beeinträchtigte. Wut durchströmte sie. Sie wollte den Schattenmann tot sehen.

»Ganz okay«, antwortete Lucas und klang ein wenig bedrückt. »Ich vermisse Paula.«

Ah. Da kamen auch schon die Schuldgefühle. Gemmas Gehirn war praktisch ein Cocktail aus allen möglichen elenden Emotionen: Angst, Selbstverachtung, Wut, Furcht und das neu hinzugekommene Schuldbewusstsein. Sie war schuld daran, dass Paula gefeuert worden war. Sie war schuld, dass ihr Sohn seine Lieblingslehrerin verloren hatte. »Ja, ich weiß, mein Schatz. Wie ist die neue Lehrerin?«

»Sie will, dass wir jeden Morgen ein Lied singen. Und sie hat mich neben ein Mädchen gesetzt.«

Das war ja furchtbar! »Ist es ein schönes Lied?«

»Ich schätze schon.«

»Magst du es mir mal vorsingen?« Und dem unbekannten, feindseligen Kerl, der zuhörte, natürlich auch.

»Nein. Ich will es *gar nicht* singen.«

»Neben welchem Mädchen sitzt du denn jetzt?«

»Ich weiß nicht, wie sie heißt.«

Sie waren nun schon seit zwei Monaten in einer Klasse, und Lucas kannte immer noch nicht ihren Namen. Er schien Namen keine große Bedeutung beizumessen. Aber das war wahrscheinlich auch gut so. Es gab keinen Grund, dem Schattenmann noch mehr Informationen über irgendetwas zu geben.

»Cody hat gesagt, seine Mommy hat gesagt, dass Paula etwas Schmutziges und Böses getan hat und dass sie uns deshalb nicht mehr unterrichtet.«

Codys Mommy sollte zur Hölle fahren. »Das ist nicht wahr. Paula war eine sehr nette Lehrerin. Aber manchmal suchen sich Menschen aus allen möglichen Gründen einen anderen Job.«

»Zum Beispiel?«

»Manche … sind unzufrieden, wollen in eine andere Stadt ziehen oder …«

»Ich glaube, Paula hat vielleicht wirklich im Garten im Schlamm gespielt. Denn das ist nicht erlaubt.«

Gemma brauchte eine Sekunde, um ihm zu folgen. Natürlich, Paula hatte etwas Schmutziges und Schlimmes getan, und für ihren Sohn bedeutete schmutzig anscheinend, dass sie im Schlamm gespielt haben musste. »Das kann ich mir nicht vorstellen.«

»Hast du schon mal einen Job aufgegeben?«

»Ja, ein paar Mal.«

»Warum?«

»Weil ich einen besseren Job gefunden hatte.« Sie fing an, das Gespräch mit Lucas zu genießen, und erwog, in die Tasche zu greifen und den Akku aus dem Telefon zu nehmen. Damit ihre schöne gemeinsame Zeit im Auto nicht durch die unerwünschte Präsenz befleckt wurde.

»Meinst du, Paula hat jetzt einen besseren Job?«

Sie seufzte. »Könnte sein.«

»Vielleicht ist sie jetzt Astronautin. Oder Soldatin.«

»Aha.« Sie drosselte das Tempo, als sie sich dem Haus näherten.

»Oder Delfintrainerin.«

»Das wäre schön.« Gemma parkte.

»Ich habe mir die Schuhe ausgezogen, Mommy.«

Gemma stöhnte auf. Lucas machte das auf dem Heimweg oft. Seine Knöchel juckten wegen der Neurodermitis. »Okay, zieh die Schuhe wieder an. Ich schließe schon mal die Tür auf.«

»Okay.«

Sie stieg aus und ging zur Haustür. Als sie den Schlüssel ins Schloss steckte, hörte sie schnelle Schritte hinter sich. Sie war schon dabei, den Schlüssel zu drehen, als sich ihr Magen zusammenzog, ein Reflex, der sie vor der Gefahr warnte, und …

Jemand rammte sie, und ihr Kopf prallte gegen die Tür. Der Schmerz blendete sie. Eine Hand an ihrem Arm, und sie wurde durch die offene Tür geschoben. Sie stolperte und fiel, schwarze Flecken tanzten vor ihren Augen. Rasch rollte sie sich über den Boden und griff nach ihrer Tasche, in der sie ihr Pfefferspray aufbewahrte. Sie konzentrierte sich auf ihren Angreifer, einen Mann mit Sonnenbrille, der grinsend das Gesicht verzog. Er kam ihr bekannt vor. War er es? Der Hacker?

Er stieß ihre Tasche von ihr weg, kniete sich über sie und gab ihr eine Ohrfeige. Der heftige Schlag ließ sie aufkeuchen, ihr Ohr klingelte, und der Schmerz …

– breitete sich in ihrem Schädel aus und erzeugte ein stechendes Gefühl. Theo versuchte, sich zu wehren, aber er hielt sie jetzt –

– an den Handgelenken fest. Sie versuchte, das linke Knie hochzureißen, um ihn am Rücken zu treffen, aber er saß auf ihrer Brust, und sie konnte es nicht tun, hilflos, sie war so hilflos. Das plötzliche Aufblitzen der Vergangenheit verwirrte sie, ein Teil von ihr war sich nicht sicher, ob sie siebzehn oder dreißig war, ob sie sich in Victorias Haus oder in ihrem eigenen aufhielt. Sie versuchte, sich zu konzentrieren, aber die Panik nahm überhand, und jetzt zappelte sie nur noch, schrie und versuchte, sich zu befreien, während er sie betatschte, seine Hand unter –

– ihr T-Shirt schob. Er lachte, sein Gesicht war hinter der Maske nicht zu erkennen, und sein Freund lachte mit ihm. Sie wimmerte, konnte sich kaum bewegen, die Welt drehte sich. Was hatten sie mit ihr gemacht? Hatte Victoria das getan? Wo steckte Victoria, sie war doch eben noch hier gewesen!

Ihr wurde die Maske vom Gesicht gerissen.

»Oh Scheiße, das ist Pickelgesicht!«, rief der Typ.

Sie versuchte, ihn zu beißen, aber sie konnte sich kaum bewegen.

»Setz ihr die Maske lieber wieder auf«, riet ihm sein Freund lachend.

Ein schriller Schrei. »Mommy!« War das Victoria? Nein, es klang nicht wie sie.

»Hast du die Tür abgeschlossen?«, fragte der andere Kerl.

»Ich glaube schon.«

»Mommy!«

»Du solltest dir besser sicher sein, Arschloch.«

»Mommy!« Er weinte jetzt, er …

– schluchzte laut. Lucas stand weinend in der Tür. Sie war in ihrem Haus. Sie musste Lucas vor diesem Kerl beschützen. Er war gerade mit seinem Reißverschluss beschäftigt. Während ihre Gedanken auf Wanderschaft gewesen waren, hatte er ihr die Hose schon halb heruntergezogen. Da er offenbar davon ausging, dass sie sich nicht länger wehren wollte, ließ er einen ihrer Arme los.

Das war ein Fehler, du Mistkerl!

Sie fuhr die Krallen aus und zielte auf seine Augen. Lange, manikürte Fingernägel schlitzten ihm die Haut auf und gruben sich in sein Gesicht. Ein stechender Schmerz, als einer ihrer Nägel abbrach. Er kreischte auf und stolperte zurück, und sie rutschte ein Stück weiter und trat zu. Sie zielte auf seinen Schritt, verfehlte ihn jedoch und traf ihn in die Magengrube. Er ging keuchend zu Boden.

Gemma rappelte sich auf und zog sich die Hose hoch. »Geh zum Auto, Lucas!«

Ihr Sohn stand schluchzend in der Tür und rührte sich nicht.

»Geh sofort zum Auto!«, schrie sie ihn an.

Lucas drehte sich um und lief davon. Sie schnappte sich ihre Tasche vom Boden und stürzte zur Tür. Der Mann packte sie am Knöchel, und sie stürzte auf ein Knie, durch das sofort Schmerz loderte. Er knurrte wie ein Tier, während er auf sie zukroch.

Sie versuchte erneut, nach ihm zu treten, aber er wich aus, und ihr Fuß streifte sein Gesicht nur. Spucke lief ihm über die Unterlippe in den Bart, und er hatte überall Kratzspuren im Gesicht. Er wirkte wild und tödlich.

Gemma steckte eine Hand in ihre Handtasche und fand beruhigenderweise sofort das Pfefferspray. Sie holte es heraus, richtete es auf sein wütendes Gesicht und drückte auf die Düse.

Ein Zischen, und jetzt keuchte und hustete er und kniff die Augen zu. Sie ließ nicht locker und bespritzte ihn weiter mit dem Spray, das in seinem Gesicht, auf dem Hals und sonst wo landete. Er ließ sie los, und schon war sie aus der Tür und stolperte zum Auto. Ihre Augen brannten ebenfalls … Sie musste etwas von dem Spray abbekommen haben. Aber das war nicht weiter wichtig. Sie entdeckte Lucas auf dem Rücksitz des Wagens. Braver Junge. Sie riss die Fahrertür auf, setzte sich hinein und knallte die Tür zu. Schnell verriegelte sie alle Türen. Ihre Augen tränten, und sie wusste nicht, ob es am Pfefferspray oder am Schreck lag. Lucas weinte hysterisch. Sie kramte in ihrer Tasche. Schlüssel, Schlüssel, wo waren die verdammten Schlüssel? Sie leerte die ganze Tasche auf dem Sitz aus und verstreute den Inhalt. Ihr Schlüsselbund war nicht da!

Entsetzt hob sie den Blick und sah die Schlüssel in der Haustür stecken. Sie würde noch einmal aussteigen und sie holen müssen. Entschlossen entriegelte sie die Wagentür …

Der Mann stürmte aus dem Haus. Sofort schloss sie die Türen wieder ab. Ihr Herz raste. Er hatte die Distanz zum Wagen mit vier langen Schritten überbrückt und zerrte am Türgriff. Die Tür blieb zu. Er ruckelte wieder und wieder am Griff. Sein Gesicht war mit Schleim und Blut bedeckt, und er bleckte die Zähne und knurrte sie an. Als er mit der Faust gegen das Fenster schlug, schrie sie vor Angst auf. *Bämm. Bämm. Bämm.* Wieder und wieder hieb er dagegen.

Während sie ihn durch das Fenster betrachtete, erkannte sie ihn endlich. Sie hatte ihn schon einmal gesehen. Das war der Mann, der an diesem Vormittag mit seinem Hund vor ihrem Fenster vorbeigelaufen war. Er hatte sie beobachtet!

Sie griff nach ihrem Telefon und entsperrte es mit zitternden Fingern. Der Mann wandte sich vom Auto ab. Sie wählte den Notruf.

»Neun-eins-eins, was ist Ihr Notfall?«

»Ein Mann greift mich an!«, schrie Gemma. »Ich bin in meinem Auto eingesperrt und …« Sie riss die Augen auf, als sie ihn mit einem Stein in der Hand auf sich zukommen sah.

»Können Sie mir Ihren Namen und Ihren Standort nennen?«

Er hob den Stein und schlug damit gegen die Scheibe, die laut knackte. Gemma rief immer wieder ihren Namen und ihre Adresse ins Telefon. Auf dem Rücksitz jammerte Lucas.

Der Mann hielt inne und starrte sie an. Er sah das Telefon und schien zu begreifen, dass sie die Polizei angerufen hatte.

Er ließ den Stein fallen und rannte die Straße hinunter. Gemma mahlte mit dem Kiefer. Er würde entkommen. Sie zwang sich, ruhiger zu werden. »Er rennt jetzt die Kolmar Avenue hinauf. Äh … North Kolmar Avenue«, korrigierte sie sich und versuchte, laut und deutlich zu sprechen. »In Richtung … West Berteau Avenue. Er ist zu Fuß unterwegs. Aber vielleicht parkt sein Wagen in der Nähe.«

»Ich schicke mehrere Streifenwagen zu Ihrem Standort«, erwiderte die Telefonistin.

»Sie sollen diesem Kerl folgen«, verlangte Gemma. »Er humpelt und kann vermutlich nicht viel sehen, weil er eine ganze Menge Pfefferspray abbekommen hat. Er hat einen schwarzen Bart und trägt ein blaues Hemd und eine graue Hose. Er blutet im Gesicht.«

Sie beschrieb ihn, so gut sie konnte, während sich der Mann weiter entfernte und um die Ecke bog. In der Ferne konnte sie die Sirenen hören.

Kapitel 28

Gemma saß auf der Couch und hatte Lucas' Kopf im Schoß. Sie atmete seinen beruhigenden und vertrauten Duft ein. Ihr Junge. Es ging ihm gut. Ihr ging es gut. Der Schattenmann war aus ihrem Leben verschwunden. Officer Mendez, der noch in ihrem Wohnzimmer stand, hatte ihr die Nachricht überbracht, dass der Angreifer gefunden und verhaftet worden war.

War es damit erledigt? War alles vorbei? Sie hatten ihn in Gewahrsam. Vom Gefängnis aus konnte er niemanden mehr erpressen und von ihm verlangen, sie zu belästigen. Er würde ihr nicht länger folgen und sie über ihr Telefon belauschen können.

Aber er konnte der Polizei alles über sie erzählen. Sie sah bildlich vor sich, wie er neben seinem Anwalt auf dem Polizeirevier saß. Der Anwalt würde erklären, dass sein Mandant wertvolle Informationen habe und bereit sei, einen Deal einzugehen. Er könne ihnen eine Mörderin ausliefern. Und dann würde der Staatsanwalt ihn gehen lassen, wie es in diesen Polizeiserien auch immer passierte, und im Gegenzug würde er ihnen von Theodora Briggs erzählen, die sich jetzt Gemma Foster nannte.

Es war noch nicht vorbei. Vermutlich wurde es ab jetzt noch schlimmer.

Als die Polizei ankam, war sie sehr erleichtert gewesen. Officer Mendez war über einen Meter achtzig groß und sah aus wie ein beruhigender Beschützer. Er hatte ihr und Lucas behutsam aus dem Auto geholfen und ihnen immer wieder gesagt, dass sie jetzt in Sicherheit seien. Sie hätten nichts zu befürchten. Nachdem er sie ins Haus geführt hatte, blieb er dort für den Fall, dass der Angreifer zurückkam, und Gemma war so dankbar dafür, dass sie am liebsten weinen wollte. Aber jetzt, wo sie wusste, dass ihr Angreifer auf dem Rücksitz eines Streifenwagens saß, wünschte sie sich, dass Officer Mendez wieder ging. Seine Anwesenheit war nicht länger beruhigend, sondern wurde immer bedrohlicher. Jeden Moment konnte ihn die Zentrale kontaktieren. Officer Mendez, die Frau bei Ihnen wird wegen Mordes gesucht. Legen Sie ihr Handschellen an, und bringen Sie sie aufs Revier.

»Danke für Ihre Hilfe.« Sie versuchte, das Zittern in ihrer Stimme zu unterdrücken. »Brauchen Sie noch etwas von uns? Meine Aussage oder etwas anderes?«

Officer Mendez lächelte sie an. »Der Detective würde gern kurz mit Ihnen sprechen. Sie ist auf dem Weg hierher.«

»Der Detective?«

»Ja, Ma'am. So wurde es mir gesagt.«

Gemma schluckte schwer. Ihr Herz schlug schneller. Spürte Lucas das? Sie streichelte ihm übers Haar. »Geht es dir gut, Schatz?«

»Hm-hm«, murmelte er gedämpft. Er umklammerte sie, seitdem sie das Haus betreten hatten.

Die Haustür flog auf, und Gemma zuckte vor Angst zusammen, aber zu ihrer Erleichterung war es nur Benjamin. Er eilte durch den Raum, sank neben sie und nahm sie und Lucas fest in die Arme.

»Hey«, sagte er.

»Hey, Daddy.« Lucas hob den Kopf. Auf ihrem T-Shirt prangte ein nasser Fleck. Im besten Fall waren es Tränen. Aber Gemma wusste, dass es zu mindestens fünfzig Prozent Rotz war.

»Ich bin froh, dass du hier bist«, murmelte Gemma.

»Geht es euch beiden gut?« Er musterte sie besorgt.

Das Hämmern in ihrem Gesicht ließ vermuten, dass sie sich einen üblen Bluterguss zugezogen hatte. »Uns geht es gut«, antwortete sie. »Wir haben nur einen Riesenschreck bekommen. Aber Lucas war sehr tapfer.«

»Das glaube ich gern.« Benjamin küsste Lucas auf den Scheitel.

Sie tauschten Blicke und wussten beide, dass sie später darüber reden mussten – *nicht vor Lucas.* Außerdem hatte Gemma jetzt sowieso nicht die geringste Lust, über das zu sprechen, was vorgefallen war.

Benjamin umarmte sie noch ein paar Sekunden lang, dann stand er auf und ging zu Officer Mendez hinüber. »Hi.« Er reichte ihm die Hand. »Benjamin Foster.«

»Schön, Sie kennenzulernen. Ich bin Officer Mendez.« Der Polizist schüttelte ihrem Mann die Hand. »Ihre Frau hat einen kühlen Kopf bewahrt. Dank ihrer Beschreibung konnten wir den Kerl schnell erwischen.«

»Oh, das ist gut«, sagte Benjamin. »Und … was passiert jetzt?«

»Der Detective ist unterwegs, um ihre Aussage aufzunehmen. Sie müsste in wenigen Minuten hier sein …«

Ein lautes Klopfen unterbrach sie. Benjamin öffnete die Tür. Gemma löste sich vorsichtig von Lucas und stand auf.

Eine kleine Frau mit lockigem blondem Haar stand in der Tür. Ihr Blick huschte schnell durch den Raum und verharrte eine Sekunde lang auf Gemma. Kannte sie schon die Wahrheit? War sie hier, um sie zu verhaften? Wollte sie sie an die Wand drücken, ihr die Hände auf dem Rücken fesseln? Theodora Briggs, Sie haben das Recht, zu schweigen.

»Hi«, sagte sie leise und gelassen. »Ich bin Detective Holly O'Donnell. Darf ich reinkommen?«

»Natürlich.« Benjamin trat einen Schritt zurück. »Der Officer sagte, dass Sie den Kerl erwischt haben?«

»Hm-hm. Er wollte noch wegfahren, war jedoch in einem schlechten Zustand und ist …« Sie bemerkte Lucas, der über die Couch lugte. »Hallo, du!«

»Hallo«, murmelte Lucas.

»Ich bin Holly.« Ihre Stimme veränderte sich nicht, als sie mit Lucas sprach. Sie wusste, wie man mit Kindern umging. Gemma hatte das Gefühl, dass der Detective ebenfalls Mutter war. »Wie heißt du?«

»Lucas.«

»Schön, dich kennenzulernen, Lucas.« Sie wandte sich an Gemma. »Und Sie sind diejenige, die angerufen hat, richtig? Gemma Foster?«

Gemma schluckte schwer. »Ja.«

»Die Telefonistin war sehr beeindruckt von Ihnen. Sie haben Ruhe bewahrt und uns wirklich sehr geholfen.« Sie sah zu Lucas hinüber. »Deine Mutter ist die coolste Mom aller Zeiten, wusstest du das?«

»Hm-hm.« Lucas lächelte jetzt.

»Okay. Lucas, ich muss ein paar Minuten mit deiner Mutter unter vier Augen sprechen. Würde es dir etwas ausmachen, hier bei deinem Vater und Victor zu bleiben?«

»Geht klar.«

Durch das Gespräch mit einem Vierjährigen hatte Detective O'Donnell irgendwie auch einfach so klargestellt, dass sie sich ungestört mit Gemma unterhalten würde und dass sie keinerlei Debatte deswegen zuließ. Gemma wäre beeindruckt gewesen, hätte sie nicht gegen ihre immense Angst ankämpfen müssen.

Auch Benjamin sah nicht so aus, als wollte er sich einmischen und verlangen, an diesem Gespräch teilzunehmen.

»Wir können uns in der Küche unterhalten«, schlug Gemma vor.

»Großartig.« Detective O'Donnell lächelte sie freundlich an.

Gemma führte die Frau in die Küche und schloss die Tür hinter ihnen.

»Ähm … Kann ich Ihnen etwas anbieten? Einen Kaffee vielleicht?«

»Nein, danke, aber Sie dürfen sich gern einen kochen.«

Gemma war auch so schon unruhig genug. Sie füllte zwei Gläser mit Wasser und gab in jedes mehrere Eiswürfel.

»Danke.« Holly nahm ihr das Glas aus der Hand und setzte sich an den Tisch. Sie zückte Notizblock und Stift und legte alles vor sich. »Wie ich bereits sagte, bin ich Detective Holly O'Donnell. Ich leite die Abteilung für Internetkriminalität.«

»Internetkriminalität?«, wiederholte Gemma. »Das war nicht … Ich meine …« Sie verstummte.

Holly O'Donnell beäugte sie nur schweigend. Gemma hatte das Gefühl, dass sie bei dieser Frau sehr vorsichtig sein musste.

Schließlich fuhr Holly fort. »Es ist uns gelungen, Hank Turpin festzunehmen … Das ist der Mann, von dem wir glauben, dass er Sie angegriffen hat. Er ist mit seinem Wagen gegen einen Baum geprallt, was auch nicht weiter verwundert, da man nach einer Attacke mit Pfefferspray nicht mehr Autofahren kann.«

Gemma nickte, erwiderte jedoch nichts. Hank Turpin … Dieser Name sagte ihr nichts. Sie konnte sich nicht erinnern, einmal jemanden mit dem Nachnamen Turpin gekannt zu haben, und fragte sich, ob das sein richtiger Name war.

»Er sah ziemlich mitgenommen aus.« Holly schlug ihren Notizblock auf und blätterte zu einer leeren Seite. »Hatte Blut im Gesicht, konnte kaum sprechen.«

»Aha.«

»Hatten Sie ihn zuvor schon einmal gesehen?«

»Ähm … Ich glaube, ich habe ihn heute Morgen gesehen, als er an meinem Haus vorbeigegangen ist.«

»Hat er Sie beobachtet?«

»Vielleicht. Ich weiß es nicht.«

»Und davor?«

»Nicht, dass ich wüsste«, antwortete Gemma wahrheitsgemäß.

»Können Sie mir schildern, was genau passiert ist?«, bat Holly. Ihre Stimme wurde ein bisschen sanfter.

Gemma wappnete sich und beschrieb den Überfall so genau wie möglich. Holly machte sich Notizen, ohne sie zu unterbrechen. Als sie berichtete, wie er ihr die Hose heruntergezogen hatte, musste Gemma innehalten und einen Schluck Wasser trinken. Doch dann sprach sie weiter und erzählte auch den Rest, wobei sie versuchte, es so schnell wie möglich hinter sich zu bringen.

»Okay.« Holly tippte auf das Notizbuch, als Gemma fertig war. »Wer ist Theodora?«

Jetzt wurde es ernst. Sie war aufgeflogen. Aber Gemma wollte nicht so schnell aufgeben. Sie runzelte die Stirn. »Theodora? Keine Ahnung.«

»Als Sie die Zentrale angerufen haben, sollten Sie Ihren Namen nennen. Und Sie haben Theodora gesagt. Später sagten Sie, Ihr Name wäre Gemma. Also habe ich mich gefragt, wer Theodora ist.«

Gemma hätte sich am liebsten eine Ohrfeige verpasst. »Ich hatte große Angst und konnte nicht mehr klar denken. Ich weiß nicht einmal mehr, was ich gesagt habe. Ich kenne niemanden namens Theodora.«

O'Donnell legte den Kopf leicht schief und beobachtete Gemma schweigend. Ihre Augen waren groß und braun, die

Farbe erinnerte an Schokolade. Gemma tat ihr Bestes, um nicht wegzusehen.

»Okay«, sagte Holly schließlich. »Sie kennen diesen Hank Turpin also nicht?«

»Ich bin ihm noch nie begegnet.«

»Fällt Ihnen vielleicht noch jemand anderes ein, der Ihnen etwas Böses will?«

»Äh …« Sie hatte buchstäblich eine Liste mit den Namen solcher Leute in einer Schublade in ihrem Schlafzimmer. »Nein. Mir fällt niemand ein.«

»Seltsam.« O'Donnell klemmte sich den Stift zwischen die Lippen. »Wissen Sie, dieser Turpin ist ein echter Mistkerl. Er wurde erst vor einem Jahr aus dem Gefängnis entlassen, wo er wegen Vergewaltigung und schwerer Körperverletzung zehn Jahre absitzen musste. Bei seiner Festnahme sagte er sofort, dass er einen Deal machen wolle.«

Gemma ballte unter dem Tisch die Fäuste. »Sie dürfen ihn nicht freilassen. Er hat mich angegriffen. Er ist gefährlich.«

»Oh, keine Sorge, der geht nirgendwo hin. Aber er hat etwas Seltsames gesagt. Er sagte, jemand habe von ihm verlangt, Ihnen zu folgen. Und Fotos von Ihnen zu machen. Deshalb wollte ich wissen, ob Ihnen noch jemand einfällt, der Ihnen etwas antun will.«

Ein paar Sekunden lang war Gemmas Verstand wie leer gefegt. Sie war die ganze Zeit davon ausgegangen, dass es sich bei dem Mann, der sie angegriffen hatte, um den Schattenmann handelte, den Erpresser, den Strippenzieher, den Mann, der sich in ihr Telefon gehackt und ihr Leben durcheinandergebracht hatte.

Aber er war es nicht.

Dieser Hank Turpin war nur eine weitere Person, die vom Schattenmann geschickt worden war. Wahrscheinlich wurde er genau wie die anderen erpresst.

»Dann hat … dieser andere …«, sagte Gemma langsam. »Er hat von diesem Turpin verlangt, mich anzugreifen?«

»Wir sind uns da nicht so sicher«, erwiderte O'Donnell. »Er ist nach kurzer Zeit wieder verstummt. Wenn Sie mich fragen, wurde ihm bewusst, dass es keinen Deal geben wird. Aber ein Mann wie Turpin … Sobald er einer Frau eine Zeit lang folgt, ist er wie besessen. Daher vermute ich, dass dieser Angriff auf Sie nicht unbedingt Teil seines Auftrags war.«

O'Donnell wusste also doch nicht, wer sie war. Gemmas Erleichterung war jedoch nur von kurzer Dauer. Schließlich war der Schattenmann noch immer irgendwo da draußen. Und es sah so aus, als würde er nicht davor zurückschrecken, gewalttätige Kriminelle auf sie anzusetzen. Auf sie und ihre Familie. Lucas hätte verletzt werden können.

»Verstehe«, sagte sie schließlich.

»Sie haben keine Ahnung, was Turpin damit meint?«

»Nein, leider nicht.«

»Wirklich?« O'Donnell legte erneut den Kopf schief. »Kennen Sie eine Frau namens Paula Donahue?«

Gemma hätte das beinahe verneint, doch das wäre sinnlos gewesen. Der Detective wusste offensichtlich viel mehr, als sie zugeben wollte. »Ja. Sie war die Lehrerin meines Sohnes.«

»*War* ist korrekt. Paula hat gestern die Polizei angerufen und gemeldet, dass sie seit einem Jahr erpresst wird. Die Person, die sie erpresst, hat gedroht, jedem, den sie kennt, Nacktfotos von ihr zu schicken. Sie sagte, sie habe einem Elternteil eines ihrer Schüler davon erzählt – einer gewissen Gemma Foster –, und der Erpresser habe es offenbar herausgefunden. Ihre Nacktfotos wurden veröffentlicht. Paula teilte mir außerdem mit, dass einige Dinge, die sie für ihn tun musste, direkt mit Ihnen zu tun hatten.«

Es war wie bei dem Verhör vor all den Jahren. Damals schien Detective Dunn anfangs auch auf ihrer Seite zu sein.

Er entlockte ihr nach und nach ihre Geschichte, bevor er anfing, schwierige Fragen zu stellen. Es kamen kleine Details ans Licht, die nicht mit ihrer Geschichte übereinstimmten. Das machte keinen guten Eindruck. Gemma wusste noch, dass das Verhör stundenlang dauerte. Dass sie pinkeln musste, sich aber nicht traute, zu fragen, ob sie auf die Toilette gehen dürfe. Am Ende drohte ihre Blase zu platzen, und Dunns Stimme war schneidend, als er sie fragte, was in dieser Nacht wirklich passiert sei, warum sie diese Party besucht habe, was zwischen ihr und Victoria vorgefallen sei …

Jetzt musste sie ebenfalls pinkeln. Sie musste so dringend auf die Toilette.

»Paula hat mir etwas erzählt«, platzte es aus Gemma heraus. »Aber ich habe nur mit halbem Ohr zugehört. Es ging darum, dass sie Lucas eine Maske in die Brotdose gelegt und ihm eine Geschichte erzählt hat, und hörte sich nach Unsinn an.«

»Ja, das tut es wirklich, nicht wahr? Das habe ich auch gedacht, als ich gestern mit ihr sprach. Angeblich hat dieser Typ manchmal illegale Handlungen von ihr verlangt, ohne ersichtlichen Grund, nur zu seinem eigenen Vergnügen. Das hat mein Interesse geweckt. In meiner ganzen Zeit als Detective habe ich so etwas nur ein einziges Mal erlebt. Das ist Jahre her. Und damals ging es sehr schlecht aus.« O'Donnell beugte sich vor. »Frauen sind gestorben, Mrs Foster.«

Gemmas Lippen zitterten. Sie war kurz davor, in Tränen auszubrechen. Sie musste so dringend pinkeln.

»Daher nehme ich die Sache nicht auf die leichte Schulter, wenn ich von einem ähnlichen Fall erfahre«, fuhr O'Donnell nach einer Sekunde fort. »Als ich den Anruf erhielt und erfuhr, ein Mann würde behaupten, ein Unbekannter hätte ihm befohlen, Ihnen zu folgen, kam ich so schnell hierher, wie ich nur konnte. Mindestens zwei Personen wurde aufgetragen, in

Ihr Leben einzudringen. Von jemandem aus dem Internet. Wissen Sie, warum?«

»Nein, ich habe nicht die geringste Ahnung.«

»Gab es noch mehr?«

»N… nein.«

»Gemma«, sagte O'Donnell leise. »Dieser Kerl wird nicht damit aufhören. Ich weiß nicht, was Sie mit ihm erlebt haben, aber wenn Sie mir nicht die Wahrheit sagen, werde ich Ihnen nicht helfen können. Dann kann ich Sie nicht beschützen.«

In diesem Moment wäre sie fast zusammengebrochen. Beinahe hätte sie O'Donnell die Wahrheit gesagt. Ihr Name war Theodora Briggs. Sie wurde wegen eines Mordes gesucht, der dreizehn Jahre zurücklag, und irgendwie hatte dieser Typ sie gefunden. Die Worte lagen ihr schon auf der Zunge und wollten unbedingt herauskommen. O'Donnell schien es zu ahnen, denn sie sagte nichts und sah sie mit ihren verständnisvollen braunen Augen erwartungsvoll an.

»Es tut mir sehr leid«, sagte Gemma. »Ich weiß nicht, wer dieser Typ ist oder was er von mir will. Und ich muss wirklich dringend auf die Toilette.«

Kapitel 29

Gemma saß auf Lucas' Bett, lehnte mit dem Rücken an der Wand und fuhr mit den Fingern langsam über seinen Körper. Sie war sich nicht sicher, ob er schon schlief. Seine Atmung hatte einen gleichmäßigen Rhythmus angenommen, aber sie wusste aus Erfahrung, dass das nicht unbedingt etwas zu bedeuten hatte. Wenn sie jetzt aufstand, konnte er auf einmal hellwach sein. Daher musste sie noch ein bisschen länger bleiben. Es war ja nicht so, als ob sie sich in seinem Zimmer versteckte, um nicht mit Benjamin reden zu müssen. Lucas war den ganzen Abend über schwierig gewesen. Mehrmals hatte er untröstlich geweint und ein hohes, klagendes Wimmern ausgestoßen, nur unterbrochen von erschütternden Schluchzern, die sich wie Messer in Gemmas Herz bohrten. In anderen Momenten blickte er ins Leere, saß wie erstarrt da, und Gemma konnte ihn nur umarmen, ihm übers Haar streichen und ihm leere Phrasen ins Ohr flüstern. Benjamin war auf typisch männliche Weise nutzlos gewesen und hatte Lucas gesagt, dass jetzt alles in Ordnung sei und er sich keine Sorgen mehr machen müsse. Als ob die Ereignisse des Nachmittags einfach weggefegt werden könnten wie eine schmerzhafte Schramme am Knie oder ein unschön verlaufenes Treffen.

Wusste Benjamin, dass sich dieses Ereignis für immer in Lucas' Gedächtnis einprägen würde? Es würde seine Welt und sein Verhalten auf unzählige Arten beeinflussen.

»Mommy«, murmelte Lucas leise und wie aus weiter Ferne, fast schon in Träumen versunken.

»Ja, Schatz?«

»Ist der böse Mann noch im Gefängnis?«

»Ja, Schätzchen. Sie werden ihn für sehr, sehr lange Zeit einsperren.«

»Auch nach dem nächsten Jahr?«

»Und noch viele weitere Jahre. Wir werden ihn nie wiedersehen.«

»Aber was ist, wenn er rauskommt und nach uns sucht?«

»Wenn er jemals rauskommt, wird er ein alter Mann sein und uns nichts mehr antun können.«

»Tut dein Gesicht noch weh?«

Sie hatte in der Tat noch Schmerzen, ein dumpfes Pochen, das immer dann aufflammte, wenn sie sich zu schnell bewegte. »Nur ein bisschen. Es ist schon viel besser.«

»Du kannst das nicht mit einem Kuss vergessen machen.«

Das taten sie immer, wenn sich Lucas auf dem Spielplatz oder zu Hause wehtat, dann machte sie den Schmerz mit einem Kuss vergessen.

»Daddy hat das schon gemacht.«

»Und es hat geholfen?«

»Ja, es hat geholfen.«

»Okay.«

Nach einer Minute wurde sein Atem wieder gleichmäßig. Gemma betrachtete sein schlaffes Gesicht und sein zerzaustes Haar und musste sich ein Schluchzen verkneifen. Dieser gewalttätige Mistkerl Hank Turpin war ihnen gefolgt. Sie hatte ihn vorhin gegoogelt, die Artikel über seine Verhaftung vor zehn Jahren gelesen, den Bericht einer der Frauen, die er vergewaltigt hatte. Das war der Mann, dem ihr Kind ihretwegen ausgesetzt gewesen war. Und es war noch nicht vorbei. Der Schattenmann konnte noch andere wie Turpin schicken. Das nächste Mal würde sie wahrscheinlich nicht so viel Glück haben. Sie konnte verletzt werden. Lucas ebenfalls.

Sie durfte nicht zulassen, dass es ein nächstes Mal gab. Solange sie in Lucas' Nähe blieb, war er in Gefahr. Sie würde für eine Weile weggehen müssen, bis das hier vorbei war.

Aber Thelma und Detective O'Donnell hatten recht. So ein Mann verschwand nicht von allein. Sie würde die Sache selbst beenden müssen. Sie konnte es sich nicht mehr leisten, auf Nummer sicher zu gehen und zu versuchen, ihn aus der Ferne zu finden. Immerhin wusste sie, woher er kam. Sie würde zu ihm gehen müssen.

Gemma wartete noch ein paar Minuten, dann stand sie langsam vom Bett auf. Sie hielt inne, beobachtete Lucas und vergewisserte sich, dass er nicht wach geworden war. Dann schlich sie leise aus dem Zimmer.

Benjamin stand in der Küche und rührte in einem Topf, süßer Zimtduft erfüllte den Raum.

»Hey«, sagte er. »Ich dachte, du brauchst etwas Tröstliches, und koche dir einen warmen Apfel-Cider.«

»Das hört sich gut an.« Gemma schenkte ihm ein Lächeln. Dabei pochte die Prellung in ihrem Gesicht.

Sie musste mit ihm reden, ihm sagen, was passieren musste. Aber zuerst wollte sie noch ein bisschen Theater spielen. Sie holte ihr Handy aus der Tasche, schloss den Akku wieder an, den sie zuvor herausgenommen hatte, und schaltete es ein. Sie wartete geduldig, bis es hochgefahren war.

»Schläft Lucas?«, erkundigte sich Benjamin.

»Ich glaube schon.«

»Er war sehr aufgebracht.«

»Es war auch ein traumatischer Tag für ihn.« Das Telefon ging an. Ihr Hintergrundbild war ein Foto von ihr, Lucas und Benjamin, auf dem sie alle in die Kamera lächelten. Sie fragte sich, ob gerade irgendwo in einem dunklen Raum das gleiche Foto auf dem Bildschirm des Schattenmanns erschien und ihm signalisierte, dass das Telefon eingeschaltet worden war.

»Oh, das ist gut«, sagte sie. »Ich konnte mein Telefon einschalten.«

»Gibt es ein Problem damit?«, fragte Benjamin.

»Ich glaube, es ist kaputt gegangen, als ich angegriffen wurde«, antwortete sie. »Es geht immer wieder aus.«

»Soll ich mir das mal ansehen?«

»Vielleicht später«, erwiderte Gemma. »Ist nicht so wichtig.«

Mitten im Satz nahm sie den Akku wieder heraus und hoffte, dass der Schattenmann diesen kurzen Austausch mitgehört hatte. In diesem Fall musste er davon ausgehen, dass ihr Telefon nicht richtig funktionierte. Sie hatte eine gute Ausrede, um es nach Belieben ein- und auszuschalten.

Benjamin schöpfte den Cider in zwei Becher und reichte Gemma einen davon. Sie legte die Hände darum und ließ die Wärme durch ihre Finger strömen. Dann atmete sie den süßen Duft ein und schloss für einen Moment die Augen, um sich zu beruhigen. Benjamins Apfel-Cider bewirkte immer, dass sie sich besser fühlte. Angeblich war es ein Rezept, das in der Foster-Familie von Generation zu Generation weitergegeben wurde. Gemma bezweifelte das, aber manchmal, wenn sie an dem süßen, würzigen Saft nippte, konnte sie sich fast vorstellen, wie Benjamins Vorfahren dieses Getränk vor Jahrhunderten auf einem alten Holzofen zubereitet hatten.

»Ich habe die Visitenkarte des Detectives«, sagte Benjamin. »Holly O'Donnell. Morgen rufe ich sie an und erkundige mich, wie es mit diesem Hank Turpin weitergeht.«

Gemma nickte. »Okay, gut.« Benjamin brauchte das Gefühl, etwas zu tun, die Verantwortung zu übernehmen. Das war für sie in Ordnung.

»Ich habe im Internet recherchiert. Du wirst wahrscheinlich hingehen und eine weitere Aussage machen müssen. Aber es sieht gut aus, denn Holly meinte, er hätte schon alles gestanden. Er ist Wiederholungstäter, daher ist es unwahrscheinlich, dass ihn der Richter auf Kaution freilässt. Wenn wir bei der Kautionsanhörung dabei sind, könnte das ebenfalls hilfreich sein.«

Gemma fand es toll, dass Benjamin fünfzehn Minuten lang online recherchieren und dann so tun konnte, als wäre er der absolute Experte auf diesem Gebiet. Es war zwar lächerlich, hatte aber auch etwas Liebenswertes an sich. Sie hätte niemals so selbstbewusst sein können. Vielleicht würde Lucas so werden, wenn er erwachsen war. Denn sie wollte auf keinen Fall, dass er so wurde wie Gemma, die alles, was sie tat, infrage stellte.

»Diese Sache hat mich zum Nachdenken gebracht«, sagte sie langsam.

»Ja, mich auch. Wir brauchen einen Hund.«

»Ja. Nein. Wie bitte?« Gemma blinzelte verwirrt.

»Wir sollten uns einen Hund anschaffen. Vielleicht einen großen Wachhund. Damit würdest du dich sicherer fühlen. Und er wäre auch gut für Lucas.«

Benjamin hatte also bereits vor, dem Detective bei diesem Fall zu helfen, dafür zu sorgen, dass der Richter Turpin nicht auf Kaution freiließ, und einen Hund anzuschaffen. Diesmal übertrieb er es wirklich. Was wollte er noch alles tun, um das Gefühl zu bekommen, dass er die Sache im Griff hatte? Würde er sich eine Waffe kaufen? Einen Graben rund um das Haus anlegen? Kampfsportunterricht nehmen?

»Bei dem Hund bin ich mir nicht sicher, aber wir können das ja mal in Ruhe besprechen.«

»Du magst doch Hunde?«

Sie kam ganz gut mit Hunden zurecht. Mehr nicht. Allerdings nicht mit großen Hunden. Ein Bild blitzte in ihrem Kopf auf. Wie sie durch den Wald rannte und die Hunde sie verfolgten, sie jagten. Sie blinzelte es weg. Jetzt wollte ihr Mann einen Wachhund anschaffen, um sie zu beschützen, was nicht einer gewissen Ironie entbehrte. »Hunde sind okay. Pass mal auf, Benjamin …«

»Meine Mutter hat heute meinen Vater angerufen«, unterbrach Benjamin sie. »Immerhin eine gute Sache, die sich daraus ergeben hat. Sie hat ihn angerufen, um ihm mitzuteilen, was passiert ist, und um ihm zu versichern, dass es dir und Lucas gut geht. Ich glaube, dieser Notfall hat ihr gezeigt, wie sehr sie ihn vermisst.«

»Das sind tolle Neuigkeiten.«

»Mein Vater kennt sich mit Hunden aus«, ergänzte Benjamin. »Wir könnten ihn fragen, was er davon hält.«

Benjamin blieb normalerweise immer ganz ruhig. Aber jetzt sprach er schnell, und seine Körpersprache wirkte hektisch und unberechenbar. Sein Becher mit Apfel-Cider stand auf dem Tisch. Sein Verhalten machte sie nur noch müder.

Gemma beugte sich vor und griff nach seinem Handgelenk. Sie drückte es leicht, dann zog sie seine Hand an ihre Lippen und küsste sanft seine Finger. »Können wir morgen über die Polizei und den Hund und all das reden? Jetzt musst du mich erst mal trösten.«

»Oh, richtig, natürlich.« Er blinzelte. »Entschuldige, ich wollte nur … Du hast recht.«

Er stand auf, kam zu ihr herüber und schlang von hinten die Arme um sie. Nervosität machte sich in ihr breit. Benjamins Arme schränkten sie in ihrer Bewegungsfreiheit ein, erstickten sie, drückten sie auf den Stuhl …

Sie riss sich zusammen, lehnte sich an ihn und trank noch einen Schluck. Er war ihr Ehemann, der Mann, den sie liebte. Er wollte sie beschützen und würde ihr niemals wehtun. Sie atmete tief ein, schloss die Augen und ließ zu, dass seine großen, warmen Arme ihr etwas von der Anspannung nahmen.

Dann stieß sie die Luft aus. »Ich glaube, ich muss zurück nach Crumville. In meine Heimatstadt.« Allein bei dieser Vorstellung drehte sich ihr der Magen um.

Benjamin löste sich von ihr. »Was? Wie kommst du denn auf die Idee?«

Gemma hatte das, was sie sagen wollte, schon vorhin in Lucas' Zimmer gründlich vorbereitet. Sie beschrieb die Ereignisse der letzten Woche. Erklärte, was für ein Mann da hinter ihr her war. Dass er wahrscheinlich aus Crumville stammte – vielleicht Victorias Bruder oder ihr Vater war. Sie musste zurückgehen und es herausfinden. Die Identität des Mannes in Erfahrung bringen. Erst dann konnte sie die Sache der Polizei übergeben … oder Thelmas Kontakten. Und so alles in Ordnung bringen. Dafür sorgen, dass sie ihr altes Leben zurückbekamen. Sicherstellen, dass die Menschen, die sie liebte, in Sicherheit waren und nicht ihretwegen verletzt wurden. Vor allem wollte sie Lucas unbedingt beschützen.

Als sie vorhin darüber nachgedacht hatte, war es ihr einfach erschienen. Benjamin wollte Lucas ebenso beschützen wie sie, wollte ihn mehr als alles andere in Sicherheit wissen. Und er wusste, dass sie stark war, dass sie auf sich aufpassen konnte. Er würde ihrem Urteilsvermögen vertrauen.

Aber jetzt, da sie sah, wie er sich bemühte, die Sache in die Hand zu nehmen, schaffte sie es nicht. Wenn sie ihm von dem Mann erzählte, der hinter ihr her war, würde er sich selbst darum kümmern wollen. Er würde sich lächerliche Pläne ausdenken – Privatdetektive, Jagdhunde und dass sie sich ans FBI wandten. Er würde im Internet alles über Hacker lesen und herauszufinden versuchen, wie er die Spur zum Hacker zurückverfolgen konnte. Und er würde *niemals* zulassen, dass sie sich in Gefahr begab. So war er nun einmal. So war es ihm beigebracht worden. Seine Gene schrieben es vor, denn er war der große starke Mann, der seine Familie und seinen Stamm beschützte.

Sie würde lügen müssen. Gut, dass sie darin mehr als genug Übung hatte.

»Ich ... Die Sache hat mich einfach zum Nachdenken gebracht. Mir wurde klar, dass mein Leben zu wertvoll ist, um nur wegzulaufen und mich zu verstecken.« Ein alberner, banaler Satz. Aber er klang überzeugend. Sie hatte sehr viele schlechte Hollywood-Filme gesehen, die sie sich nun zum Vorbild nahm. Sie musste sich ihren Dämonen stellen und so weiter und so fort. »Ich muss dorthin zurückgehen. Meine Mutter aufsuchen ... Lucas hat eine Großmutter, die er noch nie getroffen hat.«

»Aber du hast doch selbst gesagt, dass die Polizei nach dir sucht!«

»Ich weiß nicht einmal mehr, ob das noch stimmt«, entgegnete sie. Das war keine Lüge. Sie war vor all diesen Jahren eine Verdächtige gewesen. Es hatte einen »Berg von Beweisen« gegeben, die auf sie hindeuteten. Aber man hatte sie nie verhaftet. Es gab keine handfesten Gründe dafür. Nun konnte sie nur hoffen, dass der Mordfall in den letzten dreizehn Jahren uninteressanter geworden war. »Außerdem gibt es da noch etwas anderes, das ich herausfinden will.«

»Du könntest ja erstmal mit ihr telefonieren«, schlug Benjamin vor. »Wenn deine Mutter dir sagt, dass sie immer noch auf der Suche nach dir sind, solltest du dich lieber von dort fernhalten.«

Sie musste weg, fort von Lucas und ihm. »Wenn sie nach mir suchen, könnten sie auch von diesem Anruf erfahren.« Gemma hatte keine Ahnung, ob das stimmte. Würde man das Telefon ihrer Mutter all die Jahre lang abhören? »Schlimmstenfalls führe ich sie damit direkt hierher. Benjamin, ich weiß, dass du dir Sorgen machst, aber ich werde vorsichtig sein, okay? Ein kurzer Besuch, nur um meine Mutter zu sehen. Zwei oder drei Tage, nicht länger.«

»Ich finde, wir sollten heute Abend keine Entscheidungen treffen«, erklärte Benjamin. »Du bist immer noch sehr durcheinander. Lass uns eine Nacht darüber schlafen und nachdenken, okay?«

»Ja, du hast recht.« Gemma zog ihn an sich. »Wir entscheiden heute Abend nichts mehr.«

Dabei hatte sie sich längst entschieden. Sie würde zurückgehen.

Kapitel 30

Seine Mutter hatte das Zirpen der Grillen immer gehasst, was ein Problem darstellte, wenn man in einer Kleinstadt in Georgia lebte. Das sommerliche Grillenlied war praktisch ihre Hymne. Während seiner gesamten Kindheit war er Zeuge des Kampfs seiner Mutter gegen die Grillen gewesen. Sie besprühte den Garten mit Duftölen oder Essig. Sie stellte überall im Garten Grillenfallen auf. Manchmal stand sie sogar nachts auf, wenn eine Grille besonders laut war, und streifte mit einer zusammengerollten Zeitung in der zitternden Faust durch den Garten, um sie zu suchen.

Als er dann etwa zehn Jahre alt war, ließ sein Vater alle Fenster schalldicht isolieren. Das löste das Problem nicht vollständig, aber der Gesang der Grillen wurde zumindest leiser.

Und er merkte, dass er ihn vermisste. Das Einschlafen fiel ihm auf einmal schwer. Er hatte nie gewusst, dass er dieses Geräusch brauchte, bis es auf einmal verschwunden war.

So fühlte er sich auch jetzt, nachdem Theodoras Smartphone aus seinem Feed verschwunden war. Er konnte ihre Gespräche nicht mehr mithören, konnte ihren Standort nicht mehr auf seinem Bildschirm sehen, konnte nicht mehr täglich nachvollziehen, was sie sich im Internet angesehen hatte.

Es war nicht so, dass er ihre Stimme vermisste. Er *hasste* ihre Stimme. Er hasste alles an ihr, dieser Psychoschlampe, die Victoria ermordet hatte. Aber es war beruhigend gewesen, diese ständige Verbindung zu ihr zu haben. Zu wissen, dass sie nichts tun konnte, ohne dass er davon erfuhr. Dass er die Macht über sie hatte.

Als dieser Idiot Turpin auf sie losgegangen war, hätte er am liebsten laut losgeschrien. Er lauschte, hörte die Kampfgeräusche, die Schreie, und glaubte schon, das wäre ihr Ende. Natürlich wäre ein Teil von ihm froh darüber gewesen, denn sie hatte den Tod verdient. Aber er war derjenige, der entscheiden sollte, wann das geschah, und nicht irgendein Perverser. Als er hörte, wie sie die Polizei rief, atmete er erleichtert auf. Es ging ihr gut.

Später ging ihr Telefon ein paar Mal aus und wieder an. Als es das letzte Mal ausgeschaltet wurde, konnte er gerade noch hören, wie Theodora ihrem Mann sagte, dass es während des Kampfes beschädigt worden sei. Danach hörte er nichts mehr. Frustriert schlug er auf die Schreibtischplatte. Dieses Arschloch Turpin. Er hatte sie nur erschrecken sollen, mehr nicht. Sich an sie schmiegen, ihr ins Ohr flüstern, dass sie beobachtet wurde. Die Anweisung war nicht besonders kompliziert. Warum erwiesen sich manche Menschen als derart unbrauchbar?

Jetzt saß Turpin in Untersuchungshaft, würde wegen dieses Angriffs angeklagt werden, im Gefängnis landen und dadurch völlig nutzlos sein. Im Gefängnis brauchte er keine Sklaven. Außerdem hatte Turpin nicht getan, was von ihm verlangt worden war, und das hatte Konsequenzen.

Er überprüfte die Beweise, die er gegen Turpin in der Hand hatte: das Gespräch mit seinem Freund, in dem er prahlte, nach seiner Entlassung aus dem Gefängnis eine Frau vergewaltigt zu haben. Das reichte aus, um Turpins Haftstrafe um ein paar Jahre zu verlängern, wenn die Polizei alles richtig machte. Er schickte alle Dateien an die Chicagoer Polizei und beschloss, unbedingt jemanden dort einzuschleusen. Auf seiner Liste standen drei Polizisten, aber er hatte niemanden in Chicago.

Jetzt verlagerte er unbehaglich das Gewicht. Er musste einfach wissen, was dort vor sich ging. Wann würde sie ihr Smartphone reparieren lassen? Wann schaltete sie es wieder ein? Heutzutage hielt es niemand lange ohne sein Telefon aus; es musste rund um die Uhr zur Verfügung stehen. Allerdings war Theodora nicht wie alle anderen. Sie hielt sich von den sozialen Medien fern und beteiligte sich kaum an Chats oder Gruppen.

Er versuchte, sich abzulenken, und öffnete die Datei eines seiner neuesten Projekte: Helena Rodriguez. Helena war eine der Personen, deren Passwörter auf der New-Age-Website gehackt worden waren. Er hatte herausgefunden, dass sie das Passwort auch für ihr Google-Konto nutzte, und sich so Zugang zu ihren Fotos und E-Mails verschafft, einschließlich einiger sehr privater Fotos und Videos, die sie beim Sexting mit ihrem Ehemann – einem Armeeoffizier, der derzeit in Südkorea stationiert war – aufgenommen hatte.

Aber das war nur der erste Schritt. Damit Helena ihn ernst nehmen konnte, musste sie begreifen, dass er *alles* über sie wusste. Zu diesem Zweck aktivierte er ein Skript, das alle ihre Beiträge und Kommentare in den sozialen Medien in eine große Datei übertrug. Momentan ging er diese Datei durch und suchte akribisch nach allem, was er über sie herausfinden konnte.

Die Namen und das Alter ihrer beiden Kinder fand er mit Leichtigkeit heraus – sie hatte über die Geburtstage der beiden etwas gepostet. Anhand der Kommentare zu diesen und anderen Beiträgen konnte er eine Liste ihrer besten Freunde und engen Familienangehörigen erstellen.

Er hatte ihre Adresse aus ihren E-Mails ermittelt und war jetzt damit beschäftigt, mehr über ihren Tagesablauf in Erfahrung zu bringen. Zugegeben, die Leute nahmen einen schon ernst, wenn man wusste, wo sie wohnten. Aber wenn man darüber hinaus noch erwähnte, dass sie jeden Mittwochnachmittag in einem bestimmten Café saßen, nachdem sie ihr Kind zum Tanzkurs gebracht hatten, wurden sie hellhörig.

Zu diesem Zweck ging er akribisch jeden einzelnen Beitrag durch, überprüfte Geotags, glich Fotos mit Google Maps ab und …

Er konnte sich nicht konzentrieren.

Erneut überprüfte er Theodoras Telefon. Es war weiterhin ausgeschaltet. Dann ihren Laptop. Fehlanzeige. Das machte ihn wahnsinnig.

Er rief seinen Chat mit Virtual Victoria auf.

Hey, schrieb er. Mein Plan mit Theodora ist in die Hose gegangen.

Oh nein, antwortete Victoria ein paar Sekunden später. Ist das ein großes Problem?

Nichts, womit ich nicht fertig werde.

Gut. Victoria fügte ein wütendes Emoji hinzu. Sie muss dafür bezahlen. Als wir noch Kinder waren, hat mir diese Hure das Herz gebrochen, und Jahre später hat sie dafür gesorgt, dass es aufhört zu schlagen.

Manchmal war das, was Virtual Victoria schrieb, so sehr von echten Gefühlen und Wahrnehmungen durchdrungen, dass er stutze.

Diese Hure hat mir das Herz gebrochen, und Jahre später hat sie dafür gesorgt, dass es aufhört zu schlagen. Wer hätte geglaubt, dass ein Computer auf so einen Satz kommen konnte?

Und es stimmte auch noch.

In den letzten Jahren hatte er versucht, alles in die Hände zu bekommen, was ihn an Victoria erinnerte. Zuerst sammelte er jedes Foto und jedes Video von ihr, das er finden konnte.

Daran gab es zum Glück keinen Mangel, vor allem, nachdem es ihm gelungen war, sich in den Computer ihrer Mutter zu hacken. Tausende von Dateien, die er akribisch in Ordner einsortierte. Im Anschluss schaffte es einer seiner Sklaven, in Craig Howells Garage einzubrechen und ein paar Kisten mit Victorias Sachen zu stehlen. Hauptsächlich Kleidung, die bedauerlicherweise nicht mehr nach ihr roch. Aber auch drei Tagebücher aus jüngeren Jahren. Unbezahlbar. Als er sie las, lernte er Victoria noch besser kennen. Und er erfuhr von dem Moment, der sie verändert hatte. Dem Moment, der sie und Theodora schließlich auseinandergetrieben hatte.

Schon bevor Theodora ihre Freundin ermordete, hatte sie sie im Stich gelassen. Als Victoria sie am meisten gebraucht hätte, hatte sie ihr den Rücken zugekehrt.

Sie brach Victoria das Herz. Und Jahre später sorgte sie dafür, dass es aufhörte zu schlagen.

Er durfte sie nicht aus den Augen lassen. Verbissen ging er die Liste seiner Sklaven durch, bis er auf Madeline Davis' Kontaktinformationen stieß. Sie lebte nur einen kurzen Spaziergang von Theodoras Haus entfernt. Ihr Farbcode war orange-rot, was bedeutete, dass sie bereit war, eine ganze Menge zu tun, damit ihr Mann und ihre Freunde nichts von ihrer Drogensucht erfuhren. Erst eine Woche zuvor hatte sie etwas für ihn erledigt – bei diesem Halloween-Auftritt. Ihm war nicht entgangen, dass sie sich nur ungern hatte vorschreiben lassen, was sie bei der Süßes-oder-Saures-Tour mit ihrer Tochter anziehen sollte und wie sie seine Botschaft zu überbringen hatte. Damals hatte er ihren Namen markiert und wollte ihr ein paar Wochen gönnen, damit sie sich ein wenig beruhigen konnte. Tja, jetzt brauchte er sie aber.

Er verfasste eine neue E-Mail und schickte ihr eine Liste mit Anweisungen. Unter anderem verlangte er ein aktuelles

Foto von Theodoras Haus. Er erklärte ihr genau, wo sich das Schlafzimmerfenster befand. Und er wollte ein Video von Theodora, wie sie morgens zur Arbeit ging. Und ein weiteres Video von Theodora im Schönheitssalon.

Nachdem er die E-Mail abgeschickt hatte, atmete er aus und spürte, wie die Anspannung aus seinem Körper wich. Theodora würde nirgendwo hingehen. Er hatte sie immer noch unter Kontrolle.

Kapitel 31

Gemmas Fahrt von Chicago nach Crumville war lang genug, um sich wie eine Odyssee anzufühlen. Eine Odyssee durch Amerika, bei der jedoch die Sirenen durch Einkaufszentren am Straßenrand ersetzt wurden, der Kampf mit dem Zyklopen nur ein langer Stau in Indianapolis war, und Calypso durch diesen McDonald's in Nashville vertreten wurde, in dem sie zu viel Cola getrunken hatte.

Zugegeben, es war eine langweilige Odyssee, aber der Gedanke daran half Gemma, die wachsende Furcht zu ignorieren, die die zunehmende Nähe zu Crumville in ihr auslöste.

Ursprünglich hatte sie vorgehabt, auf halbem Weg in einem Motel zu übernachten, aber bisher war sie nur an abstoßenden vorbeigekommen, wo sie im Badezimmer vermutlich ein lockiges schwarzes Haar finden und aus dem Augenwinkel etwas über den Boden huschen sehen würde. Außerdem bezweifelte sie, dass sie würde schlafen können angesichts dessen, was der morgige Tag bringen würde.

Daher fuhr sie den ganzen Tag durch, der Wagen schluckte Benzin und Gemma Cola und Kaffee, und keiner von ihnen war besonders glücklich darüber.

Auch ohne die »Welcome to Georgia«-Hinweise oder die Straßenschilder, die die Entfernung nach Augusta anzeigten, konnte Gemma spüren, dass Crumville immer näherkam. Waren es die Bäume? Die vertraute lange Brücke, die über den Lake Oconee führte? Oder war es etwas in ihrem Inneren, ein längst vergessener Kompass in ihrem Bauch, der ihr den Weg dorthin wies, wo sie aufgewachsen war?

Sie umklammerte fest das Lenkrad, als sie in der Ferne die ersten Ausläufer von Crumville sah. Ihre Atmung wurde gepresst und unregelmäßig. Dreizehn Jahre lang hatte sie es geschafft, diesen Ort zu meiden, und jetzt stellten sich die Erinnerungen schlagartig wieder ein. Die Party, das Eingreifen der Polizei, die Enttäuschung und das Entsetzen ihrer Mutter … Sie versuchte, sich auf den unausweichlichen Moment vorzubereiten, da alles zweifellos bald auf sie hereinstürzen und sie überschwemmen würde.

Aber es waren die anderen Erinnerungen, die sie überrumpelten.

Der Walmart in Crumville war das erste Gebäude, das sie begrüßte. Wenn sie mit ihrem Vater oder ihrer Mutter hier einkaufen gegangen war, hatte sie sich immer eine Süßigkeit aussuchen dürfen (zwei Süßigkeiten bei Dad, aber verrat's nicht Mom). Wo war das Schuhgeschäft? Dort hatten sie jedes Jahr ihre Schuhe gekauft. Als Kind hatte sie das geliebt. Als Teenager hatte sie sich dann dafür geschämt, weil sich alle anderen Mädchen ihre Schuhe in teuren Designerläden in Atlanta aussuchten. Aber jetzt hielt sie fast schon verzweifelt danach Ausschau und spielte mit dem Gedanken, Lucas dort ein Paar Schuhe zu kaufen. Ihm zu sagen, dass Mommy dort immer ihre Schuhe gekauft hatte. Aber der Laden war nicht mehr da. Wahrscheinlich existierte er nicht mehr. War das Einkaufszentrum schon immer so winzig gewesen? Damals war es ihr riesig vorgekommen.

Die Schule! Sie hatte erwartet, Abscheu oder Entsetzen zu empfinden, aber halt, an dieser Ecke hatte sie ihre erste und letzte Zigarette geraucht, gehustet und sich beinahe übergeben, während sich Steve und Allan kaputtgelacht hatten. Und da war diese Lücke im Zaun, gerade groß genug, dass sie als Kind hatte hindurchschlüpfen können, um auf der anderen Straßenseite Süßigkeiten zu kaufen. Der Ladenbesitzer hatte ihr immer zugezwinkert und die buschigen Augenbrauen hochgezogen, als wollte er sie fragen, warum sie nicht in der Schule sei, aber er kommentierte es nie und schenkte ihr sogar mal eine Packung Kaugummi.

Auch die Schule war kleiner als in ihrer Erinnerung. War die Stadt während ihrer Abwesenheit geschrumpft?

Ein paar Straßen weiter lag die Grundschule. Auf dem Hof gab es eine kleine Senke, die sich bei Regen immer mit Wasser füllte. Dort hatten sie oft gespielt – sich gegenseitig herausgefordert, darüber zu springen, Steine hineinzuwerfen. Einmal, als sie und Victoria noch befreundet gewesen waren, hatten die Jungs dort einen Frosch gefunden und sie beide damit gejagt, und sie waren gleichzeitig kreischend und lachend davongelaufen.

Die Ecke des Bürgersteigs, wo sie vom Fahrrad gefallen war und sich das Knie so sehr aufgeschürft hatte, dass sie schon glaubte, sterben zu müssen; da war so viel Blut. Aber später, als alle die Nähte sehen wollten, war sie für einen Tag eine Heldin. Gab es nicht gleich da drüben einen Friseursalon? Ja, genau! Ihre Mutter hatte sich dort immer die Haare machen lassen. Aber jetzt war es ein *Dollar General*-Geschäft. Und wo war das Café? In dem Gebäude befand sich nun ein mexikanisches Restaurant. Gemma empfand ein leises Verlustgefühl, was absolut lächerlich war, schließlich hatte sie in den letzten zehn Jahren nicht ein einziges Mal an das Café gedacht.

Sie erinnerte sich an Crumville als den Ort, an dem sie erst gemobbt und dann des Mordes beschuldigt worden war. Den Ort, an dem die Polizei sie als Verdächtige ansah. Aber wenn man diese Erlebnisse beiseite fegte, fand sich darunter eine Fülle von Kindheitserinnerungen, die unberührt geblieben waren. Und ein großer Teil ihrer Kindheit war … glücklich gewesen.

Dann erreichte sie die Kreuzung an der Fourth Street. Links ging es zu Victorias Haus, geradeaus zu ihrem einstigen Zuhause. Sie konnte einfach nicht anders und blickte nach links. Victorias Haus war von hier aus nicht zu sehen, aber sie konnte den hohen Hickory-Baum im Garten ausmachen.

Oh ja, die schlechten Erinnerungen waren immer noch da. Rasch wandte sie den Blick ab.

Es war seltsam, die Straße zu ihrem Elternhaus hinunterzufahren. Sie hatte ihren Führerschein erst mit einundzwanzig gemacht, mehrere Jahre nach Verlassen dieser Stadt. Crumville war ein Ort, an dem sie auf dem Rücksitz eines Autos saß, auf ihrem Fahrrad fuhr oder zu Fuß ging, meist schweißgebadet. Es war kein Ort, an dem sie selbst fuhr, das Lenkrad in der Hand hielt und allein über das Radio und die Klimaanlage des Wagens bestimmen konnte.

Sie parkte gleich auf der anderen Straßenseite und starrte das Haus an.

In den letzten Jahren hatte sich Gemmas Leben stark verändert. Sie hatte sich in eine völlig andere Person verwandelt, eine erwachsene Frau, eine Mutter, einen Menschen, der sein Leben selbst in die Hand nahm. Umso bizarrer erschien es ihr, dass es hier kaum Veränderungen zu geben schien. Im Garten war ein Baum gefällt und durch ein Blumenbeet ersetzt worden. Die Haustür war jetzt in einem dunkleren Braunton gehalten. Der Schuppen war verschwunden. Und … das war so ziemlich alles. In einer der Stufen, die zur Haustür führten, prangte ein Riss, und Gemma wusste ganz genau, dass er schon vor dreizehn Jahren da gewesen war. Sie erinnerte sich, dass ihre Mutter Richard immer wieder aufgefordert hatte, ihn reparieren zu lassen, und Richard hatte versprochen, sich darum zu kümmern. Und doch war er immer noch da. Richard hatte sich nicht darum gekümmert. Oder vielleicht war er gerade dabei, es zu tun.

Möglicherweise waren sie aber auch weggezogen und jemand anderes wohnte jetzt hier.

Wenn es nach Gemma gegangen wäre, hätte sie eine Viertelstunde, zwanzig Minuten, eine Stunde im Auto gesessen. Vielleicht wäre sie sogar hier eingeschlafen und hätte sich eingeredet, dass es besser wäre, am nächsten Morgen dort aufzutauchen. Aber die menschliche Anatomie sah nun einmal vor, dass ein Mensch, der den ganzen Tag über literweise Cola und Kaffee getrunken hatte, irgendwann pinkeln musste. Und dieses Bedürfnis war inzwischen derart dringend, dass sie ihre Angst überwand.

Gemma stieg aus dem Wagen und ging den Weg entlang zur Haustür. Dort hielt sie kurz inne, holte tief Luft und klopfte an.

»Einen Moment«, rief eine Stimme von drinnen.

Die Stimme ihrer Mutter.

Die Tür wurde geöffnet. Ihre Mutter stand vor ihr. Kleiner, als Gemma sie in Erinnerung hatte, mit Falten auf der Stirn. Das Haar zu einem Dutt hochgesteckt anstelle der Dauerwelle, die ihr einst so wichtig gewesen war. Aber immer noch unverkennbar ihre Mutter.

»Kann ich Ihnen helfen?«, fragte ihre Mutter.

Gemma schluckte schwer. »Äh …«

Und dann verschwand die distanzierte Höflichkeit ihrer Mutter schlagartig. Sie riss die Augen auf, und ihr Mund wurde schlaff. Das Blut wich aus ihrem Gesicht, und sie musste sich an den Türrahmen lehnen. »Theodora?«, flüsterte sie mit zitternder Stimme.

»Hallo, Mom«, murmelte Gemma mit Tränen in den Augen.

Einige Sekunden lang bewegte sich keine von ihnen. Ihre Mutter sah aus, als würde sie gleich in Ohnmacht fallen. Doch dann klammerte sie sich an Gemma und umarmte sie schluchzend. Sie bohrte die Finger in Gemmas Rücken, als müsste sie sie festhalten, um sicherzustellen, dass sie nicht wieder weglaufen konnte.

Kapitel 32

Nach einer Umarmung, die sich ausdehnte, bis sie fast schon unbehaglich wurde, entschuldigte sich Gemma und fragte, ob sie das Badezimmer benutzen dürfe. Es war seltsam, in diesem Haus um so etwas zu bitten, als wäre sie ein Gast. Was sie vielleicht auch war. Ihre Mutter wirkte besorgt, als ob sie befürchtete, Gemma könnte durch das winzige Badezimmerfenster entkommen. Gemma wurde das Gefühl nicht los, dass sie an der Tür stand und lauschte.

Jetzt standen sie in der Küche. Ihre Mutter hatte ihr eine Tasse Tee eingeschenkt. Mit zwei Löffeln Zucker, so wie Gemma ihn als Kind getrunken hatte. Ein ganz und gar ungenießbares süßes Gebräu.

»Du musst hungrig sein.« Ihre Mutter lief nervös in der Küche umher. »Kann ich dir etwas kochen? Nudeln? Möchtest du eine Pizza? Ich habe eine Tiefkühlpizza da.«

»Was immer du dahast. Ich möchte dir nicht zur Last fallen«, erwiderte Gemma verlegen. »Ich kann uns auch etwas holen, vielleicht von dem neuen Mexikaner …«

»Nein!«, fiel ihre Mutter ihr ins Wort. »Nein. Ich mache uns was. Du bleibst schön hier sitzen.«

»Okay.« Gemma trank einen Schluck, nur um etwas zu tun. Igitt. Beim zweiten Mal schmeckte der Tee sogar noch schlimmer. Es schien unmöglich, dass sie ihn als Kind so getrunken hatte, und grenzte an ein Wunder, dass sie noch Zähne besaß.

»Hast du eine lange Fahrt hinter dir?«

»Ja, eine ziemlich lange. Ich bin den ganzen Weg von Chicago hergefahren.«

»Chicago«, flüsterte ihre Mutter. »Da wohnst du jetzt also?«

»Ja.«

»Chicago«, wiederholte ihre Mutter. »Ich war vor drei Jahren mit Richard dort. Wenn ich das gewusst hätte … Stell dir das mal vor. Ich hätte dir zufällig auf der Straße begegnen können.«

»Es ist eine große Stadt«, erwiderte Gemma betreten. »Und ich gehe nie an die … touristischen Orte. Wo ist Richard gerade?«

»Er ist einkaufen gegangen. Wir wussten ja nicht, dass du kommst …«

»Ja, tut mir leid. Ich hätte vorher anrufen sollen …«

»Nein! Du brauchst dich nicht zu entschuldigen. Das ist schon in Ordnung.«

Ihre Dynamik war völlig falsch. Gemma wusste, dass sich die Beziehungen zwischen Eltern und Kindern mit dem Heranwachsen allmählich veränderten. Sie hatte Benjamin mit seinen Eltern gesehen, die er voller Liebe behandelte, in die sich jedoch auch Frustration und Respekt mischten. Aber Gemma hatte die Beziehung zu ihrer Mutter bereits als Teenager abgebrochen, und jetzt schien es keine Möglichkeit zu geben, sie wiederherzustellen. Ihre Mutter schien zu befürchten, dass Gemma aufstehen und gehen würde, sobald sie etwas Falsches sagte. Und Gemma war sich nicht sicher, wie sie mit ihrer Mutter reden sollte – es war ja nicht so, dass sie sich wie eine Siebzehnjährige benehmen und ihre Mutter wie eine Mischung aus Köchin, Chauffeurin, Bank, Vermieterin und Despotin behandeln konnte. Durch das Haus stampfen und die Tür zu ihrem Zimmer zuschlagen, wenn sie ihre Ruhe haben wollte.

Ihre Mutter stellte einen Topf mit Wasser auf den Herd. »Ich bin gespannt, was Maude sagen wird, wenn ich ihr erzähle, dass du hier bist. Sie hat nicht geglaubt, dass du überhaupt … Ich meine, sie hat nicht geglaubt, dass du je zurückkommen würdest.«

»Mom«, erwiderte Gemma. »Du darfst niemandem verraten, dass ich hier bin.«

Ihre Mutter drehte sich um und musterte sie stirnrunzelnd. »Was? Warum denn nicht?«

»Weil ich nicht will, dass es jemand erfährt. Ich will nicht … dass die Polizei es weiß.«

»Maude würde der Polizei doch nichts verraten. Sie ist meine beste Freundin!«

»Sag es einfach niemandem, okay?«

»Die Polizei sucht gar nicht mehr nach dir. Detective Dunn hat gesagt, dass er dich nicht länger für verdächtig hält.«

Eine Welle der Hoffnung wallte in ihr auf. »Wirklich? Wurde der Fall abgeschlossen?«

»Äh … Nein. Sie haben nie herausgefunden, wer es getan hat. Aber er wirkte bei unserer Unterhaltung sehr aufrichtig. Und er hat mir deutlich zu verstehen gegeben, dass du nie wirklich verdächtigt wurdest.«

»Okay, ich weiß nicht, ob ich mein Leben darauf verwetten möchte, wie aufrichtig Detective Dunn geklungen hat, Mom. Erzähl es einfach niemandem, okay?«

»Natürlich. Wir müssen noch dein Zimmer aufräumen. Sobald Richard hier ist, werde ich ihn bitten, sich darum zu kümmern. Wir lagern dort ein paar Kisten, aber dein altes Bett steht noch da, und ich werde es frisch beziehen. Richard wollte es schon vor ein paar Jahren entsorgen, aber wir haben uns dann doch entschieden, es zu behalten. Dein Zimmer ist größtenteils so, wie du es verlassen hast.«

»Das ist toll, Mom, danke. Ich kann die Kisten selbst raustragen.«

»Richard macht das doch gern. Er wird sich sehr freuen, dich zu sehen.«

Gemma bezweifelte das. »Und wie geht es dir?«

»Oh … gut. Du kennst mich ja. Ich hab immer was zu tun.« Sie stieß ein gepresstes Lachen aus. »Ich unterrichte nicht mehr.«

»Wieso denn nicht?«

»Dafür gab es eigentlich keinen besonderen Grund. Ich konnte es einfach nicht mehr, nachdem du … Wie dem auch sei, ich vermisse es überhaupt nicht. Und Richards Geschäft läuft wirklich gut. Dein Großvater ist vor vier Jahren gestorben.«

»Oh«, murmelte Gemma. Sie war fünfzehn gewesen, als ihre Großmutter gestorben war, und zu ihren Großeltern väterlicherseits hatte sie keinen Kontakt mehr. Aber ihr Großvater hatte in Augusta gelebt, und sie hatten ihn vor ihrem Weggang regelmäßig besucht.

»Ja. Nierenversagen. Es ging sehr schnell.« Ihre Stimme zitterte.

»Das tut mir leid, Mom.«

»Aber deine Cousine hat jetzt Kinder! Du musst sie unbedingt besuchen. Sie sind so niedlich, und klug sind sie auch! Ihre Tochter sieht ein bisschen aus wie du in ihrem Alter.«

»Ähm … Ich habe auch einen Sohn.«

»Du hast … was?«

»Lucas. Er ist vier Jahre alt.« Gemma zückte ihr Smartphone, um ihrer Mutter ein Foto zu zeigen … nur um dann zu bemerken, dass es ausgeschaltet war und sie es nicht einschalten durfte. Sie steckte es schnell wieder weg.

»Das ist wunderbar … Entschuldige mich.« Ihre Mutter stürmte aus der Küche.

Gemma stand schuldbewusst auf und schaute in den Topf. Das Wasser kochte. Sie gab die Nudeln hinein, die ihre Mutter auf die Arbeitsplatte gelegt hatte, und wollte auch Salz hinzufügen, konnte es aber nicht finden. Als Teenager hatte sie nie etwas gekocht, sich höchstens mal ein Ei gebraten oder sich etwas aus dem Kühlschrank in die Mikrowelle gestellt. Jetzt betrachtete sie die Küche zum ersten Mal mit den Augen einer Erwachsenen. Sie war größer als ihre Küche. Ihre Mutter hatte einen schönen Backofen. War das noch derselbe Ofen wie damals? Gemma konnte es beim besten Willen nicht sagen.

Da sie nichts Besseres zu tun hatte, rührte sie die Nudeln weiter um und starrte aus dem Fenster. Draußen war es bereits dunkel geworden. Sie musste Benjamin anrufen, bevor er Lucas ins Bett brachte, wollte aber nicht ihr eigenes Telefon benutzen, sondern auf dem Festnetz anrufen. Falls ihre Mutter noch ein Festnetztelefon hatte.

Die Nudeln waren fertig, aber sie hatte keine Ahnung, wie sie sie abgießen sollte. Hilflos durchsuchte sie die Schränke. Wo wurde das Nudelsieb aufbewahrt? Und wo steckte eigentlich ihre Mutter? Sie erstarrte, als sie hörte, wie das Garagentor aufging. Richard war zurück. Und da war sie – die verlorene Stieftochter war zurückgekehrt und hatte die Nudeln zerkocht.

Die Tür ging gerade auf, als ihre Mutter mit geschwollenen und geröteten Augen wieder hereinkam. Richard betrat die Küche.

»Schatz, sieh mal, wer da ist«, sagte ihre Mutter mit unnatürlich fröhlicher Stimme.

Richard stellte ein paar Einkaufstüten auf dem Boden ab und musterte Gemma, wobei sich nichts als leichte Verwirrung in seiner Miene widerspiegelte.

»Hallo«, grüßte er freundlich.

Es war offensichtlich, dass er keine Ahnung hatte, wer sie war.

»Es ist Theodora«, flüsterte ihre Mutter.

Richard riss die Augen auf. »Oh. Verstehe.«

»Hallo, Richard«, sagte Gemma. »Schön, dich wiederzusehen.«

»Ja, ich freue mich auch, dich zu sehen! Ja, natürlich.«

Er war nicht so begeistert, wie ihre Mutter vorausgesagt hatte, sondern wirkte fast schon entsetzt.

Kapitel 33

»Scheiße!«

Er las die E-Mail erneut, als hätte er in diesen drei kurzen Sätzen eine versteckte Botschaft übersehen. Madeline Davis hatte einen ganz einfachen Auftrag erhalten – alles, was er wollte, waren ein paar Fotos von Theodora. Zu Hause. Bei der Arbeit. Es war ja nicht so, dass er sie um die Codes für den Abschuss der Atomwaffen der Vereinigten Staaten oder um den Beweis der Goldbachschen Vermutung gebeten hätte. Nur um ein paar gottverdammte Fotos!

»Scheiße. Verdammte Scheiße!«

Sie war beim Schreiben der E-Mail eindeutig verängstigt gewesen und entschuldigte sich darin zweimal. Und sie hatte das Wort *verschwunden* falsch geschrieben. Denn das war Theodora anscheinend. Verschwunden. Als Beweis fügte die nichtsnutzige Schlampe mehrere Fotos von Theodoras leerem Schlafzimmer, von ihrem Mann und ihrem Sohn, die allein frühstückten, und vom Schönheitssalon an, in dem keine Theodora zu sehen war. Als ob Fotos ohne Theodora ein Beweis für irgendetwas wären. Derartige Fotos konnte er selbst machen, wenn er das wollte. Theodora war auch nicht in diesem Zimmer, oder? Und auch nicht in seinem verdammten Badezimmer oder in seinem Schlafzimmerschrank, wenn wir schon mal dabei waren. Er hatte nicht um Fotos ohne Theodora gebeten, sondern um Fotos von ihr!

»Scheißescheißescheißescheiße!«

Er stand von seinem Stuhl auf und trat gegen den Mülleimer, woraufhin Papiere und leere Snackverpackungen auf dem Boden verstreut wurden. Das ärgerte ihn noch mehr. Madeline Davis sollte gefälligst herkommen und alles aufheben, denn das war ihre verdammte Schuld!

Wütend setzte er sich wieder an den Computer. Wenn sie nicht in der Lage war, eine einfache Aufgabe zu erledigen, hatte sie es nicht verdient, seine Sklavin zu sein. Sie wollte also raus? Gut, dann würde er ihr diesen Wunsch erfüllen. Er schickte das Video, auf dem sie Meth rauchte, an ihren Mann und an all ihre Freunde. Außerdem gab er der Polizei einen anonymen Hinweis, obwohl er bezweifelte, dass sie etwas unternehmen würde. Zähneknirschend antwortete er Madeline, teilte ihr mit, dass sie versagt hatte und ein wertloses Miststück war. Er klickte auf »Senden«.

Dann bemerkte er, dass er in seiner E-Mail ebenfalls einen Rechtschreibfehler gemacht hatte. Er stand auf und trat erneut gegen den umgestürzten Mülleimer.

Wo steckte Theodora? Hatte sie sich einfach zu Hause verkrochen? War sie untergetaucht, nachdem Turpin ihr nachgestellt hatte? Das wäre so typisch für sie. Sie versteckte sich in ihrem schmuddeligen Zimmer, heulte und gab der Welt die Schuld an ihrem Schlamassel. Er überprüfte erneut die Spionage-App. Das Telefon war immer noch ausgeschaltet. Sie machte sich nicht einmal die Mühe, es wieder einzuschalten. Wann ließ sie das verdammte Ding endlich reparieren?

Er musste herausfinden, wo sie war. Während des letzten Jahres hatte er jederzeit über ihren Aufenthaltsort Bescheid gewusst. Er beobachtete, wie sie durchs Leben ging, ohne zu merken, dass er jeden Moment dokumentierte, und bereitete seine Rache vor.

Als er vor fast zwei Jahren auf sie gestoßen war, hatte er sein Glück kaum fassen können. Damals hatte er vier Sklaven – zwei Polizisten, einen Journalisten und einen Analysten – nach Theodora suchen lassen. Diese Leute waren gut in ihrem Job und noch kompetenter, wenn sie von ihm richtig motiviert wurden. Aber erst der fünfte Sklave, den er der Task Force hinzufügte – Kevin Poe, ein Privatdetektiv –, hatte es schließlich geschafft. Kevin hatte eine Vorliebe für Fotos von kleinen Kindern, ein Hobby, durch das er es direkt auf die Liste der Sklaven geschafft und gleich die Markierung Lavarot erhalten hatte. Aber zu Kevins Glück erwies er sich als recht nützlich. Und er war derjenige, der mithilfe seines Kontaktnetzwerks schließlich eine Frau fand, die Theodora auf Fotos wiedererkannte. Sie erinnerte sich daran, mit ihr in einem Restaurant in Chicago zusammengearbeitet zu haben. Nur dass sie sich jetzt Gemma nannte.

Er leitete die Informationen an den Rest der Task Force weiter, und innerhalb weniger Wochen kannte er ihren aktuellen Namen und ihre Adresse und wusste, wo sie arbeitete. Und er hatte sogar ein paar Fotos von ihr. Theodora Briggs war wieder aufgetaucht.

Und jetzt hatte er sie abermals verloren.

Er öffnete die Liste seiner Chicagoer Sklaven. Da, diese drei würden ausreichen. Kyle Turner, Rhonda Adams und Norman Miller. Zwar hatte er sie noch nicht vollständig vorbereitet; sie waren nicht richtig ausgebildet. Aber sie würden es tun, wenn sie nicht wollten, dass ihre Geheimnisse ans Licht der Öffentlichkeit gelangten.

Sofort schickte er mehrere E-Mails los, in denen er sie aufforderte, nach Theodora zu suchen, und listete alle Orte auf, an denen sie sich aufhalten könnte. Die Adressen all ihrer Bekannten. Das Café, das sie manchmal besuchte. Der verdammte Park in der Nähe ihres verdammten Hauses, in den sie manchmal mit ihrem Sohn ging. Er wollte Fotos!

Schäumend wartete er. Nach einer Weile kam eine Antwort von Rhonda.

Ein Satz.

Einen Teufel werde ich tun.

Er blinzelte schockiert.

Rhonda war eine neue Sklavin. In seiner Excel-Tabelle war sie leuchtend gelb markiert, was bedeutete, dass sie einfache Aufgaben erledigen würde. Er hatte nichts Nennenswertes über sie in der Hand. Ein paar Nacktfotos, aufgenommen über die Webcam ihres gehackten Laptops. Er hätte sich denken können, dass sie diese Aufgabe nicht ausführen würde.

Er hatte die Fassung verloren, sein System durcheinandergebracht.

Das war alles Theodoras Schuld.

Er ging alte Fotos von Theodora aus dem letzten Jahr durch. Einige besonders persönliche Nachrichten, die sie im letzten Jahr verschickt hatte. Er sah sich das Video an, auf dem sie in ihrem Schlafzimmer neue Unterwäsche anprobierte. Nichts davon bewirkte, dass er sich besser fühlte.

Er würde sie finden. Er würde nicht zulassen, dass sie ihm entwischte. Und wenn er sie nicht finden konnte, würde er auf ihre kostbare Familie losgehen.

Kapitel 34

Das Morgenlicht fiel durch das Schlafzimmerfenster und erzeugte eine rechteckige Silhouette an der Decke. Gemma lag im Bett, starrte sie an und tat so, als wäre sie wieder ein Teenager.

Dabei dachte sie nicht an die schlechten Seiten des Teenagerdaseins – die lähmenden Selbstzweifel, die Hormone, das Mobbing. Wo war da der Spaß? Nein, nur an die guten Seiten. Im Bett zu liegen, ohne dass jemand von ihr abhängig war. Keine endlosen Aufgabenlisten, die ein statisches Rauschen in ihrem Kopf erzeugten. Keine zu bezahlenden Rechnungen, kein zu ernährendes Kind, keine zu kaufenden Lebensmittel.

Sie erinnerte sich daran, wie sie an den Wochenenden und in den Ferien in diesem Zimmer aufgewacht war, auf genau diese rechteckige Lichtscheibe gestarrt und sich gedacht hatte: »Was werde ich heute tun?« Der ganze Tag lag vor ihr, Stunden über Stunden, in denen sie malen, ein Buch lesen, sich mit Steve und Allan treffen oder einfach faul im Bett liegen konnte. Und wenn ihre Mutter sie bat, beim Putzen zu helfen oder die Wäsche in den Schrank zu legen, tat sie es murrend, weil sie das Gefühl hatte, von allen wie eine Sklavin behandelt zu werden. Sie richtete sich auf und schaute sich um. Ihre Mutter hatte nicht übertrieben, als sie behauptet hatte, das Zimmer sei noch genau so wie bei ihrem Weggang. Alles war noch da. Am Vorabend hatte Richard drei Kisten mit Papierkram und einen Heimtrainer hinausgetragen, die sie hier aufbewahrt hatten, aber ansonsten war alles auf unheimliche Weise unverändert geblieben. Ihre Mutter hatte gesagt, sie hätten nie die Zeit gefunden, das Zimmer aufzuräumen, doch dabei hatte Richard das Gesicht verzogen und Gemma das Gefühl vermittelt, dass es da eine Art alten Zwist gab. Hatte ihre Mutter darauf bestanden, dass sie das Zimmer genau so ließen, wie es war, falls sie je zurückkehrte? Hatte Richard sich über das ungenutzte Zimmer beschwert, das leicht in ein Gästezimmer umgewandelt oder vermietet hätte werden können? Gemma wollte es gar nicht wissen.

Sie stieg aus dem Bett, ging zu ihrem Schreibtisch und öffnete die oberste Schublade, in der sie ihre Skizzenbücher aufbewahrt hatte. Die Schublade war leer. Der Raum war also doch nicht mehr derselbe. Sie sah im Kleiderschrank nach. Ihre Kleidung war verschwunden. Gott sei Dank. Das Letzte, was sie jetzt sehen wollte, waren die weiten Hemden, die sie als Teenager getragen hatte, um ihren Körper zu verbergen.

Ihr Blick fiel auf die Uhr an der Wand. Sie erinnerte sich noch an jene Nacht, in der sie die Zeiger beobachtet und die Sekunden bis zu ihrem Aufbruch runtergezählt hatte. Irgendwann in den letzten dreizehn Jahren war die Uhr stehen geblieben und zeigte seitdem zwei Uhr siebenunddreißig an.

Sie hatte keine Ahnung, wie spät es tatsächlich war. Ihr Telefon war immer noch ausgeschaltet. Sobald sie es einschaltete, würde der Schattenmann wissen, wo sie sich aufhielt. Sie zog es vor, den Überraschungsmoment noch eine Weile hinauszuzögern. Gestern hatte sie Lucas und Benjamin vom Festnetztelefon ihrer Mutter angerufen, die ihr über die Schulter geschaut hatte, weil sie unbedingt die Stimme ihres neu entdeckten Enkels hören wollte. Gemma hatte ihr versprochen, dass sie bald miteinander sprechen und sich sogar treffen würden.

Wie spät es auch sein mochte, ihr knurrender Magen ließ erkennen, dass sie frühstücken sollte. Die Zeit der Fantasiespiele war vorbei. Jetzt musste sie sich der Realität stellen. Nicht nur dem Erwachsensein, sondern auch diesem speziellen verkorksten Leben. Gemma straffte die Schultern und öffnete die Tür. Die Scharniere quietschten noch immer.

Ihre Mutter saß unten im Wohnzimmer auf der Couch und fummelte an ihrem Telefon herum. Sie blickte auf, als Gemma die Treppe herunterkam.

»Guten Morgen. Hast du gut geschlafen?«, erkundigte sie sich.

»Ja, das habe ich tatsächlich«, antwortete Gemma ein wenig überrascht. Sie war so erschöpft von der langen Fahrt am Vortag und von all den vorangegangenen schlaflosen Nächten gewesen, dass sie in ihrem Kinderbett sofort eingeschlafen war.

»Möchtest du Eier zum Frühstück?«

»Äh … gern. Ich kann sie machen, wenn …«

»Unsinn, das erledige ich.« Ihre Mutter eilte in die Küche.

Gemma warf einen Blick auf das Telefon, das ihre Mutter zurückgelassen hatte. Sie hatte sich Fotos von Lucas angesehen. Gestern Abend hatte sich Gemma mit dem Computer ihrer Mutter in ihr Google-Konto eingeloggt und ihrer Mutter per E-Mail jede Menge aktueller Fotos von Lucas geschickt. Jetzt nahm sie das Telefon in die Hand und ging die Bilder durch. Dies war das erste Mal, dass sie einen ganzen Tag ohne ihren Sohn verbracht hatte. Es war zwar schön, so zu tun, als hätte sie keine Pflichten, aber die Entfernung und die Sehnsucht zerrten an ihrem Herzen. Am Telefon hatte er ganz traurig geklungen und sie gefragt, wann sie zurückkommen würde.

Sie schluckte den Kloß in ihrem Hals hinunter und legte das Telefon weg.

Dann ging sie zu ihrer Mutter in die Küche.

»Wo ist Richard?«, fragte sie.

»Oh.« Ihre Mutter eilte herum und schlug Eier in eine große Pfanne. »Er ist schon bei der Arbeit. Er hätte dich gern gesehen, hatte aber einen wichtigen Termin.«

Gemma bezweifelte, dass Richard sie wirklich sehen wollte. Er war am Abend zuvor sehr höflich gewesen und hatte stets die richtigen Worte gefunden, allerdings hatte das Ganze immer irgendwie förmlich gewirkt und so, als würde er seinen Text kennen und emotionslos herunterrasseln. Damals war er ein anständiger Stiefvater gewesen, der sich stets um sie gekümmert und sich für sie interessiert hatte. Aber er war nie besonders liebevoll gewesen, und Gemma hatte andauernd den Eindruck gehabt, er würde es nur ihrer Mutter zuliebe tun – als würde es von ihm erwartet, er sie als Person aber gar nicht wirklich lieben. Vielleicht hatte er es sogar versucht, doch sie war unausstehlich gewesen und hatte es ihm übel genommen, dass er sich in ihr Leben drängte und versuchte, ihren Vater zu ersetzen. Auf jeden Fall hatten sie sich nie wirklich gut verstanden. Und jetzt war offensichtlich, dass er sich nicht besonders über ihr Wiederauftauchen freute.

»Mom …« Gemma holte tief Luft. »Leben die Howells, also Victorias Eltern und Brüder, noch in Crumville?«

Ihre Mutter schien zu erstarren. »Wenn ich mich richtig erinnere, ist einer der Brüder nach England gezogen. Äh … William, glaube ich, war sein Name?«

»Willie«, sagte Gemma. »Wir … Sie nannten ihn alle Willie. Er lebt also in England?«

»Ja, und ich habe gehört, dass er jetzt verheiratet ist. Und Victorias Mutter Dorothy lebt jetzt in Florida. Sie hat sich vor einiger Zeit von Russell scheiden lassen.«

»Sie haben sich scheiden lassen?«, fragte Gemma erstaunt. »Warum?«

»Das weiß ich nicht, Theodora. Es ist ja nicht so, als hätten wir noch miteinander gesprochen.«

»Oh. Richtig.«

Vor dem Mord hatten sich Dorothy und Gemmas Mutter gelegentlich auf einen Kaffee getroffen, danach allem Anschein nach jedoch nicht mehr.

»Russell und Craig leben noch in der Stadt. Ich glaube, Russell ist in ein kleines Haus neben der Feuerwache gezogen. Craig wohnt jetzt in ihrem alten Haus. Er ist Partner in einem Softwareunternehmen, das recht gut läuft.«

»Oh.« Gemma machte sich im Geiste Notizen auf ihrer Verdächtigenliste. Russell hatte sich scheiden lassen. Ob er dadurch noch wütender geworden war? Verbitterter? Vielleicht wollte er jemandem die Schuld dafür in die Schuhe schieben. Und Willie war nach England gegangen und hatte geheiratet. War er damit als Schattenmann aus dem Rennen? »Gab es letzte Woche eine Gedenkfeier für Victoria? Da war schließlich ihr Todestag.«

»Ich weiß es wirklich nicht, Theodora. So etwas behalte ich nicht im Auge. Und das solltest du auch nicht tun. Es ist morbide.«

»Ich will nur wissen, wie der Stand der Dinge ist. Als ich damals …«, Gemma räusperte sich, »weggegangen bin, wurde ich des Mordes verdächtigt. Alle haben darauf gewartet, dass mich die Polizei verhaftet …«

»Detective Dunn hat mir versichert, dass er dich nie wirklich für eine Verdächtige hielt.«

»Das *musste* er sagen, Mom. Für den Fall, dass du gewusst hättest, wo ich war, und mich beschützen wolltest. Aber ich meine nicht nur die Polizei. *Alle* dachten, ich hätte sie umgebracht. Sogar … Ich meine …« Sie hielt inne, bevor sie ihre Mutter noch mit Vorwürfen überschüttete.

»Ich bezweifle, dass dich alle für schuldig hielten.« Die Stimme ihrer Mutter bebte. »Aber wir müssen jetzt wirklich nicht darüber reden. Lass uns einfach schön zusammen frühstücken.«

»Okay«, erwiderte Gemma ausdruckslos.

Gemma saß schweigend da, als ihre Mutter einen Teller mit zwei Spiegeleiern und einem Toast vor ihr abstellte. Sie tauchte ihren Toast in das Eigelb, das herrlich auf den ganzen Teller tropfte. Ihre Mutter salzte ihr Ei, dann reichte sie den Salzstreuer an Gemma weiter, die dasselbe tat. Irgendwann in ferner Vergangenheit war dies ihr sonntägliches Ritual gewesen. Sie schenkte ihrer Mutter ein Lächeln, die es herzlich erwiderte.

»Es schmeckt gut.«

»Wie isst Lucas seine Eier?«, fragte ihre Mutter.

»Gebraten. Er hat es gern einfach.«

»Kinder sind so. Du warst auch nicht anders. Er sieht dir wirklich ähnlich.«

»Ich weiß nicht. Ich finde, er sieht ein bisschen mehr wie Benjamin aus.«

»Das kann ich nicht beurteilen.«

»Stimmt.« Gemma stocherte schuldbewusst in ihren Eiern herum.

»Vielleicht lerne ich die beiden ja bald kennen«, meinte ihre Mutter.

»Hm-hm.« Gemma knabberte an ihrem Toast. »Weißt du, ob noch jemand aus meiner Schule hier wohnt?«

»Steve auf jeden Fall. Ich habe ihn vor zwei Wochen im Walmart getroffen. Er sieht gut aus. Und dieser andere Junge … Allan. Der auch. Er kümmert sich um seine Mutter.«

»Was ist mit Allans Mutter?«

»Sie hat Alzheimer.«

»Oh, Scheiße.«

»Theodora! Achte auf deine Ausdrucksweise.«

Gemma schnaubte. »Ernsthaft? Ich bin dreißig, Mom.«

Ihre Mutter sah aus, als wollte sie sie anschnauzen, aß stattdessen aber einen Happen.

»Ich heiße jetzt Gemma«, sagte Gemma leise. »Nicht Theodora.«

Ihre Mutter blinzelte. »Warum?«

»Weil das jetzt mein Name ist.«

»Wir haben dich nach deinem Urgroßvater benannt.«

»Ich weiß. Und er war bestimmt ein wunderbarer Mann. Aber mein Name ist Gemma.« Sie lehnte sich zurück. »Wer aus meiner Schule lebt noch hier?«

»Das kann ich dir nicht sagen, Schatz. Ich habe das nicht wirklich verfolgt. Von einigen Jungen kenne ich nicht mal die Namen. Detective Dunns Tochter …«

»Donna Dunn?« Gemma spürte die alte Wut in sich aufflackern.

»Ja. Sie hat einen Friseursalon in der Stadt. Sie ist jetzt verheiratet und heißt nicht mehr Dunn. Sie hat den Nachnamen ihres Mannes angenommen. Dickin.«

»Ernsthaft?« Gemma brach in schallendes Gelächter aus.

»Was ist daran so lustig?«

»Sie hat ihren Namen Donna Dunn abgrundtief gehasst. Und dann heiratet sie und ändert ihren Namen in Donna Dickin?« Gemma konnte sich das Grinsen nicht verkneifen. »Das ist ja großartig.«

Ihre Mutter zog eine Augenbraue hoch. »Hast du nicht gerade selbst darauf hingewiesen, dass du dreißig Jahre alt bist?«

»Manche Dinge sind lustig, egal wie alt man ist.« Sie stand auf. »Ich mache mir einen Kaffee. Möchtest du auch eine Tasse?«

»Ich koche dir den Kaffee.« Ihre Mutter erhob sich ebenfalls.

»Mom, ist schon gut. Ich kann Kaffee kochen.« Sie sah sich um. »Ähm … Wo bewahrt ihr den Kaffee auf?«

»In dem Glas neben der Kaffeemaschine.«

Gemma ging zu der Maschine hinüber. »Okay, also Steve, Allan, Donna und ein paar andere Jungs. Sonst noch jemand?«

»Wahrscheinlich. Ab und zu sehe ich bekannte Gesichter. Ich führe jedoch nicht Buch.«

»Spricht noch jemand über den Mord? Wirst du noch nach mir gefragt?« Kurz herrschte Stille.

»Eigentlich nicht«, antwortete ihre Mutter schließlich.

Gemma drehte sich um. »Mom. Ich muss es wissen.«

»Es ist nichts Bestimmtes«, antwortete ihre Mutter aufgebracht. »Da sind nur diese Blicke, okay? Und vor ein paar Jahren stand ein Haufen Betrunkener zu Halloween draußen auf der Straße und brüllte das Haus an. Ich ignoriere das einfach. Und das solltest du auch tun.«

Gemma ballte die Fäuste. Spielte ihre Mutter die Schikanen herunter, nur damit sie sich besser fühlte? Das wäre nachvollziehbar, denn ihre Mutter wollte nicht, dass sie erneut untertauchte. Außerdem war das typisch Mom. Sie schloss lieber die Augen und ignorierte die unangenehme Wahrheit. Wenn Gemma herausfinden wollte, wer hinter ihr her war, hatte sie von ihrer Mutter wahrscheinlich keine Hilfe zu erwarten. Tief in ihrem Inneren war ihr das längst klar gewesen. Sie brauchte einen weiteren Verbündeten in dieser Stadt.

Ihre Mutter schniefte. »Ich finde, du solltest Detective Dunn anrufen …«

»Mom! Ich sagte doch schon, dass das nicht passieren wird!«

»Wasch deinen Namen ein für alle Mal rein. Mach dem ein Ende!«

Gemma verschränkte die Arme. »Also glaubst du mir jetzt, dass ich Victoria nicht getötet habe?«

Ihre Mutter seufzte und sah auf einmal müde und alt aus. »Ich habe nie geglaubt, dass du Victoria getötet hast, Schatz. Nicht wirklich.«

Gemma wandte sich ab, fummelte an der Kaffeemaschine herum und blinzelte die Tränen weg. »Ich wünschte, du hättest mir das damals schon gesagt.«

»Es war eine schwierige Zeit. Ich habe es wohl nicht gut verkraftet.«

»Ja«, flüsterte Gemma. »Das hat keine von uns.«

Kapitel 35

Als sie sich dem Starbucks in Augusta näherte, fühlte sich Gemma noch entblößter als sonst. Da war sie nun, in aller Öffentlichkeit, am helllichten Tag, sodass jeder aus der Vergangenheit sie erkennen konnte. Jeden Moment würde jemand sagen »Moment mal … Ist das nicht … ?« und es würde das reinste Chaos ausbrechen. Die Polizei würde auftauchen, Streifenwagen mit heulenden Sirenen auf den Parkplatz fahren. In ihrer Vorstellung waren es dieselben beiden Polizisten, die sie vor all den Jahren im Wald gefunden hatten. Die Handschellen hielten sie schon in der Hand und sagten, dass sie diesmal nicht davonkommen würde.

Aber niemand würdigte sie auch nur eines Blickes. Schließlich hatte sogar ihre Mutter ein paar Sekunden gebraucht, um sie zu erkennen.

Sie trat ein und betrachtete die Leute im Restaurant.

Hielt Ausschau nach Steve.

Sie hatte ihn an diesem Vormittag angerufen. Ihre Mutter hatte es in weniger als fünf Minuten geschafft, seine Telefonnummer von einer ihrer Freundinnen zu bekommen. Als er ranging und sie sagte, wer sie war, klang er verdutzt. Sie versuchte, seinem Tonfall zu entnehmen, ob er sich freute, von ihr zu hören, ob er verärgert war, dass sie sich so lange nicht gemeldet hatte, oder ob er sogar misstrauisch wirkte. Aber alles, was sie hören konnte, war Verwirrung. Schnell fragte sie ihn, ob sie sich treffen könnten, da sie dieses Gespräch nicht am Telefon führen wollte, erst recht nicht in Gegenwart ihrer Mutter, die ihr über die Schulter schaute. Daraufhin schlug er das Starbucks in der Nähe der Tierklinik, in der er arbeitete, vor.

Jetzt fragte sie sich, ob sie ihn überhaupt wiedererkennen würde. In ihrer Vorstellung war Steve immer noch siebzehn. Schlaksig, mit zerzaustem, lockigem Haar und leichtem Überbiss, der ihn ein bisschen kaninchenartig aussehen ließ. Aber er musste sich in der Zwischenzeit stark verändert haben. Sie ließ den Blick über die wenigen männlichen Restaurantbesucher wandern, die allein an einem Tisch saßen. Ein großer Mann mit schwabbligem Kinn, der auf seinem Handy herumspielte. Nicht in einer Million Jahren! Ein gut aussehender Mann in feinem Anzug, der auf seinem Laptop tippte. Konnte er das sein? Unwahrscheinlich.

Nachdem sie das Restaurant eine ganze Minute lang abgesucht hatte, war sie endlich überzeugt davon, dass er noch nicht da war.

Sie setzte sich an den hintersten Tisch in der Ecke des Restaurants, von dem aus sie die Tür im Blick hatte. Am liebsten hätte sie einen Kaffee getrunken, wagte es jedoch nicht, die Barista anzusprechen. Bei ihrem letzten Besuch war sie vor ihrem alten Leben geflohen. Hier hatte sie sich zum ersten Mal Gemma genannt. Lächerlicherweise fragte sie sich, ob die Barista dieselbe war wie vor all den Jahren. Ob sie sich daran erinnern würde.

Stattdessen wartete sie und starrte mit rasendem Herzen die Tür an.

Steve kam ein paar Minuten nachdem sie sich hingesetzt hatte. Es dauerte mehrere Sekunden, bis sie ihn erkannte. Er hatte jetzt eine Glatze, die Lockenpracht war offenbar für immer verschwunden. Und irgendwann hatte er sich zum Glück auch die Zähne richten lassen. Aber er wirkte immer noch schlaksig und unbeholfen und hielt sich auch heute noch ein wenig gekrümmt, als würde er versuchen, weniger Platz einzunehmen. Er schaute sich rasch im Restaurant um. Als sein Blick auf ihr landete, hielt er inne und riss die Augen auf.

Gemma versuchte zu lächeln, winkte ihm so albern zu, wie ein siebzehnjähriger Teenager einem Freund zuwinken würde, den er eine Weile nicht gesehen hatte, und sagte lautlos: »Hey, Steve.«

Sie stand auf, als er auf sie zukam. Zu ihrem Erstaunen nahm er sie in die Arme. Steve hatte sie in ihrem ganzen Leben noch nie umarmt. Wenn sie sich berührt hatten, schlugen sie sich meist auf die Schultern oder klatschten sich ab, nachdem sie einen Boss in einem seiner Videospiele besiegt hatten. Er umarmte sie so, wie er die meisten Dinge zu tun pflegte – unbeholfen, leicht distanziert, als hätte er Angst vor der Berührung, und seine Arme flatterten um sie herum, berührten sie und taten es auch wieder nicht. Er roch nach nassem Hund und Aftershave.

Er zog sich zurück. »Theo.«

Sie räusperte sich und sah sich schnell um, weil sie wissen wollte, ob ihn jemand gehört hatte. »Ich nenne mich jetzt Gemma.«

»Oh. Gemma.« Er testete den Namen. »Gemma. Das passt zu dir.«

Sie setzte sich, und er nahm ihr gegenüber Platz.

»Es ist schön, dich zu sehen.« Sie lächelte ihn an. Das war es in der Tat. Es gab nur wenig, was sie ungern in Crumville zurückgelassen hatte, aber Steve gehörte eindeutig dazu

»Ja. Du, äh … siehst gut aus«, sagte er.

»Weil ich keine Pickel mehr habe?«, neckte sie ihn. So hätte Gemma niemals reagiert. Gemma hätte »Danke« gesagt. Aber Theo konnte ein Kompliment nicht wirklich annehmen. Steve zu sehen, war wie ein Sprung in die Vergangenheit.

»Ich meine … sicher. Das auch. Aber du siehst … Ich weiß auch nicht. Anders aus.«

»Ich fühle mich auch anders«, gab sie zu. »Und … wie ist es dir ergangen?«

»Gut. Ja, ziemlich gut. Was ist mit dir?«

»Mir geht es auch gut. Ich bin verheiratet und habe einen vierjährigen Sohn.«

»Wirklich? Das ist großartig!«

»Ja. Und du?«

»Ich habe eine Freundin. Na ja, ich sollte wohl sagen, eine Verlobte. Wir werden bald heiraten.«

»Oh, wow, wirklich? Das ist toll!«

»Du musst nicht so überrascht klingen.« Steve grinste breit. »Ich war schon in der Highschool der reinste Frauenheld.«

»Ja, klar. Natürlich. Ich dachte nur, es würde dir schwerfallen, dich zwischen den unzähligen Frauen zu entscheiden, die sich dir an den Hals geworfen haben.«

»Ja, es war eine Herausforderung.«

»Ist es jemand, den ich kenne?«

»Nein. Ihr Name ist Heather. Ich habe sie auf dem College kennengelernt.«

Sie nickten beide. Die Gesprächsthemen schienen ihnen ausgegangen zu sein.

»Du arbeitest also in einer Tierklinik«, sagte Gemma fröhlich. »Das ist cool.«

»Ja. Was ist mit dir?«

»Ich bin Kosmetikerin.«

»Oh.«

»Oh? Was soll das denn bedeuten?«

»Nichts.«

»Ich mag meinen Job. Und ich bin wirklich gut darin.«

»Das ist schön.« Er hob die Hände. »Ich dachte nur nicht, dass du … Ich meine, du schienst damals nicht an solchen Dingen interessiert zu sein.«

»Entschuldige, Dr. Dolittle. Ich kann mich auch nicht daran erinnern, dass du als Teenager streunende Welpen gepflegt hast.«

»Gutes Argument.« Er stand auf. »Ich hole mir eine Tasse Kaffee. Hast du schon bestellt?«

»Nein, äh …«

»Ich gebe dir einen aus.« Er lächelte sie an. »Einen Frappuccino?«

Sie musste lachen. Das war früher immer ihr Lieblingsgetränk bei Starbucks gewesen, das sie bestimmt seit dreizehn Jahren nicht mehr getrunken hatte. »Nein. Nur einen Latte, danke.«

Er ging zum Tresen hinüber. Sie betrachtete seinen Hinterkopf. Jetzt, wo er von ihr abgewandt war, sah er nicht mehr wie ihr alter Freund aus. Alles, was sie sehen konnte, war seine Glatze. Sie ließ ihr kurzes Gespräch im Geiste noch einmal Revue passieren. Als er gehört hatte, dass sie Kosmetikerin war, hatte er enttäuscht gewirkt. Was sie verärgerte und in die Defensive drängte. Sie liebte ihren Job und war stolz darauf. Aber damals, vor dem Mord, hatte sie sich ausgemalt, nach Crumville zurückzukommen, wo alle ein beschissenes Leben führten, während sie glamouröse Künstlerin oder Journalistin oder etwas in der Art geworden war. Und alle würden sie bewundern. Doch jetzt hatte sie es offenbar nicht einmal geschafft, ihren ehemals besten Freund zu beeindrucken.

Tja, so viel zu Wunschträumen. Sie würde sich damit zufriedengeben müssen, nicht verhaftet und des Mordes angeklagt zu werden.

Er kehrte an den Tisch zurück. »Ist gleich fertig.«

»Okay. Du hast doch nicht meinen Namen benutzt, oder?«

Er verdrehte die Augen. »Nein. Ich habe keinen deiner Namen genannt, sondern meinen.«

»Okay, gut.«

Steve musterte sie stirnrunzelnd. »Hör zu, Theo, äh, ich meine, Gemma, es ist schön, dich zu sehen, wirklich. Aber ... warum bist du zurückgekommen? Allan und ich haben zwar daran geglaubt, dass du irgendwann wieder auftauchen würdest, aber wir dachten, es würde nur ein paar Tage dauern. Ich dachte, du schlägst dich vielleicht zwei Wochen lang alleine durch. Allan ging eher davon aus, dass dich die Polizei findet und festnimmt.«

»Tja, das ist aber nie passiert.«

»Stimmt. Und du bist offenbar gut über die Runden gekommen. Wieso bist du jetzt wieder da?«

Gemma leckte sich die Lippen und wusste nicht, wo sie anfangen sollte. »Weißt du, ob die Polizei noch nach mir sucht?«

»Äh ... Ich glaube schon. Es hieß immer, du wärst eine Verdächtige. Und wenn die Leute darüber sprechen ...«

»Passiert das immer noch?«

Steve lachte laut auf. »Wir reden hier über Crumville. Hier passiert nie was. Die Leute unterhalten sich übers Angeln, Football, Politik und den Mord an Victoria.«

»Okay, sprich leiser.«

»Selbstverständlich reden die Leute noch darüber. Und es gibt ständig jemanden, der behauptet, er wisse, wohin du verschwunden bist, oder der schwört, dich gesehen zu haben.«

»Wer zum Beispiel?«

»Was?«

»Wer schwört, dass er mich gesehen hat?«

Steve zuckte mit den Achseln. »Keine Ahnung. Blödmänner aus der Schule. Freunde meiner Eltern. Mein Bruder hat sogar gesagt, er hätte dich einmal in San Francisco gesehen ... Bist du nach San Francisco gezogen?«

»Ich war noch nie dort.«

»Dacht ich's mir doch. Das ist einfach ein Thema, über das die Leute gern reden.«

Die Barista rief Steves Namen, und er stand auf. Gemma trommelte mit den Fingern auf den Tisch. Die Vorstellung, dass die Leute immer noch über sie und Victoria sprachen, bereitete ihr Unbehagen. Allem Anschein nach hatte sie richtig vermutet, dass ihre Mutter das Interesse an dem Mord falsch dargestellt hatte. Natürlich hatte sie das. Gemma konnte sich nicht erinnern, ob es in den letzten fünfzig Jahren einen weiteren Mord in Crumville gegeben hatte. Und in diesem Zeitalter, in dem jeder von wahren Verbrechen besessen war? Wahrscheinlich gab es sogar ein paar Leute, die einen Podcast über sie aufgezogen hatten. Sie hätte nie herkommen dürfen. Was hatte sie sich nur dabei gedacht?

»Dein Kaffee.« Steve stellte die Tasse und ein Croissant vor ihr ab. »Und etwas zu essen.«

»Danke.« Gemma nippte an ihrem Kaffee und verdrängte ihre Ängste. Sie wusste, warum sie hergekommen war. Und sie durfte nicht blindlings herumstolpern. Sie brauchte Steves Unterstützung.

»Ich könnte deine Hilfe gebrauchen«, sagte sie. »Ich glaube, jemand aus der Stadt ist hinter mir her.«

»Wie meinst du das?«

»Das ist eine seltsame Geschichte und nicht leicht zu erklären. Bist du in Eile?«

Er schüttelte den Kopf. »Heute ist ein ruhiger Tag in der Klinik. Ich kann eine längere Pause machen.«

»Okay. Gut.«

Sie erzählte ihm alles. Sie versuchte zwar, so viel wie möglich zusammenzufassen, aber Steve war nicht der Typ, der einfach nur zuhörte. Er löcherte sie mit Fragen – »Was für seltsame Dinge haben diese Frauen gesagt?« oder »Warte mal, was meinst du mit Erpressung, welche Art von Erpressung?« oder »Was hat dein Schwiegervater genau gesagt?« Und Gemma wurde immer frustrierter, weil sie andauernd unterbrochen wurde und weil er ständig mehr Informationen verlangte. Sie vermisste Benjamin und seine ruhige Präsenz, seinen völligen Mangel an Neugier. Steve war gewissermaßen das genaue Gegenteil ihres Mannes und wollte möglichst viele Details wissen.

Kapitel 36

Steve konnte immer noch nicht glauben, dass Theo vor ihm saß. Nach all den Jahren waren sie beide zusammen in einem Café, und Theo redete so angeregt auf ihn ein, wie sie es damals getan hatte. Er war froh, dass Allan nicht dabei war und er sie ganz für sich allein hatte. Allan würde sich unbehaglich fühlen, er würde seltsame Witze machen und die ganze Zeit versuchen, Steves Blick zu erhaschen.

Er würde Allan später davon erzählen. Vielleicht trafen sie sich erneut, diesmal alle drei, wie in alten Zeiten. Aber im Moment hatte er Theos volle Aufmerksamkeit.

Es war ein seltsames Gefühl, wieder mit ihr zusammen zu sein. Seiner ersten Liebe. Okay, nicht wirklich seiner ersten Liebe, das wusste er jetzt. Es war die Verliebtheit eines dummen Teenagers gewesen, nicht mehr. Dennoch ließ allein die Tatsache, dass er wieder in ihrer Nähe war, einige dieser längst vergessenen Gefühle zurückkehren. Er spürte die Wärme in seinen Wangen und versuchte, sie zu verdrängen. Er musste sich auf das konzentrieren, was Theo-ich-heiße-jetzt-Gemma sagte.

»Warte«, bat er. »Das verstehe ich nicht. Wie hat dieser Kerl deinen Sohn dazu gebracht, dir zu sagen …«

»Er hat meinen Sohn zu nichts gezwungen«, erwiderte sie ungeduldig. »Er hat sich an seine Lehrerin gewandt und sie mit Nacktfotos erpresst, die er von ihr gefunden hatte. Und er hat von ihr verlangt, meinem Sohn diese seltsame Geschichte über die Hexe Theodora und Prinzessin Victoria zu erzählen. Doch mein Sohn hat es nicht richtig hinbekommen, denn bei ihm hieß die Hexe Fedora.«

»Aber woher wusste er, dass sie die Lehrerin deines Sohnes war?«

»Er hat mein Telefon gehackt, Steve, das habe ich dir doch schon erzählt. Er verfolgt mich schon seit wer weiß wie lange. Er weiß alles über mich. Alles.«

Sie war ungeduldig, ihr Tonfall eindringlich. Die Art, wie sie ab und zu auf dem Tisch trommelte, wie sie herumzappelte, so wie sie es vor all den Jahren getan hatte – das hatte er immer an ihr geliebt. Sie war nie langweilig. Nicht wie die anderen Mädchen in der Klasse, die es zu genießen schienen, nichts zu tun, sich so wenig wie möglich anzustrengen. Theo schwamm immer gegen den Strom. In ihr knisterte ständig diese Art wütender Energie.

Allan hatte das nie verstanden. Ja, er mochte Theo auch, aber er begriff nicht, warum Steve wie besessen von ihr war. »Sie sieht nicht einmal gut aus«, sagte er. Als ob das die Mindestanforderung wäre. Als ob auch nur einer von ihnen derart attraktiv wäre, dass sie Ansprüche an das Aussehen eines Mädchens stellen konnten.

Steve hatte immer das Gefühl gehabt, dass einem ein Mädchen wie Theo nur einmal im Leben begegnete. So talentiert, scharfsinnig und witzig. Und sie mochte Sachen wie Videospiele und Comics, was so cool war, weil sie sich stundenlang unterhalten konnten.

»Ich bin mir fast sicher, dass der Schattenmann in Crumville lebt, weil …«

»Wie bitte?« Steve versuchte, sich zu konzentrieren. »Wer?«

»Der Schattenmann«, wiederholte Gemma. »Das ist der Name, den ich ihm gegeben habe.«

»Das ist der bescheuertste Name aller Zeiten.«

»Nein, ist er nicht«, widersprach Gemma. »Er ist perfekt. Denn ich weiß nicht, wer er ist, und er lauert … du weißt schon. Im Schatten.«

»Bei dir klingt er wie ein Bösewicht aus Scooby-Doo.«

»Das ist einer der Gründe für diesen Namen, Steve. Okay, wie würdest du ihn nennen?«

»Praktisch alles andere wäre besser.«

»Zum Beispiel? Nenn mir einen guten Namen.«

»Ist doch ganz einfach.« Steve runzelte die Stirn. Okay, um fair zu sein, ihm fiel im Moment nichts anderes ein als Thanos, und der war schon vergeben. »Der Ripper.«

»Wie *Jack the Ripper*? Im Ernst?«

»Gut. Äh … Nacht…eroux. Nighteroux.«

Gemma verschränkte die Arme, lehnte sich zurück und sah ihn mit diesem amüsierten, halb spöttischen Blick an, den er nur zu gut kannte. Gott, wie hatte er den damals geliebt.

»Was hältst du davon?«, erwiderte sie. »Wenn du von einem Typen online gestalkt wirst, der andere Leute erpresst, um dein Leben auf den Kopf zu stellen, nennen wir ihn Nighteroux. Aber dieser Typ mischt sich in mein Leben ein, also darf ich ihm einen Namen geben, okay?«

»Okay.« Steve sah weg. »Dieser Typ, dieser *Schattenmann*. Er ist besessen vom Mord an Victoria.«

»So ist es. Wie der Rest von Crumville gibt er mir die Schuld. In all seinen Nachrichten und Andeutungen geht es darum, dass ich Victoria angeblich umgebracht habe.«

»Vielleicht versucht er, dich zu verunsichern. Keine Ahnung. Damit du ausflippst, dich stellst oder so.«

»Ja, vielleicht. Aber wenn er von hier ist, denkt er vielleicht, die Polizei würde nichts unternehmen«, sagte sie. »Damals wurde ich nicht verhaftet.«

»Das war aber eine knappe Kiste.«

Gemma presste die Lippen aufeinander. »Ja.«

»Dieser Detective … George Dunn? Er hat sich große Mühe gegeben, dir das anzuhängen.«

»Meine Mom sagte, dass er mich nicht wirklich für eine Verdächtige hält.«

Steve verdrehte die Augen. »Ernsthaft? Er hat mich nach deinem Verschwinden stundenlang im Verhörraum festgehalten, und dabei ging es nur um dich.«

»Echt jetzt?« Gemma wurde kreidebleich. Hatte sie wirklich geglaubt, dass der Detective nicht mehr hinter ihr her war?

Steve zählte an seinen Fingern auf. »Was du auf dieser Party zu suchen hattest. Warum du das Messer bei dir hattest. Warum ich dich während der Party ständig angerufen habe …«

»Du hast was?«

»Sie haben die Telefonaufzeichnungen überprüft und festgestellt, dass ich mehrmals versucht habe, dich zu erreichen.«

»Davon wusste ich ja gar nichts.«

»Wir waren kurz davor, völlig durchzudrehen!« Steve senkte die Stimme. »Du solltest höchstens fünf Minuten im Haus bleiben, aber du kamst nicht wieder raus. Wir dachten, du wärst aufgeflogen und … Ich weiß auch nicht. Dass sie dir irgendwas antun. Allan war am Ausflippen. Darum hab ich dich ein paar Mal angerufen. Dann bist du endlich rangegangen, und ich hab versucht, dir zu sagen, dass du da rauskommen sollst. Aber du hast einfach aufgelegt und dein Telefon ausgeschaltet.«

»Ich … glaube, ich erinnere mich daran …«, sagte Gemma nachdenklich.

»Wir haben fast eine Stunde lang vor Victorias Haus gewartet. Dann beschlossen wir, abzuhauen. Du bist nie aufgetaucht. Warum hast du es nicht einfach durchgezogen und bist gegangen?«

»Daran kann ich mich nicht erinnern.«

»Woran erinnerst du dich dann?«

Sie spannte sich an und ballte die Fäuste. Dann riss sie leicht die Augen auf und starrte ins Leere. Schließlich sagte sie: »Ich erinnere mich … an Victoria. Sie trug ein Kostüm. Sah aus wie ein Engel. Und in meiner Tasche … In meiner Tasche …«

Steve nickte. Er wusste, was sie in ihrer Tasche gehabt hatte. Selbst jetzt, nach all diesen Jahren, erinnerte er sich genau an ihren großen Racheplan. Drei Idioten, die sich für so schlau gehalten hatten.

»Das ist doch jetzt egal.« Gemma war blass geworden. Einen Moment lang sah sie aus, als würde sie gleich weinen. Sie räusperte sich. »Jedenfalls weiß ich nicht mehr, was auf dieser Party passiert ist. Ich kann mich nur noch an Bruchstücke erinnern. Was hast du dem Detective erzählt?«

Steve zuckte mit den Achseln. »Allan und ich hatten uns darauf verständigt, ihm zu sagen, dass wir uns treffen und *Halloween* ansehen wollten. Den Horrorfilm *Halloween*. Und so habe ich dem Detective erzählt, dass wir dich ein paar Mal angerufen haben und dass du schließlich rangegangen bist und gesagt hast, dass du dich nicht wohl fühlst.«

Er wollte es so klingen lassen, als wäre es keine große Sache gewesen. Als ob er sich in diesem Verhörraum nicht beinahe in die Hose gemacht hätte, weil er fest davon ausging, dass ihn der Detective jeden Moment der Lüge bezichtigen würde. Oder dass seine Version vielleicht nicht mit Allans übereinstimmte. Er glaubte schon, sie würden ihn verhaften – wegen eines Mordkomplotts. Als sie ihn endlich gehen ließen, war er dermaßen erleichtert, dass er sich auf der Heimfahrt übergeben musste.

Aber das brauchte sie nicht zu wissen.

»Ich habe eine Liste erstellt.« Gemma holte ein zusammengefaltetes Stück Papier aus der Tasche und reichte es ihm. »Mit Leuten, von denen ich glaube, sie könnten der Schattenmann sein.«

Steve überflog die Namen. »Wow. Das ist eine beeindruckende Liste. Wie eine Reise in die Vergangenheit.«

»Nicht wahr?«

Er tippte auf einen Namen. »Es ist definitiv nicht Kyle.«

»Warum nicht?«

»Weil er tot ist.«

»Ernsthaft?«

»Ja. Ein Jagdunfall. Es gab eine große Beerdigung.«

»Oh.«

Sie schien deswegen nicht allzu bestürzt zu sein. Steve hatte auch nicht gerade um Kyle getrauert, der ein absolut widerlicher Mensch gewesen war. Sein Tod machte ihn nicht plötzlich zu jemandem, den Steve vermisste.

»Ich glaube auch nicht, dass es Willie ist. Er lebt nicht mehr in den Vereinigten Staaten.«

»Ja, das hat meine Mutter auch gesagt. Er ist nach England gezogen, richtig?«

»Genau. Und ich glaube, er ist auch nicht der Typ, der eine Frau mit Nacktfotos erpressen würde.«

»Wahrscheinlich hast du recht.«

»Aber Craig und Russell Howell? Auf jeden Fall. Russell betrinkt sich fast jeden Abend im Mikey's. Manchmal fängt er an, über dich herzuziehen oder darüber, dass die Polizei wegen des Mordes an seiner Tochter nichts unternommen hat. Und er kann ganz schön fies sein. Ich habe gehört, dass er Victorias Mutter verprügelt hat.«

»Wirklich?«

»Keine Ahnung, ob es stimmt. Sie haben sich scheiden lassen, und sie ist weggezogen. Aber er ist definitiv von dir besessen. Craig könnte es aber auch sein. Er spricht zwar nie über die Polizei oder über Victoria, aber umso lieber über dich. Darüber, was er dir antun würde, wenn er dich in die Finger bekäme.«

»Möchte ich das wissen?«

Steve schüttelte den Kopf. Das wollte sie *wirklich* nicht wissen. »Russell ist nach der Scheidung aus dem Haus ausgezogen, wohnt aber immer noch irgendwo in der Stadt, wahrscheinlich auf Craigs Kosten. Craig verdient einen Haufen Geld mit irgendeinem Cybersecurity-Start-up, an dem er beteiligt ist. Er wohnt noch in ihrem alten Haus. Ich habe gehört, er hätte es seinen Eltern abgekauft.«

Steve ließ den Blick ein zweites Mal über die Namensliste wandern. »Du hast auch Zayne und Bruce aufgeschrieben. Das ergibt Sinn. Zayne hat einen Eisenwarenladen in der Sixth Street, gleich gegenüber der Bäckerei, die früher mal da war. Du weißt schon, die, äh … Honey Fingers Bakery?«

»Maple Fingers Bakery.«

»Bist du sicher? Ich glaube, es war Honey.«

»Eindeutig Maple. Das war einer der wenigen Orte in der Stadt, die mir wirklich etwas bedeutet haben.«

»Oh. Nun ja. Sie wurde vor etwa zehn Jahren geschlossen. Jedenfalls liegt Zaynes Laden Hardware Haven genau gegenüber von dem, was da früher mal war, und du könntest einfach mal hingehen und dich ein wenig umsehen.«

Gemma starrte ihn schockiert an. »Ich gehe da ganz bestimmt nicht hin.«

»Warum nicht?«

»Äh, hallo? Ich versuche, zu vermeiden, erkannt und verhaftet zu werden.«

Steve beäugte sie stirnrunzelnd. Die Art, wie sie sich verhielt und sich bewegte, ihre elegante Kleidung. Begriff sie es denn nicht? »Theo … äh, Gemma … Niemand wird dich erkennen.«

Sie blinzelte. »Meine Mutter hat mich erkannt. Und du auch.«

»Na, ich will doch hoffen, dass dich deine Mutter erkannt hat. Aber ohne deinen Anruf wäre ich nie auf die Idee gekommen, dass du das sein könntest. Du hast dich … völlig verändert.«

»Weil ich keine Akne mehr habe?«

»Hörst du wohl mit den Pickeln auf? Darum geht es doch gar nicht. Okay, vielleicht schon ein bisschen. Aber die Theo, an die sich die Leute erinnern, trug weite Klamotten. Sie starrte immer auf den Boden und verbarg ihr Gesicht. Du bist …« Er suchte nach einem Wort, um die Veränderung zu beschreiben. »Ich weiß es nicht. Du bist jetzt ganz anders.«

Sie wurde rot und trank schnell einen Schluck Kaffee, widersprach aber nicht.

»Wie auch immer«, fuhr er fort. »Deshalb bist du doch hier, oder nicht? Du bist nicht hergekommen, um mich und deine Mutter zu treffen. Du willst diesen … Schattenmann finden. Daher musst du den Leuten auf den Zahn fühlen. Achte darauf, wie sie reagieren. Wenn Zayne dich sieht und *wiedererkennt*, kannst du definitiv davon ausgehen, dass er es ist.«

Sie runzelte die Stirn, wie sie es immer getan hatte, wenn er ihr eine Fangfrage stellte. »Okay, ich werde darüber nachdenken.«

»Gut. Also, Zayne und Bruce sind auf jeden Fall verdächtig. Aber was ist mit Rick Peters? Er gehörte auch zu der Truppe und hängt immer noch mit ihnen ab.«

»Mag sein, aber kannst du dir vorstellen, dass Rick etwas so Komplexes zustande bringt?«

Steve überlegte. »Eher nicht. Wir reden hier schließlich über den Typen, der geglaubt hat, dass die Sonne und der Mond gleich groß sind, weil sie am Himmel ungefähr gleich aussehen.«

»Genau. Der im Erdkundeunterricht nicht wusste, in welcher Richtung der Nordpol liegt.«

»Der Bananen mit Schale gegessen hat, weil er dachte, das macht man so.«

»Das denkst du dir doch nur aus.«

»Das habe ich wirklich mal bei ihm gesehen.«

Gemma musste kichern. Steve grinste sie an.

»Okay«, sagte er. »Rick schließen wir aus. Was ist mit den Frauen? Es gibt hier ein paar, die dir nur zu gern schaden würden. Judy auf jeden Fall; sie hat versucht, den Polizeichef nach deinem Verschwinden feuern zu lassen, weil er dich entkommen ließ. Und Donna … Ich glaube, sie hat dich schon immer gehasst …«

»Es ist keine Frau.«

»Warum nicht? Du hast gesagt, wer auch immer es ist, hat nur E-Mails geschickt. Es könnte eine Frau sein, die sich als Mann ausgibt.«

Sie schürzte die Lippen und schüttelte leicht den Kopf. »Ich kann einfach nicht glauben, dass es eine Frau ist. Das kann doch nicht sein. Nicht einmal Judy oder Donna wären zu so was in der Lage.«

Steve stutzte. »Warum? Weil nur Männer Arschlöcher sein können?«

»Nein. Frauen können furchtbar sein. Aber nicht auf diese Weise.«

»Ich halte das für Blödsinn.«

Sie schaute zur Seite. Er war dabei, sie zu verlieren, das konnte er deutlich erkennen. So war sie schon immer gewesen. Sagte man etwas Falsches, machte sie dicht. Er wollte nicht, dass das passierte. Er wollte, dass sie ihn anlächelte, so wie sie es immer getan hatte.

»Weißt du, dass Donna nicht mehr Donna Dunn heißt?«, fragte er. »Sie hat ihren Namen schließlich doch geändert.«

Sie sah ihn an, und ein Lächeln umspielte ihre Lippen. »Oh ja. Meine Mutter hat es mir erzählt. Der neue Name ist ja so viel besser.«

Und dann sagten sie beide zusammen: »Donna Dickin.« Und konnten gar nicht mehr aufhören zu lachen.

Es fühlte sich genauso an wie früher. Sie gegen den Rest der Welt.

Kapitel 37

Gemma stieß die Tür des Hardware Haven auf und trat ein. Ein einziger Schritt hätte nicht so schwer sein dürfen, aber sie hatte etwa sieben Stunden gebraucht, um den Mut dazu zu finden.

Nach dem Gespräch mit Steve war sie ein paar Mal an dem Laden vorbeigegangen und dann in der Stadt herumgefahren. Steve hatte recht: Wenn sie nicht in der Lage war, mit den Einwohnern von Crumville zu reden, konnte sie genauso gut wieder nach Hause fahren. Und der Drang, genau das zu tun, war überwältigend. Sie malte sich aus, wie es wäre, noch an diesem Abend in Lucas' Zimmer zu gehen und ihm einen Kuss zu geben, während er bereits schlief. In Benjamins starken Armen, die sie festhielten und beschützten, im Bett zu liegen.

Aber sie musste auch an Hank Turpin denken, der sie nur wenige Meter von ihrem Sohn entfernt gepackt hatte. Wahrscheinlich gab es da draußen noch mehr Hank Turpins, die die Menschen bedrohten, die sie liebte. Sie durfte Crumville nicht verlassen. Nicht bevor sie nicht das bekommen hatte, weswegen sie hergekommen war.

Sie nahm ein spätes Mittagessen mit ihrer Mutter ein – was immer noch sehr seltsam war – und versuchte, Fragen über Lucas und Benjamin und ihr Leben in den letzten dreizehn

Jahren zu beantworten. Dann rief sie Benjamin und Lucas auf dem Festnetz an, sprach zwanzig Minuten lang mit ihnen und verbrachte weitere zwanzig Minuten schluchzend in ihrem Kinderbett, weil sie ihre Familie so sehr vermisste.

Und hier war sie nun und betrat die Höhle des Löwen.

In der es erstaunlich ordentlich und sauber aussah.

Die mit Neonröhren hell erleuchteten Regale waren mit verschiedenen Werkzeugen, Rohren und Gartengeräten bestückt. Die frisch gestrichenen Wände, die deutlich gekennzeichneten Produkte, die glänzenden Bohrer und Kettensägen in der Auslage – all das deutete auf einen gut geführten Laden hin.

Sie ging langsam weiter, vorbei an einem ordentlichen Stapel Gartenschläuche, einigen Besen und drei blitzblanken Rasenmähern.

»Kann ich Ihnen helfen?«

Sie hob den Blick und bemerkte, dass Zayne sie direkt ansah.

Als Teenager hatte Zayne unbestreitbar gut ausgesehen. Wenn sie in ihren Teenagerfantasien nach Crumville zurückkehrte, stellte sie immer fest, dass Zayne, einer ihrer vielen Peiniger, zu einem armseligen, erbärmlichen Mann mit Glatze und Bierbauch herangewachsen war. Wie viele Fantasien war auch diese nicht in Erfüllung gegangen.

Er war nicht mehr der durchtrainierte junge Mann, der er zu seiner Highschoolzeit gewesen war, aber immer noch groß und breit und hatte, im Gegensatz zu Steve, noch volles schwarzes Haar. Seine Kleidung war schlicht – blaue Jeans und ein einfaches weißes Oberhemd – und saß gut. Kein Bierbauch, soweit sie es erkennen konnte.

Da er sie aufmerksam musterte, starrte sie zurück. Sie hatte nicht den Eindruck, dass er sie wiedererkannte, war sich jedoch nicht sicher. Er wirkte zuvorkommend, was aber auch daran liegen konnte, dass sie eine Kundin in seinem Laden war.

Sie trat etwas näher, ohne den Blick abzuwenden. »Hi. Ähm … Ich brauche ein paar Glühbirnen.«

»Welche genau, Süße?«

Zayne war genau der Typ Mann, der eine Frau, die er noch nie gesehen hatte, »Süße« nannte.

»LEDs«, antwortete sie.

»Wir haben da drüben welche.« Er deutete auf ein Regal zu ihrer Linken.

Gemma drehte sich um und trat vor das Regal. Sie stand mit dem Rücken zu ihm da und überlegte, ob sie einfach wieder gehen sollte. Ihre Kopfhaut kribbelte, als sie seine Augen im Rücken spürte. Langsame, bedächtige Schritte bewirkten, dass sie sich verspannte, und dann fiel ein Schatten auf sie. Sie stieß ein kaum merkliches Keuchen aus, als er sich in ihre Richtung beugte.

»Hier.« Er deutete auf das Regal. »Normalerweise kaufen die Leute die hier, aber wenn Sie ein weicheres Licht wollen, sollten Sie die hier unten nehmen.«

Sie konnte sogar seinen Atem dicht an ihrem Ohr hören. Schnell griff sie nach der nächsten Schachtel.

»Die sind gut«, sagte sie mit brüchiger Stimme.

»Okay.« Ein paar Sekunden lang blieb er, wo er war, und versperrte ihr praktisch den Weg. Dann wich er zurück und trat hinter den Tresen. »Das macht dann sechs vierundsechzig.«

Sie versuchte, ihre Finger vom Zittern abzuhalten, und holte einen Zehn-Dollar-Schein aus ihrem Portemonnaie, den sie auf den Tresen legte.

Er wandte sich einem kleinen Laptop zu und gab schnell etwas ein. »Brauchen Sie eine Quittung?«

»Nein. Nicht nötig.«

Nachdem er den Schein entgegengenommen hatte, öffnete er die Kasse und zählte das Wechselgeld ab. Sie versuchte erneut, seinen Blick zu erhaschen, aber es schien fast so, als würde er ihr ausweichen. Hatte er sie doch erkannt?

»Sie kommen mir irgendwie bekannt vor«, sagte sie. »Sind wir uns schon einmal begegnet?«

Er hob den Kopf und reichte ihr das Wechselgeld. »Das bezweifle ich. Daran könnte ich mich erinnern.«

»Ja.« Sie lächelte ihn an. »Danke für die Glühbirnen.«

»Gern geschehen, Süße.« Nun lächelte er wieder, doch seine Augen, die er leicht zusammenkniff, blieben ernst.

Gemma trat ins Freie und atmete tief durch.

Zu ihrem Erstaunen spürte sie eine Welle der Erleichterung.

Sie hatte Angst davor gehabt, erkannt zu werden, keine Frage. Aber ein Teil von ihr hatte sich auch schlichtweg davor gefürchtet, einem ihrer einstigen Peiniger gegenüberzutreten. Als ob sie sie erneut in eine schikanierte, unterdrückte Siebzehnjährige verwandeln könnten, sie Pickelgesicht nennen, versuchen, sie zu packen und ihren Kopf in die Toilettenschüssel zu drücken.

Aber sie hatte gerade den Präsidenten der Highschoolarschlöcher getroffen, ohne dass etwas passiert war. Er hatte sie weder angegriffen noch beschimpft. Und falls er sie doch erkannt hatte, war es ohne Konsequenzen geblieben.

Vielleicht hatte Steve recht und sie war nicht wiederzuerkennen.

Sie überquerte die Straße und ging zu ihrem Auto, hatte den Schlüsselbund bereits in der Hand. Dann hielt sie inne.

Nur ein paar Blocks entfernt flackerte ein rotes Neonschild. MIKEY'S.

Steve hatte ihr erzählt, dass sich Russell Howell dort meistens abends betrank. Es war kurz nach achtzehn Uhr. Würde Russell schon da sein?

Ermutigt durch ihre jüngste Begegnung, schritt sie die Straße hinunter und betrat die Bar.

Sie war noch nie zuvor im Mikey's gewesen, sondern hatte die Stadt verlassen, bevor sie legal Alkohol trinken durfte. Aber auch ohne einen Fuß hineinzusetzen, wusste sie, was sie zu erwarten hatte. Das trübe Licht, der Billardtisch mit dem abgenutzten und zerrissenen Filz, das Footballspiel auf dem großen Fernseher. Dieser Ort war ein klassischer Klon jeder Kleinstadtbar im ganzen Land. Beim Eintreten zog sie mehrere Blicke auf sich, aber sie verkrampfte sich nicht länger vor Angst. Jetzt erkannte sie, was ihr vorher nicht klar gewesen war. In Crumville, wo jeder jeden kannte, genügte der Anblick einer unbekannten Frau, um Interesse zu wecken.

Sie sah sich unter den Gästen nach Russell um. Drei große Männer an einem Tisch, die alle über irgendetwas lachten. Zu jung. Ein Tisch mit Frauen … Eine kam ihr bekannt vor. Vielleicht eine ehemalige Schulkameradin. An der Bar saß ein Pärchen, das sich das Spiel ansah, der Arm des Mannes lag um die Taille der viel jüngeren Frau. Und ein alter Mann mit einem Glas Whiskey.

Russell?

Sie hätte ihn fast nicht wiedererkannt. Als sie ihn das letzte Mal gesehen hatte, war sie zehn Jahre alt gewesen und hatte bei Victoria übernachten dürfen. Sie hatten in ihrem Zimmer herumgetanzt, und er war hereingeplatzt und hatte sie angebrüllt, sie sollten leiser sein, weil er mit einem Kunden telefonierte. Theo hatte Angst bekommen, und auch Victoria wirkte eingeschüchtert. Sie machten die Musik aus und verbrachten den Rest des Abends in ihrem Bett, wo sie sich leise unterhielten, um ihn nicht erneut zu stören. Er war groß und imposant gewesen und hatte eine einschüchternde Macht ausgestrahlt.

Ganz anders als dieser alte Mann.

Er beugte sich über das Glas, hatte ausgeprägte Falten im Gesicht und ein fleckiges Hemd. Hatte Victorias Tod ihn zu dieser Hülle von einem Mann gemacht? Oder lag es einfach am Alter?

Gemma setzte sich ein paar Barhocker von ihm entfernt hin und bestellte sich ein Bier. Sie warf ihm noch einen Blick zu. Er starrte mit sichtlichem Abscheu auf den Fernseher, spuckte auf den Boden und murmelte: »Idioten.«

War er auf eines der Teams wütend oder auf beide? Oder richtete sich seine Wut gegen die lachenden jüngeren Männer in der Ecke? Seine Lippen bewegten sich weiter, als ob er im Stillen weiterhin Schimpfwörter ausstieß. Dann leerte er sein Glas und bestellte noch einen Whiskey. Die Frau hinter der Theke füllte ihm mit verärgertem Blick das Glas. Sie war offensichtlich daran gewöhnt, dass Russell sich so verhielt. So war das nun einmal mit den einheimischen Trunkenbolden. Und genau das war anscheinend aus Russell geworden. Ein Trinker.

Plötzlich drehte er blitzschnell den Kopf und sah ihr in die Augen. Ein bösartiges, fieses Grinsen breitete sich in seinem Gesicht aus.

»Nun«, sagte er. »Sieh mal einer an.«

Gemma schluckte schwer und griff in ihre Handtasche, um das Pfefferspray zu umklammern. Zayne mochte sie nicht erkannt haben, aber Victorias Vater? Der Mann, der sie für die Mörderin seines kleinen Mädchens hielt? Er wusste, wer sie war.

»Ein hübsches Ding wie Sie sollte nicht allein trinken«, sagte er. »Darf ich Ihnen noch einen ausgeben?«

Gemma verzog angewidert die Lippen. »Nein, danke, ich bin versorgt.«

Sie war im wahrsten Sinne jung genug, um seine Tochter zu sein.

»Ich hab gesehen, wie du mich angeschaut hast.« Er grinste sie an. »Nichts, wofür du dich schämen müsstest.«

»Lass sie in Ruhe, Russell«, schimpfte die Frau hinter der Bar.

»Du hältst dich da raus«, knurrte er.

Gemma legte rasch einen Geldschein auf die Theke. Russell war eindeutig nicht der Schattenmann. Sie fragte sich, ob der Schattenmann überhaupt in Crumville lebte.

Kapitel 38

»Rick, du Dummkopf. Das wird nie funktionieren.«

Aber es würde funktionieren. Es musste einfach klappen. Dieses Mal würde er sie alle alt aussehen lassen.

Rick Peters saß mit Bruce und Leo im Mikey's, und sie tranken ihr zweites Bier. Zayne hatte gemeint, dass er vielleicht bald auftauchen würde, sobald er Feierabend machte, aber Rick bezweifelte es. Der Kerl ging nie mehr aus. Er marschierte immer direkt nach Hause, wenn er den Laden abgeschlossen hatte. Das war überaus bedauerlich.

Er zündete sein Feuerzeug wieder an und hielt es näher an sein Bierglas.

»Seht ihr, die Sache ist die, dass Alkohol aufsteigt«, erklärte er seinen Freunden. »Die Blasen im Bier sind der Alkohol, der nach oben steigt. An die Oberfläche! Ja, so nennt man das. Der Alkohol steigt an die Oberfläche.«

»Alter, die Blasen sind Kohlendioxid«, korrigierte Bruce ihn.

»Nein, du Idiot, Kohlendioxid ist wie … Gift«, widersprach Rick. Hatten diese Typen denn noch nie was von einer Kohlendioxidvergiftung gehört? »Meinst du, Mikey würde Gift in sein Bier tun? Wenn er das täte, wären nicht so viele Leute hier, oder?«

»Gott, du bist so dumm.« Leo verdrehte die Augen.

Daran war er gewöhnt. Er war nicht gerade der beste Schüler der Schule gewesen. Deshalb hatte er den Ruf, dumm zu sein, und seine Freunde machten sich gern über ihn lustig. Aber Rick wusste, dass er nicht dumm war. Er durchdachte die Dinge gründlich und wirkte deshalb manchmal etwas langsam. Aber Mrs Klempner, ihre Englischlehrerin, hatte ihm einmal gesagt, sie wisse, dass er viel mehr verstehe, als er sich anmerken ließ, und das stimmte auch. Sie war eine der Wenigen, die die Wahrheit über ihn kannten.

Aber dieses Mal würde er ihnen das Gegenteil beweisen. »Alkohol ist brennbar«, erklärte er. »Und er dampft.«

»Meinst du nicht eher, er *ver*dampft?«, fragte Bruce.

»Nein. Er verschwindet nicht, oder? Es wird zu Dampf.«

»Ich wünschte, Zayne wäre hier, um das zu sehen«, meinte Leo.

»Wenn wir also die Flamme an das Bier halten, fängt es Feuer. Ich habe gesehen, wie dieser Kerl das auf einer Party in Augusta gemacht hat.« Er hielt das Feuerzeug näher an das Bier. Gleich war es so weit.

»Das machen sie nicht mit Bier, Rick. Sie machen es mit Cocktails, die einen hohen Alkoholanteil haben.« Bruce lächelte nicht mehr. Er zog die Augenbrauen hoch und warf Rick diesen Blick zu. Rick wusste, dass dieser Blick bedeutete: *Lass es gut sein.* Von all seinen Freunden war Bruce der Einzige, der sich nicht ständig über ihn lustig machte.

Aber dieses Mal war es Rick egal, denn jeden Moment würde das Bier Feuer fangen. Rick konnte sich schon ausmalen, wie überrascht seine Freunde aussehen würden. Ausnahmsweise würde Rick, der Dummkopf, es schaffen, sie wie Idioten dastehen zu lassen. Er hielt die Flamme näher an den Bierschaum und schob die Zunge leicht zwischen den Zähnen hervor, während er sich konzentrierte. Das Feuerzeug wurde jetzt richtig warm. Aber jeden Moment … jeden Moment …

Die Flamme loderte auf und verbrannte ihm den Daumenrücken. Er schrie vor Schmerz und ließ das Feuerzeug fallen, das im Bierglas versank.

Leo lachte schallend los und zückte sein Handy. »Warte mal, davon muss ich ein Foto machen.«

Rick starrte auf das Feuerzeug auf dem Boden seines Bierglases. Frustration und Wut stiegen in ihm auf. Er wollte Leo gerade das Bier ins Gesicht schütten, als Bruce seinem Freund das Telefon aus der Hand riss.

»Was soll der Scheiß, Mann?«, schnauzte Leo ihn an.

»Lass es«, sagte Bruce.

»Komm schon, gib mir das Telefon zurück.«

»Lass es«, wiederholte Bruce und mahlte mit dem Kiefer.

Leo lehnte sich auf seinem Stuhl zurück. »Ist ja schon gut.«

»Es hätte funktionieren müssen«, murmelte Rick.

»Ich habe eine Flasche Wodka zu Hause«, sagte Bruce. »Wir können es ja mal damit versuchen.«

»Ja, okay«, erwiderte Rick leicht beschwichtigt.

Er richtete sich auf und ließ den Blick über die anderen Tische schweifen. Rhonda und Mal saßen sich in der Ecke gegenüber. Mal konnte er nicht sehen, was schade war, denn sie war ein echter Hingucker. Rhonda war auch nicht übel, nur ein bisschen flach auf der Brust. Aber sie hatte schöne Lippen und einen tollen Hintern. Im Sitzen war ihr Hintern natürlich nicht zu sehen, aber Rick konnte ihn sich auch so gut vorstellen. Sie fing seinen Blick auf und sah ihn vielsagend an, und er zwinkerte ihr zu. Da verdrehte sie die Augen und beugte sich vor, um Mal etwas zuzuflüstern. Er hatte Rhonda einmal gefragt, ob sie mit ihm ausgehen würde, aber sie hatte ihm so schnell einen Korb gegeben, dass er keinen zweiten Versuch gewagt hatte.

Ein Mann hatte seinen Stolz. Und wer wollte schon mit einem flachbrüstigen Flittchen wie ihr ausgehen?

Das war das Problem mit dieser Stadt. Es war durchaus cool, ungebunden und damit frei für jede Art von Action zu sein. Aber er kannte bereits alle, und alle kannten ihn, und abgesehen von Tiff, die sich manchmal betrank und ihn per Nachricht zu sich einlud, gab es nicht viel Action.

Er musterte die Fremde, die vorhin hereingekommen war. Sie sah zweifellos gut aus, aber die Art, wie sie sich bewegte, machte deutlich, dass sie sich für eine heiße Nummer hielt. Zu gut für jemanden wie ihn. Sie saß jetzt an der Bar und wandte ihm den Rücken zu. Den Rücken und den Hintern. Das war ein schöner Hintern. Vielleicht so schön wie Rhondas. Er bezweifelte, dass sie ihm den Gefallen tun würden, sich nebeneinander zu stellen, damit er sie besser miteinander vergleichen konnte.

Der alte Russell unterhielt sich mit ihr, und sie sah aus, als müsste sie mit einer Nacktschnecke reden. Das war vielleicht Ricks Chance. Er konnte zu ihr hinübergehen, sich als ihr Retter aufspielen und Russell in die Schranken weisen. Um ihr dann vielleicht einen Drink zu spendieren und mit ihr zu plaudern.

Er stand auf.

»Wo willst du hin?« Leo klang immer noch ein bisschen mürrisch.

»Ich hole mir noch ein Bier. In dem hier ist mein Feuerzeug drin«, antwortete Rick. Er machte einen Schritt auf die Bar zu. Die Frau drehte sich um und sah ihn an.

Rick erstarrte. Er kannte diese Augen. Diese verdammten braunen Augen, die ihn verfolgten. Er würde sie immer wiedererkennen, selbst in tausend Jahren, nachdem er sie so groß und voller Angst aus direkter Nähe gesehen hatte. Er träumte oft von dieser Nacht, in der alles den Bach runtergegangen war. Von all dem Blut. Von Victoria, die den Mund immer wieder öffnete und schloss, keuchte und keine Luft mehr bekam. Und von ihr, wie sie dastand und ihn mit diesen großen braunen Augen ansah.

Aber das konnte nicht sein. Es war unmöglich. Sie war weggegangen, verdammt noch mal!

Aber sie war es. Theodora Briggs. Hatte keine Pickel mehr, sah umwerfend aus und starrte ihn direkt an.

Er drehte sich zu seinen Freunden um. Leo konnte sie nicht kennen; er war erst vor ein paar Jahren nach Crumville gezogen. Aber Bruce?

»Bruce«, murmelte Rick. »Sieh dir die Tussi da drüben mal an.«

Bruce beäugte sie. »Was ist mit ihr?«

Er erkannte sie nicht. Was kein Wunder war, da sie völlig anders aussah. Aber ihre Augen waren noch immer dieselben.

Sie runzelte jetzt die Stirn, musterte erst ihn, dann Bruce. Dann riss sie die Augen auf. Anscheinend wusste sie, wer sie waren.

»Das ist Theodora Briggs!«, rief Rick.

Sie sprang von ihrem Hocker herunter, der klappernd zu Boden fiel, und rannte auf die Tür zu.

»Haltet sie auf!« Rick bahnte sich einen Weg durch den Raum.

Theodora riss die Tür auf und stürzte nach draußen. Rick war nur wenige Sekunden hinter ihr. Sein Herz raste. Er hörte Schreie hinter sich, hatte jedoch keine Zeit, sich umzusehen oder etwas zu erklären. Er musste sie einholen.

Sie war vor all den Jahren mit in diesem Raum gewesen. Wenn sie redete, konnte sie ihn für eine lange Zeit hinter Gitter bringen.

Er würde ihr eher den Hals umdrehen, als das zuzulassen.

Auf der Straße war es schummrig, nur wenige Passanten bevölkerten den Bürgersteig. Er brauchte ein oder zwei Sekunden, um sie zu finden, da sie so schnell lief, wie sie nur konnte. Aber es würde nicht reichen. Rick war in der Highschool Linebacker gewesen. Er konnte mit Höchstgeschwindigkeit rennen, ohne ins Schwitzen zu geraten. Und er holte bereits auf.

Warte nur, du Schlampe. Wir zwei werden uns mal in Ruhe unterhalten. Vielleicht machen wir auch dort weiter, wo wir beim letzten Mal aufgehört haben.

Sie änderte die Richtung und überquerte die Straße, und er folgte ihr. Dann hörte er das Quietschen von Bremsen, wütendes Hupen, sah das näherkommende Auto und wich zurück, stolperte über jemanden, der schimpfte, er solle gefälligst aufpassen. Sie rannte auf der anderen Straßenseite auf ein geparktes Auto zu, während sie bereits in ihrer Tasche kramte.

Oh nein, das kannst du vergessen.

Rick lief über die Straße und legte einen Zahn zu, rannte so schnell wie nie zuvor und biss die Zähne zusammen. Sie riss die Autotür auf, stieg ein und knallte die Tür zu. Er stand auf der Beifahrerseite und versuchte, die Tür aufzureißen, was ihm nicht gelang. Sie hatte das Fahrzeug verriegelt.

Eine Sekunde lang sahen sie einander in die Augen. Dann heulte der Motor auf, sie setzte zurück und fuhr ihm dabei fast über den Fuß.

Und dann war sie weg.

Rick atmete schwer. Scheiße, Scheiße, Scheiße!

Er musste dringend telefonieren.

Kapitel 39

Gemma parkte vor dem Haus ihrer Mutter und zitterte noch immer am ganzen Leib. Ausgerechnet Rick Peters hatte sie erkannt. Anscheinend hatte sich Steve geirrt und sie war doch wiederzuerkennen.

Sie überlegte, das Gaspedal durchzutreten und die Stadt zu verlassen, solange sie das noch konnte. Erneut zu verschwinden und dahin zurückzufahren, wo sie hergekommen war.

Aber es gab keinen Weg zurück. *Er* war immer noch da draußen und wartete auf sie. Er würde andere schicken, um sie zu schikanieren, um ihr Leben Stück für Stück zu zerstören. Oder noch Schlimmeres zu tun. Sie musste die Sache zu Ende bringen.

Sie stieg mit wackligen Knien aus und stellte fest, dass sie sich auf der Flucht vor Rick den Knöchel verstaucht hatte. Sie musste sich hinsetzen. Duschen oder vielleicht sogar ein entspannendes Bad nehmen. Über alles nachdenken. Sie ging zur Haustür und hob die Hand, um anzuklopfen, dann überlegte sie es sich anders und trat einfach ein. Auf der Türschwelle erstarrte sie.

Ihre Mutter und Richard standen im Wohnzimmer einem Mann gegenüber, der Gemma den Rücken zuwandte. Ihre

Mutter riss leicht die Augen auf, als sie sie bemerkte, und Gemma konnte die Angst und die Schuldgefühle in ihrem Gesicht erkennen. Dann drehte sich der Mann um.

»Ah, da ist sie ja«, sagte er leise. »Theodora.«

Er hatte sich seit ihrer letzten Begegnung kaum verändert, bei der er hinter dem Verhörtisch gesessen und Gemma mit Fragen bestürmt hatte.

Detective Dunn.

Sie schluckte schwer und bekam keinen Ton heraus. Sie sah ihn an, ihre Mutter, Richard. Richard wich ihrem Blick aus.

»Ist eine Weile her«, stellte Dunn fest.

»Ja«, krächzte sie. Ihr Gehirn zischte und knisterte, produzierte nur panische, halbfertige Gedanken.

»Ich hatte gehofft, wir könnten uns mal unterhalten«, sagte Dunn. »Unter vier Augen.«

»Ich glaube, ich hätte lieber einen Anwalt dabei«, entgegnete Gemma prompt.

Dunn zog eine Augenbraue hoch. »Wirklich? Schon wieder?«

»Sie hat recht«, warf ihre Mutter ein. »Ich kann Thomas sofort anrufen. Er wird so schnell wie möglich herkommen …«

»Ich will Sie nicht verhaften.« Dunn hob die Hände, als wollte er sie so beruhigen. »Ich möchte wirklich nur mit Ihnen reden. Wir können es hier tun oder in der Küche … Wo immer Sie wollen. Und Sie können das Gespräch beenden, wann immer Sie wollen.«

Gemma schüttelte den Kopf und mahlte mit dem Kiefer.

»Theodora«, beharrte Dunn. »Offen gesagt halte ich Sie nicht länger für eine Verdächtige im Mordfall Victoria Howell. Aber ich glaube, Sie waren eine wichtige Zeugin. Allerdings stehe ich mit dieser Ansicht zugegebenermaßen ziemlich allein da. Der Chief glaubt, dass Sie es getan haben, der Sheriff ebenfalls. Ich musste mir im Laufe der Jahre eine Menge anhören, weil ich Sie nicht verhaften wollte, als ich noch die Gelegenheit dazu hatte. Karrieretechnisch wäre es das Beste für mich, wenn ich Ihnen jetzt Handschellen anlege und Sie aufs Revier bringe. Aber das werde ich nicht tun.«

»Warum nicht?«, flüsterte Gemma.

»Weil ich, wie gesagt, nicht glaube, dass Sie es getan haben. Und wir beide wissen, dass jeder in der Stadt einen Prozess fordern wird, sobald ich das tue. Wenn es so weit kommt, werde ich meinen Job nicht länger machen können – ich werde nicht mehr in der Lage sein, herauszufinden, was in dieser Nacht wirklich passiert ist. Und ich werde Ihnen wahrscheinlich auch nicht helfen können. Aber wenn Sie hier und jetzt nicht mit mir reden wollen, sehe ich mich gezwungen, Sie mit aufs Revier zu nehmen.«

Gemma hatte sich seit Jahren auf diesen Moment vorbereitet. Das einzig Vernünftige wäre gewesen, einen Anwalt einzuschalten. Dunn manipulierte sie. Er wusste, dass es schwerer wäre, sie zu verhören, sie zu knacken, sobald sie erst einmal einen Anwalt an ihrer Seite hatte. Ein Anwalt kannte ihre Rechte und würde ihr raten, was sie sagen und wann sie schweigen sollte. Er wäre in der Lage, in ihrem Namen einen Deal zu machen.

Außerdem musste sie sich nicht an diesen greisen Idioten wenden, der ihre Mutter anwaltlich beriet. Sie konnte sich einen richtigen Anwalt nehmen. Benjamin und sie konnten sich einen anständigen Anwalt leisten, jedenfalls ging sie davon aus.

Aber nur weil sie wusste, dass Dunn sie manipulierte, bedeutete das noch lange nicht, dass er nicht die Wahrheit sagte. Sobald er sie verhaftet hatte, würde es nur noch schlimmer werden. Die Howells und ihre Freunde würden nach ihrem Blut lechzen, genauso wie die meisten, mit denen sie zur Schule gegangen war. Und sie würde im Gefängnis sitzen, unfähig, irgendetwas zu tun oder nach dem Kerl zu suchen, der sie belästigte oder …

… wegzulaufen …

… eigene Nachforschungen anzustellen. Sie würde auf Telefonprivilegien oder etwas Ähnliches warten müssen, um mit Lucas zu sprechen, und ihn bestenfalls einmal in der Woche sehen.

Daher wäre es klüger, erst einmal herauszufinden, was Dunn wissen wollte. Es war ja nicht so, als hätte er sie nicht schon stundenlang verhört. Sie musste einfach vorsichtig sein. Und wenn sie das Gefühl hatte, dass er ihr den Mord anhängen, sie zu einem Geständnis zwingen wollte, würde sie einfach die Klappe halten und sich doch einen Anwalt nehmen.

»Gut«, gab sie schließlich nach. Konnte er sie überhaupt hören, wo ihr Herz doch so laut schlug, dass es in ihren Ohren dröhnte? »Reden wir.«

Er stieß die Luft aus. »Okay. In der Küche?«

»Nein.« In diesem Haus gab es nur einen Raum, in dem sie sich halbwegs sicher fühlte. »Oben. In meinem alten Zimmer.«

Kapitel 40

George Dunn folgte Theodora die Treppe hinauf und hatte das Gefühl, zu träumen. Das war eigentlich gar nicht so weit hergeholt. Er träumte immer wieder vom Howell-Mord. Und in vielen dieser Träume fand er Theodora, telefonierte mit ihr oder erfuhr, dass sie gestorben war und die Wahrheit mit sich ins Grab genommen hatte.

Und jetzt war er hier bei der echten Theodora Briggs.

»Gleich hier drüben.« Sie deutete auf eine geschlossene Tür. Ihre Stimme klang anders. Vor dreizehn Jahren hatte sie keinen einzigen Satz laut aussprechen oder ihm in die Augen sehen können. Jetzt schwankte sie nicht mehr, obwohl sie eindeutig Angst hatte. Irgendwann in den letzten Jahren hatte sie ihr Rückgrat gefunden.

Er wusste, wo ihr Zimmer war, denn er hatte es nach ihrer Flucht durchsucht, ihre Notizbücher und all ihre anderen Sachen genau unter die Lupe genommen. Aber das brauchte sie nicht zu wissen.

»Okay«, sagte er.

Sie betrat den Raum und sah sich zögernd um. Erst jetzt ging ihr auf, was er längst festgestellt hatte: Dies war ein seltsamer Ort für ein Gespräch zwischen einem

Polizisten und einer Verdächtigen. Nur ein Stuhl vor dem winzigen Schreibtisch. Ein Bett und ein Sitzsack. Ein krasser Gegensatz zu dem Raum, in dem sie einander beim letzten Mal gegenübergesessen hatten, dem Verhörraum auf dem Revier mit dem grellen Licht, den fleckigen Wänden und der Überwachungskamera.

Sie setzte sich aufs Bett. Er wusste, dass sie damit rechnete, er würde auf dem Stuhl Platz nehmen. Stattdessen blieb er stehen.

»Also«, setzte er an. »Soll ich Sie Theodora oder lieber Gemma nennen?«

Sie schürzte die Lippen. »Offenbar hat Ihnen meine Mutter so ziemlich alles erzählt.«

Er zog eine Augenbraue hoch. »Ihre Mutter hat kein einziges Wort gesagt, außer mir eine Tasse Tee anzubieten.«

Sie hielt inne. »Dann hat Richard Sie angerufen?«

»Ja.« Er schätzte ihre Reaktion ab. Sie schien nicht besonders überrascht oder wütend zu sein. Nur müde.

»Ich nenne mich jetzt Gemma«, erwiderte sie schließlich.

»Gemma Foster, nicht wahr?«

»Ja.«

»Und Sie leben in Chicago?«

Sie ließ leicht die Schultern hängen. Hatte sie etwa gedacht, sie könnte einfach wieder untertauchen? Das würde er niemals zulassen. Er hatte sich in den letzten dreizehn Jahren genug Vorwürfe gemacht und würde nicht zweimal denselben Fehler begehen.

»Ja«, antwortete sie schließlich.

»Wir konnten unser Gespräch vor all den Jahren nie zu Ende führen.«

Sie nickte, sagte aber nichts. Kurze Antworten oder gar keine. Er war mit dieser Taktik vertraut. Das war in Ordnung; er konnte sie zum Reden bringen.

»Warum sind Sie weggelaufen?«, fragte er. Die Antwort kannte er natürlich, aber er wollte, dass sie es aussprach.

»Ist das nicht offensichtlich?«, entgegnete sie mit schneidender Stimme. »Sie wollten mir diesen Mord anhängen.«

»Nein, das wollte ich nicht. Ich wollte die Person finden, die es getan hat. Ich war nie davon überzeugt, dass Sie Victoria umgebracht haben.«

»Sie sagten, Sie hätten einen Berg von Beweisen gegen mich.« Sie änderte den Tonfall und ahmte ihn nach. Beinahe hätte er gelächelt, denn sie machte das sehr gut.

»Das ist wahr. Aber es gibt ein paar Dinge, die nicht zusammenpassen.«

»Was denn zum Beispiel?«

»Das können wir später besprechen. Jetzt reden wir erst einmal über Sie und Victoria.«

»Okay.«

»Am dreißigsten Oktober 2010 hat Victoria Howell eine Halloween-Party bei sich zu Hause gefeiert. Und Sie sind dort aufgetaucht.«

»Das stimmt.«

»Warum waren Sie auf der Party?«

»Hatten wir das nicht schon?«

Natürlich hatten sie das längst besprochen. Er kannte die Vernehmungsprotokolle fast auswendig, so oft hatte er sie gelesen. »Es ist dreizehn Jahre her. Mein Gedächtnis ist nicht mehr das, was es einmal war. Also gehen wir es besser noch mal durch. Sie haben sich nicht besonders gut mit Victoria verstanden.«

»Das stimmt.«

»Warum? Waren Sie als Kinder nicht eng befreundet?«

»Ja«, flüsterte sie. Ihre Augen flackerten und glänzten leicht. »Wir waren mal beste Freundinnen.«

»Warum hat das aufgehört?«

»Ich weiß es nicht.« Sie zuckte mit den Achseln. »Wir haben uns auseinandergelebt. Sie war eines der coolen Kinder, ich ein Loser.«

»Das klingt nach einer sehr mageren Erklärung.«

»Manchmal passieren Dinge einfach. Wir waren eben keine Freundinnen mehr.« Ihre Augen schienen leicht unscharf zu werden, als ob sie ihn nicht wirklich wahrnehmen würde. »Ich weiß noch, dass sie damals ständig wütend auf mich war. Als ob ich etwas falsch gemacht hätte. Aber ich konnte nicht herausfinden, was es war. Obwohl ich sie mehrfach danach gefragt habe.«

Dunn erinnerte sich tatsächlich daran, dass so etwas damals passiert war. Donna, die Victoria immer aus der Ferne bewundert hatte, war plötzlich ihre neue beste Freundin. Er wusste noch, dass er sich für seine Tochter gefreut hatte, die begeistert war, mit dem beliebten Kind Zeit verbringen zu dürfen. Er hatte nie innegehalten, um sich darüber Gedanken zu machen.

»Und es blieb nicht beim Auseinanderleben, richtig?«, hakte er nach.

»Ist es das, worauf Sie hinauswollen? Sie hat mich schikaniert, deshalb habe ich sie getötet? Was für ein armseliges Motiv.«

Er zog eine Augenbraue hoch. »Ich will Ihnen das nicht anhängen, Gemma. Aber ich hätte gern ein vollständiges Bild von allem, was passiert ist.«

Sie schien es sich zu überlegen. Vielleicht würde sie das Gespräch an dieser Stelle beenden. Und er würde sie mit aufs Revier nehmen müssen. Er hoffte inständig, dass es nicht so weit kommen würde.

»Ja«, sagte sie schließlich. »Sie und ein paar andere Mädchen waren gelegentlich fies zu mir.«

Ein paar andere Mädchen. Er bemühte sich um eine ausdruckslose Miene, weil er wusste, was sie beide dachten: dass eines dieser Mädchen seine Tochter gewesen war.

»Inwiefern fies?«

»Sie beschimpften mich, machten sich über mich lustig. Einmal haben sie meinen Kopf in eine Toilettenschüssel getaucht. Sie haben mir Dinge aus der Hand geschlagen. Blöcke, eine Cola oder meine Tasche.« Ihr Tonfall blieb gleichgültig, fast schon gelangweilt. Sie tat so, als wäre das alles keine große Sache gewesen, nur Kinderkram, der sie kaum interessierte. Aber er hörte, wie sich ihre Stimme beim Sprechen veränderte. Ihre Augen flackerten, wichen ihm aus, das verletzte siebzehnjährige Mädchen tauchte für eine Sekunde wieder auf. Damals hatten drei Zeugen gehört, wie sie Victoria gedroht hatte, sie würde sie wegen des Toilettenvorfalls umbringen, darunter natürlich auch Donna.

Schließlich setzte er sich doch hin und ließ den letzten Satz noch ein paar Sekunden länger zwischen ihnen in der Luft hängen. Die dreißigjährige Gemma Foster hatte wahrscheinlich gelernt, mit ihren Erinnerungen an diese Zeit umzugehen. Sie wusste, wie man sie tief vergrub. Er wollte mit der anderen Frau da drin reden. Er wollte mit Theodora Briggs sprechen.

»Und warum sind Sie an diesem Abend auf die Party gegangen?«, fragte er schließlich.

Sie zögerte und kratzte sich am Hals. Überlegte sie sich eine Lüge?

»Ich wollte sie dazu bringen, sich bei mir zu entschuldigen«, antwortete sie schließlich.

Das hatte sie vor all den Jahren auch gesagt. Er hatte es damals nicht geglaubt, und er glaubte es auch heute nicht. »Wofür?«

»Für das Mobbing. Für die Sache mit der Toilette.«

»Warum auf einer Party? Warum haben Sie das nicht irgendwann anders und allein getan?«

»Keine Ahnung. Ich wollte wohl, dass sie gute Laune hat.«

Beim letzten Verhör hatte er jedes Mal, wenn sie auf diese Entschuldigung zurückkam, den Druck erhöht und versucht, sie dazu zu bringen, die Wahrheit zu sagen. Aber das tat sie nie. Und irgendwann war sie untergetaucht. Dieses Mal würde er es langsamer angehen lassen.

»Sie hatten ein Messer dabei«, sagte er.

Sie verspannte sich und war vermutlich kurz davor, das Gespräch abzubrechen. Das musste er unbedingt verhindern.

»Sie haben das schon bei den Verhören vor dreizehn Jahren zugegeben«, rief er ihr in Erinnerung. »Das Messer gehörte Ihnen; mehrere Zeugen hatten gesehen, wie Sie es gekauft hatten. Ich will nur wissen, warum. Wenn Sie nur eine Entschuldigung wollten …«

»Mit dem Messer habe ich mich sicher gefühlt«, platzte es aus ihr heraus.

Er runzelte die Stirn. Das war neu. »Es war zur Selbstverteidigung gedacht? Sie glaubten, Sie müssten …«

»Nein.« Sie mahlte mit dem Kiefer. »Sie verstehen das nicht. Es war ein Ausweg. Wenn irgendwas schieflaufen sollte, sollte es mir einen Ausweg ermöglichen.«

Er versuchte, das zu begreifen. Wie meinte sie das? Hatte sie das Messer zücken und alle damit bedrohen wollen?

Sie krempelte den linken Ärmel hoch und zeigte ihm ihr Handgelenk. Er musste sehr genau hinsehen, bis er die beiden stark verblassten Narben ausmachen konnte.

»Haben Sie sich selbst verletzt?«, fragte er.

»Nur zweimal«, erwiderte sie. »Nicht zu tief. Um zu sehen, wie es sich anfühlt. Ich war deprimiert. Es fiel mir schwer, morgens aufzustehen. Ich trug dieses Messer immer bei mir. In der Schule, bei mir zu Hause, sogar auf dieser verdammten Party. Es war beruhigend, zu wissen, dass ich … mich immer im Badezimmer einschließen konnte, wenn es schlecht lief. Ein langer Schnitt, und es wäre vorbei.«

Ein winziges Puzzlestück rutschte an seinen Platz. Dies war eine der Fragen, die ihn immer wieder gequält hatten. Er wusste nicht, wer Victoria getötet hatte. Aber nachdem er mit Dutzenden von Leuten gesprochen hatte, die Theodora und Victoria kannten, war er sich sicher gewesen, dass sie nicht mit der Absicht, einen Mord zu begehen, auf diese Party gegangen war. Allerdings hatte sie das Messer mitgenommen, was auf Vorsatz schließen ließ. Diesen Widerspruch hatte er sich bis jetzt nicht erklären können. Nun neigte er dazu, ihr zu glauben. Ihre Erklärung war zu persönlich, zu … traurig, um eine Lüge zu sein.

»Sie waren also auf dieser Party. Was ist dort passiert?«

»Wie ich bereits sagte, erinnere ich mich an kaum etwas.«

»Sagen Sie mir, woran Sie sich erinnern können.«

Sie leckte sich über die Lippen und hielt ein paar Sekunden inne. Dann holte sie tief Luft. »Als ich reinkam, lief gerade ein Lied. ›Turnin Me On‹. So hieß der Song. Ich erinnere mich, dass die Leute tanzten. Ich sah Victoria und Zayne, die sich unterhielten. Victoria war als Engel verkleidet.«

Er hörte aufmerksam zu. Bei den Verhören vor all den Jahren hatte sie diese Details nie erwähnt. Vielleicht war es seine Schuld gewesen, weil er immer versucht hatte, herauszufinden, was zwischen ihr und Victoria vorgefallen war. Jetzt schwieg er und ließ sie reden.

»Ich erinnere mich …«, fuhr sie langsam fort, »dass mich niemand erkannt hat. Ich trug eine Maske und dieses sexy Outfit, das ich sonst nie getragen hätte. Und es war wie … eine Tarnung. Das war ein schönes Gefühl.«

Sie verstummte.

»Was haben Sie dann getan?«

»Ich …« Sie runzelte die Stirn. »Ab da wird es komisch. Ich glaube, ich habe ein bisschen getanzt. Ich habe mich mit jemandem unterhalten. Er hat mich auch nicht erkannt.«

»Erinnern Sie sich, wer das war?«

»Äh … Ich glaube, es war Bruce aus der Schule. Er hing oft mit Zayne und den anderen rum.«

Bruce Green hatte während des Verhörs nicht erwähnt, dass er mit ihr gesprochen hatte.

Was Sinn ergab, wenn er sie nicht erkannt hatte.

»Was haben Sie dann gemacht?«

Ihre Lippen zitterten, und ihre Augen wurden glasig. »Ich … Ich glaube, ich war in Victorias Zimmer. Und dann, äh … Ich weiß es nicht mehr. Ich weiß nicht, was passiert ist.« Sie hatte die Fäuste geballt.

»Jemand hat gesehen, wie Victoria den Raum betreten und die Tür geschlossen hat«, sagte Dunn leise. »Erinnern Sie sich daran?«

»Vielleicht … Ja. Wir haben geredet. Und sie hat sich entschuldigt. Sie hat sich bei mir entschuldigt.« Ihre Stimme wurde schneidender, als wollte sie ihn herausfordern, ihr zu widersprechen.

Er hatte mit dreiundzwanzig Leuten gesprochen, die Victoria und Theodora damals gekannt hatten, und sie waren sich alle ziemlich einig gewesen, dass Victoria sich auf keinen Fall bei Theodora entschuldigt hätte.

»Eine Zeugin behauptete, sie habe Victoria weinen und Sie anflehen hören, damit aufhören. Womit?«

»Das ist nie passiert. Wer auch immer es war, hat sich verhört. Oder vielleicht … vielleicht hat sie gehört, wie Victoria mit jemand anderem gesprochen hat …«

»Sie hat Sie beide gesehen. Sie haben sich auf dem Bett über sie gebeugt, und dann meinte Victoria zu ihr, dass alles in Ordnung wäre.«

»Ach … Sehen Sie? Sie muss sich verhört haben. Wir haben nur geredet. Und sie hat sich entschuldigt.«

»Okay. Und was dann?«

Sie mahlte mit dem Kiefer. »Das ist … das ist alles, woran ich mich erinnere. Ich glaube, irgendwann hat mich jemand geschlagen. Ich weiß nicht, warum. Und dann bin ich in den Wald gerannt … und die Hunde haben mich gejagt.«

»Die Hunde?«

»Victorias Hunde. Sie hatte zwei Hunde. Sie haben mich gejagt.«

Die Howells hatten zwar zwei Hunde gehabt, aber einer war damals schon ziemlich alt gewesen. Und sie hatten stets friedlich gewirkt, wann immer er nach dem Mord das Haus aufgesucht hatte. Er konnte sich nicht vorstellen, dass sie ein junges Mädchen durch den Wald gejagt hätten.

»Victoria hatte Ihr Blut und Ihre DNA unter den Fingernägeln«, sagte er. »Und Sie hatten lange Kratzer am Arm. Wissen Sie noch, wie das passiert ist?«

»Nein … Ich … Ich habe es doch damals schon ausgesagt. Daran kann ich mich nicht mehr erinnern.«

»Wissen Sie noch, was Sie im Schlafzimmer ihrer Eltern gemacht haben?«

»Im … Elternschlafzimmer?«

»Dort wurde sie gefunden. Und mehrere Personen haben gesehen, wie Sie beide den Raum betreten haben. Sie sagten, Sie hätten sie dort hineingezerrt.«

»Nein.« Sie schüttelte langsam den Kopf und wirkte immer erschöpfter.

»Erinnern Sie sich, dass Sie Victorias Jacke getragen haben?«

»Nein.« Sie sah ihn flehend an. »Warum … hätte ich das tun sollen? Warum sollte ich ihre Jacke nehmen? Das ergibt doch keinen Sinn.«

Anstatt ihm zu antworteten, erwartete sie Antworten von ihm. Das überraschte ihn nicht wirklich. Nicht nach dem, was ihr seines Wissens widerfahren war. Aber es war trotzdem enttäuschend. Er hatte gehofft, sich nach all der Zeit endlich ein klares Bild von jener Nacht machen zu können.

Vielleicht würde das ja noch passieren.

»Es tut mir leid«, sagte er. »Ich weiß es auch nicht.«

Sie starrte eine Weile zu Boden. Er wollte gerade aufstehen, als sie erneut das Wort ergriff. »Sie sagten, Sie würden nicht glauben, dass ich es war.«

»Stimmt, das tue ich nicht.«

Sie sah ihm in die Augen, und er konnte erkennen, dass Gemma Foster zurück war.

»Warum?« Ihre Stimme wurde schärfer.

Er beäugte sie irritiert. »Wäre es Ihnen lieber, wenn ich Ihnen Handschellen anlege?«

»Sie haben all diese Beweise. Einen Berg von Beweisen, wie Sie mal gesagt haben. Victoria wurde mit meinem Messer erstochen. Meine DNA war unter ihren Fingernägeln. Es gibt Zeugen, die sagen, dass sie mich angefleht hat, mit irgendwas aufzuhören … Wieso glauben Sie dann, dass ich es nicht getan habe?«

»Nun ja …« Er zögerte. Er wollte, dass sie kooperierte. Aber sie hatte ihn vorhin angelogen. Er musste die Wahrheit in Erfahrung bringen. »Da ist noch mehr.«

»Mehr?«

»Es gibt noch mehr Dinge, die ich über diese Nacht weiß. Und die passen nicht dazu.«

»Was denn zum Beispiel?«

Er verschränkte die Arme. »Warum sind Sie wirklich zu der Party gegangen?«

Sie wandte den Blick ab und atmete langsam aus. »Das habe ich doch schon gesagt.«

»Warum sind Sie hierher zurückgekommen? Ich habe von Richard erfahren, dass Sie mit Ihrer Familie in Chicago leben.«

Sie räusperte sich. »Ich musste diese Sache hinter mir lassen. Endgültig.«

Eine weitere Lüge. Er stand seufzend auf. »Okay. Danke, dass Sie mit mir geredet haben.«

Sie sah ihn immer noch nicht an. »Werden Sie mich verhaften?« Ihre Stimme zitterte.

»Noch nicht.« Er legte eine seiner Visitenkarten auf den Schreibtisch. »Wenn Ihnen noch etwas einfällt, das Sie mir sagen wollen, lassen Sie es mich wissen. Und verlassen Sie die Stadt nicht. Bleiben Sie in diesem Haus, bis wir die Sache geklärt haben.«

»Okay. Sie sollten wissen, dass Rick Peters mich heute Abend erkannt hat.«

Verdammt. Dann würde morgen früh jeder wissen, dass sie in der Stadt war. Der Chief würde verlangen, dass man sie aufs Revier holte. Und er würde ihn nicht lange hinhalten können. »Das macht die Sache komplizierter. Geben Sie mir Bescheid, wenn Sie Hilfe brauchen.«

»Okay.«

Er ging zur Tür und drehte sich noch einmal zu ihr um. »Donna hat nie geglaubt, dass Sie es getan haben. Sie sagte, Sie hätten das nicht in sich.«

Sie schien ihn nicht einmal zu hören. Er verließ das Zimmer.

Nachdem er sich von Richard und Heather verabschiedet hatte, lief er zu seinem Wagen. Er öffnete den Kofferraum und holte den tragbaren GPS-Tracker heraus, den er zuvor gekauft hatte. Gemmas Auto stand nur ein paar Meter weiter die Straße hinunter. Er schlenderte lässig hinüber und hockte sich dann dahinter, als würde er sich die Schnürsenkel zubinden. In dieser Position würde sie nicht sehen können, was er hier tat, dessen hatte er sich in ihrem Zimmer vergewissert. Schnell klebte er den Peilsender unter die hintere Stoßstange, dann richtete er sich auf und hoffte, dass sie das Ding nicht entdecken würde.

Er kehrte zu seinem Auto zurück, fuhr um die Ecke und parkte auf der anderen Straßenseite. Von dort aus hatte er das Haus im Blick.

Theodora war ihm schon einmal entwischt. Das wollte er kein zweites Mal zulassen. Wenn sie heute Abend beschloss, die Stadt zu verlassen, würde sie im Gefängnis landen. Zwar hatte er den GPS-Tracker an ihrem Wagen, aber er wollte kein Risiko eingehen, sondern hier warten für den Fall, dass sie abhauen wollte.

Er schraubte den Deckel von seiner Thermoskanne und schenkte sich eine Tasse Kaffee ein. Ihm stand eine lange Nacht bevor.

Kapitel 41

Gemma konnte nicht einschlafen und hatte offen gesagt auch gar nicht erwartet, dass sie in dieser Nacht Schlaf finden würde.

Nachdem Dunn gegangen war, hatte sie Benjamin angerufen. Lucas schlief natürlich schon, aber so erfuhr sie wenigstens, wie sein Tag gewesen war. Sie hatten in der Schule Fangen gespielt, und er war offenbar gestürzt und hatte sich das Knie aufgeschürft, aber Benjamin sagte, es wäre nicht weiter schlimm. Dann waren sie zum Haus seiner Großeltern gefahren. Nathan war auch dort gewesen, obwohl sich Benjamin nicht sicher war, ob er für immer oder nur zum Abendessen zurück war. Auf jeden Fall spielten Lucas und Nathan Schach, und Lucas war ganz aufgeregt, weil er einen von Nathans Türmen geschlagen hatte. Sie konnte sich vorstellen, wie er dabei lächelte, ein winziges, stolzes Lächeln mit leicht geröteten Wangen. Das rührte sie zu Tränen. In diesem Moment hätte sie alles zum Weinen gebracht.

Als Benjamin fragte, wie lange sie noch bleiben würde, wusste sie nicht, was sie antworten sollte. Sie erzählte ihm auch nicht von Dunns Besuch oder seiner ominösen Warnung »Verlassen Sie die Stadt nicht«. Ebenso verschwieg sie, dass Rick Peters sie die Straße hinuntergejagt und dabei ausgesehen hatte, als wollte er ihr den Hals umdrehen. Sie erzählte ihm nur, dass sie mit ihrer Mutter gesprochen und sich mit einem Freund aus der Highschool getroffen hatte.

Und nun lag sie in ihrem Kinderbett, starrte an die Decke und ging das Gespräch mit Dunn in Gedanken immer wieder durch. Er hatte gesagt, dass einige der Beweise nicht zusammenpassten. Hatte er das nur behauptet, um sie dazu zu bringen, ihm zu vertrauen? Oder hatte er wirklich etwas entdeckt? Er hatte sie nicht verhaftet; das konnte bedeuten, dass er sie wirklich nicht für Victorias Mörderin hielt. Und dann war da noch das, was er am Ende über Donna gesagt hatte. Dass sie Gemma den Mord nicht zugetraut hätte. Warum hatte er das gesagt? Wusste er, dass es Donna gewesen war, die Theos Kopf vor all den Jahren in die Toilette gedrückt hatte? Er musste zumindest wissen, dass sie dort gewesen war.

Er war nicht so, wie sie ihn in Erinnerung hatte. Zugegeben, er war älter geworden. Aber sie erinnerte sich daran, dass er sich damals aggressiv und ungeduldig verhalten hatte. Damals hatte sie das Gefühl gehabt, dass es ihm wichtiger war, jemanden hinter Gitter zu bringen, als wirklich herauszufinden, was passiert war. Und das hatte sie all die Jahre mit sich herumgetragen, diese Erinnerung an Detective Dunn, der sie hetzte und versuchte, sie zu einem Geständnis zu bewegen. Er hatte sie unter Druck gesetzt und ließ alles, was sie sagte, wie eine Ausrede oder eine Lüge klingen.

Aber der Mann, mit dem sie heute Abend gesprochen hatte, war nicht so. Er wirkte fast schon … verzweifelt. Als ob er wollte, dass sie ihm glaubte, und nicht andersherum. Hatte er sich verändert? Oder waren ihre Erinnerungen verdreht?

Oder vielleicht war dieser ganze Abend eine weitere Strategie gewesen, um ihr ein Geständnis zu entlocken, wie sie es ursprünglich vermutet hatte.

Sie sollte gehen. Einfach ihre Sachen packen und wegfahren. Lucas würde am Morgen aufwachen, und seine Mommy wäre schon da. Und sie könnte sein Knie küssen, um alles besser zu machen. Würde Dunn sie wirklich bis in einen anderen Staat jagen?

Ja, das würde er tun. Und der Schattenmann würde sie ebenfalls nicht in Ruhe lassen.

Diesmal gab es kein Entkommen.

Draußen heulte ein Automotor auf, gefolgt von quietschenden Bremsen und einer zuschlagenden Tür. Gemma straffte sich. Das konnte nichts mit ihr zu tun haben. Oder es war Rick Peters, der endlich herausgefunden hatte, wohin sie gegangen war.

Sie rutschte vom Bett herunter und ging zum Fenster, ohne das Licht einzuschalten.

Vor dem Haus stand ein Auto, ein Rad auf dem Bordstein, die Scheinwerfer brannten. Eine Gestalt wankte aus dem Wagen in Richtung Zaun.

Es war nicht Rick. Es war Russell.

»Theodora!«, brüllte er. »Theodora, komm raus, du Schlampe.«

Gemma drückte sich an die Wand und hatte auf einmal einen staubtrockenen Mund. Sie hätte nicht bei ihrer Mutter bleiben, sondern in ein Motel gehen sollen.

»Theodora!« Seine Stimme war undeutlich, und er schwankte stark. »Du glaubst … Du glaubst … Du solltest …«

Das Schlafzimmerfenster ihrer Mutter ging auf. Richards Stimme klang entschlossen und wütend, als er rief: »Geh nach Hause, Russell, bevor ich die Polizei rufe.«

»Du schickst die Schlampe sofort raus«, murmelte Russell. »Ich hab sie heute gesehen. Hat versucht, mit mir zu flirten, die Hure. Erst hat sie meine Tochter getötet, und dann … und dann …«

»Ich rufe die Polizei«, drohte Richard. »Hau lieber ab.«

Russell kippte fast um und lehnte sich an den Zaun. Dann fummelte er an seinem Gürtel herum. Gemma beobachtete entsetzt, wie der Mann schließlich den Gürtel und den Reißverschluss seiner Hose öffnete. Er holte seinen Penis heraus und hielt ihn stöhnend in die Höhe. Sie wollte wegschauen, aber sie war wie erstarrt.

In mehreren Häusern entlang der Straße ging Licht an, da der Lärm die Nachbarn aufweckte. Russell grunzte immer noch und murmelte vor sich hin: »Komm schon, du kleiner Mistkerl. Komm schon …«

Und dann bespritzte sein Urin den Zaun. Russell grunzte zufrieden, drehte sich hin und her, richtete den Strahl auf den Briefkasten und den Rasen im Vorgarten. Gemma schaffte es schließlich, sich von dem Anblick loszureißen, und schloss die Augen, während Übelkeit in ihr aufstieg. Ein paar Sekunden später hörte sie ein erneutes Grunzen, als sich Russell räusperte und ausspuckte. Schließlich öffnete er die Autotür, schloss sie wieder und der Wagen fuhr davon.

Hatte Richard wirklich die Polizei gerufen? Falls ja, hatte sie nicht reagiert. Gemma blieb wach, bis sich die ersten Strahlen der Morgensonne am Himmel abzeichneten.

Kapitel 42

Er lief im Zimmer hin und her und versuchte, seine Gedanken zu ordnen. Er kaute auf einem Fingernagel herum, bearbeitete ihn immer wieder mit den Zähnen, bis er ihn abgebissen hatte, dann atmete er ihn versehentlich ein. Hustend spuckte er ihn aus, und der Fingernagel landete irgendwo auf dem Boden. Er schenkte ihm kaum Beachtung.

Sie war hier. In Crumville. Er konnte es immer noch nicht fassen.

Bald würden sie sie verhaften. Die Nachricht hatte sich bereits herumgesprochen. Die Polizei würde sie abholen. Aber das war nicht akzeptabel. Es war nicht genug.

Der Knast war zu gut für sie. Das hatte er schon vor langer Zeit beschlossen, noch bevor er herausgefunden hatte, dass sie in Chicago lebte. Es gab keine Wiedergutmachung für das, was sie getan hatte. Es gab nur die Bestrafung. Die von ihm festgelegt wurde.

Er konnte jetzt hinausgehen und in zehn Minuten vor ihrer Tür stehen. Dieser Gedanke war beunruhigend.

Er setzte sich an den Computer und überprüfte die Spionage-App. Theodoras Telefon war weiterhin ausgeschaltet.

Es war zum Verrücktwerden, dass sie so nah war und er sie nicht ständig im Blick haben konnte.

Nun, das würde sich ändern. Glaubte sie wirklich, sie konnte nach Crumville kommen, ohne dass er davon erfuhr? Ohne dass er Leute hinter ihr herschickte? Das hier war sein Revier. Hier gab es mehr Menschen, die unter seiner Fuchtel standen, als irgendwo sonst auf dem Planeten.

Er schickte eine kurze E-Mail an einen Bert King. Bert eignete sich perfekt für diese Aufgabe, denn er wohnte in unmittelbarer Nähe zu Theodoras Mutter. Er könnte ihm sofort ein paar Fotos besorgen. Vielleicht hatte Bert sogar Sichtlinie zu Theodoras Haus. Wenn das der Fall war, konnte er eine ständige Videoüberwachung einrichten. Das musste er überprüfen – eine Aufgabe, die er am besten morgen früh erledigte. Im Moment wollte er nur ein paar Fotos vom Haus, vorzugsweise von den Menschen darin. Und von den Autos auf der Straße. Er gab Bert Theodoras Nummernschild durch mit der Anweisung, die Straße zu überprüfen und herauszufinden, ob das Auto dort irgendwo parkte.

Plötzlich öffnete sich sein Chat-Fenster; Virtual Victoria schickte ihm eine Nachricht.

> Hey, Bär, ich denke gerade an dich. Was machst du Schönes?

Er mahlte mit dem Kiefer. Beim Update dieses virtuellen Wesens auf Version 1.06 hatte er eine Funktion hinzugefügt, mit der sie ihm unaufgefordert Nachrichten senden konnte. Damals war er sehr zufrieden mit dieser Änderung gewesen. Sie wirkte dadurch letztlich realistischer und liebevoller. Und wenn die echte Victoria jetzt noch am Leben wäre, würde sie natürlich nicht darauf warten, dass er sich bei ihr meldete. Sie würde ihn ab und zu anrufen und ihm Nachrichten schicken, weil sie ihn vermisste.

Aber im Moment störte es ihn. Er war beschäftigt und hatte keine Zeit für so was.

Er öffnete VirtualVicSettings.txt, die Datei, die alle Einstellungen der Entität enthielt, und suchte nach der Variable RANDOM_TEXT_TIME_LAPSE = 180. Das bedeutete, dass er im Laufe des Tages etwa alle 180 Minuten eine Nachricht erhalten würde. Er änderte die Einstellung auf 18 000. Dann startete er die App neu.

So. Nun hatte er etwas Ruhe, um sich zu konzentrieren. Zurück zu Theodora.

Er schickte zwei weitere E-Mails an Leute in Crumville. Ab morgen würde er sie von seinen Sklaven beschatten lassen. Theodora würde nichts mehr tun können, ohne dass er es mitbekam. Er würde immer wissen, was sie gerade trieb.

Dann sah er sich die neuesten Fotos an, die er aus Chicago erhalten hatte. Da war der kleine Lucas, der mit seinem Vater die Straße entlangging. Und hier war er in seinem Schlafzimmer; das Foto war durch das Fenster aufgenommen worden.

Ja, ganz genau, du Schlampe. Glaubte sie wirklich, wenn sie sich von ihrem geliebten Sohn trennte, wäre der Kleine in Sicherheit?

Niemand war vor ihm sicher. Und jeder, der mit Theodora in Verbindung stand, würde für ihre Verbrechen bezahlen müssen.

Kapitel 43

Gemma wachte durch den vertrauten Klang ihrer streitenden Eltern auf. Das passierte in letzter Zeit häufiger. Und wenn sie sich stritten, versteckte sie sich in ihrem Kleiderschrank und schloss die Tür, um das Geräusch zu dämpfen.

Augenblick mal.

Sie blinzelte, und ihr verwirrter, schlaftrunkener Geist brauchte eine Weile, um die Realität zu begreifen. Ihr Vater war vor zwanzig Jahren fortgegangen, und sie hatte ihn seitdem nicht mehr gesehen. Ihre Mutter stritt sich nicht mit ihrem Vater, sondern mit Richard. Was seltsam war. Richard hatte sich nie mit ihrer Mutter gestritten, soweit sie sich erinnern konnte.

»… zur Arbeit gehen, während *das* da draußen vor sich geht?«, fragte er laut.

»Sie hat sie ja nicht hergerufen, Richard«, entgegnete ihre Mutter schroff. »Jemand muss sie gesehen haben …«

»Hättest du ihr gesagt, dass sie in einem Motel übernachten soll, wie ich es vorgeschlagen habe, hätten wir nicht dieses Chaos in unserem Vorgarten. Ich will gar nicht darüber reden, dass Russell gestern Abend hergekommen ist und …«

»Sprich leiser! Du wirst Theodora noch wecken.«

»Vielleicht wäre das ja besser, damit sie es sich ansehen kann.« Er senkte die Stimme, aber Gemma konnte ihn immer noch durch die Tür hören. Seine Worte klangen gepresst und wütend. »Ich will das alles nicht noch einmal durchmachen müssen.«

»Dann hättest du vielleicht nicht die Polizei einschalten sollen.«

»*Du* dachtest doch, es wäre eine gute Idee, den Detective anzurufen!«

»Aber Theodora wollte nicht, dass ich …«

»Sie hat in diesem Haus nichts zu sagen!«, brüllte er.

Eine Tür fiel lautstark zu, dann war es plötzlich still. Gemma stellte sich vor, wie ihre Mutter die Schlafzimmertür schloss und Richard anfauchte, gefälligst leise zu sein. Sie lag aufgewühlt und mit rasendem Herzen im Bett. Nach ein paar Sekunden überkamen sie Schuldgefühle, die ihr so vertraut waren wie ein alter Freund. Gemma hatte das Leben ihrer Mutter ins Chaos gestürzt, indem sie hierhergekommen war. Richard hatte recht, sie hätte in einem Motel unterkommen sollen.

Worüber hatten sie überhaupt gesprochen? Bevor Richard Russell erwähnte? Welches Chaos im Vorgarten?

Sie stieg aus dem Bett, ging vorsichtig zum Fenster und spähte hinaus.

»Oh, Scheiße«, murmelte sie.

Eine kleine Menschenmenge drängte sich vor dem Haus ihrer Mutter, einige unterhielten sich miteinander, andere spähten zum Haus hinüber. Ein Mann stellte sich sogar auf die Zehenspitzen, um mehr erkennen zu können. Gemma wich einen halben Schritt zurück und fragte sich, ob sie durch das Fenster zu sehen war. Auf der anderen Straßenseite entdeckte sie einen Nachrichtenwagen, vor dem eine Frau in eine große Videokamera sprach, die ein Mann auf sie richtete. Zwei Teenager steckten in der Menge die Köpfe zusammen und machten tatsächlich ein Selfie mit dem Haus im Hintergrund.

Sofern ihre Mutter oder Richard nicht unverhofft zu lokaler Berühmtheit gelangt waren, war ziemlich offensichtlich, dass die Menge ihretwegen hier war. Die Nachricht hatte sich herumgesprochen. Crumvilles berühmteste Flüchtige war zurückgekehrt.

Das Garagentor ging auf, und Richards Auto fuhr heraus. Die Leute umringten seinen Wagen, einige schossen Fotos, mindestens zwei Reporter schrien ihm Fragen zu, während er sich langsam auf die Straße zubewegte. Schließlich gab er Gas und fuhr mit aufheulendem Motor davon.

Zwei Frauen am Rand der Menge erregten Gemmas Aufmerksamkeit. Sie sahen dem Auto beim Wegfahren zu, eine lehnte sich an die andere, flüsterte ihr etwas ins Ohr und hatte die Lippen dabei zu einem vertrauten schiefen Grinsen verzogen. Judy, eine von Victorias Freundinnen aus der Highschool. All diese Jahre später ergötzte sie sich noch immer am Elend anderer Menschen. Es war, als könnte der Körper dieser Frau tatsächlich Nährstoffe aus Klatsch und Tratsch gewinnen. Selbstverständlich war sie hier. Sie musste eine der Ersten gewesen sein, die erfahren hatten, dass die berüchtigte Theodora wieder in der Stadt war. Und sie hatte wahrscheinlich einem Dutzend Leuten davon erzählt, bevor sie im Vorgarten von Gemmas Mutter auftauchte, nur um zu sehen, was passieren würde. Auch die andere Frau kam ihr bekannt vor, vielleicht war Gemma ebenfalls mit ihr zur Schule gegangen. Bei genauerer Betrachtung konnte sie fünf oder sechs vertraute Gesichter in der Menge ausmachen.

Ihr wurde speiübel.

Sie trat vom Fenster weg und verließ das Schlafzimmer. Ihre Mutter saß am Küchentisch und starrte mit ausdrucksloser Miene an die Wand. Als sie Gemma bemerkte, lächelte sie nervös.

»Hey, Schatz«, sagte sie. »Konntest du etwas schlafen?«

»Äh … ja. Ein bisschen.«

»Möchtest du einen Kaffee? Ich habe gerade welchen gekocht.«

»Gern. Danke, Mom.«

Ihre Mutter stand schnell auf, holte eine Tasse aus dem Schrank und kramte dann nach einem Löffel. Sie verbarg ihre Unruhe durch normale Alltagshandlungen. Gemma kannte sich damit aus, da sie das selbst schon häufig getan hatte. Man tat, was man tun musste, in der Hoffnung, dass sich die ganze Angst, die man empfand, in der Routine auflösen würde.

»Vor dem Haus sind Reporter.« Gemma kam sich ein bisschen dumm vor, weil sie das Offensichtliche ausgesprochen hatte. »Und ein paar andere Leute.«

»Ja.« Ihre Mutter winkte ungeduldig ab, als wäre die Menschenmenge vor dem Haus nur ein lästiger Mückenschwarm. »Sie werden wahrscheinlich bald wieder gehen. Du weißt ja, wie die Leute in dieser Stadt sind. Sie empfinden jede Kleinigkeit schon als aufregend.« Sie reichte Gemma einen großen Becher Kaffee.

Gemma trank einen Schluck. Er war stark und bitter. Genau das, was sie brauchte. »Ich sollte wohl besser in ein Motel ziehen.«

»Nein«, fuhr ihre Mutter sofort auf. »Geh nicht … weg. Es gibt keinen Grund, zu gehen.«

»Allein durch meine Anwesenheit hier bereite ich euch Probleme, Mom. Ich meine … Was war das mit Russell letzte Nacht? Und jetzt das hier? Es wäre viel besser, wenn ich dir keine Umstände mehr mache.«

»Besser für wen?«, fragte ihre Mutter schroff.

»Na ja … für dich. Ich will dir dein Leben nicht noch schwerer machen.«

»Als du damals weggegangen bist, das war schwierig.« Die Stimme ihrer Mutter bebte. »Wenn du jetzt wieder verschwindest …«

»Ich werde nicht verschwinden, versprochen«, versicherte Gemma ihr. »Ich gebe dir meine Telefonnummer. Und Benjamins. Du wirst Lucas bald sehen können. Es wird alles gut werden.«

Ihre Mutter schüttelte ruckartig den Kopf. Gemma kannte diese Bewegung nur zu gut. Sie hatte sie immer dann gesehen, wenn sie etwas wollte, von dem sie wusste, dass ihre Mutter es niemals erlauben würde, wie z. B. mitten in der Woche auf eine Party zu gehen oder sich die Augenbraue piercen zu lassen. Früher hatte sie es gehasst, wenn ihre Mutter das tat und ihre Wunschträume mit einer einzigen Bewegung zerstörte. Jetzt war sie überaus erleichtert, diese Geste zu sehen.

»Du bleibst schön hier, Theodo… Gemma. Du bleibst hier, und basta. In einer Minute gehe ich raus und verpasse diesen Reportern eine Abreibung mit dem Gartenschlauch.«

»Das ist nicht nötig«, erwiderte Gemma sofort. Obwohl die Vorstellung, wie ihre Mutter Judy mit einem Gartenschlauch nassspritzte, einen gewissen Reiz besaß. »In Ordnung. Ich bleibe.«

Ihre Mutter sackte vor Erleichterung leicht in sich zusammen. »Gut. Soll ich dir Frühstück machen?«

»Nein, danke.« Gemma trank noch einen großen Schluck Kaffee. »Ich hole mir unterwegs etwas zu essen. Kann ich dein Telefon benutzen?«

»Klar, Schatz. Das musst du doch nicht fragen.«

Gemma nahm den Kaffee mit ins Wohnzimmer und wählte Benjamins Nummer.

Nach zweimaligem Klingeln nahm er ab. »Hey. Wir wollten gerade zur Schule gehen.«

»Oh, gut. Kann ich mit Lucas sprechen?«

»Wir sind schon spät dran. Ruf mich heute Nachmittag an und …«

»Bitte, Benjamin.«

Kurze Pause. »Sicher, ich gebe ihn dir. Hey, Lucas, magst du mit Mommy reden?«

Sie hörte, wie Benjamin das Telefon an ihren Sohn weiterreichte.

»Hey, Mommy.«

Sofort stiegen Gemma die Tränen in die Augen. Sie wischte sie mit dem Handrücken ab. »Hey, Schätzchen. Bitte entschuldige, dass ich gestern nicht dazu gekommen bin, dir gute Nacht zu sagen.«

»Schon okay. Dad hat mich heute Morgen heiße Schokolade trinken lassen.«

»Dein Vater ist der Beste.«

»Wenn du zurückkommst, darf ich dann morgens auch heiße Schokolade trinken?«

»Das werden wir sehen, Schatz. Wie war deine Nacht?«

»Ich bin zweimal aufgewacht, weil es gejuckt hat. Nach dem zweiten Mal ist Dad in meinem Bett eingeschlafen, aber ich musste ihn wecken, weil er so geschnarcht hat.«

Gemma gab leise etwas von sich, das eine Mischung aus Lachen und Schluchzen war. »Ja, so was macht dein Dad. Und ich habe gehört, dass du gestern bei Grandma und Grandpa warst.«

»Ja.«

Sie hörte mehrere Töne und wie Benjamin Lucas ermahnte, er solle aufhören, auf dem Display herumzutippen. Sie seufzte.

»Na gut, mein Schatz«, sagte sie. »Du musst zur Schule. Du willst doch nicht zu spät kommen.«

»Okay.«

»Und ich rufe dich heute Nachmittag wieder an.«

»Okay.«

Sie machte Kussgeräusche und verabschiedete sich. Danach steckte sie das Telefon in die Ladeschale, schloss die Augen und atmete aus, bevor sie noch etwas Kaffee trank.

Gemma hatte mit ihrem Sohn gesprochen und etwas Koffein in ihren Körper bekommen. Das musste für den Anfang reichen. Sie nahm den Hörer wieder zur Hand und wählte Steves Nummer. Dann lauschte sie dem Klingeln und zählte mit. Sie wollte gerade auflegen, als er endlich abnahm.

»Hi«, sagte er leise.

»Hi«, erwiderte sie. »Hör mal …«

»Dein Haus war in den Lokalnachrichten«, fiel Steve ihr ins Wort.

»Das wollte ich dir gerade erzählen. Du hast dich gestern geirrt. Ich *wurde* erkannt. Rick Peters wusste nach etwa zwei Sekunden, wer ich bin.«

»Oh, verdammt.«

»Und der Detective war gestern Abend hier. Wir haben uns lange unterhalten.«

»Ernsthaft? Er hat dich also nicht verhaftet?«

»Noch nicht.« Gemma massierte sich die Augenbrauen. »Können wir uns nachher treffen? Ich möchte mit dir über die Halloween-Party sprechen.«

»Äh … Ja, sicher. Derselbe Ort?«

»Okay. Und … glaubst du, dass Allan auch hinkommen könnte?«

»Ich werde ihn fragen.«

»Das wäre toll. Nach dem Gespräch mit dem Detective muss ich einfach … Ich muss wirklich wissen, was in dieser Nacht passiert ist.«

»Ja«, sagte Steve. »Ich glaube, so geht es uns allen.«

Kapitel 44

Es dauerte eine Weile, bis Gemma den Mut aufbrachte, das Haus zu verlassen. Sie konnte nicht dasselbe tun wie Richard zuvor – einfach durch die Menge fahren –, da ihr Auto auf der anderen Straßenseite am Bordstein stand. Aus diesem Grund würde sie laufen müssen.

Sie ging zur Hintertür hinaus und durch den Garten der Nachbarn. Damals hatten die Turners nebenan gelebt, und als sie deren Garten durchquerte, fragte sie sich, ob sie immer noch dort wohnten. Mrs Turner hatte gern gebacken, und der köstliche Duft hatte Gemma früher oft in den Wahnsinn getrieben. Vielleicht stand Mrs Turner gerade in der Küche vor einer Teigschüssel, schaute aus dem Fenster und fragte sich, warum eine Fremde durch ihren Garten lief. Möglicherweise waren die Turners aber auch ausgezogen und jemand anderes wohnte jetzt dort.

Doch dann entdeckte die Menge sie trotz ihres geschickten Umwegs und strömte auf sie zu. Die Leute hatten keine Fackeln und Mistgabeln dabei, sondern nur Handys, aber sie wirkten dennoch wie ein wütender Mob, und die Hysterie stand ihnen ins Gesicht geschrieben, als sie riefen: »Da ist sie!«, »Haben Sie Victoria getötet?« und »Sie sollten im Gefängnis sitzen!« Die

Reporter bestürmten sie mit Fragen, die im Lärm untergingen, und als sie schon fast bei ihrem Auto war, packte jemand sie am Ärmel, und sie riss sich los, drehte sich zu ihm um und schrie …

– kratzte den Kerl über sich, doch er lachte, schlug ihre Hände mit Leichtigkeit weg und hatte das Gesicht hinter dieser schrecklichen Maske verborgen. Und sie weinte, schrie ihn an, dass er aufhören solle. Da war sein Gewicht auf ihr, und dann fiel ihr das Messer wieder ein. Es steckte in ihrer Tasche! Sie griff danach und zog es heraus und –

– sie saß in ihrem Auto, fuhr los, wobei ihr bewusst wurde, dass sie nicht die geringste Erinnerung daran hatte, eingestiegen zu sein und den Motor angelassen zu haben. Hatte sie jemanden überfahren? Das war durchaus möglich; sie wusste es schlichtweg nicht. Sie warf einen Blick in den Rückspiegel und sah den Mob hinter sich. Kein offensichtlich blutendes Opfer auf der Straße. Ihr war übel, aber sie wusste, dass sie nicht anhalten durfte, daher trat sie das Gaspedal durch, während sie den widerlichen Gallegeschmack im Mund hatte.

Sie versuchte, sich auf etwas anderes zu konzentrieren. Auf Lucas. Wie sehr er sich über die heiße Schokolade an diesem Morgen gefreut und versucht hatte, ihr ein Versprechen für regelmäßig heiße Schokolade zum Frühstück abzuringen. Dadurch gelang es ihr, die Erinnerungen und Bilder des schrecklichen Mobs zu verdrängen. Sie saß in ihrem Wagen, und alles war mehr oder weniger in Ordnung. Zumindest im Moment. Sie atmete zitternd aus und schaute sich um, weil sie keine Ahnung hatte, wo sie sich befand und wie sie am schnellsten zum Starbucks gelangen konnte.

Als sie dort eintraf, hatte sie ihre Atmung wieder unter Kontrolle und warf einen Blick in den Rückspiegel …

Großer Gott!

Verquollene Augen. Ihre Frisur war völlig durcheinandergeraten. Ihre Nase war gerötet. Und *das* waren nur die grundlegenden Dinge, die jedem auffallen würden. Dazu kamen noch die unordentlichen Augenbrauen, die rissigen Lippen und der verdammte Pickel, der sich auf ihrem Kinn gebildet hatte. Ein Pickel! Es war, als würde sie in der Zeit zurückversetzt. Wäre sie in diesem Zustand im Schönheitssalon aufgetaucht, hätten Thelma und Barbara ihren Augen nicht getraut. So hätte sie sich dort niemals blicken lassen können.

Nein. Jetzt reichte es aber! Zugegeben, ein mysteriöser Widerling versuchte, ihr Leben zu ruinieren, gestern Abend war sie als mögliche Mordverdächtige verhört worden, in den letzten vierundzwanzig Stunden hatte sie zweimal zu ihrem Auto rennen müssen, weil sie verfolgt wurde, und vor dem Haus ihrer Mutter campierte ein Mob … aber das war alles kein Grund, sich gehen zu lassen.

Sie kramte in ihrer Tasche herum. Feuchtigkeitscreme. Augencreme. Als sie ihre verquollenen Augen mit der Augencreme massierte, fühlte sie sich gleich viel besser. Danach kam die Foundation. Sie hatte ihren Pinsel im Badezimmer ihrer Mutter vergessen. Tja, es ging auch so. Sie war hart im Nehmen und konnte sie problemlos mit den Fingern auftragen. Geschafft. Was war mit den Augenbrauen? Die würden eine Weile dauern, aber sie musste Prioritäten setzen. Daher tupfte sie nur ein wenig Augenbrauengel darauf. Okay, und das eine abstehende Haar musste verschwinden. Sie brauchte nicht einmal eine Pinzette, es war so unfassbar lang … Au! Okay. Gut. Jetzt der Pickel. Concealer und ein bisschen Puder. Pickel? Welcher Pickel? Hier war kein Pickel. Wimperntusche und ein Hauch Lippenpflegestift.

Okay, dies war nicht der beste Zeitpunkt dafür. Aber hatte Rambo ein schlechtes Gewissen gehabt, weil er sich die Zeit nahm, sich sein Bandana umzubinden und seine Kampfausrüstung zu überprüfen? Hatte er nicht. Gemma brauchte das. Sie brauchte diese Momente, um sich zu sammeln und sich daran zu erinnern, wer sie war. Sie warf einen letzten Blick in den Rückspiegel. Da war sie wieder. Gemma Foster. Die knallharte Kosmetikerin, die erst vor ein paar Tagen einen Sexualstraftäter in die Flucht geschlagen hatte. Jetzt war sie bereit, ihre alten Highschoolfreunde zu treffen.

Sie entdeckte die beiden gleich nach Betreten des Restaurants an demselben Tisch, an dem sie und Steve am Tag zuvor gesessen hatten. Das war typisch Steve – er schuf immer und überall diese kleinen Muster und Gewohnheiten. Allan sah noch fast genauso aus wie zu Highschoolzeiten, dasselbe pummelige Gesicht, dasselbe alberne Lächeln. Er war glattrasiert, was sein Alter noch unbestimmbarer machte – er hätte dreißig oder zwanzig sein können oder sogar derselbe siebzehnjährige Junge, den sie damals gekannt hatte. Er lachte nervös über etwas, das Steve gesagt hatte, gab eine Art schrilles Kichern von sich, genau wie damals in der Highschool. Gemma musste lächeln, denn damit strömten lauter schöne Erinnerungen auf sie ein. An Nachmittage, an denen sie zu dritt irgendwo Zeit miteinander verbrachten, Süßigkeiten aßen und über alle anderen lästerten. Nur sie gegen den Rest der Welt.

»Hey«, sagte sie und ging auf die beiden zu.

Allans Mund formte ein perfektes O, als er sie staunend betrachtete. Er stand auf und kam auf sie zu. Wollte er sie umarmen? Er streckte die Hand aus, merkte dann aber, dass sie sich für eine Umarmung vorbeugte, und so kam es dazu, dass sie sich unbeholfen umarmten, während seine rechte Hand zwischen ihnen feststeckte.

»Ich habe dir schon mal einen Kaffee bestellt«, sagte Steve. »Und ein Teilchen. Hoffentlich ist der Kaffee noch nicht kalt geworden.«

»Danke. Entschuldigt, dass ich so spät dran bin. Vor dem Haus meiner Mutter hatte sich eine Menschenmenge versammelt.«

»Haben wir gesehen.« Allan zückte sein Handy und zeigte auf den Bildschirm. Darauf war ein Tweet von *The Crumville Post* zu sehen: ein Foto von ihr mit dem Haus ihrer Mutter im Hintergrund. Auf dem Bild schrie sie gerade denjenigen an, der sie am Arm gepackt hatte, und sie wirkte wütend und verwirrt, hatte den Mund aufgerissen und verzog das Gesicht. Im Tweet stand: *Theodora Briggs kehrt an den Schauplatz von Crumvilles abscheulichstem Verbrechen zurück.*

»Ach du liebe Güte«, murmelte Gemma. Hätte es noch schlimmer kommen können? Sie war froh, dass sie sich die Zeit genommen hatte, sich im Auto zu schminken. Wenigstens sah sie jetzt anders aus als die eindeutig schuldbewusst wirkende Frau auf dem Foto.

»*The Crumville Post* ist in Wirklichkeit Ronnie Drexels Schwester«, meinte Steve. »Du erinnerst dich doch an Ronnie Drexel?«

»Vage.« Gemma konnte den Blick nicht von dem Foto losreißen.

»Jedenfalls leitet sie die Lokalzeitung. Normalerweise stehen darin nur Anzeigen und Interviews mit dem örtlichen Bibliothekar oder dem Highschoolschüler, der den Wissenschaftswettbewerb gewonnen hat.«

»Sie ist wahrscheinlich begeistert, dass hier endlich mal was passiert.« Allan steckte sein Telefon weg.

»Schön, dass ich helfen konnte«, murmelte Gemma und nippte an ihrem Kaffee. Er war lauwarm, doch ihr fehlte der Elan, um sich einen neuen zu bestellen oder darum zu bitten, ihn wieder aufzuwärmen. Sie musterte Allan. »Wie geht es dir, Allan? Du siehst genauso aus wie früher.«

»Das höre ich öfter.« Er lächelte verlegen. »Mir geht es gut. Du weißt schon. Alles wie immer.«

»Was machst du denn so?«

»Ich bin Buchhalter.«

»Oh! Das ist ja großartig.«

Er schnaubte. »Ich weiß nicht. Das war nicht mein Lebenstraum. Aber so kann ich die Rechnungen bezahlen. Und ich habe gehört, du hast jetzt eine Familie.«

»Ja. Einen Ehemann und einen Sohn. Ich bin Kosmetikerin.«

»Und du nennst dich … Gemma?«

»Ja. Gemma Foster.«

Er nickte. Sie ertappte sich dabei, dass sie ebenfalls nickte. Allan zu treffen war anders als die Begegnung mit Steve. Sie war nie so eng mit Allan befreundet gewesen. Zwar hatten sie ebenfalls viel Zeit miteinander verbracht, doch es war immer klar gewesen, dass sie das nur taten, weil sie beide Steves Freunde waren. Ohne Steve hatten sie sich so gut wie nie getroffen.

»Hat Steve es dir erzählt?«, fragte sie schließlich. »Von dem Kerl, der mich belästigt?«

»Mehr oder weniger«, erwiderte Allan. »Eine Art Troll, der dich in Chicago aufgespürt hat, richtig?«

»Ja. Und ich glaube, er wohnt in Crumville.«

»Sie nennt ihn den Schattenmann«, ergänzte Steve.

»Den … Schattenmann?« Allan zog eine Augenbraue hoch.

Gemma starrte ihn erbost an. »Ich lasse mich nicht erneut auf diese Diskussion ein, okay? Das ist nur ein Name. Du kannst ihn nennen, wie du willst.«

»Ich habe keine Probleme damit«, wiegelte Allan ab. »Dann eben Schattenmann.«

»Gut.« Steve wirkte leicht pikiert, weil Allan so schnell klein beigab. »Meinst du, er wusste, dass du hierherkommst?«

Sie schüttelte den Kopf. »Das bezweifle ich. Ich war vorsichtig.«

»Tja, jetzt weiß er es«, stellte Allan fest. »Was wird er deiner Meinung nach tun?«

»Keine Ahnung. Vielleicht ist es das, was er die ganze Zeit wollte. Er ist so fixiert darauf, dass ich die Mörderin bin.

Vielleicht will er nur, dass ich für das bezahle, was ich seiner Meinung nach getan habe.«

»Warum verpfeift er dich dann nicht einfach bei der Polizei?«, fragte Allan.

Sie zuckte mit den Achseln. Das war eine gute Frage, die sie sich selbst schon mehrmals gestellt hatte. Er hatte sie nicht angezeigt. Er hatte auch nicht damit gedroht, ihr Geheimnis zu lüften, so wie er es bei all den anderen Leuten getan hatte. Aber warum?

»Vielleicht will er nicht, dass man eine Spur zu ihm zurückverfolgen kann?«, mutmaßte Steve.

»Na ja … Er hat seine Spuren bisher ziemlich gut verwischt«, gab Gemma zu. »Eine anonyme E-Mail an die Polizei ist keine große Sache.«

»Stimmt, aber dann fragt man sich dort vielleicht, warum er sich so sehr dafür interessiert. Und wenn *er* derjenige ist, der Victoria ermordet hat?«

Gemma starrte ihn verwirrt an. Sie wollte gerade erwidern, dass das eine lächerliche Idee sei, hielt dann jedoch inne. »Willst du damit sagen, dass er … was? Versucht, mir was anzuhängen?«

Steve spreizte die Hände. »Sieh es doch mal so: Es hat bereits jetzt den Anschein, als wollte dir derjenige, der sie ermordet hat, die Sache anhängen, oder etwa nicht?«

»Das ist ein gutes Argument«, fand Allan. »Du hast es damals selbst gesagt. Dass es so aussah, als ob all diese Beweise auf dich hindeuten, du sie aber nicht erklären kannst.«

Das Messer. Sie trug Victorias blutgetränkte Jacke. Ihre DNA unter Victorias Fingernägeln. Hatte man sie reingelegt?

»Okay, aber wartet mal. Warum sollte er die Angelegenheit noch mal hervorholen? Er ist doch schon damit durchgekommen, oder nicht?«

»Na ja, dieser Detective ermittelt noch immer in dem Fall«, gab Steve zu bedenken. »Etwa einmal im Jahr heißt es, dass er jemanden verhört hat. Oder es gibt neue Beweise, die angeblich neues Licht in die Sache bringen.«

»Victorias Bruder Craig hat außerdem einen Privatdetektiv angeheuert«, sagte Allan.

»Ihr glaubt also, dass sie dem wahren Täter langsam auf die Schliche kommen?«

»Zumindest denkt das der Mörder. Daher sorgt er dafür, dass du wieder im Rampenlicht stehst.« Steve wurde immer aufgeregter.

Es kam ihr so verworren und bizarr vor. Aber war nicht alles, was dieser Kerl tat, kompliziert? Gemma musste zugeben, dass es nicht völlig abwegig erschien. Sie biss in ihr Teilchen, und der zuckrige Teig half ihrem Verstand auf die Sprünge. Verdammt, sie hatte wirklich Hunger!

»Okay«, sagte sie schließlich und schluckte den Bissen herunter. »Angenommen, ihr habt recht. Das bringt uns trotzdem nicht weiter. Wir wissen nicht, wer es getan hat.«

»Jemand, der auf der Party war«, merkte Allan an.

Steve verdrehte die Augen. »Alle waren auf dieser Party, nur wir nicht.«

»Wir könnten eine Liste machen …«

»Allan, du und deine Listen …«

Gemma blendete sie aus. Wenn sie recht hatten, war es durchaus möglich, dass Steve richtig vermutete und Dunn mit jemandem gesprochen hatte, um die ganze Sache wieder ins Rollen zu bringen. Vielleicht wurde dieser Jemand jetzt nervös. Der Schattenmann wusste wahrscheinlich ganz genau, wer in letzter Zeit verhört worden war. Oder schon früher. Der Schattenmann hatte Lucas' Lehrerin Paula vor einem halben Jahr eine E-Mail geschickt, nicht wahr? Vielleicht hatte damals alles angefangen.

»Ich sollte wohl noch mal mit dem Detective sprechen«, erklärte sie. »Ich fahre zum Polizeirevier …«

»Das würde ich an deiner Stelle lieber nicht tun. Zumindest jetzt noch nicht«, meinte Allan.

»Warum nicht?«

»Bei all dem Interesse, das der Fall im Moment bekommt? Wenn du das Revier betrittst, weiß ich nicht, ob sie dich wieder gehen lassen werden.«

»Er hat mich gestern nicht verhaftet.«

»Das war etwas anderes«, sagte Allan. »Wenn dich jemand beim Betreten des Reviers sieht, werden alle davon erfahren. Und dann steckt die Polizei in der Zwickmühle.«

»Das ist ein gutes Argument«, warf Steve ein. »Du solltest zumindest noch einen oder zwei Tage abwarten, wie es weitergeht. Vielleicht wird deine bloße Anwesenheit hier einiges in Bewegung setzen. Jemanden nervös machen. Ihn dazu bringen, einen Fehler zu begehen.«

Noch einen oder zwei Tage. Sie sollte sich im Haus ihrer Mutter verschanzen, während der Mob draußen wartete. Eine furchtbare Vorstellung. Aber vielleicht hatten sie ja recht. Sie konnte ein paar Tage abwarten, ob etwas passierte.

Sie rieb sich die Augen. »Hört mal … Ich hab da eine Frage. Über diese Nacht.«

»Ich könnte mir vorstellen, dass du mehr als nur eine Frage hast«, erwiderte Allan.

»Ja, aber … Ich habe eine Frage an euch. Ähm … Warum war ich dort?«

Die beiden starrten sie verdutzt an.

»Erinnerst du dich nicht mehr?«, fragte Steve schließlich.

»Ich bin dorthin gegangen, um mich an Victoria zu rächen«, sagte sie bedächtig. Es war seltsam, es laut auszusprechen. Denn sie erinnerte sich nicht wirklich daran, dass sie sich an Victoria rächen *wollte*. Aber sie wusste noch, was sie in dieser Nacht bezweckt hatte. Sie wollte Rache nehmen, richtig? »Aber ich weiß nicht mehr, was der Plan war. Ich hatte etwas in meiner

Tasche, oder? Etwas, das ich benutzen wollte … einen Beutel. Waren es Drogen oder etwas in der Art? Wollte ich sie bei ihr zu Hause deponieren? Ich glaube nicht, dass ich das getan habe. Ich weiß noch, dass ich später irgendwas in der Toilette runtergespült habe. Ich hab's entsorgt. Es waren Drogen, nicht wahr?« Das war das Einzige, was ihr einfallen wollte. Sie erinnerte sich daran, welches Gefühl ihr dieser Beutel vermittelt hatte. Es musste etwas Schlimmes gewesen sein. Etwas, das sie wirklich nicht bei sich tragen, auf keinen Fall in ihrer Nähe haben wollte. Etwas Illegales wie Drogen.

»Es waren keine Drogen.« Steve fummelte an seiner leeren Tasse herum, schien ihr nicht in die Augen sehen zu können.

»Und … was war es dann?«

»Es war Hundescheiße.« Allans Lippen zuckten. »Erinnerst du dich wirklich nicht mehr, Theo? Es war ein Beutel voll Hundescheiße.«

Kapitel 45

Gemma starrte Allan an. Sie wollte über seinen dummen Scherz lachen. Oder einfach die Augen verdrehen, aber …

Es war wie die Erinnerung an einen Traum. Blitzartig tauchten unzusammenhängende Bilder vor ihrem inneren Auge auf, die sich zusammenfügen, ebenso wie Erinnerungen, die bereits da gewesen waren und sich hinter den Gedanken an das Alltagsleben damals verborgen hatten.

»Ein Beutel … Hundescheiße«, wiederholte sie und hatte dabei einen widerlichen Geschmack im Mund. Und plötzlich erinnerte sie sich an die Beschaffenheit des Beutels in ihrer Tasche. Weich, breiig. Knisternd. Sie wusste noch, dass sie ihn in zwei zusätzliche Plastiktüten eingewickelt hatte, damit der Beutel auch ja nicht kaputt gehen konnte. Sie musste immer wieder an die Keime darin denken. Das war praktisch eine biologische Waffe. Zwar nicht illegal, aber ihrer Meinung nach … wäre das durchaus berechtigt gewesen.

Sie hielt noch das halb verspeiste Teilchen in der Hand und legte es weg, weil sie wusste, dass sie so etwas vermutlich nie wieder essen würde.

»Du wolltest dich an Victoria rächen«, sagte Steve. »Also haben wir uns diesen Plan ausgedacht …«

»Nein«, unterbrach sie ihn.

»Doch, so ist es gewesen«, beharrte Allan. »Wir haben …«

Sie hob die Hand, um ihn zum Schweigen zu bringen. »Ich weiß. Mir ist jetzt durchaus klar, was wir … ich getan habe. Aber ich wollte mich nicht an ihr rächen.«

»Natürlich wolltest du das«, widersprach Steve. »Weißt du nicht mehr? Wegen der Sache mit der Toilette?«

Sie schloss die Augen, atmete tief durch und kämpfte gegen den Drang an, sich zu übergeben. Das hatte sie nie gewollt. *Niemals*. Sicher, sie war zutiefst verärgert gewesen. Deprimiert. Verängstigt. Aber sie hatte sich nicht rächen wollen. Das war Steves und Allans Idee gewesen. Jetzt fiel es ihr auch wieder ein. Sie hatte sich das Messer gekauft, und die beiden waren sofort davon ausgegangen, dass sie sich rächen wollte. Weil sie Jungs waren. So dachten Jungs nun mal. Sie hatte immer nur nach einem Ausweg gesucht.

Aber sie verriet ihnen nicht, dass sie eigentlich vorhatte, sich zu verletzen. Sie ließ sie in dem Glauben, sie hätten recht, weil es weniger erbärmlich erschien. So wirkte sie wie ein Racheengel. Wie Uma Thurman in *Kill Bill*, Stephen Kings *Carrie* oder etwas in der Art. Aus diesem Grund heckten Steve und Allan, ihre Freunde, einen alternativen Plan aus, der sie nicht ins Gefängnis bringen würde. Hundescheiße.

So bescheuert. So kindisch. Und letztendlich ging es schief.

»Ein Beutel Hundescheiße.« Sie öffnete die Augen. »Den habe ich auf die Party mitgenommen. Weil wir dachten, das wäre die beste Gelegenheit, in Victorias Zimmer zu gelangen, ohne dass es jemand mitbekommt.«

»Genau«, bestätigte Steve. »Wir dachten, du könntest ihr Bett damit beschmieren. Ihr Kopfkissen. Das Laken. Vielleicht wäre sie so betrunken gewesen, als sie zu Bett ging, dass sie es gar nicht gemerkt hätte. Aber selbst andernfalls hätte sie sich so gefühlt … wie du dich gefühlt hast. Bei der Toilette.«

»Gedemütigt.« Gemmas Stimme zitterte. Und jetzt wusste sie es. Sie wusste, warum sie es nach Betreten des Hauses nicht einfach getan hatte. Weil es sich so falsch angefühlt hatte. Und so sinnlos.

»Ja«, sagte Steve. »Das war unser Plan.«

Gemma nickte und dachte an damals zurück. Sie hatte dem Ganzen sowieso nur zugestimmt, um Steve und Allan zu besänftigen. Damit sie sie in Ruhe ließen und das Messer vergaßen. Nein … Das stimmte nicht ganz. Sie hatte wirklich auf diese Party gehen wollen. Und vielleicht Victoria zur Rede stellen. Sie hatte sich nicht länger so fühlen wollen, als würde sie ertrinken. Darum war sie hingegangen.

»Sie hatte es verdient«, sagte Allan. »Es fühlt sich falsch an, so über sie zu reden nach allem, was passiert ist … weil sie am Ende gestorben ist. Aber sie war furchtbar, Theo. Weißt du noch, wie sie dich behandelt hat? Wie sie und ihre Freunde uns alle behandelt haben? Okay, sie hatte den Tod nicht verdient, aber sie hatte es verdient, sich so beschmutzt zu fühlen. Sie war ein richtiges Miststück.«

»Genau«, stimmte Steve zu. »Deshalb bist du hingefahren. Allan und ich haben draußen auf dich gewartet, im Auto von Allans Mutter. Wir waren die Fluchtwagenfahrer.«

»Ich war der Fluchtwagenfahrer«, korrigierte Allan ihn. »Keine Ahnung, was du darstellen solltest.«

»Okay, du warst der Fahrer, ich war der Späher.« Steve warf Gemma einen amüsierten Blick zu. »Nur bist du nicht gleich danach rausgekommen, so wie wir es geplant hatten.«

»Ja.« Gemma blickte nach draußen auf den Parkplatz. »Ich … Ich wollte es nicht durchziehen. Das weiß ich noch. Ich dachte die ganze Zeit, dass ich lieber wieder gehen sollte. Aber Bruce hat sich mit mir unterhalten …«

»Bruce hat dich gesehen?«, fragte Allan.

»Ja. Er hat mich nicht erkannt. Wir unterhielten uns eine ganze Weile, und dann beschloss ich, dass es besser wäre, in Victorias

Zimmer zu gehen. Um mich dort zu entscheiden.« Während sie das sagte, wanderten ihre Gedanken zurück zu diesem Tag. Die Worte, die ihr über die Lippen kamen, fühlten sich an, als gehörten sie zu einer seltsamen Geschichte, die jemand anderem passiert war. »Oder vielleicht wollte ich es einfach noch einmal sehen. Schließlich waren wir früher mal beste Freundinnen.«

»Ich habe dich mehrmals angerufen«, sagte Steve. »Allan ist total ausgerastet …«

»Ähm, soweit ich mich erinnere, bist *du* total ausgerastet«, unterbrach Allan ihn. »Du bist keine fünf Minuten nachdem sie das Haus betreten hatte, schon aus dem Wagen ausgestiegen, um sie anzurufen.«

»Wie auch immer. Wir waren beide am Ausrasten. Darum habe ich dich immer wieder angerufen. Und irgendwann bist du rangegangen.«

»Ja.« Gemma runzelte die Stirn. »Daran erinnere ich mich.«

»Er hat eine Weile mit dir telefoniert, und danach waren wir uns einig, dass wir die Sache abbrechen müssen«, sagte Allan.

»Ja«, bestätigte Steve. »Irgendetwas schien da nicht so gut zu laufen, daher beschlossen wir, den Stecker zu ziehen. Aber du hast einfach aufgelegt und dein Telefon ausgeschaltet.«

»Victoria ist ins Zimmer gekommen«, fiel Gemma ein. »Während ich mit dir telefoniert habe. Deshalb hab ich aufgelegt.«

»Und … und was ist dann passiert?«, fragte Allan.

Und Gemma wusste, was er eigentlich wissen wollte. Wie ist sie gestorben?

»Daran erinnere ich mich nicht«, gab sie zögerlich zu. »Ich weiß noch, dass ich mit ihr gesprochen habe. Sie war verzweifelt und hat geweint. Sie hat sich bei mir entschuldigt …«

Steve und Allan tauschten erstaunte Blicke.

»Das hat sie wirklich!« Am liebsten hätte sie auf den Tisch gehauen, damit die beiden ihr glaubten. »Sie hat sich entschuldigt. Aber … es ist alles so verschwommen. Ich ging ins Bad und spülte … Ich glaube, ich habe den Beutel mit der Hundescheiße runtergespült. Jemand hat mich geschlagen. Und dann … rannte ich … Victorias Hunde haben mich durch den Wald gejagt …« Sie schloss die Augen. Ihr Verstand scheute vor der Erinnerung zurück.

Ein paar Sekunden lang sagte niemand etwas. Dann atmete Gemma ein. »Und … was hast du gesehen?«

»Nichts«, antwortete Allan. »Ich ging hinein, um nach dir zu sehen, aber es waren so viele Leute da, und ich konnte dich nirgends entdecken. Darum bin ich wieder rausgegangen, und wir sind zu Steve gefahren. Nach einer Weile haben wir die Polizeisirenen gehört.«

»Zuerst dachten wir, dir wäre etwas zugestoßen«, sagte Steve. »Mein Vater meinte, dass auf der Party was passiert wäre. Dass jemand verletzt wurde. Es dauerte ein paar Stunden, bis wir herausfanden, dass es Victoria war. Und dass du verschwunden warst.«

Gemma erinnerte sich daran, dass sie miteinander telefoniert hatten. Sie hatten vereinbart, den Polizisten zu sagen, dass sie bei Steve verabredet gewesen seien, Gemma jedoch vorher auf die Party habe gehen wollen. Das erklärte Steves mehrfache Anrufe. Auf diese Weise blieben Steve und Allan außen vor, und, was noch wichtiger war, auch der Grund, weshalb sie die Party hatte besuchen wollen. Selbst wenn sie nicht vorgehabt hatte, Victoria zu töten, war offensichtlich, dass »Ich wollte mich rächen« nicht gerade ein gutes Alibi abgab.

»Und … was jetzt?«, fragte Allan schließlich.

»Ich fahre mal ein bisschen durch die Stadt«, überlegte Gemma. »Schaue mir Victorias Haus an. Vielleicht gehe ich in den Wald dahinter, um herauszufinden, ob das mein Gedächtnis wieder in Gang bringt.«

»Das ist eine gute Idee«, fand Steve. »Du könntest es auch in der Schule versuchen.«

»Ja.« Sie bezweifelte, dass das helfen würde, aber etwas Besseres wollte ihr nicht einfallen.

»Was ist mit den Leuten vor dem Haus deiner Mutter?«, wollte Allan wissen.

»Ich bezweifle, dass ich etwas gegen sie unternehmen kann.« Gemma seufzte. »Der Großteil sind nur neugierige Bewohner von Crumville. Ich habe schon einige Gesichter aus der Highschool wiedererkannt. Irgendwann werden sie das Interesse verlieren. Hoffe ich jedenfalls.«

»Augenblick mal«, sagte Allan. »Der Typ, der dich belästigt … Er kommt wahrscheinlich aus Crumville und könnte ebenfalls dort auftauchen.«

Gemma runzelte die Stirn. »Warum sollte er das tun?«

»Na ja, er scheint von dir besessen zu sein, so wie ein seltsamer Stalker. Das wäre seine Chance, dich zu beobachten, ohne aufzufallen, oder?«

»Das ist ein gutes Argument«, stimmte Steve zu. »Er könnte stundenlang vor deinem Zimmer im Haus deiner Mutter stehen, und niemand würde ihn bemerken.«

Gemma erschauderte. »Das ist ein gruseliger Gedanke.«

»Aber du kannst das ausnutzen«, schlug Allan vor. »Mach dir Notizen über jeden, den du da draußen siehst. Mach Fotos. Später können wir damit vielleicht herausfinden, wer er ist.«

»Okay, geht klar.« Gemma konnte die Bilder nicht mit ihrem Smartphone machen – der Schattenmann hatte immer noch Zugriff darauf. Aber vielleicht konnte sie ja das Telefon ihrer Mutter benutzen. »Danke. Jetzt habe ich wenigstens etwas, womit ich anfangen kann.«

Es war ein schwacher Anfang, aber besser als gar nichts. Und sie hatte das Gefühl, sich irgendwie zu wehren.

Kapitel 46

Gemma beäugte ihr Zimmerfenster und empfand dabei etwas, das an Abscheu grenzte. Selbst bei zugezogenem Vorhang spürte sie, dass da draußen Dutzende von Menschen darauf warteten, einen Blick auf sie zu erhaschen.

Bei Steve und Allan im Starbucks war es ihr leichtgefallen, zu versprechen, die Menge draußen im Auge zu behalten und ein paar Fotos zu schießen. Aber jetzt, wo sie wieder hier war, wollte sie sich nicht einmal in die Nähe des Fensters wagen. Allein die Gewissheit, dass ihr Erscheinen alle dort draußen sofort in Aufregung versetzen würde, sorgte dafür, dass sie sich irgendwie schmutzig fühlte. Sie würden auf sie zeigen und sie anstarren wie ein Tier im Zoo. Sie hasste das. Es erinnerte sie an den Grund, weshalb sie damals weggelaufen war. Denn sie hatte nicht nur vor der drohenden Gefängnisstrafe die Flucht ergriffen, sondern auch davor, dass sie zu einer *Sache* gemacht worden war. Zu etwas Abscheulichem, worüber die Leute sprachen. Sie schüttelten den Kopf und schnalzten mit der Zunge. Für die Leute da draußen war sie kein Mensch. Sie war eine Mörderin, die nie für ihre Tat hatte büßen müssen. Sie war eine interessante und morbide Geschichte, die man seinen Freunden erzählen konnte. Das Prinzip der Unschuldsvermutung schien hier nicht zu gelten. Vor diesem Gericht war sie »vermutlich schuldig, weil mein Cousin das gesagt hat«. »Vermutlich schuldig, weil ich viele True-Crime-Podcasts höre und das beurteilen kann.« »Vermutlich schuldig, weil ich ihr Gesicht gesehen habe und sie aussah, als ob sie etwas zu verbergen hätte.« »Vermutlich schuldig, weil ich mich langweile.«

Trotzdem musste sie es tun. Steve und Allan hatten recht; es bestand durchaus die Möglichkeit, dass sich der Schattenmann da draußen aufhielt.

Ihre Mom hatte tatsächlich ein altes Smartphone von Richard gefunden, mit dem sie Fotos machen konnte. Gemma nahm es vom Schreibtisch und näherte sich dem Fenster. Sie schob den Vorhang ein wenig zur Seite und spähte hinaus. Etwa fünfzehn Leute standen dort draußen. Die gleichen Reporter wie am Vormittag, dazu ein weiterer Nachrichtenwagen. Sie betrachtete rasch die Gesichter; zwei oder drei kamen ihr bekannt vor. Sie konnte sich nicht wirklich an die Namen der Leute erinnern, aber sie waren mit ihr zur Schule gegangen, da war sie sich fast sicher. Jemand zeigte auf sie. Aufgeregte Mienen. Heutzutage hatte der Mob keine Mistgabeln und Fackeln mehr, sondern Telefone. Sie verbrannten die Hexe nicht, sondern machten Fotos von ihr, um sie in den sozialen Medien zu veröffentlichen.

Sie schoss ebenfalls ein paar Fotos. Das tat sie jetzt schon zum dritten Mal. Später würde sie alle Bilder durchgehen, um herauszufinden, ob eine der Personen häufiger darauf auftauchte. Steve und Allan sollten ihr dann dabei helfen, den Gesichtern Namen zuzuordnen.

Zuvor war sie wie angekündigt an Victorias Haus vorbeigefahren und hatte kurz angehalten, wobei sie gegen ihre Angst ankämpfen musste. Sie hatte sich nicht dazu durchringen können, auszusteigen und den Wald hinter dem Haus zu betreten. Stattdessen gab sie Gas, als die Haustür geöffnet wurde. Sie fuhr zurück zum Haus ihrer Mutter, musste vor der Menschenmenge abbremsen, parktc wahllos vor dem Vorgarten, stürzte hinein und schlug die Haustür hinter sich zu.

Morgen. Sie würde morgen zu Victorias Haus fahren. Vielleicht.

Aber vorerst wollte sie sich erst einmal besser fühlen – als hätte sie noch ein anderes Leben als dieses.

Sie ging die Treppe hinunter, wobei ihre Schritte laut im Haus widerhallten, das seltsam leer war. Ihre Mutter machte ein paar Besorgungen, obwohl Gemma den leisen Verdacht hatte, dass sie vor allem dem Trubel draußen für ein paar Stunden entfliehen wollte. Richard war bei der Arbeit. Dies war das erste Mal, dass sich Gemma seit ihrer Rückkehr allein in diesem Haus aufhielt. Als Teenager hatte sie es gemocht, allein zu Hause zu sein. Heute fühlte es sich bizarr an. Das Haus ähnelte nicht einmal mehr dem, in dem sie als Kind gelebt hatte – es war, als wäre sie allein im Haus von Fremden. Viele der Möbel hatten sich verändert. Die Bilder an den Wänden waren anders. Es roch sogar anders als früher – muffig und abgestanden.

Sie griff zum Telefonhörer und wählte Benjamins Nummer.

Er ging fast augenblicklich ran. »Hey.« Er klang seltsam, sprach leise und eindringlich. »Warte kurz.« Im Hintergrund lief der Fernseher – irgendeine Zeichentrickserie, was seltsam war. Es war früher Nachmittag – normalerweise durfte Lucas um diese Uhrzeit nicht fernsehen. Das Rauschen des Fernsehers wurde leiser und verstummte, als eine Tür geschlossen wurde.

»Benjamin?«, fragte sie.

»Ja. Ich bin gerade in ein anderes Zimmer gegangen. Wir sind im Haus meiner Eltern.«

»Oh, okay. Wie geht es ihnen?«

»Geht es dir gut?«

»Ja, ich meine … Es geht mir gut. Hier ist der Teufel los, aber …«

»Unser Haus wurde attackiert.«

»Wie bitte?« Ihr wurde das Herz schwer.

»Jemand hat *Psychoschlampe* an die Wand gesprüht. Und jemand hat die Autoscheinwerfer meiner Mutter kaputtgemacht und ein paar … Worte auf die Windschutzscheibe gekritzelt.«

»Was für Worte?«

»Das spielt keine Rolle. Aber es ging um dich. Also … um Theodora.«

Sie umklammerte das Telefon. »Geht es Lucas gut?«

»Ja. Er hat das Graffiti nicht gesehen. Dass wir aufgebracht waren, hat er zwar mitbekommen, aber ich habe ihm versichert, dass er sich keine Sorgen machen muss. Meiner Mom ist außerdem ein Mann aufgefallen, der ihr Haus beobachtet hat.«

»Was für einen Mann?«

»Irgend so ein Typ. Er stand abends auf der Straße und hat rübergeschaut. Sie wollte schon die Polizei rufen, aber dann ging er weg. Das ist auch der Grund, warum wir jetzt hier sind.«

»Verdammt noch mal, Benjamin.« Gemmas Kehle war wie zugeschnürt, ihre Stimme tränenerstickt. »Das ist … das ist alles meine Schuld.«

»Es ist nicht deine Schuld. Du hast nichts getan.« Er hielt kurz inne. »Ich habe mit der Polizei gesprochen. Und dieser Detective hat mich angerufen. Diese Holly irgendwas.«

»Holly O'Donnell.«

»Genau. Sie sagte, dass dieser Kerl, der es auf dich abgesehen hat, wahrscheinlich hinter all dem steckt. Sie hat mich gefragt, ob ich wüsste, worum es dabei geht. Aber ich hab behauptet, nichts zu wissen.«

Gemma seufzte. »Du kannst ihr von dem Mord an Victoria erzählen. Du *solltest* es ihr sogar sagen. Die Polizei hier weiß, dass ich wieder da bin.«

»Und? Wurdest du …«

»Ich wurde nicht verhaftet. Noch nicht.«

»Aber du wirst immer noch verdächtigt?«

»Ich schätze schon. Es heißt, einige der Beweise würden nicht zusammenpassen … Ich weiß nichts Genaues.«

»Es wird Zeit, dass du dir einen Anwalt nimmst, Gemma. Ich suche dir einen guten raus.«

»Okay.«

»Da ist noch etwas anderes.« Benjamin räusperte sich. »Ich bin heute am Schönheitssalon vorbeigefahren, als ich Lucas zur Schule gebracht habe. Jemand hat die Schaufensterscheibe eingeschlagen und ein Graffiti an die Tür gesprüht. Da stand *dein* Name. Dein richtiger Name. Gemma. Und noch mehr. Beleidigungen und Drohungen.«

Ihr gesamtes Leben wurde zerstört. Sie musste an Barbara und Thelma denken. Wie sie vor ihrem schönen Salon angekommen waren und ihn so sehen mussten. Wie sie sich dabei gefühlt hatten.

»Gemma? Bist du noch da?«

»Ja«, antwortete sie mit brüchiger Stimme. Sie wischte sich eine Träne von der Wange. »Ja, ich bin hier.«

»Möchtest du mit Lucas sprechen?«

»Ja … Nein. Ich sollte jetzt nicht mit ihm reden, sondern mich erst einmal beruhigen.«

»Okay.«

»Vielleicht sollte ich auch Thelma anrufen und ihr raten, mit Holly O'Donnell zu sprechen. Eventuell hat sie Aufnahmen der Person, die das getan hat. Wir haben Überwachungskameras.«

»Das ist eine gute Idee.«

Nein, das war es nicht. Es war eine nutzlose Idee. Denn selbst wenn derjenige, der das getan hatte, auf den Kameraaufnahmen zu sehen war, handelte es sich bei ihm doch nur um einen der zahlreichen Schergen des Schattenmanns. Jemanden, der erpresst wurde und nicht in der Lage war, sie zu dem Mann zu führen, der hinter all dem steckte. Aber was sollte sie sonst tun?

»Ich rufe dich später wieder an«, sagte Gemma.

»Okay. Hör mal … Ich liebe dich.«

»Ich liebe dich auch.« Sie drückte das Telefon fest an ihr Ohr. »Ich besorge dir einen guten Anwalt.«

»Danke.«

»Tschüss, Liebling.«

»Tschüss.« Sie legte auf und stieß ein erschüttertes Schluchzen aus.

Sie ging in die Küche, trank ein Glas Wasser und wusch sich dann schniefend das Gesicht am Spülbecken. Danach kehrte sie ins Wohnzimmer zurück. Sie musste Thelma anrufen, aber sie kannte ihre Telefonnummer nicht. Notgedrungen schaltete sie ihr Handy ein, ohne sich darum zu scheren, dass der Schattenmann nun einen Blick auf sie werfen konnte. Sie suchte Thelma in ihren Kontakten und notierte sich die Telefonnummer auf einem Zettel. Nachdem sie den Akku aus ihrem Handy genommen hatte, rief sie Thelma vom Festnetz aus an.

»Hallo?«, meldete sich Thelma. Misstrauisch. Feindselig. Was kein Wunder war, da sie diese Nummer nicht kannte und schon mehrfach von Spinnern angerufen worden war.

»Thelma, ich bin's. Gemma.«

»Oh. Von wo aus rufst du an?«

»Aus Georgia.«

Sie schwieg eine Weile. »Das ist ziemlich weit weg.«

»Ja. Ähm. Ich suche nach dem Kerl, der mich belästigt.«

»Und er ist in Georgia?«

»Vermute ich jedenfalls.«

»Okay.«

»Benjamin hat mir erzählt, dass der Salon beschmiert wurde.«

»Das stimmt.« Sie klang gereizt. Wütend.

»War auf den Überwachungskameras was zu sehen?«

»Ja. Eine Frau. Sie trug eine Maske.«

Eine Frau. Gemma fragte sich, ob die meisten Leute, die der Schattenmann erpresste, Frauen waren. Leichte Ziele. Verletzlich. Alles, was man brauchte, war ein Nacktfoto oder ein peinlicher Chat. Denn Frauen wussten, dass selbst ein einziger winziger Fehler in der Regel ausreichte, um von allen beschuldigt und verurteilt zu werden. Weil es ja auch ihre Schuld war.

»Es gibt da einen Detective, der gegen diesen Kerl ermittelt. Holly O'Donnell. Du solltest sie anrufen.«

»Hast du ihre Nummer?«

»Ja, warte kurz.« Gemma holte O'Donnells Visitenkarte aus ihrer Handtasche und gab Thelma die Nummer durch.

»Ich werde mit ihr reden«, versprach Thelma. »Finde diesen Kerl.«

»Ist das Gemma?«, kam Barbaras Stimme aus dem Hintergrund.

»Ja«, antwortete Thelma.

»Lass mich mit ihr reden«, verlangte Barbara. Dann war ihre Stimme besser zu verstehen. »Hallo, Gemma?«

»Hey, Barbara, hör mal …«

»So ein Kerl ist mir heute Morgen zu meinem Auto gefolgt, Gemma.« Barbaras Stimme bebte. »Khai war bei mir.«

»Das tut mir so leid, Barbara.«

»Ich weiß nicht, worum es hierbei geht, aber du musst das in Ordnung bringen, okay? Ich habe Angst. Das hab ich nicht verdient … Ich habe nichts getan.«

»Das stimmt«, gab Gemma bedrückt zu. »Ich bringe das in Ordnung.«

»Er weiß, wo wir arbeiten, und …«

»Ich bringe das in Ordnung, okay, Barbara?«

Barbara weinte jetzt. »Okay.«

»Ich melde mich später wieder.«

Sie beendete das Gespräch und legte das Telefon weg. Ihre Gedanken überschlugen sich. Thelma konnte mit diesem ganzen Schlamassel umgehen; sie war steinhart. Vermutlich würde sie Gemma letzten Endes feuern, aber sie kam damit klar. Genau wie Benjamin.

Aber was war mit Barbara? Und Joyce? Und Nathan? Und Lucas? Und wer würde der Nächste sein? Nathans Schwester? Die Kinder in Lucas' Schule? Gemmas Nachbarn?

Gemma hatte geglaubt, wenn sie ihr Telefon ausschaltete und in einen anderen Staat fuhr, würde der Kerl, der sie verfolgte, sie verschonen. Denn wenn er nicht wusste, wo sie war, konnte er ihr auch nichts tun.

Das war seine Botschaft an sie. Vor ihm gab es kein Entrinnen. Er hatte seine Krallen tief in ihr Leben geschlagen und würde sie nicht wieder loslassen.

Sie hatte keine Zeit, um abzuwarten. Um Fotos von den Leuten da draußen zu machen und Nancy Drew zu spielen.

Es war an der Zeit, dies zu beenden.

Kapitel 47

Endlich entdeckte Gemma das Einzige in Crumville, das noch so war, wie sie es in Erinnerung hatte: den Verhörraum auf dem Polizeirevier. Dieselben fleckigen grauen Wände. Dieselben unbequemen Stühle. Dieselbe Kamera in der Ecke unter der Decke, die direkt auf sie gerichtet war und deren rotes Lämpchen unaufhörlich blinkte. Derselbe zerkratzte Tisch. Tatsächlich erinnerte sie sich daran, dass sie während des Verhörs vor dreizehn Jahren immer wieder auf den Tisch gestarrt hatte, um den Blicken des Detectives zu entgehen, und dass sie von drei langen diagonalen Kratzern fasziniert gewesen war und sich gefragt hatte, wer sie wie und warum hinterlassen hatte. Und da waren sie wieder! Die gleichen drei diagonalen Kratzer. Nur etwas verblasster.

Dieses Mal war ihre Mutter nicht bei ihr. Auch kein Anwalt. Sie war ganz allein.

Dunn betrat den Raum mit zwei Pappbechern in der Hand. Er trat die Tür mit einem Fuß zu und verschüttete durch die ruckartige Bewegung etwas Kaffee.

»Mist«, murmelte er und stellte beide Becher auf den Tisch. »Tut mir leid, dass Sie warten mussten. Die Kaffeekanne war leer, ich musste erst neuen kochen.«

»Kein Problem.« War das Teil einer Strategie? Den Verdächtigen im Verhörraum schmoren zu lassen, wie in den Fernsehkrimis, die sie sich manchmal anschaute. Vielleicht war der verschüttete Kaffee auch eine Strategie, um Dunn harmlos und unbeholfen erscheinen zu lassen.

Wirst du langsam paranoid, Gemma? Ein Kaffeefleck ist nur ein Kaffeefleck. Wenn du einen Grund für eine Paranoia brauchst, liefere ich dir einen besseren: Du bist auf einem Polizeirevier und wirst gleich als Mordverdächtige verhört.

»Ein halber Löffel Zucker, richtig?« Er reichte ihr einen der Becher.

»Ja, danke.« Sie nahm den Becher entgegen und nippte daran. Der Kaffee war zu heiß und hinterließ den Geschmack von Asche in ihrem Mund. Sie stellte den Becher auf den Tisch.

»Widerlich, nicht wahr?« Er nippte an seinem Kaffee und schnitt eine Grimasse, als hätte er gerade Säure geschluckt. »Aber er erfüllt seinen Zweck.«

»Guter Slogan«, bemerkte sie. »Sie sollten im Marketing arbeiten, nicht bei der Polizei.«

»Na ja.« Er starrte sie eindringlich an, und seine Mundwinkel zuckten. »Na, dann fangen wir mal an. Warum sind Sie heute hergekommen?«

»Nach unserem Gespräch sind mir einige Dinge eingefallen, die Sie wissen sollten.«

»Was denn zum Beispiel?«

Sie zögerte kurz. »Bevor wir darüber sprechen, muss ich Ihnen noch etwas anderes erzählen.«

Er schwieg und musterte sie mit ausdrucksloser Miene.

»Es gibt da diesen … Mann. Er stalkt mich online. Er schickt mir Nachrichten, die sich auf den Mord beziehen. Außerdem hat er meine Familie und meine Freunde belästigt. Er ist ziemlich gewalttätig geworden.«

»Wer ist er?«

»Das weiß ich nicht. Er ist eine Art Internet-Troll; ich konnte bisher nicht herausfinden, wer er wirklich ist, bin mir aber ziemlich sicher, dass es jemand aus Crumville sein muss.«

Er runzelte die Stirn. »Okay.«

»Ich hatte auf Ihre Hilfe gehofft, um herauszufinden, wer er ist.«

»Warum glauben Sie, dass ich Ihnen helfen kann?«

»Er steht mit Victoria in Verbindung. Und vielleicht auch mit dem Mord. Sie kennen alle beteiligten Personen. Sie haben sie alle befragt, nicht wahr?« Sie versuchte, ihre Stimme neutral zu halten, um ihre Verzweiflung zu verbergen.

»Das könnte man so ausdrücken.«

»Wenn ich Ihnen helfe …«

»Bislang wurde Ihnen kein solcher Deal angeboten«, erwiderte er gelassen. »Dies ist eine Mordermittlung. Es ist in Ihrem besten Interesse, mir zu helfen, denn für die meisten Leute hier sind Sie die Hauptverdächtige. Ihr Internet-Troll ist mir ziemlich egal.«

»Und wenn er in den Mord verwickelt ist?«

Er spreizte die Hände. »Dann ist es erst recht in Ihrem Interesse, mir zu helfen, ihn zu fangen, oder etwa nicht? Wenn er im Gefängnis sitzt, kann er Sie nicht länger belästigen.«

Es wäre am schlauesten, wenn sie jetzt ging, Benjamin anrief und ihn bat, ihr die Telefonnummer eines guten Strafverteidigers zu besorgen. Sie war im Begriff, einen schrecklichen Fehler zu machen.

Aber sie musste an Barbaras entsetzte Stimme am Telefon denken. An Nathan und Joyce, deren Wagen beschädigt und beschmiert worden war. An Lucas' Schreie bei dem Angriff auf sie.

»Okay.« Sie biss die Zähne zusammen. »An diesem Abend war ich nicht auf der Party, um Victoria dazu zu bringen, sich bei mir zu entschuldigen.«

»Warum waren Sie dann dort?« Er beugte sich leicht vor.

»Ich war dort … um ihr einen Streich zu spielen.«

Er blinzelte. »Einen Streich?«

Gemma schluckte schwer. »Ich hatte einen … Beutel dabei. Mit etwas Hundekot. Mit dem ich ihr Bett beschmieren wollte. Das war der Plan.«

Er beäugte sie mit versteinerter Miene und sagte keinen Ton. Gemma errötete, blickte auf die Tischplatte hinunter und kam sich so dumm vor. Nach einer Weile stand er auf, durchquerte einmal den Raum, kehrte zu seinem Stuhl zurück und setzte sich wieder.

»Wissen Sie«, sagte er schließlich, »ich habe so einige Theorien über den Mord und Ihre Rolle dabei gehört. Einige Leute glaubten, Sie wären von einer mörderischen Wut angetrieben worden. Andere hielten Sie für eine Psychopathin und den Mord an Victoria für einen ausgeklügelten Plan, der aus dem Ruder gelaufen war. Mindestens zwei Personen meinten, es handle sich um eine ausgewachsene Verschwörung, in die ein Geschäftspartner von Victorias Vater verwickelt wäre. Ich glaube fast, dass jeder Einwohner dieser Stadt eine sehr komplexe Theorie über den Mord entwickelt hat. Und es ist schwer, nicht mit hineingezogen zu werden. Eigene Theorien aufzustellen. Manchmal stelle ich mir vor, ich würde eines Nachts aufwachen und feststellen, dass die Wahrheit die ganze Zeit da war. Irgendwas Dramatisches und Kluges.«

Gemma starrte Dunn verwirrt an. Er schien nicht einmal mehr mit ihr zu reden. »Äh … okay.«

»Sie hatten also Hundekot dabei. Und wollten ihr Bett damit beschmieren.«

»Ja, genau.«

»Wegen der Art und Weise, wie sie Sie schikaniert hat?«

»Ja. Vor allem war ich wütend wegen der Sache mit der Toilette.«

»Verstehe. Aber Sie haben Ihren heimtückischen Plan nie umgesetzt.« Seine Lippe zuckte abermals.

»Nein, das habe ich nicht.«

»Warum nicht?« Er zog eine Augenbraue hoch. »Es hört sich doch ganz einfach an. Reingehen. Kacke ins Bett legen. Wieder verschwinden.«

»Ich … glaube nicht, dass ich das wirklich durchziehen wollte.«

»Nicht? Sie haben Hundekacke gefunden und sie vermutlich in eine Tüte geschaufelt. Haben sich ein Kostüm für die Party besorgt. Haben sich für besagte Party fertig gemacht. Und sind reingegangen, mit Hundekacke und einem Messer. Dem Messer, von dem Sie behauptet haben, es hätte Ihnen ein Gefühl der Sicherheit vermittelt. Ihnen einen Ausweg ermöglicht.«

Sie nickte zögernd. »So ist es.«

»Das klingt, als wären Sie sehr motiviert gewesen. Und dann waren Sie im Haus und hatten plötzlich keine Lust mehr?«

»So einfach ist das nicht. Ich habe sie dort gesehen. Und es kam mir so …«, sie suchte nach dem richtigen Wort, »belanglos vor.«

»Das klingt in der Tat belanglos.« Er lehnte sich nachdenklich zurück. »Wir haben uns damals mehrmals unterhalten. Und ich habe mit Leuten gesprochen, die Sie kannten. Aber Sie waren kein Mensch, der sich etwas derart Belangloses ausdenkt. Nicht in einer Million Jahren.«

»Das ist die Wahrheit«, beharrte sie. »Ich ging mit der Hunde…«

Er hob die Hand. »Oh, ich bin geneigt, Ihnen zu glauben. Sie hatten dreizehn Jahre Zeit, darüber nachzudenken, daher gehe ich eigentlich davon aus, dass Sie sich eine bessere Lüge einfallen lassen würden. Ich glaube nur nicht, dass Sie diejenige waren, die sich das ausgedacht oder den besagten Hundekot besorgt hat.«

Sie presste die Lippen aufeinander und erwiderte nichts.

»Es waren Ihre Freunde, richtig? Steve Barnett und Allan Conner.«

»Nein. Das war meine Idee.«

»Steve Barnett hat Sie in dieser Nacht mehrmals angerufen, und zwar etwa eine Stunde vor dem Mord.«

»Ja. Wir wollten uns zusammen einen Film ansehen. Aber das war mein Plan, sie waren nicht daran beteiligt.«

Er starrte sie noch ein paar Sekunden lang an und zuckte dann mit den Achseln. »Okay. Ich kann dem später immer noch nachgehen. Sie waren also dort und haben Ihre Meinung geändert. Was dann?«

»Der Rest ist noch immer so, wie ich gesagt habe: Ich erinnere mich nicht daran.« Sie sah ihn flehend an. »Mir ist durchaus bewusst, wie sich das anhört, aber ich schwöre Ihnen, dass ich keinerlei Erinnerungen mehr habe. Ich weiß noch, dass sich Victoria bei mir entschuldigt hat. Und jemand hat mich geschlagen. Und dann … rannte ich durch den Wald. Victorias Hunde haben mich gejagt. Möglicherweise hatte man mich unter Drogen gesetzt. Ich glaube … was auch immer in dieser Nacht passiert ist, war wirklich übel.«

»Okay.« Er bückte sich, kramte in seiner Tasche und holte zwei dünne Ordner heraus. Er legte sie auf den Tisch und schob den oberen zu ihr herüber. »Ich möchte, dass Sie sich das ansehen.«

Erschrocken starrte sie auf den Ordner. Sie hatte diesen Moment schon oft genug im Fernsehen gesehen. Der Detective zeigt dem Verdächtigen Fotos des Mordopfers, um ihn zu verunsichern und zu Fehlern zu bewegen. Wie würde es wohl sein, Victorias blutigen Körper auf dem Bett zu sehen? Sie stellte sich große, leere Augen vor, graue Haut, ein vor Schmerz verzogenes Gesicht. Das konnte sie nicht ertragen. Sie konnte nicht …

»Machen Sie schon«, verlangte Dunn ungeduldig.

Sie klappte den Ordner auf und sackte vor Erleichterung leicht in sich zusammen. Es war nur ein Formular. Sie warf einen Blick auf den oberen Teil. Ein forensisch-toxikologischer Bericht. Eine Blutprobe war positiv auf etwas namens Flunitrazepam getestet worden.

»Was ist …« Sie leckte sich die Lippen. »Fluni… Flunitra…«

»Flunitrazepam«, sagte Dunn. »Sie kennen es vielleicht unter einem anderen Namen. Rohypnol.«

Sie blinzelte. »K.-o.-Tropfen?«

»Ganz genau. Wir wussten damals schon, dass jemand in der Gegend Rohypnol und andere Drogen verkauft.«

Sie stieß die Luft aus. »Dann hatte ich recht? Ich wurde wirklich unter Drogen gesetzt?«

»Ja. Wir haben Ihnen eine Blutprobe entnommen, nachdem die Polizisten Sie im Wald aufgegriffen hatten. Darin wurde Rohypnol gefunden.«

»Und … was hat das zu bedeuten?«

»Nun …« Er schob den anderen Ordner zu ihr herüber. »Der Bericht, den Sie vor sich haben, ist nicht von Ihnen. Dieser hier schon.«

Sie öffnete den zweiten Ordner. Ein weiterer toxikologischer Bericht. Positiv auf Flunitrazepam getestet.

»Von wem ist der erste Bericht?«

»Von Victorias Blutprobe.«

»Victorias Blutprobe …«, wiederholte sie. »Sie wurde auch unter Drogen gesetzt?«

»Ganz eindeutig. Genau wie Sie.«

»Wir wurden beide unter Drogen gesetzt.« Ihr drehte sich der Kopf. Sie griff nach dem Kaffeebecher und nippte daran, ohne wirklich etwas zu schmecken.

»Ich vermute, dass der Drogenverkäufer etwas mit Victoria zu tun gehabt haben könnte. Sie bekam während der Party, nicht lange vor ihrer Ermordung, einen Anruf. Von einem Wegwerfhandy. Sagt Ihnen das was? Haben Sie jemanden bemerkt, der dort nicht hingehört hat? Haben Sie vielleicht etwas gesehen, was Sie nicht sehen sollten?«

»Nein … Ich … Ich erinnere mich nicht. Aber ich habe gesehen, wie sie telefoniert hat, daran erinnere ich mich tatsächlich. Aber danach sind da nur noch Bruchstücke. Aber das entlastet mich doch, oder? Wenn Victoria und ich beide unter Drogen gesetzt wurden?«

»Nicht unbedingt. Sie hatten das Messer dabei. Ihre DNA war unter Victorias Fingernägeln. Vielleicht waren Sie nicht ganz bei klarem Verstand, aber das bedeutet noch lange nicht, dass Sie sie nicht getötet haben. Jedenfalls nicht, wenn es nach meinen Kollegen geht.«

»Oh«, flüsterte Gemma.

»Aber ich fand es sehr ermutigend, zu hören, dass Sie Erinnerungsfetzen aus dieser Nacht haben«, fuhr Dunn fort. »Ich hoffe, dass Sie sich an noch mehr erinnern können.«

»Ich … ich habe es versucht. Es ging nicht.«

»Möglicherweise sieht die Sache morgen schon anders aus, wenn wir zusammen das Haus betreten, in dem Victoria ermordet wurde.«

Kapitel 48

Er lief in seinem Zimmer auf und ab, während Bilder und Videos von Theodora auf seinen Monitoren aufflackerten. Inzwischen hatte er zwei Sklaven aus Crumville, die ihr folgten, ihre Bewegungen filmten und sie ihm im Laufe des Tages zukommen ließen. Außerdem verfügte er über weitere Aufnahmen, die ohne sein Zutun entstanden waren. Sie stammten von neugierigen Schaulustigen vor ihrem Haus. Lokalen Nachrichtensendern, die über die Entwicklungen in dem berüchtigten Mordfall berichteten. Selbstverständlich hatte er sie auch mit eigenen Augen gesehen.

Und es schien ihr gut zu gehen. Dabei hätte sie längst gebrochen sein sollen. Ihr Leben lag in Trümmern. Ihre Familie und Freunde wurden belästigt, ihre Illusion von Sicherheit war zerstört worden. Davon musste sie doch inzwischen erfahren haben. Sie musste von den Nachrichten gehört haben, die in Chicago für sie hinterlassen worden waren. Wahrscheinlich hatte die Chefin des Schönheitssalons, in dem sie arbeitete, sie gefeuert. Warum ließ sie sich dann nichts anmerken, sondern wirkte eher wie getrieben, lebendig, energiegeladen? Jedes Foto, jedes Video zeigte sie, wie sie zielstrebig irgendwo hinging,

Kleidung und Frisur makellos, mit kerzengeradem Rücken, die Lippen entschlossen geschürzt.

Begriff sie es denn nicht? Vor ihm gab es kein Entrinnen. Er war überall. *Er* war jetzt ihr Leben.

Tja, wenn sie es bisher nicht verstanden hatte, würde er es ihr schon begreiflich machen.

Er setzte sich an den Computer und öffnete seine Excel-Tabelle. Im Moment hatte er 569 verfügbare Sklaven. Eine ganze Armee.

Die er wie ein General auf dem Schlachtfeld einsetzte.

Siebenunddreißig Sklaven in Crumville. Sie würden ihr auf Schritt und Tritt folgen, ihr Nachrichten und Drohungen überbringen. Hatte sie geglaubt, in seiner Stadt herumlaufen zu können, ohne dass es Konsequenzen hätte? Tja, weit gefehlt, Schlampe.

Fieberhaft schrieb er E-Mails und schickte sie nacheinander ab, wobei er mit den Zähnen knirschte. Normalerweise achtete er besser auf seinen sorgfältig angelegten Farbcode. Manche Sklaven waren noch nicht bereit für diese Art von Anfrage. Sie würden einknicken und zerbrechen. Aber das machte nichts. Es herrschte Krieg, und im Krieg gab es Opfer. Und es konnte jeden von ihnen treffen. Caroline Hall, die Kellnerin, die sich beim Masturbieren gefilmt hatte. Gerald Phillips, der Klempner im Ruhestand, der drei Jahre zuvor ein Kind angefahren und Fahrerflucht begangen hatte. Donald Cook, ein Hausmeister und Vater, der alles tat, um die Veröffentlichung der Nacktfotos seiner kleinen Tochter zu verhindern. Und all die anderen. Sie würden alle losmarschieren und Theodora rund um die Uhr verfolgen.

Aber er hatte noch mehr. Leute in Chicago, die sie immer wieder dort angreifen würden, wo es am meisten wehtat – um das Leben zu zerstören, das sie sich dort aufgebaut hatte. Sie würden es Stein für Stein abtragen, bis nichts mehr übrig war.

Wie viele Tage würde ihr leichtgläubiger Ehemann an ihrer Seite bleiben, während Leute sein Haus verwüsteten, ihn bei der Arbeit schikanierten und seine Eltern bedrohten? Wer von ihren Freunden würde ihr noch beistehen, wenn sie merkten, dass sie dadurch Hass und Gewalt ausgesetzt waren?

Er markierte jeden Sklaven, dem er eine E-Mail schickte, und die große Excel-Tabelle färbte sich nach und nach blutrot. Ganz genau, Theodora. Im Krieg wurde Blut vergossen. Menschen wurden verletzt. Und keiner wollte auf der Verliererseite stehen. Tja, Pech für sie. Daran hätte sie denken sollen, bevor sie ihm Victoria weggenommen hatte.

Viele seiner Sklaven lebten woanders. Einige sogar außerhalb des Landes. Auch das stellte kein Problem dar. Dafür gab es die globale Gemeinschaft doch, oder etwa nicht? Uma Khurana aus Delhi konnte dennoch in Theodoras Haus in Chicago anrufen. Colm Cronin aus Dublin konnte E-Mails an Theodoras Kundinnen schreiben. Bist du bereit dafür, Theodora? Überall auf der Welt gibt es Menschen, die dich hassen.

Mehr und mehr Namen wurden rot, während er eine Anweisung nach der anderen schrieb. Fünfhundertneunundsechzig Soldaten. Alle wurden ausgeschickt, um ihren Teil beizutragen.

Kapitel 49

Gemma blickte durch die nasse Windschutzscheibe zum Haus der Howells hinüber. Dunn saß auf dem Fahrersitz und telefonierte.

Es war erst später Vormittag, aber sie war bereits seit sechs Stunden wach. Um vier Uhr früh hatte sie die Augen aufgerissen, als sie ein Geräusch vor dem Haus hörte, und ihr Herz hatte sofort zu rasen begonnen. Sie war zum Fenster gegangen und hatte geglaubt, jemanden auf der Straße weggehen zu sehen, aber es war zu dunkel gewesen, um viel erkennen zu können. Dennoch konnte sie wegen des Adrenalins, das ihren Körper durchflutete, nicht wieder einschlafen. Erleichterung überkam sie, als ihre Mutter und Richard aufwachten und sie das Gefühl hatte, ihr Zimmer verlassen zu können, ohne sie zu wecken.

Und jetzt war sie hier, so wie sie es am Vortag mit Dunn vereinbart hatte. Sie kehrte an den Ort des Verbrechens zurück. In das Haus, in dem Victoria ermordet worden war. Das Haus, das sie jahrelang heimgesucht hatte.

Dunn beendete das Gespräch und sah sie an. »Craig Howell weiß, dass wir kommen. Er ist nicht begeistert davon, aber er hat zugestimmt, uns reinzulassen.«

»Okay«, krächzte Gemma. Sie sah zu, wie ein Regentropfen an der Windschutzscheibe herunterrann. Er verschmolz mit einem anderen Regentropfen, bewegte sich schneller und verschwand am unteren Fensterrand.

»Alles in Ordnung?«, erkundigte sich Dunn.

»Ist das wichtig?«

Dunn überlegte. »Für mich schon. Aber wir werden das so oder so tun.«

Gemma verspannte die Kiefermuskeln. »Ich bin bereit.«

Er stieg aus, und sie tat es ihm nach, blieb jedoch zwei Schritte hinter ihm, als wollte sie sich vor dem Gebäude schützen. Als sie sich dem Haus näherten, wurde die Tür geöffnet. Craig Howell, Victorias Bruder, stand im Eingang. Er verschränkte die Arme und starrte sie an. Gemma erinnerte sich noch daran, wie er dreizehn Jahre zuvor vor ihrem Fenster herumgeschrien, sie bedroht und verflucht hatte, bis er ganz heiser war. Sie verlangsamte ihre Schritte.

»Guten Morgen, Craig«, grüßte Dunn.

Craig nickte Dunn knapp zu. »Morgen.«

»Es wird hoffentlich nicht lange dauern«, sagte Dunn. »Wir werden versuchen, Sie so schnell wie möglich wieder in Ruhe zu lassen.«

»Schon okay«, erwiderte Craig. »Lassen Sie sich Zeit. Geben Sie ihr so viel Zeit, wie sie braucht, um sich daran zu erinnern, wie sie meine Schwester ermordet hat.«

Gemma schluckte schwer und senkte den Blick.

»Wir werden sehen, woran sie sich erinnert«, meinte Dunn ruhig.

Craig bewegte sich gerade weit genug, dass sie an ihm vorbeigehen und das Haus betreten konnten. Dunn blickte zu ihr zurück, nickte ihr zu und bedeutete ihr, vorauszugehen. Gemma hatte den Eindruck, dass er ihr dadurch den Rücken freihalten wollte. Sie trat vor, den Blick auf den Boden gerichtet, ohne Craig anzusehen. Als sie an ihm vorbeiging, konnte sie spüren, wie sein Hass sie in fast schon greifbaren Wellen überspülte. Sein Körper war angespannt, als könnte er jeden Moment vorspringen und sie erwürgen. Aber er ließ sie ins Haus.

Sie hatte damit gerechnet, das vertraute Wohnzimmer zu sehen, in dem sie als Kind so oft gewesen war. Jenes, in dem an jenem Abend Dutzende von Teenagern tanzten und überall Plastikbierbecher verstreut waren.

Aber offenbar hatte Craig umdekoriert.

Die gemütlichen, einladenden Möbel waren verschwunden. Das abgenutzte beigefarbene Sofa, der Schaukelstuhl, der hölzerne Couchtisch, der Perserteppich, nichts davon war noch da. Nicht einmal das Klavier in der Ecke, an dem sie und Victoria als Kinder wild herumgeklimpert hatten, um lauthals dazu zu singen.

Stattdessen standen zwei Ledersofas an einem rechteckigen Glastisch einem lächerlich großen Fernseher gegenüber. Ein einzelnes Bücherregal an der Wand beherbergte mehrere Bücher, die unberührt aussahen, und eine gläserne Karaffe mit Whiskey.

Der Raum wurde von vier großen Deckenstrahlern erhellt. Jeder Gegenstand darin wirkte modern, elegant und durch und durch kalt.

Gemma konnte sich keinen Ort vorstellen, der ihr weniger vertraut vorkommen würde. Es bestand nicht die geringste Chance, auf diese Weise weitere Erinnerungen zurückzubekommen.

Dennoch ging sie im Zimmer auf und ab und gab sich Mühe, sich an den Moment zu erinnern, in dem sie das Haus betreten, »Turnin Me On« gehört und Victoria in ihrem Engelskostüm gesehen hatte. Sie schloss die Augen und versuchte, sich den Geruch vorzustellen – billiger Alkohol, Rauch und Schweiß.

Vergeblich.

Dunn stand neben ihr, und sie spürte Craigs drohende Präsenz im Rücken. Keiner der Männer sagte etwas.

Sie atmete aus und ging den Flur entlang in die Richtung, in der sich einst Victorias Zimmer befunden hatte. Craig hatte die Wände in strahlendem Weiß streichen lassen. Ein abstraktes, modernes Gemälde hing an der Wand.

Die Tür zu Victorias Zimmer stand einen Spalt weit offen. Sie stieß sie auf.

»Oh«, sagte sie leise.

Das war nicht Victorias Zimmer. Nicht mehr. Heute befand sich hier ein Arbeitszimmer mit einem Schreibtisch, auf dem ein Computer und zwei Monitore standen. Ein weiteres Bücherregal. Die Bücher schienen alle mit Craigs Beruf zu tun zu haben und trugen Titel wie »Java effektiv« und »Design & Muster«.

»Es ist alles anders«, stellte sie unnötigerweise fest.

»Das ist jetzt mein Büro.« Craigs Stimme klang eisig.

»Nehmen Sie sich Zeit«, sagte Dunn.

Hier gab es nichts zu sehen. Sie konnte sich nicht einmal mehr vorstellen, wie sie vor all den Jahren hier gestanden und mit Victoria gesprochen hatte. Damit Dunn zufrieden war, verharrte sie einige Sekunden lang, bevor sie den Raum wieder verließ.

Sie ging an der Treppe vorbei, die in den ersten Stock führte. Dort brauchte sie nicht nach Erinnerungen zu suchen. Damals befanden sich Craigs und Willies Zimmer dort oben, daher hatte sie diese Etage so gut wie nie aufgesucht, erst recht nicht in jener Nacht. Sie erreichte die Badezimmertür zu ihrer Rechten und öffnete sie.

Auch darin sah es anders aus, doch zumindest waren die Änderungen nicht so drastisch. Kleiner Raum, Toilette, Waschbecken an der Seitenwand.

Sie räusperte sich. »Hier war ich, nachdem ich mit Victoria gesprochen hatte. Ich habe mir das Gesicht gewaschen. Und ich … habe den Beutel runtergespült.«

»Welchen Beutel?«, fragte Craig von hinten.

»Ich werde es Ihnen später erklären«, erwiderte Dunn. »Und was ist dann passiert?«, fragte er sie.

»Das weiß ich nicht mehr«, flüsterte Gemma. Der Raum hatte keinerlei Erinnerungen ausgelöst. Sie wiederholte nur, was ihr von damals im Gedächtnis geblieben war.

Sie schloss die Tür und ging weiter. Die Beklemmung, die sie zuvor empfunden hatte, verflüchtigte sich langsam. In diesem Haus gab es nichts Bedrohliches mehr. Es mochte dasselbe Gebäude sein wie das in ihren Erinnerungen, aber es war dennoch ein anderer Ort. Die Geister und Albträume waren verschwunden. Jetzt war es einfach nur ein Haus. Sie wollte es nur noch hinter sich bringen, da sie das Ganze für reine Zeitverschwendung hielt. Wenn hier irgendwelche Erinnerungen ausgelöst werden konnten, dann bestimmt nicht im Haus, sondern zwischen den Bäumen.

Nach drei Schritten hatte sie das Flurende erreicht und öffnete die Tür zu dem Zimmer, in dem sich früher das Schlafzimmer von Victorias Eltern befunden hatte. Selbstverständlich sah es auch hier anders aus. Der Raum hatte sich von allen am meisten verändert. Victorias Mutter hatte angrenzend ein kleines Ankleidezimmer besessen, doch Craig hatte die Zwischenwand einreißen lassen, um das Schlafzimmer zu vergrößern. Die vielen Regale und Schubladen waren durch eine einfache Kommode in einer Zimmerecke ersetzt worden. Und genau wie der Rest des Hauses wirkte auch dieser Raum nun stilvoll, sauber und kahl.

Hier war Victoria gestorben. Auf dem Bett ihrer Eltern, das mit Blut getränkt gewesen war. Aber jetzt war es nur irgendein Schlafzimmer. Gemma trat ein und betrachtete Craigs Bett, ein Metallgestell mit einer großen Matratze und cremefarbener Bettwäsche. Warum hatte er beschlossen, dieses Zimmer zu seinem Schlafzimmer zu machen? Es kam ihr wie eine seltsame Entscheidung vor, da er doch wusste, dass seine Schwester hier ermordet worden war. Sie ging zum Fenster und blickte hinaus auf die Bäume jenseits des Gartens. Dort. Dahin musste sie gehen. Dort hatten sie sie gefunden. Dorthin war sie vor den Hunden geflohen.

Gemma senkte den Blick auf den Holzrahmen und fuhr mit dem Finger über einen Riss in der Farbe. Sie erinnerte sich an dieses Fenster. Es gehörte zu den wenigen Dingen, die Craig nicht ersetzt hatte. Sie berührte den Rahmen, dann strich sie mit dem Finger über die –

– Scheibe. Sie mühte sich mit dem Fenster ab … Warum wollte es nicht aufgehen? Hinter sich hörte sie ihre Stimmen. Sie schrien sich an. Wütend, panisch. Sie drehte sich um, ihr Blick wanderte über das blutige Bett, Victorias träge ausgestreckte Hand, ihre an die Decke starrenden Augen. Victoria öffnete und schloss immer wieder den Mund wie ein Fisch, den man aus dem Wasser geholt hatte. Theo wandte sich erneut dem Fenster zu, wimmerte vor Angst und stellte erst jetzt fest, dass es mit einem einfachen Riegel verschlossen war. Sie entriegelte es und riss es auf. Das Fenster quietschte laut.

»Was war das?«, rief eine Stimme hinter ihr.

Keine Zeit zum Nachdenken. Sie war zu schwach, um es richtig zu machen. Sie stürzte sich einfach aus dem Fenster, und ein grässlicher, blendender –

– Schmerz zuckte durch ihren Kopf. Sie stolperte schreiend zurück, und vor ihren Augen wurde alles schwarz.

»Ist alles in Ordnung, Theodora?«, fragte Dunn. Seine Hände lagen auf ihren Schultern. Er hielt sie fest. Sie schrie abermals und drehte sich um, versuchte, ihm die Augen auszukratzen. Sie musste hier weg.

»Hat sie jetzt völlig den Verstand verloren?«, rief Craig erbost.

Sein Schrei holte sie in die Gegenwart zurück, und sie verspannte sich und zwang sich, ganz still stehen zu bleiben. Sie holte tief Luft.

»Ich ... Ich habe mich kurz an etwas erinnert«, gestand sie. »Da war Victoria. Auf dem Bett. Blutend.«

»Ja, da hast du sie abgestochen«, knurrte Craig.

Sie ignorierte ihn. Ihr Herz hämmerte immer noch vor Angst, aber sie fürchtete sich nicht vor ihm. Es war eher die Erinnerung an die Angst von damals. Denn da waren Männer ... böse Männer. Sie waren hinter ihr her. Sie wollten ihr wehtun. Sie schloss die Augen, und plötzlich war alles wieder da. Der Raum, wie er einst aussah.

Das Bett. Zwei Türen – eine zum Ankleidezimmer und eine zum Hauptbadezimmer. Und Victoria –

– die sich auf sie stützte.

»Ich fühle mich gar nicht gut, Theo«, murmelte Victoria.

Theo fühlte sich ebenfalls hundeelend. Es war zu heiß hier drin. Sie mussten zurück zur Party. Aber Victoria hatte Theo gebeten, sie hierher zu bringen. Victorias Eltern bewahrten irgendwo Ibuprofen auf, und Victoria wollte eine oder zwei Tabletten nehmen.

»Wo ist das Ibuprofen?«, fragte Theo.

»Vergiss es«, lallte Victoria. »Hilf mir einfach ins Bett. Bitte.«

Sie betraten den Raum, und Victoria stolperte. Sie griff nach Theos Arm, ihre Fingernägel gruben sich tief in Theos Haut und kratzten sie auf.

»Au«, kreischte Theo.

»Entschuldige.« Victoria klang, als ob ihr Mund voller Watte wäre.

»Ist schon okay.« Theo half ihr ins Bett. »So.«

»Es ist so heiß«, murmelte Victoria. »Ich krieg keine Luft. Warum ist es so heiß? Bitte, Theo, ich flehe dich an, mach, dass es aufhört.«

»Warte.« Theo half ihr, die Jacke auszuziehen. »Ist das besser?«

»Ja.«

Ein Geräusch erregte ihre Aufmerksamkeit. Theo blickte zurück zur Tür, wo zwei Mädchen aus der Schule standen und sie anstarrten.

»Es ist alles in Ordnung«, sagte Victoria zu ihnen. »Mir geht es gut. Haut ab.«

Die beiden sahen sich an und gingen.

»Vielleicht solltest du die Tür schließen«, murmelte Victoria.

»Okay. Ich gehe nur kurz auf die Toilette. Bin gleich wieder da.« Theo war ebenfalls schwindlig. Sie musste sich das Gesicht waschen.

Sie stolperte aus dem Zimmer ins Badezimmer nebenan und wusch sich am Waschbecken das Gesicht. Das kalte Wasser half ihr, wieder einen klareren Kopf zu bekommen. Sie rückte ihre Maske zurecht, um ihr Gesicht zu verbergen. Dann fiel ihr auf, dass sie den Beutel, den Steve ihr gegeben hatte, noch immer in der Tasche hatte. Wenn Victoria herausfand, was sich darin befand … Das war so eklig und so kindisch. Schnell holte Theo das weiche Ding heraus und warf es in die Toilette. Sie betätigte die Spülung. Aber der Beutel schwamm munter in der Toilettenschüssel herum und ging nicht unter.

»Komm schon«, murmelte Theo und spülte erneut. Sie musste den Beweis vernichten.

Schließlich war er endlich weg. Sie verließ das Bad und kehrte zu Victoria zurück, die überhaupt nicht gut aussah. Ihre Haut war ganz blass, Schweiß glitzerte auf ihrer Stirn. Ihre Augen waren geschlossen, aber ihre Lippen bewegten sich ständig, als ob sie etwas sagen wollte. Theo schloss die Tür hinter sich und ging auf Victoria zu. Sie setzte sich neben sie aufs Bett.

»Victoria?«, sagte sie. »Soll ich dir etwas zu trinken bringen?«

Victoria schlug die Augen auf und starrte sie mit unscharfem Blick an. »Haben wir nicht schon was getrunken?«

»Ich bringe dir kaltes Wasser, okay?«

»Okay.«

Theo wollte aufstehen, aber aus irgendeinem Grund konnte sie es nicht. Ihre Beine fühlten sich wie Gummi an.

Die Tür ging auf, und zwei kostümierte Männer kamen herein. Einer der beiden schloss die Tür hinter sich.

»Sieh dir das an«, sagte der andere. »Zwei Fliegen mit einer Klappe.«

Gemma riss die Augen auf. »Da waren … äh … Es waren zwei Männer.«

»Kannten Sie sie?«, fragte Dunn.

Gemma schüttelte den Kopf und bereute es sofort. Die Welt drehte sich. »Sie trugen Kostüme. Masken.«

Sie hatten Tier–

–masken auf. Einer war ein Gorilla. Der andere ein Wolf. Es waren gruselige Masken, als wären sie Albträumen entsprungen, und die menschlichen Augen, die durch die Augenlöcher zu sehen waren, schienen hinter dieser dämonischen Fassade gefangen zu sein.

Der Gorilla trat vor und schubste sie achtlos aufs Bett. Theo versuchte, sich zu bewegen und aufzustehen, aber ihre Glieder reagierten nur träge. Sie ließ sich nach hinten auf die Matratze fallen, und ihre Zähne schlugen aufeinander, als ihr Mund zuging. Der Gorilla schien dies lustig zu finden und lachte schnaubend auf. Er setzte sich rittlings auf sie und schien sie mit seinem Körper fast zu erdrücken. Sie konnte kaum noch atmen.

Ihr wurde die Maske vom Gesicht gerissen.

»Oh Scheiße, das ist Pickelgesicht!«, rief der Gorilla.

Sie versuchte, ihn zu beißen, aber sie konnte sich kaum bewegen.

»Setz ihr die Maske lieber wieder auf«, riet ihm sein Freund lachend. »Du willst das doch nicht sehen.«

Victoria stöhnte neben ihr auf.

»Hast du die Tür abgeschlossen?«, fragte der Wolf.

»Ich glaube schon.«

»Du solltest dir besser sicher sein, Arschloch.«

Der Gorilla stieg von ihr herunter, und sie stieß ein langes Keuchen aus, war erleichtert über den nachlassenden Druck. Sie fummelte an ihrer Tasche herum. Suchte das –

– »Messer«, murmelte sie. »Ich brauche das Messer.«

»Warum?«, fragte Dunn. »Wozu brauchen Sie das Messer?«

»Er will –«

– ihr wehtun. Wenn sie das Messer in die Hände bekam, konnte sie ihn aufhalten. Ihre Finger waren unbeholfen, als sie den beruhigenden Messergriff umklammerte. Sie hatte es gerade herausgezogen, als der Gorilla zurückkehrte, hielt es jedoch völlig falsch, konnte die Finger kaum darumlegen. Der Gorilla packte ihr Handgelenk und verdrehte es, wodurch das Messer herunterfiel. Er schlug auf sie ein, und ein stechender Schmerz zuckte durch ihre Wange. Es war so schnell passiert, der Schmerz so furchtbar. Schreiend fiel sie nach hinten, und auf einmal hielt ihr eine Hand Mund und Nase zu. Sie versuchte erneut, zu schreien, aber sie bekam keine Luft mehr. Hektisch tastete sie nach seiner Hand und riss die Augen auf. Er wollte sie umbringen.

»Sei brav«, verlangte er. »Okay?«

Panisch versuchte sie, zu nicken, konnte es aber nicht. Sie blinzelte. Blinzelte erneut. Sie musste atmen.

Er nahm die Hand weg, und sie rang nach Luft und stieß ein Wimmern aus. Der Gorilla packte sie am Kragen ihrer Bluse. Wollte er sie erneut würgen?

Nein. Mit einem scharfen Ruck riss er die Bluse auf und entblößte ihren Oberkörper. Er packte eine ihrer Brüste, bohrte die Finger hinein. Sie schluchzte entsetzt. Das konnte doch nicht wahr sein.

»Oh Scheiße!«, knurrte der Wolf.

Der Gorilla zog sich zurück und fluchte laut. Sie sah zur Seite. Victoria hatte es geschafft, sich aufzusetzen, und hielt das Messer in der Hand. Sie machte das viel besser als Theo zuvor, hielt den Arm starr, die Klinge direkt auf den Wolf gerichtet.

Der Gorilla stürzte sich auf Victoria, dann kam der Wolf dazu, und sie rangen beide mit ihr, doch sie wollte das Messer nicht fallen lassen. Sie fauchten sie an, schlugen sie, zogen sie an den Haaren, und dann … dann ging alles so –

– »Schnell«, sagte Gemma und sank auf die Knie. »Es geschah alles so schnell.«

»Was ist passiert?«

»Blut. Da war so viel –«

– überall Blut. Sowohl der Wolf als auch der Gorilla waren jetzt auf den Beinen und schrien sich gegenseitig an. Der Gorilla wollte Hilfe holen, aber der Wolf sagte, dass sie das nicht tun durften. Theo wollte sich bewegen, wagte es aber nicht, ihre Aufmerksamkeit zu erregen. Nicht, dass sie ihr auch noch etwas antaten. So wie Victoria. Sie begriff nicht, was passiert war. Aber sie sah, wie das Blut Victorias weißes Oberteil tränkte. Sie sah den Blutstropfen auf Victorias Lippe, als sie keuchte, den Mund öffnete und schloss.

»Wir müssen etwas finden, um die Blutung zu stoppen«, sagte der Wolf.

»Vielleicht haben sie etwas im Badezimmer«, erwiderte der Gorilla hektisch.

Ihre Stimmen klangen panisch und verängstigt. Sie eilten beide ins Badezimmer.

»Wo ist der Lichtschalter?«, fragte einer von ihnen. »Ich kann nichts sehen.«

Ihr blieb nicht viel Zeit. Höchstens ein paar Sekunden. Sie richtete sich auf und stellte fest, dass ihre Bluse völlig zerrissen war. Eine Jacke lag neben ihr; sie musste sie irgendwann ausgezogen haben. Sie schnappte sie sich und zog sie an. Sie musste sich beeilen … aber sie wusste nicht mehr, warum.

»Sieh im Medizinschrank nach!«

Ach ja. Die Tiere. Der Wolf und der Gorilla. Sie wollten ihr wehtun. Theo taumelte zum Fenster. Warum wollte es nicht aufgehen? Sie drehte sich um und sah Victoria auf dem Bett liegen. So viel Blut … Sie wandte sich wieder dem Fenster zu. Es war mit einem einfachen Riegel verschlossen. Sie entriegelte es und riss es auf. Das Fenster quietschte laut.

»Was war das?«, rief eine Stimme hinter ihr.

Keine Zeit zum Nachdenken. Sie war zu schwach, um es richtig zu machen. Sie stürzte sich einfach aus dem Fenster –

– Zwei starke Hände zogen sie zurück.

»Theodora!« Dunns Stimme, durchdringend und laut. »Sehen Sie mich an!«

Sie blinzelte. Sowohl Dunn als auch Craig starrten sie an. Sie stemmte sich gegen Dunns Griff und beugte sich zum Fenster hinüber.

»Ich bin rausgesprungen«, flüsterte sie. »Um von ihnen wegzukommen.«

»Von den Männern? Die Sie vergewaltigen wollten?«

»Mich und Victoria«, murmelte sie halb zu sich selbst. »Sie haben sie erstochen. Mit meinem Messer. Sie haben es getan. Nicht ich.«

Die Erleichterung war überwältigend. Sie schluchzte laut. All diese Jahre war sie sich nicht wirklich sicher gewesen. Da war immer dieser nagende Zweifel in ihr gewesen. Die Erinnerung daran, wie wütend sie gewesen war. Und an Dunns »Berg von Beweisen«. Ganz zu schweigen davon, dass jeder einzelne Mensch in Crumville glaubte, sie hätte es getan. Aber das hatte sie nicht.

»Blödsinn«, fauchte Craig angewidert. »Sie war es. Sie hat meine Schwester ermordet. Jeder weiß es.«

»Das habe ich nicht«, widersprach Gemma. Sie hatte nicht damit gerechnet, dass sie Craig überzeugen würde. In diesem Moment war es ihr sogar egal, was er dachte. »Sie waren es. Ich habe Victorias Jacke angezogen … weil mein Oberteil zerrissen war. Und dann bin ich aus dem Fenster gesprungen und losgerannt … zu den Bäumen.«

»Okay«, sagte Dunn. »Wir gehen rüber zu den Bäumen. Mal sehen, wohin das noch führt.«

Kapitel 50

Theo rannte zwischen den Bäumen hindurch, so schnell sie konnte, wobei ihr verstauchter Knöchel bei jedem zweiten Schritt Schmerzen durch ihr Bein jagte. Auch ihr rechter Arm pochte, ein dumpfer Schmerz vom Sturz aus dem Fenster. Und ihr Gesicht schmerzte, weil der Kerl sie geschlagen hatte. Sie musste stehen bleiben, sich ausruhen und weinen, aber sie konnte es nicht. Sie waren hinter ihr her.

Sie konnte sie irgendwo hinter sich hören, warf einen Blick über die Schulter und sah sie – spitze, gebleckte Zähne. Hunde. Sie verfolgten sie. Sie wimmerte und zwängte sich durchs –

– Gebüsch. »Ich bin hier durchgerannt«, sagte Gemma, deren Herzschlag in ihren Ohren dröhnte, sodass sie kaum etwas anderes hören konnte. »Sie waren hinter mir her.«

»Die Männer?«, fragte Dunn, der ihr dicht auf dem Fuß folgte.

»Die …« Sie wollte Hunde sagen. Victorias Hunde. Das hatte sie damals gedacht. Aber ein Hund lief nicht auf zwei Beinen. »Ja. Die Männer. Sie trugen noch ihre Masken. Als ich mich umdrehte, sah ich sie. Hinter mir. Sie sahen aus wie Tiere.«

»Wie Hunde«, schlug Dunn vor.

»Ich war verwirrt. Alles war –«

– durcheinander. Äste und Dornen zerrten an ihrer Kleidung, an ihrem Haar. Etwas zerkratzte ihr Gesicht. Ihr linker Fuß landete in einer Senke, und sie stolperte, biss sich auf die Zunge. Viel weiter konnte sie nicht laufen. Sie schaute sich um. Die Hunde kamen immer näher, kreischten und heulten, und sie wusste, wenn sie sie erwischten, wäre es vorbei.

Sie würden sie umbringen und fressen. Sollte sie auf einen Baum klettern? Sie sah sich verzweifelt um, aber die Bäume ragten überall um sie herum riesengroß in die Höhe. Und etwas sagte ihr, dass diese Hunde auf Bäume klettern konnten. Sie würden ihr folgen und sie wieder runterholen. Sie brach nach links aus, und plötzlich hatte sie keinen Boden mehr unter den Füßen, sie taumelte und fiel und rollte, die Welt verwandelte sich in ein Chaos, und sie konnte nicht –

– anhalten.

Dunn hatte sie abermals gepackt, als sie sich gerade einen steilen Abhang hinunterstürzen wollte.

»Ich bin gefallen«, flüsterte sie.

Dunn ließ ihren Arm los. »Sehen Sie das?« Er deutete auf ein Gewirr aus Ästen am Hangende. »Dort haben sie Sie gefunden.«

Zaghaft ging sie den Abhang hinunter und hatte noch deutlich vor Augen, wie sich alles um sie herum gedreht hatte und sie nicht mehr wusste, wo oben und wo unten war. Dann schaute sie sich um.

Ganz genau. Sie drehte sich um die eigene Achse und wusste auf einmal wieder, wie sie hier aufgewacht war. Der Lichtstrahl der Taschenlampe hatte die Dunkelheit durchbrochen. Dann kamen die Polizisten. Zu spät, um Victoria zu retten. Zu spät, um irgendjemanden zu retten.

»Ich muss mir den Kopf gestoßen haben«, sagte sie. »Ich weiß es nicht genau, aber ich kann mich an nichts erinnern, was nach dem Sturz passiert ist.«

»Es war dunkel«, meinte Dunn. »Vielleicht konnten die Männer, die Sie verfolgt haben, nicht sehen, in welche Richtung Sie verschwunden waren.«

»Ja.« Sie fröstelte, obwohl es nicht allzu kalt war.

Suchend lief sie an der Stelle herum, wo man sie laut Dunn gefunden hatte, doch mehr wollte ihr beim besten Willen nicht einfallen. Das war's. Das Ende des Weges. Und der Beginn eines anderen Albtraums. »Was jetzt?«

»Ihren Worten zufolge waren es zwei Männer«, erwiderte Dunn. »Männer mit Masken. Ein Gorilla und ein Wolf. Haben Sie ihre Gesichter zu irgendeinem Zeitpunkt gesehen?«

»Nein. Sie behielten die Masken die ganze Zeit über auf.«

»Können Sie mir irgendetwas über sie erzählen?«

»Lassen Sie mich überlegen. Sie waren groß. Oder vielleicht kamen sie mir auch nur groß vor. Sie waren größer als ich.« Sie erinnerte sich an das Gewicht des Mannes mit der Gorillamaske, der auf ihr gesessen hatte, und schluckte schwer. »Schwerer.«

»Haben Sie vielleicht gesehen, was für Kleidung sie trugen?«

Sie schüttelte den Kopf.

»Wir könnten die Fotos von den Partygästen durchgehen. Möglicherweise entdecken wir einen Gorilla oder einen Wolf, obwohl ich sie mir ziemlich gründlich angesehen habe und mich nicht erinnern kann, diese Masken bemerkt zu haben.«

»Es waren Gummimasken, die man nur kurze Zeit tragen kann.« Gemma erschauderte. »Vermutlich haben sie sie erst aufgesetzt, als sie ins Schlafzimmer kamen … um nicht erkannt zu werden.«

»Das sind auf jeden Fall gute Neuigkeiten.«

»Warum denn das?«

»Die Spuren sind schon lange kalt«, erwiderte Dunn. »Wir konnten nichts Handfestes entdecken und werden auch jetzt nichts finden. Wäre es nur ein Mann gewesen, könnte man ihn nur schwer zu einem Geständnis bewegen. Jeder mit einem

Hauch von Verstand würde sich einfach einen Anwalt nehmen und die Klappe halten, und das war's. Aber wir haben es hier mit zwei Männern zu tun.« Er nickte zufrieden.

»Und weiter?« Sie wartete darauf, dass er endlich zum Punkt kam.

»Ein Geheimnis ist nur so stark wie der schwächste Mann, der es hütet. Zwei Männer können wir gegeneinander ausspielen. Sobald wir tatsächliche Verdächtige haben, können wir einem begreiflich machen, dass es nur eine Frage der Zeit ist, bis der andere redet.«

»Oh.« Sie erkannte, worauf er hinauswollte. »Aber ich habe ihre Gesichter nicht gesehen. Es waren sehr viele Männer auf der Party.«

»Das stimmt. Aber einer von ihnen hat Sie unter Drogen gesetzt. Jemand muss Ihnen etwas ins Getränk gemischt haben. Wir müssen nur herausfinden, wer. Wir gehen noch mal zurück und …«

»Es gibt keinen Grund, zurückzugehen.« Sie sah die Party nun deutlicher als je zuvor vor ihrem inneren Auge. Jetzt erinnerte sie sich daran, wie sie das Haus betreten hatte. Welcher Song aus den Lautsprechern dröhnte. Dass die Leute tanzten. Und anstatt in Victorias Zimmer zu gehen … »Als ich noch nicht lange da war, hat mich Bruce angesprochen und mir ein Bier in die Hand gedrückt.«

»Bruce Green?«

»Ja.«

»Und Sie haben es getrunken?«

Sie erinnerte sich an den ersten Schluck. Und dass sie immer mehr getrunken hatte, nur um ihm zu demonstrieren, dass es keine große Sache war. Dass sie die ganze Zeit über Bier getrunken hatte. »Ja. Ich habe es getrunken.«

»Bruce war also einer von ihnen. Wer war der andere?«

Sie überlegte, mit wem sie Bruce gesehen hatte, und kam fast augenblicklich auf die Antwort. »Rick Peters.«

»Sind Sie sicher?«

Und wie sie sich sicher war. Denn sie kannte die Stimme des Gorillas. Diese weinerliche Art und die Wut darin. Und jetzt begriff sie auch, warum er sie als Einziger sofort erkannt hatte. Weil er sich vor dem Tag gefürchtet hatte, an dem sie zurückkommen würde. Da war es kein Wunder, dass er ihr ständig die Schuld an Victorias Ermordung gab, mehr noch als jeder andere. Weil er wusste, dass ihn die Wahrheit ins Gefängnis bringen würde. »Ja. Ich bin mir sicher.«

»Okay«, sagte Dunn. »Bruce Green und Rick Peters. Nehmen wir sie fest.«

Kapitel 51

Als Dunn Bruce Green und Rick Peters auf dem Revier vor sich sah, wusste er sofort, dass Rick derjenige war, den er brechen würde. Zwar sahen beide ängstlich aus, doch im Verhörraum eines Polizeireviers wirkte im Grunde genommen niemand entspannt. Bruce riss sich zusammen und spielte den Kooperativen, behauptete, er wäre »froh, helfen zu können« und »hoffe wirklich, dass Victorias Mörder bald verhaftet werden würde«.

Rick war das reinste Wrack. Er verlangte sofort einen Anwalt. Als Dunn dann erklärte, dass dies keine Verhaftung, sondern nur eine weitere Routinebefragung sei, machte Rick einen Rückzieher, fragte, wie lange es dauern würde, und stellte klar, dass er nichts weiter hinzuzufügen habe und sich kaum noch an die Party erinnern könne. Sein Blick huschte ständig durch die Gegend, und er wirkte überaus angespannt.

Es überraschte Dunn, dass er nach zwei Stunden immer noch mit leeren Händen dastand.

Bruce wirkte offen und entgegenkommend und tat so, als ob er sich so gut wie möglich daran erinnern wollte, was er auf dieser Party getan hatte. Er beantwortete jede Frage langsam und sorgfältig. Ricks Standardantwort lautete: »Ich kann mich nicht erinnern.« Er wusste nicht mehr, wo er sich aufgehalten hatte. Er konnte sich nicht erinnern, Theodora auf der Party gesehen zu haben. Er hatte auch keine Erinnerung daran, Victoria auf der Party gesehen zu haben, was lächerlich war, da sie schließlich in ihrem Haus stattgefunden hatte. Er erinnerte sich nicht daran, welches Kostüm er getragen hatte. Er erinnerte sich an keine Gorilla- oder Wolfsmaske. Dunn hatte diese plötzliche Amnesie, die Menschen im Verhörraum befiel, schon häufiger erlebt, doch in diesem Fall glich es eher einem totalen Blackout.

Rick Peters war dumm wie Bohnenstroh, was Dunn ganz genau wusste. Die Masche mit dem Gedächtnisverlust war seine beste Verteidigung. Denn sobald er anfing, Fragen zu beantworten, würde er seine Lügen nicht lange aufeinander abstimmen können.

Das war alles gut und schön. Die anfängliche Befragung war nur die Aufwärmphase. Dunn hatte sein Ass im Ärmel noch nicht ausgespielt.

»Hier ist Ihr Kaffee.« Er stellte den Pappbecher vor Bruce ab. »Tut mir leid, dass das so lange dauert.«

»Kein Problem.« Bruce nippte am Becher und verzog das Gesicht, so wie es alle taten, wenn sie den Revierkaffee kosteten. Das Gebräu war so schlecht, dass es praktisch eine weitere Verhörtechnik darstellte.

»Rick Peters ist auch hier«, sagte Dunn.

»Ach, wirklich?« Bruce beäugte ihn skeptisch.

»Er sieht offen gesagt ein bisschen ängstlich aus«, fuhr Dunn fort. »Als ob er bereit wäre, alles auszuplaudern.«

Bruce runzelte die Stirn. »Ich … kann Ihnen nicht folgen. Glauben Sie etwa, Rick hätte etwas mit Victorias Tod zu tun?«

»Vielleicht können Sie mir das ja verraten«, erwiderte Dunn. »Hat Rick Ihnen etwas erzählt? Über Victoria?«

»Ähm … Rick glaubt, dass es Theodora Briggs war. Das weiß doch jeder.«

»Das hat er gesagt?«

»Er redet ständig davon und hat es wahrscheinlich schon tausendmal gesagt.«

»Jetzt erzählt er jedoch etwas völlig anderes.«

Eine Veränderung in Bruce' Gesichtsausdruck. Ein nervöses Zucken seiner Lippe. »Wie meinen Sie das?«

Dunn spreizte die Hände. »In einem Moment sagt er etwas aus … Im nächsten Moment erinnert er sich nicht mehr daran. Er widerspricht seinen eigenen Aussagen bei früheren Verhören und hat bereits nach seinem Anwalt verlangt. Vielleicht lässt er sich ja auf einen Deal ein.«

Bruce stieß die Luft aus. »Was für einen Deal?«

»Er könnte im Gegenzug für ein geringeres Strafmaß ein Geständnis ablegen.«

»Aber … aber er hat doch nichts getan. Es war Theodora Briggs, nicht wahr?«

»Jetzt glauben *Sie* also auch, dass es Theodora Briggs war?«

»Das tut doch jeder«, rechtfertigte sich Bruce nach ein paar Sekunden.

»Wie ich schon sagte, scheint Rick das nicht zu tun. Nicht mehr. Er hat ihren Namen nicht ein einziges Mal erwähnt, seit er hier ist.« Dunn lehnte sich auf seinem Stuhl zurück. »Mein Partner verhört ihn gerade nebenan, aber ich bin mir nicht sicher, wie lange es noch dauern wird, bis sich Rick komplett in seinem Lügengeflecht verstrickt.«

»Sie verstehen das völlig falsch … Rick hat so etwas niemals getan.«

»Vielleicht schon, wenn er einen Freund an seiner Seite gehabt hätte. Rick war schon immer ein Mitläufer, nicht wahr?«

Bruce wirkte unverhofft nachdenklich. »Was wollen Sie mir damit sagen?«

»Ich sagte, dass ich mit Ihnen übereinstimme. Rick würde so etwas nicht tun. Nicht allein. Aber vielleicht hatte er einen Freund, zu dem er aufgesehen hat. Einen Freund wie Sie. Und vielleicht hatten Sie beschlossen, sich zu amüsieren. Nichts allzu Schlimmes. Einfach nur ein bisschen Spaß haben, denn es war ja schließlich eine Party.«

Bruce schien zu erstarren. Er schwieg und schien nicht einmal mehr zu atmen.

»Auf dieser Party waren Drogen im Umlauf«, fuhr Dunn fort. »Victoria wurde unter Drogen gesetzt. Ebenso wie ein anderes Mädchen. Ich habe einen Zeugen, der gesehen hat, wie Sie dem Mädchen ein Bier gegeben haben.«

»Augenblick mal«, begehrte Bruce auf.

»Ich behaupte nicht, dass Sie es absichtlich getan haben. Sie wollten sich nur ein bisschen amüsieren und dafür sorgen, dass sie ein bisschen lockerer ist, nicht wahr? Es war wahrscheinlich nicht einmal Ihre Schuld, dass es so weit gekommen ist. Sie wussten ja gar nichts von dem Messer.«

»So ist es nicht gewesen! Überhaupt nicht! Ich habe niemanden unter Drogen gesetzt. Ich war nicht mal mit Rick auf der Party.«

»Lassen Sie mich Ihnen etwas versichern: Falls Rick irgendwann in Panik geraten ist, mit Victoria um das Messer gekämpft hat und Victoria versehentlich erstochen wurde, war das nicht Ihre Schuld. Ich weiß nicht einmal, ob es Ricks Schuld war, okay? Es war Selbstverteidigung.«

»Ich hatte damit nichts zu tun«, sagte Bruce mit zitternder Stimme. »Ich habe im Wohnzimmer gefeiert, bis ich jemanden schreien hörte, dass Victoria verletzt wurde. Das ist *alles*. Ich habe niemanden unter Drogen gesetzt. Ich habe kein Messer gesehen. Ich weiß nicht … Verhaften Sie mich jetzt?«

»Noch nicht«, antwortete Dunn leise. »Es ist immer noch Zeit, mir Ihre Version zu erzählen. Die wahre Geschichte. Bevor Rick ausflippt und versucht, es Ihnen anzuhängen.«

Er ließ die Zeit verstreichen, fünf Sekunden, dann zehn. Bruce schien in seiner Unentschlossenheit erstarrt zu sein. Dunn stand auf.

»Lassen Sie sich Zeit«, sagte er. »Ich werde mich mal mit Rick unterhalten.« Er ging hinaus und schloss die Tür. Würde Bruce jetzt seinen Anwalt anrufen wollen? Versuchen, einen Deal zu machen?

Gut möglich. Der Mann war schwer einzuschätzen.

Der andere war weitaus einfacher.

Dunn betrat den zweiten Verhörraum, in dem Rick auf und ab lief.

»Warum dauert das so lange?«, beschwerte sich Rick.

»Setzen Sie sich«, verlangte Dunn, der mit Rick nicht so sanft umging wie mit Bruce. Hier legte er einen Befehlston an den Tag.

Rick nahm mit großen Augen Platz.

»Bruce Green ist nebenan.«

Rick blinzelte und schaute zur Tür. »Äh … okay?«

»Ich glaube, er ist bereit, zu reden, Rick.« Dunn setzte sich Rick gegenüber und verschränkte die Arme.

»Reden … worüber?«

»Das wissen Sie ganz genau.«

Rick leckte sich die Lippen. Da. Die Worte lagen ihm schon auf der Zunge. Dunn sah sie förmlich kommen.

»Ich habe keine … Was hat er gesagt?«

»Wir unterhalten uns über diese Halloween-Party, Rick. Sie wissen schon. Über die Drogen.«

»Ich weiß nichts von irgendwelchen Drogen, Mann. Ich weiß nichts … Ich kann mich nicht mal erinnern.«

»Erinnern Sie sich nicht an die Drogen, oder wissen Sie nichts darüber? Sie müssen sich schon entscheiden.«

»Ich erinnere mich nicht.«

»Es könnten also Drogen im Spiel gewesen sein?«

»Nein! Auf keinen Fall, Mann.«

»Wir sind nicht an den Drogen interessiert, Rick. Das wissen Sie. Wir sind auf der Suche nach Victorias Mörder. Tja, ich weiß, dass Bruce die Drogen mitgebracht hat. Ich habe einen Zeugen, der gesehen hat, wie er ein Mädchen unter Drogen gesetzt hat. Hat er das auch bei Victoria getan? Oder waren Sie es?«

»Ich … Was?«

Dunn schlug mit der Handfläche auf den Tisch, woraufhin Rick zusammenzuckte. »Legen Sie sich nicht mit mir an, Peters. Wir wissen bereits, was passiert ist. Beide Mädchen wurden unter Drogen gesetzt. Aber vielleicht wollten Sie nicht, dass die Sache zu weit geht. Bruce war zu aggressiv, richtig? Und als Victoria nach dem Messer griff, kämpfte Bruce mit ihr und sie wurde aus Versehen erstochen, richtig?«

Rick öffnete und schloss den Mund, ohne dass ein Wort herauskam.

»Uns bleibt nicht viel Zeit«, knurrte Dunn. »Bruce spricht gerade nebenan mit meinem Partner. Wenn er beschließt, Ihnen die Sache anzuhängen, kann ich Ihnen nicht mehr helfen. Das ist Ihre Chance, mir die wahre Version der Geschehnisse zu erzählen.«

Ricks Blick zuckte umher. Dunn konnte förmlich sehen, wie sich die Zahnräder in seinem Gehirn in Bewegung setzten, als er darüber nachdachte. So. Jetzt würde er reden. Und alles würde …

»Davon weiß ich nichts, Mann.« Ricks Stimme zitterte. »Vielleicht hat Bruce getan, was Sie behaupten, aber davon weiß ich nichts. Ich war nicht dabei und kann mich auch nicht so gut an die Party erinnern.«

Er lehnte sich zurück, verschränkte die Arme und stieß das Kinn vor. »Ich kann mich überhaupt nicht daran erinnern.«

Angewidert stand Dunn auf. »Überlegen Sie es sich gut, Peters. Wenn Bruce erst einmal einen Deal abgeschlossen hat, kann ich Ihnen nicht mehr helfen.« Er ging hinaus und knallte die Tür hinter sich zu in der Hoffnung, dass das Geräusch Rick noch ein bisschen mehr aus der Fassung brachte.

Seufzend kehrte er zu seinem kleinen Schreibtisch zurück, an dem Gemma saß und auf ihn wartete. Sie war blass, ihr Körper war schlaff. Sie wirkte völlig erschöpft. Aber als sie ihn bemerkte, sprang sie auf.

»Und?«, fragte sie.

Er schüttelte den Kopf. »Es wird einige Zeit dauern. Im Moment redet keiner der beiden.«

»Oh«, flüsterte sie.

»Sie sollten zu Ihrer Mutter fahren und sich ein bisschen ausruhen. Ich rufe Sie an, sobald es etwas Neues zu berichten gibt. Haben Sie Ihr Handy schon reparieren lassen?«

»Nein, bisher nicht.«

»Dann rufe ich Ihre Mutter an, sobald ich Neuigkeiten habe. Halten Sie die Beine still. Dieser Peters wird nicht mehr lange den Mund halten können.«

Dunn versuchte, zuversichtlich zu klingen, fragte sich jedoch insgeheim, ob es ihm gelungen war, sie zu täuschen. Denn er war sich überhaupt nicht sicher, ob einer der Männer einknicken würde.

Kapitel 52

Als Gemma das Polizeirevier verließ, stellte sie erstaunt fest, dass es draußen noch hell war. Sie hatte den Eindruck, stundenlang darauf gewartet zu haben, dass Dunn auftauchte und ihr mitteilte, dass es endlich vorbei war. Dass Rick und Bruce den Mord an Victoria gestanden hatten. Dass Bruce vielleicht auch gestanden hatte, der Schattenmann zu sein. Sie hatte es sich bildlich vorgestellt, davon geträumt, versucht, es willentlich herbeizuführen.

Am Ende war die Enttäuschung groß. Sie hatten nicht gestanden. Zumindest noch nicht. Dunn wirkte auch nicht besonders zuversichtlich, dass es noch passieren würde. Und ohne ein Geständnis hatten sie nichts in der Hand, wie er bereits gesagt hatte. Keine handfesten Beweise. Keine zusätzlichen Augenzeugen. Nur sie und ihr sprunghaftes, unzuverlässiges Gedächtnis.

Sie ging auf die Stelle zu, an der sie ihren Wagen geparkt hatte – ein Stück die Straße hinunter in der Nähe des Cafés, in dem sie ein schnelles spätes Mittagessen zu sich genommen hatte. Dabei holte sie ihr Smartphone aus der Tasche und schaltete es nach kurzem Zögern ein. Sie wollte ihre Nachrichten abrufen. Und mit Benjamin sprechen. Ihr Telefon war zwar gehackt worden und sie musste davon ausgehen, dass der Schattenmann es überwachte und zuschlug, sobald sie es einschaltete. Aber vielleicht war Bruce der Schattenmann, und in diesem Fall saß er gerade bei der Polizei. Und selbst wenn es nicht Bruce war, was machte das schon aus? Der Schattenmann wusste, wo sie sich aufhielt. Er hatte bewiesen, dass er sie und die Menschen, die sie liebte, verletzen konnte, auch wenn ihr Telefon ausgeschaltet war. Sie wollte mit Benjamin und Lucas reden. Sie wollte …

Die Benachrichtigungen trafen ein, kaum dass sie das Telefon eingeschaltet hatte. Es hörte gar nicht mehr auf zu blinken. Dutzende von Nachrichten. Hunderte. Chats, E-Mails und Sprachnachrichten.

> Nachrichten von Benjamin – Da fährt jemand immer um den Block. Ich habe die Polizei gerufen. Und dann Lucas' Lehrerin hat sich gemeldet – es gab Drohanrufe, ich hole ihn früher von der Schule ab. Und dann Ich glaube, dass uns jemand verfolgt. Und dann Ich fahre zur Polizei.

Nachrichten von Barbara und von Thelma über Männer, die in den Salon eindrangen und Dinge zerstörten – sie mussten die Tür abschließen. Barbara glaubte, dass ein Mann vor ihrem Haus lauerte; sie holte ihren Sohn ab und fuhr zu ihrer Mutter.

Nachrichten von Benjamins Mutter über eine Frau, die an die Tür geklopft und gemeine Dinge über Gemma geschrien hatte.

Nachrichten von Benjamins Vater, in denen er sagte, dass es nun wirklich zu weit ging.

Nachrichten von Kundinnen.

Nachrichten von Nachbarn.

Von anderen Eltern aus Lucas' Schule.

Und Dutzende von Nachrichten von Nummern und E-Mail-Adressen, die Gemma nicht kannte und in denen sie des Mordes beschuldigt wurde. Menschen drohten ihr an, dass sie dafür bezahlen müsse. Dass sie sich nicht verstecken könne.

Gemma schaltete das Telefon mit bebenden Lippen wieder aus. Sie musste zum Haus ihrer Mutter fahren. Benjamin anrufen. Sich vergewissern, dass es ihm und Lucas gut ging.

Sie eilte zu ihrem Auto, ihre Schritte waren ebenso schnell und unberechenbar wie ihr Herzschlag, und dann …

Stand sie vor ihrem *demolierten* Wagen.

Alle Scheiben und Rücklichter waren eingeschlagen worden. Jemand hatte das Wort *Mörderin* auf die Seite gesprüht. In der Nähe hatte sich eine Menschentraube versammelt, die das Wrack anstarrte, Handyfotos schoss, und einer …

Einer hielt eine Spraydose in der Hand. Er wollte gerade die Motorhaube besprühen, als er den Blick hob und sie bemerkte. Sie kannte diesen Mann nicht. Er war älter als sie, etwa um die fünfzig, und hatte eine Glatze. Seine Augen waren groß vor Angst, sein Gesicht sehr blass.

»Glaubst du, du kannst hierherkommen und so tun, als wäre nichts passiert?«, wollte er von ihr wissen. Die Worte wurden gedämpft und in einem bizarren Tonfall vorgetragen. Das war die Stimme eines Mannes, der eine auswendig gelernte Botschaft übermittelte. »Hier hast du sie getötet. Hier hast du … äh … vergossen … Hier hast du sie getötet und ihr Blut vergossen.«

Er machte einen Schritt auf sie zu.

Gemma drehte sich um und rannte über die Straße.

Er lief ihr hinterher und schrie ihr den Rest der Nachricht zu.

Die Worte, die ein anderer Mann ihm in den Mund gelegt hatte. Der Schattenmann.

Sie bog nach links ab und lief weiter, bis ihr klar wurde, dass sie in die falsche Richtung lief und besser auf das Polizeirevier zugehalten hätte. Ein Blick über die Schulter zeigte ihr, dass ihr inzwischen zwei Verfolger den Rückweg versperrten. Einer hielt ein Telefon in der Hand und nahm sie auf. Sie biss die Zähne zusammen und rannte noch schneller. Das Haus ihrer Mutter lag nicht weit entfernt, sie konnte es zu Fuß erreichen. Dort wäre sie in Sicherheit.

Ein Pick-up wurde neben ihr langsamer. Das Fenster fuhr herunter. Die Frau hinter dem Lenkrad sah sie an und schaltete das Radio ein, aus dem in voller Lautstärke »Turnin Me On« ertönte.

Sie waren hinter ihr her. Sie waren alle hinter ihr her.

Immer mehr Autos wurden langsamer. Gemma hatte auf dieser Straße noch nie so viel Verkehr gesehen. Fenster wurden geöffnet, und aus allen drang dasselbe Lied: »Turnin Me On«. Allerdings nicht synchron, die Songs vermischten und verzerrten sich, erschufen eine schreckliche Kakofonie. Einige der Fahrer filmten sie mit ihren Handys. Nicht, weil sie es wollten, das wusste sie ganz genau. Weil sie es tun mussten. Weil es ihnen jemand aufgetragen hatte. Damit er einen Beweis bekam.

Etwas in ihrem Augenwinkel erregte ihre Aufmerksamkeit. Eine Frau trug eine Halloween-Maske – dieselbe Maske, die sie in jener Nacht getragen hatte. Nein, nicht nur eine Frau. Zwei. Nein, drei. Alle kamen auf sie zu. Und die Songs dröhnten weiter aus den Autos um sie herum.

Sie weinte jetzt, atmete schwer und versuchte, die Flucht zu ergreifen, aber sie umringten sie. Sie würde nie wieder in Sicherheit sein. Er war überall. Seine Boten waren überall. Und er würde sie so lange jagen, bis …

Ein Schild auf der anderen Straßenseite:

DONNA D'S SUNSHINE SALON

Donna. Ein Mädchen, das Gemma als Teenager *gehasst* hatte. Aber sie war Dunns Tochter und konnte ihn zu Hilfe holen.

Gemma hastete die Straße hinunter und wurde dabei fast von einem der Autos überfahren, aus denen der Song ertönte. Sie stürmte in den Friseursalon und schlug die Tür hinter sich zu.

Kapitel 53

Donna hatte im Friseursalon abermals einen überaus ruhigen Tag erlebt. Zwei Kundinnen hatten abgesagt. Und nachdem Donna Penny frisiert hatte, teilte Penny ihr mit, dass sie im Moment kein Geld habe, und versprach, sie morgen zu bezahlen. Was nicht passieren würde. Sie würde es »vergessen« und dann, nach mehreren Mahnungen, schließlich die Hälfte ihrer Schulden zurückzahlen. Aber was konnte Donna schon tun? Penny war eine ihrer Stammkundinnen, und davon hatte Donna nicht viele.

Während sie die Haare auffegte, rechnete sie in Gedanken durch, ob sie genug eingenommen hatte, um die monatlichen Rechnungen des Salons zu bezahlen. Vielleicht. Aber nur knapp. Wie immer saß ihr die Angst im Nacken und schnürte ihr die Kehle zu. Wenn sich die Lage nicht bald besserte …

Die Tür wurde geöffnet, und das Glöckchen darüber klingelte.

»Wir haben geschlossen«, sagte Donna und drehte sich um. »Wenn Sie möchten, können wir einen Termin für …« Die Worte erstarben auf ihren Lippen.

Die Frau, die hereingekommen war, schlug die Tür zu und spähte durch die Scheibe auf die Straße hinaus. Dann schob sie mit einer raschen Bewegung den Riegel oben an der Tür zu und schloss sie ein. Sie drehte sich um und sah Donna schwer atmend an. Sie trug dasselbe wie heute Vormittag, als Donna sie in den Nachrichten gesehen hatte: eine große Sonnenbrille, eine braune Strickjacke, eine hübsche Jeans, ein lockeres gestreiftes Oberteil und Stiefel, von denen Donna wusste, dass sie ein Vermögen gekostet hatten – denn sie hätte sie sich auch nur zu gern gekauft. Die Frau sah umwerfend aus, auch wenn ihre Frisur im Augenblick nicht perfekt saß. Das Ganze war ungemein seltsam, denn in der Highschool hatte sie immer übergroße Pullover, hässliche weite Hosen und Turnschuhe getragen.

»Theodora«, platzte es aus Donna heraus.

Theodora nahm die Sonnenbrille ab und sah Donna in die Augen. »Hallo, Donna.« Sie atmete immer noch schwer. »Entschuldige. Ich wurde draußen förmlich gejagt.«

»Kein Problem«, erwiderte Donna hastig. Ihr Herz raste.

Sie hatte natürlich gewusst, dass Theodora in der Stadt war. Das war in aller Munde. Fünf verschiedene Kundinnen hatten sie heute Donna gegenüber erwähnt: Hatte sie sie in den Nachrichten gesehen, war sie nicht in der gleichen Klasse wie Donna gewesen, glaubte Donna, dass Theodora es wirklich getan hatte? Und mit »es« meinten sie, ob Theodora Victoria wirklich umgebracht hatte.

Und Donna hatte stets erwidert, sie habe nie daran geglaubt, dass Theodora es getan habe. Denn sie konnte es sich wirklich nicht vorstellen. Schon bevor ihr Vater gesagt hatte, dass es einige Beweise gab, die nicht zusammenpassten, hatte Donna es nicht glauben können. Denn alle behaupteten, dass Theodora Victoria wegen der Sache mit der Toilette umgebracht habe, und das konnte nicht sein, denn es war nur ein kleiner Streich und keine große Sache gewesen.

Es war doch wirklich nicht weiter wild gewesen, oder? Donna musste es ja wissen, schließlich war sie dabei gewesen.

Sie hatte höchstpersönlich … Jedenfalls war es nichts als ein kleiner Scherz gewesen.

»Wer hat dich verfolgt?«, fragte sie, weil ihr die Stille unangenehm war.

Theodora spähte erneut hinaus und gab ein leises, schrilles Lachen von sich. »Alle.«

»Wie bitte?«

»Na ja … Die meisten sind jetzt weg. Aber der Kerl da drüben.« Sie zeigte durch die Fensterscheibe auf einen Mann, der auf der anderen Straßenseite an seinem Telefon herumfummelte. »Und die Frau in dem Pick-up da vorn. Und ich glaube, der Typ da drüben war auch dabei.«

»Okay …« Donna zog das Wort in die Länge. War Theodora etwa paranoid? Diese Leute sahen nicht so aus, als ob sie jemanden verfolgten. Sie klopften auch nicht gerade an die Tür des Salons.

Theodora holte tief Luft. »Ach, vergiss es. Die Sache ist kompliziert. Würde es dir etwas ausmachen, deinen Vater anzurufen und ihn zu bitten, mich hier abzuholen?«

»Du willst, dass mein Vater dich abholt?« Donna runzelte die Stirn.

»Ja, ich … Ruf ihn einfach an, okay? Wenn du willst, kann ich auch mit ihm reden.«

»Okay.« Donna zuckte mit den Achseln. Sie zückte ihr Telefon und wählte die Nummer ihres Vaters, der jedoch nicht reagierte. »Er geht nicht ran.«

»Kannst du ihm eine Nachricht schicken?«

»Sicher, aber manchmal schaut er stundenlang nicht auf sein Handy.«

»Dann ist das eben so.«

Donna tippte eine kurze Nachricht an ihren Dad: Theodora Briggs ist in meinem Salon. Sie bittet darum, dass du sie abholst, weil einige Leute sie verfolgt haben. Sollte sie ein Emoji hinzufügen? Donna zog es vor, ihre Nachrichten mit Emojis zu verschönern. Sie lieferten sozusagen den Kontext. Ein Smiley konnte viel bewirken. Aber hier schien er ebenso wenig zu passen wie das grimmige Gesicht oder das seltsame Augenzwinkern mit der rausgestreckten Zunge. Manchmal gab es kein zutreffendes Emoji. Sie schickte die Nachricht ab.

»Möchtest du was trinken?«, fragte sie.

»Äh … ja, gern. Ein Glas Wasser wäre super.«

Donna füllte zwei Plastikbecher mit Wasser. »Du kannst dich setzen, während du wartest.« Sie reichte Theodora einen Becher und deutete auf einen der Stühle.

»Danke.« Theodora machte ein paar wackelige Schritte und ließ sich auf den nächsten Stuhl sinken.

Schweigen senkte sich auf sie herab. Donna konnte es nicht ertragen. Sie hasste Stille. »Deine Nägel sehen echt toll aus«, platzte es aus ihr heraus.

»Danke.« Theodora zeigte ihre Fingernägel. »Ist mein Entwurf.«

»Wirklich super. Damit könntest du deinen Lebensunterhalt verdienen.«

Theodora grinste sie an. »Damit verdiene ich meinen Lebensunterhalt.«

»Oh. Cool. Das ist wirklich cool.«

Theodora nickte und erwiderte nichts.

»Einer deiner Nägel ist abgebrochen«, versuchte Donna das Gespräch am Laufen zu halten.

»Ja. Du solltest mal den anderen Typen sehen.« Theodora warf ihr einen seltsamen Blick zu. Donna hatte keine Ahnung, was sie damit meinte.

Erneute Stille. Donna versuchte, sich abzulenken, indem sie den Boden fegte. Diese Frau war so ganz anders als die Theodora, die sie aus der Schule kannte. Die damalige Theodora war ein kleines, ängstliches Ding gewesen. Sie wich immer allen Blicken aus. Und wenn sie etwas sagte, nuschelte sie nur. Außerdem gab sie sich nie Mühe, nett auszusehen. Als sie noch Kinder waren, hatte Donna nie verstanden, warum Theodora Victorias beste Freundin war. Victoria war in ihren Augen unglaublich. Sie hatte die schönsten Klamotten und war immer so energiegeladen, fröhlich und cool. Donna verbrachte manchmal Zeit mit ihr, aber es war immer klar, dass Theodora Victorias beste Freundin war. Theodora übernachtete bei Victoria und aß mit ihr zu Abend, und wann immer sie in der Klasse einen Partner brauchten, taten sich die beiden zusammen und überließen Donna und Judy einander.

Als sich Victoria dann auf einmal nicht mehr mit Theodora treffen wollte, fragte Donna gar nicht erst nach dem Grund. Es war ihr egal. Das Wichtigste war, dass da unverhofft eine Stelle als beste Freundin frei geworden war, die sie rasch annahm.

»Ich habe nie geglaubt, dass du es getan hast«, sagte sie schließlich, und die Worte kamen ihr schnell und heiß über die Lippen.

»Danke«, erwiderte Theodora. »Dein Vater hat mir schon erzählt, dass du das nicht glaubst. Das bedeutet mir sehr viel.«

»So etwas hättest du doch nie getan, oder? Die Leute haben angenommen, dass du es getan hast, weil du wütend auf sie warst. Auf Victoria. Wegen der … Sache, die passiert war. Eine Woche zuvor.«

»Die Sache, die passiert war«, wiederholte Theodora langsam. »Na ja, es ist nicht einfach so passiert, oder? Ich meine, Regen passiert einfach. Oder vielleicht die Grippe. Ja, man kann sagen, dass die Grippe einfach so passiert.«

Warum musste sie das so komisch ausdrücken? »Du weißt, was ich meine. Diese Sache, die wir auf der Mädchentoilette gemacht haben. Dieser Streich? Du erinnerst dich wahrscheinlich gar nicht mehr daran. Das ist schon so lange her.«

»Dieser *Streich.*« Nun betonte Theodora jede Silbe. »Doch. Ich erinnere mich.«

Donna ebenfalls. Victoria war wütend gewesen. Wegen dieser Karikatur, die Theodora von ihr angefertigt hatte. Daher hatte sie vorgeschlagen, es Theodora heimzuzahlen. Sie folgten ihr ins Badezimmer. Victorias Idee war, den Anschein zu erwecken, als wollten sie Theodoras Kopf in die Toilettenschüssel stecken. Damit sie merkte, was passieren konnte, wenn man sich mit Victoria anlegte. Donna war total begeistert gewesen. Die Zeichnung war wirklich widerwärtig. Warum sollte jemand so etwas Ekelhaftes zu Papier bringen? Okay, Theodora und Victoria hatten sich entzweit, aber das war doch kein Grund, so etwas zu tun.

Daher war Donna nur zu gern bereit gewesen, Theodora einen Schreck einzujagen.

Aber vielleicht hatte sie es ein bisschen übertrieben. Theodora rutschte aus, als Donna sie zur Toilette schob, sodass sie mit dem Gesicht dicht neben der Toilette landete. Und Donna wollte Victoria beweisen, dass sie hinter ihr stand. Wenn jemand Victorias Gefühle auf diese Weise verletzte, würde Donna ihn dafür bezahlen lassen. Sie war Victorias Freundin. Also drückte sie noch ein bisschen fester zu und betätigte die Toilettenspülung.

Sie war nicht auf Theodoras völlig verrückte Reaktion vorbereitet gewesen, die kreischte, sie würde Victoria umbringen. War das eine Überreaktion gewesen?

Aber sie hatte es doch nicht so gemeint, oder? Manchmal sagten Menschen Dinge, wenn sie wütend waren, die sie gar nicht so meinten. Donna hatte das auch schon oft getan.

Sie erinnerte sich daran, dass Victoria beim Verlassen der Toilette blass und erschüttert gewirkt hatte.

»Sie hatte es verdient«, hatte Donna zu Victoria gesagt. »Sie hätte diese Zeichnung nicht machen dürfen. Stimmt's, Victoria? Stimmt's?«

Victoria antwortete nicht, sondern ging einfach mit sturem Blick weiter.

»Sie hatte es verdient, nicht wahr?«, hakte Donna weiter nach.

»Ja«, antwortete Victoria schließlich. »Sie hatte es verdient.«

Später bedauerte Donna es. Aber es war ja keine große Sache gewesen. Nur ein Scherz. Aus diesem Grund konnte Victoria doch nicht gestorben sein. Das war unmöglich.

»Es war nur ein Streich«, sagte sie jetzt. »Victoria und du, ihr habt es euch doch immer mit gleicher Münze heimgezahlt, nicht wahr? Wie bei deiner Zeichnung?«

Theodora starrte Donna nur schweigend an.

Entnervt fragte Donna: »Aber es ist doch nicht so, dass ihr euch gehasst habt, oder? Ihr wart doch immer zusammen, als ihr klein wart. Die ganze Zeit. Und ihr habt ständig bei der anderen übernachtet und alles miteinander geteilt. So was kann doch nicht durch ein paar dumme Streiche ausgelöscht werden, oder?«

»Wir haben alles miteinander geteilt«, murmelte Theodora eher zu sich selbst und bewegte dabei kaum die Lippen.

»Ja! Im Unterricht habt ihr euch zum Beispiel die … keine Ahnung, Bleistifte und Scheren oder was auch immer geliehen. Und ihr habt euer Mittagessen miteinander geteilt, euch gegenseitig Bücher und Puppen und so geliehen, weißt du noch?«

Theodora sah Donna direkt an, und ihr Blick war derart intensiv, dass Donna nervös wegschaute.

»Zwei Fliegen mit einer Klappe«, flüsterte Theodora. »Zwei Fliegen. Mit einer Klappe.«

Kapitel 54

Gemmas Gedanken wirbelten wild durcheinander, während sie Donna anstarrte. Die Worte gingen ihr immer wieder durch den Kopf wie ein schlechter Jingle, der sie nicht mehr loslassen wollte. Sie hatten alles miteinander geteilt. Alles geteilt. Alles, was sie hatten.

Es war ja nicht so, dass Donna etwas gesagt hätte, was Gemma bis dahin nicht bekannt gewesen wäre. Als Kinder waren sie unzertrennlich gewesen. Und sie hatten wirklich alles miteinander geteilt. Sie liehen sich gegenseitig ihre Puppen, bis keiner von ihnen mehr wusste, wem welche Puppe gehörte. Während des Mittagessens tauschten sie, indem jede sich nahm, was die andere nicht so gern aß. Gemma bekam zwei Joghurts, die Victoria verabscheute, und Victoria erhielt im Gegenzug ihren Mozzarella. Und natürlich auch nach Halloween und der Süßes-oder-Saures-Tour. Sie legten ihre Süßigkeiten immer zusammen. So machten sie das eben. Es war ein Zeichen dafür, wie nahe sie sich standen.

Aber Gemma hatte in den letzten Jahren nicht oft darüber nachgedacht. Wenn sie an Victoria dachte, dann an die Nacht ihres Todes oder daran, wie Victoria sie in der Highschool schikaniert hatte.

Allerdings hatten sie später noch einmal etwas miteinander geteilt, nicht wahr? Als sie längst schon keine Kinder mehr gewesen waren.

Zwei Fliegen mit einer Klappe. Das hatte einer der maskierten Kerle gesagt, als sie den Raum betraten und Victoria und Gemma sahen, die beide unter Drogen standen. »Sieh dir das an. Zwei Fliegen mit einer Klappe.« Aber das hätte er nicht gesagt, wenn sie beide absichtlich unter Drogen gesetzt worden wären. Eine Klappe. Eine.

Sie hatten nur eine von ihnen betäuben wollen.

Draußen waren die meisten Fahrzeuge, die denselben Song spielten, inzwischen weggefahren. Aber eines parkte direkt vor dem Salon und ließ »Turnin Me On« noch immer in voller Lautstärke laufen. Und alles, was Gemma tun musste, war, die Augen zu schließen und sich vorzustellen, wieder auf dieser Party zu sein.

Das Lied endete, und Victoria spielte es sofort erneut ab. Einige Leute lachten, andere buhten. Das war typisch für Victoria; sie liebte es, die gleichen Lieder immer und immer wieder zu spielen.

»Möchtest du was trinken?«, fragte Bruce.

»Klar, warum nicht?« Sie zuckte mit den Achseln.

»Ähm … Theodora? Alles in Ordnung?«, erkundigte sich Donna.

»Halt die Klappe, Donna«, murmelte Gemma. »Lass mich kurz nachdenken.«

Das Bier machte sie leicht benommen. Und jetzt tanzte sie. Sie tanzte mit Bruce. Er begriff nicht mal, dass sie es war. Aber wie lange würde es dauern, bis er es herausfand? Sie musste das tun, weswegen sie hergekommen war, und schnell wieder verschwinden.

»Ich bin gleich wieder da«, schrie sie Bruce über die Musik hinweg ins Ohr und ging auf unsicheren Beinen davon, wobei sich der Raum drehte. Sie hätte nicht den ganzen Becher auf nüchternen Magen hinunterstürzen dürfen.

Sie erreichte Victorias Zimmer, schlüpfte hinein und schloss die Tür hinter sich. Es war dunkel, das einzige Licht drang durch das Fenster herein.

Das Zimmer hatte sich verändert, seit sie das letzte Mal hier gewesen war. Ein anderes, größeres Bett. Die Wände waren nicht mehr rosa gestrichen. Das Regal mit den Puppen war verschwunden. Dieses Zimmer war mit einem großen Ganzkörperspiegel, einem ausladenden cremefarbenen Schreibtisch und einem echten Fernseher vor dem Bett eingerichtet. Victoria hatte ihre Eltern immer angefleht, einen Fernseher in ihrem Zimmer aufstellen zu dürfen. Offenbar war ihr Wunsch erfüllt worden.

Theo blieb vor dem Bett stehen und starrte es an. So. Es wäre ganz einfach. Sie musste nur den Beutel herausholen, ihn mit ihrem Messer aufschneiden und unters Kissen schieben. Das würde ausreichen. Steve und Allan wären zufrieden. Und Victoria würde bekommen, was sie verdiente.

Doch sie konnte sich nicht dazu durchringen, es zu tun.

Es war so widerwärtig und kindisch. Etwas, das sich zwei Jungs ausdenken würden, die von dämlichen Filmen wie Die Rache der Nerds und Carrie inspiriert worden waren. Sie versuchte, wieder wütend zu werden, sich daran zu erinnern, wie sie sich gefühlt hatte, als sie mit dem Kopf in der Toilettenschüssel steckte. Aber alles, was sie spürte, war Erschöpfung. Sie wollte nicht mehr darüber nachdenken. Sie wollte nicht mehr so wütend und traurig sein. Sie wollte einfach nur nach Hause.

Ihr Telefon surrte in ihrer Tasche, und sie zog es heraus. Steve. Sie zögerte und ging nicht ran. Das Vibrieren hörte auf.

Sie hatte fünf verpasste Anrufe von Steve, alle in den letzten Minuten.

Es vibrierte abermals.

Sie ging ran. »Hey.«

»Theo? Ich habe schon ein paarmal angerufen! Warum nimmst du nicht ab?«

»Ich hab's nicht mitbekommen. Hier ist es so laut.«

»Ich finde, wir sollten die Sache abblasen …«

Der Türknauf drehte sich. Theos Herz setzte einen Schlag aus. Die Tür ging auf, und für den Bruchteil einer Sekunde konnte sie eine Silhouette im Türrahmen ausmachen, umrahmt vom Flurlicht. Instinktiv sank sie auf die Knie und versteckte sich hinter dem Bett. Sie beendete das Gespräch und steckte das Telefon in die Tasche.

Das Licht ging an. Die Tür fiel zu. Jemand hatte das Zimmer betreten. Gemma konnte die Füße der Person unter dem Bett hindurch sehen. Hochhackige weiße Stiefel, perfekte dünne Beine. Victoria.

Das Telefon surrte in Theos Tasche. Panisch nahm sie es heraus und schaltete es aus. Dann erstarrte sie und hielt den Atem an. Victoria schien es nicht bemerkt zu haben. Sie stieß die Luft aus und setzte sich auf das Bett, wobei der Lattenrost knarrte.

Und dann fing sie an zu schluchzen.

Das Geräusch war unverkennbar und furchtbar vertraut. Die hektischen Atemzüge, das Schniefen. Theo hatte sich in der letzten Woche oft selbst so angehört. Victoria weinen zu hören, war furchtbar. Theo presste die Lippen aufeinander und versuchte, sich daran zu erinnern, wer das war. Was sie ihr angetan hatte. Aber es war sinnlos. Konnte man einem anderen Menschen beim Weinen zuhören und seinen Schmerz nicht mitempfinden? Ganz zu schweigen davon, dass Theo dieses Mädchen vor langer Zeit einmal sehr gut gekannt hatte.

Sie wartete, machte sich ganz klein und hoffte, dass Victoria wieder gehen würde, aber sie wusste bereits, dass das eine Weile dauern konnte. Wenn man so weinen musste, einen regelrechten Schluchzanfall bekam, ging er nicht nach ein oder zwei Minuten wieder weg. Victoria würde so schnell nicht auf die Party zurückkehren. Und jeden Moment konnte sie Theo in ihrem miserablen Versteck entdecken.

Daher tat Theo das Einzige, was sie tun konnte. Sie räusperte sich und stand auf.

»Was zum Teufel?«, fauchte Victoria. Sie stand ebenfalls auf und wischte sich rasch mit einer Hand über die Augen. Ihr Gesicht war fleckig und gerötet, die Schminke an den Rändern verschmiert. In der anderen Hand hielt sie einen Becher Bier. Als sie aufstand, schwappte es über und tropfte auf den Boden.

»Was machst du … Theodora?«

Im Gegensatz zu Bruce erkannte Victoria Theo offenbar trotz ihrer Verkleidung.

»Ich war gerade auf dem Weg nach draußen«, murmelte Theo.

»Was machst du in meinem Zimmer?«, fragte Victoria, und dann: »Suchst du noch etwas von mir, das du deinem Freund geben kannst?«

Theo blinzelte. »Was? Welchem Freund?«

Victoria starrte sie ein paar Sekunden lang an und schüttelte dann den Kopf. »Vergiss es. Was hast du hier zu suchen?«

»Ich war nur …« Es gab keine Möglichkeit, das zu erklären. »Ich wollte gerade gehen.«

»Das hoffe ich doch, du Irre«, fauchte Victoria.

So viel zum Thema Mitgefühl. Theo ging zur Tür.

»Warte«, rief Victoria.

»Was ist?«, fragte Theo schroff.

»Bleib einfach stehen. Bitte. Warte kurz.« Victoria stellte ihr Bier auf den Nachttisch. »Ich, ähm … Ich wollte mit dir reden.«

Theo drehte sich um und verschränkte die Arme. »Okay.«

»Wegen neulich. Du weißt schon.«

»Was ist damit?«

»Ich wollte nie, dass Donna … Ich wollte dich nur erschrecken. Ich wollte nie, dass das passiert. Ich meine, ich weiß, wie sehr du Keime und so was hasst, und ich würde nie …«

»Blödsinn«, sagte Theo.

»Ich schwöre es, Theo, ich wollte nur …«

»Was ist mit den Fotos, die du später gepostet hast? Pickelgesicht bekommt eine dringend nötige Gesichtsbehandlung?«

»Das war nicht ich! Das war Judy.«

»Also ist es Donnas Schuld, dass sie meinen Kopf in eine Toilette gesteckt hat, und es ist Judys Schuld, dass das Foto und das Video von mir veröffentlicht wurden. Und du bist nur ein unschuldiger kleiner Engel.« Theo zeigte auf Victorias Kostüm. »Dann bist du ja passend gekleidet.«

»Ich bin kein … Ich weiß, und du hast recht. Es war meine Schuld. Aber ich wollte wirklich nie, dass es so weit kommt.«

»Und wie soll mir das jetzt helfen?«

»Das tut es nicht. Aber es … Es tut mir wirklich leid.«

Das konnte doch nicht wahr sein. Victoria würde sich niemals einfach so entschuldigen. Das wusste Theo. Selbst als sie noch klein gewesen waren, hatte sich Victoria nur äußerst ungern entschuldigt. Wenn sie sich stritten, war es immer Theo, die am Ende versuchte, es bei Victoria wiedergutzumachen. Und das jetzt? Wo sie sich doch praktisch hassten?

In Victorias Augen schimmerte jedoch etwas. Eine seltsame Verzweiflung. Und trotz allem, was geschehen war, hoffte Theo, dass Victoria sich vielleicht wirklich schlecht fühlte und alles wiedergutmachen wollte. Vielleicht konnte Theo nach Hause gehen und es würde keine Beschimpfungen mehr geben. Keine Demütigungen. Keine Angst. Sie wollte das wirklich gern glauben. »Wirst du Judy sagen, dass sie den Post von mir entfernen soll? Das Video und das Foto?«

Victoria nickte. »Ich hätte es sofort tun sollen, als sie sie gepostet hat.«

»Okay.«

Ein paar Sekunden lang standen sie einfach nur da und sahen sich an.

»Ist alles in Ordnung?«, fragte Theo schließlich. »Du hast vorhin geweint.«

»Ja, ich habe nur … Ich hatte einen echt beschissenen Tag.«

»Du sahst aus, als hättest du Spaß.«

Victoria zuckte mit den Achseln und stieß einen erschaudernden Seufzer aus. »Ich mochte Halloween früher viel lieber, als wir noch klein waren.«

»Ja, ich auch.«

»Weißt du noch, wie wir immer zusammen auf Süßes-oder-Saures-Tour waren?« Victoria schenkte ihr ein leises Lächeln.

»Wir waren nur zweimal zusammen unterwegs.«

»Drei Mal.«

»Nein, ich bin mir ziemlich sicher, dass es zweimal war. Einmal, als wir beide als Polizisten verkleidet waren, und einmal, als du eine Fee warst und ich Hermine.« Theo zählte es an den Fingern ab.

»Und dann war da noch das Jahr, in dem du Captain Jack Sparrow warst und ich Elizabeth Swann.«

»Oh. Richtig.«

»Und danach haben wir alle Süßigkeiten geteilt und so viele gegessen, bis uns schlecht wurde.« Victoria grinste breit.

»Du hast immer mehr gegessen.«

»Was soll ich dazu sagen? Ich brauche eben meine Zuckerdosis.«

»Hast du jetzt was Süßes da?« Theo hatte tatsächlich Lust, etwas zu essen.

»Alles, was ich habe, ist dieses Bier.«

»Ach, na ja. Es war die Frage wert.«

»Ich teile es mit dir. Um der alten Zeiten willen.« Victoria reichte ihr den Becher. »Ich mag Bier eigentlich nicht besonders und habe den Becher nur angenommen, weil Zayne ihn mir gegeben hat.«

Theo wollte eigentlich gar nichts davon trinken. Zum einen war ihr von dem Bier vorhin ein wenig übel geworden. Und zum anderen konnte sie Spuren von Victorias Lippenstift am Becherrand erkennen. All diese Keime, die die Oberfläche überzogen.

Aber es war ein Friedensangebot, und Theo sehnte sich so sehr danach. Sie nahm Victoria den Becher ab und trank einen Schluck, dann reichte sie ihn Victoria, die daran nippte.

»Es ist nicht mehr kalt.« Victoria seufzte. »Aber es schmeckt schon gut.«

Sie gab Theo den Becher.

»Ja.« Theo trank noch etwas. »Es schmeckt gut.«

Sie reichten den Becher hin und her. Nach einer Weile murmelte Victoria: »Gott, ich fühle mich gar nicht gut. Ich muss ins Bad.«

Sie stand auf, taumelte und wäre beinahe gestürzt. Theo hielt sie schnell fest.

»Pass auf«, sagte Theo. »Ich helfe dir.«

Gemma öffnete die Augen. Donna stand da, stützte sich auf ihren Besen und starrte sie an, als wäre sie eine Art Freak.

»Zayne«, murmelte Gemma. »Aber das ergibt doch keinen Sinn.«

»Was ergibt keinen Sinn?«, wollte Donna wissen.

»Zayne war Victorias Freund.«

»Ja, schon, zumindest, bis sie sich getrennt haben.«

»Sie haben sich getrennt?« Gemma starrte Donna an. »Das wusste ich nicht.«

»Ich meine … Die beiden hatten doch eine richtige On-off-Beziehung, nicht wahr? Da kam man gar nicht mehr richtig mit. Aber soweit ich weiß, hatte sie sich zwei Wochen vor ihrem Tod getrennt.«

»Sie schienen während der Party wieder zusammen zu sein.«

»Ach, Zayne hat bloß versucht, sie zurückzugewinnen. Aber die Chancen waren gleich null.«

»Er muss stinksauer gewesen sein«, murmelte Gemma. »Ein Typ wie Zayne? Er hätte sich nehmen wollen, was ihm seiner Meinung nach zustand.«

Es war nicht Bruce gewesen. Bruce hatte ihr nichts ins Bier getan. Aber sie hatte aus Victorias Becher getrunken, in dem Rohypnol gewesen war. Zwei Fliegen mit einer Klappe.

»Willst du damit sagen, dass Zayne Victoria töten wollte?«, fragte Donna. »Das kann ich mir nicht vorstellen.«

»Nein. Er wollte sie nicht umbringen. Er wollte sie vergewaltigen. Aber am Ende war sie tot.« Gemma stand auf. »Wir müssen unbedingt deinen Vater erreichen.«

Kapitel 55

Gemma saß auf einem unbequemen Plastikstuhl im Empfangsbereich des Polizeireviers neben einer pummligen Frau mittleren Alters, die mit einem Handyspiel beschäftigt war.

Nun sehnte sich Gemma ebenfalls ein Telefon herbei, auf dem sie herumspielen konnte. Aber sie traute sich nicht, ihr Telefon einzuschalten.

Sie wartete nun schon seit über zweieinhalb Stunden. Dunn hatte gesagt, sie solle dort bleiben, und sie wäre sowieso nicht weggegangen. Sie wagte es nicht, auch nur einen Fuß auf die Straße zu setzen. Die Leute, die ihr der Schattenmann auf den Hals gehetzt hatte, warteten wahrscheinlich immer noch darauf, dass sie sich irgendwo zeigte.

Nach dem Eintreffen auf dem Revier hatte sie kurz mit Benjamin telefoniert. Er war gerade bei Detective Holly O'Donnell und gab seine Aussage zu Protokoll. Lucas war bei seiner Großmutter. Gemma machte sich große Sorgen um ihren Sohn, aber Benjamin versicherte ihr, dass es ihm gut ging. Sie hatte ihm noch nicht vom jüngsten Chaos in Crumville erzählt und hob sich das für später auf.

Sie war dabei gewesen, als Zayne in Begleitung eines uniformierten Polizisten hereingebracht worden war. Er hatte sie einige Sekunden lang angesehen, bevor er dem Polizisten ins Gebäude gefolgt war. Dieser Blick hatte sie sehr nervös gemacht. Sie wünschte sich sehnlichst an einen anderen Ort, aber vor allem wünschte sie sich, wieder in Chicago bei Lucas und Benjamin zu sein.

Es gab nicht einmal eine Zeitschrift, in der sie blättern konnte. Wann hatte man aufgehört, den Leuten Zeitschriften zum Lesen hinzulegen? Wann war es zu einer Selbstverständlichkeit geworden, dass jeder Mensch sein eigenes tragbares Unterhaltungsgerät mit sich führte?

»Gemma?«

Es war Dunn, der durch die Hintertür hereinkam. Gemma sprang sofort auf.

»Ja?« Sie schluckte schwer.

»Bitte begleiten Sie mich.«

Sie folgte ihm. »Hat Zayne etwas gesagt?«

Dunn zuckte mit den Achseln. »Er hat nach seinem Anwalt verlangt. Wir warten momentan auf ihn.«

»Oh.« Die Enttäuschung machte sich wie ein schwerer Stein in ihrer Magengrube bemerkbar. Erneutes Warten. Wie lange würde sie noch ausharren müssen? Während ihre Familie und ihre Freunde terrorisiert wurden, während sie keinen Fuß nach draußen setzen durfte, während sich ihr Mann und ihr Sohn auf der anderen Seite des Landes befanden?

»Gleich hier drüben.« Er führte sie in einen kleinen Raum mit einem Schreibtisch und einem Laptop. »Setzen Sie sich.« Er deutete auf einen der beiden Stühle.

Sie nahm Platz. »Was wollen Sie mir zeigen?«

Dunn setzte sich auf den Stuhl neben ihr. »Das hier.« Er klickte ein Symbol auf dem Desktop an.

Ein Video erschien auf dem Bildschirm. Gemma erkannte den Verhörraum, in dem sie und Dunn am Tag zuvor gesessen hatten. Es war derselbe Raum, in dem sie vor all den Jahren stundenlang verhört worden war.

Sie sah darin Rick, der mit verschränkten Armen auf dem Stuhl saß. Dunn trat ein. »Das wurde vor vierzig Minuten aufgenommen«, erklärte Dunn ihr.

»Das ist doch Schikane«, fauchte Rick sofort. »Ich warte hier schon seit Stunden.«

Er klang wütend. Und verängstigt. Bei seiner weinerlichen Tonlage verkrampfte sich Gemma. Es war derselbe weinerliche Klang, an den sie sich erinnert hatte – die Stimme des Kerls mit der Gorillamaske.

»Bitte entschuldigen Sie«, sagte Dunn. »Ich verstehe Ihre Ungeduld. Und es wird nicht mehr lange dauern. Vor allem möchte ich mich für vorhin entschuldigen. Was ich über Sie und Bruce gesagt habe, hat sich als falsch herausgestellt.«

»Ach was. Das sage ich Ihnen doch schon den ganzen Tag.«

»Wir haben Bruce bereits gehen lassen«, fuhr Dunn fort.

»Gut. Darf ich auch gehen?«

»Noch nicht. Weil wir jetzt Zayne Ross verhören.«

Rick erstarrte augenblicklich. Es war aufgrund des Blickwinkels schwer, seinen Gesichtsausdruck auf dem Video zu erkennen, aber er schien die Augen aufzureißen.

»Sagen Sie jetzt noch nichts«, bat Dunn. »Lassen Sie mich erstmal reden. Ich bin gespannt, ob ich alles richtig verstanden habe. Vor dreizehn Jahren haben Sie und Zayne während dieser Halloween-Party K.o.-Tropfen in die Finger bekommen. Victoria Howell hatte sich von Zayne getrennt, der deswegen ziemlich sauer war. Wieso hatte sie das getan? Wollte sie ihn nicht ranlassen? War das der Grund? Nein, antworten Sie mir noch nicht.«

Auf dem Video holte Dunn einen Ordner hervor, schlug ihn auf und schien etwas zu lesen. Neben ihr sagte Dunn: »Der Ordner ist leer. Ich wollte ihm nur etwas Zeit zum Grübeln geben.«

Schließlich sprach der Dunn auf dem Bildschirm weiter. »Zayne hatte es geschafft, Victorias Bier mit K.-o.-Tropfen zu versetzen. Sie beide wollten später etwas Zeit mit ihr verbringen. Aber so kam es nicht, richtig? Weil sich Victoria das Bier mit einem anderen Mädchen geteilt hat. Mit Theodora Briggs. Uns liegen toxikologische Berichte vor, die das beweisen. Und als Sie mit Zayne aufgetaucht sind, wurde Ihnen klar, dass Sie zwei Mädchen bekommen haben und nicht nur eins. Ein glücklicher Zufall, denn so mussten Sie nicht warten, bis er fertig war, richtig?«

Rick beugte sich vor. »Das ist nicht …«

Dunn hob die Hand. »Nicht so schnell. Ich bin noch nicht fertig. Und ehrlich gesagt sollten Sie lieber nichts mehr sagen, bevor wir uns nicht absolut sicher sind, dass Sie Ihre Rechte kennen. Wie auch immer, wo war ich? Ach ja, richtig. Zwei Mädchen. Oder wie einer von Ihnen damals sagte, zwei Fliegen mit einer Klappe. Sie fingen mit Ihrer Privatparty an, aber Theodora Briggs hatte ein Messer dabei. Sie zog es, es gelang Ihnen, sie zu entwaffnen, und Victoria schnappte sich das Messer. Dann kämpften Sie und Zayne mit Victoria, um ihr das Messer abzunehmen … und am Ende war sie tot. Theodora gelang es, durch das Fenster zu entkommen, und Sie haben sie verfolgt, in der Dunkelheit jedoch aus den Augen verloren. Und dann hielten Sie es wahrscheinlich für klüger, zur Party zurückzugehen und nachzusehen, ob Victoria noch am Leben war. Vermutlich war sie bereits tot, als sie wieder bei ihr waren.«

Dunn schlug ruckartig mit dem Ordner auf den Tisch, was Rick zusammenzucken ließ. »Wie ich schon sagte, sitzt Zayne Ross nebenan. Bevor Sie mir also erzählen, dass Sie sich an nichts davon erinnern können, möchte ich, dass Sie gut nachdenken. Denken Sie an Zayne Ross. Überlegen Sie, ob er schweigen wird, um Sie zu schützen. Manche Freunde sind so, nicht wahr? Loyal bis zum Ende. Ist Zayne so einer? Oder geht er lieber einen Deal ein und lässt Sie hängen? Denn wenn Zayne einen Deal mit uns macht, können wir Ihnen den Deal nicht mehr anbieten. So einfach ist das. Es gibt nur einen möglichen Deal.«

Rick blinzelte. Er schien gerade etwas sagen zu wollen, als Dunn erneut einen Finger hob.

»Na, na, na. Bevor Sie weiterreden, möchte ich, dass Sie etwas lesen und unterschreiben. Das ist eine sogenannte Beschuldigtenbelehrung. Davon haben Sie bestimmt schon mal gehört. Das ist im Grunde genommen das, was sie immer in den Polizeiserien im Fernsehen sagen. Sie haben das Recht zu schweigen. Alles, was Sie sagen, kann und wird vor Gericht gegen Sie verwendet werden. Sie haben das Recht auf einen Anwalt. Wenn Sie sich keinen Anwalt leisten können, wird Ihnen einer gestellt. Haben Sie das verstanden?« Dunn legte Rick ein Stück Papier vor die Nase. »Das steht alles hier drin. Ich möchte, dass Sie es sorgfältig lesen, bevor Sie es unterschreiben. Ich lasse Sie dafür einen Moment allein.«

Und auf dem Video stand Dunn auf und verließ den Raum.

Rick starrte die geschlossene Tür an. Dann hob er das Blatt Papier hoch, betrachtete es einige Sekunden lang und legte es wieder hin. Er klopfte mit dem Fuß auf den Boden. Verkrampfte die Kiefermuskeln. Griff erneut nach dem Blatt.

Unverhofft sprang er auf und starrte direkt in die Kamera.

»Hey!«, schrie er. »Holen Sie Detective Dunn her! Ich will einen Deal!«

Das Video war zu Ende.

Gemma stieß zitternd die Luft aus. Sie drehte sich zu Dunn um, der sie angrinste.

»Wissen Sie was?«, fragte er. »Sobald Zayne Ross gehört hat, dass Rick auspacken will, wollte er seinen Anwalt sehen. Um einen Deal zu machen.«

»Und was jetzt?«, flüsterte Gemma.

»Jetzt kommt der lustige Teil.« Dunns Grinsen wurde immer breiter und fast schon raubtierhaft. »Zwischen den beiden Dreckskerlen ist gewissermaßen ein Bieterkrieg ausgebrochen. Sie wollen herausfinden, wer den anderen besser ans Messer liefern kann. Wenn Sie mich fragen, wird das noch ein paar Stunden dauern. Aber bis heute Abend sollten wir ein vollständiges Geständnis haben.«

Er lehnte sich auf seinem Stuhl zurück und verschränkte die Finger ineinander. »Ich freue mich schon jetzt darauf«, sagte er nachdenklich und starrte die Wand an. »Es wird ein gutes Gefühl sein, wenn Victoria Howells Mörder endlich hinter Gittern sitzt.«

Kapitel 56

»Hast du genug gegessen, Schatz?«, erkundigte sich Gemmas Mutter.

Gemma verdrehte die Augen. »Ja, Mom. Ich habe genug gegessen. Ich bin pappsatt.«

Sie aßen zu Hause zu Mittag. Sogar Richard hatte sich zu ihnen gesellt. Er war in den letzten beiden Tagen, seitdem Rick und Zayne wegen des Mordes an Victoria Howell verhaftet worden waren, deutlich besser auf Gemma zu sprechen.

»Du hast kaum von dem Huhn gegessen.«

»Ich hatte Hühnchen, Mom.« Es war, als ob ihre Mutter versuchte, all die verpassten Familienmahlzeiten zu kompensieren, indem sie das Essen von dreizehn Jahren in Gemma hineinstopfte. Auch deshalb war es gut, dass sie am nächsten Tag abreisen wollte, denn wenn sie das noch ein paar Tage länger mitmachen musste, würde sie als Walfisch nach Chicago zurückkehren.

Nachdem ihr Wagen hier in einer Werkstatt repariert worden war, konnte sie endlich nach Hause fahren. Sie war nur noch so lange in Crumville geblieben, damit Zayne offiziell angeklagt werden konnte, zahlreiche Leute online erpresst zu haben, um Gemma zu belästigen. Dunn ging ebenso wie sie davon aus, dass er es gewesen sein musste. Auf keinen Fall Rick, doch Zayne war clever und bösartig genug, um so etwas zu tun. Obwohl er den Mord an Victoria und die versuchte Vergewaltigung von ihr und Victoria zugegeben hatte, bestritt Zayne beharrlich, irgendetwas mit Gemmas Stalking oder der Online-Erpressung zu tun zu haben. Er tat so, als wüsste er nichts davon. Und an diesem Vormittag hatte Dunn sie über eine weitere Enttäuschung informiert: Bei der Durchsuchung von Zaynes Haus war nichts gefunden worden, was ihn mit all dem in Verbindung bringen konnte.

Dennoch waren Gemma, ihre Familie und ihre Freunde seit der Verhaftung der beiden nicht mehr belästigt worden. Gemma hatte keine Nachrichten oder E-Mails vom Schattenmann erhalten. Falls es sich bei ihm doch nicht um Zayne handelte, musste der Schattenmann erkannt haben, dass Gemma Victoria nicht ermordet hatte. Und Gemma hoffte, dass dies das Ende der Geschichte sein würde.

»Ich habe Flugtickets für Richard und mich gebucht«, sagte ihre Mutter gerade. »Für den zweiundzwanzigsten Dezember.«

»Das ist … zwei Tage vor Heiligabend.« Gemma wurde das Herz schwer.

»Ja, aber das waren die billigsten Flüge. Und es ist Last-Minute, daher musste ich nehmen, was ich kriegen konnte.«

»Hast du schon ein Hotel gefunden? Ich kann dir ein paar in unserer Gegend empfehlen …«

»Ich hatte gehofft, dass wir kein Hotel brauchen«, erwiderte ihre Mutter unbekümmert. »Können wir nicht in deinem Haus unterkommen?«

Gemma räusperte sich. »Natürlich. Es könnte allerdings ein bisschen eng werden.«

»Das macht uns nichts aus.«

Richard vermittelte nicht den Eindruck, als würde es ihm nichts ausmachen, doch er nickte. Gemma wusste, dass

Benjamin nur zu gern einwilligen würde. Und Lucas wäre wahrscheinlich begeistert, dass diese neue Großmutter, mit der er bereits telefoniert hatte, bei ihm zu Hause übernachtete. Aber für Gemma gestaltete sich die Sache komplizierter. Sie hatte die letzten dreizehn Jahre ohne ihre Mutter verbracht. Auch wenn sie froh war, sie wieder in ihrem Leben zu haben, ärgerte sich ein Teil von ihr noch immer über sie und machte ihrer Mutter und Richard Vorwürfe, weil sie nicht für sie da gewesen waren, als sie sie am dringendsten gebraucht hatte.

Tja, sie hatte bis zum zweiundzwanzigsten Dezember Zeit, um das zu verarbeiten. Sie fragte sich, ob sie in Chicago einen Therapeuten finden könnte, der bereit wäre, sie im nächsten Monat fünf oder sechs Mal pro Woche zu einem vernünftigen Preis zu behandeln.

Das Telefon klingelte, und ihre Mutter stand auf und ging ran. »Hallo? Ja, sie ist hier.« Sie reichte Gemma den Hörer. »Es ist für dich.«

Seufzend stand Gemma auf und nahm ihrer Mutter das Telefon ab. Sie hoffte, dass es nicht wieder ein Reporter war, der sie interviewen wollte. »Hallo?«

»Mrs Foster? Hier ist Holly O'Donnell aus Chicago.«

»Oh, hallo.« Gemma wusste, dass Dunn und O'Donnell in den letzten Tagen Informationen über den Fall ausgetauscht hatten.

»Ich möchte Sie kurz über Neuerungen in Ihrem Fall informieren«, sagte O'Donnell. »Zunächst einmal habe ich in den letzten Tagen von dreiundzwanzig Personen gehört, die sich bei der Polizei gemeldet haben, weil sie online erpresst wurden. Der Erpresser hatte sie aufgefordert, etwas zu tun, was sie geradeheraus abgelehnt haben.«

Gemma leckte sich über die Lippen. »Was denn zum Beispiel?«

»Sie sollten nach Crumville fahren und Ihnen folgen. In Ihr Haus in Chicago einbrechen und es verwüsten. Eine Frau namens Barbara Roth verfolgen und ihr sagen, dass das Leben ihres Sohnes in Gefahr ist, wenn sie sich weiter mit Ihnen trifft. Fotos von …«

»Okay.« Gemma schloss die Augen. »Ich hab's kapiert.«

»Wie ich schon sagte, wollten diese Leute das nicht tun. Dieser Kerl hatte sie alle schon seit einer ganzen Weile erpresst, sie bisher aber noch nie gebeten, etwas derart Extremes zu tun. Ich gehe fest davon aus, dass es noch mehr Personen gab, die sich geweigert haben, ohne sich an die Polizei zu wenden.«

»Und diese Forderungen … Wann haben sie die bekommen?«

»Alle Forderungen kamen ungefähr zur gleichen Zeit. Vor drei Tagen.«

Gemma stieß die Luft aus. Vielleicht lag sie ja doch richtig, denn seitdem Victorias Mörder verhaftet worden waren, ließ der Schattenmann sie in Ruhe.

»Wie Dunn Ihnen wahrscheinlich schon mitgeteilt hat, konnten wir keine Beweise dafür finden, dass Zayne Ross hinter den Online-Erpressungsfällen und den Belästigungen steckt«, ergänzte O'Donnell.

»Aber Dunn hielt es durchaus für möglich, dass Zayne die Beweise irgendwo anders versteckt hat. Er überprüft das noch …«

»Das war nicht Zayne Ross.« O'Donnells Tonfall klang entschieden, als wäre das eine Tatsache. »Das habe ich Dunn schon vor der Durchsuchung seines Hauses zu verstehen gegeben.«

»Woher wissen Sie das so genau?«

»Wie bereits gesagt, hatte ich schon einmal einen Fall wie diesen, und Zayne Ross passt nicht ins Profil. Um es einfach auszudrücken: Zayne Ross ist nicht verrückt genug, um all das zu tun.«

»Er hat versucht, seine Ex-Freundin unter Drogen zu setzen und zu vergewaltigen, und wollte das wahrscheinlich zusammen mit seinem Freund tun. Er hat sie ermordet und keinerlei Reue gezeigt. Er …«

»Verstehen Sie mich nicht falsch. Er ist eindeutig ein hundsgemeiner Mistkerl. Aber die unangenehme Wahrheit über Leute wie Zayne ist, dass es viele von ihnen gibt. Ich werde jeden Tag bei der Arbeit mit ihnen konfrontiert. Aber jemand wie Ihr Stalker fällt in eine völlig andere Kategorie. Ich kenne da eine brillante forensische Psychologin und habe mich mit ihr über Ihren Stalker beraten. Ich habe ihr einige seiner E-Mails gezeigt. Sie sagte, die Person, nach der wir suchen, ist ungemein obsessiv. Seine Hauptmotivation ist, dass er Macht und Kontrolle über das Leben anderer Menschen haben will. Sie glaubt, dass er daraus ein echtes sexuelles Vergnügen gewinnt.«

Gemma erschauderte. »Verstehe.«

»Sie vermutet, dass er nach Victorias Tod eine extreme Besessenheit von ihr und ihrer Ermordung entwickelt hat.«

»Wird er dann jetzt hinter Rick und Zayne her sein?« Die beiden waren Gemma völlig egal.

»Nein. Die Profilerin kam aufgrund der E-Mails, die sie gelesen hat, zu dem Schluss, dass er seine Besessenheit auf Sie übertragen hat.«

»Okay. Weil er dachte, dass ich Victoria ermordet habe. Aber jetzt weiß er, dass ich es nicht war …«

»Sie verstehen das nicht. Er ist nicht auf den Mord konzentriert, sondern nur auf Sie.«

»Ich kann Ihnen nicht folgen.«

»Der Mord war wie eine Art Geschichte, die er sich selbst erzählt hat. Dadurch fühlte er sich wie ein heldenhafter Rächer. Aber der wahre Grund, weshalb er das tut, ist, dass er die Macht und Kontrolle über Sie genießt. Er ist sexuell daran interessiert, Ihr Leben zu kontrollieren.«

Gemmas Kehle war wie zugeschnürt. Sie versuchte, etwas zu sagen, bekam jedoch keinen Ton heraus.

»Sie glauben vielleicht, er würde Sie jetzt in Ruhe lassen, aber laut der Profilerin stehen die Chancen dafür äußerst schlecht. Er wird weiterhin hinter Ihnen her sein. Weil er süchtig nach dem Gefühl ist, das ihm dadurch vermittelt wird. So jemand lässt nicht einfach los.«

»Warum erzählen Sie mir das alles?«, flüsterte Gemma. »Nur, um mir Angst zu machen?«

»Nein, natürlich nicht. Ich erzähle Ihnen das, weil ich Ihre Hilfe brauche. Sobald Sie wieder in Chicago sind, würde ich mich gern mit Ihnen treffen. Um zusammen Ihren Aufenthalt in Crumville durchzugehen. Und all die E-Mails, die mir vorliegen. Sowie jedes Fitzelchen an Beweisen, das wir über seine Handlungen und Forderungen haben. Wir müssen ihn finden. Er lässt sich Zeit, aber er wird wieder auftauchen.«

»Er lässt sich Zeit«, wiederholte Gemma, und in ihrem Verstand verlagerte sich etwas. Ihr fiel etwas ein.

»Ganz genau. Er wird bestimmt wieder auftauchen und seine Angriffe auf Sie und Ihre Familie fortsetzen.«

»Ähm … okay.« Gemmas Gedanken rasten. *Er lässt sich Zeit.* Sie erinnerte sich an etwas, das Victoria ihr erzählt hatte. Am Abend der Party.

Oh, verdammt. Sie wusste es. Sie wusste, wer es war.

»Ich melde mich bei Ihnen«, versprach sie leise. »Wenn ich wieder in Chicago bin. Ich werde Ihnen helfen, diesen Kerl zu erwischen.«

Kapitel 57

Er starrte so gebannt auf einen seiner Monitore, dass er fast das Blinzeln vergaß. Eine Karte von Crumville war darauf zu sehen, zusammen mit einem blauen Punkt, der sich seinem Zuhause näherte.

Sie war auf dem Weg.

Als er erfahren hatte, dass sie nach Crumville gekommen war, hatte sich Panik in ihm breitgemacht. Es hatte sich angefühlt wie der Anfang vom Ende. Aber jetzt wusste er, dass es in Wirklichkeit der Beginn von etwas Neuem war. Etwas Besserem. Er lächelte, als sie um die Ecke bog und nunmehr nur noch ein paar Minuten entfernt war. Glaubte sie wirklich, sie könnte den Spieß umdrehen? Ihn bei diesem Spiel schlagen? Er hatte alle Trümpfe in der Hand.

Er stand auf und ging in die Küche, um Wasser aufzusetzen. Er kannte sie – er kannte sie besser als sie sich selbst. Wenn sie nervös war, trank sie gern etwas Warmes, um ihre Nerven zu beruhigen. Das hatte er schon oft bei ihr gesehen. Und sie würde auch jetzt nervös sein. Denn sie hatte alles herausgefunden. Und sie war auf dem Weg zu ihm.

Er war offen gesagt selbst ein bisschen nervös. Wie ein Junge vor einem wichtigen Date. Er ging ins Bad und betrachtete sich im Spiegel. Gar nicht so übel. Viel besser, als er als Teenager ausgesehen hatte, das würde sogar sie zugeben.

Zurück zu seinem Computer. Sie war schon fast an der Tür. Er schaltete gerade den Bildschirm aus, als sie anklopfte.

»Eine Sekunde«, rief er, ging zur Tür und atmete langsam aus.

Dann öffnete er die Tür, wobei er leichte Überraschung vortäuschte. »Theo … Ich meine, Gemma! Ich bin froh, dich zu sehen. Ich wollte dich schon anrufen.«

Ihr Lächeln wirkte falsch und kalt. »Hi, Steve. Darf ich reinkommen?«

* * *

Gemma blickte in das vertraute Gesicht ihres Jugendfreunds. Bei ihrem Wiedersehen war sie froh gewesen, dass er sich die Zähne hatte richten lassen, denn so sah er erwachsener aus. Aber als er sie nun angrinste, fand sie, dass sein Lächeln dadurch nicht mehr leicht einfältig, sondern sogar richtiggehend unheimlich wirkte.

Sie hatte geglaubt, er würde sie abweisen. Tut mir leid, ich bin gerade sehr beschäftigt.

Doch dann trat er zur Seite und bat sie herein. »Natürlich. Ich habe mir gerade einen Tee gemacht. Möchtest du auch einen?«

Sie räusperte sich und leckte sich über die trockenen Lippen. »Gern. Ein Tee wäre schön.«

Er führte sie in die Küche im hinteren Bereich des Hauses.

Zu Highschoolzeiten war Steves Haus schön und gemütlich gewesen. Theo und Allan hielten sich gern dort auf. Er hatte ein geräumiges Zimmer mit einem Sitzsack, einem großen Bett, Postern an allen Wänden und vielen Comic-Stapeln. Und auch der Rest des Hauses war einladend gewesen, denn seine Mutter hatte es mit Pflanzen und geschmackvollen

Landschaftsgemälden eingerichtet. Heute sah es völlig anders aus. Im Wohnzimmer standen zwei große Ledersofas und ein hässlicher ovaler dunkler Tisch. An der Wand hing ein riesiger Flachbildfernseher, an den eine Spielkonsole angeschlossen war. Das einzige Überbleibsel des alten Steve aus der Highschool war ein Bücherregal mit Fantasy- und Science-Fiction-Romanen. Eine Staubschicht bedeckte fast alles in diesem Raum. Nur der Laptop auf dem Schreibtisch, an den zwei weitere Monitore angeschlossen waren, schien staubfrei zu sein.

»Wow, schön hast du's hier!«, rief sie, um die Stille zu füllen. Ein Schauspiel. Sie musste ihn überrumpeln. Falls das überhaupt möglich war. Nun, da sie es wusste. Was ging ihm in diesem Moment durch den Kopf? Vielleicht hätte sie ihn nicht aus den Augen lassen dürfen. Nutzte er die Zeit etwa, um eine Waffe zu holen? Oder um Beweise zu vernichten?

Nein. Das war nicht sein Stil. Sein Stil, hatte O'Donnell gesagt, bestand aus Macht und Kontrolle.

»Ja.« Er kam mit zwei Bechern in der Hand ins Wohnzimmer. »Setz dich doch.«

Sie nahm auf einem der Sofas Platz und versank unangenehm tief darin, während das Leder knarzte.

»Ist Heather auch hier?« Sie nahm ihren Becher entgegen und trank einen Schluck. Er hatte sie nicht gefragt, ob sie Zucker oder Milch haben wolle, und doch schmeckte der Tee perfekt mit dem bisschen Zucker, so wie sie ihn gern trank.

Er starrte sie eine Sekunde lang an und bestätigte ihr damit, was sie längst vermutet hatte. Es gab keine Heather. Wahrscheinlich hatte er den Namen seiner erfundenen Verlobten völlig vergessen.

»Nein, sie ist auf Geschäftsreise und kommt in ein paar Tagen zurück. Wenn du dann noch hier bist, kann ich euch einander vorstellen.« Er nippte an seinem Tee. »Ich bin wirklich froh, dass sie diese Typen verhaftet haben. Dann ist es wohl vorbei, was?«

»Hm-hm. Endlich vorbei.« Sie warf ihm einen langen Blick zu. O'Donnell hatte ihr mitgeteilt, dass es für ihn nie vorbei sein würde. Das konnte Gemma nun deutlich erkennen. Da war etwas Gieriges in seinen Augen, wenn er sie ansah. »Was machst du denn hier? Willst du dich verabschieden?«

»Ich hab nur noch ein paar Fragen. In Bezug auf Dinge, die mich beunruhigt haben. Aus jener Nacht.«

»Oh, ich dachte, das hätten wir schon alles besprochen.«

»Ja, ich habe nur versucht, es zu verstehen … Als wir über diese Nacht gesprochen haben, hat Allan gesagt, dass du aus dem Auto ausgestiegen bist, um mich anzurufen, kurz nachdem ich reingegangen bin.«

»Er hat übertrieben. Aber ja, ich schätze, es war fünf oder zehn Minuten später. Aber du hättest auch gar nicht so lange im Haus bleiben sollen.«

»Stimmt … Ich erinnere mich. Ich hatte jede Menge verpasster Anrufe von dir. Dunn hat mir die Anrufliste gezeigt, und sie erfolgten alle etwa zur selben Zeit.«

Er nickte. »Ich habe immer wieder angerufen, bis du endlich rangegangen bist.«

»Genau. Aber das war keine fünf oder zehn Minuten, sondern viel später. Ich war eine ganze Weile auf der Party. Ich hab mich mit Bruce unterhalten, dann mit ihm getanzt. Ich habe ein ganzes Bier getrunken … Es waren vielleicht zwanzig Minuten, vielleicht sogar eine halbe Stunde. Und dann hat Allan gesagt, du hättest eine Weile mit mir gesprochen. Was auch seltsam ist, denn ich habe fast sofort wieder aufgelegt, nachdem ich ans Telefon gegangen war.«

»Ach, du weißt ja, wie Allan ist. Seine ganze Zeitwahrnehmung ist ein bisschen verschoben.«

»Und wieso bist du überhaupt aus dem Auto gestiegen, um mit mir zu telefonieren? Warum hast du das nicht im Wagen gemacht?«

Er zuckte mit den Achseln und beäugte sie fragend.

»Und *dann*«, fuhr sie fort, »kamst du zurück und hast zusammen mit Allan beschlossen, die Sache abzublasen, nicht wahr?«

»Das ist korrekt.«

»Dabei hattest du mir am Telefon schon gesagt, dass wir abbrechen müssen. Demzufolge hattest du dich schon vorher entschieden, oder?«

Sie ließ zu, dass sich die Stille zwischen ihnen ausbreitete – ein Trick, den sie in all den Verhören gelernt hatte. Steve zappelte nervös herum. Die meisten Menschen konnten kein langes, angespanntes Schweigen ertragen. Sie trank noch einen großen Schluck Tee.

»Keine Ahnung«, gab er schließlich zu. »Kann sein. Diese ganze Hundekackesache war wirklich kindisch, nicht wahr?«

»Ich wüsste nur gern, wann sich das geändert hat.« Gemma ließ nicht locker. »Als ich ins Haus ging, schient ihr beide begeistert davon zu sein. Und dann, zwanzig Minuten später, beschließt ihr, es abzublasen, weil es kindisch ist?«

»Ich war vermutlich nervös.«

»Das ergibt Sinn«, sagte Gemma langsam. »Erinnerst du dich noch an das Gespräch, das wir damals über den besten Rachefilm geführt haben?«

Steve prustete vor Lachen los. »Du machst Witze, oder? Wie soll ich mich denn an so was erinnern?«

»Ich weiß es noch genau. Allans Lieblingsfilm war *Carrie*, aber deiner war *Kill Bill*.«

»Das kann durchaus sein. Dazu stehe ich auch heute noch. *Kill Bill* ist so viel besser.«

»Weißt du noch, was damals deine Begründung war?«

»Weil Uma Thurman der Hammer ist?«

»Nein«, entgegnete Gemma pikiert. »Weil du der Ansicht warst, dass eine richtige Rache gut geplant sein und man sich dabei Zeit lassen sollte.«

Steve verdrehte die Augen. »Ja. Okay.«

»Hundekacke in Victorias Bett zu schmieren war nicht das, was man als anständige Rache bezeichnen könnte. Das war ein bescheuerter Plan, und ich schätze, du stimmst mir da zu, oder?«

Steve erwiderte nichts.

Gemma trank noch einen Schluck Tee. Er schmeckte wirklich gut. »Daher frage ich mich, ob dein Plan noch einen weiteren Teil enthielt, über den du uns nichts verraten hast.«

»Und wie hätte der aussehen sollen?«

»Ich konnte beobachten, wie Victoria telefoniert und dann den Raum verlassen hat, kurz nachdem ich das Haus betreten hatte. Es sah so aus, als wollte sie unter vier Augen mit jemandem sprechen. Derjenige hat sie mit einem Wegwerfhandy angerufen. Die Polizei glaubte, es wäre ein Drogendealer gewesen, aber so war es nicht. Sie hat mit dir gesprochen, nicht wahr? Deshalb bist du aus dem Auto ausgestiegen. Du hast Victoria angerufen. Nicht mich. Das muss ein ziemlich zwielichtiges Gespräch gewesen sein, wenn niemand davon Wind bekommen sollte. Worüber habt ihr beide gesprochen?«

»Was redest du denn da, Gemma?« Steve starrte sie blinzelnd und mit großen Augen an.

»Als ich später bei ihr war, wollte sie wissen, ob ich in ihrem Zimmer wäre, um etwas zu holen, das ich meinem Freund geben kann. Was genau hat sie damit gemeint, Steve? Was hattest du bereits gegen sie in der Hand?«

»Ich hab nicht die geringste Ahnung, wovon du sprichst.«

»Ich glaube, du weißt das durchaus. Ich glaube, du wusstest etwas, von dem sie nicht wollte, dass es jemand anderes erfährt. Was war es, etwa Nacktfotos? Damals hast du mit dem angefangen, worin du später richtig gut wurdest: Erpressung. Deshalb hast du sie angerufen. Um ihr mitzuteilen, dass du diese Fotos von ihr hattest. Das war dein eigentlicher Plan. Die Hundekacke in ihrem Bett war nicht weiter wichtig, aber mit diesen Fotos hättest du ihr das Leben zur Hölle machen können.«

»Das ist doch lächerlich.«

»Du hast eine ganze Weile mit ihr gesprochen. Und später, als Allan zum Haus gegangen ist, um nach mir zu suchen, hast du mich angerufen.«

Steve saß vollkommen reglos da, sodass er beinahe an eine Statue erinnerte.

»Ich hätte wissen müssen, dass du es warst«, sagte Gemma. »Als du mich so schnell erkannt hast. Selbst meine Mutter hat ein paar Sekunden gebraucht. Genau wie Rick Peters. Aber du nicht. Du hast mich beim Betreten des Starbucks sofort erkannt. Weil du längst wusstest, wie ich jetzt aussehe. Schließlich verfolgst du mich schon seit Langem.«

Steve stellte seinen Becher ab und verschränkte die Arme. Er wirkte weder wütend noch verletzt. Nur berechnend. Falls sie noch irgendwelche Zweifel gehabt hatte, waren diese jetzt ausgeräumt. Sie musste ihn nur dazu bringen, es auszusprechen. Sie musste ihn dazu bringen, reinen Tisch zu machen. O'Donnell hatte gesagt, er stünde auf Macht und Kontrolle. Er würde schlecht reagieren, wenn sie ihn schwach oder erbärmlich aussehen ließ. Vielleicht sogar die Kontrolle verlieren.

»Weißt du, was ich glaube?«, fragte Gemma. Ihr Kopf pochte. Sie biss die Zähne zusammen und ignorierte es. »Ich glaube, du hast Victoria in dieser Nacht angerufen, weil es dich erregt hat. Du hast mit ihr telefoniert, während du dir vorgestellt hast, wie ich Hundekacke auf ihr Bettzeug schmiere. Hat dich das erregt, Steve?«

Er mahlte mit dem Kiefer und ballte die Fäuste.

»Hast du dich dabei wie ein Mann gefühlt?«, fuhr Gemma fort. »Weil du Victoria sagen konntest, dass du diese Fotos von ihr hast? Aber es hat bestimmt nicht funktioniert. Ich wette, sie hat dir gesagt, dass du erbärmlich bist. Dass du dir diese Fotos in den Arsch schieben kannst. Oder etwa nicht?«

»Halt die Klappe!«, brüllte Steve und sprang auf. »Das ist nicht das, was sie gesagt hat. Sie war verängstigt. Sie hat geweint.«

»Warum hast du dann beschlossen, die Sache abzubrechen? Weil du zu feige warst? Hat Victoria dich bedroht?«

»Nein.« Unverhofft schien er zu zögern. Wirkte peinlich berührt. Und in diesem Moment rutschte das letzte Puzzleteil an seinen Platz.

»Oh. Mein. Gott.« Gemma schüttelte den Kopf. »Sie hat dir etwas versprochen, nicht wahr? Victoria wusste immer, wie sie ihren Charme einsetzen musste. Wahrscheinlich hat sie gesagt, du kriegst irgendwas, wenn du die Fotos niemandem zeigst … aber was? Eine Chance bei ihr? Einen Kuss? Wollte sie dir einen runterholen?«

»So war das nicht«, rechtfertigte er sich. »Sie mochte mich. Sie hat mich immer gemocht.«

»Das hat sie gesagt? Und du hast ihr geglaubt?«

»Ja, denn es stimmte auch! Wir wollten am nächsten Tag *ausgehen*. Sie sagte, ich sei etwas Besonderes.«

»Oh, Steve. Ich hielt dich immer schon für erbärmlich. Aber ich wusste nicht, dass du so leichtgläubig bist.«

»Du hast sie nicht gehört. Ich erkenne es, wenn jemand lügt. Sie hat die Wahrheit gesagt. Sie mochte mich wirklich.«

»Und deshalb wolltest du die Sache abblasen.« Dunkle Punkte tanzten vor Gemmas Augen. »Und deshalb warst du so wütend, als du dachtest, ich hätte sie umgebracht. Du dachtest, dass ich … was? Dass ich deine große Liebe ermordet habe?«

Steves Gesicht war vor Wut puterrot angelaufen. Plötzlich verschwand die Wut aus seinem Gesicht und es blieb nur noch ein spöttisches Grinsen übrig. »Das hattest du also vor? Du wolltest mich wütend machen, damit ich meinen heimtückischen Plan offenbare wie ein x-beliebiger Schurke aus irgendeinem Film? Und während ich das tue, nimmst du mich mit deinem Handy auf?« Er beugte sich über sie, und sein Atem wehte warm über ihre Haut. »Oh, Gemma. Und ich bin hier der Leichtgläubige?«

* * *

Steve grinste die Frau an, die ihn verwirrt anstarrte.

»Hast du wirklich geglaubt, dass das passieren würde? Dass du mit meinem aufgezeichneten Geständnis hier rausspazieren kannst?«

Er saß am Computer und schaltete die Monitore ein. »Willst du einen coolen Trick sehen?«, fragte er, öffnete seine Spyware-Konsole und tippte auf das Override-Symbol. Der Startbildschirm von Gemmas Handy erschien auf dem Bildschirm. »Ta-da.«

Sie riss die Augen auf. »Aber ich habe es heute früh reparieren lassen«, murmelte sie. »Der Mann im Laden hat gesagt …«

»Hören wir uns doch gemeinsam an, was er gesagt hat«, schlug Steve vor. Er klickte auf die gespeicherte Aufnahme.

»Und Sie sind sicher, dass das Telefon jetzt sauber ist?«, drang Gemmas Stimme aus den Lautsprechern.

»Absolut«, antwortete eine tiefe Männerstimme. »Ich habe die Spionagesoftware entfernt. Ihr Ex-Freund wird Sie nicht mehr ausspionieren können.«

Steve hielt die Aufnahme an und warf Gemma einen vielsagenden Blick zu. »Du hast mich verletzt. Du dachtest, irgendein Typ, der in einem beschissenen Handyladen in Augusta arbeitet, könnte die Spyware entfernen, die ich installiert habe?«

Gemma wollte aufstehen, ließ sich aber wieder auf die Couch fallen. »Mir ist schlecht.«

»Dann ruh dich ein bisschen aus«, erwiderte Steve. »Wir können uns ja noch eine Aufnahme anhören, während du dich berappelst.«

Er klickte auf die andere Aufnahme, die etwas später an diesem Vormittag angefertigt worden war.

»Ich weiß nicht, was ich Ihrer Meinung nach damit anfangen soll«, sagte George Dunn, der frustriert klang.

»Haben Sie mir nicht zugehört?«, wollte Gemma wissen. »Steve Barnett ist derjenige, der mich belästigt hat. Vor all den Jahren hat er Victoria erpresst. Er war es, mit dem sie telefoniert hat …«

»Es gibt keine Beweise dafür, dass er es war«, entgegnete Dunn. »Ich sagte Ihnen doch schon, dass die Nummer in ihrer Anrufliste ein Wegwerfhandy war. Es hätte jeder gewesen sein können. Sie können Ihre Theorie nicht beweisen.«

»Dann versuche ich, ihm ein Geständnis zu entlocken! Sie haben es ja auch geschafft, Rick und Zayne zum Reden zu bringen.«

»Weil sie sich gegenseitig den Mord in die Schuhe schieben wollten. Ich habe kein Druckmittel, um Barnett zum Reden zu bringen. Hören Sie, der Mordfall ist abgeschlossen. Die Chancen stehen gut, dass er sie von jetzt an in Ruhe lässt. Er war nur hinter Ihnen her, weil er Sie für die Mörderin hielt, nicht wahr? Sie haben Ihr Leben zurück, Gemma. Das ist doch das Wichtigste.«

»Könnten Sie denn nicht einen Durchsuchungsbeschluss für sein Haus erwirken?«

»Auf welcher Grundlage? Ihrer Erinnerung an etwas, das Victoria Ihnen vor dreizehn Jahren erzählt hat? Da müssen Sie mir schon etwas Besseres bieten.«

Die Aufnahme endete. Steve schüttelte betrübt den Kopf. »Das ist es also, was wir hier tun? Versuchen wir, Dunn etwas zu beschaffen, mit dem er sich einen Durchsuchungsbeschluss besorgen kann? Das dürfen wir nicht zulassen.«

Er öffnete die Liste der Apps auf Gemmas Handy und wählte die Diktiergerät-App aus. Sie erschien auf dem Bildschirm und zeigte die Sekunden der laufenden Aufnahme an. »Sieh dir das an. Wir werden gerade aufgenommen.« Er hielt die Aufzeichnung an und löschte sie. »Jetzt ist alles weg.«

Gemma bemühte sich erneut, vom Sofa hochzukommen, doch ihre Knie gaben nach. Sie fiel auf die Couch zurück und landete auf der Seite. »Was hast du mit mir gemacht?«

»Ich habe dir einen Tee gekocht.« Er stand auf, hockte sich neben sie und strich ihr ein verirrtes Haar von der Wange. »Zayne und Rick sind nicht die Einzigen, die an K.-o.-Tropfen rankommen können. Und da du schon mal hier bist, können wir zwei uns auch ein bisschen amüsieren.«

»Ich gehe zur Polizei.« Sie nuschelte immer stärker.

Steve schnaubte. »Nein, das wirst du nicht tun. Dein Freund Dunn scheint nicht gewillt zu sein, deine bizarre neue Fixierung auf mich weiterzuverfolgen. Und weißt du was? Wenn du dich an die Polizei wendest, wirst du dafür bezahlen. Genau wie der gute Benjamin und der süße Lucas und die Fosters und deine Mutter und Richard und Thelma und Barbara und all die anderen armen Menschen, deren einziger Fehler es war, dir nahe zu kommen. Ich mache ihnen das Leben zur Hölle, weil Gemma Foster nicht tun wollte, was von ihr verlangt wurde.«

Ihre Lippen bebten. Offenbar hatte sie die Botschaft endlich verstanden.

»Dann … machen wir es uns mal bequem.«

Er streichelte ihre Taille. Sie stieß ihn schwach von sich weg, dann versuchte sie, sein Gesicht zu zerkratzen. Er packte ihre Handgelenke, und sie rang mit ihm, spannte die Kiefermuskeln an, verzog vor lauter Anstrengung das Gesicht. Ihre Tasche purzelte von der Couch, der Inhalt ergoss sich auf den Boden, ihr Portemonnaie und ihr Telefon und …

Ein weiteres Telefon.

Er starrte es wie erstarrt an. Es war ein altmodisches Handy mit richtigen Tasten und ohne Touchscreen. Rasch ließ er von Gemma ab und griff danach.

Auf dem Display war ein aktiver Anruf zu sehen. Rasch trennte er die Verbindung, doch er wusste, dass es zu spät war. Viel zu spät.

»Hey, Steve«, murmelte Gemma, die fast nicht mehr zu verstehen war. »Wer ist jetzt hier der Leichtgläubige?«

* * *

Hatte es funktioniert? War ihr Plan aufgegangen?

Es fiel Gemma schwer, sich zu konzentrieren. Sie wusste, dass sie mit einem Plan hierhergekommen war. Aber jetzt fühlte sich ihr Kopf an, als wäre er mit Watte ausgestopft, und es gelang ihr nicht, sich an die Details zu erinnern.

Was hatte sie hier gewollt? Sie hatte Steve überlisten müssen. Aber er war schon immer ein cleverer Kerl gewesen. Schwer reinzulegen.

Sie versuchte, sich zu bewegen, aber ihre Gliedmaßen gehorchten ihr nicht. Damit, dass Steve sie betäuben würde, hatte sie nicht gerechnet. Das schien nicht seine Art zu sein.

Aber was wusste sie schon über diesen Psychopathen?

Ihr Plan war nicht gewesen, Steve dazu zu bringen, ihr alles zu erzählen, indem sie ihn verärgerte. Wie er selbst gesagt hatte, kam so etwas nur in James-Bond-Filmen vor. Nein. Ihr Plan sah vor, ihn glauben zu lassen, er hätte sie unter Kontrolle. Dass er cleverer war.

Sie tat so, als ob sie ihn heimlich aufzeichnen würde. Wohl wissend, dass er davon wusste. Natürlich wusste er es, er hatte ja ihr Telefon gehackt. Der Mann im Handygeschäft hatte heute Vormittag nur wiederholt, was Gemma und Dunn ihm aufgetragen hatten. Niemand hatte auch nur versucht, die Spionagesoftware zu entfernen.

Das war der einzige Grund, weshalb Steve reden würde. Er hielt sich für so schlau, weil er ihre Aufnahme löschen konnte. Aber es gab ein zweites Telefon, mit dem sie vor Betreten des Hauses Dunn angerufen hatte. Auf diese Weise konnte er alles mithören, was im Gebäude vor sich ging. Genau.

Genau?

Gemma erinnerte sich vage daran, dass sie Dunn gesagt hatte, er dürfe nur im äußersten Notfall das Haus stürmen. Sie wollte nicht, dass er Steve zu früh vom Reden abhielt. Sie wollte alle Beweise sammeln, die sie brauchten.

Aber sie hatte eine Sache vergessen, die jede Frau wusste: dass erbärmliche, schwache Männer bösartig und unberechenbar werden konnten, wenn sie wütend oder verängstigt waren.

Und jetzt schüttelte er sie und schrie sie an, doch seine Stimme schien aus weiter Ferne zu kommen. Sie versuchte, ihn wegzustoßen, aber sie konnte sich nicht bewegen, konnte nicht sprechen. Und dann … Finger um ihre Kehle. Die zudrückten. Sie bekam keine Luft mehr.

Vielleicht war ihr Plan ja doch nicht aufgegangen.

Ein Klopfen. Laute Geräusche. Schreie. Gestalten bewegten sich um sie herum. Die Enge in ihrer Kehle verschwand. Sie rang röchelnd nach Luft.

Eine Berührung. Jemand umfing ihren Kopf. Nicht Steve. Dunn.

»Halten Sie durch, Gemma«, sagte er leise. »Der Krankenwagen ist unterwegs.«

Sie sah ihn an, konzentrierte sich auf ihre schweren Lippen und sprach unter großer Mühe ein Wort nach dem anderen aus. »Hat. Es. Funktioniert?«

»Es hat funktioniert«, versicherte er ihr und sah blass und besorgt aus. »Bleiben Sie einfach bei mir. Es hat funktioniert.«

Kapitel 58

Der Harp Grove Cemetery lag einige Kilometer außerhalb von Crumville. Gemma parkte vor dem Tor und stellte den Motor ab. Die Außenbezirke der Stadt verschwanden bereits hinter der Baumreihe, die die Kurve säumte. Sie war heilfroh, diesen Ort hinter sich lassen zu können. Diesmal war sie nicht auf der Flucht, nicht mehr, aber sie hatte auch nicht vor, in nächster Zeit nach Crumville zurückzukehren. Manche Orte verdienten es, dass man sie hinter sich ließ und nie wieder aufsuchte.

Vor ihrer sehr langen Heimfahrt wollte sie noch einen letzten Besuch absolvieren. Aber jetzt, wo sie hier war, mochte sie nicht aussteigen. Sie musste diesen Moment noch ein wenig hinauszögern.

Gemma holte ihr Telefon aus der Tasche und rief Dunn an. Es klingelte mehrmals, bevor er ranging.

»Gemma«, sagte er. »Danke, dass Sie zurückrufen.«

»Natürlich.«

»Wie geht es Ihnen?«

»Könnte nicht besser sein«, log sie.

Sie hatte fast den gesamten Tag zuvor im Krankenhaus verbracht, um sich von den Medikamenten in ihrem Körper und von den Blutergüssen an ihrem Hals zu erholen. Der Arzt hatte ihr versichert, dass keine bleibenden Schäden zurückbleiben würden, aber was wusste er denn schon? Nicht alle Schäden waren äußerlicher Natur. Sie machte sich nicht die Mühe, ihm zu erklären, dass sie die Erinnerung an Steves Finger, die sich um ihre Kehle schlossen, wahrscheinlich für lange Zeit verfolgen würde. Dass das Gefühl der Hilflosigkeit, als er ihren Körper berührte, sie immer noch erschaudern ließ, wenn sie sich daran erinnerte. Dass es Momente gab, an die sie sich nicht erinnern konnte, und dass es ihr Angst einjagte, sich vorzustellen, was in dieser Zeit geschehen war.

Eine ihrer wichtigsten Aufgaben nach ihrer Rückkehr nach Hause war es, einen wirklich guten Therapeuten zu finden. Dieses Mal würde sie sich die Zeit zum Heilen nehmen.

»Ich wollte Sie nur kurz darüber informieren, was wir haben«, sagte Dunn. »Sie haben es verdient, das zu erfahren.«

»Das weiß ich zu schätzen.« Sie hatte verdient, es zu erfahren – und sie *musste* es wissen. Um sich sicher sein zu können, dass er nie wieder hinter ihr her sein würde.

»Steve Barnett hat auf seinem Computer akribisch Buch geführt«, berichtete Dunn. »Er hatte eine Liste von allen Personen, die er in den letzten dreizehn Jahren erpresst hat. Wie Sie richtig vermutet haben, hat er gleich nach dem Mord damit angefangen.«

»Eigentlich schon davor«, korrigierte Gemma ihn.

»Ja, das ist richtig. Sein erstes Opfer war Victoria Howell, obwohl es auf seinem Computer keinen Vermerk darüber gibt. Vermutlich wollte er sie nicht als eines seiner Opfer ansehen.«

»Nein, er zog es vor, sie als seine einzig wahre Liebe zu betrachten.« Gemma verzog die Lippen.

»Jedenfalls enthält die Liste Hunderte von Namen. Ich habe sie Detective Holly O'Donnell von der Chicagoer Polizei und dem FBI übermittelt. Wir werden uns mit diesen Leuten in Verbindung setzen, um sie wissen zu lassen, dass er sie nicht mehr behelligen wird.«

»Einige von ihnen werden nicht unbedingt begeistert sein, zu erfahren, dass die Polizei über ihre Geheimnisse informiert ist.«

»Davon gehe ich aus«, stimmte Dunn ihr zu. »Jedenfalls wird Barnett aufgrund Hunderter Erpressungsdelikte, versuchten Mordes, versuchter Vergewaltigung, ganz zu schweigen von den Menschen, die er zu Gewalttaten angestiftet hat, sehr lange Zeit im Gefängnis sitzen.«

Gemma atmete aus. »Gut.«

»Zayne Ross und Rick Peters werden auch nicht so bald wieder rauskommen. Peters hat sich schließlich auf einen sehr schlechten Deal mit dem Staatsanwalt eingelassen, um gegen Ross auszusagen.«

»Okay.«

»Es ist also vorbei, Gemma.«

»Ja«, erwiderte sie hohl. »Es ist vorbei.«

Kurz schwiegen sie beide. »Sind Sie sicher, dass Sie heute noch nach Hause fahren können?«, fragte Dunn schließlich. »Wenn Sie mich fragen, sollten Sie sich noch mindestens einen weiteren Tag ausruhen.«

Keine zehn Pferde würden sie wieder in die Stadt zurückbringen. »Ich schaffe das schon. Ich fahre auch nicht durch, sondern lege unterwegs eine Pause ein.«

»Das höre ich gern. Gute Heimfahrt, Gemma.«

»Danke, George. Für alles.«

»Sie müssen mir nicht danken.« Er räusperte sich. »Ich wünschte, ich hätte das schon viel früher tun können.«

Taten sie das nicht alle?

»Auf Wiedersehen, George.«

»Auf Wiedersehen.«

Sie beendete das Gespräch und seufzte. Dann stieg sie aus dem Wagen und schloss sacht die Tür hinter sich. Eine schwere Stille umgab sie, eine Stille, die den Toten gehörte. Sie betrat den Friedhof und merkte bald, dass es doch nicht so schnell gehen würde, wie sie es sich vorgestellt hatte. Da dies ihr erster Besuch hier war, kannte sie sich inmitten der Reihen von Gräbern, die sich in alle Richtungen erstreckten, nicht aus. Sie hatte keine Ahnung, wo sie anfangen sollte. Sie war damals aus Angst vor den Anschuldigungen, die man ihr im Flüsterton an den Kopf werfen würde, nicht zu Victorias Beerdigung gegangen, und jetzt wusste sie nicht, wo Victorias Grab lag.

Sie brauchte zwanzig Minuten, um es zu finden, und es hätte wahrscheinlich noch viel länger gedauert, wären da nicht die frischen Blumen auf dem Grab gewesen. Wer hatte sie dort abgelegt? Victorias Mutter? Craig Howell? Vielleicht einer von Victorias Highschoolfreunden? Wer auch immer es gewesen war, es sah so aus, als wären die Blumen heute oder maximal gestern hergebracht worden. Jemand war zum Friedhof gekommen, um Victoria zu besuchen und ihr mitzuteilen, dass ihre Mörder endlich hinter Gittern saßen.

Und nun wollte Gemma mit Victoria sprechen. Sie betrachtete den Grabstein, auf dem stand:

VICTORIA HOWELL, 1993-2010.

DEIN LIED IST VERKLUNGEN, ABER DIE MELODIE HALLT NOCH NACH.

Gemma schluckte schwer. »Hey«, krächzte sie. »Entschuldige, dass ich so lange gebraucht habe.«

Sie holte tief Luft. »Ich weiß eigentlich gar nicht, was ich sagen soll.« Ihre Stimme bebte. »Aber es war wichtig für mich, hierherzukommen. Ich habe das Gefühl, dass meine

Erinnerungen an dich in all den Jahren … verzerrt wurden, könnte man sagen. Wenn ich an dich dachte, kam mir immer als Erstes deine Ermordung in den Sinn. Und dass man mir die Schuld daran gab. Manchmal fühlte ich mich deswegen sogar schuldig. Und ich dachte an all die Male, die du mich verletzt hast.«

Sie wischte sich eine Träne aus dem Augenwinkel und schniefte. »Und ich schätze, dass ich all die Jahre nicht so an dich gedacht habe, wie ich es vielleicht hätte tun sollen. So wie du warst, als wir noch Freundinnen waren. Wir waren sechs Jahre lang beste Freundinnen. Das ist eine lange Zeit. Ich wünschte, es wäre länger gewesen. Das wünsche ich mir wirklich.« Sie blickte auf und sah einen Sonnenstrahl durch die Äste eines Baums fallen.

»Ich erinnere mich jetzt wieder an unser letztes Gespräch. Du hast gesagt, dass es dir leidtut. Und ich glaube, du hast es wirklich ernst gemeint. Ich weiß nicht … was passiert wäre, wenn diese Mistkerle dich in jener Nacht nicht umgebracht hätten, aber ich stelle mir gern vor, dass wir wieder Freundinnen geworden wären. Ja, vielleicht. Ich weiß nicht einmal, warum wir jemals aufgehört haben, Freundinnen zu sein.«

Sie atmete zitternd aus. »Jedenfalls hast du gesagt, dass es dir leidtut, aber ich habe dir nie gesagt, wie sehr ich diese Zeichnung bereue. Zumindest habe ich mich nicht auf eine Art und Weise entschuldigt, die zählt.«

Sie holte das Blatt Papier aus der Tasche und faltete es auseinander. Darauf befand sich eine Zeichnung, die sie an diesem Vormittag angefertigt hatte – von Victoria, wie sie sie in Erinnerung hatte. Nicht wie auf dem Foto, das sie in den Nachrichten immer wieder verwendeten. Sondern so, wie sie in Gemmas Kopf war. In jener Nacht, in den wenigen kostbaren Minuten, die sie zusammen verbracht hatte. Die Augen traurig, der Mund zu einem winzigen Lächeln verzogen. Sie trug immer noch ihr Engelskostüm, nur dass die Flügel auf der Zeichnung keine online gekauften, sondern echte waren.

Sie faltete das Papier wieder zusammen. Diese Skizze war nur für sie und für Victoria bestimmt. Nicht für jemand anderen. Sie legte sie neben die Blumen und platzierte einen kleinen Stein darauf, damit sie nicht weggeweht werden konnte.

»Es tut mir leid, Vic«, sagte sie.

Und dann wandte sie sich ab. Ihr Sohn und ihr Mann warteten auf sie.

Kapitel 59

Victoria Howell, 2010

Neuerdings schien Victoria ständig wütend zu sein. Wenn sie morgens aufwachte, mahlte sie schon mit dem Kiefer. Sie verbrachte die Zeit in der Schule hinter einem roten Schleier, der jeden Moment befleckte. Sie ging nach Hause und verkrampfte sich, wenn sie ihre Mutter oder ihre Brüder sah. Sie schlief mit dem Gefühl ein, dass die Anspannung sie zerreißen würde. Alles war irgendwie zu viel. Jedes Mal, wenn sie eine Nachricht bekam. Jedes Mal, wenn jemand mit ihr sprach. Jedes Mal, wenn niemand mit ihr sprach. Jedes Mal, wenn sie irgendetwas tun musste. Egal, was. Sie wollte, dass es aufhörte. Warum war es nicht endlich vorbei, vorbei, VORBEI?

Es half nicht, sich Luft zu machen. Sie versuchte, zu schreien, zu weinen, ein schmutziges Wort nach dem anderen wie ein Mantra auszuspeien. Ihr Körper schien immer mehr Wut zu produzieren. War eine immerwährende Maschine der Wut.

Vielleicht würde sie dieses Mal nur ein kleines bisschen Erleichterung verspüren. Zur Abwechslung mal jemand anderen verletzen. Jemanden, der es verdient hatte.

Sie hatten gesehen, wie sie in die Toilette ging, und nun stürmten sie wie ein Rudel Raubtiere, die ihre Beute in die Ecke gedrängt hatten, auf sie zu. Sie würde nirgendwo hingehen können.

Theodora würde herausfinden, was passierte, wenn man sich mit Victoria anlegte.

»Ich will, dass sie denkt, wir würden ihren Kopf direkt in die Toilette stecken«, knurrte sie. So redete sie neuerdings. Sie sprach keine Worte aus. Sie knurrte sie. Sie zischte sie. Sie spie sie aus.

»Ja.« Donna kicherte. »Das wäre großartig.«

War Donna klar, wie grässlich ihr Kichern war? Wie unsinnig ihre leeren Sätze sein konnten? Victoria starrte sie an, und Donna senkte schnell den Blick.

Sie betraten die Schultoilette und warteten darauf, dass Theodora aus der Kabine kam.

Es erschien ihr seltsam, dass sie und Theodora einst so gute Freundinnen gewesen waren. Victoria erinnerte sich daran, wie sich jemand an etwas erinnern würde, das er im Fernsehen gesehen hatte. Wie an das Leben einer anderen Person. Es war auf jeden Fall ein besseres Leben gewesen als das, was sie jetzt hatte. Damals waren sie unzertrennlich gewesen. Zwei Freundinnen, die alles miteinander teilten. Sie konnten die Sätze der anderen ergänzen. Erraten, was die andere dachte. Manchmal genügte ein einziger Blick, ein winziges Zucken der Mundwinkel; sie brauchten keine Worte, um sich zu verständigen.

Aber genau das war das Problem gewesen, nicht wahr? Denn wenn es etwas gibt, von dem du nicht willst, dass es jemand erfährt, darfst du nicht mit einer Seelenverwandten zusammen sein, die erraten kann, was dir durch den Kopf geht.

Es war nur zweimal passiert. Der Chef ihres Vaters kam zum Abendessen, blieb bis spät in die Nacht und verschwand dann auf dem Weg ins Bad für ein paar Minuten in ihrem Schlafzimmer.

Nur zweimal.

Die Erste, die davon erfuhr, war ihre Mutter. Und sie sprach mit ihrem Vater. Erhobene Stimmen. Wut. Ihr Vater verließ das Haus, schlug die Tür hinter sich zu, und Victoria wusste, dass es ihre Schuld war.

Und dann, ein paar Tage später, teilte ihre Mutter ihr mit, dass sie es in Ordnung gebracht hätten. Der Chef ihres Vaters würde nie wieder vorbeikommen. Und ihr Vater wurde befördert, was bedeutete, dass sie sich die Reise nach Paris leisten konnten, von der Victoria immer geträumt hatte, war das nicht toll? Doch einen Haken gab es dabei – sie durfte mit niemandem über diese Sache reden.

Dabei war es nicht nur eine Sache, oder? Es war zweimal passiert.

Aber egal.

Es musste ein Geheimnis bleiben. Denn wenn das jemand herausfand, konnte ihr Vater seinen Job verlieren. Einschließlich der Beförderung und der Reise nach Paris. Victoria wollte das nicht, oder?

Natürlich nicht. Was würde das denn schon bringen? Es war bereits geschehen, zweimal sogar.

Das Problem war nur … Theodora würde es herausfinden, oder etwa nicht? Sie fragte Victoria bereits jetzt ständig, was los sei, warum sie die ganze Zeit so traurig sei. Sie durfte es nicht herausfinden. Victorias Vater würde seinen Job verlieren.

Das war der Zeitpunkt, an dem Victoria anfing, weniger Zeit mit ihr zu verbringen. Sie ersetzte sie durch Donna, aber das war nicht genug, denn Theodora war zehn Donnas wert. Daher suchte sich Victoria weitere Freundinnen, um die Lücke zu füllen. Quantität statt Qualität. Und es ging ihr gut. Die

Reise nach Paris war wirklich schön. Es würde weitere Reisen geben. Es ging ihr total gut. Es ging ihr gut, gut, GUT.

Ein paar Jahre lang schien alles einfach nur … langweilig zu sein. Und grau. Leblos. Aber dann merkte sie, dass sie etwas Neues empfand. Was war dieses neue Gefühl?

Wut.

Theodora hätte es merken müssen. Waren sie nicht beste Freundinnen gewesen? Konnten sie nicht praktisch die Gedanken der jeweils anderen lesen? Warum hatte ihre sogenannte beste Freundin dann nicht gemerkt, dass mit ihr etwas nicht stimmte?

In einem Anfall von Wut nannte sie Theodora auf dem Schulflur Pickelgesicht. Und der Blick, den Theodora ihr zuwarf, gab Victoria für eine einzige Sekunde das Gefühl, Genugtuung gefunden zu haben. Es fühlte sich definitiv gut genug an, um es wieder zu tun. Und immer wieder.

Und es ging ihr gut. Wirklich. Okay, sie hatte mit Zayne Schluss machen müssen. Denn jedes Mal, wenn er sie berührte, spürte sie diese rauen Finger von vor all den Jahren auf ihrer Haut. Und Zayne wollte »alles«, begriff jedoch nicht, dass das an einen bestimmten Ort führte, der nicht gut war. Darum musste er gehen. Hätte sie ihm nur nicht diese Fotos von sich geschickt, als sie zusammen waren. Das war dumm. Trotzdem hatte er versprochen, sie zu löschen.

Und dann … diese Zeichnung. Ins Internet gestellt, wo sie jeder sehen konnte. Und Victoria sah das Dekolleté, das Theodora ihr verpasst hatte. Es war, als wolle sie ihr vermitteln, dass sie es wusste. Und dass Victoria ganz allein schuld daran war. Weil sie eine Schlampe war.

Tja, dann würde sie ihrer ehemaligen besten Freundin mal eine Lektion erteilen.

Als Theodora aus der Kabine kam, fühlte sich Victoria durch den panischen Blick, den sie ihr zuwarf, schon etwas besser. Sie hatte sich diesen Moment am Abend zuvor genau ausgemalt. Sie hatte sich alles ausgemalt. Sich einen Killer-Satz ausgedacht. Sie würde sagen: »Der Grund, warum du so viele Pickel hast, ist, dass du dein Gesicht nicht jeden Tag wäschst. Wir sind hier, um dir dabei zu helfen.«

Aber sie war so zittrig vor Wut, dass sie kaum klar denken konnte, und die Worte gerieten völlig durcheinander.

»Pickel bekommt man, wenn, na ja … Sie werden durch Schmutz verursacht. Du solltest dich waschen. Dein Gesicht, meine ich.«

Verdammt noch mal!

Und jetzt hielt Donna Theodora über der Toilette fest, und Victoria filmte alles mit ihrem Handy. Das war doch der Sinn der Sache, oder? Sie zu demütigen, so wie sie sie gedemütigt hatte. Und dann würde sie sich vielleicht endlich besser fühlen und es würde so sein, als wäre nichts passiert, niemals. Nicht einmal. Oder gar zweimal.

Doch Donna war ein bisschen aufgeregt und tauchte Theos Kopf in die Toilette.

Nicht Theos. Theodoras.

Und Victoria wusste, wie sehr Theo sich vor Keimen fürchtete. Wie schrecklich sie sich in diesem Moment fühlen musste. Wie gedemütigt.

Sie versuchte, Donna zum Aufhören zu bewegen, aber es war zu spät, und nun schrie Theo … Theodora sie an, dass sie sie umbringen würde, und Victoria war kurz davor, in Tränen auszubrechen, darum rannte sie davon, steckte ihr Handy ein und wünschte sich, sie hätte es nicht getan, dass sie es nicht gefilmt hätte, dass sie sich nicht vor all den Jahren von Theo losgesagt hätte, dass dieser Mann nicht zweimal in ihr Zimmer gekommen wäre.

Donna raunte ihr immer wieder zu: »Sie hat es verdient, nicht wahr, Victoria?«

Victoria wünschte sich, dass sie endlich den Mund hielt. Sie wollte nach Hause, sich ins Bett legen und sich die Decke über den Kopf ziehen.

»Sie hat es verdient, oder?«

»Ja«, platzte es aus Victoria heraus, nur um sie zum Schweigen zu bringen. »Sie hat es verdient.«

Sie hätte diese Zeichnung nicht anfertigen dürfen. Das hätte sie wirklich nicht tun sollen.

Und sie hätte es wissen müssen. Dass er in Victorias Schlafzimmer gekommen war. Zweimal.

Sie hätte es wissen müssen.

Kapitel 60

»Mir ist, als wären sie schon eine Ewigkeit weg«, sagte Gemma.

»Es sind gerade mal zwanzig Minuten.« Benjamin beäugte sie kritisch. »Eher weniger.«

»Es ist ziemlich kalt draußen, und ich weiß nicht, ob Lucas richtig angezogen war.« Gemma blickte aus dem Fenster auf den verschneiten Bürgersteig hinaus.

»Deine Mutter wird schon auf ihn aufpassen, Gemma.«

»Sie kennt sich mit der hiesigen Kälte nicht aus, Benjamin. Sie hat ihr ganzes Leben in Georgia verbracht.«

Er schenkte ihr ein Lächeln, das sie erwiderte. Es war warm und gemütlich in ihrem Haus und offen gesagt auch sehr schön, ein paar Minuten mit Benjamin allein zu sein, während ihre Mutter und Richard mit Lucas draußen spazieren gingen.

Und es war auch schön, mit Benjamin über ihre Mutter sprechen zu können. Und einen Satz zu sagen wie »Sie hat ihr ganzes Leben in Georgia verbracht.« Was jetzt harmlos klang, aber noch vor zwei Monaten unmöglich gewesen wäre. Denn auf diese Weise hätte sie zugegeben, dass ihre Mutter noch am Leben war. Und dass Gemma in Georgia auf die Welt gekommen war.

Sie setzte sich wieder neben Benjamin auf die Couch und lehnte sich an ihn. Er schlang einen Arm um sie und drückte ihr einen Kuss auf den Scheitel.

»Weißt du«, murmelte Gemma und kuschelte sich an seine Brust. »Heute ist Victorias Geburtstag. So kurz vor Weihnachten. Ich weiß noch, wie ich ihren zehnten Geburtstag mit ihr gefeiert habe … damals, als wir noch Freundinnen waren.«

»Ist das eine schöne Erinnerung?«, fragte Benjamin. Ihr Kopf lag auf seinem Oberkörper, und ihr Ohr summte angenehm, wenn er etwas sagte.

»Ja«, antwortete sie. »Eine sehr schöne. Sie hat sich einen besonderen Tag nur für uns beide gewünscht. Darum ist ihre Mutter mit uns ins Einkaufszentrum gefahren. Wir saßen auf dem Rücksitz, sangen mit, was im Radio lief, verstanden alle Wörter falsch und haben uns kaputtgelacht. Der Plan war, dass ihre Mutter uns dort absetzen würde und wir uns allein beschäftigen sollten. Ich war deswegen ein bisschen besorgt.«

»Weshalb?«

»Es war das erste Mal, dass ich ins Einkaufszentrum ging, ohne dass ein Erwachsener auf mich aufgepasst hat. Ich habe mir ständig ausgemalt, was alles schiefgehen könnte. Aber es ist nichts passiert. Ich hatte Taschengeld bekommen und habe Victoria ein Armband mit unseren Namen darauf geschenkt. Sie war so glücklich.« Gemma grinste in sich hinein. Es war seltsam, wie sich die Erinnerung in ihrem Kopf entfaltete, während sie diese Geschichte erzählte. Sie hatte seit mehr als einem Jahrzehnt nicht mehr an diesen Tag gedacht, aber er war immer noch da, in ihrem Gedächtnis eingebettet. »Wir gingen in dieses Café. Und wir haben uns diese albernen, riesigen Becher mit heißer Schokolade und Schlagsahne obendrauf bestellt.«

Benjamin streichelte ihr übers Haar, während sie ihm den Tag schilderte. Sie hatte immer geglaubt, ihm würde es an Neugier mangeln, weil er nie genauer nachfragte. Ehrlich gesagt hatte sie sich auch ein bisschen darüber geärgert. Aber jetzt erkannte sie, dass er ihr einfach nur zuhörte und sie nicht unterbrechen wollte. Er war ein guter Zuhörer.

»Wir haben die Becher geleert, und danach war uns schlecht, aber wir waren auch total aufgeregt … Wahrscheinlich wegen des Zuckerrauschs. Wir sind in ein Bekleidungsgeschäft gegangen und haben verschiedene Outfits anprobiert, und ich hab mir ein T-Shirt gekauft. Ich kam mir so erwachsen vor. Und dann sollte Victorias Mutter auf dem Parkplatz des Einkaufszentrums auf uns warten. Als wir nach ihr gesucht haben, fing es an zu regnen. Es regnete in Strömen, und wir waren klatschnass.«

Die Haustür ging auf, und Lucas stürmte herein. »Mommy, wir haben einen Schneemann gebaut!« Er kam auf sie zugerannt.

»Oh wow, einen Schneemann!« Sie erhob sich, um ihn zu umarmen. »Das ist ja toll. Zieh deine Stiefel aus.«

»Ich wollte eine Karotte für seine Nase, aber wir hatten keine dabei, daher meinte Richard, wir könnten einen Stein nehmen.«

Lucas rannte beim Erzählen durch den Raum und hinterließ schmutzige, schmelzende Schneeflecken. Gemmas Mutter und Richard traten ein und schlossen die Tür hinter sich. Ihre Gesichter waren von der Kälte gerötet. Sie strahlten beide.

»Hast du einen Stein für seine Nase gefunden?«, erkundigte sich Gemma. »Zieh deine Stiefel aus, Schatz.«

»Ja, haben wir! Und Stöcke für seine Hände. Und dann wurden meine Hände kalt und Grandma hat sie angepustet, aber das half nicht, und dann sagte sie, wir müssen nach Hause gehen.«

»Es ist wirklich kalt geworden«, sagte ihre Mutter. »Mir ist absolut schleierhaft, wie ihr hier den ganzen Winter überleben könnt.«

»Wir ziehen uns warm an.« Benjamin lächelte sie an, während er Lucas half, sich die Stiefel auszuziehen. »Und wir bleiben im Haus.«

»Na, das erklärt alles.« Ihre Mutter nickte zufrieden, als hätte Benjamin gerade ein unglaublich komplexes Rätsel gelöst.

Benjamin und ihre Mutter hatten sich auf Anhieb gut verstanden, was Gemma aus irgendeinem Grund sehr ärgerte. Sie würde mit ihrem Therapeuten darüber sprechen müssen.

»Ich sollte mich umziehen«, stellte Richard fest. »Meine Socken sind nass geworden.«

»Meine auch«, erwiderte ihre Mutter. »Meine Zehen sind ganz steif gefroren.«

Sie gingen ins Gästezimmer. Lucas eilte ins Bad, weil er merkte, dass er dringend pinkeln musste. Gemma blinzelte, als die drei verschwanden und sich das überfüllte Wohnzimmer wieder leerte.

»Ich muss das Abendessen vorbereiten«, sagte Benjamin.

»Ich sollte Lucas auch beim Umziehen helfen«, stellte Gemma fest.

»Aber du hast mir doch gerade von diesem Tag erzählt. Es fing an zu regnen.«

Gemma schüttelte lächelnd den Kopf. »Den Rest erzähle ich dir später.«

Es gab keinen Grund zur Eile. Da waren noch so viele Geschichten aus ihrer Kindheit, die er alle mit der Zeit erfahren würde.

Dank

Ich schrieb dieses Buch, während ich mich darauf vorbereitete, mit meiner Familie in ein anderes Land zu ziehen. Wir mussten ein Haus und Schulen für die Kinder finden, alle Pässe, Visa und anderen Unterlagen besorgen – eine Million verschiedene Dinge, an die man gar nicht denkt, wenn man sich für einen Umzug entscheidet.

Diese Ablenkungen sind für den kreativen Prozess nicht gerade förderlich. Ohne meine Frau Liora wäre es daher unmöglich gewesen. Einmal war sie gerade dabei, unsere Krankenversicherung zu regeln, als ich plötzlich vor ihr stand und sagte: »Ich muss mit dir über Gemmas Motivation brainstormen.« Und sie hat alles beiseitegeschoben, um das mit mir zu tun, UND später unsere Krankenversicherung abgeschlossen. Wie immer hätte dieses Buch ohne sie keine Chance gehabt. Außerdem ist ihr der Titel *Behind You* eingefallen.

Meine Lektorin Jessica Tribble Wells war vom ersten Entwurf begeistert und drückte mir drei Seiten mit Notizen in die Hand, in denen stand, was ich korrigieren und umschreiben sollte. Der ursprüngliche Entwurf hatte einen eklatanten Tempo- und Strukturfehler, von dem ich dachte, er wäre nicht zu beheben.

Und dann hat Jessica ihn beseitigt. Sie hat mir auch bei der Identität des Schattenmanns geholfen – ja, genau, im ersten Entwurf hatte ich buchstäblich einen anderen Antagonisten. Es ist unglaublich, welche Wunder ein guter Lektor oder eine gute Lektorin vollbringen kann. Der erste Entwurf wurde von einigen Personen gelesen, die mir alle großartige Hinweise gegeben und ihn dadurch verbessert haben. Meine Schreibpartnerin Christine Mancuso hat Gemmas Charakter mit einer Reihe von Änderungen versehen, die sie bereichert und dafür gesorgt haben, dass sie sich jetzt richtig anfühlt. Sie brachte mich auch dazu, eine entscheidende Änderung an der Handlung in der ersten Buchhälfte vorzunehmen. Meine Schwester Yael Omer und meine Eltern haben es gelesen und mir diverse Hinweise gegeben, die ich sofort umgesetzt habe, sodass das Buch nun in voller Pracht erstrahlt.

Kevin Smith, mein Entwicklungslektor, hat mir dabei geholfen, viele Macken im Manuskript zu glätten, den Hintergrund der Figuren zu bereichern und den roten Faden zu straffen.

Meine Schwägerin Noa Sahar war mir eine große Hilfe dabei, Einblicke in das Leben einer Kosmetikerin zu erlangen. Alle Ungenauigkeiten sind meine Schuld; alles, was richtig klingt, verdanke ich ihr.

Sarah Hershman, meine Agentin, war von diesem Buch besonders begeistert und hat mich während des gesamten Prozesses immens unterstützt.

Außerdem bedanke ich mich bei meinen Leserinnen und Lesern. Beim Schreiben denke ich ständig an euch. Danke dafür, dass ihr meine Bücher lest, dass sie euch gefallen und dass ihr mir so viele schöne E-Mails schreibt. Ihr seid die besten Leserinnen und Leser, die sich ein Autor wünschen kann.

Folge dem Autor auf Amazon

Wenn dir dieses Buch gefallen hat, folge Mike Omer auf Amazon. Dann erhältst du eine Benachrichtigung, wenn der Autor sein nächstes Buch veröffentlicht. Um dem Autor zu folgen, gehe bitte folgendermaßen vor:

Desktop:

1) Suche auf Amazon.de oder in der Amazon App nach dem Namen des Autors.
2) Klicke auf den Namen des Autors, um auf die Autorenseite zu gelangen.
3) Klicke auf den »Folgen«-Button.

Smartphone und Tablet:

1) Suche auf Amazon.de oder in der Amazon App nach dem Namen des Autors.
2) Klicke auf einen Titel des Autors.
3) Klicke auf den Namen des Autors, um auf die Autorenseite zu gelangen.
4) Klicke auf den »Folgen«-Button.

Kindle eReader und Kindle App:

Wenn du dieses Buch auf einem Kindle eReader oder in der Kindle App liest, wird dir automatisch angeboten, dem Autor zu folgen, nachdem du die letzte Seite des Buches gelesen hast.

Printed in Poland
by Amazon Fulfillment
Poland Sp. z o.o., Wrocław

52725299R00266